JANE SANDERSON
Das war die schönste Zeit

Jane Sanderson

Das war die schönste Zeit

Aus dem Englischen
von Jörn Ingwersen

GOLDMANN

Die englische Originalausgabe erschien 2020 unter dem Titel
»Mix Tape« bei Bantam Press, an imprint of Transworld Publishers.

Sollte diese Publikation Links auf Webseiten Dritter enthalten,
so übernehmen wir für deren Inhalte keine Haftung,
da wir uns diese nicht zu eigen machen, sondern lediglich
auf deren Stand zum Zeitpunkt der Erstveröffentlichung verweisen.

Penguin Random House Verlagsgruppe FSC® N001967

1. Auflage
Taschenbuchausgabe März 2022
Copyright © der Originalausgabe by Jane Sanderson
Copyright © der deutschsprachigen Ausgabe 2020
by Wilhelm Goldmann Verlag, München,
in der Penguin Random House Verlagsgruppe GmbH,
Neumarkter Str. 28, 81673 München
Umschlaggestaltung: UNO Werbeagentur
Umschlagmotiv: FinePic®, München
Redaktion: Ann-Catherine Geuder
MR · Herstellung: ik
Satz: KompetenzCenter, Mönchengladbach
Druck und Bindung: GGP Media GmbH, Pößneck
Printed in Germany
ISBN: 978-3-442-49038-7
www.goldmann-verlag.de

Besuchen Sie den Goldmann Verlag im Netz

Für Melanie

1

SHEFFIELD,
23. DEZEMBER 1978

Da gehen die beiden, ganz zu Anfang, als sie noch jung waren: Daniel Lawrence und Alison Connor. Er ist achtzehn, sie sechzehn. Es ist Samstagabend, und sie schlendern durch die winterlichen Straßen von Sheffield, auf dem Weg zu Kev Carters Weihnachtsparty. Sie haben noch nicht viel gesagt, seit er sie vom Bus abgeholt hat, doch sie sind sich beide der Gegenwart des anderen mehr als bewusst. Ihre Hand in seiner fühlt sich viel zu gut an, als dass es nur irgendeine Hand sein könnte, und während er so neben ihr läuft, wird ihr Mund ganz trocken, und ihr Herz schlägt viel zu schnell, pocht viel zu laut. Seite an Seite gehen sie auf dem Bürgersteig. Es ist nicht weit von der Haltestelle bis zu Kevs Haus, und schon bald ist die Stille zwischen ihnen von lauter Musik erfüllt. Er sieht zu ihr herab, so wie sie zu ihm aufblickt, und beide lächeln. Mit einem Mal spürt er dieses reine Verlangen, wie immer, wenn Alison ihn ansieht, und sie ... nun, sie könnte nicht sagen, ob sie im Leben je glücklicher war.

Kevs Haustür stand offen, hieß den Abend willkommen. Musik kam ihnen entgegen, und Licht fiel auf das Unkraut und die kaputten Gehwegplatten, die durch den

Garten führten. Kev war Daniels Freund, nicht Alisons – sie besuchten nicht dieselbe Schule. Auf dem Weg ins Haus ließ sie sich etwas zurückfallen, damit es aussah, als würde Daniel sie hinter sich herziehen. Sie genoss das Gefühl, von diesem Jungen ins Haus geführt zu werden. Alle sollten sehen, dass sie ihm gehörte und er ihr. Im Kassettendeck lief Blondie, »Picture This« – viel zu laut, sodass der Bass zerrte und vibrierte. Alison mochte den Song. Am liebsten wäre sie gleich ihren Mantel losgeworden, sie wollte sich was zu trinken holen und tanzen. Doch schon im nächsten Augenblick ließ Daniel ihre Hand los, um Kev zuzuwinken. Er brüllte gegen die Musik an und lachte über Kevs Antwort. Dann nickte er Rob Marsden zu, sagte: »Alles klar bei dir?«, und lächelte Tracey Clarke an, die vielsagend grinste. Sie stand an eine Wand gelehnt, allein, bei der Küchentür, als wartete sie auf den Bus. Kippe in der einen Hand, Dose Strongbow in der anderen. Dunkelblondes Haar mit Farrah-Fawcett-Locken, pflaumenfarbener Lippenstift und kajalgeschminkte Augen. Sie bedachte Alison mit einem kühlen, nachdenklichen Blick, nahm einen tiefen Zug von ihrer Zigarette und blies den Rauch zur Seite aus.

»Hast du was mit ihm?«, fragte sie und deutete mit dem Kopf in Daniels Richtung. Tracey – älter und weiser, kein jungfräuliches Schulmädchen mehr – verdiente schon eigenes Geld und hatte einen Freund mit Auto. Das war alles, was Alison über sie wusste. Unwillkürlich wurde sie rot.

»Ja«, sagte sie verlegen, »hab ich.« Daniel war inzwischen außer Reichweite, also starrte Alison nur konzentriert seinen dunklen Hinterkopf an, in der Hoffnung, dass er sich zu ihr umdrehte. Höhnisch grinsend zog Tracey eine Augenbraue hoch. Rauch hing zwischen ihnen in der Luft. Alisons Schuhe brachten sie um.

»Dann pass mal gut auf ihn auf«, sagte Tracey. »Der ist gefragt.« Es folgte ein kurzer Moment des Schweigens, weil Alison nichts erwiderte, dann zuckte Tracey mit den Schultern. »Getränke gibt's da drinnen.«

Sie meinte die Küche hinter ihr, und durch die offene Tür sah Alison einen Haufen Leute, die sich um einen grünen Resopal-Tisch drängten, auf dem eine Unmenge Flaschen, Knabberkram und Plastikbecher standen. Sie flüchtete vor der leicht boshaften Aufmerksamkeit dieser Tracey und schob sich hinein. Daniel hätte ihr ruhig was zu trinken besorgen können, dachte Alison. Aber na ja, im Gegensatz zu ihr kannte er hier Hinz und Kunz, und die wollten halt alle was von ihm. Jetzt lief Jilted John vom Band, sodass plötzlich alle mitsangen, aber keiner mehr tanzte, und hinter Alison drängten noch mehr Leute in die winzige Küche. Sie sah kein einziges vertrautes Gesicht, und das, obwohl es hier so voll war. Sie schob sich zum Tisch mit den Getränken durch. Es roch nach Zigarettenqualm und Cider, und plötzlich nach Old Spice.

»Alles okay bei dir, Alison?«

Sie drehte sich um und sah Stu Watson. Mit seiner Jeansjacke und Joe Strummers mürrischer Miene auf dem T-Shirt wirkte er peinlich um Verwegenheit bemüht. Jede Wette, dass er keinen einzigen Song von The Clash kannte. Aber dennoch freute sie sich, endlich jemand Vertrautes zu sehen. Mit zusammengekniffenen Augen musterte Stu sie bewundernd.

»Du siehst jedenfalls ganz okay aus«, sagte er.

»Na, und du ziemlich besoffen, Stu.«

»Eben erst gekommen?«

»Scheint so«, sagte sie und deutete auf ihren Mantel. »Du bist offensichtlich schon ein Weilchen da.«

»Der frühe Vogel eben«, sagte Stu. »Was trinkst du?«

»Noch nichts. Martini. Schätze ich.«

Stu zog eine Grimasse. »Wie kannst du den Scheiß bloß trinken? Schmeckt doch wie Medizin.«

Alison ignorierte ihn. Ihr war heiß, aber sie wusste nicht, wo sie ihren Mantel ablegen sollte, also ließ sie ihn ein Stück weit über die Schulter gleiten. Schon wanderte Stus Blick über ihre nackte Haut. Alison sah sich nach Daniel um. Er stand noch immer drüben im Wohnzimmer. Allerdings suchte er gar nicht nach ihr, wie sie gehofft hatte, sondern unterhielt sich mit einem anderen Mädchen. Mandy Phillips. Alison kannte sie aus dem Schulbus. Klein wie ein Kind, hennarote Locken, Elfennäschen. Sie blickte unentwegt zu Daniel auf, sonnte sich im Licht seiner Aufmerksamkeit. Er hielt die Arme verschränkt und ja, er stand zwar ein kleines Stück von Mandy entfernt, und doch schien es Alison, als könnte er sich kaum an ihr sattsehen. Alison beobachtete, wie Mandy Daniel an der Schulter zu sich herabzog, ihre zarte Hand an sein Ohr hielt und ihm etwas zuflüsterte. Daniel schenkte ihr sein typisches Lächeln: zögerlich, im Grunde nur ein halbes Lächeln. Ein paar Haarsträhnen fielen ihm vor die Augen, und Alison hätte sie am liebsten zurückgestrichen.

Stu folgte ihrem Blick. »*Mein Name ist Mandy, und ich wünsche Ihnen einen angenehmen Flug*«, sagte er. »Wohl eher *einen angenehmen Fick*.«

»Ach, verpiss dich, Stu«, sagte Alison. Sie griff sich eine

Flasche Martini Rosso vom Tisch, schenkte sich einen Becher voll und nahm einen großen Schluck. Er hatte recht, das Zeug war wirklich eklig bitter. Aber auch sehr vertraut. Also nahm sie noch einen Schluck. Dann wischte sie sich mit dem Handrücken über den Mund, stellte ihren Becher auf den Tisch und zog ihren Mantel aus, hängte ihn über einen Stuhl. Sie trug eine Wrangler-Jeans, mit der sie extra in der Wanne gelegen hatte, damit sie hauteng saß, und eine neue Bluse, die gut aussah, sogar verdammt gut, das wusste sie. Schließlich hatte sie sich lange genug im Schlafzimmerspiegel betrachtet. Die Bluse war weiß und fühlte sich an wie Satin, und auf dem Weg zum Bus hatte Alison sie noch ein Stückchen weiter aufgeknöpft. Stu konnte den Blick gar nicht mehr von ihr wenden. Doch sie ließ ihn einfach stehen, nahm ihren Becher und schob sich durch die Menge, raus aus der Küche.

Alison unterhielt sich mit Stu Watson, diesem fiesen Frettchen, diesem Widerling mit den gierigen Augen, der seine Finger nicht bei sich behalten konnte. Daniel sah die beiden in der Küche stehen, aber er kam nicht weg von Mandy Phillips. Die blöde Kuh ließ gerade ein paar Tränchen kullern, während sie ihm erzählte, wie Kev Carter mit ihr Schluss gemacht hatte, heute Abend, auf seiner eigenen Party, der Scheißkerl. So ging es Daniel oft. Mädchen schütteten ihm ihr Herz aus. Er musste sie nicht dazu ermutigen, sie witterten einfach etwas an ihm, von dem er selbst nicht wusste, was es war, und dann hörten sie nicht mehr auf zu reden. Alison Connor war anders. Vor ein paar Tagen hatte er sie gefragt, ob sie mit ihm ausgehen würde, und sie hatte Ja gesagt. Nur dass sie in den kurzen

Momenten, in denen sie seither zusammen gewesen waren, kaum einen Satz mit ihm gewechselt hatte. Dennoch wollte er sie an seiner Seite haben, wusste irgendwie, dass sie etwas Besonderes war. Aber mit diesem blöden Stu Watson hatte sie in der Küche jetzt schon länger geredet als jemals mit ihm. Mittlerweile war Mandy beim zweiten Durchgang derselben traurigen Geschichte, und es wurde immer deutlicher, worauf sie hinauswollte: erst ein verführerischer Blick, dann ein Kuss, die Aussicht auf mehr. Kev alberte derweil mit ein paar anderen herum, doch plötzlich sah er herüber und hielt den Daumen hoch, als wäre Daniel auf seine abgelegten Freundinnen angewiesen. Für Kev Carter war das Leben nur ein Spiel. *Natürlich* hatte er Mandy heute Abend abgeschossen – er hatte einen Sinn für Dramatik, und wo blieb der Spaß, wenn man schon vorher wusste, wem man später ins Höschen greifen würde?

Jetzt plärrte »Night Fever« aus den Lautsprechern, und Mandy fing an, ihre Schultern im Rhythmus der Musik zu wiegen. Mitten im Zimmer übte ein Gruppe Mädchen Seite an Seite Travolta-Moves, während ein paar Jungs lachend versuchten, es ihnen nachzumachen. Mandy zog an Daniels Schulter, und er beugte sich zu ihr vor, damit sie ihre kleine Hand an sein Ohr legen konnte.

Mit warmem Atem flüsterte sie ihm etwas ins Ohr, doch es war zu laut um sie herum, er verstand sie nicht.

Er richtete sich wieder auf und lächelte sie an. »Was?«

»Möchtest du ...?« Sie stockte und erwiderte sein Lächeln. »Du weißt schon ... tanzen?« Sie sagte »tanzen« auf eine Art und Weise, die weit, weit mehr andeutete. Keine Tränen mehr. Kev war längst vergessen.

»Nein«, sagte Daniel und wich zurück. Er sah zur Küche hinüber, suchte Alison, konnte sie aber nicht finden, und Stu auch nicht. Er hätte bei ihr bleiben, ihr den Mantel abnehmen, ihr was zu trinken holen sollen. Wieso hatte er sich bloß von Mandy vollquatschen lassen?

»Echt nicht?«, fragte Mandy, diesmal laut genug, um sich gegen die Musik durchzusetzen.

Daniel war inzwischen voll damit beschäftigt, sich nach Alison umzusehen. »Nein, Mandy, ich möchte ganz bestimmt nicht mit dir tanzen.« Leise Panik machte sich in ihm breit, als er sich fragte, ob Alison überhaupt noch auf der Party war. Vielleicht war sie schon abgehauen. Er wünschte, er würde sie gut genug kennen, um zu wissen, wie sie tickte.

»Du bist so ein Arsch, Daniel Lawrence!«, kreischte Mandy und wollte ihm eine runterhauen, was ihr allerdings nicht gelang, weil sie zu betrunken war, und so erwischte sie ihn nur mit den Fingernägeln und zerkratzte ihm die Wange.

»Spinnst du?« Fassungslos starrte er sie an.

Verdächtig leicht brach sie in Tränen aus und wandte sich ab, auf der Suche nach einer anderen Schulter, an der sie sich ausheulen konnte. Daniel strich über seine brennende Wange. Nicht zu fassen. Und er hatte noch nicht mal ein Bier gehabt. Tolle Party. Als er sich eben auf den Weg zur Küche machte, fanden die Bee Gees ein brutales Ende, weil Kev die Kassette aus dem Rekorder riss und eine andere einlegte. Mit einem Mal ertönte das drängende Schlagzeug-Bass-Intro von »Pump It Up«, und Daniel blieb wie angewurzelt stehen. Ehrfurchtsvoll wartete er darauf, dass Elvis Costellos Stimme ihren Weg an sein Ohr fand.

Und, o Gott, da entdeckte er sie. Alison. Sie tanzte allein in der Menge. Sie hatte ihre Schuhe ausgezogen und tanzte mit geschlossenen Augen, ohne ihre nackten Füße zu bewegen, auch wenn ansonsten der ganze Körper von der Musik gefangen war und ihre Arme wilde, wundervolle Formen über ihrem Kopf beschrieben. Sie tanzte wie niemand sonst. Andere versuchten, ihren Tanzstil zu kopieren. Doch immer wenn es ihnen fast gelang, änderte sie etwas, ließ sich von der Musik treiben, ohne sich dabei vom Fleck zu bewegen. Daniel betrachtete sie, war vollkommen fasziniert. Noch nie hatte er etwas gesehen, das so schön, so ungehemmt, so verdammt sexy war, in seinem ganzen Leben nicht.

2

EDINBURGH
10. OKTOBER 2012

Journalisten waren bei Gigs immer leicht zu erkennen. Standen ganz hinten, tranken nichts, taten, als hätten sie alles schon mal gehört und gesehen. Und dann verdrückten sie sich schnell, sobald das Konzert zu Ende war. Dan Lawrence war auch so einer, und nun stand er in der Queen's Hall und hörte sich Bonnie »Prince« Billy an, der seine spröden, eingängigen Songs über den Tod der Liebe sang. Dan setzte sich nie hin. Man sollte bei Konzerten nicht sitzen. Es war kein Theater, kein Kino, es war Musik. Kurz nachdem er nach Edinburgh gezogen war, hatte er einmal eine Freikarte für Prefab Sprout in der Queen's Hall bekommen und sich eingesperrt auf dem Balkon wiedergefunden, auf einem nummerierten Sitz. Er war trotzdem aufgestanden, hatte direkt auf die Köpfe der Band heruntergesehen und versucht, deren Setliste zu entziffern, die unter ihm auf dem Bühnenboden klebte. Heute aber stand er an seinem Lieblingsplatz, so nah wie möglich am Ausgang. Dan mochte Billy – diesen fusselbärtigen Countrysänger aus Louisville –, auch wenn man es seiner ausdruckslosen Miene nicht ansah. Er machte sich nicht mal Notizen, sog nur das in sich auf, worüber man gut schreiben konnte, während er gleichzeitig überlegte, was sich damit sonst noch anfangen ließe, im Tausch gegen Geld.

Hinterher trat er auf die Clerk Street hinaus. Er hielt weder nach bekannten Gesichtern Ausschau, noch gönnte er sich ein Bier. Katelin war sicher schon im Bett, schlief tief und fest, flach auf dem Rücken, die Arme über dem Kopf, wie ein Kind. Oft hatten Dan und Katelin einen gegensätzlichen Tagesrhythmus, und wenn er sich zu ihr ins Bett legte, half ihm ihr gleichmäßiger Atem in den Schlaf, wie ein sanftes Metronom. Sie rührte sich im Grunde nie. Schlief den Schlaf der Gerechten.

Er befand sich auf der falschen Seite von Edinburgh. Die Uhr zeigte schon halb zwölf, doch diese Stadt hatte etwas an sich, das ihn animierte, zu Fuß zu gehen, nicht den Bus zu nehmen oder ein Taxi anzuhalten. Diese Stadt war die architektonische Liebe seines Lebens, streng und imposant, aber zunehmend hip – steinalt und gleichzeitig modern. Im Vergleich zu Sheffield – dem Sheffield, das er Anfang der Achtziger hinter sich gelassen hatte – war Edinburgh eine Offenbarung. Zugegebenermaßen hatte Katelin ihn hierhergelockt, ohne die er diese Stadt möglicherweise weniger attraktiv gefunden hätte, aber trotzdem... Dan hatte sich hier sofort wohlgefühlt, und mittlerweile war Edinburgh sein Zuhause geworden.

Jetzt überquerte er die George IV Bridge, mit gesenktem Blick, die Hände tief in seiner Lederjacke vergraben, Ohrhörer drin, iPod auf Shuffle. Deshalb erschreckte er sich fast zu Tode, als ihn plötzlich jemand von hinten an der Schulter packte wie ein Polizist mit einem Haftbefehl.

»Meine Fresse, Duncan!«, rief Dan. Er riss sich die Stöpsel aus den Ohren. »Scheiße, willst du mich umbringen?«

Duncan lachte und schlug Dan zwischen die Schulterblätter. »Mann, ich renn dir schon eine halbe Meile hinterher, um dich einzuholen. Bist du auf der Flucht, oder was?«

»Will nur schnell nach Hause.«

»Warst du bei Bonny Billy?«

»Ja, du auch?«

»Jep, hab kurzfristig noch 'ne Freikarte gekriegt. Verdammt, der ist aber auch manchmal eine trübe Tasse, oder?«

»Sind wir das nicht alle?«

»Na, stimmt auch wieder. Hör mal...« Duncan streifte seinen Army-Rucksack von den Schultern, kramte in dessen Tiefen herum und holte eine CD heraus, ohne Cover, ohne Bild, nur eine Plastikhülle mit handschriftlicher Titelliste.

Dan lächelte. »Was hast du da?«, fragte er. »Das nächste große Ding? Mal wieder?«

»Willie Dundas, ein Fischer aus East Neuk, ob du's glaubst oder nicht. Spielt Gitarre wie Rory Gallagher, singt wie John Martyn.«

»Schon klar.«

»Ungelogen. Hör's dir an!«

Er gab Dan die CD. Duncan hatte ein feines Ohr für schrullige, horizonterweiternde Talente. Ständig lernte er in seinem schlecht laufenden Plattenladen an der Jeffrey Street irgendwelche Nerds kennen, die zu introvertiert waren, um sich selbst zu loben, und die zu Hause im stillen Kämmerlein Texte und Melodien schrieben, die ohne Duncan niemand jemals hören würde. Schon immer hatte er Dan mit seinen Entdeckungen belagert, dem das allerdings nichts ausmache. Denn was war das Leben anderes als die ewige Suche nach dem einen perfekten Album, das noch in der Sammlung fehlte, aufgenommen von diesem einen Genie, das sonst keiner kannte? Dan ließ sich auf Duncans entspannteren Schritt ein, und so schlenderten sie nebeneinander durch die spätabendliche Stille der Altstadt von Edinburgh.

»Bock auf einen Single Malt?«, fragte Duncan.

»Schon mal auf die Uhr geguckt?«

»Ach, stell dich nicht so an. Du weißt doch, wenn man mit Duncan Lomax unterwegs ist, gibt es keine Sperrstunde.« Dan lachte. Duncan boxte ihn freundschaftlich. »Nur einen kleinen Absacker«, sagte er. »Kann doch nicht schaden, oder?«

Dan kam zu dem Schluss, dass es tatsächlich nicht schaden konnte, ganz und gar nicht, und so änderten sie ihren Kurs in Richtung Niddry Street, wo sie sich ins zwielichtige Whistle Binkies drückten – geöffnet bis drei Uhr nachts, jeden Abend Live-Musik und selbst um kurz nach Mitternacht noch ausgesprochen gut besucht.

Er war morgens um halb drei nach Hause gekommen und hatte sich leise reingeschlichen, mit der übertriebenen Vorsicht eines Angetrunkenen. Dennoch war McCulloch, der beherzte kleine Jack Russell, aufgewacht und hatte sein Körbchen mit der Schicksalsergebenheit eines ältlichen Dieners verlassen, um Dan ganz bis hinauf in sein Büro unterm Dach zu folgen. Der Raum verdiente kaum seinen Namen, mit seinen schrägen Wänden und diesem einen kleinen Fenster. Aber das zeigte zumindest nach Westen, sodass an wolkenlosen Abenden Sonnenlicht auf den dunklen Holzfußboden fiel. Mittendrin stand ein ramponierter Metallschreibtisch, darauf eine verstellbare Messinglampe aus einer alten Fabrik. Ein originaler Eames-Stuhl, schwarzes Leder, Metallrahmen. Plattenspieler, CD-Player und iPod-Dock. Drei speziell angefertigte Stahlschränke für LPs und Singles und ein vierter für CDs. Dan bewahrte auch alle seine Musikkassetten auf – es waren Hunderte –, aber die lagerte er im Keller in Plastikkisten. Eine Wand stand voller Bücher, an einer anderen hing eine riesige Weltkarte, und die dritte war von Erinnerungen übersät, die Dan allesamt am Herzen lagen. Ein signiertes Schwarz-Weiß-Foto von ihm und Siouxsie Sioux nach einem Gig in Manchester 1984. Ein offizielles gerahmtes Foto der Mannschaft von Sheffield Wednesday nach deren Finalsieg um den League Cup von 1991. Ein Werbeplakat der Amerika-Tour von Echo & The Bunnymen für ihr Album *Evergreen*. Die Tour, die er mitgemacht hatte, so richtig mitgemacht hatte, um die Bandgeschichte zu recherchieren und aufzuschreiben. Fotos von Alex, Filzer- und Kreidebilder von Alex und ein ausgiebig illustriertes Gedicht vom damals achtjährigen Alex, zum Vatertag:

Er spielt Gitarre, fährt das Auto, kauft mir manchmal Bienenstich.
Er spielt gern Fußball, steht im Tor, sein Lieblingsmensch bin ICH.

Fotos von Katelin mit Alex – wie sie ihn auf dem Arm hielt, wie sie ihn auf der Schaukel anschubste, wie sie seine Füße hielt, während er Kopfstand übte. Ein Foto von allen dreien, freudestrahlend an dem Abend, an dem Alex sein überragendes Abschlusszeugnis bekommen hatte. Und in der Mitte von allem ein Foto von Dan und Katelin, auf dem sie wie Kinder aussahen, vor einer Bougainvillea in einer schattigen Gasse von Cartagena. Sie blickten nicht in die Kamera, sondern lächelten einander an, wie zwei, die über einen heimlichen Scherz lachten. Damals kannten sie sich noch kaum. Dan wusste nicht einmal mehr, wer das Foto eigentlich aufgenommen hatte.

Am Schreibtisch sitzend ließ er den Blick über seine Vergangenheit schweifen. Diese Wand erzählte die Geschichte seines Lebens, gab ihm Halt hier in ihrem Haus in Stockbridge, mit dem langen, schmalen Garten, dem Fahrradschuppen, der Haustür in Sheffield-Wednesday-Blau. Anfangs hatten Katelin und er sich schwer damit getan, sich irgendwo richtig niederzulassen. In fünf Jahren waren sie genau fünfmal umgezogen. Doch dann hatte er eine detailbesessene Geschichte des *New Musical Express* verfasst und dafür einen in der Branche ungewöhnlich hohen Vorschuss bekommen. Mit einem Mal war die Zeit des Lotterlebens vorbei – die Zeit der Matratzen auf dem Boden, des Schimmels an der Decke, der nackten Glühbirnen, des Wandteppichs vor dem Schlafzimmerfenster, der permanent für schummeriges Licht sorgte. Aber, verdammt, es war eine tolle Zeit gewesen. Katelin studierte damals Spanisch an der Uni, und Dan verbrachte seine Tage damit, unaufgefordert Musikkritiken für den *Scotsman* zu schreiben. Sie lebten von Katelins Studienbeihilfe und dem gelegentlichen Zehner, den Dan mit seinen Artikeln verdiente. Kennengelernt hatten sie sich in Kolumbien, in einer Bar in Bogotá. Damals war Katelin absolut unerschrocken gewesen, ein stämmiges rothaariges Mädchen aus Coleraine mit milchweißer Haut, selbst noch nach zwei Monaten in Südamerika. Sie sprach fließend Spanisch, trank wie ein Bauarbeiter, und wenn sie einen im Tee hatte, sang sie schmutzige irische Lieder – »Schmuddelballaden« sagte sie dazu. Zum ersten Mal, seit er im Land war, genoss Dan seinen Aufenthalt.

Sie hielten Kontakt. Katelin war wieder zurück an die Uni gegangen, um im September ihren Abschluss zu machen, und Dan hatte seine Eltern in Sheffield besucht, um diese über seine Zukunftspläne in Kenntnis zu setzen. Dann trampte und wanderte er mit seinem Rucksack und der Gitarre auf dem Rücken den ganzen Weg bis nach Edinburgh. Als er an die Tür von Katelins Wohnung in der Marchmont Road klopfte, hatte er Löcher in den Turnschuhen, Blasen an den Füßen und seit anderthalb Tagen nichts gegessen. Er hatte dort gestanden, benommen, halb verhungert, und in den zwei Minuten, die sie brauchte, um zur Tür zu kommen, zog er zum ersten Mal die Möglichkeit in Betracht, dass sie vielleicht entsetzt sein würde, ihn zu sehen, oder aber dass sie – schlimmer noch – gar nicht wirklich existierte. Doch dann ging die Tür auf, und Katelin stand da, in Fleisch und Blut, genau so, wie Dan sie in Erinnerung hatte. Sie lächelte und sagte: »Du hast ganz schön lange gebraucht«, und damit war alles klar.

Das war inzwischen lange her – sehr, sehr lange. Dan saß am Schreibtisch, hoch oben in seinem Turm, morgens um kurz vor drei, und ließ seinen von Whisky befeuerten Gedanken freien Lauf. Darüber, mit welch unfassbar grausamer Geschwindigkeit die Zeit verging. Er war auf dem besten Wege, melancholisch zu werden, als ihm gerade noch rechtzeitig Willie Dundas einfiel. Er zog die Scheibe aus seiner Jackentasche, schob sie in den CD-Player, und augenblicklich war das kleine Büro erfüllt von einem Gitarrenintro, das Dan grinsen ließ: erst ein einzelner Akkord, der in der Luft hing wie ein Versprechen, dann ein schnelles, bluesiges Riff und schließlich Willies Stimme, tief, weich, gefühlvoll, er nuschelte wie betrunken, als hätte er kaum noch die Kraft, sich zu artikulieren. Dieser Fischer war schon irgendwie genial – aber das hatte Dan mit Duncans Entdeckungen schon öfter erlebt. Meist waren diese Künstler dermaßen integer, dass man sie kaum aus ihrem Schlafzimmer, ihrem Schuppen oder eben ihrer Fischerhütte locken konnte. Dan ließ die Musik laufen, während er den Mac hochfuhr, um noch mal kurz bei Twitter reinzuschauen, falls es was Neues gab, und er stellte sich Willie Dundas vor, wie dieser auf seinem Kutter draußen auf der Nordsee sang. Ob man den Mann wohl dazu überreden konnte, vor lauter Fremden in einem Laden wie dem Whistle Binkies zu singen?

Twitter erstrahlte hellblau auf dem Bildschirm, und eine Flut von Tweets erschien in ihrer ganzen egomanen Pracht und Herrlichkeit. Achtundzwanzig Benachrichtigungen von Leuten, mit denen Dan kaum etwas zu tun hatte. Sieben persönliche Nachrichten von Leuten, die er tatsächlich kannte, aber nichts, worum er sich morgens um drei kümmern musste. Man sollte besser aufpassen, dass man nicht einsam wirkte, wenn man mitten in der Nacht antwortete, unter dem Einfluss von Laphroaig. Beiläufig scrollte er durch den Nachrichtensumpf, mit dieser müden Gleichgültigkeit, die Twitter immer bei ihm auslöste, und eben wollte er den Computer schon herunterfahren und ins Bett gehen, als eine neue Meldung auf dem Bildschirm blinkte. Kev Carter. Kevs Nachrichten waren immer lesenswert, zu jeder Tages- und Nachtzeit. Dan beugte sich dichter an den Bildschirm heran, dann wich er abrupt zurück, als hätte man ihm einen Schlag versetzt.

> Hey Mann @DanLawrenceMusic kennst du noch Alison Connor? Guck mal, was die so treibt ... voll berühmt! @CarterK9
> @AliConnorWriter

Alison Connor. Wow. Dan starrte ihr Foto an.
Alison Connor.
Alison Connor.
@AliConnorWriter.

Zum ersten Mal seit bestimmt dreißig Jahren sah er sie wieder. Großer Gott. Sie sah noch ganz genauso aus: älter natürlich, aber sonst genauso. Er klickte ihren Namen an, und ihre Seite baute sich auf. Dann klickte er auf ihr Foto. Es füllte den Bildschirm aus. Sein Mund wurde ganz trocken, was ihn doch erstaunte, denn immerhin war es drei Jahrzehnte her, dass er sich Alison Connor aus dem Kopf geschlagen hatte. Aber sie sah immer noch genauso süß aus, so klug, so verletzlich irgendwie. Großer Gott. Er betrachtete ihr Gesicht. Ja, sie sah einfach unglaublich aus. Er klickte zurück zu ihrem Profil.

> **Ali Connor**
> @AliConnorWriter
> Schreibe meine Bücher, höre meine Songs, freue mich des Lebens.

Tweets	Folgt	Follower
165	180	67.2K

Adelaide, SA
Beigetreten November 2011

Dan lehnte sich auf seinem Stuhl zurück und verschränkte die Arme. Er dachte über die Welt nach, in der nicht nur er lebte, sondern tatsächlich auch Alison Connor. Offenbar war sie nach Südaustralien gezogen und Bestsellerautorin geworden, wenn man den Zahlen glauben durfte.

»Meine Güte, Dan, was machst du denn um diese Zeit noch am Computer?«

Katelin war aus dem warmen Bett gestiegen und die Treppe heraufgekommen. Jetzt stand sie in der Tür und musterte ihn, offensichtlich leicht verstimmt. Er hatte sie gar nicht gehört. Sofort bekam er ein seltsam schlechtes Gewissen und ging in die Defensive.

»Ach, alles Mögliche«, erwiderte er. »Während die einen schlafen, ist die andere Hälfte der Menschheit wach.«

»Ich schlafe nicht, Dan. Deine Musik hat sich in meine Träume geschlichen.«

»Oh, entschuldige. Hab ich dich geweckt?«

Sie zuckte mit den Schultern. »Na ja, nein, ich musste aufs Klo, aber als ich wach war, konnte ich die Musik hören.« Sie fuhr sich mit einer Hand durch ihre Haare, die jetzt kreuz und quer abstanden, und sie sah tatsächlich etwas komisch aus, mit ihrer leicht mürrischen Miene und ihrem karierten Pyjama.

»Okay«, sagte er. »Tut mir leid. Willie Dundas, Fischer aus East Neuk.«

»Ganz toll. Machst du aus und kommst ins Bett?«

»Na klar.« Er sah sie lächelnd an, stellte seinen Mac jedoch keineswegs aus. »Ich will mir nur noch ein paar Sachen zu Bonnie Prince Billy aufschreiben.« Verdammt, dachte er. Warum lüge ich?

Sie verdrehte die Augen. »Jetzt? Im Ernst? Kann das nicht warten?«

»Noch fünf Minuten. Dann bin ich bei dir. Versprochen.«

»O Gott, McCulloch ist ja auch hier oben!«

»Er ist mir hinterhergelaufen. Ich nehme ihn gleich mit runter.«

»Fünf Minuten.«

»Jep.«

Sie sah ihn an, als sei ihm nicht zu helfen, dann tappte sie wieder die Treppe hinab. Er sollte wirklich runtergehen. Er musste sich zu Bonnie Prince Billy nichts aufschreiben. Es gab keinen Grund, noch weiter hier oben zu bleiben, und er war hundemüde. Trotzdem blieb er da. Und dachte über @AliConnorWriter nach. Nur noch eine Minute. Zwei Minuten. Drei Minuten. Es fiel ihm schwer, sich von ihr zu trennen, nachdem er sie gerade erst wiedergefunden hatte. Am Ende wurden daraus fast zehn Minuten, in denen er sich ihre Fotos ansah, sich durch ihre Tweets scrollte, ihren Namen googelte und eine Fülle von Informationen zum unaufhaltsamen Aufstieg der Ali Connor fand. Dann dachte er: scheiß drauf! Er ging noch mal zu ihrem Twitter-Account, klickte auf den Folgen-Button, klappte sein Notebook zu, stellte Willie Dundas aus und nahm McCulloch mit nach unten.

3

ADELAIDE,
12. OKTOBER 2012

Sheila, eine Freundin von Alisons Mutter, war 1967 nach Australien ausgewandert. Mit ihrem Namen passe sie bestens nach Australien, sagte sie immer. Im Rahmen einer staatlich organisierten Überfahrt war sie von Southampton aus mit dem Schiff nach Australien gereist und so dem Versprechen auf ein neues Leben in Elizabeth und einen Job in der Holden-Autofabrik gefolgt. Dort hatte sie Kalvin Schumer kennengelernt, einen Ingenieur. Er war ein waschechter Australier – Sohn deutscher Eltern, aber geboren und aufgewachsen in Adelaide – und der schmuckste Kerl, dem Sheila je begegnet war. An den Wochenenden machte er ihr den Hof und fuhr mit ihr in die Wüste, wo er rote Riesenkängurus jagte, um sie an seine Hunde zu verfüttern, und Schlangen tötete, indem er sie mit bloßen Händen im roten Staub packte und auf einen Felsen schlug, wie eine Peitsche.

Das alles stand in ihren Briefen, die nach ihrer Abreise noch eine Weile nahezu monatlich eintrafen, eine pflichtbewusste, lyrische Korrespondenz, die Catherine Connor allerdings ziemlich auf den Wecker ging. Sie kannte Sheila Baillie schon seit Ewigkeiten. Sie waren in derselben Straße aufgewachsen, bis die Familie Baillie nach Liverpool gezogen war. Danach hatte Catherine Sheila nur noch ein einziges Mal gesehen, bei ihrer eigenen Hochzeit mit Geoff Connor. Und dennoch hatte Sheila an der Freundschaft festgehalten – ohne allerdings so recht das Ausmaß von Catherines Desinteresse mitzubekommen oder die Tatsache, dass Catherine an der Flasche hing. Daher wusste sie auch nicht, dass ihre Briefe, aus denen der ganze enthusiastische Eifer einer Emigrantin sprach, nur noch mehr Verbitterung in Catherines Seele brachten – weil sie ein lebhaftes Bild einer Welt zeichneten, die so ganz anders war als ihr eigener trister Alltag.

Und Sheilas Briefe hatten in der Tat nichts Tristes an sich, ganz im Gegenteil. Mit schwungvoller Handschrift beschrieb sie detailliert ihre Abenteuer. Dabei spickte sie ihre Sätze mit Ausrufungszeichen, als wären das tropische Klima und die tödlichen Spinnen und endlosen Horizonte nicht exotisch und abenteuerlich genug. Als müsste die Aufmerksamkeit ihres Publikums extra noch darauf gelenkt werden, damit es nicht das Beste verpasste. Hätte Catherine diese Briefe, die auf hellblauem serviettendünnem Luftpostpapier bei den Connors eintrudelten, je beantwortet, wären die Berichte über das Leben *down under* sicher weitergegangen, aber Alisons Mum trank lieber, als dass sie las oder schrieb. Nur dem allerersten Brief hatte sie überhaupt Beachtung geschenkt, und der hatte sie richtig wütend gemacht, wenn Alison auch nicht wusste, wieso eigentlich. Danach nahm sie die Briefe jedes Mal angewidert von der Fußmatte, mit spitzen Fingern, als handele es sich um ein gebrauchtes Taschentuch, und sagte abfällige Sachen wie: »Hitze, Staub und Spinnen. Meint sie etwa, das interessiert uns?« Dann warf sie den ungeöffneten Umschlag in den Küchenmülleimer. Doch später, wenn die Luft rein war, fischte Alisons Bruder Peter – sechs Jahre älter als sie – den Brief zwischen Teeblättern und Kartoffelschalen hervor, nahm sein Taschenmesser, schlitzte den Umschlag mit großer Piratengeste auf und veranstaltete in seinem Zimmer eine »Märchenstunde« – was bedeutete, dass er seiner Schwester den Brief laut vorlas, während beide im Schneidersitz auf seinem Bett hockten.

Sheilas Briefe vermittelten Alison so etwas wie Mut und Entschlossenheit. Sie sammelte sie unter ihrer Matratze wie einen Schatz, und als irgendwann keine Briefe mehr kamen, als Sheila Catherine nicht mehr schrieb, fühlte Alison sich geradezu beraubt. Es war ihr nie in den Sinn gekommen, dass sie ja selbst hätte zurückschreiben können. Sie war so jung gewesen, wusste weder, wie man das machte, noch hatte sie das Geld für eine Briefmarke, und außerdem war Catherine ihre Mutter. Aber sie hütete die Briefe wie ihr kostbarstes Kleinod, las sie immer wieder. Bis Catherine eines Tages den Stapel fand und ihn ins Feuer warf, um ihre Tochter für ihren Verrat zu bestrafen. Doch Alison kannte die besten Stellen bereits auswendig. Ehrfürchtig rezitierte sie ganze Absätze, als wären es Sonette oder Psalmen.

Kakadus sitzen hier in den Bäumen, weiß mit gelbem Schopf. Die machen einen Mordskrach! Sie klauen die Pflaumen aus unserem Garten und starren uns mit ihren frechen schwarzen Augen an. Die niedlichen Koalas rollen sich oben auf den Ästen der Eukalyptusbäume ein, schlafen endlos lange, wie alte Männer

nach dem Sonntagsbraten. Die Spinnen sind groß wie gespreizte Männerhände. Stell dir das mal vor! Aber das sind nicht die, vor denen man sich in Acht nehmen muss – gefährlich sind die Rotrücken, viel, viel kleiner, aber tödlich, wenn sie sich bedroht fühlen. Kalvin meint, man sollte immer erst einen Blick in den Briefkasten werfen, bevor man reingreift!
Und erst die Hitze! Der Rasen hinter dem Haus dampft morgens, wenn die Sonne aufgeht, und manchmal schmilzt sogar die Straße! Trotzdem pflanzen wir Blumen. Der Pfauenstrauch wächst gut, aber auch Petunien und Veilchen gedeihen, wenn sie genug Wasser bekommen! Doch selbst im Garten weht der Staub um meine Füße, obwohl die Wüste noch ein ganzes Stück weit weg ist. Irgendwie ist sie immer präsent, heiß und rot, und erinnert mich daran, dass es sie gibt. Es ist ein wundervolles Land, Catherine, ein glückliches Land, und du wirst verstehen, was ich meine, wenn ihr mich besuchen kommt. Kommt doch!

Diese letzten Worte waren Alison immer im Gedächtnis geblieben. *Du wirst verstehen, was ich meine, wenn ihr mich besuchen kommt.* Erwartete diese Sheila sie denn? Sollten Alison und Peter etwa die Chance erhalten, an einem fernen Ort namens Elizabeth aufzuwachsen, statt in Attercliffe? Peter wusste es nicht, und die Mutter konnten sie nicht fragen: das nicht und auch sonst nichts. Catherine Connor hatte keine Geduld für Fragen. Die erinnerten sie nur daran, dass sie Verantwortung zu tragen hatte.

Diese Erinnerungen also – aller Schmerz und alle Freude auf ihre Essenz reduziert – erwachten jedes Mal in Ali Connor, wenn sie von Journalisten zu ihrem Erfolg interviewt und gefragt wurde, was sie einst nach Adelaide geführt hatte. Das Klima, sagte sie dann. Die Adelaide Hills, die kultivierte Stadt, der endlose Ozean, das Essen, die bunten Papageien, die leuchtenden, sonnendurchfluteten Morgen, die pechschwarzen Nächte, die Ruhe zu schreiben. Ja, das alles waren Gründe gewesen zu bleiben. Aber hergekommen war sie deshalb nicht. Die Gründe dafür hatte sie für sich behalten, hatte nicht mal ihrem Mann davon erzählt, nicht mal Cass Delaney, die glaubte, Alis dunkelste Geheimnisse zu kennen.

Die beiden Freundinnen saßen zusammen in einem Café in North Adelaide, wiedervereint nach Cass' Arbeitswoche in Sydney, und sie hatte Ali heute schon dreimal gehört, zweimal im Fernsehen bei *News Breakfast* und *Sunrise* und einmal im Radio. Und nachher musste Ali wieder in die ABC-Studios für eine Aufzeichnung der BBC. Cass freute sich, dass ihre Freundin derart gefragt war, war begeistert über ihren Erfolg – aber warum nur, wollte sie wissen, klang Ali immer, als wollte sie nicht mit der Sprache heraus?

»Immer diese Gemeinplätze!«, sagte Cass. »Lass einfach den Quatsch mit der Landschaft. Das klingt so abgedroschen.«

»Dann hör einfach nicht hin«, erwiderte Ali. »Das wäre mir, offen gesagt, sowieso lieber. Es macht mich nervös.«

»Du kommst total verklemmt rüber, als wolltest du lieber woanders sein. Du bist ein *Aussie*, Mädchen! Benimm dich auch so, lass alles raus! Erzähl ihnen, wie du Michael in Spanien aufgegabelt hast, dass er dir wochenlang gefolgt ist wie ein Hündchen, bis du nachgegeben hast und mit ihm durch die Welt gezogen bist.«

Ali lachte, dann nippte sie an ihrem Kaffee. »Ehrlich, Cass, so bin ich eben. Wenn es nach mir ginge, würde ich das mit der Publicity ganz sein lassen. Ich mache das nur für diese nette Jade vom Verlag. Die gibt sich so viel Mühe, dass ich mich verpflichtet fühle.«

»Ach, komm schon! Du solltest das Scheinwerferlicht genießen, solange es auf dich gerichtet ist.«

»Ich wünschte, du könntest das für mich übernehmen. Du wärst so viel besser darin.«

»Aufmerksamkeit habe ich noch nie gescheut, das stimmt.«

»Und ich sitze lieber allein am Schreibtisch und denke mir Geschichten aus. Da muss ich mich nicht hübsch anziehen und mir die Haare waschen, wenn mir nicht danach zumute ist.«

»Denk doch mal nach!«, sagte Cass. »Du bist jetzt berühmt, ob es dir gefällt oder nicht. Wenn du nicht langsam etwas warmherziger rüberkommst, werden die Leute das Interesse an dir verlieren. Das Blatt soll sich doch nicht wenden, oder?«

»Ach, Quatsch. Ich bin überhaupt nicht berühmt«, erwiderte Ali. Sie blickte sich um, betrachtete die Leute um sich herum, die aßen und sich unterhielten, ohne von ihr Notiz zu nehmen. »Siehst du? Es kümmert keinen. Mein *Buch* ist bekannt, aber ich wette, kaum die Hälfte der Leser könnte sagen, wer es geschrieben hat. Gott sei Dank!« Sie beugte sich vor und stützte das Kinn auf ihre Hände. »Und wie war *deine* Woche?«

»So lala«, sagte Cass. »Irre viel zu tun, wie immer. Hab gerade einen langen Artikel für die Zeitung abgegeben. ›Die Gier als neue ökonomische Orthodoxie‹, falls es dich interessiert.«

Ali schüttelte den Kopf. »Nein, nicht wirklich.«

Cass lachte. »Hey, kommst du in nächster Zeit mal nach Sydney? Ich hab einen neuen Verehrer, Halbchinese. Bisschen klein für mich, aber im Liegen sind sie alle groß genug.«

»Ohoo, wie heißt er denn?«

Cass tat einen Moment, als müsste sie überlegen. »Nö«, sagte sie, »fällt mir nicht mehr ein.«

Ali lachte. »Sieht aber gut aus?«

»Na ja, er ist nicht gerade so heiß, dass die Oper von Sydney in Flammen aufgehen würde«, meinte Cass, »aber er ist ganz süß. Komm vorbei und guck ihn dir an. Aber beeil dich, bevor ich ihn wieder in die Wüste schicke.«

»Das mache ich vielleicht sogar. Meine Lektorin sitzt mir im Nacken, dass ich mich mit ihrem Chef treffe, um mit ihm über eine Fortsetzung zu sprechen.«

»*Hast* du denn schon eine Fortsetzung?«

»Nein.«

»Immer noch keine Idee?«

»Doch, mehr als genug, aber keine passend zu *Tell the Story, Sing the Song*.«

»Ah, verstehe. Die wollen noch mal dasselbe in Grün.«

»Genau. Ich bin noch nicht sicher, ob ich mich wirklich so weit verbiegen will, dass ich sie zufriedenstellen könnte.«

»Du hast die neuen *Dornenvögel* geschrieben, Süße. Du kannst tun und lassen, was du willst. Isst du deinen Kuchen noch?«

Ali schüttelte den Kopf. »Ich hab dir doch gesagt, ich will keinen. Eigentlich wollte ich nur Kaffee.«

»Komm schon! Man soll doch im Radio nicht dein Magenknurren hören.«

Ali schüttelte den Kopf und sah auf ihrem Handy nach der Uhrzeit. »Hör zu, ich schau vor dem Interview noch mal kurz zu Hause vorbei.«

»Was? Wieso?« Cass sollte sie eigentlich zum Termin fahren. Das war der Plan.

»Weiß auch nicht. Möchte ich eben.« Ali stand auf und trank ihren Kaffee aus. »Ist noch Zeit genug. Ich muss erst in einer Dreiviertelstunde in Collinswood sein. Mach dir keine Sorgen. Ich fahre selbst.«

»Aber du wirst zu spät kommen!«

»Werde ich nicht!«

»Ehrlich, Ali, lass die BBC nicht warten. Das sind schließlich deine Leute.«

Ali lachte. »Cass, manchmal redest du wirklich Quatsch. Vor ein paar Minuten hast du mich noch als Aussie bezeichnet.« Sie schlang ihren kleinen schwarzen Lederrucksack um die Schulter, strich sich ein paar Strähnen aus dem Gesicht und klemmte sie sich hinters Ohr. Wie blass sie ist, dachte Cass. Müde Augen hat sie, und zu dünn ist sie auch.

»Zum Glück ist es Radio«, sagte Ali, als könnte sie Gedanken lesen. »Da ist es doch egal, wie ich aussehe.«

»Du siehst hinreißend aus, wie immer«, sagte Cass. »Aber ein bisschen Lippenstift könnte nicht schaden. Für den Fall, dass da Autogrammjäger sind.«

»Sehr witzig«, erwiderte Ali, warf ihr eine Kusshand zu und wandte sich zum Gehen.

Cass sah ihr hinterher. Wenn sie sich auf einer einsamen Insel entscheiden müsste zwischen Ali Connor und dem jungen Paul Newman, müsste sie Paul leider zurück ins Meer stoßen, denn ohne Ali könnte sie nicht sein, nie im Leben. Cass hatte reihenweise Freunde in Sydney, Männer wie Frauen, und sie liebte das Nachtleben dort. Und dennoch kehrte sie oft genug spätestens am Donnerstag oder Freitag wieder zu ihren Wurzeln nach Adelaide zurück, und der entscheidende Grund dafür war Ali. Sie beobachtete, wie ihre Freundin sich einen Weg durch das gut besuchte Café bahnte, die Tür zur Straße öffnete und ins grelle Tageslicht hinaustrat, wo sie kurz stehen blieb, um ihre Sonnenbrille aufzusetzen. Dann war sie weg.

»Ich bin immer für dich da, Süße«, murmelte Cass, während sie ihr hinterherblickte.

Es war nur etwas mehr als ein Kilometer von der Jeffcott Street bis zu ihrem Haus, aber trotzdem beeilte sich Ali, denn sie wusste, dass sie sich vermutlich verspätete, wenn sie erst nach Hause lief, um dann von dort aus rüber nach Collinswood zu fahren. Sie hätte bei Cass bleiben können – *sollen* –, hätte noch einen Kaffee trinken und sich dann von ihr im klimatisierten Mercedes zu den ABC-Studios fahren lassen sollen, um entspannt und pünktlich dort zu sein. Aber sie hatte heute schon drei Moderatoren zu ihrem Privatleben Rede und Antwort gestanden und deshalb das übermächtige Bedürfnis, einen Moment die Tür hinter sich zuzumachen, um die Welt auszusperren, sogar Cass. Wild entschlossen eilte sie durch die Straßen von North Adelaide, mit gesenktem Blick, und als sie zu

Hause ankam, bedeckte ein leichter Schweißfilm ihre nackte Haut. Erleichtert zog sie die Tür hinter sich zu und stand einen Moment schwer atmend auf dem polierten Parkettboden in der Eingangshalle. So wartete sie auf die beruhigende Wirkung des Hauses, darauf, dass sich ihre Anspannung löste und sich ein Gefühl von Geborgenheit einstellte.

Es war ein besonders schönes Haus. Ein imposantes Herrenhaus, Michaels Erbe. Sie waren schon Mann und Frau gewesen, als er sie zum ersten Mal mit hierherbrachte, um sie seiner Familie vorzustellen. Trotzdem war sie von seiner Mutter in einem der Gästezimmer einquartiert worden. Erst nachdem sie ein Jahr verheiratet waren, erlaubte sie den beiden, offiziell im selben Zimmer zu schlafen, in einem Doppelbett. Margaret McCormack war eine Naturgewalt gewesen, eine unmögliche, unbezwingbare, hochfahrende Zuchtmeisterin von einer Frau, die glaubte, ihr Sohn sei Ali auf den Leim gegangen. Was hatte dieses Mädchen schon zu bieten? In Alis englischem Akzent sah Margaret kein Gütesiegel, und auch ihre unübersehbare Schönheit konnte sie nicht beeindrucken. Als sie erfuhr, dass Ali sich einen Job hinter dem Tresen eines Pubs in der Hutt Street gesucht hatte, schäumte sie vor Empörung beinahe über. Aber das junge Paar hielt durch, und Michael versicherte Ali, seine Mutter würde sie letzten Endes schon noch in ihr Herz schließen – solange sie sich im Haus nur an ihre Regeln hielten. Außerdem sei dieses Haus ein Geschenk. Warum irgendwo für eine schlechtere Unterkunft bezahlen, wo sie doch momentan gar kein Geld hatten? Und so schlich Michael – obwohl er erwachsen war, verheiratet, Mediziner – über den teuren türkischen Teppich im ersten Stock zu Ali, die keusch in ihrem schmalen Bett auf ihn wartete. Es war schwer vorstellbar, dass eine solche Situation unkommentiert bleiben würde, wenn Margaret etwas davon mitbekäme. Also perfektionierten sie die Kunst der lautlosen Liebe, und Margaret – die sicher wusste, was los war, denn nur ein Dummkopf hätte es nicht wissen können, und sie war kein Dummkopf – schien damit zufrieden, dass ihre Oberhoheit ungeschmälert blieb. Als Ali auf den Tag genau ein Jahr nach ihrer Ankunft im Herrenhaus ihr Zimmer betrat, war das Bett abgezogen, und ihre Sachen – Kleider, Toilettenartikel, Kosmetika – waren weg. »Deine Kleider sind in Michaels Zimmer«, sagte Margaret, die mit einem Mal hinter ihr stand. »Ich habe Beatriz gebeten, sie dorthin zu bringen, während du unterwegs warst. Kein Grund, ihr zu danken. Sie wird mehr als angemessen entlohnt. Bei mir allerdings darfst du dich bedanken.«

Margaret hatte inzwischen längst das Zeitliche gesegnet, aber Beatriz war noch da. Als Ali in die Küche kam, saß die alte Dame am Küchentresen und schälte Erbsen. Wie üblich hatte sie ihre langen grauen Haare zu einer Art Turban aufgetürmt, und sie trug einen skurrilen altmodischen Kittel mit buntem Blumenmuster und goldenen Knöpfen, um ihre Kleidung zu schützen. Mit geschickten Fingern bearbeitete sie die Schoten, und als sie Ali sah, verzog sich ihr breites, freundliches Gesicht zu einem liebevollen Lächeln.

»Ali, mein Mädchen«, sagte sie. Sie reichte ihr eine Erbsenschote, die Ali nahm und aufbrach, um sich die Reihe von Erbsen in den Mund zu schütten. Beatriz betrachtete sie mit aufrichtiger Zuneigung.

»Ich kann nicht lange bleiben«, sagte Ali mit dem Mund voller Erbsen. »Ich muss rüber nach Collinswood, zu den Fernsehstudios.«

Traurig schüttelte Beatriz den Kopf. Ihre Augen waren so ausdrucksvoll, dass sie jedes Gefühl vermitteln konnten: Freude, Sehnsucht, Trauer, Verachtung, Zorn, Heiterkeit. Im Moment zeigten sie nur Mitgefühl.

»Emsig, emsig, emsig«, sagte sie. »Immer emsig, immer auf dem Weg wohin, nie mal Zeit, bei mir zu sitzen und Erbsen zu pulen.« Ihr portugiesischer Akzent war selbst nach einem halben Leben in Adelaide noch unvermindert ausgeprägt. Man musste sich einfach nur darauf einlassen, so als lernte man eine fremde Musik kennen.

Sie neigte den Kopf, widmete sich wieder ihrer Aufgabe. Ali betrachtete sie einen Moment lang, dann fragte sie: »Was macht deine Hüfte, Beatriz?«

Beatriz blickte auf. »Nicht besser, nicht schlechter.«

»Du solltest nicht zu lange sitzen«, meinte Ali. »Geh spazieren oder spring ins Wasser. Hauptsache, du bewegst dich!«

Beatriz lachte schallend. »Du weißt, dass ich nicht gern nass werde.«

»Schwimmen ist sehr gesund, Beatriz«, erwiderte Ali. »Und wir haben da draußen einen Pool, den keiner mehr nutzt.« Sie nahm ein Glas aus dem Schrank und schenkte sich Eiswasser aus dem Kühlschrank ein. Die Kälte war ein Schock. Ali spürte einen stechenden Schmerz in Schläfen und Zähnen. Beatriz konzentrierte sich bereits wieder auf ihre Erbsen, und Ali ging zur offenen Hintertür hinaus in den Garten, wo die Sprinkleranlage den Rasen bewässerte. Ein kleiner Schwarm von leuchtend bunten

Loris tanzte in dem hohen Bogen aus feinen Tröpfchen, und als Ali ihre Sandalen abstreifte und sich zu ihnen auf das feuchte Gras gesellte, hatten die Tiere sie mit ihren schwarzen Knopfaugen genau im Blick, ließen sich aber nicht vertreiben. Sie lief über den Rasen zum Swimmingpool – einem schmalen Rechteck in Türkis, im scharfen Kontrast zu den alten Steinplatten, von denen es eingefasst war –, raffte ihren Rock zusammen und setzte sich auf den Rand vom Pool, sodass ihre Beine im Wasser hingen, fast bis zu den Knien. Dann legte sie sich hin und genoss die Wärme der Steine und das kühle Gras, während das Wasser kaum merklich um ihre Beine schwappte. Sie schloss die Augen vor dem viel zu blauen Himmel und lauschte dem quäkenden Schnattern der Vögel und dem Prasseln des Wassers aus dem Sprinkler, ließ ihren Gedanken freien Lauf. Da fiel ein Schatten auf ihr Gesicht, und sie hörte Stellas Stimme.

»Mum, dein Rock wird klatschnass.«

Ali schlug die Augen auf. Ihre Tochter blickte auf sie herab. Sie war siebzehn und hatte Alis dunkelbraune Haare, Alis Haselnussaugen, Alis Nase, Mund und Kinn. Aber ihren eigenen Kopf.

»Was machst du da überhaupt? Du siehst so komisch aus.«

»Ich ruh mich ein bisschen aus«, antwortete Ali, und dann, nach kurzer Pause: »So was sagt man nicht, Stella.«

Das Mädchen ließ sich neben ihr auf den Boden sinken, im Schneidersitz, und Ali warf einen Blick auf ihre jüngere Tochter. Diese kaute am Nagel ihres linken Daumens und starrte ins Wasser.

»Alles okay?«

Stella zuckte mit den Schultern.

»Was ist?« Ali richtete sich auf, und im Sitzen merkte sie, dass Stella recht hatte. Ihr Rock *war* klatschnass. »Stella, was ist los?«

Vom Haus her rief Beatriz: »Ali, Cass ist mit dem Auto da und sagt, sie fährt dich nach Collinswood.« Stella sah ihre Mutter an und verdrehte stöhnend die Augen.

»Cass kann warten«, meinte Ali zu Stella. »Sie sollte eigentlich gar nicht herkommen.«

»Schon okay«, erwiderte Stella und wandte sich ab, mit so etwas wie düsterem Fatalismus. »Geh ruhig.«

»Stella«, insistierte Ali. »Was ist passiert, Süße?«

Da hörte sie Cass' Stimme laut und deutlich durch die offene Hintertür. »Ali Connor, du musst los!«, rief ihre Freundin.

»Halt die Klappe, Cass!«, rief Ali zurück.

»Versuch bloß nicht, cool zu sein, Mum«, sagte Stella mit dem ausdruckslosen Tonfall eines Teenagers.

»Ich versuche nicht, cool zu sein. Ich bin nur sauer auf Cass. Was ist los mit dir, Stella?«

»Huhu, Stella, Schätzchen!«, rief Cass und winkte wie wild vom anderen Ende des Gartens her. Doch Stella ignorierte sie.

»Im Ernst, Mum, geh ruhig.«

»Na gut, okay, ich sollte lieber los. Aber wir reden nachher, okay? Nachher oder morgen früh? Ich muss noch mal ins Studio, es geht um ...«

»... dein Buch. Ich weiß, ich weiß. Geh schon.« Stella sprach mit dieser ausdruckslosen, desillusionierten Stimme, mit der sie endlose Langeweile kommunizierte, und Ali wusste, dass man mit ihr nicht reden konnte, wenn sie in dieser Stimmung war. Also ließ sie ihre Tochter am Pool zurück, wo sie mürrisch die kleinen Wellen auf dem Wasser anstarrte.

»Oh-oh. Ärger?«, fragte Cass, als sie das Haus verließen.
»Das geht vorbei«, meinte Ali.

Das Buch. Das Buch. Ein dicker, lesbarer Wälzer, hundertfünfzigtausend Wörter, direkt ins Taschenbuch, und Alis Meinung nach nicht besser oder schlechter als ihre vorherigen drei Romane, die in Australien einigermaßen gut angenommen worden waren, von denen der Rest der Welt aber nichts gehört hatte. *Tell the Story, Sing the Song* dagegen war ein echtes Phänomen. Nach der Veröffentlichung war es erst nur langsam angelaufen, doch dann folgte eine Flut von einflussreichen Online-Rezensionen, die Verkäufe zogen an, die Buchclubs liefen heiß, kurze Aufregung beim Verlag, weil sie mit dem Nachdrucken nicht hinterherkamen. Dann ein Anruf bei ihrem Agenten Anfang Oktober, von Baz Luhrmanns Büro: Nennen Sie Ihren Preis für die Rechte, hatten sie gesagt. Baz will dieses Buch, Nicole ist mit an Bord, ebenso Hugh. Tausende Bücher gingen weltweit jede Woche über den Ladentisch, und Alis lumpiger Vorschuss war in Rekordzeit wieder eingespielt. Zum ersten Mal im Leben verdiente sie mit ihren Büchern Geld, und im Interview für *Woman's Hour* auf BBC Radio 4 fragte Jenni Murray sie, wie sich das anfühlte.

»Unwirklich«, sagte Ali unter Kopfhörern, ganz allein am grünen filzbespannten Tisch in einem Studio der ABC. Direkt hinter der Glasscheibe sah sie Cass sitzen, die mit ins Studio gekommen war. Sie saß mit am Mischpult und frischte ihr Make-up auf, während sie ihrer Freundin lauschte. Eine junge Toningenieurin kaute gelangweilt Kaugummi, behielt aber die Pegel und Mikros im Blick.

»Unwirklich und leicht obszön«, fügte Ali hinzu.

»Obszön?«, fragte Jenni Murray. »Das ist eine ungewöhnliche Wortwahl.«

»Na ja, ich befinde mich ja auch in einer ungewöhnlichen Lage«, sagte Ali. Sie spürte es schon wieder. Spürte, wie sie in die Defensive ging. Und staunte über den Klang ihrer Stimme. Ihre Familie und ihre Freunde in Adelaide amüsierten sich immer über ihren englischen Akzent. Doch jetzt hörte sie die volltönende, gepflegte Stimme der Moderatorin, und damit war ihre eigene Stimme ganz und gar nicht zu vergleichen. Ihr fehlte es an Substanz. Hinter der Scheibe wedelte Cass raumgreifend mit den Armen, drängte sie, weiter ins Detail zu gehen. Ali nickte. Ja, ja, bleib locker.

»Ist Ihnen das Geld unangenehm?«

»Es bringt mich zum Nachdenken«, erwiderte Ali, »über das willkürliche Wesen des Erfolges.«

»Als Sie die Idee für *Tell the Story* hatten, wussten Sie also nicht, dass Sie auf eine Goldader gestoßen waren?«

»Nein, natürlich nicht«, sagte Ali. »Meine drei anderen Bücher hatten nichts dergleichen erreicht, und eigentlich finde ich, sie hätten es ebenso verdient, zumindest aber nicht weniger als dieses neue. Ich schätze, manchmal entspricht ein Buch einfach der Vorstellungswelt eines größeren Publikums.«

»Was glauben Sie denn, warum es ein solcher Erfolg wurde?«

»Ich bin nicht sicher«, erwiderte Ali. »Wenn ich es

wüsste, hätte ich es wahrscheinlich schon früher geschrieben.« Sie hatte es lustig gemeint, doch sobald die Worte heraus waren, wusste sie, dass sie unhöflich klangen. »Nein, im Ernst«, fuhr sie fort, in dem Versuch, die Scharte auszuwetzen. »Ich denke, es sagt ein paar Wahrheiten über das Leben in Australien, über unsere kollektive Vergangenheit. Und es ist zugänglich, regt dabei aber auch zum Nachdenken an. Zumindest war das meine Absicht. Es spiegelt viel von den Ängsten und Sorgen der rechtschaffenen Australier wider.«

»Die Not der indigenen Völker, meinen Sie?«

»Unter anderem, ja, und dazu habe ich auch einiges zu sagen. Aber in meiner Geschichte geht es um Armut, und auch wenn die in erster Linie und historisch gesehen Farbige betrifft, können auch weiße Menschen unter ihr leiden, besonders in den ländlichen Gegenden im Süden von Australien. Ich weiß nicht, wie gut Sie sich hier auskennen, aber die ländlichen Gegenden sind unermesslich weit. Es gibt hier eine Rinderfarm, die ist größer als Wales, falls das hilft, einen Eindruck zu vermitteln.«

»Das tut es allerdings. Da wird einem ja ganz schwindlig. Und wie viel mussten Sie recherchieren? Es ist ein so vielschichtiges Buch ... Vielleicht spricht es deshalb ja eine derart breit gefächerte Leserschaft an.«

»Danke, ja. Ich hoffe, das tut es. Für einige Aspekte habe ich ausgiebig recherchiert, für andere nicht so sehr. Die Musik zum Beispiel, die junge Sängerin der Aborigines, die hatte ich fix und fertig im Kopf.«

»Das ist eine wundervolle Figur. Ist sie real?«

»Ja und nein«, sagte Ali. »Wie das Meiste in diesem Buch.«

»Also, ich konnte es nicht aus der Hand legen«, meinte Jenni Murray. »Sie haben ein faszinierendes Buch geschrieben, und als ich diese Woche mit dem Zug nach London fuhr, habe ich viele Leute gesehen, die darin vertieft waren.«

»Offenbar interessiert sich der Rest der Welt mehr für Australien, als wir dachten«, erwiderte Ali. »Außerdem spielt die Geschichte in Adelaide, und man hört nicht so viel von dieser Stadt. Ich denke, das unterscheidet das Buch vielleicht von anderen und macht es interessant.«

»Weil Adelaide anders und interessant ist?«

»Ja, ich glaube schon. In Sydney und Melbourne bezeichnet man uns als langweilig, aber ich denke, die sind nur neidisch. Mir jedenfalls kommt es hier immer vor wie im Paradies.«

»Na, wenn das kein Lob ist!«, sagte Jenni Murray, und da das keine Frage war, reagierte Ali nicht, sodass Jenni Murray das Schweigen rasch überbrückte.

»Sie leben nun also seit gut dreißig Jahren in Adelaide, aber geboren sind Sie in Sheffield?«

»Ja«, sagte Ali. »Das stimmt.«

»Und wie haben die Menschen zu Hause auf Ihren Erfolg reagiert?«

»Zu Hause?«, fragte Ali.

»Verzeihung, ich meinte: in Sheffield, in Attercliffe.«

»Oh«, sagte Ali ausdruckslos. Sie zögerte, dann fügte sie hinzu: »Ich weiß nicht, ich meine, ich habe keinen Kontakt zu irgendwem dort, nicht mehr, nach all den Jahren.«

»Adelaide ist also Ihr Zuhause, in jeder Hinsicht?«

»Zu hundert Prozent.«

Hinterher, in Cass' Wagen, scrollte sie sich durch die unzähligen Nachrichten und Benachrichtigungen, die auf dem Bildschirm ihres Smartphones schon auf sie warteten. Sie hatte sich geweigert, dem Vorschlag Ihrer Presseagentin nachzukommen und sich bei Facebook anzumelden, doch sie war widerwillig bereit gewesen, Twitter zu nutzen, und noch immer staunte sie, wie etwas im Grunde derart Triviales und Selbstdarstellerisches so breite Verwendung fand. Jeden Tag bekam sie neue Follower, und immer, wenn sie etwas postete, wurde es sofort »geliked« und immer und immer wieder »retweeted«. Hätte sie nicht einen harten Kern von Sheffield-Bescheidenheit und gesundem Menschenverstand in sich gehabt, hätte sie vielleicht glauben mögen, dass sie von Tausenden geliebt und bewundert wurde. Das ist alles so ein Quatsch, dachte sie, aber wenn es sein muss ...

»Ich werde Jade zuliebe einen Tweet über die wundervolle *Woman's Hour* posten«, sagte sie zu Cass.

»Braves Mädchen, das solltest du tun. Du hast dich gut gemacht da drinnen, Schätzchen, du klangst *sehr* aufgeweckt.« Ihre Freundin beugte sich vor und stellte das Radio an. Motormouth Maybelle sang »Big, Blonde And Beautiful«. Cass stimmte juchzend mit ein.

Ali stöhnte auf. »Echt jetzt?«, sagte sie. »*Hairspray?*«

»Ein Hoch auf Queen Latifah!«, erwiderte Cass und drehte lauter.

Ali lachte. »Du solltest es wirklich mal mit Musicals probieren.« Sie widmete sich wieder ihrem Telefon, ging die Liste der Nachrichten durch.

»Oh«, sagte sie plötzlich, und sie hörte selbst, wie seltsam ihre Stimme mit einem Mal klang.

»Was?«, fragte Cass, augenblicklich beunruhigt. »Trolle?«
»Nein, nein«, sagte Ali. »Nein. Nein.«
»Das sind ziemlich viele ›Neins‹.«
Ali schwieg. *DanLawrenceMusic folgt dir.*
»Ali?«

Jetzt sah sie Dans Gesicht – ein unspektakuläres Foto, keine Gimmicks, nur er im weißen T-Shirt, den Blick geradeaus gerichtet –, und nach der langen Zeit, nach all den Jahren war er ihr zutiefst vertraut. Daniel Lawrence. Ach du meine Güte, dachte sie. Sie zwang sich, tief einzuatmen, zitterte aber beim Ausatmen und verriet sich damit.

»Ali? Was ist mit dir?«

Sie zwang sich zu einem Lächeln. »Ach, nichts, nichts, ein Name aus alten Zeiten, mehr nicht. Hat mich nur kurz überrascht.«

Sie tippte auf Dans Namen, um sein Profil zu öffnen, dann starrte sie den Bildschirm ihres Telefons an.

Dan Lawrence
@DanLawrenceMusic
Folgt dir
I know, it's only Rock'n'Roll but I like it. WTID.

Folgt	**Follower**
825	28.3K

Edinburgh, Schottland
Beigetreten Juli 2009

»Ich bin hier echt im Nachteil, Babe«, sagte Cass. »Ich kann nicht sehen, was dich umtreibt.«

Dan Lawrence.

Daniel Lawrence.

Daniel. Dieser süße Junge, inzwischen ein Mann, lächelte sie wieder an.

»Ali?«, insistierte Cass besorgt, denn ihre Freundin starrte ihr Handy auf höchst untypische Art und Weise an, und sie antwortete nicht, war gar nicht mehr richtig da, irgendwie verloren.

»Komm schon, rede mit mir«, sagte Cass und stellte Maybelle ab. »Was guckst du dir da an?«

Ali sagte immer noch nichts, aber weil sie an einer roten Ampel standen, hielt sie den Bildschirm so, dass Cass einen Blick darauf werfen konnte.

»Mmmh, nett«, erwiderte sie. »Genau mein Beuteschema. Cooler Drei-Tage-Bart. Wer ist das?«

»Das *war* Daniel«, sagte Ali.

»Jetzt offensichtlich Dan. Was ist das?« Sie zeigte mit dem Finger. »WTID? Ist das so was wie ein Code? Hat das was zu bedeuten?«

»Ja«, sagte Ali. »Es bedeutet *Wednesday Till I Die.*«

»Wednesday? Warum Wednesday? Wieso nicht irgendein anderer Wochentag?«

»Lieblingsmannschaft«, sagte Ali. »Fußball.«

»Engländer?«

»Jep.«

»Nicht schlecht«, meinte Cass und beugte sich vor, um besser sehen zu können. »Oh ja, Baby, der könnte mir auch gefallen.«

4

SHEFFIELD,
23. DEZEMBER 1978

Wummernde Musik drang durch den Boden, und das ganze Haus war erfüllt von einem dumpfen Gewirr heiserer Stimmen, wie von einer zweiten Tonspur – singend, rufend, lachend, die Treppe herauf und durch geschlossene Türen. Unentrinnbar. Alison und Daniel befanden sich in einem kleinen Schlafzimmer im hinteren Teil von Kevins Haus, im Grunde nur eine Rumpelkammer. Auf dem Boden stapelten sich zerlesene Zeitungen und Zeitschriften, und daneben standen ein alter Fernseher, ein Hamsterkäfig, ein Koffer mit verrosteten Schlössern, ein Pappkarton voll eingetrockneter Malerpinsel, eine Rolle Linoleum mit Kieselmuster und ein lieblos gefalteter Haufen dicker orangefarbener Vorhänge. Von draußen fiel das gelbe Licht der Straßenlaterne herein. Ali lag auf dem Rücken, in Daniels Armen, auf zahllosen Jacken und Mänteln, die auf ein schmales Bett geworfen worden waren. Er hielt sie behutsam, als könnte sie zerbrechen, was sie auch tatsächlich befürchtete. Sie fühlte sich unwirklich, ein hauchdünnes Mädchen. Unten auf der Tanzfläche war sie so eins mit sich selbst gewesen, so selbstsicher. Sie hatte gewusst, dass Daniel sie beobachtete, und sie hatte gewusst, wie gut sie aussah, aber jetzt hatte sie keine Ahnung, was zu tun war, was Daniel sich von ihr wünschte. Sie kam sich dumm vor, verletzlich und verunsichert.

Daniel wusste, was zu tun war – vor allem aber wusste er, was er sich wünschte –, doch spürte er, wie sie bei jedem Atemzug zitterte. Ali lag ganz, ganz still, wie jemand, der mit dem Schlimmsten rechnete. Seufzend schloss sie die Augen, und als er fragte: »Alles okay?«, öffnete sie sie wieder, antwortete jedoch nicht, sondern erwiderte nur seinen Blick. Jetzt war er direkt über ihr, auf seinen Ellenbogen gestützt, und betrachtete ihr Gesicht. Sie nickte, und er beugte sich herab, um sie zu küssen. *Das* konnte sie tun. Das kannte sie. Ihre Lippen waren warm und trocken, und er achtete darauf, nicht zu stürmisch zu sein oder allzu gierig, nicht allzu verzweifelt zu wirken. Also ließ er von ihrem Mund ab und küsste ihr Gesicht, wieder und wieder, und als sie die Augen schloss, küsste er ihre Lider. Da endlich kam sie ihm entgegen, wandte sich halb um, sodass sie nun eng nebeneinanderlagen. Davon ermutigt küsste er sie immer weiter, während er mit einer Hand durch ihre Haare fuhr, seitlich an ihrem Gesicht herabstrich, an ihrem Hals, über ihre Schulter. Seine Hand glitt über ihre Bluse, fand die warme Haut und schließlich die Wölbung ihrer Brust. Das war der Moment, in dem sie sich aufsetzte und die Zärtlichkeit ein jähes Ende fand.

»Was?«, fragte er, benommen vor Lust, und setzte sich mit einiger Mühe ebenfalls auf.

»Nichts.«

»Was ist denn los?«

»Ich weiß nicht. Ich ...« Sie verstummte und schüttelte abrupt den Kopf, als ärgerte sie sich über sich selbst. Sie wollte ihn nicht ansehen, doch als er nach ihrer Schulter griff und sie sanft wieder aufs Bett drückte, ließ sie es geschehen, lag nur da und blickte zu ihm auf. Er ließ ihren Anblick auf sich wirken.

»Alison Connor«, sagte er.
»Daniel Lawrence.«
»Mannomann.«
»Was?«
»Wie hübsch du bist.«
Sie lächelte.
»Jetzt hast du heute Abend zum ersten Mal gelächelt«, meinte er.

»Tut mir leid«, sagte sie. Mit der rechten Hand umfasste sie seinen Hals und zog Daniel zu sich herab, und wieder küssten sie sich. Doch dann legte er sich neben sie, um sie nicht zu bedrängen, und hielt ihre Hand. Beide blickten zur Decke auf. Da war ein gezackter Riss im Putz, als wollte der Raum in zwei Teile zerbrechen.

»Ich sehe eine gigantische Toblerone«, sagte Daniel, aber Alison meinte: »Dafür sind die Zacken zu ungleichmäßig, eher so was wie ein Blitz.« Feierlich betrachteten sie den Riss, überlegten, was er sonst noch darstellen mochte. Durch die Bodendielen und den Teppich war wieder Blondies »Picture This« zu hören. Wahrscheinlich lief die Partykassette zum zweiten Mal durch, dachte Alison. Ganz leise sang sie mit.

»Du kannst singen«, sagte er.
»Na ja, geht so«, erwiderte sie und wurde rot.
»Nein, kannst du. Das war hübsch. Sing weiter!« Und obwohl sie lachte und sich freute, wollte sie nicht, konnte nicht auf Kommando, keine Chance. »Okay, lass uns tanzen«, sagte er.

Sie sah ihn an. »Unten?«, fragte sie skeptisch. Sie wollte nicht wieder runter ins Gedränge, wo Stu Watson sie anglotzen und Tracey Clarke mit vielsagendem Blick Vermutungen anstellen würde, weil Alison und Daniel länger weg gewesen waren.

»Nein, hier drinnen«, sagte Daniel. »Nur für uns allein.«

Alison sah sich in der Kammer um, betrachtete den Boden, das ganze Gerümpel. »Haben wir hier denn genug Platz?«

»Na klar. Komm schon, das wird dir gefallen.«

»Woher willst du das wissen?« Sie kniff die Augen zusammen, doch er zwinkerte ihr zu.

»Ich geh mal davon aus. Komm schon«, sagte er noch mal.

Er setzte sich auf und kletterte über sie hinweg, dann reichte er ihr mit galanter Geste die Hand. Sie lachte und griff danach, und schon standen sie zwischen dem ganzen aussortierten Kram, klammerten sich aneinander und wagten ein kleines Tänzchen.

In Attercliffe wurden ganze Häuserblöcke abgerissen, während drum herum noch Leute wohnten, und als Daniel und Alison nach der Party durch die Straßen liefen, erinnerte das Viertel an ein Kriegsgebiet mit ausgebombten Häusern, alles nur Schutt und Asche, wo früher Menschen ein Zuhause hatten. Dieser Teil der Stadt war nicht zu vergleichen mit Nether Edge, wo Daniel zu Hause war, und wenn er überhaupt jemals an Attercliffe gedacht hatte, dann in der Art: Was für ein verfluchtes Drecksloch, der Todestrakt von Sheffield. Doch jetzt stellte sich heraus, dass Alison Connor hier lebte, und er verehrte sie so sehr, dass er nichts anderes wahrnahm als die Tatsache, dass sie nicht mit ihm Schritt halten konnte. Wie zart ihre Schultern waren und wie frisch ihre Haare dufteten. Sie hatte nicht gewollt, dass er sie nach der Party nach Hause begleitete, hatte versucht, darauf zu bestehen, dass sie sich an der Bushaltestelle verabschiedeten. Aber er wollte sie nicht im Dunkeln so ganz allein nach Hause gehen lassen, und sie hatte zugeben müssen, dass es nett war, mit ihm zusammen zu sein, sogar mehr als nett, es sei richtig schön. Also wäre es doch sinnvoll, noch etwas länger zusammen zu sein, da sie sich über Weihnachten nicht würden sehen können. Inzwischen hatte sie ihre Scheu überwunden, und er kam kaum noch zu Wort. Sie kannte sich mit Musik aus, wusste, was ihr gefiel: Post-Punk meistens, Costello, Blondie, Buzzcocks und eine neue Band mit neuem Sound – The Human League. Aus Sheffield. Dan kannte sie, hatte sie mit Kev und Robin oft genug gesehen, hatte sich mit Martin Ware sogar schon mal unterhalten. Es gelang ihm, das einzuwerfen, doch dann fing sie von Weihnachten an und wie sehr sie es hasste – die falsche Jovialität und den fiesen Kommerz –, und er dachte, dass ihm in seinem ganzen Leben noch nie das Wort »Jovialität« über die Lippen gekommen war und er es auch noch nie von jemand anderem gehört hatte. Er fragte sich, ob sie wohl zu klug für ihn war, und dann fragte er sich, ob sie wohl ein bisschen mit ihm knutschen würde. Am allerliebsten wollte er stehen bleiben, sich mit ihr an eine Mauer drücken und sie küssen, bis die Sonne aufging. Stattdessen sagte er: »Na ja, Weihnachten war der Anlass für Kev Carters Party, also müssten wir dafür wohl dankbar sein.«

Sie lachte, was in seinen Ohren wie Musik klang, und er dachte: Was passiert hier nur mit mir?

»Stu Watson ist so eklig«, sagte sie. »Aber er war der Einzige, den ich außer dir da kannte.«

»Du solltest schon ein bisschen Mitleid mit ihm haben«, meinte Daniel. »Er steht auf dich. Wie alle eigentlich.«

Abrupt blieb sie stehen. »Was?«

»Es stimmt. Du hast da draußen ganze Heerscharen von Bewunderern.«

»Ach, ja? Seit wann?«

Er zuckte mit den Schultern. Er konnte ihren Ton nicht deuten. War sie ehrlich verwundert, war sie sauer? Oder fühlte sie sich vielleicht sogar geschmeichelt?

»Ich mein ja nur ...«, sagte sie. »Ich wohne hier schon mein Leben lang und bin dir in den letzten fünf Jahren mindestens viermal die Woche im Bus begegnet – aber bis vor einer Woche hast du mich keines Blickes gewürdigt.«

Noch immer standen sie auf der Straße, einander gegenüber, aber jetzt hielt sie die Arme verschränkt. Okay, dachte er. Sie ist sauer.

»Stimmt nicht«, sagte er. »Ich hab schon lange ein Auge auf dich geworfen. Ich war nur zu blöd, was zu unternehmen.«

Sie holte Luft, um etwas zu sagen, doch dann überlegte sie es sich anders, trat auf ihn zu, schlang die Arme um seinen Hals und küsste ihn lange und innig. Daniel dachte, wie unfassbar schön sie war. Etwas anderes konnte er gar nicht denken. Sein Kopf war voll von ihr.

Dann hörte sie auf, ihn zu küssen, trat zurück und lächelte, strahlte ihn wieder an.

»Von hier aus gehe ich allein«, sagte sie.

Jetzt wusste er gar nicht mehr weiter. »Wie?« Bei diesem Mädchen kam er nicht hinterher. Sie war nicht zu greifen.

»Im Ernst. Das war ein Gute-Nacht-Kuss. Ich wohne nicht weit von hier, gleich um die Ecke.«

Er hatte keine Ahnung, wo sie wohnte, und kam richtig in Panik bei der Vorstellung, dass sie allein durch diese dunklen Straßen laufen sollte. »Aber ich möchte sehen, wie du ins Haus gehst«, sagte er.

»Brauchst du nicht.«

Langsam entfernte sie sich von ihm, rückwärts, sodass er noch ihr Gesicht sah.

»Alison!«

»Keine Sorge«, sagte sie. »Alles ist gut.«

»Für mich ist gar nicht alles gut«, meinte Daniel und setzte an, ihr zu folgen, doch sie hob die flache Hand. »Bitte«, sagte sie mit leiser Stimme. »Bitte nicht.« Und irgendetwas an ihrer Art ließ ihn stehen bleiben. Da wandte sie sich von ihm ab und rannte davon.

Peter machte ihr die Tür auf, bevor sie klopfen konnte, und Alison lächelte ihn erleichtert an. Sie war ganz außer Atem vom Rennen. Es war viel weiter gewesen, als sie Daniel gesagt hatte, aber jetzt war sie da.

»Ist sie noch auf?«, fragte sie.

Er nickte, verdrehte die Augen. »Und der Typ ist auch wieder da.« Ihr Bruder trug seine Stiefel mit den Stahlkappen und eine Donkeyjacke.

»Kommst du gerade, oder musst du los?«, fragte Alison.

»Muss los.«

Sie ließ die Schultern hängen. »Komische Uhrzeit, um zur Arbeit zu gehen.«

»Sie haben jemanden geschickt, um mich zu holen. Zwei Kollegen sind verletzt oder so.« Als er ihr Gesicht sah, fügte er hinzu: »Ich kann das Geld brauchen.«

»Ja, ich weiß.«

»Tut mir leid. Geh einfach rauf, dann kriegt sie gar nicht mit, dass du da bist. War es gut?«

»Oh, ja, also …«

»Ich weiß schon. Besoffene Schwachköpfe, die zu ›Tiger Feet‹ tanzen.«

Sie lachte, schlug sich aber rasch die Hand vor den Mund. Am anderen Ende des schmalen Flures hörte man die grelle, lallende Stimme ihrer Mutter rufen: »Bist du das, Alison?«, und Peter verzog das Gesicht.

»Ich muss los, Kleine«, sagte er und verließ das Haus. Sie lauschte seinen Schritten auf dem Gehweg, lauschte, bis sie nicht mehr zu hören waren. Dann ging sie den Flur entlang und drückte die Tür zum Wohnzimmer auf, wo Catherine Connor auf dem Sofa saß, an einen massigen, stiernackigen Mann gelehnt, in der einen Hand eine Dose Tetley's Bitter, in der anderen eine Zigarette. Martin Baxter. »Martin Bastard«, nannte Peter ihn. Auf dem Boden lagen leere Dosen, fettiges Zeitungspapier vom Imbiss, und Catherine hatte diesen säuerlichen, streitsüchtigen Ausdruck im Gesicht, den sie immer bekam, wenn sie zu viel getrunken hatte und das auch wusste. Sie spitzte ihre schmalen Lippen, und Alison sah ihr an, wie sehr sie sich konzentrieren musste, um einen vollständigen Satz herauszubringen. Dann lallte sie langsam los.

»Wo warst du? Warst du bei der Arbeit?«

»Nein, ich war auf einer Party.«

»Ach, mit diesem Bürschchen. Wo ist er? Ich will ihn mir ansehen.«

Martin grinste mit braunen Zähnen. »Ach ja? Wer ist es denn?«

»Kennst du nicht«, sagte Alison.

»Vielleicht ja doch.«

Alison ignorierte ihn. Sie stand noch in der Tür, zur Flucht bereit, doch ihre Mutter klopfte auf das Sofakissen neben sich.

»Setz dich«, sagte sie. »Was stehst du da so rum?«

Das Zimmer stank. Eine üble Mischung aus Kippen und Qualm, Bier und Fisch und Frittenfett. Alison wollte nur nach oben in ihr Zimmer, allein sein mit ihren Büchern, ihren Schallplatten, ihren Gedanken. Aber sie setzte sich, um Streit zu vermeiden, und Catherine lehnte sich sofort – wenn auch nicht ohne Mühe – weg von Martin, hin zu Alison. Ihre Schulter war spitz. Seit einer Weile war sie nur noch Haut und Knochen. Sie musterte Alisons Wrangler und schnalzte abfällig mit der Zunge.

»Immer in Hosen.«

»Jeans«, sagte Alison.

»Ist doch dasselbe. Zieh mal einen Rock an, zeig den Jungs deine Beine.«

Martin rülpste. »Jungs mögen Mädels im Rock.«

Ein paar Minuten sagte keiner was. Martin schwenkte das Bier in der Dose und starrte ins Feuer. Catherine hatte die Augen geschlossen und atmete langsam, als könnte sie jeden Moment einschlafen. Alison wartete noch etwas ab, dann sagte sie: »Na gut, es ist spät, ich geh ins Bett.«

Ihre Mutter riss die Augen auf. »Wo ist Peter hin?«, fragte sie mit klagender Stimme und sah sich dabei um, als wäre er gerade eben noch da gewesen, als käme seine Abwesenheit schmerzhaft und überraschend.

»Arbeiten, du dusselige Kuh«, antwortete Martin, und Catherine lachte und schlug sich mit der flachen Hand an die Stirn.

»Ach ja.«

Ihr Gesicht war gezeichnet von Alkohol und Müdigkeit. Von dem Make-up, das sie aufgetragen hatte, bevor Martin gekommen war, waren noch verschmierte Reste zu erkennen: etwas Blau auf ihren Augenlidern, rosa Rouge auf ihren Wangenknochen. Alison befreite sich langsam von der Schulter ihrer Mutter, woraufhin Catherine in Zeitlupe seitlich auf die Sofalehne kippte und einen Lachkrampf bekam. Alison stand auf und ging zur Tür. »Hey, komm wieder her!«, rief Martin. »Wer hat gesagt, dass du gehen darfst?« Doch die Forderung kam nur halbherzig, und sie drehte sich nicht mal um, als sie aus dem Zimmer ging.

5

EDINBURGH,
1. NOVEMBER 2012

Dan und Katelin, Duncan und Rose-Ann. Dienstagabends waren sie »die Besserwisser« – das beste Team bei Gordon Fullers wöchentlichem Kneipenquiz. Es war Duncan gewesen, der sie dafür begeistert hatte. Duncan Lomax mit seinem Sammlertick und dem Elefantengedächtnis, der Fakten einsortierte wie LPs in seinem Plattenladen. Nur zu gern nutzte er jede sich bietende Gelegenheit, sein Ratetalent unter Beweis zu stellen. Allerdings war er auf die anderen angewiesen, denn auch er konnte sich irren, selbst wenn er seiner Sache sicher war, und Rose-Ann ließ ihn nie den Stift halten, weil er sich nicht mit den anderen absprach. Sie meinte, er sei kein Teamplayer, sondern ein Quizdiktator.

Die beiden Paare trafen gleichzeitig ein, aus unterschiedlichen Richtungen, und schoben sich eilig durch die Tür, um dem einsetzenden Regen zu entgehen. Katelin und Rose-Ann umarmten einander, als hätten sie sich nicht erst gestern Mittag in einem Café an der Victoria Street getroffen. Sie hatten sich zwar erst über ihre Männer kennengelernt, doch mittlerweile waren sie beste Freundinnen geworden. Zwillinge, bei der Geburt getrennt, sagte Rose-Ann immer, aber sie kam aus Santa

Monica, Kalifornien, also sagte sie oft solche Sachen. Die Frauen nahmen ihre üblichen Plätze im hinteren Teil des Pubs ein. Sie zwängten sich in die Nische, auf eine kleine Holzbank, die nur ihnen beiden Platz bot, und plauderten, während sie auf ihre Getränke warteten. Dan und Duncan bestellten am Tresen zwei große Biere und zwei Gläser Rotwein. *Astral Weeks* tönte aus den Lautsprechern – das war einer der Gründe, weshalb sie in Gordons Laden gingen. Der Mann hatte einen tadellosen Musikgeschmack. Gordon stand nicht auf peppige Musik, es sei denn, er konnte sie gerade brauchen. Er legte nur auf, was er hören wollte, und wenn das nun mal der junge Van Morrison war, dann eben den. Und wenn sich jemand über seine Wahl beschwerte, drehte er nur lauter.

»Diese Scheibe gehört in jeden Plattenschrank«, sagte Duncan, während sie warteten.

»Ja, absolut. Man sollte sie zusammen mit der Polio-Impfung ausgeben.«

»Super Idee! Die Regierung sollte endlich Verantwortung für die musikalische Bildung aller Kinder übernehmen!«

Dan lachte. »Ich glaube, das ist tatsächlich eine Überlegung wert. *Astral Weeks* und *Abbey Road*, nur um auf der sicheren Seite zu sein.«

»Hör mal«, sagte Duncan und warf einen Blick über seine Schulter, als fürchtete er, Rose-Ann könnte ihn hören und zum Schweigen bringen. »Ich hab da eine geniale Idee.« Und wie jemand, dem nur eine einzige Chance auf den großen Erfolg vergönnt war, unterbreitete er Dan eilig seinen Plan für eine eigene Plattenfirma, ein Indie-Folk/Rock-Label, unter dem er seine stetig wachsende Sammlung genial-introvertierter Außenseiter veröffentlichen könnte. Er wollte Dan mit an Bord haben.

»Eine Investitionsmöglichkeit«, sagte er. »Zehn Riesen müssten reichen.«

»Wofür reichen?«

»Um loszulegen.«

»Also fünf von dir und fünf von mir, meinst du?«

Duncan verzog das Gesicht. »Ach Mann, du weißt doch, wie pleite ich bin, und an Rose-Anns Kohle kann ich für so was nicht ran.«

»Aha. Also zehn Riesen von mir, nichts von dir.«

»Nichts außer meinem unerschöpflichen Talent, meiner Energie und meinem bemerkenswert feinen Ohr«, sagte Duncan. »Und das ist Gold wert, mein Freund.«

Dan lachte. »Meine zehn Riesen wären zum Fenster rausgeworfen«, sagte er. »Reine Verschwendung. Du solltest lieber die Rosinen deiner East-Neuk-Künstler rauspicken, denen Gigs besorgen und ordentlich die Werbetrommel rühren. Das solltest du tun.«

»Mit dir.«

»Dafür bräuchtest du mich nicht.«

»Ach, aber Dan, ein eigenes Label gründen…«

»… wäre die beste Möglichkeit, von jemandem über den Tisch gezogen zu werden, der größer und reicher ist als wir.«

»Okay«, sagte Duncan. »Okay. Dann lass uns diese andere Sache machen.«

Gordons Tochter Meredith knallte zwei große Biere direkt vor ihnen auf den Tresen, wobei sie einiges auf dem polierten Holz verschüttete, dann machte sie sich auf die Suche nach dem Rotwein.

»Da hat sie eben bestimmt Bier für mindestens fünfzig Pence verschüttet«, sagte Duncan.

»Die zieht vielleicht 'ne Flappe«, erwiderte Dan. »Die wär lieber ganz woanders.«

»Also, abgemacht?«, fragte Duncan.

Dan zuckte skeptisch mit den Schultern, aber trotzdem rief Duncan: »Guter Mann! Guter Mann!«, als hätten sie eine Vereinbarung getroffen. Als Meredith mit zwei Gläsern Wein kam, nahm er die beiden Biere und sagte: »Nimm ihr die ab, bevor sie wieder die Hälfte verschüttet.« Dann bahnte er sich einen Weg zwischen den vollen Tischen hindurch zu Katelin und Rose-Ann. Dan folgte ihm mit dem Wein. Die beiden Frauen nahmen die Gläser entgegen und prosteten sich zu. »Auf unseren kleinen Ausflug!«, meinte Katelin.

»Bitte?«, sagte Duncan.

»Wir machen einen Ausflug?«, fragte Dan.

»Ihr nicht«, erwiderte Katelin.

»Aber wir«, sagte Rose-Ann.

Das machten sie manchmal: spielten diese nervige Komikernummer, beendeten gegenseitig ihre Sätze, grinsten über irgendwelche Insiderwitze.

»Nur zu«, sagte Dan und nickte provozierend gleichmütig. Duncan, der in der Kunst des Vortäuschens weniger begabt war, fragte: »Was? Wohin? Cambridge meint ihr? Um Alex zu besuchen?«

»Männer«, sagte Rose-Ann zu Katelin. »Begreifen einfach die größeren Zusammenhänge nicht.«

»Aber Moment mal«, protestierte Duncan. »Welches Auto wollt ihr denn nehmen?«

»Wir mieten uns eins, Duncan«, erklärte Katelin geduldig und wandte sich an Dan. »Rate mal, wohin wir fahren!«

Er lächelte sie an, nahm einen Schluck von seinem Bier, dann stellte er es ab.

»Mach schon«, sagte sie. »Das errätst du nie.«

»Santa Monica«, sagte er. »Ihr fliegt zum JFK, dann fahrt ihr einmal quer durch die Staaten an die Westküste.«

Die Frauen glotzten ihn entgeistert an.

»Mein Gott, Dan Lawrence, manchmal nervst du echt«, sagte Katelin, lachte aber dabei.

»Das macht ihr nie im Leben«, meinte Duncan.

»Machen wir wohl. Haben wir eben beschlossen, als ihr zwei am Tresen wart«, sagte Rose-Ann. »Es hat lange genug gedauert, aber endlich befreien wir uns von unseren Ketten.«

»Was für Ketten denn?«, fragte Duncan.

»Ach, liebster Duncan«, sagte Katelin. »Es gibt gar keine Ketten. Das war nur eine neckische Metapher.«

»Aber das dauert doch Wochen!«

»Fünf bis sechs«, sagte Rose-Ann.

»Das ist jetzt nicht dein Ernst!« Er starrte Dan an, um seine Empörung mit ihm zu teilen, doch Dan sah nur die Vorteile: sechs Wochen unbeurteiltes, unbeobachtetes Leben. Und Katelin würde es sicher guttun, mal eine Weile rauszukommen. Er wusste genau, wie herrlich sich das anfühlte. Schließlich hatte er es selbst in der Vergangenheit oft genug getan, war Bands hinterhergereist und weggeblieben – manchmal auch länger als unbedingt nötig.

Im Stillen also konnte er Katelins Idee nur befürworten, doch als sie sagte: »Das wird *so* super!«, meinte er nur:

»Klar, dreitausend Meilen im Mietwagen mit sechzig Sachen pro Stunde. Das wird bestimmt ganz toll.«

»Du bist doch nur neidisch«, sagte Katelin. »Einfach nur neidisch.«

»Ganz und gar nicht. Na ja, ein bisschen vielleicht. Ich stelle euch ein paar Songs zusammen, damit die Zeit schneller vergeht.«

»Danke«, erwiderte Katelin, »aber das wäre, als würdest du auf der Rückbank sitzen. Wir werden uns unterhalten und hin und wieder irgendeinen Country-Sender hören, stimmt's, Rose-Ann?«

»WJLS, the Big Dawg«, sagte Rose-Ann mit schwerem Südstaatenakzent, und die beiden kringelten sich vor Lachen.

Am Tresen räusperte sich Gordon ins Mikrofon. Er sah so undurchschaubar aus wie immer. Ernst, gebieterisch ließ er seinen stählernen Blick durch den vollen Pub schweifen, auf der Suche nach potenziellen Schummlern und Regelbrechern.

»Okay, Leute«, sagte er schließlich. »Die sogenannten Smartphones aus und weggesteckt! Jeder, der dabei erwischt wird, dass er irgendwas googelt, wird augenblicklich ausgeschlossen und für alle Zeiten von unseren Dienstagabenden verbannt. Schreibt den Namen eures Teams auf die Antwortzettel, bitte lesbar, und dasselbe gilt auch für eure Antworten. Jede Antwort, die ich nicht entziffern kann, gilt als falsch, ohne Diskussion. Das Wort des Quizmasters ist Gesetz. Bleistifte bereit für Quiz Nummer 211! Meredith« – er deutete auf seine mürrische Tochter, die hinterm Tresen stand und ihre Fingernägel betrachtete – »wird euch zu gegebener Zeit die Tischfragen bringen, damit ihr sie während der Pause beantworten könnt. In der ersten Runde, die in *diesem* Moment beginnt, geht es um ... Literatur.«

»Dann bist du wohl dran, Rose-Ann«, sagte Dan und nahm sein iPhone aus der Jackentasche, um es auszustellen. Auf dem Bildschirm stand: Ali Connor folgt dir. Er stutzte, zog die Augenbrauen hoch, lächelte. Hast dir Zeit gelassen, Kleine, dachte er. Er folgte ihr schon seit drei Wochen.

»Stell es aus!«, mahnte Katelin. »Sonst frisst Gordon dich zum Frühstück.«

»Wer hat den Nobelpreis für Literatur gewonnen«, sagte Gordon, »und war gleichzeitig ein erstklassiger Cricketspieler?«

»Das ist Sport, nicht Literatur«, sagte Katelin laut, in der Hoffnung, dass Gordon sie hörte. Rose-Ann schob den Zettel samt Bleistift über den Tisch hinweg zu Dan.

»Ich glaube, Golding hat Cricket gespielt«, meinte Duncan mit seinem Quizflüstern.

Dan dachte nur an Alison Connor, die ihn schon als Sechzehnjährige in ihren Bann gezogen hatte. Dunkelbraune Haare und der Duft von frischer Luft und ihre undurchdringliche, zermürbende Verschlossenheit.

»Dan?«, insistierte Rose-Ann.

»Was?«, sagte er, als ihm wieder einfiel, wo er war. Er hielt sein Telefon noch immer in der Hand.

»Stell dein verdammtes Telefon aus«, zischte sie.

»Und beantworte die verdammte Frage«, fügte Katelin hinzu und tippte mit dem Zeigefinger auf den Zettel vor seiner Nase.

»Die Antwort ist William Golding.« Duncan beugte sich vor und flüsterte eindringlich: »Da bin ich fast sicher.«

»Welche Frage?«, sagte Dan. Er drückte den Ausknopf an seinem Telefon und steckte es weg, zurück in die dunkle Wärme seiner Tasche. So weit erst mal, Alison Connor, dachte er. Da drinnen bist du vorerst sicher.

Katelin seufzte schwer. »Literaturnobelpreis, erstklassiger Cricketspieler, wer ist das?«

»Ach so«, sagte Dan. Er nahm den Bleistift und schrieb *Samuel Beckett*. Duncan warf einen Blick auf die Antwort.

»Bist du sicher?«, sagte er. »Ich könnte schwören, es war Golding.«

Als Dan noch Daniel war, teilte er sich ein Zimmer mit seinem älteren Bruder Joe, der tagsüber in einem Sportladen arbeitete und sich abends in einen geschmeidigen Northern-Soul-Jünger verwandelte – bei jeder Gelegenheit trampte er zum Wigan Casino, in der Tasche eine Dose Talkum, mit dem er die Sohlen seiner Schuhe bearbeitete. Ihre Schwester Claire – vier Jahre älter als Dan, zwei Jahre jünger als Joe – liebte die Osmonds und nur die Osmonds, als wäre selbst die kleinste Erweiterung ihrer Hörgewohnheiten ein glatter Verrat ihres mormonischen Eides. Im Haus der Familie Lawrence gab es nur einen einzigen Plattenspieler, und der gehörte Joe. Wenn sein Bruder zu Hause war, hörte Dan deshalb The Velvets, The Pearls und The Dells und sah Joe dabei zu, wie er auf der Sperrholzplatte, die er mit Klebeband auf dem Teppich in ihrem Zimmer befestigt hatte, seine Tanzschritte übte. Wenn Joe aber bei der Arbeit oder mal wieder im Wigan war, erhob Claire Anspruch auf den Plattenspieler, und dann gab es nur noch Schmalz und Groove.

Bis er dreizehn war, tolerierte Daniel diesen Zustand, doch dann hörte er bei einem Freund Genesis, und da begann seine eigene musikalische Reise.

Anfangs gab Genesis ihm alles, was er brauchte. Dann entdeckte er Pink Floyd, King Crimson, Cream. Für ein paar Monate ernannte er sich selbst zum leidenschaftlichen Herausgeber, Redakteur und Autor seines eigenen handschriftlichen Prog-Rock-Fanzines namens *Us and Them*. Er überredete seine Mutter, Fotokopien zu machen, im Büro von Hadfields Stahlwerk, wo sie persönliche Assistentin des Generaldirektors war, und die verkaufte er in der Schule für zwei Pence pro Stück. Das Zeitschriftengeschäft endete, als er eine andere Firma gründete und Party-Mixtapes zum Ausleihen aufnahm. Die Kassetten hatten Titel wie *Air Guitar, Guilty Pleasures, Heat Wave*, und er stellte sie – was er ziemlich schlau fand – so zusammen, dass man mehr als eine mieten musste, wenn man auf einer Party alle zufriedenstellen wollte. Niemand war bereit, dafür Geld auszugeben, also verwarf er die Idee wieder. Aber inzwischen war er süchtig nach Mixtapes. Er mixte und mixte, für sich selbst oder für Freunde oder für Mädchen, die er mochte, machte die Musik zu seiner Sprache. Eine Weile sah er sich als Mentor, der den Ahnungslosen, den Fehlgeleiteten oder Ungebildeten die richtige Musik zu Bewusstsein brachte. Mit sechzehn, siebzehn, selbst noch mit achtzehn dachte er, es gäbe in seinem näheren Umfeld niemanden, dessen Leben sich durch ein Mixtape von Daniel Lawrence nicht deutlich verbessern ließe.

Dann war Alison Connor in sein Leben getreten, und er hatte geglaubt, er sei dafür *geboren*, diesem Mädchen

Mixtapes aufzunehmen. Doch sie hatte dankend abgelehnt. Sie bevorzugte Musik, die so ganz anders war als seine, und sie hörte nur ganze Alben, von Anfang bis zum Ende, weil der Künstler es so haben wollte.

Daran dachte Dan jetzt, als er mit Katelin vom Pub nach Hause lief, an diesem trüben, regnerischen Abend. Er dachte daran, wie er vor all den Jahren gleichzeitig am Boden zerstört, beeindruckt, empört und verblüfft gewesen war. »Ich weiß, dass der Künstler es so wollte«, hatte er damals entgegnet. »Das weiß ich natürlich. Aber Mixtapes sind doch was völlig anderes, oder?«

»Wenn ich zum Beispiel ›Alison‹ höre, möchte ich gleich danach ›Sneaky Feelings‹ hören. So bin ich nun mal. Es bringt mich durcheinander, wenn danach Fleetwood Mac kommt oder Thin Lizzy.« Sie hatte ihn angestupst, um herauszufinden, wie er ihre Abfuhr aufnahm. »Tut mir leid«, hatte sie gesagt. Allerdings wusste er, dass das nicht stimmte, nicht ganz jedenfalls.

Dan umklammerte mit einer Hand das Telefon in seiner Tasche, auf dessen Display nach wie vor *@AliConnorWriter folgt dir* stand. Sie war die erste Frau in seinem Leben gewesen, die so viel von Musik verstand wie er und die dagegenhalten konnte, wenn sie mit seinen starren Überzeugungen ein Problem hatte. Die erste Frau? Im Grunde die einzige, abgesehen natürlich von denen beim *NME*, für die Musik fast eine Glaubensfrage war. Aber im Vergleich zu allen anderen Frauen, die Dan jemals kennengelernt hatte, war Alison Connor nach wie vor ungeschlagen.

»Du warst heute nicht in Form«, sagte Katelin und holte ihn damit abrupt in die Wirklichkeit zurück: Stockbridge, St Stephen Street. Wie glitzernde Pfeile schoss der Regen auf sie zu.

»Na ja, es war aber auch schwer«, meinte Dan und kehrte dorthin zurück, wo er sein sollte. »Und es gab keine Fußballfragen.«

»Das hab ich nicht gemeint.«

»Was dann? Verdammt, dieser Regen!«

»Weiß nicht genau. Es kam mir nur so vor, als müsstest du von Zeit zu Zeit daran erinnert werden, wo wir waren.«

»Oh, ich wusste sehr wohl, wo ich war«, sagte Dan. »Ich hatte den Ruf der Besserwisser zu verteidigen, während du dir mit Rose-Ann einen eingeschenkt hast. Das ist übrigens eine Superidee, diese Fahrt nach Santa Monica.«

»Ich weiß. Ich werde im nächsten Semester unbezahlten Urlaub einreichen«, sagte Katelin. Sie hakte sich bei ihm ein, weil ihr kalt wurde. »Ich möchte nur nicht die Sommerferien dafür nehmen. Wir dachten an Ende Januar und den ganzen Februar, dann wären wir in der ersten Märzwoche wieder da.«

»Schon so bald. Das wird ihnen nicht gefallen, oder?«

»Da müssen sie durch. Lehrkräfte nehmen sich ständig Sabbatjahre.«

»Okay.«

»Na, du warst auch oft genug weg, als Alex noch klein und anstrengend war.«

»Hey! Beschwer ich mich denn?«

»Nein – weil ich dir schon im Vorfeld den Wind aus den Segeln nehme.«

Er lachte. »Musst du nicht. Ich habe keine Einwände. Alles gut.«

»Ja, klar. Jetzt, wo Alex mich nicht mehr braucht und du ganz gut ohne mich zurechtkommst... McCulloch liebt sowieso nur dich. Der wird gar nicht merken, dass ich weg bin.«

Dan lachte. »Aber bei der Arbeit werden sie es merken.«

»Das will ich aber auch hoffen.«

Sie arbeitete an der Uni, in der Studentenberatung, und kümmerte sich um Erstsemesterkrisen aller Art. Von den neuen Studenten bekam sie nur die Probleme mit, und als Alex vor zwei Jahren nach Cambridge ging, hatte sie ihm erklärt, dass er möglicherweise mit Depressionen, Einsamkeit, sexuellen Ängsten oder Panikattacken zu kämpfen haben würde. »Alles völlig normal«, hatte sie gesagt, woraufhin Alex und Dan in schallendes Gelächter ausgebrochen waren. Katelin, die meist nicht so recht über sich selbst lachen konnte, hatte nur gemurrt: »Ach, ja, ihr zwei wisst ja sowieso immer alles.«

»Für sechs Wochen in die Staaten«, sagte Dan jetzt. Sie waren im Haus, streiften ihre nassen Jacken ab, schüttelten sie aus. Katelin betrachtete sich im Spiegel. »Siehst du was Graues in meinen Haaren? Ich glaube, ich sehe Grau.«

»Nein«, sagte Dan bei einem Blick auf ihr Spiegelbild. »Ich sehe nicht Graues. Ihr könntet eine Gig-Tour machen, von Ost nach West. Wenn du willst, könnte ich dir was raussuchen.«

Sie sah ihn an und seufzte. »Warum sollte ich auf einmal eine Gig-Tour machen wollen?«

»Keine Ahnung. Wahrscheinlich weil du auf einmal eine Reise durch Amerika machen willst. Ihr könntet im

Bluegrass State Bluegrass hören, was meine Vorstellung vom Himmel auf Erden wäre.«

»Dan, wärst du mir böse, wenn ich dir sage, dass du dich da raushalten sollst?«

»Nein«, antwortete Dan.

»Gut, dann halt dich raus.« Sie gähnte abrupt und heftig, auf ihre typische Art. Normalerweise war sie um diese Zeit schon längst im Bett. »Gott, bin ich alle«, sagte sie. »Ich geh schlafen.« Sie machte sich auf den Weg die Treppe hinauf und bat, ohne sich noch mal umzudrehen: »Mach nicht so laut, ja?«

»Ich nehme mir die Kopfhörer«, sagte Dan. »Du wirst keinen Piep hören.«

»Ach, und lass den Hund noch mal raus.«

»Schon dabei.«

»Und mach nachher das Licht aus.«

»Hey«, sagte Dan. »Ich bin's! Nicht Alex.« Aber sie war schon oben und zog die Schlafzimmertür hinter sich zu. Also ging er kurz runter in die Küche, um McCulloch zur Hintertür rauszulassen, damit er die feuchte Nachtluft schnüffeln konnte. Er machte das Radio an, verstellte den Sender von Katelins Radio 4 auf sein 6 Music, und da lief Richard Hawley, weinte eine Träne um den Mann auf dem Mond, leise genug, dass Katelin ihn nicht hören konnte. Dann stellte Dan sein Telefon an, um sich Alisons Nachricht noch mal anzusehen, und musste feststellen, dass sie in der Masse eher unwichtiger Meldungen kaum zu finden war. *@AliConnorWriter folgt dir* – das allein war für ihn von Interesse. Und da war sie, die Nachricht, wartete auf seine Reaktion. Er schob einen Stapel Zeitschriften auf dem Sofa beiseite und setzte sich. War es kindisch? Dieses übertriebene Interesse an einer Frau, die er nur als Mädchen gekannt hatte? Scheiß drauf, dachte er. Das Leben ist nun mal seltsam, und es ging ja nicht um irgendein Mädchen – es ging um Alison Connor. Er tippte auf ihr Profil, um sich anzusehen, was sie geschrieben hatte, seit er zuletzt auf ihrer Seite gewesen war: nicht viel, nur etwas, das er nicht verstand, an eine Frau namens Cass Delaney gerichtet, von der Dan nach kurzer Recherche wusste, dass sie Journalistin in Sydney war, beim *Australian Financial Review*. Er dachte über den Umstand nach, dass Alison Connor nun von seiner Existenz wusste und beschlossen hatte, nett zu sein und ihm mitzuteilen, dass sie es wusste. Er sah nach, wie spät es in Adelaide war. Betrachtete noch einmal ihr Profilbild. Er sollte unbedingt ihr Buch lesen, dachte er, obwohl er seit acht Jahren nichts anderes als Musikerbiografien gelesen hatte und außerdem die Möglichkeit bestand, dass es ihm nicht gefiel. Er hörte McCulloch an der Tür kratzen, also ließ er ihn wieder in die Küche. Eine Weile saßen die beiden nebeneinander auf dem Sofa, und der Hund sah Dan dabei zu, wie er versuchte, eine Nachricht an Alison zu verfassen. Im Laufe des letzten Monats war er zu dem Schluss gekommen, dass vermutlich – sollte sie ihm jemals folgen – eine kurze, freundliche, direkte Nachricht angezeigt wäre, natürlich privat, nicht für alle Welt einzusehen. Aber alles, was er probierte, klang irgendwie nichtig. Hey Alison, nett, dich hier zu treffen! Oder: Hi Alison, was macht das Leben? Oder: Schön von dir zu hören, Alison. Munter, neugierig, nüchtern. Alle Versuche klangen nach jemand anderem, nicht nach Dan. Nach jemandem, der langweilig war, der dröge war, dem @AliConnorWriter vermutlich niemals antworten würde. Er saß in der kalten Küche, bis sogar McCulloch es aufgab und sich schlafen legte, und erst als Dan selbst ein Ende fand und nach oben ging, ohne dass er seine Mission erfüllt hatte, kam ihm eine Idee von derart schlichter Genialität, dass er wünschte, er wäre noch unten bei dem Hund, denn dann hätte er die Freude wenigstens mit jemandem teilen können. Er lief an der Schlafzimmertür vorbei und ging nach oben in sein Arbeitszimmer. Dort suchte er auf seinem Laptop kurz nach Elvis Costello & The Attractions, 1978, »Pump It Up«, und da hatte er sie auch schon. Ein vollkommen weißes Studio, Pete Thomas' perfekte Drums, Steve Nieve zauberte Orgel-Riffs, der smarte Nerd Elvis, der sich höhnisch durch seinen Text grinste und auf Gummiknöcheln herumtaumelte. Dan sah sich das Video ein paarmal an. Völlig genial. Und zu Alison Connor würde es sagen: Erinnerst du dich? Denn für mich ist es absolut unvergesslich.

Er kopierte den Link und schickte ihn nach Adelaide.

Ohne Worte, ohne Nachricht. Nur den Song, der für sich selbst sprach.

6
ADELAIDE,
2. NOVEMBER 2012

Beatriz Cardoza wohnte bei den McCormacks, und das schon seit fünfzig Jahren. Das machte sie in Adelaide zu einem Kuriosum, selbst hier in dieser malerischen Allee in North Adelaide, in der alle ausgesprochen wohlhabend waren. Zu Beginn ihrer Anstellung, noch unter Margaret McCormacks strengem Regime, wurde von ihr verlangt, dass sie lautlos durchs Haus schlich, in der traditionellen Uniform aus schwarzem Kleid mit weißer Schürze. Doch Margaret lebte schon lange nicht mehr, und somit herrschte Beatriz seit Jahren in allem, was ihr gefiel – von kunterbunt geblümten Hauskleidern bis hin zu farbenfrohen Turbanen. Sie hatte drei Zimmer im oberen Stock ganz für sich allein: ein schlichtes kleines Bad, ein Schlafzimmer mit einem schmiedeeisernen Bett, einem Schaukelstuhl und portugiesischer Spitze an den Fenstern und ein Wohnzimmer wie eine Schatztruhe, voller Porzellanfigürchen und verzierten Schmuckkästchen, mit mehreren Spiegeln in schweren Goldrahmen und einem Triptychon kitschiger Ölgemälde vom heiligen Petrus, Antonius und Johannes. Alle Wände ihrer Zimmer waren dunkelblau gestrichen, wie die Fluten des Douro an einem Sommerabend.

Nach wie vor half Beatriz, das Haus sauber zu halten, und kochte auch noch immer für die Familie. Sie war ein Geschenk des Himmels gewesen, als Alis Kinder zur Welt kamen, hatte sie mit ihren portugiesischen Wiegenliedern in den Schlaf gesungen, hatte ihnen zum Geburtstag *pães de ló* und *pastéis de nata* gebacken, so wie schon zuvor für Michael und seine beiden Brüder, eine Generation früher. Sofern ihr niemand zuvorkam, nahm sie Anrufe entgegen und meldete sich mit den hochtrabenden Worten: »Wohnsitz der Familie McCormack, wen darf ich melden?«, was Ali jedes Mal mit einigem Entsetzen erfüllte, wenn sie es hörte. Sie war, es ließ sich nicht bestreiten, ein lebendes Relikt von Margaret McCormacks Überheblichkeit und Größenwahn, doch Beatriz wurde von allen sehr geschätzt, sie gehörte hierher. Und obwohl Ali politisch eher linkslastig war und aus der Arbeiterklasse kam, mit Wurzeln rund um den Globus bis nach Attercliffe, war sie doch auf ihre Unterstützung angewiesen. Sie wusste nicht, dass genau das Beatriz' Absicht gewesen war, schon seit Michael sie zum ersten Mal mitgebracht hatte, dieses unsichere Mädchen in der Fremde, und dass sie gedacht hatte: Dieses Kind braucht eine Mutter. Gleichzeitig hatte die Haushälterin gewusst, dass Margaret McCormack dafür nicht die Richtige war, also war sie selbst eingesprungen und hatte vom ersten Tag an ein wachsames Auge auf Ali gehabt. Schon bald brachte die junge Frau ihr ihre uneingeschränkte Liebe entgegen, und auch Beatriz liebte Ali, nicht so sehr wie sie Michael und seine Brüder liebte, aber dennoch mit ausgeprägtem Beschützerinstinkt. Sie hatte auf sie aufgepasst, selbst wenn Ali es gar nicht merkte, hatte immer dafür gesorgt, dass es ihr an nichts mangelte.

Beatriz verstand die McCormacks, kannte sie besser als ihre eigene Familie in der Ferne, diese Vettern und Neffen und Nichten in Porto, die sie nicht mal erkennen würden, wenn sie neben ihnen im Bus säße. Sie wusste, dass James, der große Patriarch der McCormacks, zu Lebzeiten eine ganze Reihe von Geliebten gehabt hatte, von denen mindestens drei zu seiner Beerdigung gekommen waren, und dass Margaret mit ihrer Tyrannei oft genug ihre Unsicherheit, ihr angeschlagenes Selbstwertgefühl überspielen wollte. Außerdem wusste Beatriz, dass Michael – der älteste der drei Jungen, der Erfolgreichste der Familie, der Kinderarzt mit den heilenden Händen und dem blendenden Aussehen – möglicherweise zu sehr darauf bedacht war, stets seinen Willen zu bekommen. Ali hieß noch Alison, als sie mit ihm hier in North Adelaide angekommen war, doch Michael mit seiner australischen Vorliebe für Abkürzungen hatte sie einfach nur Ali genannt, bis schließlich alle es taten und sie sich irgendwann selbst auch so nannte. Einmal hatte Beatriz sie gefragt: »Ist dir Ali eigentlich lieber als Alison?«, und sie hatte geantwortet: »Ich glaube schon. Michael ist es jedenfalls lieber.« Und dennoch, hatte Beatriz gedacht, heißt Michael immer Michael, nie Mike, nie Mick.

Nicht zuletzt deswegen hatte Beatriz Ali unter ihre Fittiche genommen, ihr den Tee so zubereitet, wie sie ihn mochte (braun und stark), hatte ihr die nackten Füße und Knöchel eingeölt, als sie erst mit Thea schwanger war, dann mit Stella, und hatte ihr kühle Leinenkleider genäht, die aussahen wie Zelte, um dem dicken Bauch genügend Raum zu lassen. Sie hatte ihre Wunder wirkende *canja de galinha* gekocht, wenn Ali krank war oder traurig oder einfach nur hungrig, und im Gegenzug hatte Ali sonntagmorgens feine englische Pfannkuchen für Beatriz gebacken, sich mit ihr lustige Schwarz-Weiß-Filme und alte Folgen von *Coronation Street* angesehen und ihr das Lied »On Ilkley Moor Bah 'at« beigebracht, das Beatriz gern beim Spülen oder Nähen sang, mit dem schwermütigen Feuer des Fado und einem recht passablem Yorkshire-Akzent.

Heute saß Beatriz auf ihrem üblichen Platz in der Küche, direkt unter den rotierenden Holzblättern des alten Deckenventilators, wo der Luftzug ihr Gesicht kühlte. Die Ärmel ihres rosaroten Hausmantels waren aufgekrempelt, die knochigen Ellenbogen ruhten auf dem Küchentresen, in den Händen eine Tasse mit starkem portugiesischem Kaffee. Angestrengt lauschte sie der Stille. Es war nicht schlimm, dass es so still war, ganz und gar nicht. Beatriz genoss die Stille, sofern sie von der richtigen Sorte war: unbeschwert, beruhigend. Die heilige Stille einer leeren Kirche beispielsweise. Doch diese Stille, hier im Haus der McCormacks, war schwer und drückend, und Beatriz wusste, dass sie von Ali ausging. Das Mädchen – für Beatriz blieb Ali immer ein Mädchen, *ihr* Mädchen – saß im Zimmer über der Küche, dem Raum, den die Familie immer als Studierstube bezeichnet hatte, obwohl ihn vor Ali kaum jemand genutzt hatte. Jetzt bewahrte Ali dort ihre Nachschlagewerke und Romane auf. Die Romane, die sie gern las, nicht die Romane, die sie geschrieben hatte, die – wie Beatriz auffiel – für Ali nach der Veröffentlichung nicht mehr von Interesse waren, selbst der letzte, mit dem das ganze Tamtam angefangen hatte, mit den Zeitungen, dem Fernsehen, dem Radio.

Beatriz fragte sich, was das Mädchen in diesen Stillstand versetzt hatte. Wenn Ali im Zimmer über der Küche arbeitete, lief immer Musik, und bis vor einer Viertelstunde war das auch der Fall gewesen. Der »Bumm-Bumm«-Beat dieser Lieder, die Beatriz nur schwer ertragen konnte und die Ali so von Herzen liebte, hatte wie üblich durch die Decke gewummert, dann – ganz plötzlich – nichts mehr. Eine Viertelstunde Stille. Im Grunde nicht sehr lange, doch Beatriz erinnerte sich nur zu gut an andere Gelegenheiten, bei denen die drückende Stille aus der Studierstube ein Ausdruck der Trauer gewesen war, der unwillkommenen Konfrontation mit Alis nebulöser, verdrängter Vergangenheit, ein Riss in der makellosen Oberfläche ihres alltäglichen Glücks. Ali Connor war eine Geschichtenerzählerin, dachte Beatriz, die ihre eigene Geschichte für sich behielt.

»Ali, mein Mädchen!«, rief Beatriz in Richtung Zimmerdecke.

Nichts.

»Ali?«

Nichts.

Das bot zweifelsohne Grund zur Sorge. Beatriz stand von ihrem Hocker auf und rieb ihre linke Hüfte – ebenso ein Reflex wie ein Balsam für die alten Knochen –, während sie zögernd zum Fuß der Treppe ging. Oben sah sie Ali stehen, auf dem Weg herunter. Sie stöpselte sich gerade die Ohrhörer rein, mit dem iPod im Sportarmband. Passend dazu trug sie Shorts und ein ärmelloses Top, mit einer ausgeblichenen Crows-Kappe auf dem Kopf und ihren Laufschuhen in der Hand. Beatriz schnalzte mit der Zunge, beruhigt und ungehalten zugleich. Das Mädchen brauchte mehr auf den Rippen, nicht weniger.

Ali lächelte, sagte: »Oh, hey, Beatriz«, und zupfte sich die Stöpsel aus den Ohren. »Alles okay?« Beatriz verschränkte nur die Arme, üblicherweise ein deutliches Zeichen ihres Unmuts.

»Mir will nichts einfallen«, meinte Ali. »Ich hänge fest. Ich dachte, ich gehe eine Runde joggen.«

»Joggen, Joggen, Joggen«, erwiderte Beatriz und verdrehte die Augen. »Die ganze Plackerei für nichts.«

Doch Ali zuckte nur mit den Schultern. »Ich mag es. Hilft mir beim Nachdenken. Bin bald wieder da.« Sie setzte sich auf die unterste Stufe und zog ihre Schuhe an. »Was macht deine Hüfte?«

Beatriz rieb ihre Knochen und seufzte schwer. »Man darf nicht klagen«, erwiderte sie leicht bedrückt. »Nicht, wenn man so alt ist wie ich.«

»Michael meint, mit einer neuen Hüfte könntest du mit mir Joggen gehen.«

Beatriz schnaubte. »Nie im Leben hetze ich im Park meinem Schatten hinterher.«

Ali stand auf und gab Beatriz ein Küsschen auf die Wange. »Bis später.«

»Pass auf dich auf«, erwiderte Beatriz. »Die Sonne brennt so heiß, dass man Eier braten könnte.«

Ali tippte an ihre Kappe. »Hab Vorsorge getroffen.«

»Und achte auf die Pferde!«, mahnte Beatriz. »Mit einem Pferdetritt ist nicht zu spaßen.«

»Ehrlich, Beatriz, lass es gut sein«, sagte Ali, warf der alten Dame aber dennoch eine Kusshand zu, als sie die Haustür zuwarf.

Beatriz machte sich – beruhigt, dass einer ihrer liebsten Menschen guter Dinge war – wieder auf den Weg in die

Küche, zu ihrem noch warmen Kaffee. Sie selbst würde gleich wieder abkühlen, auf ihrem bequemen Hocker, dort unter dem Ventilator.

Draußen saß Ali auf der Mauer und nahm sich etwas Zeit, um sich zu sammeln. Okay, es war ihr gelungen, Beatriz zu täuschen, aber Mannomann, war sie durcheinander! Der Grund für ihre Verwirrung? Daniel Lawrence – Dan Lawrence, @DanLawrenceMusic – war treffsicher in ihren friedlichen Tag hineingeplatzt und hatte ihr eine wohlgewählte Erinnerung an 1978 übermittelt, einen Song. Nein, nicht irgendeinen Song – *den* Song, diesen einen bestimmten Song, der sie auf direktem Wege zurück in die Vergangenheit katapultiert hatte. Sie war gerade dabei gewesen, sich um ihren übervollen Maileingang zu kümmern, als sie die Benachrichtigung von Twitter bemerkte, seinen Namen sah und den Link öffnete, mit klopfendem Herzen. Augenblicklich war sie in die späten 1970er gereist, zu Kev Carters Party, ausgerechnet. Zu dieser Party, auf der sie zu Costello in eine Art Trance gefallen war, und als sie die Augen wieder aufgeschlagen hatte, hatte sie feststellen müssen, dass ihr alle im Raum beim Tanzen zugesehen hatten. Sofort hatte sie nach Daniel gesucht, und da war er auch, mit seinen dunklen Augen, sein eindringlicher Blick auf sie gerichtet, und dann war er zu ihr herübergekommen, hatte sie bei der Hand genommen und nach oben geführt. »Pump It Up«: eine der besten Nummern aller Zeiten. Wie umnebelt hatte sie sich den Song heute bestimmt fünf- oder sechsmal angehört. Sie kannte ihn so gut, doch heute Morgen war er ihr seltsam fremd und neu erschienen, weil er ihr – und sie konnte selbst nicht erklären, warum es einen Unterschied machen sollte – von Daniel Lawrence geschickt worden war, vom anderen Ende der Welt. Daniel, der ihr für eine Weile alles bedeutet hatte, dessen Platz in ihrem Leben jedoch schon seit Langem einem Teil ihrer Vergangenheit zugeordnet war, den sie sorgsam mied. Heute Morgen jedoch war er aus heiterem Himmel plötzlich da gewesen und hatte sie einfach umgehauen mit seinem guten Geschmack, seiner genialen Idee, ihr nur diesen einen Song zu schicken, mit der New-Wave-Attitüde, der Post-Punk-Energie.

Diesmal hatte sie nicht gezögert, war nicht in Panik geraten, hatte keine Ausflüchte gesucht wie vor ein paar Wochen, als sie seinen Namen zum ersten Mal gelesen hatte. Diesmal antwortete sie in gleicher Weise, sehr entschlossen, ohne mit der Wimper zu zucken. Sie schickte ihm einen Link zurück: Blondie natürlich – »Picture This«.

Sie hatte Blondie durch den Cyberspace zu Dan nach Edinburgh geschickt, um ihm zu zeigen, dass sie verstanden hatte, dass auch sie sich erinnerte und fand, ihre gemeinsame Vergangenheit sei eine Hommage wert. Was hätte eine bessere Würdigung sein können als ein weiterer nostalgischer Höhepunkt von Kev Carters Mixtape? Für einen Moment war sie davon genauso besessen gewesen wie von »Pump It Up«. Sie hatte jedes Mal auf Start gedrückt, sobald der Song zu Ende ging, völlig fasziniert von Debbie Harrys Gesicht eines gefallenen Engels und ihrer unvergleichlichen Anziehungskraft, ihrem erstaunlichen Reiz im züchtigen gelben Kleid. Sie hatte das Stück viermal abgespielt, dann noch einmal nur für Clem Burke, den Drummer, als sie plötzlich von einem erdbebenartigen Stimmungswechsel, einer mächtigen Lawine aus der Bahn geworfen wurde, hinein in einen Wirrwarr aus Reue und Trauer und beklemmender Angst. Ihr Kopf war voll von Geistern und Schatten gewesen: einer Mutter, einem Bruder, einem Haus, in dem es nach Kummer roch.

Augenblicklich hatte sie die Musik angehalten und ihren Laptop zugeklappt, hatte eine Weile einfach nur dagesessen und sich gegen den uralten Schmerz gewehrt. Doch weil sie wusste, dass Beatriz Trauer wittern konnte wie ein Bluthund die Beute, war sie schließlich in ihre Joggingsachen gestiegen. Glücklicherweise gerade noch rechtzeitig hatte sie oben an der Treppe gestanden, um Beatriz mit gespielter Lässigkeit entgegenzutreten, indem sie lächelnd ihre Ohrhörer rausnahm und Beatriz' sorgenvolle Ermahnungen abschmetterte, so wie sie es immer tat, so wie Beatriz es von ihr nicht anders erwartete.

Aber es war eine gute Idee gewesen, laufen zu gehen, eine sehr gute Idee, ihr Allheilmittel. Das Joggen durch den Park hatte etwas Meditatives und verhinderte, dass ihre Gedanken Amok liefen. Es zähmte und bremste die Gedanken ein, wenn sie nichts als Musik und ihren eigenen, gleichmäßigen Atem hörte. Sie stöpselte sich die Ohrhörer wieder rein und stellte den iPod auf Shuffle. Gleich als Erstes kam Lynyrd Skynyrd mit »Freebird«, und sie freute sich, weil es ihr absoluter Lieblings-Jogging-Song war, nicht wegen des glorreichen Gitarrensolos – obwohl auch das eine Rolle spielte –, sondern wegen Ronnie van Zandts Stimme, die Ali über alle Maßen liebte. Sie sang, während sie lief, und es war ihr egal, wer sie dabei hörte, denn eine bessere Therapie konnte sie sich nicht vorstellen, und die kostete auch keine 250 Dollar pro Stunde. Das Solo dauerte bereits zwei Minuten, und sie nahm etwas Geschwindigkeit auf, um mit den Gitarren Schritt zu halten, als sie aus dem Augenwinkel sah, dass von links jemand angelaufen kam, der zielstrebig auf sie zusteuerte, sodass sie kurz zögerte, abbremste und erst dann realisierte, dass es sich bei diesem verschwitzten Fremden um ihren Mann Michael handelte.

»Himmel«, keuchte er. »Bist du schwer einzuholen!« Er trug ein gepflegtes Hemd, blaue Chinos, glänzende, hellbraune Slipper, und Schweiß perlte auf seiner Stirn. Er beugte sich vor, stützte sich mit den Händen auf den Knien ab, um wieder zu Atem zu kommen.

»Du meine Güte!« Ali legte eine Hand auf ihr pochendes Herz. Widerwillig nahm sie die Musik aus den Ohren. »Ich dachte, da will mich jemand überfallen. Was machst du hier?«

»Ich hab auf deinem Handy angerufen«, sagte er, als wäre das eine Antwort.

»Na ja, ich hab es nicht dabei«, sagte Ali. »Was gibt es denn? Läufst du vor deiner Arbeit weg?«

»Ich hab zwei- oder dreimal angerufen, vor einer Stunde etwa«, sagte Michael mit verärgertem Unterton. »Es sprang immer nur die Mailbox an, ich bin nach Hause, und da hat Beatriz mich dir hinterhergeschickt.«

»Aha«, sagte Ali und dachte: Ach du je, vor einer Stunde hat mein Handy geklingelt? Sie hatte nur Elvis Costello gehört. Sie hatte nur Daniel Lawrence gesehen. »Na, dann schieß mal los: Was ist denn so dringend?«

»Ali, hör mal«, sagte Michael so ernst, dass ihr angst und bange wurde.

»Was?«, fragte sie.

»Es geht um Stella. Sie hat mich auf der Arbeit angerufen.«

»Moment mal ... was? *Stella* hat dich angerufen?«

»Ja.«

»Aber ich hab sie doch heute Morgen vor der Schule noch gesehen.«

»Na ja, trotzdem«, sagte Michael.

»Was wollte sie denn?« Ali dachte an Stella heute Morgen. Launisch und unkommunikativ. Ali fiel ein, dass ihre Tochter nichts gegessen hatte. Sie meinte, sie hätte keinen Hunger, und Beatriz hatte die Hände zum Himmel erhoben und gefragt, wieso in diesem Haus niemand mehr etwas essen wollte, und Ali hatte gelacht, weil sie selbst doch gerade eine Schale Porridge aß, hier und jetzt, direkt vor Beatriz' Augen. Aber Stella hatte nicht gelacht. Stattdessen hatte sie ein Glas Wasser getrunken, ihre Schultasche genommen und das Haus verlassen. Hatte sie sich überhaupt verabschiedet? Möglicherweise nicht.

»Okay, flipp nicht gleich aus«, sagte Michael, und Ali war kurz genervt über seinen momentanen Vorteil: dass er schon wusste, was eigentlich *sie* wissen sollte, wenn Stella nur mit ihr reden würde, wie sie es offenbar mit Michael tat.

»Michael, sag es mir einfach!« Eine Reihe möglicher Szenarien kam ihr in den Sinn. Stella wurde gemobbt. Sie wollte die Schule hinschmeißen. Sie hatte mal wieder ihr Handy verloren. Sie hatte sich tätowieren lassen, den Nabel gepierct, oder gar die Brustwarze.

Er atmete aus, lang und schnaufend, als machte er sich bereit. Dann sagte er: »Sie ist schwanger.«

Ali starrte ihn an. Sie kam sich dumm vor. Dumm, naiv, am Boden zerstört – alles gleichzeitig. Schwer setzte sie sich ins trockene Gras und ließ den Kopf in die Hände sinken. Stella. Ihr süßes, kleines Mädchen.

Michael setzte sich neben sie. »Ganz schöner Schock, oder?«

Bestürzt sah Ali ihn an. »Ich wusste nicht mal, dass sie schon Sex hat«, sagte sie. »Ich hatte keine Ahnung. Wie konnte ich das bitte nicht wissen?«

»Wir reden hier von Stella, Ali. Die hat noch nie viel von sich preisgegeben.«

»Sie hat es dir erzählt. Wieso nicht mir?«

»Wer weiß? Sie hat mich im Büro angerufen, und vielleicht fühlte sich das irgendwie … ich weiß nicht … neutral an.«

»Ich wusste, dass sie mir was sagen wollte. Ich wusste es schon vor Wochen.« Mit einem Mal packte Ali Michaels Arm. »Wie weit ist sie?«

»Siebte Woche, glaubt sie.«

»Scheiße. Scheiße!« Ali ließ sich zurückfallen und stöhnte in ihre Hände. »Dieses Wochenende in Victor Harbor im September. Sie war so komisch, als sie von da nach Hause kam. Ist nach oben gerannt und hat sich den ganzen Abend nicht blicken lassen. O Gott. Warum hab ich nicht das Gespräch mit ihr gesucht?« Eine Weile lag sie still da, sah Stella vor ihrem inneren Auge, den Gesichtsausdruck des Mädchens, als sie heute Morgen das Haus verlassen hatte, so betrübt und resigniert irgendwie, während sie selbst mit ihren E-Mails beschäftigt war und gerade ihren Kalender so organisierte, dass ein Flug nach Sydney hineinpasste. Sie hatte kaum vom Handy aufgeblickt, als ihre Tochter das Haus verließ. Sie setzte sich auf. Michael wartete, beobachtete sie.

»Okay, ich nehme mir eine Auszeit von der Arbeit«, sagte sie. »Dieses Buch nimmt zu viel Platz in meinem Kopf ein. Ständig will der Verlag irgendwas von mir, und währenddessen wird Stella schwanger, und dabei wusste ich noch nicht mal, dass sie überhaupt einen Freund hat.«

»Hm ... hat sie nicht«, sagte Michael.

»Was?«

»Es war eine einmalige Sache«, erklärte Michael. »Sie wollte mir den Namen des Jungen nicht sagen. Sie meinte, das sei egal.«

»Großer Gott, ich muss mit ihr reden.« Ali rappelte sich auf. »Wo war sie, als sie angerufen hat?«

»Nein«, meinte Michael mit beschwichtigender Geste, als könnte er ihre Ungeduld auf diese Weise bremsen. »Ich habe ihr gesagt, wir sehen uns später zu Hause und reden dann. Es hat keinen Sinn, irgendwas zu überstürzen, Ali. Ich fahre jetzt wieder zurück ins Krankenhaus, du machst, was du für heute geplant hast, und wir kümmern uns später darum.«

Er lächelte sie mit einstudiertem Mitgefühl an, wie ein Arzt am Krankenbett. Ihr war klar, dass er versuchte, ihre Nerven mit professioneller Empathie zu beruhigen. Plötzlich hatte sie den unbändigen Drang, ihn umzuschubsen, damit er sich die Hose einsaute, doch stattdessen sagte sie nur: »Nein, ich mache mich gleich auf die Suche nach ihr.« Und bevor er noch etwas dagegen einwenden konnte, rannte sie los, quer durch den sonnigen Park. Michael konnte ihr nur mehr hinterhersehen.

7

SHEFFIELD,
6. Januar 1979

Peter meinte, es sei ein absoluter Albtraum, bei Brown Bayley's zu arbeiten, die offenen Öfen seien wie Höllenschlunde, und es sei ein Wunder, dass nicht jeden Tag jemand zu Tode kam, wenn man bedachte, dass die meisten lediglich durch Helme auf den Köpfen und Stahlkappen in den Stiefeln geschützt waren. Martin, der Freund von Peters Mutter, arbeitete auch dort – wer nicht? Attercliffe schien nur Männer für die Stahlindustrie hervorzubringen –, und das war ein weiterer Grund, warum Peter diesen Job hasste. Er wusste, hinter jeder Ecke konnte ihn Martins feiste Fresse angrinsen, um ihn hochzunehmen und die anderen Männer zum Lachen zu bringen, die einen für einen Spielverderber hielten, wenn man keinen Spaß vertrug. Peter hatte mit sechzehn im Stahlwerk angefangen, weil schließlich irgendwer das Geld nach Hause bringen musste. Seine Mutter trank inzwischen schon zu viel, um einen festen Job zu bekommen. Er fing als Lehrling an und musste die Barren entgraten, wenn sie aus den Walzen kamen, oder die Teile der Öfen schweißen und reparieren, denen sich sonst niemand nähern wollte. Wenn er damals von seiner Schicht nach Hause kam, roch er nach brennendem Metall, und sein Overall war schwarz, wo er Feuer gefangen hatte. Mittlerweile jedoch lenkte Peter einen Kran, wuchtete Stahl in der Fabrik umher, und seine größte Sorge war die Kälte dort oben in luftiger Höhe, wo seine Donkeyjacke plötzlich gar nicht mehr so dick wirkte und einem schon mal die Hände an den Hebeln festfrieren konnten, wenn man seine Handschuhe vergessen hatte.

Heute jedoch war Samstag, und er hatte das Wochenende frei. Er ließ sich von Alison umsorgen, sah ihr dabei zu, wie sie ihm Bohnen auf Toast machte: sechs Scheiben Weißbrot, Margarine und ein Haufen gebackene Bohnen, deren rote Soße wie geschmolzene Lava über den Teller glitt. In der Küche lief das Radio, Catherine, ihre Mutter, lag im Bett, war nicht von dieser Welt, und Martin war weg, vermutlich drüben in seinem eigenen Haus, in das er sich regelmäßig zurückzog, um den armen Köter zu füttern, den er hinterm Haus an der Kette hielt. Es war ein selten friedlicher Moment bei den Connors.

»Jedenfalls...«, sagte Alison, als sie sich gegenüber von Peter hinsetzte, um ihm beim Essen zuzusehen. »Sei mir nicht böse, aber ich bin heute Nachmittag nicht einfach nur weg – ich bin in Hillsborough.«

Er sah sie über eine Gabel voller Bohnen hinweg an.

»Er ist Wednesday-Fan?«, fragte er.

»Mit Leib und Seele«, sagte Allison. »Scheint nicht anders zu können.«

»Ich dachte, du bist ein Blades-Fan.«

»Nein, Peter, ich bin die Schwester von einem Blades-Fan, wie du ganz genau weißt. Mein Interesse an Fußball ist in etwa so ausgeprägt wie dein Interesse an ... ich weiß nicht, Origami.«

»Und wieso gehst du dann überhaupt hin?«

»Es ist eine Erfahrung wert«, sagte Alison. »Und es ist ein Pokalspiel, gegen Arsenal.«

Er verdrehte die Augen. »Ich weiß selbst, gegen wen sie spielen«, sagte er. »Toddy hat die ganze Woche von kaum was anderem geredet.«

»Dann geht er auch da hin?« Sie hatte Toddy noch nicht kennengelernt, aber nach allem, was sie von ihm hörte, mochte sie ihn. Er war Peters Einweiser und belud den Kran mit Stahl, den Peter bewegen sollte. Sie machten zusammen Pause und redeten über Filme, was so ein Thema war, das einem Mann normalerweise den Ruf einbrachte, ein Waschlappen zu sein, also blieben Peter und Toddy unter sich. »Wie sieht er denn aus?«, fragte Alison. »Dann grüße ich ihn von dir.«

»Sehr witzig«, sagte Peter.

»Daniel meint, da werden zwanzigtausend Fans auf der Kop sein.«

Peter schnaubte. »Pass bloß auf. Das ist ein ruppiger Haufen.«

»Er hat mich davor gewarnt, meinen roten Mantel zu tragen.«

Peter lachte. »Auf der Kop werden sie dich lynchen.«

»Darf ich deine Donkeyjacke anziehen?«

»Wenn du versprichst, dass du nicht als Owls-Fan nach Hause kommst.«

»Versprochen«, sagte sie.

»Das ist sowieso eine gute Idee, Alison. Niemand legt sich mit einem Mädchen in einer Donkeyjacke an. Außerdem wirst du sie heute brauchen. Es ist arschkalt.«

Sie nickte. »Hast du heute irgendwas vor?«

Er schüttelte den Kopf. »Mal sehen, in was für einem Zustand sie ist, wenn sie aus dem Bett kriecht.«

»Ja«, sagte Ali. »Ich bin dann nächsten Samstag dran, Pete.« Es war schon das zweite Wochenende in Folge, an dem Peter den Catherine-Dienst übernahm: das Einschätzen ihrer Fähigkeit, allein zu Hause zu bleiben, bevor man eigene Pläne schmiedete. Im Gaumont lief gerade *Superman*. Den wollte Peter sich später ansehen, wenn es irgendwie ging.

Alison traf Daniel an der Pond Street im Stadtzentrum, an der Haltestelle vom 53er, und staunte über das Gedränge der Fans, die dort auf den Bus warteten. Gar nicht einfach, ihn in der Menge zu finden: Alle trugen blau-weiße Mützen und blau-weiße Schals. Daniel entdeckte sie zuerst. Fast verschwand sie in der Jacke von ihrem Bruder, der hochgeschlagene Kragen wie ein Rahmen für ihr süßes Gesicht, ganz rosig von der Kälte.

»Hier«, sagte er und wickelte ihr seinen Schal zweimal um den Hals. »Jetzt bist du eine von uns.«

»Erzähl das bloß nicht Peter«, warnte sie. »Ich musste ihm versprechen, nicht überzulaufen. So viele Leute! Die passen nie im Leben alle in diesen Bus.«

»Hauptsache, wir beide passen rein.«

Und das taten sie. Daniel legte schützend einen Arm um sie und wehrte mit dem anderen Drängler ab, bis sie Bauch an Bauch im 53er standen und sich an die Haltestange klammerten. Sie grinste ihn an, genoss es, obwohl der Bus matschig war von all den nassen Stiefeln und nach Schweiß und Bier stank. In Hillsborough schoben sie sich aus dem Bus und dann mit der Menge langsam voran, unter dunklen Wolken, die noch mehr Schnee versprachen. Er meinte, es seien viele Zuschauer, viel mehr als sonst, mehr als in der ganzen Saison, mehr als er je gesehen hatte. Das erste Mal war er mit sechs hier gewesen, da hatte ihn sein Dad mitgenommen, um die Owls gegen Manchester United spielen zu sehen. Alison lachte über ihn, über seine ernsthafte, unbändige Begeisterung. Diese Pokalspiele waren was Besonderes, erklärte er ihr. Arsenal war oberste Liga, Königsklasse, ob sie das wisse?

»Du meinst also, sie sind besser?«

»Nein«, sagte er. »Ich meine, sie haben öfter Glück.« Er wackelte warnend mit dem Zeigefinger. »Benimm dich, du bist hier in der Kirche.«

So fühlte es sich auch tatsächlich an, als sie die Schranken passierten und die Stufen der riesigen Tribüne namens Spion Kop erklommen. Ali war eine Ungläubige unter Strenggläubigen in einer beeindruckenden Kathedrale der unterschiedlichsten Klänge. Ihr war, als müsste sie weinen vor Erstaunen über den Lärm und ein Gedicht darüber schreiben, sobald sie nach Hause kam. Es war so ungeheuer bewegend, wenn all diese Stimmen sich gemeinsam zu einer großen Welle erhoben, die über die Tribünen rollte, als hätte der Lärm seine eigene Masse, seinen eigenen Schwung. Es verschlug ihr regelrecht die Sprache. Doch Daniel war gänzlich unbeeindruckt und auf Teufel komm raus auf einen Platz hinter dem Tor fixiert. Es war nicht der rechte Moment, um fasziniert stillzustehen. Sie gingen ganz vorsichtig, um auf dem Weg die Kop hinunter nicht den Halt zu verlieren. Der Schnee hatte sich in Eis verwandelt, und so schoben sie sich langsam immer weiter voran, bis sie nah genug am Feld waren, dass sie den Atem der Spieler sehen und den Aufprall des Leders auf ihren Stiefeln hören konnten. Alison war wie gebannt: die Anstrengung, der edle Kampf, der schmerzhafte Sturz auf dem kalten, gnadenlosen Boden. Man hatte den Schnee vom Spielfeld geschaufelt und an den Rand gekarrt, sodass er nun am Fuße der Kop zu einem schmutzigen Schneewall angehäuft war. Es war grausam kalt, doch die Donkeyjacke und das Gedränge hielten Alison warm, und auch die Aufregung im Stadion – sie fühlte sich, als würde sie Zeugin eines Gladiatorenkampfes. Als nähme sie an einem uralten Ritual teil, das nicht ganz ungefährlich war, und als müsste sie damit rechnen, dass man sie zum Mitmachen aufforderte. So fühlte sie sich. Als Arsenal ein Tor schoss und man auf der Kop zu den Waffen rief, in dem man die jubelnden Auswärtsfans beschimpfte, diese Jammerlappen, die einen kräftigen Tritt verdient hatten, stimmte Alison mit ein, und sie dachte, wie inspirierend sie diese Gruppendynamik fand, dieses perfekte Timing. Daniel schubste sie mit der Schulter an. »Du Hooligan«, sagte er. »Du mieser Rüpel.« Sie lachte, und dann beobachtete sie eine Weile, wie er sich das Spiel ansah, so fixiert auf Wednesday, so konzentriert auf den Ball, dass er von ihren Blicken gar nichts merkte. Sie fand es liebenswert und geheimnisvoll, und sie wünschte, sie hätte selbst etwas Eigenes, etwas ebenso Machtvolles, ebenso Wichtiges, das sie mit ihm teilen konnte und das er nicht verstand.

Der Nachmittag wurde immer besser und besser. In der Halbzeit gab es Rinderbrühe – für die Wärme, sagte Daniel, nicht für den Geschmack, aber Alison mochte sie: Sie schmeckte kaum nach Fleisch, war aber extrem salzig.

Zu Hause hatte sie bestimmt schon Schlechteres zu essen bekommen. Und dann, kurz vor Beginn der zweiten Halbzeit, als der Arsenal-Torwart Pat Jennings auf die Seite der Kop zuging, hagelte es Schneebälle von den Tribünen, und alle konnten sehen, dass der große Ire den Wednesday-Fans am liebsten die Hölle heißgemacht und es ihnen mit gleicher Münze heimgezahlt hätte. Der Schiedsrichter mischte sich ein, wollte das Spiel schon abbrechen, da verließ der Wednesday-Manager Jack Carlton seine Bank und baute sich direkt vor den eigenen Fans auf. Auch er wurde mit Schneebällen beworfen, aber er ließ sich nicht vertreiben, sodass die Geschosse nach einer Weile ausblieben, und keine Minute, nachdem der Schiedsrichter wieder angepfiffen hatte, schaffte Wednesday den Ausgleich, und die Kop flippte komplett aus. Daniel flippte aus, Alison flippte aus. Ein stämmiger Mann neben ihr drückte sie an seinen dicken Bierbauch, und gemeinsam legten sie ein kleines Freudentänzchen hin.

Das Spiel endete unentschieden, was etwas enttäuschend war – in drei Tagen würde es ein Nachspiel in Highbury geben, im unerreichbaren Norden von London –, und doch waren sie bester Dinge, als sie aus dem Stadion kamen. Sie kauften zwei Tüten Pommes an einem Imbisswagen und machten sich zu Fuß auf den Weg nach Nether Edge, weil es großes Gedränge um die Busse gab und ein Trupp besoffener Wednesday-Fans die Menge nach Leuten in Rot absuchte. Es war bitterkalt, und eisige Regentropfen fielen vom bleiernen Himmel, doch wenn sie auf Peters Donkeyjacke landeten, glitzerten sie auf der schwarzen Wolle wie Juwelen.

Daniel nahm sie mit nach Hause. Er wollte sie seiner

Familie vorstellen, auch wenn er ihr davon nichts sagte. Er fragte nur, ob sie mit zu ihm kommen wolle, auf eine Tasse Tee, er hätte noch was für sie, ein Geschenk. Ali wollte noch nicht nach Hause, obwohl sie wusste, dass sie es vermutlich tun sollte. Und so machten sie sich auf den Weg zu Daniel. Alle waren da: Mr und Mrs Lawrence, Claire, sogar Joe, der nicht mehr zu Hause wohnte. Es war das erste Mal, dass sie Ali zu sehen bekamen, und alle lächelten und bemühten sich um sie. Von allen Seiten hieß es: »Hallo, Liebes«, »Gib mir deinen Mantel« und »Ach, deine Hände sind ja knallrot« und »Was sagst du denn jetzt zu dem Spiel?«. Claire, die zweiundzwanzig war, aber viel jünger wirkte, starrte Ali mit unverhohlener Bewunderung an, dann sagte sie: »Deine Haare mag ich sehr«, und Joe bemerkte: »Hey, Daniel, da hast du ja wohl endlich mal Glück gehabt«, und es war alles so plauderig und freundlich, dass kaum Zeit blieb, eine Frage zu beantworten, bevor man ihr die nächste stellte. Daniels Mum meinte, sie solle Bill und Marion zu ihnen sagen, nicht Mr und Mrs Lawrence, also vermied Alison es, sie überhaupt mit Namen anzusprechen.

Claire bot an, ihr in der Küche die Fingernägel zu lackieren, und Alison saß neben ihr und spreizte die Hände, während Claire in einem mühelosen Redeschwall vor sich hinplauderte. Sie arbeitete in der Kosmetikabteilung im Kaufhaus Cole Brothers, was ein richtiger Beruf sei, nicht nur ein Job. Sie trug noch immer den dunkelblauen Rock und die weiße Bluse mit den blauen Punkten, die sie hinter dem Verkaufstresen anhatte, und sie roch nach Parfum, irgendwas Schwerem und Erwachsenem. Aber mal ehrlich, dachte Alison, man könnte meinen, sie sei vierzehn und verkleidete sich mit den Sachen ihrer Mum. Doch sie war süß, die Claire – komplett harmlos. Alison gefiel das Gefühl, im Mittelpunkt ihrer Aufmerksamkeit zu stehen und nur zuhören zu müssen, während Claire vor sich hinplapperte. Obwohl Ali auch von ihrem Job erzählte. Donnerstagabends nach der Schule und an manchen Samstagen füllte sie Regale im Supermarkt auf. »Was habt ihr da an?«, fragte Claire, und Alison erwiderte, nur einen hässlichen Nylon-Overall, grün-weiß kariert, und Claire verzog voller Mitgefühl das Gesicht. Währenddessen unterhielt Daniel sich mit Bill und Joe über das Spiel –, wie Pat Jennings Schneebälle abgewehrt hatte und Alison in den Chor der Schlachtrufe mit eingefallen war. Darüber lachten alle. Keiner glaubte ihm.

Mrs Lawrence stellte eine riesengroße braune Teekanne auf den Tisch und legte ein Päckchen mit Schokoladenkeksen daneben. »Das ist eine hübsche Farbe«, sagte sie mit Blick auf Alisons Nägel. »Claire, du wirst immer besser, Liebes.«

»Fertig!«, meinte Claire. »Schüttle deine Hände, Alison! Die Nägel müssen trocknen.«

Alison tat es. Daniel versuchte, den Umstand zu ignorieren, dass sie da war, oder gab sich zumindest alle Mühe, sie nicht ständig anzustarren und dabei zu grinsen wie ein Idiot, aber als er dann doch einen Blick hinüberwarf, sah sie ihn offen an. Beide lächelten sie. Mrs Lawrence schenkte Tee ein und setzte sich an den Tisch, stellte Alison Fragen zur Schule und ob sie Brüder oder Schwestern hatte. Also erzählte Alison von Peter, ihrem großen Bruder. Er war im selben Alter wie Claire, aber sie waren sich nie begegnet. Andere Schule, sagte Mrs Lawrence, genau wie du und

Daniel. Hmm, dachte Alison, auch ganz anderes Leben. Alison erzählte ihr, dass Peter bei Brown Bayley's arbeitete, als Kranführer. Daniels Mum sagte, den Job hätte sie auch gern, wenn man Frauen da ranlassen und sie nicht ins Büro verbannen würde. Sie meinte, sie hätte nichts dagegen, den lieben langen Tag auf alle anderen herabzusehen, und dann lachte sie über ihren eigenen Scherz und schob Alison das Päckchen mit den Keksen hin, meinte, sie solle sich einen nehmen, weil der Tee ohne Kekse doch etwas zu feucht sei.

Mr Lawrence, der viel stiller war als seine Frau und bisher kaum etwas gesagt hatte, fragte plötzlich, ob sie Tauben mochte. Der Rest der Familie versuchte daraufhin, ihn zum Schweigen zu bringen, doch Alison fragte: »Brieftauben?«, und er meinte: »Aye, draußen habe ich ein paar echte Schönheiten. Ich könnte sie dir zeigen, wenn du möchtest.« Also sagte Alison, die würde sie gern sehen, und so nahm Mr Lawrence sie mit raus in den Garten. Daniel folgte ihnen, um sicherzustellen, dass es ihr auch gut ging und sein Dad ihre Höflichkeit nicht mit regem Interesse verwechselte.

Doch die Vögel waren wunderhübsch. Ein umgebauter Schuppen diente als Taubenschlag, in dem die Tiere – sechs an der Zahl – dick und rund wie kleine Prinzregenten saßen und Alison aus ihren offenen Boxen anstarrten, mit Augen, schwarz wie Brombeeren. Mr Lawrence nahm einen Vogel, umfasste ihn mit beiden Händen. Das Gefieder war von sanftestem Grau, mit einem vornehm schimmernden Ring am Hals in Mauve und Smaragdgrün.

»Die hier ist ein Champion«, sagte er. »Clover.«
»Clover?«, fragte Alison.

»Jep«, sagte Daniel von der Tür her. »Toller Name – für eine Kuh.«

Mr Lawrence ignorierte ihn. »Aye, Clover. Sie ist eine echte Schönheit, eine reine Janssen, hab sie selbst gezüchtet. Mit einem Pärchen, das ich in Elsecar gekauft hatte. Der Mann, dem sie gehörten, hat mit ihnen alles gewonnen, was es zu gewinnen gab. Dann ist er tot umgefallen, und seine Frau hat alle Tiere verkauft.« Er sprach ebenso mit dem Vogel wie mit Alison, und die Taube schien aufmerksam zuzuhören, betrachtete ihn mit ihren reglosen Augen. »Sie wusste ja nicht, was sie da verkauft, nicht wahr? Alles weit unter Wert.« Er hielt Alison den Vogel hin, doch sie schüttelte den Kopf, denn sie hatte Angst vor dem Schnabel und den Krallen.

»Ich würde sie nur fallen lassen«, sagte sie. »Besser, Sie halten sie fest.« Sie drehte sich zu Daniel um, der mit verschränkten Armen im Rahmen der offenen Tür lehnte. Er sagte nichts, zog nur die Augenbrauen hoch, als wollte er fragen: Hast du genug?

Alison wandte sich ab. »Was ist, wenn sie rausfliegt?« Sie deutete auf die offene Tür, den Abendhimmel, und Mr Lawrence lachte.

»Die hier weicht mir nicht von der Seite. Nur bei einem Rennen, aber dann fliegt sie auf direktem Weg zurück, pfeilschnell.«

»Haben Sie denn keine Angst, dass sie Sie vielleicht nicht wiederfindet?«

»Nie im Leben. Sie ist ein Champion.«

»Das sagtest du bereits, Dad«, warf Daniel ein.

»Einmal ist sie sechshundert Meilen von Lerwick hergeflogen«, erzählte Mr Lawrence, ohne auf seinen Sohn zu achten. »Wenn sie angeflogen kommt, Schwanz gefächert, Flügel zurückgenommen – ach, es gibt nichts Schöneres auf der Welt. Nichts Schöneres. Sie ist ein Champion.«

Daniel schnalzte ungeduldig mit der Zunge, und Alison sagte zu der Taube: »Kluges Mädchen.« Dann lächelte sie Daniels Dad an, der sich freute wie ein Schneekönig. »Danke, dass Sie sie mir gezeigt haben.«

»Gerne wieder, jederzeit«, erwiderte er, und Alison und Daniel ließen ihn im Schuppen zurück, wo er Clover wieder in ihre Box setzte, während er unablässig mit ihr redete.

»Da hast du dir einen Freund fürs Leben angelacht«, sagte Daniel. Bevor sie beim Haus ankamen, hielt er sie fest und drehte sie um, schob sie an die Mauer und küsste sie. Er hielt ihr Gesicht mit beiden Händen, und sie schloss die Augen, spürte so eine sie durchflutende Hitze tief in ihrem Bauch und dachte: O Gott, o Gott, o Gott. Sie hatte keinen Schimmer, was sie mit ihrer Sehnsucht machen sollte, nicht die leiseste Ahnung. Aber hier waren sie ohnehin im Garten, sein Dad war im Schuppen, seine Mum in der Küche, also löste er sich von ihr und sagte, während sein Mund ihrem nach wie vor ganz nah war: »Ich hab doch ein Geschenk für dich, weißt du noch?«

Sie nickte. »Na dann, was ist es denn?«

»Ein Mixtape«, sagte er, und sie seufzte, lächelte, zuckte mit den Achseln, doch er fügte rasch hinzu: »Nein, nein, das hier ist anders. Maßgeschneidert für eine besonders schwierige Kundin wie dich.«

Sie lachte. »Ach, ist das so?«

Er führte sie wieder zurück ins Haus, und auf einem Regal in der Küche stand eine Musikkassette. *Die Besten*

Letzten Beiden, stand auf der Hülle. *Für Alison.* Keine Titelliste.

»Die besten letzten beiden?«

»Jep. Wenn du es hörst, wirst du's verstehen.«

Während er ihr in die Jacke half, steckte er die Kassette in eine Tasche und gab ihr zum Abschied einen züchtigen Kuss auf die Wange. Sie verließ das Haus unter einem Hagel von Abschiedsgrüßen, nahm den Bus und fuhr bester Dinge zurück nach Attercliffe. Sie überlegte, wie sich der heutige Tag in Worte fassen ließ, und wünschte, ihr momentanes Idol Sylvia Plath hätte Sheffield Wednesday beim Heimspiel gesehen und dann in ihrem Tagebuch darüber geschrieben. Dieser Gedanke begleitete sie auf dem gesamten Heimweg, bis sie ihr Elternhaus betrat, das so gänzlich ohne Licht und Leben war, dass es sie für einen Moment aus der Bahn warf. Verloren und regungslos stand sie da und lauschte, ob sie Catherine hörte oder Peters Schritte auf dem Treppenabsatz oder Martin, der in die Küche polterte, um sich eine neue Dose aus dem Kühlschrank zu nehmen. Aber da war nur so eine tickende, verlassene Stille und der Geruch von Spiegeleiern und ein zerbrochenes Glas auf dem Linoleum beim Herd. Sie streifte ihren Mantel ab, sammelte die Scherben auf und warf sie in den Müll. Dann versuchte sie, die Teller und die Pfanne in der Spüle abzuwaschen, aber es gab kein heißes Wasser, sodass sie nur das Fett auf dem Geschirr herumwischte, was etwas dermaßen Sinnloses, zutiefst Deprimierendes an sich hatte, dass sie aufgab. Da lag kein Zettel von Peter, was ungewöhnlich war. Sie hoffte, er war unterwegs und unternahm etwas Schönes, etwas, das er wirklich wollte. Sie trocknete ihre Hände am schmuddeligen Handtuch in der kalten Küche, dachte an Daniels Zuhause, seine Mum, die Flammen im Kamin gelb und blau, eine stets gefüllte Teekanne, die Taube Clover, Daniels Kuss. Und dann fiel ihr das Mixtape ein. Sie fischte es aus ihrer Jackentasche und ging damit nach oben in ihr Zimmer.

8

EDINBURGH,
15. November 2012

Dieses Mädchen, das an der Stirling University Journalismus studierte – Sky? Star? Irgendwas Himmlisches –, machte sich wie wild Notizen, während Dan erzählte, als wäre sein eigener chaotischer Berufsweg so etwas wie ein Vorbild für Erfolg. Er sagte diesen jungen Leuten immer zu, wenn sie mit ihm reden wollten, denn schließlich könnte jeder von ihnen Alex sein, und sie versuchten nur, sich in der Welt zurechtzufinden. Aber dieses Mädchen schrieb tatsächlich alles Wort für Wort auf, und dabei entging ihr das Entscheidende. Als Dan über seinen Durchbruch sprach, diesen Artikel, den er für den *NME* geschrieben hatte, nach diesem Gig in Minneapolis 1983, bei dem Prince seine neue Band vorstellte und Dan zufällig Gelegenheit für ein zehnminütiges Interview mit der jungen Wendy Melvoin bekam, schrieb Sky-oder-Star nur kurz mit, dann blickte sie auf und sagte: »Könnten Sie mir Melvoin buchstabieren?«

Aber sie war auch noch sehr jung. Sie hatte um eine heiße Schokolade gebeten, als er ihr ein Getränk anbot, und wollte sogar Schlagsahne. Er hatte einen doppelten Espresso gehabt und eigentlich nicht damit gerechnet, dass ihr Gespräch länger als sein Kaffee dauern würde, und doch saßen sie immer noch hier. Dan warf einen Blick auf seine Uhr. In zwanzig Minuten musste er am Bahnhof Waverley sein, wenn er den Zug nach London kriegen wollte.

»Also, möchtest du sonst noch was von mir wissen?«, fragte er.

Die Kleine machte sich noch einen Moment lang weiter gewissenhaft Notizen, dann blickte sie auf. Sie hatte sich die Augen grellgrün geschminkt, und ihre Haare schimmerten mitternachtsblau. Sie trug einen stacheligen Vokuhila, eine Art Hommage an eine Vergangenheit, die nicht ihre eigene war.

»Ähm ...«, begann sie. »Ich meine ... was glauben Sie, macht Sie zu einem großartigen Musikjournalisten?«

»Ach du Schande, frag mich nicht. Da gibt es einige, die das ganz anders sehen.«

Sofort lief sie puterrot an, und er bekam ein schlechtes Gewissen. »Musikjournalisten gibt es in allen Varianten«, sagte er. »Aber die meisten von uns brennen für irgendwas. Das hilft.«

»Brennen für Musik?«

»Na ja, klar. Nicht für *jede* Art von Musik, aber ich wette, dass jeder Musikjournalist einer bestimmten Band übertriebene Verehrung entgegenbringt und sie bis in den Tod verteidigen würde.« Er versuchte, sie zum Lächeln zu bringen, aber sie sagte nur: »Aha«, und kaute nachdenklich auf ihrem Stift, als überlegte sie, wer das für sie sein mochte. Er fragte sich, was sie wohl hörte, und beschloss, lieber nicht nachzuhaken. Allerdings hatte er noch einen Ratschlag für sie. »Das Entscheidende ist, Sky ... Sky ist richtig, oder?« Sie nickte, Gott sei Dank. »Das Entscheidende ist, wenn du gern Musik hörst, dann mach das einfach. Man muss nicht auf eine göttliche Erleuchtung warten. Es ist ein *Job*. Ich bin nur ein Schreiberling, der seine Arbeit macht. Sobald du anfängst, über Musik zu *schreiben*, bist du ein Musikjournalist – selbst wenn es nur ein Blog ist, den außer deiner Mum und deiner Oma kein Mensch liest. Leg einfach los, okay? Warte nicht darauf, dass die Musikpresse – oder was davon noch übrig ist – bei dir anklopft, denn das wird nicht passieren. Okay, ich muss noch einen Zug kriegen, also …«

»Oh!« Sky sprang auf und wurde puterrot. Sie hielt ihm eine Hand hin. An jedem einzelnen Finger steckte ein klobiger Metallring in Form von Totenköpfen oder Schlangen, und ihre Nägel waren schwarz lackiert, aber sie benahm sich wie eine Debütantin aus den Dreißigern. »Es tut mir schrecklich leid«, sagte sie. »Vielen Dank, dass Sie sich die Zeit genommen haben.«

»War mir ein Vergnügen«, sagte er. »Viel Glück.« Er schüttelte ihre schwere kleine Hand, dann ging er zur Tür.

»Dan!«, rief sie ihm hinterher.

Er drehte sich um.

»Limp Bizkit«, sagte sie. Er sah sie an. Wie bitte?

»Für die brenne ich«, meinte sie.

Er lachte. »Ja, klar, schon verstanden. Okay, du hast fünf Sekunden, sie zu verteidigen.«

Sie holte tief Luft. »Na ja, die Art, wie sie Musikalität mit Aggression verbinden, die ist – glaube ich – einzigartig, und sie … sie zeigen, was Metal leisten kann, wenn er mit Hip-Hop und Pop fusioniert.«

»Ha!«, sagte Dan und nickte angenehm überrascht.

»Ausgezeichnet. Wirklich ausgezeichnet. Du wirst es weit bringen.«

Sie strahlte. »Für wen brennen Sie?«

»Comsat Angels«, sagte er. »Musst du googeln.« Und damit trat er auf die Cockburn Street hinaus und lief den Hügel zum Bahnhof hinunter.

Dann saß er endlich im Zug nach London, seinem mobilen Büro, einem Ort ohne Ablenkungen, an dem er nur Musik hören oder schreiben konnte. Zweimal monatlich, manchmal dreimal, machte er diese Reise. Vor Jahren, als er noch jung und hungrig nach Arbeit war, tauchte er tagelang dort ab, trieb sich in Kentish Town herum, mit Rocco und Kim, die beide als Freie für den *NME* arbeiteten – Rocco als Autor, Kim als Fotograf –, und hin und wieder besorgten sie Dan kleine Jobs, doch im Grunde wollte er nur schreiben. Er hatte die Durham University nach nur einem Jahr geschmissen und eine Weile nicht gewusst, wie es weitergehen sollte, hatte mit Rocco und Kim und ihren zwielichtigen Freunden getrunken und geraucht. Da war dieser große, freundliche Typ, der ein jamaikanisches Restaurant abseits der Kentish Town Road führte, mit einem Schild an der Wand, auf dem stand: *A Friend with Weed is a Friend Indeed*, und der versorgte sie mit Cannabis und fütterte sie mit Reis und Erbsen, wenn nach dem Rausch der Heißhunger kam. Aber das war lange her. Heutzutage musste er zu Meetings, musste sich Konzerte ansehen, Termine einhalten. Außerdem hatte er ein kleines Hausboot, das fest auf dem Regent's Canal lag, eine Rock'n'Roll-Lösung angesichts der irrsinnigen Mietkosten in der Hauptstadt. Es gab kaum was Schöneres, als mit einem Bier am Kanal zu sitzen und den Nachbarn zuzunicken, deren Boote Heck an Bug mit seinem eigenen lagen.

Drei Nächte wollte er in London bleiben. Drei Meetings, zwei Gigs, ein drängender Abgabetermin. Wie üblich hatte er es trotzdem geschafft, etwas Freizeit einzubauen, hatte sich den morgigen Abend freigehalten, um vor dem Schlafengehen noch mit seinen Freunden Frank und Lisa auf deren Boot abzuhängen. Also heute ein Gig, noch einer am Samstag, dann mit dem langsamen Sonntagszug nach Hause, von King's Cross nach Waverley, um auf der gesamten Rückfahrt zu arbeiten. Er nahm nie den Nachtzug – er hasste die engen Schlafplätze und das Schwanken der Waggons, nur um dann total gerädert morgens um halb sieben in Edinburgh anzukommen. Am liebsten mochte er bei Tag reisen, an einem Tisch für sich allein, mit Blick in Fahrtrichtung, einer Steckdose, um sein Notebook aufzuladen, und einer ziemlich ruckeligen Internetverbindung.

Diese Bedingungen waren allesamt gegeben, während der Zug durch die sanften grünen Niederungen südwärts rauschte. Aber bisher hatte er noch nichts anderes getan, als über Ali Connor nachzudenken, die einmal Alison gewesen war. Sie hatte ihn mit »Picture This« zum Lächeln gebracht, hatte den Nagel auf den Kopf getroffen, und ihm war klargeworden, dass er richtiggehend enttäuscht gewesen wäre, wenn sie nicht genau diese Nummer als Antwort gewählt hätte. Nicht, dass er sie irgendwie auf die Probe gestellt hatte, zumindest nicht bewusst, aber es war ... Was war es? Vielleicht die Bestätigung einer Reihe von derart fernen Erinnerungen, dass diese sich fast in einen Mythos verwandelt hatten. Eines dieser glitzernden Stückchen des Mosaiks, die er vergessen hatte, aber dennoch mit sich herumtrug, während sie auf den richtigen Moment warteten, wiederentdeckt zu werden. Und fasziniert stellte er fest, dass er tatsächlich die Absicht hatte, einen weiteren Song zu schicken, rüber nach Adelaide, und dass die Wahl dieses Songs von allergrößter Bedeutung war. Seit er in diesem Zug saß, hatte er sich durch die vielen Hundert Kandidaten auf seinem iPod gescrollt und sich über alle gefreut – aber keiner davon war das, wonach er suchte. Natürlich wusste er nicht, was er suchte. Er würde es erst wissen, wenn er es gefunden hatte.

»Sitzt hier schon jemand?«

Oh Scheiße. Dan blickte auf, und da stand ein Mann und lächelte ihn an, schob sich seitwärts auf den Platz gegenüber, der offensichtlich frei war.

»Nein«, sagte Dan. »Er gehört Ihnen.«

Er wandte sich wieder seiner Musiksammlung zu. Stevie Wonder, Patty Griffin, The National. Noch mehr Blondie? John Martyn? The Killers? So viel fantastische Musik. Aber was wollte er Ali Connor sagen, nach all den Jahren?

»Ähm ... Daniel Lawrence?«

Oh Scheiße, Scheiße. Er blickte auf, und der Mann gegenüber lächelte wieder, grinste sogar und starrte ihn an. Er sah aus, als wäre er ungefähr in Dans Alter. Kein Schotte. Schlank, dunkle Haare, hinten und an den Seiten kurzgeschoren, blaue Augen. Er trug eine Bomberjacke und ein T-Shirt, das aussah, als könnte ein Bild von Bob Marley darauf sein. Dan fand es nur schwer erträglich, wenn erwachsene Männer T-Shirts mit Musiklegenden oder Tourneedaten trugen.

»Bitte?«, sagte Dan.

Der Mann gegenüber reichte ihm eine Hand, die Dan nahm und schüttelte, wenn auch immer noch ratlos, obwohl dieser Mann etwas an sich hatte, das ihm irgendwie bekannt vorkam. Währenddessen hatte der Typ seinen Spaß.

»Gibt's ja nicht«, sagte er. »Gibt's ja nicht.«

»Tut mir leid, aber ...«, sagte Dan.

Der Mann lachte. »Du erkennst mich nicht, oder?«

»Nein.«

»Ist ja auch über dreißig Jahre her. Dave Marsden. Robs Bruder. Ich hab dir beim Zelten mal einen Hering in den Daumen geschlagen.«

»Oh Mann!«

Dave nickte. »Irre.«

»Dave Marsden!«

»Ganz genau. Ich hab dich gleich wiedererkannt. Aber ich seh dein Gesicht ja auch ständig in Zeitschriften.«

»Dave Marsden«, sagte Dan noch mal. »Ich glaub's ja nicht. Geht's dir gut?«

»Ja, ganz okay, und dir?«

»Jep.« Dan hielt den rechten Daumen hoch, um eine kleine weiße Narbe vorzuzeigen, die vom Nagelwall bis ganz zum Ballen verlief. »Abgesehen natürlich von diesem körperlichen Makel«, sagte er, und beide lachten.

Reighton Gap 1974. Rob und Daniel hatten dort nur zelten dürfen, weil Dave mitfuhr. Dave war sechzehn, zwei Jahre älter, und hatte eigentlich nichts weiter getan, als ihnen beim Zeltaufbau zu helfen, und dabei hatte er einen

Hering durch Dans Daumen getrieben. Eigentlich hätte die Wunde genäht werden müssen, aber da war eine Frau in einem Wohnwagen gewesen, und die hatte einen Erste-Hilfe-Kasten. Sie hatte die Wunde abgetupft und desinfiziert, dann eine ganze Reihe rosafarbener Pflaster darauf geklebt, eins übers andere, bis kein Blut mehr durchsickerte.

»Du bist schuld, dass ich kein Gitarrist geworden bin«, meinte Dan. »Konnte meinen Daumen monatelang nicht benutzen.«

»Reighton Gap«, sagte Dave. »Was für ein Kaff. Aber immerhin bin ich da entjungfert worden.«

Dan lachte. »Dürfte kein Problem gewesen sein, schätze ich.«

»Wendy hieß sie. Glaube ich jedenfalls. Könnte auch Wanda gewesen sein. Ich hatte von nichts 'ne Ahnung, aber sie wusste, was sie wollte.«

»Kein Wunder, dass wir dich kaum zu Gesicht bekommen haben.«

»Sie hat mir die Augen geöffnet, dieses Mädchen.«

»Geht es Rob gut?«

Dave verging das Lächeln. »Nein. Nein, kann man nicht gerade sagen. Er säuft.«

»Oh. Aha.«

»Wir trinken alle, wir Marsdens, aber Rob findet kein Ende. Es fing an, nachdem er entlassen wurde«, erklärte Dave.

»Was hat er gemacht?«

»Stahlarbeiter.«

»Ach, aber Rob war doch ...« Dan zögerte, wollte Dave nicht zu nahe treten.

»Schlau? Ja, das war er. *Ist* er. Jedenfalls der Schlaueste in unserer Familie. Er war auf dem Weg ins Management, aber das konnte ihn nicht vor dem Niedergang der Stahlindustrie bewahren.« Dave zog die Nase hoch und sah einen Moment aus dem Fenster, dann wandte er sich wieder Dan zu. »Aber für dich ist es gut gelaufen.«

»Das ist hart, das mit Rob«, sagte Dan. Er dachte daran, wie die Zeit verging, und an damals, an diesen in sich gekehrten Jungen, so nachdenklich und still. In Reighton Gap hatte Rob am Strand nach Fossilien gesucht – Ammoniten, Belemniten, Crinoiden –, während Dan die Mädchen im Meer angestarrt und sie sich nackt vorgestellt hatte. Er lehnte sich zurück und betrachtete Dave. »Ist doch verrückt«, sagte er. »Du in diesem Zug. Das ist ja 'ne echte Zeitreise.«

»Ja, nicht? Du siehst noch genauso aus, mehr oder weniger. Hast dich gut gehalten.«

»Was hast du in Edinburgh gemacht?«

»Hab mir einen neuen Standort für eine Bar angesehen. Diese Firma, für die ich arbeite, übernimmt runtergekommene Gebäude und macht daraus ›spezielle‹ Gin-Bars.«

Dan zog die Augenbrauen hoch. »In Edinburgh?«

»In Leith, ob du's glaubst oder nicht. Direkt am Wasser.«

»Ist das da eigentlich Bob Marley auf deinem T-Shirt?«

»Einer von den Wailers, glaub ich«, sagte Dave. »Hab ich bei Oxfam gefunden. Hast du noch Kontakt zu jemandem? Du weißt schon, zu jemandem aus Sheffield?«

Alis Gesicht erschien vor Dans innerem Auge, wie ein Bild aus Rauch, und schon war es wieder verflogen, zu flüchtig, als dass man ihm trauen konnte. Dave Marsden war real. Alison Connor war eine Erinnerung. *Ali* Connor konnte auch ein Hirngespinst sein.

»Nein«, sagte Dan. »Na ja, vor vier Jahren etwa hab ich Kev Carter getroffen. Wir schreiben uns hin und wieder im Netz. Wohnst du noch in Sheffield?«

»Ganz bestimmt nicht«, erwiderte Dave. »Hab ein gut betuchtes Mädel geheiratet. Wir wohnen in Guildford.« Er lachte. »Die Leute im Süden scheinen alle gut betucht zu sein.«

»Ich bin weiter rauf in den Norden«, sagte Dan. »Bin einem irischen Mädchen gefolgt. Wir haben uns in Schottland niedergelassen.«

»Oh, ich weiß alles über dich«, sagte Dave. »Hab immer deine Kolumne gelesen, deine Kritiken, dieses Buch über The Bunnymen und alles.«

»Ach, ja, stimmt«, sagte Dan. »Du warst schon immer so'n Musikfan.«

»Erinnerst du dich noch an diesen Gig im Donny?«

»Welchen Gig?«

»Comsat Angels. Junge, Junge, du warst echt ein Groupie.«

Erstaunlich, dachte Dan. Er starrte Dave an. »Erstaunlich«, sagte er.

»Was denn?«

»Comsat Angels. Der Name fällt schon zum zweiten Mal innerhalb der letzten Stunde. Warst du denn auch da? Ich weiß nur, dass Rob dabei war.«

Dave nickte. »Rob und ich haben uns weiter hinten an der Bar rumgedrückt, aber du standst ganz vorne, einen halben Meter vor dem Leadsänger, und hast ihn angestarrt, als wäre der Heiland auferstanden.«

Dan schüttelte lächelnd den Kopf. Er hatte diesem Mädchen, dieser Sky, alles über Prince & The Revolution im First Avenue Club erzählt, aber wenn von wahren Wendepunkten die Rede war – diese Momente im Leben, in denen das Schicksal sich zu Wort meldet und einen dazu bringt, sich Gedanken über die Zukunft zu machen –, ging nichts über den Doncaster Sports Club, ein Montagabend im Juni 1979. Irgendwer hatte Dan und seine Freunde in seinem Ford Transit mitgenommen, und es hatten sich ungefähr fünfzig Leute in dem Club versammelt, um die Band zu sehen. Aber nur Dan stand ganz vorn, regungslos, vor einer raucherfüllten Bühne. Noch heute hörte er in seinem Kopf genau, was er damals gehört hatte, all diese vielschichtigen Sounds, die ihn in ihren Bann zogen. Er war froh und stolz, dabei zu sein. Die heulende Gitarre, ein schmerzhaft sengender Akkord, Trommeln mit dem gnadenlosen Vorwärtsdrang einer Lokomotive, ein hypnotischer Bass, dann schwebende Keyboards, und ein Frontmann, Stephen Fellows im smarten Anzug, dunkle Haare, gemeißeltes Gesicht, der spärliche, komprimierte Texte sang, wie ein desillusionierter Großstadtpoet. Daniel hatte gedacht: Das könnte *ich* sein. Das *sollte* ich sein. Was er ist, da oben. Das bin ich.

»Danach bist du ihnen gefolgt«, holte Dave ihn wieder ins Hier und Jetzt zurück.

»Du meinst, dass ich zu ihren Gigs gegangen bin«, sagte Dan. »Aus deinem Mund klingt es schwer nach einem Stalker.« In Wahrheit war er tatsächlich fast so etwas wie ein Stalker gewesen – erst der Fusion Club in Chesterfield, zwei Tage später ein Hotel in Sheffield, in der Woche darauf Rotherham. Er war sogar mal bei einer Probe dabei gewesen, in einem Raum über einem Café an der Division Street. Aber, hey, er war verrückt gewesen nach dieser

Band, und damals schien es, als könnten die Jungs nichts falsch machen. Die Zukunft versprach Ruhm und Ehre, für sie und Dan und alle anderen, die mit ihnen auf die Reise gehen wollten. Alison war mit ihm zu dem Gig in Rotherham gefahren. Aber da entglitt sie ihm schon langsam, ohne dass er etwas davon ahnte.

Dave nickte zu Dans iPod, der vergessen auf dem Tisch zwischen ihnen lag. »Was hörst du denn heutzutage so?«

»Alles«, sagte Dan. »Wie immer.«

»Aber was gefällt dir?«

»Ach, ich verbringe viel Zeit in der Vergangenheit«, wich Dan aus. »Wenn ich mal Zeit für mich habe, meine ich.«

»Über wen hast du als Letztes geschrieben?«

Ach du je, dachte Dan. Er freute sich, Dave zu treffen, aber das konnte anstrengend werden, ganz bis nach London. »BadBadNotGood«, sagte Dan. »Das ist der Name, nicht meine Meinung. Kanadier, jazzig-bluesig.«

Dave schnaubte und verzog das Gesicht. »Klingt eher lahm.«

»Die sind gut. Wahrscheinlich sogar noch besser, wenn man stoned ist. Sag mal, möchtest du einen Kaffee? Ich mache mich auf den Weg zum Speisewagen. Soll ich dir was mitbringen?«

»Oh ja. Danke, Mann. Milch, ein Stück Zucker. Und ein KitKat. Können wir uns teilen.«

»Hast du heute Geburtstag?«

»Fühlt sich so an«, sagte Dave. »Dass ich hier den legendären Dan Lawrence treffe ...«

»Ja, genau«, sagte Dan. »Übertreib mal nicht.« Er stand von seinem Platz auf, und als er durch den Waggon lief, holte er sein Handy aus der Jackentasche und öffnete Safari. Er tippte »Comsat Angels« ins Suchfeld, und da war die Band: junge Männer in Schwarz-Weiß, eine Reihe von Fotos aus der frühen Zeit. Im Speisewagen reihte er sich in die Schlange ein und tippte auf »Songs«, was ihn zu einer langen Auflistung von Stücken führte. Die waren alle gleich gut, aber er scrollte runter, ließ sich Zeit. Sein Daumen schwebte über »Missing in Action«, mit dem sie ihr Konzert begonnen hatten, damals 1979 in Doncaster, doch dann zögerte er und suchte weiter. Runter, runter, runter. Da. Das hier. An fünfundzwanzigster Stelle. »Waiting For A Miracle.« Er spielte es nicht ab, das musste er nicht. Stattdessen kopierte er den Link, flitzte mit seinem Daumen zu Twitter, zu den Nachrichten, zu @AliConnorWriter und dem kurzen Thread von zwei Songs, die sie schon geteilt hatten, dann fügte er den Link ein und klickte auf »Senden«.

Fertig. Ein bahnbrechendes Stück von genialem Post Punk unterwegs nach Adelaide. Und auch ein bahnbrechendes Stück von Daniel Lawrence.

»Hey! Was machen Sie da? Schreiben Sie einer alten Flamme?«

Erschrocken blickte Dan auf. Die Frau hinterm Tresen lachte ihn an.

»Ach, ich wollte Sie nur ein bisschen ärgern. Was kann ich für Sie tun?«

Dan lächelte und steckte sein Handy weg, um zu beweisen, wie unbedeutend es war, verglichen mit dem, was momentan anstand – Kaffee, KitKat, eine Flasche Wasser. Er bestellte mit gefasster Stimme und ließ sich auf freundliches Geplänkel ein, während sein Puls sich langsam beruhigte. Aber Gott im Himmel, dachte er, als die Frau ihm den Rücken zuwandte, um sich um seine Bestellung zu kümmern, was würde Katelin dazu sagen? Was passierte hier überhaupt? Und wieso war es so verdammt wichtig, von so absolut entscheidender Bedeutung, dass Alison Connor ihm nicht ein zweites Mal entglitt?

9

ADELAIDE,
16. NOVEMBER 2012

Eigentlich war das vollkommen falsch: Ali, Michael, Thea und Beatriz unten – Stella oben in ihrem Zimmer. Aber Stella redete mit keinem von ihnen, also ließ sich diese unselige räumliche Trennung kaum vermeiden. Thea, die in Melbourne Medizin studierte, war extra angereist, was der Situation noch mehr Bedeutung gab. Ali hätte ihr nichts erzählt, zumindest jetzt noch nicht – nicht wenn es ihr den Eindruck vermittelte, dass sie zu Hause gebraucht wurde –, aber Michael hatte ihr das Geld für den Flug geschickt, als sie darauf bestand, ihnen trotz des bevorstehenden Examens an diesem unerfreulichen Wochenende zur Seite zu stehen. Thea war eindeutig die Tochter ihres Vaters, eine McCormack durch und durch: besessen von einem angeborenen, unerschütterlichen Glauben an ihre eigene Unverzichtbarkeit. Beide hatten sich in ihrem Leben bisher noch keinem Problem ausgesetzt gesehen, das sich nicht mit gesundem Menschenverstand, Bargeld oder schierer Willenskraft lösen ließ. Doch da war Stella, noch nicht ganz achtzehn, wütend auf alle Welt, supertrotzig und in der neunten Woche schwanger von einem Jungen, dessen Namen sie nicht nennen wollte. Sie sagte, sie sei entschlossen, das Kind zu behalten.

»Die ist doch nicht ganz bei Trost«, meinte Thea gerade. »Oder sie will einfach nur provozieren.«

Sie befanden sich in der Küche, hatten sich um Beatriz versammelt, die mit ruhiger Hand und einem Ausdruck friedlicher Gelassenheit Kartoffeln schälte. Beatriz war der stille Mittelpunkt in ihrer aller Leben, dachte Ali. Sie vermittelte den Eindruck, als gäbe es in diesem Moment nichts Dringenderes, als das Abendessen vorzubereiten. Es war eine Illusion. Das wussten sie alle. Dennoch war der Duft von Zwiebeln, die auf kleiner Flamme karamellisierten, auf ganz eigene Art beruhigend.

»Ihr müsst einen Termin für den Abbruch besorgen und ihr sagen, dass daran kein Weg vorbeiführt.«

»Thea, sei still«, sagte Ali.

»Mum, bleib doch mal realistisch! Dad findet das auch, nicht wahr, Dad?«

»Ich möchte ganz bestimmt nicht, dass sie dieses Kind austrägt«, bekräftigte Michael und sah Ali an, die sich abwandte.

»Na, also.« Thea hob die Hände, als sei das Problem damit gelöst, ganz einfach. Sie war forsch und klug und gut organisiert. Sie würde sich in hundert Jahren nicht in eine solche Klemme manövrieren, dachte Ali.

»Entscheidend ist nicht, ob Dad deiner Meinung ist«, begann sie und gab sich Mühe, die Geduld zu bewahren. »Entscheidend ist, dass wir auf Stella hören und ihre Meinung respektieren.«

Thea gab einen merkwürdigen Laut von sich, fast ein Lachen, wenn auch nicht ganz. »Sie wird es dir nicht danken, wenn sie hier in einem Jahr mit einem Kind festsitzt und alle ihre Freunde zur Uni gehen.«

»Grundgütiger, gib mir Kraft!« Das war Michael. Er schlug mit der Faust auf die Arbeitsplatte, woraufhin eine Kartoffel über den Rand kullerte und auf die Fliesen fiel. Beatriz hörte auf zu schälen und sah ihn an.

»Gott *ist* gütig«, sagte sie.

Michael stöhnte. »Beatriz ...«

»Nein«, unterbrach sie ihn und deutete mit der scharfen Seite des Schälers auf ihn. »Du solltest bedenken, dass Gott gütig ist, Michael. Ihr alle solltet das.«

Schweigen machte sich breit, denn keiner war in der Stimmung, mit Beatriz über Glaubensfragen zu diskutieren. Oben hörte man Schritte auf dem Flur, und alle blickten auf. Die Badezimmertür knallte.

»Hört mal«, ergriff Ali wieder das Wort: »Was machen wir, wenn Stella Nein sagt? Wir können sie ja schlecht an den Haaren in die Klinik zerren, oder?«

»Nein«, erwiderte Michael. »Aber wir könnten versuchen, mit gesundem Menschenverstand auf sie einzuwirken, statt sie mit Samthandschuhen anzufassen und ›ihre Meinung zu respektieren‹.«

»Genau.« Thea nickte zustimmend. »Das hast du gut gesagt, Dad.«

Ali starrte wütend auf ihre Hände. Es war ein altbekanntes Szenario: Michael und Thea rangen sie mit geballter Kraft und unerschütterlichem Selbstvertrauen nieder.

»Angenommen sie würde dieses Kind bekommen«, sagte Michael, der sich um einen vermittelnden Ton bemühte. »Kümmern *wir* uns dann darum, während sie ihr Studium beendet? Würdest du dein Schreiben aufgeben, Ali, um Oma zu spielen?«

»Das reicht, Michael! Willst du mir etwa Angst machen, nur damit ich dir zustimme?«

»Ein weiteres Kind in diesem Haus wäre auf jeden Fall ein Geschenk«, sagte Beatriz. »Ein Geschenk Gottes.«

»Nein, es wäre das Geschenk eines namenlosen, hormongesteuerten Teenagers«, sagte Thea.

»Thea McCormack!« Beatriz, die sich nur selten aus der Ruhe bringen ließ, sprach in einem Tonfall, der das Mädchen früher einmal dazu veranlasst hätte, beschämt den Kopf zu senken. Heute nicht mehr.

»Stimmt doch. Es war keine jungfräuliche Empfängnis, Beatriz.«

»Das reicht«, sagte Ali.

Thea strich sich die Haare aus dem Gesicht und seufzte. »Das Ganze ist doch lächerlich.« Sie sah Michael an, der ihren Blick lächelnd erwiderte. »Du wirst das klären müssen, Dad. Auf Mum können wir nicht bauen.«

Michael machte den Mund auf, um etwas zu sagen, aber Ali kam ihm zuvor. »Thea, Schluss jetzt! Du gehst wirklich zu weit.«

»Tust du, Süße«, sagte Michael. »Ein bisschen.«

»Na, gut.« Theas Miene nahm einen frostigen, verschlossenen Ausdruck an. Sie griff nach ihrem Handy und scrollte in den Nachrichten herum. Ein eleganter Vorhang von blonden Haaren fiel über ein Auge.

»Abendessen ist um sieben«, sagte Beatriz, um Normalität bemüht.

»Ich werde wohl nicht da sein, Beatriz«, sagte Ali.

Michael sah sie verwundert an. »Ach, so? Seit wann?«

»Hab ich gerade eben beschlossen. Ich werde Sheila besuchen.«

»Sheila?«

»Jep. Sheila Baillie.« Sie glitt von ihrem Hocker und drückte Beatriz einen Kuss auf ihre weiche Wange. »Tut mir leid, Beatriz. Aber es geht nicht anders.«

»Sheila?«, fragte Michael noch einmal. »Da bist du vier Stunden unterwegs. Wozu?«

Ali zuckte mit den Schultern. »Es scheint mir das Richtige zu sein. Ich glaube, sie könnte vielleicht helfen.«

»Na, klar, geh nur, Mum«, sagte Thea, ohne von ihrem Handy aufzublicken. »Wir klären das hier auch ohne dich.«

Ali sah ihre ältere Tochter an, die sich ihres Platzes in der Welt so sicher war, so überzeugt war von der eigenen Genialität. Insgeheim musste sie sich einen gewissen Stolz, eine Freude darüber eingestehen, dass Thea so stark und selbstsicher und so völlig anders war als die zweiundzwanzigjährige Alison. Aber, Herrgott noch mal, was konnte dieses Mädchen arrogant sein!

»Nichts dergleichen werdet ihr tun, Schätzchen«, sagte sie. »Ich nehme Stella mit.«

Da saßen sie nun also im Auto, unterwegs auf der Hauptstraße Richtung Norden, der die Stadtplaner den Namen Main North Road gegeben hatten, als wären ihnen endgültig alle Ideen ausgegangen. Sie führte durch Adelaide und darüber hinaus, durch unzählige Vororte, gesäumt von Discountläden, Raststätten, Autohändlern und Tankstellen, um sich dann einen Weg quer durchs weite, trockene Land zu bahnen, während die Stadt immer mehr hinter ihnen zurückblieb. Stella war so glücklich wie seit Wochen nicht. Als Ali nach oben gegangen war, an die Badezimmertür geklopft und gefragt hatte: »Stella, kommst du mit, Sheila und Dora besuchen?«, hatte sie nicht erwartet, dass die Tür auffliegen und ihre Tochter mit so etwas wie Hoffnung, so etwas wie Erleichterung fragen würde: »Wann? Jetzt?« Ali hatte schon geglaubt, sie würde nie wieder etwas sagen, das Stella gefiel, doch die eben noch versteinerte Miene ihrer Tochter hatte alles Mürrische verloren, als sie lächelte und sagte: »Ich pack rasch ein paar Sachen.«

Sie sahen Sheila nur selten, weil sie oft auf Reisen war. Wenn sie mal zu Hause war, wohnte sie heutzutage in Quorn, einem süßen kleinen Ort draußen im Outback, am Rande der Flinders Ranges, in einem winzigen Häuschen, das sie von einem Künstler gemietet hatte. Sie war vor einigen Jahren dorthin gezogen, nachdem sie ganz Elizabeth damit schockiert hatte, dass sie ihren Mann Kalvin, den Ingenieur, verließ, um sich mit einer Frau zusammenzutun, einer ehrenamtlichen Lokomotivführerin bei der Pichi Richi Railway, die einen Overall und eine Eisenbahnermütze trug und mit kräftigen, schwieligen Händen Kohle schaufelte: Dora Langford. Die kleine Stella war zweieinhalb gewesen, als sie Dora zum ersten Mal begegnete, auf einer Fahrt mit der Dampflokomotive, vorbei an gummibaumgesäumten Bächen und von bläulichen Büschen übersäten Hügeln, und Dora hatte ihr die Verantwortung für die Pfeife übertragen. Solche Erlebnisse machen großen Eindruck auf junge Herzen. Wenn Stella seither an Sheila und Dora dachte, überkam sie jedes Mal die reine Freude.

Jetzt saß Stella auf dem Beifahrersitz in Alis Auto, die nackten Füße auf dem Armaturenbrett, und blickte aus dem Fenster. Die Stadtgrenze lag weit hinter ihnen, und der Abendhimmel war in stetigem Wandel begriffen. Rußschwarze Wolken rollten vom Horizont aus auf sie zu, doch im Wagen fühlten sie sich sicher und geborgen, umgeben von einer schützenden Hülle. Sie hatten Michael über die Freisprechanlage angerufen, um Bescheid zu geben, wie weit sie inzwischen gekommen waren. Er klang schon entspannter, fand Ali. Direkt erleichtert. Sie hatte ihm das Problem buchstäblich abgenommen, und vorübergehend konnte er mit reinem Gewissen an etwas anderes denken. Das Gleiche galt auch für Stella. Und für Ali. Diese Reise, dieser Ausflug war ein eskapistischer Akt, eine Übung im Glücklichsein. Bisher hatte Stellas Schwangerschaft keine Erwähnung gefunden, und wenn Stella nicht damit anfing, würde Ali es erst recht nicht tun. Hin und wieder warf sie heimliche Blicke auf ihre Tochter. Diese saß ganz locker auf ihrem Sitz – die Füße hoch, die Arme entspannt auf ihren angewinkelten Knien ruhend – und wirkte vollkommen zufrieden und gelöst. Für unbequeme Wahrheiten war noch reichlich Zeit, dachte Ali. Vorher würde es noch eine ordentliche Portion Sheila geben.

»Können wir ein bisschen Musik hören?«, fragte Stella schließlich, als die Landschaft allzu gnadenlos gleichförmig wurde. »Hast du deine Sammlung dabei?«

»Was für eine Frage«, sagte Ali. Sie reichte ihr den iPod, und Stella steckte das Kabel in den Aux-Eingang. Sie ging die Menüoptionen durch, und der Cursor klickte vor sich hin, auf seinem Weg durch die Liste.

»Du solltest dieses alte Ding ausrangieren«, meinte sie. »Lade alles auf dein Handy. Ist doch viel praktischer.«

»Ich liebe diesen iPod nun mal heiß und innig. Genau wie dich«, sagte Ali.

Stella lachte. »Was soll ich anmachen?«

»Was du möchtest. Nein, warte, geh zu den Playlisten, da hab ich eine neue angelegt. Müsste ganz oben sein.«

»Heißt?«

»*Die Besten Letzten Beiden*«, sagte Ali.

Stella lachte. »Deine Playlisten haben komische Namen.«

»Aber die Songs sind gut. O Gott, ich liebe dieses Stück.« Sie drehte die Lautstärke auf, und der treibende Beat von »Suffragette City« setzte ein. Augenblicklich herrschte Partystimmung.

»Wow, Mum, das ist genial!«, rief Stella. »Wer ist das?«

Ali grinste sie an. »Bowie«, rief sie zurück.

Sie stiegen voll ein. Ali sang aus vollem Hals mit, während Stella versuchte, den Text zu lernen. Bei »*Wham bam, thank you, Ma'am*« juchzte sie auf und spielte es immer wieder ab, bis sie es richtig draufhatte und mit Bowie und ihrer Mum mitbrüllen konnte. Als der Song abrupt endete, seufzte sie. »Das war super. Was kommt danach?«

»Einmal noch Bowie, dann die Byrds – von denen auch zwei, dann zweimal Talking Heads, zweimal die Kinks, Police, T. Rex, Animals, Jimi Hendrix, Buzzcocks und schließlich die Beatles. Jeweils zwei. Die besten letzten beiden Songs.«

Stella starrte sie an. »Du bist *so* ein Musiknerd.«

»Danke.«

»Hmm, bei diesem Song bin ich mir nicht so sicher«, sagte ihre Tochter.

»›Rock'n'Roll Suicide‹«, erwiderte Ali. »Die letzte

Nummer auf *The Rise And Fall Of Ziggy Stardust And The Spiders From Mars*.«

»Das ist ein echt schräger Name für ein Album«, meinte Stella. »Dann ist ›Suffragette City‹ die zweitletzte Nummer?«

»Genau.«

»Warum?«

»Warum was?«

»Das mit den besten letzten beiden?«

»Ach«, sagte Ali. »Das war nicht meine Idee. Ein Freund hat mir vor Jahren eine Kassette geschenkt, als ich noch jünger war, als du es jetzt bist.« Daniel erschien vor ihrem inneren Auge. Sie erinnerte sich an einen langen Kuss an der Hauswand, an das Gefühl der Kassette in ihrer Jackentasche und an das allererste Mal, als sie diese Songs gehört hatte, allein in ihrem Zimmer, in einem leeren Haus, bevor sie herausfand, wohin ihr Bruder an jenem Abend gegangen war und wo ihre Mutter war und was Martin getan hatte, beziehungsweise was er noch tun würde. Es war wie ein letztes Licht, bevor das Dunkel kam. Sie hatte sich diese Kassette in ihrem kalten Zimmer angehört und die Musik geliebt, hatte Daniel für diese Idee geliebt. »Ich hab damals keine Mixtapes gehört«, sagte sie zu Stella. »Dieses hier hat er extra für mich gemacht, und jedes Songpaar war in der richtigen Reihenfolge, so wie auf dem Album, von dem es stammte.«

»Scheint mir auch ein Nerd zu sein«, meinte Stella. »Ein bisschen zu bemüht. Mochte er dich?«

»Ach, das ist alles ewig her«, sagte Ali ausweichend. Und doch, dachte sie, hier war er, bei ihnen im Wagen, mit seinen perfekt zusammengestellten *Besten Letzten*

Beiden. Gestern Abend war ihr die Kassette wieder eingefallen, und sie hatte oben auf dem Boden danach gesucht, nachdem er mit den Comsat Angels die Vergangenheit in ihr geweckt hatte. Zwei Stunden später und zu ihrem eigenen Erstaunen hatte sie sie in einem Pappkarton voller Krimskrams gefunden, warm und trocken in ihrer Plastikhülle. Es gab keine Titelliste – er hatte keine geschrieben –, also musste Ali einen alten Kassettenrekorder ausgraben, um sich in Erinnerung zu rufen, was er vor all den Jahren ausgesucht hatte. Sie hörte sich die Songs im ewigen Zwielicht des Dachbodens an, voller Melancholie und Nostalgie. Für eine Weile war sie gänzlich verloren in Daniels musikalischen Vorlieben des Jahres 1979. Dann suchte sie die Songs raus, die sie bereits besaß, kaufte die, die ihr fehlten, und ordnete alle zwanzig zu den *Besten Letzten Beiden* auf ihrem iPod.

»Das hier ist gut«, sagte Stella.

»›The Girl With No Name‹«, sagte Ali. »The Byrds. Vorletzter Song auf *Younger Than Yesterday*.«

»Ist das alt? Klingt nicht so.«

»Gute Musik wird nie alt.«

»Das war nett von ihm«, meinte Stella.

»Von wem?«

»Von diesem Jungen. Wie hieß er?«

»Daniel.«

»Das war nett von ihm«, sagte sie wieder.

»Ja«, sagte Ali. »Das war sehr nett von ihm.«

»Hey«, sagte Stella. »Erinnerst du dich noch an ›California Dreaming‹?«

»Na klar«, erwiderte Ali. »Auf immer und ewig.« Es war ihr Duett auf jeder langen Reise gewesen, ihr großer

Auftritt bei allen Familientreffen, als Stella noch zur Grundschule ging und lieber bei Ali war als bei jedem anderen Menschen auf der Welt.

»Du singst die Mädchen«, sagte Stella. »Ich sing die Jungs.«

Sie stellten die Musik ab und sangen aus voller Kehle, während draußen der Abend zur Nacht wurde und im Dunkeln nichts mehr zu erkennen war. Bis vor ihnen schließlich die warmen, verstreuten Lichter von Quorn auftauchten, sie lockten, ihnen zuzwinkerten.

Sheila und Dora erwarteten sie schon, und so flog die Tür auf, bevor sie klopfen konnten. Das kleine Haus war vom Zimtduft eines Lamm-Tajine erfüllt, und als Sheila Ali in die Arme schloss, roch sie süßlich, exotisch, nach Orangenblüten und Rosenwasser, eine Umarmung wie aus 1001 Nacht. Stella blieb zurück, wurde plötzlich schüchtern, doch Sheila zog sie ins Haus.

»Mein hübsches, hübsches Kind«, sagte sie und nahm Stellas Gesicht in beide Hände. »Guck sie dir an, Dora! Sie ist Alison wie aus dem Gesicht geschnitten!«

Dora war kräftig gebaut, lang wie breit und das Gesicht voller Lachfalten. »Wie habe ich dein Buch geliebt!«, sagte sie zu Ali. »So bewegend und so real. Ich hab geweint, als es zu Ende war, weil ich es nicht ertragen konnte, meine neuen Freunde zu verlieren, all diese wundervollen Menschen, die du erfunden hast. Du hast ein solches Talent, Ali. Wie meine Sheila. Aber jetzt – wie lange könnt ihr bleiben, Liebes? Bleibt ihr bis Samstag? Sheila hat eine kleine Vernissage in einer Galerie im Ort. Wir würden uns so freuen, wenn ihr dabei sein könntet!«

»Eine Vernissage?«, fragte Ali. »Sheila, malst du?«

»Oh, sie ist ein Naturtalent«, sagte Dora. »Einfach sensationell.«

»Alison, wie schön, dich zu sehen! Es ist so lange her«, sagte Sheila. Sie schloss Alison erneut in ihre Arme, drückte sie fest an sich.

»Das stimmt«, sagte Ali. »Viel zu lange. Dein Parfum riecht wunderbar, Sheila.«

»Danke, Schätzchen. Wir sind gerade erst aus Marrakesch zurück, und in der Medina haben wir den Stand von einer Frau entdeckt, die ihre eigenen Düfte mischt. Dagegen kann man Dior und Chanel vergessen, stimmt's nicht, Dora?«

»Allerdings«, sagte Dora.

Ali lächelte die beiden an, zwei strahlende alte Damen, die funkelten und leuchteten, strotzend vor jugendlicher Energie. »Ihr seht toll aus, alle beide.«

»Wir versuchen zu vergessen, dass wir keine fünfundsiebzig mehr sind.«

»Also, ihr seht toll aus«, sagte Ali wieder. »Es tut mir wirklich leid, dass es so lange gedauert hat. Wir sollten euch öfter besuchen.«

»Das solltet ihr«, sagte Sheila. »Aber die eigentliche Herausforderung liegt darin, uns zu Hause zu erwischen.«

»Was malst du?«, fragte Stella. Sie hatte auf einem großen grünen Ledersofa Platz genommen, dem man sein Alter deutlich ansah – die aufgeplatzten Armlehnen gaben ihr Innenleben preis. Unbewusst zupfte Stella daran herum, während sie ihre Umgebung auf sich wirken ließ. Das Zimmer war mit den unterschiedlichsten Möbeln ausgestattet, wie zu einer Auktion in einem kleinen Verkaufsraum. Außer dem Sofa standen da noch ein mit Chintz bezogener Lehnstuhl und ein Hocker mit Palomino-Fell, dazu ein Kaffeetisch – Wurzelholz auf weißem Eukalyptusfuß –, der wie ein seltener Pilz mitten im Raum stand.

»Was ich male?« Sheila dachte über die Frage nach. »Tja, das ist schwer zu sagen, Schätzchen. Meine Arbeit ist sehr ...«

»Organisch«, sprang Dora ein. »Inhalt und Bedeutung sind in ständigem Fluss.«

»Wow«, sagte Stella.

»Und es sind große Leinwände«, fügte Dora hinzu. »Stimmt's nicht, Liebes?«

»Zu groß für dieses kleine Puppenhaus«, sagte Sheila. »Ich male draußen, damit ich mich frei bewegen kann.«

»Klingt faszinierend«, meinte Ali. »Und, verkaufst du sie?«

»Aber sicher«, sagte Sheila und hielt kurz inne. »Im Prinzip.« Dann warf sie den Kopf in den Nacken und lachte aus voller Kehle, so ein Lachen, dem man unmöglich widerstehen konnte, sodass die anderen mit einstimmten und am Ende über Sheila lachten, die über sich selbst lachte.

Später, nach dem Lamm-Tajine mit Couscous und einer Flasche herzhaftem Malbec, machten sich alle zum Schlafen bereit. Dora baute Stella im Wohnzimmer ein Nest aus Kissen und Decken, während Sheila Ali nach oben führte, in einen Raum mit tibetanischen Gebetsfahnen an der Decke und einer breiten, aber extrem dünnen Schlafmatte auf dem Boden.

»Früher hat Dora hier meditiert«, sagte Sheila. »Om, mani, padme, hum, das ganze Gedöns. Totaler Humbug, wenn du mich fragst, und mittlerweile hat sie es auch aufgegeben, aber die Fahnen sind hübsch. An der Tür hängt ein Gäste-Kimono.«

»Du denkst aber auch an alles«, sagte Ali. »Sag mal, fährt Dora eigentlich immer noch die Dampflok?«

Sheila grinste. »Ach, das«, sagte sie augenzwinkernd. »Eher nicht. Wir sind uns inzwischen selbst genug.«

Ali lachte. »Wie schön.«

Sheila ließ sie allein, wenn auch erst nach einer weiteren Umarmung, einem weiteren Küsschen und dem Versprechen auf ein richtiges Gespräch am nächsten Tag. Als Sheila weg war, zog Ali sich bis auf Shirt und Slip aus, legte sich auf die Schlafmatte unter dem ausgefransten Fahnenhimmel und kramte ihr Handy aus der Tasche. Sie hatte ein leicht schlechtes Gewissen, weil dieser Raum einmal der Spiritualität gewidmet gewesen war und sie hier jetzt diesem seelenlosen Kommerz huldigte. Und dennoch: Hatte sie Daniel Lawrence nicht damit zurück ins Rotherham Arts Centre 1979 entführen können? Außerdem konnte sie damit hier in Quorn, mehr als fünfzehntausend Kilometer weit entfernt von Edinburgh, wieder die Comsat Angels hören und sich ihre Antwort überlegen. Die Simple Minds vielleicht, die kommerzielle Variante der Comsat Angels. Oder nein, vielleicht wäre eher eine zeitgemäßere Wahl angezeigt. Um sie aus der musikalischen Vergangenheit herauszureißen und ins 21. Jahrhundert zu führen. Keine verschlüsselten Botschaften aus den 1970er Jahren mehr, sondern: Das höre ich manchmal gern, und ich teile es mit dir. Etwas Leichtes und Hübsches, Melodisches.

Belle And Sebastian vielleicht. Ja, Belle And Sebastian.

Sie öffnete Twitter auf ihrem Handy, dann suchte sie kurz nach dem perfekten Song der Band, um ihrer gemeinsamen Titelliste einen anderen Ton zu geben, und da war der Song: »I Didn't See It Coming«. Nett, denn, na ja, wieso sollte sie nicht auf das Offensichtliche hinweisen? Sie hatte eine halbe Ewigkeit nichts von Daniel Lawrence gehört. Sie hatte den Kontakt vor Jahren abgebrochen, hatte sich dazu gebracht, Daniel zu vergessen, indem sie anderswo liebte. Aber jetzt, wenn sie an ihn dachte, wenn sie an sich dachte... also, ja, dachte sie. Das sollte ihr Gegengeschenk sein, ein süßer, schrulliger Song mit diesen perfekten Anfangszeilen: typisch Stuart Murdoch, der Dichterkönig des Indie Rock.

Make me dance, I want to surrender,
Your familiar arms I remember.

Daniels vertraute Arme. Sie legte sich auf der Matte zurück und hörte sich den kompletten Song an, erinnerte sich. Dann kopierte sie kurzerhand den Link und schickte ihn an @DanLawrenceMusic.

»Hey, Mum?«

Stella war ins Zimmer gekommen. Ali steckte ihr Handy weg und lächelte ihre Tochter an. Wie oft hatte Stella das schon gemacht, im Laufe der Jahre? Hatte schweigend an Alis Bett gestanden wie ein kindlicher Geist in der Nacht.

»Kann ich bei dir schlafen?«, fragte sie, wie Ali es schon geahnt hatte.

Ali klopfte auf die Matte. »Ist ein bisschen hart«, meinte sie. »Aber die Fahnen sind hübsch.«

Stella legte sich neben sie. »Sind das Wimpel?«

»Tibetanische Gebetsfahnen.«

»Aha.«

»Hier.« Ali reichte Stella einen Stöpsel ihrer Ohrhörer »Lass uns zu sanfter Musik einschlafen.«

Stella kuschelte sich an sie, seufzte und schloss die Augen.

10

SHEFFIELD,
7. Januar 1979

Peter war sechs Jahre alt gewesen, als die kleine Alison aus dem Krankenhaus nach Hause gebracht worden war, und auch wenn es keiner von ihm erwartete, hatte er sie vom ersten Augenblick an geliebt. Dieses schreiende, rotgesichtige Bündel. In den Armen seiner Mutter war sie leider nicht sicher. Er hatte befürchtet, Catherine würde das Baby fallen lassen, schließlich hatte sie auch ihn fallen gelassen. Alle redeten davon, wie sie damals den Halt auf der Treppe verloren hatte und auf den Küchenboden getaumelt war, wo sie den Sturz des kleinen Peter mit ihrem eigenen Körper aufgefangen hatte – als wäre das eine heroische Tat, als wäre es nicht von vornherein ihre Schuld gewesen. Er hatte nie verstehen können, wieso die Erwachsenen über diese Geschichte lachten. Peter behielt seine kleine Schwester fest im Blick, als Catherine sie zum ersten Mal ins Haus trug, sie wie ein Päckchen auf das Sofa fallen ließ und die Hand nach dem erstbesten Drink ausstreckte, den ihr jemand reichte. Alle Erwachsenen im Raum riefen »Cheers!«, und Catherine sagte: »Mach was draus, Geoff, denn noch eins wird's nicht geben.«

Das war Peters früheste Erinnerung: Wie Alison mit der Inbrunst eines Neugeborenen brüllte – was außer ihn allerdings niemanden zu interessieren schien. Der völlig überheizte Raum, das bedrohlich unbeholfene Klingen der Gläser, das Lachen seiner Mutter.

In Alisons frühester Erinnerung war sie etwa drei Jahre alt und saß in Shorts, T-Shirt und Sandalen auf dem Kantstein des Bürgersteigs, in derselben Straße von Attercliffe. Sie hatte kein Gefühl für Zeit, aber der Abend dämmerte, es war fast dunkel, und die Nachbarskinder waren alle weg, von ihren Müttern ins Haus gerufen, eines nach dem anderen, bis Alison allein zurückblieb. Die Kreidestriche vom Hüpfen waren gerade noch auf dem Asphalt zu erkennen, im Rinnstein lag ein Ball, den sie mit dem Fuß knapp erreichen konnte, und Alison war sehr kalt an den nackten Beinen. Sie wartete und wartete, bis Peter kam, seinen Ranzen schwenkend und vor sich hin pfeifend. Sie winkten einander zu, und Alison freute sich sehr, ihn zu sehen. Er knuddelte sie und ließ sie ins Haus, mit dem Schlüssel, den er an einem Band um seinen Hals trug.

Das also war ihre früheste Erinnerung. Aber es sollten noch viele Situationen folgen, bei denen Alison darauf warten musste, dass man sie fand, und sie erinnerte sich an jede einzelne, wenn nicht an die genauen Umstände, so doch an ihre Empfindungen. Zum Beispiel erinnerte sie sich an das besonders einsame Gefühl von großem Hunger, der Angst vor der aufkommenden Nacht, die unaussprechliche kindliche Sehnsucht, dass Peter niemals ohne sie irgendwohin gehen möge. Jedes Mal, wenn sie auf ihn wartete, schloss Alison die Augen und versuchte, sich verschiedene Orte vorzustellen, an denen sie gern wäre. In einem Korb bei einem Wurf warmer Welpen. In einem gefiederten Nest, eingerollt zwischen lauter Küken. Auf einem Kornfeld, wie eine Maus, ganz klein und versteckt, ganz heimlich, ganz sicher. Dann würde Peter sie finden oder nach Hause kommen von dort, wo er gewesen war, und er würde sie in seine dünnen Arme schließen und ihr seine ganze Wärme geben, und er könnte sie immer zum Lächeln bringen. Mit drei liebte sie ihn so sehr, dass in ihrem Herzen kein Platz für jemand anderen war, und mit sechzehn war sie ihrem Bruder noch immer zutiefst ergeben: ihrem sicheren Hafen, ihrem treuen Verbündeten. Wenn er heute bei der Arbeit war oder mit Toddy unterwegs, lauschte sie immer noch darauf, seinen Schlüssel im Schloss zu hören, und atmete erst ruhiger, wenn es so weit war.

Gestern Abend, nach dem Fußball, als Alison von Daniel nach Hause gekommen und gleich nach oben gegangen war, um das Mixtape anzuhören, war Peter überhaupt nicht nach Hause gekommen. Dafür aber Martin Baxter, der einen eigenen Schlüssel hatte und unten herumwütete, nach Catherine suchte, ihren Namen rief. Seine schweren Schritte waren von der Treppe her zu hören, als er heraufstürmte und Catherines Schlafzimmertür mit solcher Wucht aufriss, dass Alison eilig von ihrem Bett aufstand und zur Tür ging, um sie aufzumachen, bevor er es tun konnte – eine kleine trotzige Geste, die ihm die Macht nahm, sie zu erschrecken und einzuschüchtern. Die Byrds sangen »The Girl With No Name«, und Alison sah sich Martin gegenüber, der im Flur stand und schwitzend das Gesicht verzog. Sie dachte an Mr Lawrence in seinem Taubenschlag und stellte sich vor, sie wäre noch bei ihm, stellte sich vor, wie er einen schläfrigen Vogel in ihre Hände gab, stellte sich vor, sie hätte keine Angst, das friedliche Tier zu umfassen und zu spüren, wie dessen weiche Brust sich unter ihren Fingern hob und senkte.

»Deine Mutter ist ein Flittchen«, sagte Martin. »Ein beschissenes Flittchen.«

Alison betrachtete ihn. Dazu gab es nichts zu sagen.

»Wo ist sie?«, wollte er wissen, lallend vom Bier. »Bei wem ist sie?«

Ali hatte keine Ahnung, was sie ihm auch so sagte. Sie kannte diese Wutausbrüche bei Martin. Das war schon öfter vorgekommen. Er hatte Spucke auf den Lippen, die in seinem groben Gesicht auf abstoßende Weise feminin wirkten, voll und rot und weich. In seinem rechten Auge hatte eine geplatzte Ader die Hälfte vom Weiß ausgefüllt, was ihm einen verheerten Ausdruck verlieh. Seine roten Haare waren kurzgeschoren, und er hatte eine Tätowierung am Hals, eine Schlange mit toten Augen, die sich um die flache Klinge eines Dolches schlang. Die Byrds beendeten ihren Song und fingen den nächsten an. »Why«, der letzte Track auf *Younger Than Yesterday*. Alison registrierte das allerdings nur am Rande, denn sie stellte sich vor, aus der Distanz ihres Verstandes, wie grauenhaft es sein musste, Martin zu sein. Sie bemitleidete ihn für seinen nutzlosen Wanst, seine alberne, unbeholfene Qual, alle Reaktionen verlangsamt vom Bier, erniedrigt von Catherine, die – da hatte er vermutlich recht – mit großer Wahrscheinlichkeit bei einem anderen Mann im Bett lag, ihren Körper hergab, im Tausch gegen das Versprechen auf mehr Alkohol.

Martin trat näher an Alison heran, die nicht zurückwich. »Wenn du mir nicht sagst, wo sie ist, prügle ich es aus dir raus«, sagte er und strich mit den Fingern über seine Gürtelschnalle.

»Ich war den ganzen Tag unterwegs«, erwiderte Alison ungerührt. »Woher soll ich es wissen?« Ihre Verachtung machte sie ganz ruhig. Sie würde ihn töten, bevor sie zuließ, dass er sie anrührte, dessen war sie sicher. Martin schnaufte wie ein Bulle, und halbwegs erwartete Alison schon, dass er mit seinen schwarzen Stiefeln am Boden scharrte. Sie sehnte sich nach Daniel. Nach seiner Familie, seinem Zuhause. Vor allem aber nach *ihm*, danach, dass seine Arme sie umschlangen. Aber nicht hier. Niemals hier.

»Egal«, sagte sie. »Wart ihr nicht zusammen unterwegs?«

Die Wirkung des Biers ließ ihn mit einem Mal rückwärtstaumeln und dann hilflos vorwärtsstürzen, als schwankte der Flur wie ein Boot im Sturm. Er fluchte, stützte sich ab und richtete seinen Blick langsam, aber zielstrebig auf Alisons Brüste. Das sollte sie einschüchtern, aber sie hatte keine Angst vor Martin Baxter, ganz bestimmt nicht.

»Sie ist im Carlton«, behauptete Alison, als ihr klar wurde, dass sie Martin nur mit einer Lüge aus dem Haus bekam. »Ja, das hat sie gesagt. Das Carlton.«

Er hob den Kopf und musterte sie mit glasigen, blutunterlaufenen Augen.

»Du hast gesagt, du weißt es nicht«, entgegnete er und deutete mit seinem dicken Zeigefinger auf sie.

»Das Carlton«, sagte Alison wieder, um es ihm einzubrennen, und er beschrieb eine umsichtige 45-Grad-Wende, wankte einen Moment lang oben auf der Treppe, dann polterte er hinunter, nahm immer zwei Stufen auf einmal. Sie wartete, bis sie die Haustür ins Schloss fallen hörte, dann zog sie ihre Schlafzimmertür wieder hinter sich zu. Jetzt kam auf dem Mixtape diese Band, von der Dan dauernd redete, die sie ansonsten aber noch nie gehört hatte. The Talking Heads, »Take Me To The River«. Alison setzte sich aufs Bett und lauschte, um herauszufinden, was Daniel an dieser Musik gefiel. Ob sie zu ihr sprach, so wie sie anscheinend zu ihm sprach. Sie drehte lauter und legte sich zurück.

Am Morgen war Peter wieder da, und als Alison nach unten kam, saß er in seiner Donkeyjacke am Küchentisch. Er wirkte verlegen, dachte Alison, also stieß sie ihn an und sagte: »Kleine Nummer geschoben, was?« Es kam so selten vor, dass Peter die ganze Nacht wegblieb. Sie konnte sich gar nicht erinnern, wann es das letzte Mal vorgekommen war. Er zuckte mit den Schultern, ohne etwas zu sagen, also drängte sie ihn nicht, schob nur einen Stuhl an den Tisch und setzte sich ihm gegenüber.

»Ist da noch Tee?«, fragte sie.

Er nickte und schob die braune Kanne zu ihr rüber, gefolgt von einem mehr oder weniger sauberen Becher.

»Spaß gehabt?«, fragte sie.

»Hab *Superman* geguckt, im Gaumont.«

»Und?«

»Was und?« Er klang, als müsste er sich verteidigen, und sie lachte.

»Und wie fandst du den Film?«

»Oh. Ja, super.«

»Mit Toddy?«

Peter nickte. »Und, bist du jetzt ein Wednesday-Fan?«

Alison lachte. »Nein, aber ich hatte richtig Spaß! Wir haben den Torwart von Arsenal mit Schneebällen beworfen.«

»Ich weiß«, sagte Peter. »Es kam im Radio.«

»Zurück sind wir gelaufen, hat ewig gedauert, haben Pommes gegessen und geredet. Waren bei Daniel zu Hause. Sein Dad züchtet Brieftauben. Seine Schwester hat mir die Nägel lackiert.« Sie spreizte ihre Finger auf dem Tisch, perfekt pink, und betrachtete sie eine Weile, dann blickte sie zu Peter auf. »Es war nett.«

Peter lächelte sie an. »Klingt so. Ich wünschte trotzdem, er wäre ein Blades-Fan.«

Plötzlich hörten sie einen Schlüssel in der Haustür. Catherine stolperte herein, befreite sich von ihren Pumps und ließ Tasche und Mantel auf den Boden fallen. Sie kam in die Küche, roch nach Kippen und abgestandenem Alkohol, aber der Ausdruck auf ihrem Gesicht war nicht leer und feindselig, nur müde. Schwer sank sie auf den letzten freien Stuhl am Tisch, dann drehte sie den Kopf, um erst Peter und dann Alison anzusehen.

»Tja«, sagte sie und lachte. »Wir drei allein.« Sie lächelten unsicher. Catherine war blass und dünn, so wie eine Frau dünn war, die rauchte, statt zu essen, und ihre linke Wange war gezeichnet von den gelblichen Resten einer alten Prellung. Sie war einmal eine Schönheit gewesen – was inzwischen sehr, sehr lange her war. Ihre blaue Bluse trug sie falsch herum, sodass die Innennaht und das Etikett am Kragen zu sehen waren. Sie zitterte in der kalten Küche, und Peter schenkte ihr einen Becher Tee ein, den sie wortlos entgegennahm und mit beiden Händen an ihre Brust drückte, ohne davon zu trinken.

»Hat Martin dich gefunden?«, fragte Alison. »Er war hier, hat nach dir gesucht.«

Catherine verdrehte die Augen, stellte ihren Becher ab

und holte eine zerdrückte Packung Benson & Hedges aus dem Rockbund.

»Ich wünschte, er hätte keinen Schlüssel«, fügte Alison hinzu.

Peter schüttelte den Kopf. »Er sollte wirklich keinen Schlüssel haben, Catherine. Er kommt hier rein und beschimpft uns, schreit rum.«

»Ach, der ist doch harmlos«, winkte Catherine ab. »Große Klappe, nichts dahinter. Hol mir ein Streichholz, Süße.«

Alison stand auf, um die Schachtel vom Herd zu holen. Sie klammerte sich an solche Momente, in denen ihre Mutter klar und nüchtern war. Wenn sie sie am Reden halten konnte, ihr die Zigarette anzündete, sie zum Lächeln brachte ... Sie riss ein Streichholz an und hielt die Flamme an das Ende von Catherines Zigarette.

»Danke.« Bebend nahm Catherine einen langen Zug und blies den Rauch durch die Nase aus. »Gott im Himmel«, sagte sie. »Was würde ich nur ohne meine Zippen machen?«

»Und, hat er dich gefunden?«, fragte Alison noch mal.

»Sozusagen«, sagte Catherine. Sie sah Peter an. »Dich hat er auch gefunden, meinte er.«

Peter starrte sie an. »Wie?«

»Dich und Toddy, als ihr die Darnall Road runtergelaufen seid.«

Er hielt ihrem Blick stand, rutschte aber auf seinem Stuhl herum und schluckte. Sie musterte ihn eingehend, hielt die Zigarette an ihre Lippen. »Ihr seid direkt an ihm vorbeigelaufen. Habt ihn gar nicht gesehen.«

»Er hätte ja was sagen können«, meinte Peter. »Wieso hat er nichts gesagt?«

Catherine zuckte mit den Schultern. »Wer weiß?«

»Ich kann den Kerl nicht leiden.«

»Ja«, sagte Catherine. »Das weiß ich. Und er weiß es auch.«

Alison beobachtete ihren Bruder. Wenn er sie doch nur ansehen würde. Doch das tat er nicht. Er wollte nicht.

Catherine rauchte eine Weile wortlos, dann sagte sie: »An deiner Stelle, Peter, würde ich mich mit Martin arrangieren. Macht das Leben einfacher.«

Zwischen den beiden hing ein Schweigen in der Luft, das Alison nicht deuten konnte. Dann stand Catherine auf. »Gott, ich brauche einen Drink!«, sagte sie und fing an, die Küchenschränke aufzureißen und wieder zuzuknallen, auf der Suche nach einer Flasche. Alison warf Peter einen verzweifelten Blick zu, und Catherine, die das mitbekam, meinte: »Hey, Prinzesschen, wo hast du meinen Wodka versteckt?«

»Das war ich«, sagte Peter sofort. »Ich hab ihn versteckt.«

»Ach so, na dann kannst du ihn auch holen.«

Für einen kurzen Moment schien er sich ihr widersetzen zu wollen, und Alison hielt die Luft an. Dann sagte er: »Sie steht da hinter den Cornflakes.«

Catherine lächelte. »Braver Junge.«

Die beiden sahen ihr dabei zu, wie sie mit zitternder Hand Wodka in einen Plastikbecher schenkte, dann sagte sie: »Cheers« in die Stille.

Alison sah auf die Wanduhr. Es war zehn vor neun.

Im Laufe der nächsten Wochen verbrachte Alison immer mehr Zeit bei Daniel. Sie bewahrte ihre Schulbücher dort auf und machte ihre Hausaufgaben am Küchentisch. Sie schälte Karotten und Kartoffeln für Mrs Lawrence und stellte sie in Töpfen mit kaltem Wasser auf die Arbeitsplatte, für später. Sie mochte die Küche hier, die Ordnung, die glänzende Edelstahlspüle, den reich gefüllten Kühlschrank und den Toaster mit den Weizenähren auf der Seite und einem breiteren Schlitz für Rosinenbrötchen. Alle aus Daniels Familie waren gut zu ihr, aber manchmal fragte sie sich doch, was sie eigentlich wirklich von ihr hielten, besonders Mrs Lawrence, deren Lächeln nicht immer mit der wachsamen Sorge in ihren Augen übereinstimmte. Natürlich wusste Alison um ihre eigenen Unzulänglichkeiten: ihre Zurückhaltung in Gesellschaft, ihre Vorsicht und Reserviertheit, die man ihr als Gleichgültigkeit auslegen mochte. Aber andererseits war Mr Lawrence auch zurückhaltend, also konnte er sie vermutlich verstehen, und von Daniels Familie mochte sie seinen Vater am liebsten. Seine Freundlichkeit ihr gegenüber schien unendlich zu sein. Sie kam ihr vor wie etwas Organisches, Natürliches, ein Teil seines Wesens, eine Lebensfunktion, die ihm so leichtfiel wie das Atmen oder Schlafen. Von Daniel wusste sie, dass er Bergbauingenieur gewesen war, hochqualifiziert und hochangesehen. Aber nachdem er einmal zwei Tage und eine Nacht unter der Erde festgesessen hatte, in einem eingestürzten Stollen, war er nie wieder zur Arbeit gegangen. Das war inzwischen Jahre her. Kurz danach hatte er sich die Tauben zugelegt, die jetzt sein Lebensinhalt waren. Er schenkte ihnen seine ganze Zeit und einen Großteil seiner Liebe, und Alison glaubte zu wissen, wie den Vögeln in ihrem Taubenschlag zumute war: erfüllt von einem warmen Gefühl der Zugehörigkeit.

Er behandelte die Tiere und auch Alison mit demselben sanften Respekt, und sie sonnte sich regelrecht darin. Daniel, der einen weiteren Schulweg hatte und später nach Hause kam als Alison, wusste gleich, dass sie da war, wenn er ihren Mantel am Haken und ihre Tasche auf dem Stuhl sah, aber fast immer musste er sie aus dem Taubenschlag holen. Dann aßen sie in der Küche Toast und alberten herum, und immer schaffte er es, seine Hand unter ihre Bluse zu schieben, bevor seine Mum von der Arbeit nach Hause kam oder sein Dad zur Hintertür hereinspazierte. Manchmal, wenn auch nur selten, hatten sie das Haus für sich allein, und dann, wenn Alison es zuließ – was nicht immer der Fall war –, hatten sie Sex auf seinem schmalen Bett. Irgendwie war Alison dabei zumute, als täten sie etwas Verbotenes. Diese Entwicklung ihrer Beziehung – so intim, so erwachsen, nur Haut und Hitze, verschlungene Glieder und feuchtes Verlangen – war für beide noch so neu, dass sie hinterher nicht wussten, was sie zueinander sagen sollten. Und so sammelten sie ihre Kleider eilig, schweigend wieder ein, damit sie schnell wieder sie selbst sein konnten. Doch sprach nun dieses geheime Wissen vom anderen aus ihren Blicken, und Alison fühlte sich wie eine Frau, war froh, die enorme Bürde ihrer Unschuld abgelegt zu haben, war froh, dass Daniel sie ihr genommen hatte, nicht irgend so ein Maulheld aus Attercliffe, der daraufhin für alle Zeiten damit prahlte und Ansprüche auf sie erhob.

Am liebsten jedoch saß sie einfach neben ihm auf dem Boden, an sein Bett gelehnt, in einem Nest aus Polstern und Kissen, und lauschte der Musik vom alten Plattenspieler seines Bruders, oder aus dem JVC-Ghettoblaster,

Daniels ganzem Stolz. Sie sang ihm etwas vor. Er spielte für sie auf seiner Gitarre. Sie hörten ... ach, alles eigentlich. Sie erfreuten sich ihrer Lieblingssongs, ertrugen Zeug, von dem sie glaubten, sie *müssten* es mögen, hörten wieder und wieder die Musik, in der sie sich verlieren konnten: Jimi Hendrix, T. Rex, Pink Floyd, Blondie, Beatles, John Martyn, Elvis Costello und immer und immer wieder Rory Gallagher – besessen, ehrfürchtig, mit angemessenem Respekt. Er gab ihr seine alte Liebe für Prog Rock weiter, überredete sie, sich hinzulegen und die Augen zu schließen, um sich *Wish You Were Here* komplett von vorne bis hinten anzuhören. Alison stürzte sich auf die alten Northern-Soul-Platten seines Bruders, seltene Fundstücke, seine Motown-Scheiben, und Daniel, der sein Leben lang dabei zugesehen hatte, wie Joe auf seiner Sperrholzplatte tanzte, zeigte ihr die Schritte. Gemeinsam stellten sie in seinem Zimmer mit Jimmy Radcliffe und Dean Parrish das Wigan Casino nach, rissen die Anlage so weit auf, dass sie die Musik im Blut und in den Knochen spürten.

An diesem Abend blieb sie zum Essen. Es war Mittwoch, abends um Viertel vor sechs. Es gab Shepherd's Pie, gekochte Karotten, Erbsen. Mrs Lawrence erzählte von ihrer Arbeit im Büro, von ihrem Chef, Mr Whitely, der sich für etwas Besseres hielt. Claire meinte, sie kenne eine Frau bei Cole Brothers, die auch so sei und den Kunden gegenüber mit vornehmem Akzent spreche, diesen aber eigentlich gar nicht beherrsche. Mr Lawrence sprach bei Tisch meist nicht viel, genau wie Daniel. Beide sahen auf ihre Teller, schaufelten das Essen in sich hinein und sagten nur etwas, wenn sie direkt angesprochen wurden. Alison hörte zu, lächelte, nahm hin und wieder einen Bissen und wünschte, Peter wäre hier, säße auch vor einem Teller mit heißem Shepherd's Pie. Sie fragte sich, was es für ihn zu Hause wohl zu essen gäbe.

»Was sagtest du noch, was deine Mum macht?«

Alison zuckte zusammen, wie von einer Tarantel gestochen. Claire hatte die Frage ganz unschuldig gestellt, und ihre Mum blickte von ihrer Gabel voller Kartoffelbrei auf, wohlwissend – weil sie Daniel danach gefragt hatte –, dass Alison nicht über ihre Familie sprechen wollte, abgesehen von ihrem Bruder. Alison lief knallrot an und schluckte und sagte: »Die arbeitet nicht«, ohne Claire anzusehen.

Claire, die mit ihrer Frage nichts Böses im Sinn gehabt hatte, versuchte mit einem »Ich wünschte, ich müsste auch nicht arbeiten« die Situation zu retten, machte es damit allerdings nur noch schlimmer. Daniel warf ihr über den Tisch hinweg einen finsteren Blick zu, woraufhin sie ihn verwundert ansah.

»Das war fabelhaft«, brach Mr Lawrence sein übliches Schweigen bei Tisch, um Alison zu retten, deren Bestürzung mit Händen zu greifen war. »Richtig lecker, und wenn noch was da ist, Marion, dann nehme ich gern noch einen Löffel voll.« Rasch nahm Mrs Lawrence die Auflaufform vom Herd und bot allen einen Nachschlag an. Alison blickte zu Dan auf und spürte, wie er ihr wortlos zu sagen versuchte, dass alles gut war.

»Es ist nichts dabei, wenn man nicht arbeitet«, plapperte Claire weiter. »Dad arbeitet doch auch nicht, oder, Dad?«

»Claire«, sagte Bill leise, und Claire fragte: »Was?«, und dann stand Alison auf, ihr Teller nur halbleer gegessen. Sie entschuldigte sich, schob es auf die Hausaufgaben und Kopfschmerzen, wehrte die unvermeidliche Fürsorge und Freundlichkeit ab und verließ eilig die Küche. Im Flur, bei der Haustür, kämpfte sie sich in ihren Mantel, nahm ihre Tasche. Sie stürzte hinaus in den kalten Februarabend, doch Daniel kam ihr hinterher, also wandte sie sich auf der Schwelle um und klammerte sich einen Moment lang an ihn, ihr Gesicht ganz feucht an seinem warmen Hals. Er hielt sie im Arm, bis sie sich ein wenig beruhigt hatte.

»Alison«, sagte er nach einer Weile.

»Es tut mir leid.« Sie machte sich los. »Es tut mir wirklich leid. Sag deiner Mum, dass es mir leidtut.«

»Was ist passiert?« Ihre Verzweiflung bereitete ihm körperliche Schmerzen. Er wollte ihr die Trauer nehmen, sie verwandeln, auflösen. »Was ist los?«

»Ach, nichts«, sagte Alison, obwohl das ganz offensichtlich nicht der Fall war. Sie versuchte, sich zu fangen, schniefte wie ein kleines Kind und wischte sich die Augen mit dem Handrücken. Daniel nahm seinen Mantel vom Haken hinter der Tür, denn sie war offensichtlich nicht in der Lage, allein irgendwohin zu gehen, doch Alison schüttelte vehement den Kopf. »Nein!«, rief sie, viel lauter als beabsichtigt, und sie sah den Schreck in Daniels Gesicht. Sie atmete ein paarmal tief durch, um die aufkommende Panik niederzuringen. »Tut mir leid«, sagte sie noch mal. »Ich komm schon zurecht. Ich muss nur jetzt los.«

»Weißt du was, Alison?«, sagte Daniel. »Ich fahre heute Abend mit dir im Bus. Ich bring dich nach Hause. Ich mache mir Sorgen um dich.«

»Nein!«, rief sie und schob sich rückwärts zur Pforte. »Nein, bitte!« Aber inzwischen hatte er seinen Mantel schon angezogen und die Haustür hinter sich geschlossen und war ihr gefolgt. Also fing sie an zu rennen, und er lief ihr hinterher, rief ihren Namen, gab sich alle Mühe, nicht zu schreien. Als sie an der Bushaltestelle vorbeirannte, als wollte sie den ganzen Weg bis nach Attercliffe laufen, wurde er langsamer, hetzte ihr nicht mehr hinterher.

»Okay, Alison, dann komme ich halt nicht mit!«, rief er, doch sie ignorierte ihn, flog den Bürgersteig entlang, mit wehendem Mantel und schlackernder Schultasche.

»Alison, bitte bleib stehen!«

Aus seiner Stimme sprach eine Sorge, die sie nicht einfach ignorieren konnte. Also blieb sie stehen, drehte sich um und sah ihn aus sicherer Entfernung schnaufend an.

»Bitte!«, rief Daniel. »Komm zurück und warte auf den Bus! Ich gehe auch nach Hause.«

Sie kam wieder auf ihn zu, und gemeinsam gingen sie schweigend das kurze Stück zu ihrer Bushaltestelle. »Es tut mir ehrlich leid, Daniel«, brachte sie hervor. »Ich kann dir gar nicht sagen, wie ich mich fühle.«

Er schwieg, hielt den Kopf gesenkt, Hände in den Taschen.

»Ich habe kein Zuhause wie du, keine Familie wie du«, sagte sie.

»Okay, ja, aber das ist mir doch total egal«, erwiderte er.

»Nein, ich weiß, aber mir ist es nicht egal, und ich... Daniel, bitte, belass es einfach dabei, ja?«

Er sah sie an und nickte. »Wie du willst.« Er gab ihr ein trockenes Küsschen auf die Wange und ging fort, ohne sich noch mal umzublicken, nach Hause, wo seine Mutter am Fenster stehen würde, um ihn mit fragender, mitfühlender Miene zu erwarten.

»Aber wir sehen uns doch morgen, oder?«, rief Alison mit zunehmender Unsicherheit in der Stimme, also hob er die Hand, um ihr zu zeigen, dass er sie gehört hatte, und dass – ja – sie sich morgen sehen würden. Aber er wandte sich nicht um und lächelte, denn er war verletzt und durcheinander, und wenn sie ihre Gefühle verbergen wollte, dann würde er es eben auch tun.

Seine Mutter stand im Flur, als er reinkam.

»Und?«, fragte sie.

Er zuckte mit den Schultern.

»Was ist denn nur los mit ihr?«

»Mum, ich weiß es nicht.« Er sah es als seinen Fehler an, dass er es nicht wusste. Das merkte sie, also drängte sie nicht weiter. Er stieg die Treppe hinauf.

»Es gibt Apple Crumble«, sagte sie wenig überzeugend. Wenn sie könnte, wenn er auf sie hören würde, würde sie ihm raten, vorsichtig zu sein, was diese Alison anging. Sie wollte ihm sagen, er solle sein Herz nicht an ein Mädchen verlieren, das bei der bloßen Erwähnung der eigenen Mutter weglief. Doch als er in sein Zimmer ging und die Tür hinter sich schloss, seufzte sie nur und ließ ihn in Ruhe.

Der Bus rumpelte in Richtung Attercliffe, und als er schließlich nur für Alison hielt, hastete sie durch die kleinen Straßen nach Hause. Sie wusste, dass sie sich morgen wieder mit Daniel vertragen konnte, und doch hatte sie einen kalten Knoten im Bauch, als sie ängstlich die Tür öffnete und sich für das bereitmachte, was sie daheim erwarten mochte. Alles war still. Kein Chaos, kein Schweinestall, kein Martin. Der Geruch von abgestandenem Urin hing in der Luft, was nicht verwunderlich war, weil auf dem Boden vor der Spüle ein Haufen von Catherines Unterwäsche lag, die gewaschen werden wollte.

»Peter?«, rief sie.

»Oben«, rief er zurück.

Dankbarkeit erfüllte sie, weil er zu Hause geblieben war, während sie sich stundenlang bei Daniel vergnügt hatte. Sie legte ihren Mantel ab, legte die Slips und Strumpfhosen ihrer Mutter zum Einweichen in einen Eimer mit kaltem Wasser, dann trabte sie rauf in Peters Zimmer, um bei ihm zu sein.

11

LONDON,
16. NOVEMBER 2012

Dans direkte Nachbarn auf dem Kanal waren Lisa und Frank am Heck und der tüchtige Jim am Bug. Lisa und Frank waren alte Hippies, zwei übrig gebliebene Originale aus dem Sommer der Liebe, die behaupteten, mit den Beatles im Ashram gelebt zu haben – aber das war vermutlich nur eine Kifferfantasie. Jim war ein einsamer Seemann im Ruhestand, der die sanfte Dünung des Wassers brauchte, um sich davon nachts in den Schlaf wiegen zu lassen. Ihm fehlte seine Mannschaft, die Windstärke 9 in der Biskaya, die Sardinen-Sandwiches während der 10 Uhr-Wache. Außerdem war er ein erstklassiger Handwerker. Ständig puzzelte er an seiner eh schon makellosen *Veronica Ann* herum, schliff ihren alten Anstrich ab, fettete ihr Innenleben. Lisas und Franks *Ophelia* hingegen ging langsam vor die Hunde. Sie blätterte und rostete in stiller Würde vor sich hin, während die beiden in der Kombüse Alu Gobhi kochten und es im Schneidersitz auf dem flachen Dach aßen, sich dann zurücklehnten und einen Joint rauchten. Jim machte angesichts solch schändlicher Aktivitäten die Schotten dicht, aber oft genug gesellte sich Dan zu ihnen, wenn auch nie, wenn Katelin dabei war. Sie meinte, Studienberater dürften kein Gras rauchen, und ließ sich davon auch nicht abbringen, nicht mal für Franks selbst angebautes Marihuana, das – wie Lisa gänzlich ohne Ironie behauptete – voller Herzensgüte war. Aber Katelin kam sowieso nur selten mit nach London. Das war Dans Szene, seine Welt. Die Stadt, diese Straßen, dieses Boot. Es hieß *Crazy Diamond*, die Wahl eines der Vorbesitzer, doch was für eine Wahl! Ja, *shine on*, hatte er gedacht, als er sie zum ersten Mal sah, mit einem *Zu Verkaufen*-Schild an der Seite, samt einer Telefonnummer, unter der mit Kugelschreiber *Ruf Paddy an* gekritzelt stand, wie eine Aufforderung, die allein Dan galt. Also hatte er Paddy angerufen, und zwei Wochen später hatte er einen Schlüssel für das Boot und einen weiteren für das Tor zum Leinpfad, dazu einen Schein vom Canal & River Trust, der besagte, dass – yeah! – die *Crazy Diamond* ihm gehörte. Das war vor zehn Jahren gewesen, und Katelin hatte die Idee anfangs sehr gut gefallen. Bis ihr dann klar wurde, dass sie sich hier doch zu eingeengt fühlte, und die ganze Nummer mit der Kassettentoilette war ihr ein Gräuel. So hatte sich das Boot im Laufe der Zeit von etwas Gemeinsamem zu »Dans Bude in London« entwickelt. Hier, unter den Kanalbewohnern, fühlte er sich frei und unbeobachtet. Überall lag sein Zeug herum, und die Kabine war ein Saustall, ein gemütlicher Saustall, ganz nach seinem Geschmack. Mit Frank und Lisa Gras zu rauchen gehörte irgendwie dazu. Sie gingen damit ja nicht unverantwortlich um. Manchmal verbrannten sie draußen auf dem Grill Rosmarinzweige, um den Geruch zu überdecken.

Heute Abend mäanderte die Konversation wie der Rauch von ihrem fetten Joint, schraubte sich ziellos in den

Himmel hinauf. Frank und Lisa sprachen oft in Rätseln. Ihr Geist war erweitert worden, damals 1967 im Ashram von Rishikesh, und jetzt konnten sie nicht mehr klar denken. Stattdessen streuten sie Beobachtungen oder Ideen ins wunderschöne Chaos des Universums, ohne Ansprüche, ohne Verpflichtungen.

»Lisa, Baby«, sagte Frank mit seinem Haight-Ashbury-Hippie-Slang. »Hammergras.«

Dan nickte. »Meine Empfehlung an den Koch.«

»Das war längst noch nicht alles«, sagte Lisa.

»Du meinst das Gras?« An Abenden wie diesem war es an Dan, aus den losen Enden etwas Reales zu flechten.

»Die Reise«, erklärte Lisa.

»Aha«, sagte Dan. Lisa hielt ihm den Joint hin, doch er schüttelte den Kopf, also reichte sie ihn an Frank weiter. Dan war fertig: längst high, längst selig. Zwei, drei Züge reichten für gewöhnlich, um ihn so weit zu entspannen, dass das Gespräch mit Frank und Lisa halbwegs nachvollziehbar wurde. Er hatte sein Handy in der Tasche, mit Belle And Sebastian drauf, von Ali. Er war voll warmer Gedanken an Alison Connor, während er hier auf der *Ophelia* lümmelte. Er hatte über ihre Wahl lächeln müssen. Gegen ein bisschen Belle And Sebastian war nichts einzuwenden. In den späten Neunzigern, als die Band gerade groß wurde, hatte er zur Genüge über sie geschrieben – ein Haufen cleverer Studenten, die eben erst bei Jeepster unterschrieben hatten. Er fragte sich, ob Ali wusste, dass sie Schotten waren. Bestimmt, ja, natürlich wusste sie es. Aber bestimmt wusste sie nicht, dass der Drummer an Spieltagen früher einen Imbiss-Stand draußen vor dem Celtic-Park-Stadion hatte.

»Hey«, sagte er jetzt. »Wollt ihr mal einen Song hören?«

»Was wäre das Leben ohne Musik?«, erwiderte Lisa.

»Jep«, sagte Dan. »Dann hört mal zu.«

Er fischte sein Handy aus der Jackentasche und klickte auf Alis Link, sodass die schwerelose Schönheit von Sarah Martins Stimme sie in der Abendluft umschwebte. Frank, der so stoned war, dass er kaum noch den einen Song vom anderen unterscheiden konnte, fing an, »Waterloo Sunset« dagegen anzusingen, und Lisa prustete vor Vergnügen, auf ihre typisch verrückte Art. Doch dann, wie durch ein Wunder, verfielen beide in Schweigen und lauschten dem Song, und als er zu Ende war, seufzte Lisa. »Ist echt krass, alt zu werden – alt zu sein.«

Dan lächelte sie an. Es ließ sich nicht bestreiten. Sie *war* alt. Die Falten im Gesicht und ihre Hände kündeten davon. Aber sie hatte ihre langen grauen Haare in sämtlichen Pinkschattierungen gefärbt und war immer noch dünn und schlaksig, trug immer noch ihre Jeans mit Schlag und weite, extravagante Leinenblusen. »Was bist du nur für eine Erscheinung«, sagte er. »Mannomann!« Bescheiden neigte sie den Kopf, und Frank hob den Joint oder das, was davon noch übrig war, in so etwas wie einem vagen Ehrensalut für Lisas unvergängliche Schönheit. Frank war älter als sie. Er war *richtig* alt, ging auf die achtzig zu, auch wenn es ihm egal war, diesem unverbesserlichen alten Bock. Noch immer betrachtete er Frauen mit Genießerblick, als könnte er noch mithalten, als hätte er eine Chance.

»Also«, sagte Frank nach kurzem Schweigen. »Was war das für ein vergängliches Stück Musik, das wir da eben gehört haben?«

Dan lachte.

»Das war die Jugend«, sagte Lisa. »Singt uns ihr Lied.«

»Hübsches Lied«, meinte Dan. »Hat mir ein hübsches Mädchen geschickt.«

Er hatte das nicht sagen wollen, hatte mit niemandem über Ali reden wollen, niemals, aber Frank und Lisa fragten nicht weiter nach. Manchmal waren sie die perfekte Gesellschaft, dachte Dan. Den beiden konnte man gefahrlos alles erzählen.

»*Familiar arms*«, sagte Lisa. »*Make me dance.*«

Frank drehte seinen Kopf herum und betrachtete ihr Gesicht, als versuchte er, sich zu erinnern, wer sie war. »*Ell oh ell ay, Lola*«, sagte er. »*You really got me.* Auf die Kinks steh ich echt.«

Lisa blickte zu den Sternen auf, die am beleuchteten Londoner Himmel ihr Bestes gaben. »Manchmal«, sagte sie, »könnte ich sterben vor Glück.«

»Tu's nicht, Baby«, sagte Frank. »Tu's nicht.«

Der Pub in Camden Town war geschmückt mit Día-de-los-Muertos-Totenköpfen und einem großen Neon-Kruzifix und gerammelt voll, als Dan am nächsten Abend dort ankam, um sich den Gig anzusehen. Der Saal befand sich im ersten Stock, bot Platz für hundertfünfzig Leute und hatte eine High-End-PA, die den Rock-, Punk- und Metal-Bands, die dort auftraten, alle Möglichkeiten gab, sich gründlich auszuleben. Heute Abend ging es richtig ab, und Dan suchte sich einen Platz ganz hinten, lehnte an der Wand und lauschte der Band. Er stand auf Lionize, auf ihre Energie, ihre Ausstrahlung, ihren Hang zu Led Zep und Deep Purple, staubige Stimmen, tolle Gitarren, hübsche Melodien, ein bisschen psychedelisch, und eine ordentliche Dosis Hammond-Orgel. Sie erinnerten ihn an seine Kindheit, bedienten sich aber dennoch im Hier und Jetzt. Clevere Jungs. Nach dem Gig stellte er sein Handy an und sah, dass er drei Anrufe von Katelin und zwei von Duncan verpasst hatte. Scheiße. Duncan wollte wahrscheinlich Geld leihen, aber Katelin rief immer nur an, wenn es wirklich was mitzuteilen gab. Umgeben vom spätabendlichen Elend des Greenland Place rief er sie zurück. Sie ging sofort ran.

»Sag mir, dass Duncan keine Affäre hat!«, forderte sie. Ihre Stimme klang etwas brüchig.

Dan lachte überrascht auf. »Gern«, sagte er. »Duncan hat keine Affäre.«

»Du lügst.«

»Bitte? Was ist los, Katelin?«

»Duncan hat eine Affäre, und du deckst ihn.«

»Hey, Katelin, ganz ruhig! Was soll das?«

Das grausam schneidende Sirenengeheul eines vorbeirasenden Polizeiautos übertönte ihre Antwort, gleich gefolgt von einem zweiten, sodass Dan volle dreißig Sekunden warten musste, bis er wieder sprechen konnte.

»Entschuldige«, sagte er schließlich. »Ich hab dich wegen der Sirenen nicht verstanden. Am besten, du erzählst mir einfach, was du glaubst, was los ist.«

»Wage nicht, ihn in Schutz zu nehmen!«, drohte Katelin.

»Katelin! Ich nehme ihn nicht in Schutz. Ich weiß überhaupt nicht, wovon du redest.«

Sie fing an, etwas zu sagen, hielt aber plötzlich inne, als wäre ihr ein neuer Gedanke gekommen. Dann: »Kann nicht sein«, sagte sie. »Ihr redet doch über alles. Es ist schlicht unmöglich, dass du nicht längst weißt, was er treibt.«

Er merkte, dass er langsam sauer wurde. So war Katelin, wenn sie ein paar Gläser Wein intus hatte und sich mit ihm anlegen wollte. Wahrscheinlich hatte sie den Abend mit Rose-Ann verbracht und ihn zum Feind erkoren, aufgrund seines Geschlechts, seiner Freundschaft mit dem Beschuldigten, seiner Socken auf dem Schlafzimmerboden. Er nahm das Handy vom Ohr und gab sich ein paar Sekunden Zeit, um still vor sich hin zu schäumen, umgeben vom geschäftigen Treiben Camdens. Die Pubs schmissen ihre Gäste raus, und ein Besoffener pisste kaum einen halben Meter neben ihm an die Mauer. Er rückte ab, hin zum Eingang des U-Bahnhofs, und als er wieder mit Katelin sprach, bemühte er sich, ruhig zu bleiben, unaufgeregt, vernünftig.

»Erzähl mir doch einfach, was passiert ist.«

»Lindsay Miller ist passiert. Sie ist Sängerin in einer Band, aber das weißt du ja wahrscheinlich längst.«

»Okay, das nervt«, sagte Dan. »Ich rufe Duncan an.« Er legte kurzerhand auf, voll rechtschaffener Empörung über die krasse Ungerechtigkeit, ihr Getue, als stünden sie sich wie Feinde gegenüber. Er wählte Duncans Nummer und wartete, lehnte sich an eine Mauer der Camden High Street, presste sich das Handy ans Ohr. Um ihn herum herrschte das übliche Chaos. Autos standen im Stau, Radfahrer überfuhren rote Ampeln, zu viele Menschen auf zu schmalen Bürgersteigen. Und ein ekliger Geruch hing in der Luft: Popcorn oder gebrannte Erdnüsse, das Angebot eines Straßenhändlers in der Nähe. Währenddessen ließ Duncan sich in Schottland Zeit, aber schließlich antwortete er doch.

»Die Welt, wie wir sie kennen«, sagte er mit so etwas wie Galgenhumor, »die existiert offiziell nicht mehr. Es nennt sich Leben, Jim, nur nicht so, wie wir es kennen.«

»Mh-hm«, machte Dan. »Hab schon gehört. Eine Sängerin aus einer Band?«

»Ja, die süße Lindsay.«

»Scheiße, Mann«, sagte Dan. »Und Rose-Ann?«

»Ja«, sagte Duncan. »Schöne Scheiße. Sie schäumt vor Wut, und ich kann es ihr nicht mal verdenken.«

»Sag, dass sie nicht zwanzig ist.«

»Sie ist nicht zwanzig.«

»Ist sie zwanzig?«

Duncan seufzte. »Zweiunddreißig.«

»Verdammt, Duncan. Ich dachte, du hättest dich endlich zur Ruhe gesetzt.«

»Wie sich's rausstellt, ist noch Leben in dem alten Hund.«

»Wo bist du jetzt?«

»Draußen in der Hundehütte. Wo sollte ein alter Hund denn wohl sonst sein?«

Dan lachte und war froh – oh, mehr als froh –, dass Katelin von diesem Gespräch nichts mitbekam.

»Okay, ich höre«, sagte er.

»Vor einem Jahr oder so hatte sie einen Gig in Dundee, und da hab ich sie gesehen, und wir haben hinterher geplaudert, und es war wie: Oh, hallo, da bist du ja endlich.«

»Ich fass es nicht, vor einem *Jahr*?«

»Nein, nein, da ist nichts passiert, und ich hätte auch nie versucht, sie noch mal zu treffen. Aber dann hab ich sie vor drei Wochen in einer Bar in Glasgow gesehen, und sie hat mich wiedererkannt, am Arsch gepackt und geküsst.«

»Ich glaub's nicht. Sie hat *dich* angemacht?«

»Aber holla!«

»Wenn es erst drei Wochen geht, kann es ja noch nichts Ernstes sein.«

»So fühlt es sich für mich im Moment aber nicht an.«

»O Gott, Duncan, ich hoffe, du weißt, was du tust.«

»Natürlich weiß ich das nicht«, sagte Duncan. »Natürlich nicht.« Seine Stimme brach, und einen beklemmenden Moment lang dachte Dan, sein Freund würde anfangen zu weinen. Doch als er weitersprach, klang er fast fröhlich. »Hey, aber weißt du was«, sagte er. »Du musst sie unbedingt mal kennenlernen.«

»Wen?«

»Lindsay.«

»Himmelarsch, Duncan! Katelin denkt auch so schon, dass ich in alles eingeweiht bin.«

»Sie ist ein Wunder«, sagte Duncan.

»Das hast du auch vor zehn Jahren gesagt, als du Rose-Ann begegnet bist.«

»Scheiße. Hab ich?«

»Wo bist du jetzt?«

»Ich sitz auf den Stufen vor Micks Haus.«

»Was machst du denn da? Komm morgen runter nach London! Du kannst das Boot für eine Weile haben, wenn du irgendwo unterkommen musst.«

»Ach, nein«, sagte Duncan. »Ich muss hier oben sein.«

»Mick ist ein Wichser, Duncan. Wieso gehst du zu ihm?«

»Lindsay ist hier.«

»Wo, bei Mick?«

»In Glasgow. Sie ist in Laurieston.«

Dan seufzte. Er sehnte sich schon jetzt nach dem einfachen Leben von früher. »Als ich gesehen habe, dass ich deine Anrufe verpasst hatte, da dachte ich, es ginge nur um Geld oder deine Sänger.«

»Ja«, sagte Duncan. »Darüber würde ich auch gern reden. Ein bisschen Normalität könnte ich gut brauchen.«

»Ja.«

»Wann bist du wieder da?«

»Morgen«, sagte Dan.

»Wen hast du dir angehört?«

»Lionize.«

»Oh, ja. Und ... gut?«

»Schon, sehr.«

Es entstand eine Pause, so etwas wie ein kurzes, respektvolles Schweigen, um die alten Zeiten zu ehren, dann sagte Duncan: »Komm mich besuchen, Dan. Mick ist ein Arsch, und wenn ich Rose-Ann anrufe, weint sie nur, oder sie spuckt Gift und Galle. Ich brauche etwas gesunden Menschenverstand.« Jetzt klang er traurig, trauriger, als Dan ihn je erlebt hatte.

»Mach ich. Ich melde mich morgen auf dem Rückweg. Aber wir treffen uns lieber in der Gordon Street. Zu Mick gehe ich nicht. Um zwei bin ich da.«

»Danke, Mann.« Die Verbindung brach ab. Eine Weile stand Dan nur da und stellte sich Duncan vor, draußen in der Kälte, auf den Stufen vor dem Mietshaus von Mick Hastie. Er überlegte, ob er Katelin zurückrufen sollte, entschied sich aber dagegen. Es war zu spät, und außerdem konnte das warten. Sollte sie sich ruhig ein paar Gedanken machen. Er klopfte seine Taschen ab, um sicherzugehen, dass er beim Telefonieren nicht beklaut worden war, dann stieg er hinab in die widerliche Wärme der U-Bahnstation.

Es war eine halbe Stunde nach Mitternacht, als Dan an der Warwick Avenue als Einziger aus dem fast leeren Zug stieg. Er trabte die lange Rolltreppe und die Stufen zum Ausgang hinauf, dann lief er zügig zu den Anlegern an der Blomfield Road, trat durch das Tor auf den Leinpfad und bahnte sich einen Weg zwischen zusammengeklappten Holzstühlen, aufgerollten Tauen, toten und sterbenden Topfpflanzen und anderen Zeugen des Leinpfadlebens hindurch. Die *Crazy Diamond* erwartete ihn treu und unerschütterlich auf dem schwarzen Wasser. Alles war still. An ihren Enden lagen die *Ophelia* und die *Veronica Ann*. Nirgends brannte noch Licht. Frank und Lisa waren sicher längst weggetreten, lagen eingerollt in ihren Kojen, schliefen den Schlaf der Bekifften. Jim hingegen besaß die wachsame Seele eines Nachtwächters und ließ sich vom leisesten Knarren einer Bohle aus der Kabine locken und die Umgegend mit seiner Taschenlampe absuchen, also trat Dan vorsichtig auf das Vordeck seines eigenen Bootes und drehte den Schlüssel leise im Schloss.

Drinnen legte er einen Schalter um, und die Lampen warfen ihr warmes gelbes Licht auf das holzgetäfelte Innenleben: Boden, Decke, Wände, alles im selben honigfarbenen Holz gehalten. Er hatte hier ein paar Bücher, eine Box mit CDs für die kleine, fest eingebaute Musikanlage und seine alte Akustikgitarre, die immer auf dem Boot war, weil er heutzutage nur noch für sich selbst spielte, Gesellschaft an stillen Abenden, eine Übung für seine Finger. Es gab einen Lehnstuhl, ein eingebautes Schlafsofa, Herd, Spüle, Kühlschrank. Ein winziges Bad – Dusche, Waschbecken, die von Katelin so verabscheute Toilette, die sie aus London fernhielt – und ein eher schmales Doppelbett auf einem kleinen Podest, mit einem Bullauge, das bei Tag eine noble, stuckverzierte Villa einrahmte, die am gegenüberliegenden Ufer des Kanals stand. Dan nahm sich ein Bier aus dem Kühlschrank, dann legte er sich der Länge nach auf das Sofa und erlaubte sich – wie so oft in letzter Zeit – den Luxus, eine Weile an Alison Connor zu denken: das Mädchen, das er mal gekannt hatte, nicht die Frau, die aus ihr geworden war. Alison kam ihm so leicht in den Sinn, nach all den Jahren, und wenn er die Augen schloss, sah er sie deutlich in 3D, ein perfekt ausgeformtes Hologramm des Mädchens in seinem Zimmer, daheim in Sheffield. Oh Mann, sie hatte ihm alles bedeutet, als er achtzehn war. Er hatte geglaubt, sie würden gemeinsam aus Sheffield ausbrechen, gemeinsam erwachsen werden, ihr Leben miteinander verbringen, gemeinsam coole Kinder großziehen, die was mit Musik anfangen konnten. Als sie ging – der unfassbar finstere Tag, an dem ihm klar wurde, dass sie weg war –, war er in ein tiefes Loch gefallen, aus dem er erst langsam wieder herauskam, als er vier Jahre später Katelin in Bogotá begegnete. Alison Connor. Der Duft ihrer Haare, unbeschreiblich. Nur Shampoo und Sheffield wahrscheinlich, aber Gott, roch es gut! Und ihr Lachen! Alison zum Lachen zu bringen war das Größte, ein Geschenk, denn sie war ein so ernstes Mädchen, als hätte sie sich ihr Leben lang jeden Spaß verkniffen. Sie hatte hundertprozentig in seine Familie gepasst. Und dennoch hatte sie sich einfach von ihnen abgewendet. Damals gab es fast so etwas wie einen Wettbewerb darum, wessen Herz mehr blutete, seins oder das von seinem Dad. Tagelang hatte sich Bill in seinen Taubenschlag zurückgezogen. Keiner wollte wahrhaben, dass Alison nicht wiederkommen würde.

Dan leerte sein Bier und setzte sich auf. Er brauchte einen Song für Ali, und jetzt wusste er, welcher es sein würde. Frank Ocean, »Thinking Bout You«, eine wunderschöne, zarte Ballade des neuen R&B-Wunderkinds. Dan kopierte den Link und postete ihn in dem stetig wachsenden Thread, den er mit Ali teilte.

Okay, Alison, dachte er. Mal sehen, was du damit anfängst, da drüben auf der anderen Seite des Planeten, in deinem Schlafzimmer in Adelaide. Er stellte seine leere Flasche in den Müll und überlegte, ob er schlafen gehen sollte, als von der Tür ein leises Klopfen kam, ein aufragender Schatten, eine zögerliche Stimme. »Äh, Dan? Alles okay da drinnen?«

Jim.

Dan seufzte und ließ den Kopf hängen. »Ja, Jim, alles gut. Und bei dir?«

»Oh, alles in bester Butter, aber da du noch wach bist … Ich hab hier eine Flasche Lamb's Navy Rum. Trinkst du einen Kleinen mit?«

Dan schloss auf und öffnete die Tür, wollte Nein danke sagen, muss früh raus, muss meinen Zug kriegen. Doch dann sah er Jim dort stehen, mit vor Hoffnung leuchtenden Augen, in der einen Hand eine Flasche, in der anderen zwei Becher.

»Hab dich gar nicht richtig zu Gesicht bekommen«, sagte Jim. »Hab heute eigentlich überhaupt noch niemanden gesehen.«

Also lächelte Dan und hielt die Tür auf. »Dagegen müssen wir was tun, Jim«, sagte er. »Komm rein.«

12

QUORN,
17. NOVEMBER 2012

Sheila stellte zwei starke Milchkaffees auf den Tisch im winzigen Garten des Quorn Cafés.

»Okay«, sagte sie und setzte sich Ali gegenüber. »Raus mit der Sprache.«

Ali gab Zucker in ihren Kaffee und rührte um – ihre gewohnheitsmäßige Verzögerungstaktik in solchen Situationen –, dann sah sie Sheila an.

»Du darfst es niemandem erzählen. Auf keinen Fall. Auch nicht Dora. Zumindest nicht, solange wir hier sind.«

Sheila nickte. »Verstanden.«

Ali seufzte. »Stella ist schwanger.«

Es sprach für Sheila, dass sie weder zusammenzuckte noch das Gesicht verzog. »Ach, darum geht es also. Verstehe.«

»Wir sprechen erst darüber, wenn Stella es möchte«, erklärte Ali. »Unser kleiner Trip hierher ist so was wie eine vorübergehende Flucht vor dem, was kommt.«

»Dafür ist dieser Ort perfekt.«

Das stimmt, dachte Ali. Ein perfekt erhaltener kleiner Ort am Rande der Wüste. Stella war gerade mit Alis Nikon unterwegs, um die ausgemusterten Eisenbahnen auf den alten Gleisen zu fotografieren und die verblasste Pracht der viktorianischen Läden. Der wolkenlose Himmel war hier größer und leerer als in Adelaide. Ungehindert brannte die Sonne auf die Blechdächer der Häuser, und die Hitze flimmerte und tanzte über den Straßen. Hier im Garten des Cafés, unter einer Platane, war es schattig, und das Plätschern eines Wasserspeiers in Form einer sanftmütigen, steinernen Shiva im Schneidersitz täuschte akustisch eine gewisse Abkühlung vor. Dann und wann verließ ein ortsansässiges Gelbhaubenkakadu-Pärchen sein schattiges Plätzchen, um die Schnäbel in das kleine Wasserbecken zu tunken, das Shivas Hände formten.

»Möchte sie denn gern schwanger sein?«, fragte Sheila jetzt.

»Sie meint, ja«, sagte Ali. »Aber vielleicht nur, weil Thea findet, dass sie abtreiben soll.«

»Weißt du, wer der Junge ist?«

Ali schüttelte den Kopf. »Nein. Stella will es uns nicht sagen. Offenbar war es nur das eine Mal.« Mit einem Mal kamen ihr die Tränen, und sie fing an, in ihrer Tasche nach einem Tuch zu kramen. »O Gott, Sheila. Es kommt mir vor, als hätte ich auf ganzer Linie versagt.«

Sheila zog ein Tuch aus ihrem Ärmel und reichte es ihr über den Tisch. »Alison«, sagte sie.

Ali nahm das Taschentuch und wischte sich die Augen, putzte sich die Nase. Sie schniefte trostlos. »Was?«

»Niemand stellt deine mütterlichen Fähigkeiten in Frage.« Sie deutete auf Alis Tasse, noch voll, unangetastet. »Trink einen Schluck«, sagte sie. »Der Kaffee ist ausgezeichnet. Und hör auf, dir Vorwürfe zu machen.«

»Das fällt mir schwer«, erwiderte Ali. »Ich hätte einfach besser aufpassen müssen. In letzter Zeit war ich so abgelenkt, dass es mir vorkommt, als hätte ich sie im Stich gelassen.«

»Stella wird schon zurechtkommen«, meinte Sheila. »Sie besitzt dieselbe wunderbare Entschlossenheit wie du, und du hattest wesentlich schwerere Startbedingungen.«

Ali starrte in ihren Kaffee.

»Ach, Süße«, sagte Sheila seufzend. »Wir reden nie über dein Leben in Sheffield, oder?«

»Muss auch nicht sein.« Ali blickte auf und senkte den Kopf gleich wieder.

»Catherine hat dir ein schwieriges ...«

»Sheila, wieso sollten wir jetzt darüber reden?«

»Weil wir es noch nie getan haben und mir etwas durch den Kopf geht. Als du damals in Elizabeth zu mir kamst und ich nicht wusste, dass du nicht wusstest, dass Catherine gestorben war, und ich es wie eine dumme Gans rausposaunt habe – also, da warst du wie versteinert. Du hast nicht mal geweint, und ich wünschte, ich hätte ...«

»Sheila, bitte. Wir reden hier über Stella.«

»Bestimmt gibt es da noch einiges an unverarbeiteter Trauer ...«

»Nein«, sagte Ali mit einer Entschiedenheit, die die ältere Frau abrupt zum Schweigen brachte. Sheila wusste nichts, rein gar nichts von Alis Leben in Attercliffe, von der Angst und der Schande, der Furcht vor einem Skandal, der schrecklichen Vorstellung, dass man sie bemitleiden könnte, den endlosen Bemühungen um Schadensbegrenzung. »Nein, da gibt es nichts an unverarbeiteter Trauer, und wir werden uns miteinander überwerfen, Sheila, wenn du mich noch weiter drängst. Tut mir leid, dass ich scharf geworden bin, aber du weißt nichts darüber. Catherine war eine sehr, sehr kranke Frau, der das Leben nichts bedeutet hat.«

Sheila, die keineswegs gekränkt war, betrachtete Ali mit einem höchst unwillkommenen Mitgefühl und sagte dann in einem unheilvollen Ton: »Eins möchte ich unbedingt noch loswerden: Ich habe mich nicht genug um dich gekümmert, als du damals nach Australien kamst.«

»Nein, das kann ich so nicht stehen lassen«, erwiderte Ali und dachte: Das ist alles doch schon so lange her. »Ich hatte Michael an meiner Seite. Wir haben dich zusammen besucht, weißt du noch?«

Doch Sheila hörte nicht zu. »Ich war die älteste Freundin der armen Catherine«, sagte sie. »Und deshalb habe ich immer eine gewisse Verantwortung für dich empfunden. Aber damals war ich selbst so furchtbar unglücklich.«

»Hör mal, Sheila«, sagte Ali. »Wenn Catherine mir irgendetwas beigebracht hat, dann für mich selbst zu sorgen. Ich bin damals nicht zu dir gekommen, weil ich Hilfe brauchte. Wir waren nur zu Besuch.« Ihr stand nicht der Sinn danach, sich in die düstere Vergangenheit von Sheilas unglücklicher Ehe zerren zu lassen, oder zum Wieso und Warum von Catherines Tod – die Details darüber hatte Sheila damals über ihre eigene Mutter in Liverpool erfahren. Und nein, dachte Ali, sie hatte nicht geweint, als Sheila ihr die Nachricht überbrachte, hatte nur gedacht, Gott sei Dank ist es vorbei. Weil Peter damit endlich frei war.

Sheila hatte allerdings recht: Michael war zwar bei ihr gewesen, hatte sie hingefahren, aber bei dem Gespräch war er nicht dabei gewesen, und sie hatte ihm auch hinterher nichts davon erzählt. Für sie war es das Jahr Null, der

Beginn ihrer Ehe – diese sauberen, sonnigen Anfangstage, in denen sie ihr Leben derart vollständig neu erfunden hatte, dass sie manchmal selbst Schwierigkeiten hatte, sich wiederzuerkennen. Und oh, wie hatte Michael diesen Besuch gehasst – Sheilas und Kalvins kleines Haus, wie winzig alles war, die plumpe Vertraulichkeit. Die meiste Zeit hatte er sich im Garten aufgehalten und so getan, als studierte er die Kräuterbeete. Als Ali dann zu ihm rauskam, hatte er nur gesagt: »Gott sei Dank! Dann lass uns zusehen, dass wir hier wegkommen.«

Jetzt griff Sheila nach Alis Händen und hielt sie ganz fest, und für einen Moment unterwarf sich Ali ihrem eindringlichen Blick. Doch dann trat eine junge Frau mit Jeansschürze an ihren Tisch und rettete Ali.

»Hey«, sagte die Kellnerin. »Alles klar bei euch?«

»Super, danke«, erwiderte Ali und löste ihre Finger aus Sheilas Griff.

»Das hört man gern. Kann ich den Damen etwas zu essen bringen?«

»Nein, danke«, sagte Ali.

»Ja, wir hätten gern etwas Rosinenbrot, Megan«, sagte Sheila. »Wir haben was Wichtiges zu besprechen, und dafür brauchen wir Nervennahrung.«

»Also Rosinenbrot für zwei?«

»Oh nein, für mich nicht«, lehnte Ali ab.

»Rosinenbrot für *zwei*, Megan«, sagte Sheila und zwinkerte der Kellnerin zu, die lächelte und Ali ein wenig hilflos mit hochgezogenen Augenbrauen ansah, als müsste sie sich entschuldigen. Als sie im Café verschwunden war, wandte sich Ali wieder Sheila zu. »Nervennahrung? Wir hatten heute doch schon Doras Honig-Spezialmüsli.«

»Ich weiß, aber du strahlst etwas aus, das in mir den Wunsch weckt, dich zu füttern«, meinte Sheila. »Außerdem esse ich einfach gern.« Sie lachte und schlug mit der Hand auf den Tisch, dass die Kaffeeschalen auf ihren Untertassen hüpften und die Kakadus erschrocken aufflogen. Ihre weißen Flügel waren riesig und atemberaubend schön vor dem knallblauen Himmel.

Beim Abendessen schlug Dora einen Ausflug in den Norden vor, zwei Stunden Fahrt, vielleicht etwas weniger, raus ins Outback nach Wilpena Pound. Wie es sich herausstellte, war Dora nicht nur in der Lage, eine Lokomotive zu führen, sondern auch ein Flugzeug zu fliegen, und es gab da eine Cessna, die sie sich borgen konnte. Von einem kleinen Flugfeld aus wollte sie mit ihnen abheben, damit sie die Gegend mal von oben betrachten konnten.

»Es ist nicht meine Maschine. Sie gehört Clancy«, sagte sie, als wäre damit alles geklärt.

»Ihr Neffe«, erläuterte Sheila, und Dora nickte.

»Genau. Soll ich ihn mal anrufen?«

Ali war nicht sicher. Sie fand, das klang doch alles merkwürdig, wenn nicht sogar illegal. Doch Stella sagte nur: »Au ja!«, und Sheila zog schon die Kühlbox aus dem Schrank unter der Treppe hervor, um sie auszuwischen, also rief Dora bei Clancy an, und ganz früh am nächsten Morgen machten sie sich in Alis Auto auf den Weg, die Kühlbox randvoll mit Wasserflaschen, für den Fall, wie Sheila sagte, dass ihnen im Niemandsland das Kühlwasser ausging. Der kleine Ort schlief noch, als sie ihn hinter sich zurückließen, und die Sonne stand tief am Horizont.

»Dreh doch mal die Heizung auf, Süße«, bat Sheila. Sie

trug einen voluminösen Poncho aus Alpaka-Wolle, klagte aber nach wie vor über die Kälte, und sie hatte ja recht: Noch hatte der Tag keine Wärme zu bieten. Doch der neue Morgen versprach so einiges. Hell und klar wirkte er, wie frisch gewaschen. Ein perfekter Tag zum Fliegen, meinte Dora.

»Ihr werdet staunen«, sagte sie immer wieder zu Ali und Stella. »Ihr werdet staunen. Es ist ein absolut unglaublicher Anblick.«

Sie saß vorn mit Ali, und Sheila teilte sich die Rückbank mit Stella. Die Stimmung war ausgelassen. Wie beim Schulausflug, meinte Stella. Die Straße nach Norden war schnurgerade, ein unbeirrbares Asphaltband durch die steinalte Landschaft, und die Kilometer rollten entspannt vorbei, während sich das goldene Ackerland der südlichen Flinders in etwas verwandelte, das einen weit dramatischeren Anblick bot: trockenes Buschwerk in roter Wüste. Meldensträucher, Blaugummibüsche, Maireanagestrüpp. Stella machte durchs offene Autofenster Fotos von gleichgültig wirkenden Kängurus, und einmal mussten sie anhalten, weil eine kleine Karawane staubiger Emus vor ihnen die Straße überquerte.

»Das ist ja *so* cool!«, rief Stella aus.

»Outback-Farben«, sagte Sheila. »Eine ganze Palette von Rost und Ocker.«

»Nein, ich meinte die Emus«, sagte Stella. »Und die Kängurus.«

Ali zwinkerte ihrer Tochter im Rückspiegel zu. Stellas Begeisterung funkelte wie Sonnenlicht auf dem Meer.

Um kurz nach acht erreichten sie das Flugfeld, wo Clancy sie, an seine Cessna gelehnt, erwartete. Typ mittelalter Dosenbiertrinker: frühmorgendlicher Stoppelbart, kleine Wampe, verwitterter Buschhut, Khaki-Hosen, ausgewaschenes Jeanshemd. Er grinste und winkte ihnen zu, als Alis alter Holden-Kombi vor dem Drahtzaun hielt.

»Morgen, Ladys.« Er tippte an seinen Hut und musterte Ali und Stella anerkennend. »Das sind ja mal schöne Aussichten.«

Ali verschränkte die Arme vor der Brust und starrte zurück, als wollte sie sagen: Spar dir das, Kleiner.

»Und astreines Timing«, sagte Clancy. »Ihr seid oben, bevor der Ostwind euch durchschüttelt.« Er öffnete die Tür des kleinen Flugzeugs und sah sich an, wie sie hineinkletterten. »Pferdeärsche nach vorn, von wegen Ballast«, sagte er und gab Sheila einen Klaps auf den Hintern. »Sexy Ärsche nach hinten. Und Dora: Ich brauch die Kiste heut Nachmittag wieder, also verflieg dich nicht!«

Dora verdrehte die Augen und erwiderte: »Ungehobelt wie immer«, doch sie warf ihm eine Kusshand zu, als er die Tür zuknallte. Dann hielt er den Daumen hoch und trat von der Maschine zurück, wobei er seinen Hut festhielt, während Dora, so unwahrscheinlich es Ali auch vorkam, das Flugzeug die Piste hinunter lenkte und gekonnt damit abhob. Von nun an hätten sie alle brüllen müssen, um sich Gehör zu verschaffen, also verfielen sie augenblicklich in Schweigen, gaben jedes Gespräch auf, um mit staunender Demut starr nach unten zu blicken, während die kleine Maschine mit einiger Mühe einen Bogen flog, aufwärts und hinüber zu der gezackten Krone des Wilpena Pound. Die kreisrunde Bergkette wuchs aus der Erde empor, ein urzeitliches Amphitheater von derart majestätischem Ausmaß, dass die Landschaft drum herum zwergengleich wirkte. Die Sonne, die inzwischen höher am wolkenlosen Himmel stand, tauchte die Bergkette in faszinierendes Licht, und während die Cessna der steinernen Ellipse folgte, schoss Stella ein Foto nach dem anderen. Doch dann drehte sie sich zu Ali um, zupfte an deren Ärmel und sagte etwas gänzlich Unhörbares, angesichts des Lärms.

»Was?«, rief Ali, dann noch mal lauter: »Was?«

Stella beugte sich vor. »Ich sagte: astreiner Ausblick!« Und vielleicht lag es an der Höhe, die sie etwas benommen machte, oder an der außerirdischen Schönheit des Planeten Erde, oder dem funkelnden Blau des Himmels, jedenfalls fingen sie beide an zu lachen und konnten nicht mehr aufhören, und Sheila, die sich umwandte und die beiden liebevoll betrachtete, lächelte, weil sie das Gefühl kannte: ekstatische Freude.

Auf dem Nachhauseweg kehrten sie unterwegs in Hawker für ein frühes Mittagessen in der Bar eines kleinen Hotels ein, wo Dora so ziemlich jeden zu kennen schien, dem sie begegneten. Sheila meinte, so ginge es ihr mit Dora immer. Es käme ihr oft vor, als hätte ihre Freundin schon diverse Leben gelebt. Und in der Tat hatte sie mehrere Ehemänner gehabt und dabei ein riesiges Netzwerk weitverzweigter Familien angesammelt. Inzwischen hieß sie wieder Dora Langford, wie als Kind. Aber einst, vor langer, langer Zeit war sie – wenn auch nur kurz – Dora Franklin gewesen, eine von *den* Franklins, die in den 1840er Jahren eine Schafstation gegründet und sich mit Merinowolle eine goldene Nase verdient hatten. Für ein paar Jahre hatte Dora richtig viel Geld gehabt und das

Prestige einer frühen Siedlerfamilie genossen. Dann aber hatte sie ihren Franklin sitzen lassen und William Tremblath geheiratet, den rotwangigen Nachkommen eines Zinnminenarbeiters in Penzance.

»Wow«, rief Stella begeistert. »Dora Tremblath!«

»Das bin ich«, sagte Dora, als sie mit einer Flasche Weißwein im Eiskübel und einer Cola für Stella vom Tresen wiederkam. »Ich meine, das *war* ich.«

»Zwei Ehemänner und eine Ehefrau, Dora«, sagte Ali. »Kein schlechter Schnitt.«

»Drei Ehemänner, Süße«, korrigierte Sheila. »Da war noch dieser Typ aus der Opalmine in Andamooka.«

»Oh Scheibenhonig! Das stimmt«, sagte Dora. »Mannomann, den hatte ich ganz vergessen.«

Sie schenkte Wein in drei Gläser, schob eins davon über den Tisch zu Ali und ein anderes zu Sheila, die ihres erhob und »Mädchenausflug« sagte, woraufhin alle vier miteinander anstießen. Nach und nach füllte sich die Bar um sie herum: Trucker, Touristen, Vertreter. Der Barmann brachte ihre Bestellung – Burger mit Pommes –, und Stella klatschte vor Freude in die Hände. »Cola und Burger«, sagte sie mit leuchtenden Augen. »Beatriz würde im Schwall kotzen.«

»Allerdings«, sagte Ali. »Genauso wie dein Dad, wenn er dich so reden hören könnte.«

»Da wir gerade vom großen McCormack sprechen ...«, sagte Dora zu Ali. »Stammt er nicht aus einer Familie von Wollbaronen drüben aus Burra?«

»Kupfer, dann Wolle«, erklärte Ali. »Aber das war lange vor meiner Zeit.«

»Gibt es da oben nicht eine hübsche, große Schafstation?«

»Na klar!«, warf Stella ein. »Mit einem riesigen Haus und einer eigener Kapelle, in der sämtliche McCormacks getraut wurden. Bis Mum und Dad die Regeln gebrochen haben.«

Dora sah Ali an. »Was du nicht sagst.«

»Ach, na ja, wir haben halt sehr jung und schnell geheiratet«, meinte Ali und gab sich Mühe, ihren Worten die Dramatik zu nehmen.

»Sie haben im Ausland geheiratet«, erklärte Stella. »Mum war erst achtzehn, stimmt's, Mum? Sie haben sich auf Reisen kennengelernt und gleich geheiratet. Gott, dieser Burger ist *richtig* gut!«

»Michaels Mutter war stinksauer!« Ali trank einen kleinen Schluck Riesling, und der schmeckte so kalt und rein, dass sie ihn am liebsten gleich ganz heruntergestürzt hätte, genau wie Sheila und Dora. Aber sie wollte nicht in Schlangenlinien zurück nach Quorn fahren, und selbst wenn eine der beiden anbieten sollte zu fahren – was keine von ihnen tat –, konnte Ali das nicht mehr zulassen. Dora hatte ihr Glas schon leer und schenkte erst sich nach, dann auch Sheila. Beide tranken den Wein wie Wasser.

»Kein Wunder«, sagte Sheila. »Die war doch bestimmt auf hundertachtzig. Diese Matriarchinnen in Adelaide sind schon speziell.«

»Warum musstet ihr euch so beeilen?«, fragte Dora.

Ali zuckte mit den Schultern. »Mussten wir nicht. Aber Michael gefiel die große romantische Geste, und ich schätze, ich war wohl bereit für einen Neuanfang.« Sie lächelte Stella an. »Grandma McCormack dachte, ich hätte es auf das Familienvermögen abgesehen.«

»Na, wirklich schade, dass sie nicht mehr lebt«, sagte

Stella. »Schließlich bist du inzwischen viel reicher als Dad.«

»Ach, Stella!«, erwiderte Ali. »Was für ein Unsinn.«

»Und dein Buch soll verfilmt werden.«

»Ja!«, sagte Sheila. »Das hab ich gelesen. Mit der ganzen Musik und so. Ich liebe Baz Luhrmann. Steht die Besetzung schon?«

»Ich hab was von einem offenen Casting für die indigenen Kinder gehört.«

»Es ist immer noch gut möglich, dass der Film nie gedreht wird«, wandte Ali ein. »Können wir bitte über was anderes reden?«

»Aber Alison«, sagte Sheila. »Du bist jetzt eine berühmte Schriftstellerin! Das Mädchen aus der Arbeiterklasse, dem die Welt zu Füßen liegt!«

»Wohl kaum. Ich bin nur ein kleines Rädchen in der Maschinerie.«

»Was willst du mit deinem ganzen Reichtum anfangen?«, meldete sich Dora zu Wort. Sie war bereits leicht angetrunken und blind gegenüber Alis Unbehagen. »Kaufst du dir ein Rennpferd? Einen Maserati? Einen Palast am Meer bei Port Willunga?«

»Oh ja, Mum, mach das!«, sagte Stella.

»Nein«, erwiderte Ali bedächtig, während in ihrem Kopf langsam eine Idee Gestalt annahm. »Ich glaube, ich werde das Geld jemandem geben, der es dringender braucht.«

Sheila lachte herzlich, weil das sicher nur ein Spruch war, der alle zum Schweigen bringen sollte. »Tu das nicht, Süße. Guck dir nur mal Stellas Gesicht an! Sie hätte doch so gern ein Haus am Strand.«

»Nein, ich meine es ernst«, sagte Ali. »Mir geht gerade ein Licht auf.«

Die Schatztruhen der McCormacks brauchten keine Unterstützung von Ali Connor. Aber wenn sie ein Vermögen mit ihren erfundenen Musikern verdiente, dann wäre es doch nur angemessen, *echte* Musiker zu unterstützen, oder? Sie erinnerte sich an einen Abend vor langer Zeit, als sie mit Cass bei einem Gig in Adelaide gewesen war: Ein Pitjantjatjara-Mädchen hatte vollkommen in sich gekehrt auf der Bühne gestanden und mit einer solch faszinierenden Intensität ihre Texte vorgetragen – manche in ihrer eigenen Sprache –, die von einer Art lyrischem Zorn getrieben zu sein schienen. Eine unglaublich talentierte Singer-Songwriterin. Als das Mädchen fertig war, sprang Cass auf, um ihr zu applaudieren, und auch der Rest des Publikums tobte vor Begeisterung. Seitdem hatte Ali sie noch oft gehört, doch war es dieser erste Abend gewesen, dieses Mädchen, ihre Musik: Damit war die Saat gelegt worden, zehn Jahre, bevor Ali *Tell the Story, Sing the Song* geschrieben hatte. Und jetzt saß sie hier, und es lag in ihrer Hand, im echten Leben ein perfektes Ende zu inszenieren. Mit einem Mal spürte sie eine wunderbare Leichtigkeit ums Herz, so einen resoluten Optimismus, als sei ihr nichts unmöglich. Sie lächelte ihre Tochter an, die süße Stella, die nicht zurücklächeln wollte, noch nicht, nicht, solange ihre Mutter so *seltsam* war.

»Es wird alles gut, Schätzchen«, sagte Ali. »Alles wird ganz wunderbar.«

Später, als sie sich für die Rückfahrt bereit machten, stellte Ali zum ersten Mal an diesem Tag ihr Telefon an und sah zwischen all den Benachrichtigungen sofort die einzige, nach der sie suchte. Dan Lawrence hat dir einen Link geschickt. Sie stand vom Tisch auf und ging zur Damentoilette, wo sie sich in einer Kabine rücklings an die verriegelte Tür lehnte. Mit geschlossenen Augen stand sie da und versuchte, sich ihn und – wenn auch erfolglos – seine Stimme vorzustellen. Sie ließ ihren Gedanken freien Lauf, ließ sie stöbern, wo sie wollten, und stellte fest (was für sie sehr ungewöhnlich war), dass sie ihm von ihrer großen Idee erzählen wollte, dass sie alles mit ihm durchsprechen wollte, um zu erfahren, was er darüber dachte. Damit er in ihrer Welt realer wurde.

Aber sie wusste seine Nummer nicht, und in England war es noch mitten in der Nacht, und außerdem fragte sie sich, was er wohl denken würde, wenn sie ihn aus heiterem Himmel anrief, eine lang vergessene Ex-Freundin mit australischem Akzent? Hey, Dan, hier ist Alison, wie läuft's denn so?

Nein. Nein. Sie sollte lieber nur den Link anklicken, mehr nicht. Sich den Song anhören, so wie er es beabsichtigt hatte. Also schlug sie die Augen auf, öffnete den Link und sah »Thinking Bout You« von Frank Ocean – ein Song von einem Sänger, den sie nicht kannte, und dieses Nichtwissen ließ sie vor lauter Vorfreude auf das Neue, das Unentdeckte, erschauern.

Die Kopfhörer waren in ihrer Tasche, die noch auf dem Tisch lag, also drückte sie einfach auf Start, woraufhin der Raum um sie herum von betörenden Klängen erfüllt war, und sie lehnte sich wieder an die Tür und ließ es geschehen, hörte den Text, der sie daran erinnerte, was sie alles schon vergessen hatte. Es ging um erste Liebe, Unsicherheit, unerfüllbare Träume, und die Worte wurden untermalt von dieser wunderbar ätherischen Musik, herzerweichend, schmerzhaft schön. Daniel Lawrence, dachte sie, musikalisch passten – und passen – wir perfekt zusammen.

Plötzlich rüttelte jemand an der Tür, und sie hörte beharrliches Klopfen und Stellas aufgebrachte Stimme.

»Mum? Bist du das?«

Augenblicklich stoppte Ali den Song. »Hi, Süße«, sagte sie. »Alles in Ordnung?«

»Mum, was machst du da?«

Ali schloss die Tür auf und kam heraus. »Ich höre mir einen Song an.«

Verunsichert sah Stella sie an. »Warum?«

»Warum nicht?« Ali lächelte und verwuschelte Stellas Haare. »Ist da draußen alles okay?«

»Die sind so betrunken«, sagte Stella. »Sie halten über den Tisch hinweg Händchen und haben nicht mal gemerkt, dass ich gegangen bin.«

»Oh-oh«, meinte Ali. »Die bringen wir wohl besser mal nach Hause.« Sie schob das Telefon in die Tasche ihrer Jeans und wusch sich rasch die Hände. »Musst du aufs Klo?«, fragte sie.

»Nein. Ich hab nur nach dir gesucht.«

»Gut, dann schaffen wir die beiden Schnapsdrosseln mal hier raus.«

»Mum?«

»Ja?«

Stella zögerte. »Nichts.«

Zurück in Quorn, in der Stille, die blieb, als Dora und Sheila im Bett lagen und ihren Rausch ausschliefen und

Stella wieder draußen mit der Kamera unterwegs war, um das goldene Abendlicht einzufangen, wählte Ali einen Song für Dan aus. Sie lenkte ihn zurück in der Zeit zu Carole King, »So Far Away«. Liebe, Verlust, Sehnsucht, Reue und eine fesselnde Verbindung, über Kontinente hinweg.

Ja. Wenn er vor ihrer Tür stünde. Das wäre schön. Wirklich, wirklich sehr schön. Sie legte sich auf das alte Sofa und hörte sich *Tapestry* an, das ganze Album, von Anfang bis Ende. Sie hatten die Platte damals nicht zusammen gehört, sie war nicht so ihr Ding gewesen. Aber hey, dachte sie, wenn Dan Lawrence sie heute nicht mochte, dann hätte es sich sowieso erledigt. Was auch immer »es« sein mochte.

Stella kam zurück, als das letzte Tageslicht verging.

»Mum«, sagte sie, und Ali fuhr hoch, vom ernsten Ton in der Stimme ihrer Tochter aufgeschreckt.

»Was ist, Süße?«

»Ich möchte wirklich auf gar keinen Fall ein Kind bekommen«, sagte Stella, und dann fing sie an zu weinen.

13

SHEFFIELD,
27. Juli 1979

Es gab da diese Band, bei der Daniel manchmal als Roadie aushalf, drei Jungs aus Sheffield und einer aus Rotherham. Steve Levitt, Mark Vernon, John Spencer und ein Typ, den alle Dooley nannten. Ursprünglich hießen sie The National Union, inzwischen aber nur noch The Union. Eine talentierte, düstere Post-Punk-Kapelle mit einem Teilzeit-Manager und dem vagen Plan, Rockgeschichte zu schreiben. Steve war acht Jahre älter als die anderen und der Gründer, der unangefochtene Boss und Architekt ihrer unmittelbaren Zukunft. Charismatisch, selbstbewusst, ehrgeizig, und er hatte ein bisschen was auf dem Kerbholz: Diebstahl und Körperverletzung, schon ein paar Jahre her. Aber anders war das hier in der Gegend auch nicht zu erwarten, und außerdem konnte – offen gesagt – ein solcher Ruf bei einer Band wie der ihren nicht schaden. John Spencer stand auf Gras oder Speed, das eine oder andere hatte er immer dabei, und ihr Manager – eigentlich ihr Sponsor, ein lokaler Geschäftsmann, der sich für Malcolm McLaren hielt – hatte schon überlegt, John an die Polizei zu verraten, nur wegen der Publicity.

Jedenfalls war The Union besser als die meisten Bands, die momentan um Sheffields Aufmerksamkeit buhlten, und sie bekamen auch Gigs in anderen Städten – kleine Läden, kaum Publikum, aber von Woche zu Woche sprach es sich mehr herum, wie gut sie waren. Und dann wurde ihnen ein Auftritt bei einem Festival in Manchester angeboten, im Mayflower Club, ganz unten in der Hackordnung, aber mit echten Punk- und New-Wave-Bands, die auf dem Weg nach oben waren: Joy Division, The Fall, The Distractions, The Frantic Elevators. Es schien ihre große Chance zu sein. Doch zwei Tage vor dem Gig kam Mark Vernon bei einem Unfall mit Fahrerflucht ums Leben, auf der Arundel Gate, mitten in Sheffield, und Steve erklärte Daniel, er müsse einspringen. Gefühle spielten keine Rolle, kein Gedanke daran, den Gig abzusagen, und Steve duldete keinen Widerspruch. Er meinte, Daniel kannte die Setliste, kannte den Sound, und er hätte auch den Look. Daniel hielt dagegen, dass seine Gitarre nichts tauge, und außerdem habe er nie irgendwo anders als zu Hause in seinem Zimmer gespielt.

»Vernon ist tot, aber nicht seine Gitarre«, entgegnete Steve. »Nimm die.«

Und so nahm Daniel Marks schwarze Gibson hinten aus dem Van und bekam einen Abend Zeit, mit der Band zu proben, eine Notsession im Hinterzimmer beim Bergarbeitertreff in High Green, wo John Spencers Dad hinterm Tresen stand. Daniel kam sich vor wie ein Blender, der in die Schuhe eines Toten stieg, aber die Gitarre fühlte sich gut an, sah super aus, klang besser, als er zu hoffen gewagt hatte.

Alison kam mit, um zuzuhören. Sie stand weit weg von den riesigen Verstärkern, im Schutz von hundert gestapelten Metallstühlen, und sah sich mit kritischer, konzentrierter Miene die Band an. Sie spielten gut zusammen. Steve war besser als gut. Er war grandios, ein echter Frontmann: hypnotische Stimme und ein ganz eigener Look, so etwas wie ein Arbeiter-Dandy. Daniel besaß die Gabe, begabter zu wirken, als er war. Dooley am Bass war solide, verlässlich, und John ... John spielte die Drums wenn nötig wie ein Meister und wenn er konnte wie ein Irrer.

Steve beobachtete Alison während der gesamten Probe. Danach stakste er über den staubigen Holzboden zu ihr hinüber und fragte, ob sie singen könne. Steve war groß – weit über eins fünfundachtzig –, und er trug tadellos polierte Stahlkappenstiefel, Kampfhosen mit Tarnmuster, ein kanariengelbes T-Shirt und einen braunen Wollmantel. Daniel sah aus der Ferne zu, mit Mark Vernons Gibson-Gitarre um den Hals. Er kam sich vor wie ein Zwölfjähriger.

»Wie bitte?«, sagte Alison. Skeptisch verzog sie das Gesicht. Steve hatte sie nicht in seinen Bann ziehen können, doch das wusste er nicht.

»Du siehst zum Anbeißen aus«, sagte Steve. »Wer bist du?«

»Alison Connor«, sagte sie und deutete auf Daniel am anderen Ende des Raums. »Ich bin mit ihm hier.«

Steve warf einen Blick über die Schulter zu Daniel hinüber und machte große Augen, als änderte er gerade seine Meinung über ihn. Dann sah er wieder Alison an. »Ich könnte vielleicht eine Sängerin brauchen, und ich möchte definitiv, dass sie aussieht wie du«, sagte er. »Backgroundsängerin, für zwei, drei Songs. Kannst du singen?«

»Welche Songs?«, fragte Alison.

Er lachte kurz. »›Juliet‹. ›No Safe Place‹. Vielleicht ›Evermore‹«, zählte er mit geduldiger Stimme auf.

Sie nickte. »Klar.«

Einen Moment starrte er sie an. Neigte seinen Kopf. Schätzte sie ein. »Du bist bildschön, Alison Connor. Aber kannst du auch singen?«

Alison erwiderte Steves musternden Blick kühl. »Ja, ich kann singen«, sagte sie. »Aber du wirst bitte sagen müssen.«

Junge, ist die furchtlos, dachte Daniel. Es war ihm neu, dass Steve eine Sängerin suchte, und auch Dooley und John wussten nichts davon, zumindest ihren Mienen nach zu urteilen. Sie hatten schon ihren Roadie an der Leadgitarre – warum sollten sie sich jetzt auch noch eine ungeprobte Sängerin aufhalsen? Nur Daniel hatte Alison je singen gehört, in seinem Zimmer, wenn sie unbefangen bei Debbie Harry und Marc Bolan und Elvis Costello und Bowie mitsang. Er wusste, wie gut sie war. Er überlegte, ob er rübergehen sollte – einmal quer durch den Raum schlendern, lässig, nur um ihre Nichtverfügbarkeit hervorzuheben? Aber er tat es nicht, blieb bei der Band und beobachtete, wie seine Freundin der selbst ernannten Legende ein wenig das Leben schwermachte.

»Alison Connor«, sagte Steve, »würdest du mal probeweise Backing-Vocals für mich singen, bitte?«

»Okay«, sagte sie. Mit den Songs war sie vertraut. Sie hatte heute Abend das ganze Set der Band gehört, und auch früher schon, und Texte, die ihr gefielen, neigten dazu, sich in ihrem Kopf festzusetzen wie eine Art Heilsbotschaft: der Weg, die Wahrheit, das Leben. Sie ging um Steve herum, quer durch den Raum zum Rest der Band, und blieb so vor Daniel stehen, dass Steve sie nicht sehen konnte. Sie verdrehte die Augen, und Daniel grinste sie an.

»Du warst gut«, meinte sie.

Er nickte, nahm das Kompliment an. »Aber du wirst besser sein.«

»Okay«, sagte Steve ins Mikro. »›Juliet‹. Dooley, besorg Alison ein Mikro! Alison, ich möchte, dass du nach mir einsteigst, in der letzten Zeile der ersten Strophe, also, am besten wiederholst du sie, vielleicht zweimal, probier mal, was funktioniert, wir spielen ein bisschen damit rum. Dann sing die Bridge mit, mal gucken, was passiert.«

Dooley reichte ihr ein Mikrofon, stöpselte es ein.

»Danke«, sagte sie zu ihm und dann zu Steve: »Ich probier's mal.«

»Oh, Shit, du brauchst den Text. Dooley, verdammt, schaff mal den Text ran!«

Dooley, der wieder über seine Gitarre gebeugt stand und auf den Anzähler wartete, wirkte gekränkt. »Hä?«, fragte er.

»Den Scheißtext!«, fuhr Steve ihn an. »Hol ihn, für Alison!«

»Nein, es geht auch so, Dooley«, meinte Alison. »Ich kenn den Text.«

Steve blickte himmelwärts, dorthin, wo die Götter des Rock'n'Roll zusahen und warteten. »Sie kennt ihn schon!«, rief er. »Halle-fuckin'-lujah!«

Drei oder vier Durchläufe, und Alison hatte es drauf. Ihre Stimme klang wie warmer Honig gegen Steves rauen Charme. Sie kannte den Text genauso gut wie er und machte instinktiv alles richtig: Sie sang ohne Ego, hörte die Lücken in der Musik, die auf sie warteten, nutzte ihre Stimme, um Steve mit einer anderen Klangfarbe zu unterstützen, leicht und lieblich. Nur bei »Juliet« spielte sie mit dem Text, antwortete mit einer frechen Retourkutsche auf seine halbherzige Macho-Entschuldigung bei einem Mädchen, das er verlassen hatte. Dooley sah Daniel an und setzte eine Miene ehrfurchtsvollen Staunens auf, und Daniel, der ebenso beeindruckt war, zuckte nur mit den Schultern.

Hinterher konnte Steve es kaum erwarten, sie auf Daten und Uhrzeiten festzunageln – Gigs, Proben –, und schlich um sie herum, bombardierte sie mit Fragen, während sie zwischen dem Arbeiterclub und der schwülen Sommernacht hin- und herpendelte und half, die Anlage wieder in den Van zu laden. Johns Dad stand an der offenen Tür, die Arme über dem Bierbauch verschränkt, ein Schlüsselbund klimpernd in der feisten Faust.

»›Bis zehn‹ hatte ich gesagt«, knurrte er immer wieder, sobald jemand an ihm vorbeikam. »Zehn Uhr, hatte ich gesagt. Nicht zwanzig nach elf. Zehn.«

Alison blieb stehen und lächelte ihn bedauernd an. »Es tut mir wirklich leid, Mr Spencer«, sagte sie. »Es lag nur daran, dass ich mitsingen sollte.«

Misstrauisch nahm er sie in Augenschein, bemerkte sie zum ersten Mal so richtig. »Du wirst doch wohl mit dieser Bande nichts zu tun haben wollen, oder?« Er hatte ein rotes Gesicht, eine geschwollene Nase, Zeichen eines Wirtes, der allzu sehr dem Bier zusprach und kaum Wert auf sein Äußeres legte. »Was für ein zerlumpter Haufen.«

Sie lachte. »Ich schätze, wenn es Ihnen gefallen würde,

hätten wir was falsch gemacht«, erwiderte sie, aber so vernünftig und mit einem so freundlichen Lächeln, dass er es als Kompliment für seinen guten Geschmack verstand.

»Aye, stimmt auch wieder, Mädel«, sagte er. »Stimmt auch wieder.« Und er pfiff vor sich hin und wartete fast gutmütig, während sie ihre Gerätschaften in Steves Transit luden. Dann kletterten sie selbst hinein. Dooley und John knallten die Türen des fensterlosen Laderaums zu wie Geiselnehmer, während Alison und Daniel vorn bei Steve saßen. Als der den Zündschlüssel drehte, sprangen die Buzzcocks förmlich aus den Lautsprechern, und er stellte sie trotzdem noch lauter, so laut, dass sich die Leute auf dem Gehweg kopfschüttelnd nach ihnen umdrehten. Er steckte sich eine Zigarette an, nahm einen hungrigen Zug, dann hielt er sie zwischen rechtem Daumen und Zeigefinger und fuhr linkshändig mit so etwas wie lässig-verwegenem Geschick, ließ das Lenkrad ganz los, um zu schalten. Er wollte Alison zuletzt absetzen – das war tatsächlich das Sinnvollste –, doch sie sprang mit Daniel in Nether Edge raus und wollte nicht wieder einsteigen.

»Komm schon!«, rief Steve und beugte sich über den Beifahrersitz, um mit ihr durchs offene Fenster zu sprechen. »Sei nicht blöd! Ich behalt meine Finger auch bei mir.«

»Das will ich dir auch raten«, sagte Daniel, doch Alison ignorierte die beiden und marschierte bereits los, also rannte er ihr hinterher. »Sollen wir dich nach Hause bringen?«, fragte er. »Ich könnte mit nach Attercliffe fahren und zwischen dir und ihm sitzen. Dann müsstest du nicht extra auf den Bus warten!« Sie schüttelte den Kopf. Es war spät, aber sie wollte noch nicht nach Hause, und ganz bestimmt wollte sie nicht bis vor die Haustür gefahren werden. Außerdem hatte Steve den Transit schon gewendet und röhrte der Hauptstraße entgegen, also liefen sie zu Daniel nach Hause, wo sie Claire antrafen und Joe, Daniels Bruder, der nur alle Jubeljahre mal auftauchte. Die beiden saßen im Wohnzimmer, das nur von einer Stehlampe und dem Lichtschein vom Fernseher erhellt war. Es lag etwas so Friedliches, etwas so Wunderschönes in diesem alltäglichen Anblick, dass Alison Daniels Hand nahm und ihre Finger zwischen seinen hindurchfädelte.

»'n Abend, ihr zwei«, sagte Joe, ohne den Blick vom Bildschirm abzuwenden. »Ist der Spätfilm, hat gerade angefangen.«

»Hey, Alison!«, flötete Claire, und ihre Stimme und ihr Lächeln zeugten von reiner Freude. Sie klopfte aufs Sofa. »Setz dich zu mir. Dann kann Daniel Wasser aufsetzen.« Ihre nackten Füße badeten in einer Waschschüssel mit Seifenwasser. »Fußbad«, erklärte sie, bevor Alison fragte. »Das tut richtig gut, wenn man den ganzen Tag auf den Beinen war.« Sie wackelte mit den Zehen und platschte, und Alison lachte. Claire, rosig und wohlig, war in einen hellblauen gesteppten Morgenmantel gewickelt. Sie sah gepflegt aus. Ihre Hände, züchtig auf dem Schoß gefaltet, waren cremeweiß, mit ovalen himbeerroten Nägeln. Alison setzte sich neben sie. Daniel war in die Küche gegangen.

»Du riechst gut«, sagte Alison.

»Ich war vorhin in der Wanne und hab etwas Badezusatz reingetan«, sagte Claire. Sie machte ihren zarten Arm frei und hielt ihn Alison zum Schnuppern hin, die das folgsam tat.

»Hübsch.«

»Meeresmineralien oder so was«, sagte Claire. »Fühl mal, wie weich es meine Haut macht.«

Joe sah herüber. »Halt die Klappe, Claire«, schimpfte er. »Ich will das sehen.«

Claire lächelte liebenswürdig. Alison sah zum Fernseher hinüber, wo gerade eine psychedelische Traumsequenz lief. »Was ist das?«, fragte Alison.

»*The Underground Man*«, sagte Joe. »Gutes Drehbuch.«

»Das ist eigentlich nichts für mich«, sagte Claire. »Aber um diese Uhrzeit läuft nichts anderes.«

Joe stellte lauter.

»Was habt ihr denn gemacht?«, fragte Claire, ebenfalls etwas lauter. »Was Schönes?«

»Wir waren in High Green, im Bergarbeitertreff«, erklärte Alison. Claire machte ein skeptisches Gesicht, und als Daniel mit vier Teebechern hereinkam, sagte sie: »High Green, Daniel? Seltsam, seine Freundin dahin auszuführen.«

Er blieb vor Alison stehen, und sie griff nach oben, nahm einen Becher und lächelte ihn an. Seine Haare waren ihm wieder vor die Augen gefallen, und er pustete sie weg, um Alison richtig sehen zu können, eine unbewusste Angewohnheit, inzwischen so vertraut. Einen Moment lang blickten sie einander in die Augen, dann stand Alison auf.

»Wollen wir den mit nach oben nehmen?«

Abrupt wachte sie auf, als wäre sie angestupst worden. Tageslicht. Sie lag in Daniels schmalem Bett, und er schlief neben ihr, auf dem Rücken, ein Arm ausgestreckt über dem Kopf. Mit dem anderen Arm hielt er sie, sodass sie sich vorsichtig von ihm befreien musste, wenn sie aufstehen wollte. Sie hatte hier noch nie übernachtet und redete sich nun ein, es sei auch eigentlich gar nicht ihre Absicht gewesen, obwohl der letzte Bus nach Attercliffe doch längst weg gewesen war, als sie ihre Kleider abgestreift hatten und aufs Bett gesunken waren. Mit jedem Mal wurde Alison beim Sex etwas sicherer, und Daniel wusste eher, was er tat, sodass es sich für beide immer vertrauter anfühlte. Gestern Abend, als sie nach dem Sex noch fest aneinandergekuschelt dagelegen hatten, war Alison mit ihrem Mund ganz nah an sein Ohr herangekommen und hatte Daniel gestanden, dass sie ihn liebe, aber da war er schon fast eingeschlafen und hatte sie gar nicht so richtig gehört, hatte nur etwas Unverständliches gemurmelt, was kaum noch Worte waren. Dann hatten sie beide geschlafen, tief und fest, bis dieser Streifen von Sonnenlicht durch einen Spalt im Vorhang direkt auf Alisons Gesicht gefallen war und ihr klar wurde, dass ein neuer Tag begann.

Jetzt glitt sie aus dem Bett und zog sich eilig an, wobei sie Daniel nicht aus den Augen ließ, während sie überlegte, ob sie ihn wecken sollte. Einen Moment lang beugte sie sich über ihn, betrachtete die Form seiner Lippen, überlegte, ob sie ihm einen Kuss geben sollte, entschied sich aber dagegen. Daniel aufzuwecken würde nur ihren Aufbruch verzögern, und in ein paar Stunden sah sie ihn sowieso wieder. Steve wollte sie alle um eins am Busbahnhof abholen, um dann über die Pennines zum Mayflower Club zu fahren. Also schlich sie auf Zehenspitzen aus seinem Zimmer, mit ihren Schuhen in der einen Hand und den beiden – unangetasteten – Teebechern von gestern

Abend in der anderen. Die Treppe hinunter, vorsichtig und leichtfüßig wie eine Katze. Unten angekommen stellte sie ihre Schuhe leise auf dem Boden ab und tappte barfüßig mit den Bechern in die Küche. Dort saß Daniels Dad und las den gestrigen *Sheffield Star*, vor sich eine Kanne mit frisch gebrautem Tee, die unter einem gestrickten Kannenwärmer wartete. Er blickte auf und fragte: »Alles in Ordnung, Liebes?«, als gäbe es nichts Natürlicheres auf der Welt, als dass Alison Connor an einem Samstagmorgen um halb sechs mit einem Mal vor ihm stand. Sie wurde rot, fühlte sich erwischt und schämte sich, doch er sagte nur: »Setz dich, Mädchen. Du brauchst was Warmes im Magen, bevor du gehst. Die Busse fahren sowieso noch nicht.« Und so goss sie den kalten Tee in die Spüle und wusch die Becher aus, während hinter ihr Bill Lawrence zwei frische Becher einschenkte.

Sie liebte Mr Lawrence. Sie mochte auch Mrs Lawrence, und Mrs Lawrence mochte sie, alles in allem. Und doch blieb Daniels Mutter ein wenig auf Distanz zu Alison, weil sie sich fragte, ob dieses Mädchen nicht zu jung war, zu unstet, um ihr ihren Sohn anzuvertrauen. Aber Bill – er war verzaubert. Daniel meinte, es läge daran, dass Alison seinen Vater über die Tauben ausfragte, während sich sonst keiner dafür interessierte. Das mochte stimmen, aber Alison war es nicht so wichtig, *wieso* sie sich mit Bill Lawrence gut verstand. Ihr war nur wichtig, dass sie sich auf sein Lächeln verlassen konnte.

»Es tut mir wirklich leid, Mr Lawrence«, sagte sie jetzt, als sie sich ihm gegenübersetzte. »Ich hätte gestern Abend nach Hause gehen sollen.«

»Auf keinen Fall«, sagte er. »Nicht im Dunkeln, wenn

kein Mensch mehr auf der Straße ist. Es war genau richtig, dass du hiergeblieben bist.«

»Vielen Dank.« Sie wusste, er würde niemals fragen, ob man sie zu Hause vermisste. Er schien Alisons Tabus zu kennen, auch ohne dass sie ihn darauf hinweisen musste.

Sie nippte an ihrem Tee, er schlürfte seinen.

»Stehen Sie immer so früh auf?«, fragte Alison.

»Aye. Jedenfalls zu dieser Jahreszeit.«

»Weil es bereits hell ist?«

»Und ich mag die Stille.«

»Ich schätze, die Tauben sind auch früh wach, oder?«

»Aye, Liebes. Stimmt wohl.«

Es folgte ein entspannter Moment des Schweigens, dann fragte Alison: »Könnten wir unseren Tee im Taubenschlag trinken?«

Er strahlte übers ganze Gesicht. »Komm mit!«, sagte er und kam auf die Beine. Er entriegelte die Hintertür und hielt sie ihr auf. »Nach dir, mein Sonnenschein.«

Sie lachte und lief, da sie nach wie vor keine Schuhe trug, vorsichtig den Gartenweg entlang zum Schuppen. Mr Lawrence folgte ihr. Er trainierte gerade eine junge Taube namens Bess und erzählte Alison, wie großartig sie sich machte. Dann fragte er sie, ob sie Lust hätte, in einer Woche oder so mitzukommen, wenn Bess auf ihren ersten 5-Meilen-Flug gehen sollte.

»Oh ja, bitte!«, sagte sie.

»Abgemacht«, sagte er, und sie setzten sich mit ihrem Tee in den warmen Mief des mit kleinen Federn übersäten Schuppens. Die Vögel schienen sich über die Gesellschaft zu freuen, denn sie tanzten und nickten mit ihren hübschen kleinen Köpfchen. Mr Lawrence und Alison plauderten über Schulnoten und die Band und natürlich über Tauben. Im nächsten Januar wollten sie zusammen das große Treffen des Königlichen Brieftaubenzüchterverbands besuchen und sich dafür zwei Zimmer in einer Pension nahe der South Beach Promenade nehmen. Daniel hielt sie für verrückt, aber es war alles schon gebucht, und Alison sagte, sie könne es kaum erwarten.

Wieder daheim, blieb sie auf der Schwelle stehen und versuchte, die Lage zu sondieren, doch das Haus gab nichts preis. Alles war still – was allerdings nicht unbedingt bedeutete, dass alles friedlich war. Für eine Weile hatte Catherine in diesem Jahr, im Frühling, das Trinken aufgegeben. Es war nicht das erste Mal gewesen, aber diesmal gelang es ihr besser als je zuvor. Von Anfang März bis Mitte April. Sechs Wochen ohne Wein oder Wodka im Haus. Kein Bettnässen, keine versifften Sachen. Keine sinnlosen Wutausbrüche oder tränenreichen Reueschwüre. Auch kein Martin oder andere fremde, unangenehme Männer, die sie mit nach Hause brachte, wenn die Pubs zumachten, für einen Absacker und einen unverbindlichen Fick auf dem Sofa. Aber am 15. April – das Datum war Alison im Gedächtnis geblieben, weil es ihr siebzehnter Geburtstag war – wurde ihre Mutter wieder im großen Stil rückfällig und ging auf eine gigantische Sauftour, ein bemerkenswert destruktives, verzweifeltes Besäufnis: ein vierundzwanzigstündiges Festival der Selbstauslöschung. Seither war sie nicht mehr zu bändigen, und Martin Baxter war zurück, mit neuen, beunruhigenden Besitzansprüchen, als kehre er nach kurzem Exil triumphierend und gestärkt in sein privates Reich zurück.

Sie trat ein und schloss die Tür. Peter musste wohl auf sie gewartet haben, denn sofort hörte sie seine Schritte auf der Treppe, und kaum hatte sie ihren Mantel aufgehängt, stand er schon da. Er sah erschreckend aus, angespannt und bleich, und seine Augen waren rot vor Müdigkeit oder Trauer, das konnte sie nicht sagen. Sie breitete die Arme aus, und er kam zu ihr, und sie hielt ihn eine Weile, ohne etwas zu sagen. Er stand im Kreis ihrer Umarmung, einen Kopf größer als sie, aber passiv wie ein trauriges Kind. Dann sagte er: »Ich muss dir was erzählen«, und sie ließ ihn los.

»Was?«, fragte sie, doch er wandte sich ab, ging durch die Küche ins Wohnzimmer, sodass sie ihm mit klopfendem Herzen folgte. Er setzte sich nicht hin, sondern lief herum, auf und ab.

»Peter, bitte«, sagte sie. »Was ist los?«

Da blieb er stehen und sah sie an. »Wir werden Probleme kriegen.«

»Was für Probleme denn?« Alison hatte den Eindruck, als gäbe es in dieser Familie sowieso nichts anderes als Probleme. Was konnte es geben, von dem sie bisher noch nicht heimgesucht worden waren?

Peter schniefte und seufzte – ein langes Ausatmen, als bereitete er sich auf das vor, was er zu sagen hatte.

»Peter«, drängte Alison. »Erzähl es mir einfach.«

»Okay, mach ich«, sagte er. »Mach ich. Ich bin schwul.« Aus seinem Blick sprach so etwas wie eine leise Herausforderung, während er auf eine Reaktion wartete. Schweigend trat sie auf ihn zu, nahm seine Hand. Er zitterte, als wäre ihm sehr kalt. »Toddy und ich, wir sind ...« Er stutzte, schüttelte wütend den Kopf, dann sagte er: »Und Martin Baxter, der miese Dreckskerl, weiß es.« Sie sah, dass ihm gleich die Tränen kommen würden.

Alison versuchte, so schnell wie möglich zu verarbeiten, was er ihr da erzählte. Peter brauchte sie, dabei war sie es doch immer gewesen, die ihn gebraucht hatte. Aber jetzt musste sie für ihn die Ruhe bewahren und stark sein, und schließlich war es ja keine Katastrophe, es war eigentlich nichts, wovor man Angst haben musste. Zu schaffen machte ihr nur, dass sie es nicht längst selbst bemerkt hatte. Sie kam sich dumm und unsensibel vor, als hätte sie sich ihr Leben lang nur für sich und ihre eigenen Belange interessiert und dabei ein so bedeutendes Detail ihres liebenswerten, mitfühlenden, geduldigen, verlässlichen Bruders übersehen.

»Das macht doch nichts«, sagte sie. »Du und Toddy ... Das macht doch nichts, Peter, oder?«

»Er hat uns verfolgt.« Seine Stimme brach vor wütender Empörung. »Das Schwein. Er hat Fotos gemacht, Alison! Er hat sie mir gezeigt.«

Sie war entsetzt, angewidert, verunsichert. Was genau, Peter? Fotos? Wozu? Und wovon? Sie fühlte sich zu jung und zu ahnungslos, um den Qualen ihres Bruders gewachsen zu sein.

»Fotos?«, fragte sie. »Was meinst du damit?«

Verzweifelt starrte er sie an. Er wollte seiner kleinen Schwester nicht erzählen müssen, dass Martin Baxter Polaroidfotos von ihm und seinem Freund hatte – schlecht beleuchtete und aus weiter Ferne aufgenommene Fotos, aber dennoch waren Peter Connor und Dave Todd darauf unverkennbar. Er hatte sie in einer kleinen Gasse hinter dem Gaumont erwischt, bei einer unübersehbar kompromittierenden Handlung. Unsittlich. Illegal. O Gott. Alison durfte davon nichts wissen. Er schlug die Hände vors Gesicht und heulte vor abgrundtiefer Verzweiflung. Alison wich vor ihm zurück und fing auch an zu weinen, konnte gar nicht wieder aufhören, denn die kalte nackte Angst hielt sie in ihren mächtigen Klauen. Draußen auf der Straße kickte ein Junge einen Ball gegen eine Mauer. Der Milchmann rief ihm zu: »Pass bloß auf die Flaschen auf! Wenn du eine kaputtmachst, kriegst du es mit mir zu tun!«, und tauschte das Leergut auf den Stufen gegen volle Flaschen aus seinem Milchwagen, klirrend in ihren Kisten. Er pfiff fröhlich vor sich hin, an diesem ganz normalen Samstag Ende Juli.

14

EDINBURGH,
2. Dezember 2012

Duncan schlief in Dans und Katelins Gästezimmer, aber Katelin konnte sich nicht dazu durchringen, auch nur mit ihm zu sprechen. Sie erklärte Dan, er möge seinem Freund bestellen, wenn diese Lindsay Miller auch nur einen Fuß in ihr Haus setzte, könne Duncan seine Sachen packen und auf der Straße schlafen.

»Das ist mein Ernst, Dan«, sagte sie. »Sollte ich auch nur ihr beschissenes Parfum riechen, fliegt er raus.«

Dan behielt für sich, dass Lindsay Miller nicht der Typ für Parfum war, dass sie eher nach Kippen und späten Gigs in schäbigen Kaschemmen roch. Allerdings erklärte er Katelin sehr wohl, dass sie vielleicht mal versuchen sollte, nicht ganz so voreingenommen zu sein. Natürlich verstand er ihre Loyalität Rose-Ann gegenüber. Aber Katelin kannte Duncan schon viel länger, er war ein guter Freund, der in der Klemme steckte. Und außerdem war das Ganze sowieso nur eine Eintagsfliege. Duncan war gar nicht mit Lindsay *zusammen*, sie hatte ihn nur ihrer Kollektion hinzugefügt, und jetzt stand seine ganze Welt auf dem Kopf.

»Mach es für ihn nicht noch schlimmer, als es ohnehin schon ist«, sagte Dan. »Er leidet, aber für Lindsay ist es nur eine bedeutungslose Liebelei. Sie braucht Duncan nicht, und vermutlich wäre er längst wieder zu Hause bei Rose-Ann, wenn alle mal ein bisschen runterkommen würden.«

Katelin zuckte nur mit den Schultern. »Dann weiß er ja, was zu tun ist.«

»Was denn? Im Büßerhemd nach New Town kriechen?«

»Ja«, erwiderte Katelin. »Warum nicht? Die Christen im Mittelalter wussten wenigstens noch, wie man Buße tut.«

»Hast du dir schon mal die Mühe gemacht zu überlegen, warum er sich überhaupt nach anderen Frauen umsieht?«, fragte Dan, doch auch da zuckte Katelin nur mit den Schultern, also beharrte er nicht auf dem Thema. Ihm war klar, dass sie nicht wissen wollte, was gegen Rose-Ann sprechen mochte, ihre hin und wieder steinerne Gefühlskälte, ihr Hang zu stahlharter Unbeugsamkeit. Außerdem war die ganze Affäre so gut wie vorbei. Dan hatte Lindsay vor zwei Wochen kennengelernt, an dem Tag, an dem er von London direkt nach Glasgow gefahren war, um Duncan zu besuchen. Sie hatten schon auf ihn gewartet, als Dan aus dem Bahnhof auf die Gordon Street hinaustrat. Zerrissene Jeans, Lederjacke, Levi's-T-Shirt, schwarze Cowboystiefel, hohe Wangenknochen, blond gebleichte Haare und ein freches, unverfrorenes Lächeln. Sie war Leadgitarristin, Sängerin und Songschreiberin einer Indie-Rockband namens Many Minds. Seit zehn Jahren spielten sie zusammen, waren aber immer noch in dem Stadium, in dem selbst ein falsches Versprechen darauf, im Radio gespielt zu werden, schon ein Grund zum Feiern darstellte. Sie waren zu dritt was trinken gegangen, in einen überfüllten Pub, hatten schreien müssen, um sich unterhalten zu können, bei drei großen Bieren und einer Tüte Cheese & Onion-Chips, und Lindsay saß Duncan gegenüber auf einem Stuhl, nicht neben ihm auf der Bank, worüber Dan ganz froh war, weil es die ganze Situation etwas weniger befremdlich machte. Duncan wirkte schmaler, obwohl Dan ihn vor kaum mehr als einer Woche zuletzt gesehen hatte. Seine auch sonst schon blasse Haut wirkte vor Erschöpfung fast gräulich, aber er war von so einer fiebrigen Energie getrieben, hatte so ein feuriges Leuchten in den Augen. Lindsay plauderte, lachte, stellte Daniel ein paar Fragen, nannte Duncan Dunc, doch seinen offensichtlichen Wunsch, über den klebrigen Holztisch hinweg vertraulich mit ihr zu kommunizieren, schien sie gar nicht wahrzunehmen. Sie wirkte jung und sexy, und wenn es nicht völlig unangebracht gewesen wäre, hätte Dan sie gern gefragt, was sie sich eigentlich davon versprach, wenn sie sich mit Duncan herumtrieb. Als sie ihr Bier ausgetrunken hatte, stand sie auf, um zu gehen. Bestimmt wollten die beiden über sie reden, und das war ja schlecht möglich, solange sie danebensaß, sagte sie und lachte ein kehliges Raucherlachen. Und schon machte sie auf dem Absatz kehrt, schob sich zwischen den vollbesetzten Tisch hindurch und blieb nur kurz stehen, um sich eine anzuzünden, noch bevor sie draußen war.

»Oh Mann!« Duncan starrte ihr hinterher, bis sie nicht mehr zu sehen war.

Dan sagte nichts. Stattdessen stand er auf und ging zum Tresen. Er kam mit zwei neuen Bieren zurück und setzte sich wieder hin. »Okay, Duncan, mein Freund. Ist es mit Rose-Ann wirklich aus und vorbei?«

Duncan starrte ihn an. »Was ist das denn für eine Frage? Ich liebe Lindsay!«

»Das sehe ich ja. Ich frage mich nur, ob Lindsay wohl ebenso empfindet.«

Duncan antwortete nicht, und es schien, als würde er darüber nachdenken, doch dann sagte er nur: »Und wie findest du sie jetzt?«

»Ich mag sie«, sagte Dan, ohne zu zögern. »Aber worauf soll das hinauslaufen?«

»Hinauslaufen?«

»Genau.«

»Du meinst ...?«

»Ich meine ›hinauslaufen‹.«

Eine Weile betrachteten sie einander ernst, dann sagte Duncan: »Woher soll ich das denn wissen?« Und dann lachten sie beide, wenn auch etwas grimmig.

Dan schüttelte den Kopf. »Ach, Duncan.«

Duncan nickte. »Ja«, sagte er. »Ich weiß.«

Nicht zum ersten Mal stand er vor den Ruinen einer Beziehung, während jenseits davon längst eine neue Frau wartete. Auch Rose-Ann war einmal diese neue Frau gewesen. Eine reiche Anwältin, die auf Risikokapitalgeschäfte umgesattelt hatte. Aus Santa Monica, mit schottischen Wurzeln, einem Haus in New Town und einer Schwäche für Männer wie Duncan, die ihr so unähnlich wie möglich waren: bemitleidenswert verwahrlost, unmaterialistisch, getrieben von hoffnungslos unterfinanzierten künstlerischen Ambitionen. Sie kriegte ihn, weil er gern bewundert wurde – aber vielleicht hätte man ihr sagen sollen, dass Duncan seit seinem zwanzigsten Lebensjahr nie ohne Freundin gewesen war, und allein in den letzten fünfzehn Jahren hatte er Alice für Rose-Ann verlassen, Sharon für Alice und Monica für Sharon. Für einen Mann, der nach konventionellen Kriterien nicht gerade ein guter Fang war, schien Duncan geradezu unwiderstehlich. Lindsay dagegen war der Inbegriff eines unsteten Geistes. Die brauchte ihre Freiheit.

»Und«, sagte Dan, »hat sie dich schon gefragt, ob du bei ihr einziehen möchtest?«

»Nein! Meinst du in die Wohnung in Laurieston?«

»Ja, klar.«

»Ach, na ja. Da wohnt sie nur vorübergehend, momentan mietfrei, aber das ist irgendwie nichts Festes. Eine Wohnung mit sieben, acht anderen Leuten.«

»Aha. Besetztes Haus?«

»Ach, na ja«, sagte er noch mal und verzog leicht das Gesicht. »Sie ist ja sowieso dauernd unterwegs, auf Tour, weißt du?«

»Aha.«

»Auf dem Kontinent läuft es für sie besser als hier. Da hat die Band gut zu tun.«

»Aha.« Für Dan war die Sache sonnenklar. Nichts war entlarvender als Duncans Ausflüchte. Er dachte an Rose-Anns wunderschönen, komfortablen Altbau. Natürlich konnte man nicht mit jemandem zusammenbleiben, nur weil der eine tolle Immobilie besaß. Aber andererseits musste eine Frau schon echt was Besonderes sein, um ihr in ein besetztes Haus zu folgen, noch dazu in der heruntergekommensten Gegend von Glasgow.

Dan seufzte. »Du solltest wieder mit nach Edinburgh kommen, Mann.«

»Ja, ich weiß. Das weiß ich.« Duncan nickte traurig.

»Du musst dich um deinen Laden kümmern, und es tut mir leid, es dir so brutal sagen zu müssen, aber nur Rose-Anns Geld hat verhindert, dass dieser Laden schon vor langer Zeit den Bach runtergegangen ist. Komm zurück, Mann. Diese Sache mit Lindsay ist nichts weiter als ein schöner Traum. Am Ende wird sie dir auf die Nerven gehen.«

Duncan sagte nichts dazu, stritt es aber auch nicht ab. Schweigend saßen sie eine Weile da. Duncan starrte in sein Bier, Dan starrte an die nikotingelbe Decke. Er dachte an die vielen Male, die er schon mit Duncan in Glasgow gewesen war, immer für ein Konzert. Er konnte sich nicht erinnern, jemals aus einem anderen Grund in diese Stadt gekommen zu sein, abgesehen von heute. Nach einer Weile sagte er: »Dieser Gig von den Comsat Angels, als wir im King Tut's waren.«

Duncan blickte auf und strahlte. »26. Juni 1993.«

»Geiler Abend. Supergeiler Abend. Dabei fand ich die Platte gar nicht so toll.«

»Ich mochte sie.«

»Ja, aber die Band war nicht so geil wie ganz am Anfang. Wenn man sie 1979 gehört hat…«

»Na ja«, sagte Duncan. »Kann schon sein.«

»Aber das King Tut's war geil«, meinte Dan.

»Da ging's richtig ab. Damals wie heute.«

»Bester Laden, den ich kenne«, sagte Dan.

Duncan nickte, nahm einen Schluck von seinem Bier. »Aber, o Gott, dann war da dieser andere Abend, mit Oasis…«

»Ja, oh Mann«, sagte Dan. »Du und ich und vielleicht noch zwölf andere im Saal, und Alan McGee mit seinem dritten Whisky Cola in der Hand, wie er dastand und meinte: ›Sind die gut, oder bin ich besoffen?‹«

Alte Geschichte, aber trotzdem lachten beide, und dann waren sie wieder entspannt genug, um sich zu verabschieden. Draußen auf der Straße nahmen sie sich in den Arm, ganz kurz. Duncan sagte, er wäre bald wieder in Edinburgh, übermorgen oder am Tag darauf, und Dan meinte: »Gut. Okay, ruf mich an, wenn du mich brauchst. Du kannst bei uns wohnen, wenn du nicht nach Hause willst«, und dann lief er wieder die Gordon Street hinauf, zurück zum Bahnhof. Duncan dagegen zog den Kopf ein und machte sich auf den Weg in die Halbwelt von Glasgow, um Lindsay zu suchen.

Und die ganze, ganze, ganze Zeit ...

Als er bei Duncan war, bei Katelin, bei sonst wem: Ali Connor war immer in seinen Gedanken, und falls das Heuchelei sein mochte, kam es ihm zumindest nicht so vor, und falls es Untreue sein mochte, fühlte es sich nie falsch an. Sie hatte ihn vollständig durchdrungen. Wo er war, war auch sie. Nie musste er sie sich in Erinnerung rufen. Sie war einfach da. Sie bildete eine ganze Welt in seinem Kopf, von der nur er etwas wusste. Das Meiste waren Vermutungen, und er hatte keine Ahnung, was das alles zu bedeuten hatte, aber es bereitete ihm unendliche Freude. Dan wusste um die Kraft und Wucht eines guten Songs, und als er ihr »Pump It Up« geschickt hatte, hatte er sie vor sich gesehen, wie sie lächelte und sich erinnerte, aber nur das. Ganz bestimmt hatte er nicht damit gerechnet, dass daraus ... ja, was war daraus geworden? Ein intimer musikalischer Dialog. Eloquenz jenseits des geschriebenen Wortes. Einfach genial. Man sollte es vermarkten, eine App erfinden oder so was.

Mit achtzehn hätte er Carole King keines Blickes gewürdigt. Aber wie hübsch war das Stück, das Ali ihm geschickt hatte, was für ein Meisterwerk verführerischer Schlichtheit! Er hatte es sich im Zug angehört und fühlte sich direkt überrumpelt von dem emotionalen Sog, den der Text auf sein zynisches Alles-schon-gehört-Herz hatte, denn es war Ali Connor, Alison, das lang vergessene Mädchen, das durch dieses Lied zu ihm sprach – Trost für einen Schmerz, von dem er gar nicht wusste, dass er ihn fühlte. Es war doch verrückt, hatte er gedacht. Es war krass. Im guten, sehr guten Sinn. Dreimal hatte er sich den Song angehört, hatte jede mögliche Schattierung und Nuance herausgearbeitet und Ali dann geantwortet, indem er ihr M. Wards Coverversion von »Let's Dance« schickte. Wegen der faszinierenden Poesie der umgedichteten Bowie-Reime und – wenn er ehrlich war – wegen des schlichten Ausdrucks schmerzhafter Sehnsucht. Ali war zehntausend Meilen weit weg. Was konnte es schaden?

Nachdem er den Song abgeschickt hatte, mochte er keine Musik mehr hören und stellte fest, dass er auch nicht schreiben oder lesen mochte. Katelin hatte angerufen, und sie hatten über Weihnachten, über seine Familie gesprochen, wer wo schlafen sollte, was sie essen wollten, ganz ungezwungen. Aber was er sich eigentlich wünschte, war, sich mit Alison Connor zu unterhalten. Er wünschte, sein Telefon würde noch einmal klingeln, und sie wäre dran.

Blindlings starrte er auf die Landschaft hinaus, während der Zug sich seinen Weg gen Norden bahnte, und er ließ seine Gedanken nach Sheffield reisen, zu diesem rabenschwarzen Sommer 1979, zu dem, was an jenem Abend im Juli geschehen war und was er vielleicht hätte anders machen können. Er dachte über Duncan mit seiner fehlgeleiteten Liebelei nach, die für Dan in nichts mit seinen Gefühlen für Alison vergleichbar war. Er dachte an Katelin, ihr sprödes, unerbittliches Empfinden für das, was falsch und richtig war, und er dachte daran, dass die Liebe in vielerlei Gestalt kam, und auch an Treue und Vertrauen dachte er. Doch immer wieder schweiften seine Gedanken zurück zu Alison Connor und wohin das alles führen mochte und ob er sie je wiedersehen würde, und wenn ja, wie und wie bald. Diese Songs waren unglaublich, jedes neue Stück ein Highlight seines Tages, aber er wollte mit ihr sprechen, er wollte sie an sich drücken. Das wollte er.

Dezember, zwei Tage vor Weihnachten. Alex hatte das Wohnzimmer gekapert, das Sofa mitten in den Raum geschoben und die Xbox mit dem Fernseher verbunden. Jetzt führte er Sheffield Wednesday verbissen durch eine sensationelle Meisterschaftssaison, hin zu Play-offs und Aufstieg. FIFA, Karrieremodus: ein Vorgeschmack auf Ruhm und Ehre für die gebeutelten Fans eines Teams, das in der realen Welt schwer unter Druck stand. Es war Alex' Ausgleich zur Strenge von Plato, Kant und Nietzsche am Trinity College in Cambridge, und nie hatten die Owls einen weiseren, standfesteren und inspirierenderen Manager als Alexander Lawrence gehabt. Es gab eine weit verbreitete Möglichkeit – verfügbar nach zwei Sekunden Google-Suche –, sich ein grenzenloses Transferbudget zu sichern, aber Alex wollte nicht schummeln. Lieber schlug er sich mit den Mitteln durch, die ihm zur Verfügung standen, und pflegte seine Mannschaft, förderte talentierte, junge Spieler. Sein Dad war stolz auf ihn. Eine ruhige Hand am Ruder, ein paar heimatliche Talente, einige gewitzte Neuerwerbungen und ein gutes Ergebnis nach dem anderen, was bewies, dass man den Erfolg im Fußball nicht kaufen konnte. Man musste ihn hegen und pflegen. All das hatte Dan eben zu Katelin gesagt, weil sie sich beklagte, dass der Junge nur auf seinem Hintern herumsaß und zwei volle Tage bei zugezogenen Vorhängen im Wohnzimmer vergeudete.

»Das ist doch armselig«, sagte sie nun zu Dan. Sie gingen mit McCulloch spazieren und liefen, die Köpfe gegen die Kälte eingezogen, am Water of Leith entlang.

»Ach, lass ihn doch«, sagte er. »Soll der Junge ruhig machen. Das ist doch harmlos.«

»Ich meinte nicht, dass Alex armselig ist. Ich meinte dich – so wie du über dieses blöde Xbox-Spiel redest, als wäre es real. Heimatliche Talente, gewitzte Neuerwerbungen, der ganze Quatsch.«

»Das ist nicht blöd«, erwiderte Dan. »Hast du diese Grafik gesehen? Unfassbar. Diese Wednesday-Mannschaft – jeder Einzelne ist da zu erkennen!«

Katelin schnalzte genervt mit der Zunge. »Ja, aber es ist eben nur ein Computerspiel! Wie bitte willst du es allen Ernstes rechtfertigen, dass du dir das ansiehst?«

Dan lachte gutmütig. »Schuldig im Sinne der Anklage«, gab er nach. »Aber es war doch das Derby!«

Eigentlich hatten sie ein ganzes Stück gehen wollen, Richtung Roseburn und Murrayfield, aber jetzt, wo sie draußen waren, hatten sie dazu keine rechte Lust mehr, und selbst der Hund trottete trübsinnig hinter Dan her, ohne das geringste Anzeichen von Vergnügen. Dan hatte mit ihm joggen wollen, wie er es manchmal tat, um den kleinen, faulen Kerl zu etwas anderem als Schrittgeschwindigkeit zu bewegen, und er war auch schon startbereit gewesen, Laufschuhe an, Ohrhörer drin, iPod in der Hosentasche, als Katelin meinte, sie bräuchte dringend ein bisschen Bewegung, müsste an die frische Luft und ob sie mitkommen könne. Aber Katelin joggte aus Prinzip nicht, sie rannte nicht mal, um einen Bus zu kriegen, und so trotteten sie lahm vor sich hin. Schreckliche Witterung dafür, Schmuddelwetter ohne Regen, arschkalt, aber keine klare Luft.

Katelin hatte mal wieder eins ihrer vorweihnachtlichen Stimmungstiefs, in denen das bevorstehende Eintreffen seiner Familie – oder wechselweise ihrer eigenen – ihr Gemüt verfinsterte. Wenn der Besuch dann endlich da war, war sie freundlich und gesellig. Es lag wohl eher an den Vorbereitungen, den Erwartungen, der Länge der Einkaufsliste, dem Kühlschrank, der vor lauter Truthahn, Gemüse, Bier, Wein aus allen Nähten platzte ... und der *Gnadenlosigkeit* dessen, wie sich die Festtage anschlichen – eben noch Oktober, schon war Weihnachten. *Dermaßen* nervig. Und dann musste man die Betten aufbauen, extra Matratzen für die Neffen und die Nichte. Das Bad und das untere Klo – war das ein ungeschriebenes Gesetz? – mussten sauberer sein als irgendwann sonst. Und, ach, das ganze furchtbar festliche Brimborium, eine wohlmeinende Invasion, ein dreitägiger Marathon des Lichterketten-Wahns.

»Hey«, sagte Dan und legte ihr locker einen Arm um

die Schulter. »Wollen wir umkehren? Uns zu Hause einen kleinen Drink genehmigen?«

Sie wandte sich ihm zu und brachte ein Lächeln zustande. »Alex muss von diesem Sofa runter«, sagte sie. »Das Wohnzimmer ist ein toller Saustall.« Und Dan sagte: »Abgemacht. Wednesdays glorreicher Aufstieg zum Ruhm muss warten bis nach Weihnachten.«

»Und da ist noch Gemüse vorzubereiten.«

»Das kann Alex machen. Der muss sowieso irgendwas mit seinen Händen anfangen, wenn er den Controller weglegt.«

Da endlich lachte sie, und sie machten kehrt, um denselben Weg zurückzugehen, wobei die Luft um sie herum ein paar Grad wärmer schien, die Atmosphäre greifbar entspannter. Selbst McCulloch sah fröhlicher aus, aber das lag vielleicht auch nur am Richtungswechsel, dem unverkennbaren Duft der Heimat.

Sie waren zu zehnt beim Weihnachtsessen. Dan, Katelin und Alex, Bill und Marion sowie Claire und ihr Mann Marcus mit Will, Jack und Molly. Nur Joe konnte nicht kommen. Er arbeitete als Skilehrer in Courchevel. Er war seit Jahren nicht über Weihnachten zu Hause, weil er den ganzen Winter bis in den Frühling hinein Ski lief. Und im Sommer und Herbst führte er Mountainbike-Touren dieselben Berge rauf und runter. Alex liebte seine Cousins, freute sich jedes Mal, wenn sie zu Besuch kamen. Auf der englischen Seite der Familie gab es nur diese drei, denn Onkel Joe hatte nie Kinder gehabt. Auf Katelins Seite gab es vier Schwestern und zwei Brüder, sechs Partner und insgesamt neunzehn Sprösslinge, und darunter waren so einige, die sie schlichtweg nicht ertragen konnte. Nach ein paar desaströsen Weihnachtsfesten auf dem Bauernhof in Nordirland weigerte sie sich, erneut dorthin zu fahren. Sie meinte, sie könne sich selbst nicht leiden, wenn sie da war.

Im Lawrence-Clan hingegen fühlte sie sich sehr viel wohler. Gerade hatten sie fröhlich ein Festmahl epischen Ausmaßes verdrückt. Der Truthahn war nur noch ein verwüstetes Gerippe, das Gemüse, die Füllung, die Bratensoße, alles ein Ding der Vergangenheit. Es war später Nachmittag, draußen war es dunkel, und es schneite auf den verlassenen Straßen von Stockbridge, doch das ganze Haus summte und glühte vor feierlichem Frohsinn. Die Kinder ordneten die Geschenke zu Haufen, um gleich mit der Bescherung beginnen zu können. Und dann war es so weit: Geschenkpapier wirbelte durch die Luft, gemeinsam mit einem wilden Durcheinander an Danksagungen. Socken und Boxershorts, Schokoladenorangen für alle von Marion und Bill, Make-up für Molly, Schals, Handschuhe, Parfum, Kalender, alles neu in diesem Jahr, aber irgendwie auch bekannt. Zwischen Alex und Dan ging immer Musik hin und her, immer eine LP, Kelly Stoltz in diesem Jahr für Alex, Fiona Apple für Dan. Im Stimmengewirr um sie herum erzählten sie sich gerade, was sie geschenkt hatten und warum, als Dan Katelin sagen hörte: »Ach, Marion, was für ein schönes Geschenk! Das wollte ich unbedingt lesen!«, und Dan versuchte zu erkennen, was seine Frau da in den Händen hielt. Es war Ali Connors Bestseller *Tell the Story, Sing the Song*.

»Guck mal!«, sagte Katelin zu Dan und winkte ihm mit dem Buch, während Dan sich alle Mühe gab, die Ruhe zu bewahren. »Die hab ich gerade erst im Radio gehört, bei *Woman's Hour*. Lebt jetzt in Australien, kommt aber aus Sheffield. Das wollte ich dir eigentlich noch erzählen.«

Dan machte den Mund auf, doch seine Mutter kam ihm zuvor.

»Gibt's ja nicht«, sagte sie und strahlte Dan an, dann Katelin. »Das wusste ich nicht! Ich hatte ja keine Ahnung, dass die Autorin aus Sheffield kommt. Ich hab das Buch einfach bei W.C. Smith stehen gesehen, und die Frau meinte, es würde ihnen nur so aus den Händen gerissen, und da dachte ich, es könnte Katelin gefallen, denn ich weiß ja, wie gern du liest, Liebes.«

»Ja, das ist super, Marion, danke.« Katelin bahnte sich einen Weg durch die Geschenke und den Müll, um Dans Mum einen Kuss auf die Wange zu geben.

»Das da ...«, sagte Bill und deutete auf das Foto hinten auf dem Umschlag. »Das da ist Alison.«

Es war das erste Mal, dass er etwas gesagt hatte, seit sie sich alle gegenseitig zugeprostet hatten, denn Bill war aufgrund seiner Schwerhörigkeit, seines Alters und seiner Neigung zu Depressionen ein denkbar stiller Mensch, ein Einsiedler im Familienpulk. Daher hatte seine Stimme Gewicht, zog die Aufmerksamkeit aller im Raum auf sich.

»Was? Gib her!«, rief Claire und riss Katelin das Buch aus der Hand. Sie drehte es um und sah Ali Connors Pressefoto – dasselbe, das auch Dan gesehen hatte, als er zum ersten Mal im Internet auf sie gestoßen war, und das er nach wie vor jedes Mal sah, wenn sie ihm einen Song schickte. Blaue Leinenbluse, kurzes, dunkles Haar, braungrüne Augen, sinnlicher Mund und ein intelligenter, leicht forschender, leicht amüsierter Gesichtsausdruck.

»O mein Gott, das *ist* Alison!«, sagte Claire. »Sie sieht noch genauso aus wie früher.« Sie reichte das Buch an ihren Bruder weiter. »Guck mal, Daniel! Alison Connor! Ist das zu glauben?«

Er nahm es, und um den Schein zu wahren, tat er, als würde er sich die Biografie auf der vorderen Innenseite durchlesen. Doch statt zu lesen, versuchte er, sich ein, zwei Sätze zurechtzulegen, um dem Ausdruck zu begegnen, der ihn auf Katelins Gesicht erwartete. Sie wusste nichts von Alison Connor, rein gar nichts. Bevor er Katelin kennengelernt hatte, war er vier Jahre damit beschäftigt gewesen, Alison endlich zu vergessen. Es hatte viele andere Mädchen gegeben, und Katelin hatte ihn über jedes einzelne ausgefragt. Nur nicht über Alison, nein. Alison nicht zu erwähnen war – aus der Notwendigkeit heraus – zur Gewohnheit für sie alle geworden, vor allem aber für Dan.

Bill wirkte so aufgeregt wie seit Jahren nicht, als er sagte: »Die war ein Schatz, die Alison. Ein tolles Mädchen.«

»Also, das gibt's doch gar nicht!«, sagte Marion, die langsam unsicher wurde, ob sie nun etwas Gutes oder etwas Schlechtes getan hatte. Sie sah Dan an, dann Bill, dann Claire. »Ist das zu glauben? Was für ein Zufall! Dann heißt sie jetzt Ali, nicht mehr Alison? Und wer hätte gedacht, dass sie in Australien gelandet ist!«

»Ja«, sagte Dan zu Katelin, die ihn anstarrte. »Ex-Freundin.«

Keine große Sache.

»Und?« Katelin neigte den Kopf, die Arme verschränkt. »Wusstest du, dass diese ... Ali Connor einen Roman geschrieben hat?«

»Alison«, sagte Bill. »Damals hieß sie Alison.«

»Nein«, sagte Dan, dem das Lügen leichtfiel, ohne schlechtes Gewissen, denn Ja zu sagen, würde niemandem nützen. »Ich hatte keine Ahnung, dass sie einen Roman geschrieben hat.«

Will nahm Dan das Buch aus der Hand.

»Hey, die sieht gar nicht mal so schlecht aus, Onkel Daniel«, sagte er, was absolut keine Hilfe war.

»Peinlich«, bemerkte Molly mit ihrem kindlichen Singsang. Und das war es auch ein wenig, denn Katelin versuchte immer noch, sich zu entscheiden, ob sie amüsiert oder sauer angesichts dieser neuen alten Freundin sein sollte.

»Tja«, sagte sie schließlich, »da dachte ich, ich kenne jetzt alle deine Ex-Freundinnen, und schon taucht wieder eine neue auf.«

»Ist lange, lange her«, sagte Dan. »Wir waren noch Kinder.«

»Aber sie war schon immer gut in Englisch, stimmt's, Daniel? Weißt du noch? Sie hat alle ihre Bücher bei uns im Haus aufbewahrt, Gedichte und so – sie war praktisch bei uns eingezogen, nicht?«

Das war Claire. Auf seine Schwester war Verlass: Immer grub sie ein noch tieferes Loch, wenn alle anderen ihre Spaten längst weggelegt hatten. Marion hingegen versuchte tapfer, sie alle wieder auf sicheres Terrain zu lenken.

»Jedenfalls hoffe ich, dass es dir gefällt, Katelin, Liebes. Die Frau im Laden meinte, es sei wirklich fantastisch.«

Es folgte kurzes Schweigen. Dann sagte Bill: »Ich freue mich, dass es Alison gut geht. Hab mir richtig Sorgen gemacht um die Kleine.«

15

ADELAIDE,
9. JANUAR 2013

Sommer in Adelaide. Tag für Tag litt die Stadt unter den asphaltschmelzenden Temperaturen, die oft genug die 40-Grad-Marke überschritten, bis irgendwann der Abend kam. Dann lockte das Wasser, und die Menschen strömten zu den Stränden von Brighton oder Glenelg, wo die Sonne ihren Untergang in den aufregendsten Farben inszenierte. Michael McCormack konnte dem Strand nichts abgewinnen, sodass sich die Familie abends meist nur zum Essen unter freiem Himmel traf, wo es nach gegrillten Garnelen, angebratenen Steaks, Knoblauch und Rosmarin roch, mit einem mediterranen Hauch von Zitrone, und dazu – stets präsent – der altmodische Duft von Margaret McCormacks englischen Rosen, die Blüten prall, randvoll mit Sonnenschein, zu schwer auf ihren Stielen, als dass sie je zum Himmel aufblicken konnten.

Thea war aus Melbourne nach Hause gekommen, weil die Sommerferien begonnen hatten, sodass die Familie wieder vollständig und Beatriz zufrieden war. Doch wenn man sich zum Essen traf oder zum Plaudern oder Lesen im Garten, im Hibiskusschatten der langen, hölzernen Pergola, waren sie oftmals nur zu viert, weil Stella im Haus blieb, für sich allein, regungslos auf ihrem Bett, das

Gesicht blass und puppengleich auf dem frischen weißen Kissen. Sie war nicht mehr schwanger. Sie hatte bei Sheila und Dora am selben Tag, an dem sie Ali unter Tränen erklärt hatte, dass sie noch nicht bereit war, Mutter zu werden, eine Fehlgeburt gehabt – als hätte ihr Körper beschlossen, ihr den Kreislauf quälender Unentschlossenheit zu ersparen und die Sache selbst in die Hand zu nehmen. Es war bemerkenswert, wie effizient dieser Vorgang gewesen war, wie schnell und gründlich. Neunzig Minuten hatte es gedauert, und ein ganzer Haufen von Sheilas und Doras türkischen Hammam-Handtüchern hatte dran glauben müssen. Der Schock war für alle groß gewesen. Das viele Blut, die kurzen, aber heftigen Schmerzen, noch dazu so weit weg von zu Hause, und dann danach die schrecklichen Schuldgefühle, weil alle so erleichtert waren. Ein paar Stunden später war Stella von einer resoluten Krankenschwester untersucht worden, die mit geübten Händen – unter Alis wachsamen Augen – den Unterleib des Mädchens prüfend abtastete. Dabei redete sie ununterbrochen von Mutter Natur und den in Stein gemeißelten Gründen für so ziemlich alles, was im Leben passierte.

»Du hast das Kind aus gutem Grund verloren, Kleines«, sagte sie. »Wenn man auf einer Farm aufwächst, begreift man schnell, dass es immer ein Warum und Wieso gibt, wenn eine Stute ihr Fohlen verliert oder ein Schaf sein Lamm.« Stella antwortete nicht. Mit geschlossenen Augen lag sie da, doch als Ali ihre Hand drückte, drückte sie zurück. »Okidoki«, sagte die Krankenschwester, während sie ihre Gerätschaften bereitlegte. »Kurz ausgekratzt und abgewischt, und schon bist du wiederhergestellt.«

»Das kann nur Brianna gewesen sein«, meinte Dora, als

Ali später davon erzählte. »Hat ein Benehmen wie ein Wildtöter, aber sie weiß, was sie tut. Stella wird schon zurechtkommen.«

Und so war es auch – und irgendwie auch wieder nicht. Sie war nicht mehr die Stella, die sie kannten, nur noch eine teilnahmslosere, nachdenklichere, viel stillere Version ihrer selbst. Beatriz sagte, man müsse ihr Zeit lassen, doch Michael, der Problemlöser, meinte, ein Familienausflug rauf nach Burra sei angezeigt – nur zu viert, denn Beatriz fuhr nicht gern aufs Land, in die Wildnis. Ein paar Wochen in Lismore Creek, so wie in alten Zeiten, als die Mädchen noch klein waren und den ganzen Sommer damit verbringen konnten, auf dem Tor im Scherschuppen zu schaukeln und Ponys zu reiten, an der Seite der Schafhirten auf ihren Pferden.

»Aber es ist Jahre her, seit wir zuletzt alle zusammen dort waren«, sagte Ali zu ihrem Mann.

»Genau das meine ich.«

»Wollen wir denn ausgerechnet jetzt im Landesinneren sein, bei der Hitze?«

Michael seufzte. »Also, ich ja«, erwiderte er. »Komm schon, ich möchte einfach etwas Zeit mit den Mädchen verbringen. Die Uhren da oben ticken langsamer, Ali, weißt du noch?«

»Ja, natürlich weiß ich das noch – und dann war ich ja auch mit Stella vor nicht allzu langer Zeit in Quorn.«

Michael winkte ab, als wäre Quorn gar nichts. Seine Kindheitserinnerungen an die Schafstation der Familie waren golden und rosig, malerisch geradezu. Allein das stattliche Gehöft, das seine Vorfahren sich 1866 hatten bauen lassen: ein großzügiges »englisches« Landhaus, mit

Kutschenschuppen und Ställen, alles mittlerweile denkmalgeschützt. Das große Grundstück war nach eigenen Vorstellungen gestaltet – Rasenflächen, Knotengärten, Kräuterbeete und eine Rosenlaube, allesamt gehegt und gepflegt von vier Vollzeitgärtnern. Michael und seine beiden jüngeren Brüder Rory und Robert konnten machen, was sie wollten. Sie stauten den Bach, fuhren schon mit neun Jahren den Pick-up, jagten den Enten hinterher, stellten Hasenfallen auf und schossen Kängurus. Daher wusste Ali, die jetzt neben Michael auf der Verandaschaukel saß, dass diese Diskussion rein rhetorischer Natur war. Eine Einbahnstraße. Michael wusste, was er wollte – die Entscheidung war längst gefallen.

»Rob müsste inzwischen da sein und Netze über die Reben spannen«, sagte er. »Du magst Rob doch.«

»Ja, klar.«

»Davon mal abgesehen denke ich auch an Gil und Alma. Die letzten Wochen müssen eine ziemliche Schinderei gewesen sein. Bestimmt war es die Hölle, auch wenn sie Hilfe hatten. Die Brände da oben waren schlimm. Und du weißt, wie Gil ist. Er hat schon zu viel erlebt, als dass er sich je entspannen könnte ...«

»Ja«, sagte Ali. »Ich weiß.« Gil Henderson, der Chef, der große Boss, und Alma, seine Frau, die Königin des Anwesens. Gemeinsam führten sie Lismore Station, als gehörte der Hof ihnen. Gil war 1962 von James McCormack als kleiner Hilfsarbeiter eingestellt worden. Alma war '68 dazu gekommen, als Haushaltshilfe. Sie waren ein fester Bestandteil der McCormack-Welt.

»Also«, sagte Michael. »Ich glaube, wir müssen mal wieder hin.«

Müssen mal wieder hin. Da war er, der feine Wandel in der Gewichtung, von der Lust zur Pflicht. Ach, was soll's, dachte Ali. Klar konnten sie alle zusammen nach Lismore Creek fahren, warum nicht? Wahrscheinlich hatte Michael recht: Vielleicht kam Stella dort wieder zu ihnen zurück, und auch Thea konnte einen kleinen Tapetenwechsel gebrauchen. Sie schlich herum, als hätte sie Hausarrest.

»Gut«, sagte Ali. »Gib mir nur ein paar Tage Zeit. Ich muss noch einiges mit den Verlagsleuten klären, mich um ein paar Dinge kümmern.«

Zufrieden legte Michael seinen Arm um ihre Schulter. Hätte sie sich seinem Plan mit Lismore widersetzt, hätte er das nicht getan, das wusste Ali. Aber im Laufe der Jahre hatte sie sich eine gewisse Nachgiebigkeit angewöhnt. Sie schloss die Augen und zog sich in ihre eigene Welt zurück, tauschte die Realitäten des Lebens in Adelaide mit ihrem anderen Leben, in dem immer Daniel wartete, der an sie dachte, so wie sie an ihn dachte. Sie wusste, dass er es tat, wusste, dass er nie wirklich damit aufgehört hatte, genau wie sie. Sie hielt innerlich Kontakt zu ihm und er zu ihr.

Sie dachte an den unfassbar schönen Song, den er ihr geschickt hatte, und dass ihr beim Hören unerwartet die Tränen gekommen waren. Dann dachte sie an das Stück, das sie ihm zurückgeschickt hatte, Bowies Version von »Wild Is The Wind«, mit all seinen großen Gefühlen, und sie stellte sich vor, sie läge neben Dan, während er sich den Song anhörte.

Sie sah auf ihre Uhr. In Schottland war es jetzt halb zehn Uhr morgens. Sie dachte an Edinburgh und fragte sich, wieso das Leben ihn wohl dorthin geführt haben mochte. Sie wusste, dass er mit einer Katelin verheiratet war, und zusammen hatten sie einen Sohn namens Alex – das war alles im Internet zu finden, und es hatte sonderbare Gefühle der Reue und Verunsicherung ausgelöst, doch auch eine gewisse Erleichterung, weil er ein gutes Leben führte. Nie hätte sie im Netz nach ihm gesucht, bevor der erste Song kam, niemals. Er wäre im Jahr 1979 geblieben, so wie ihr ganzes Sheffield-Leben, fern und schemenhaft, die Uhren angehalten, im Tresor der Erinnerungen, versiegelt gegen die Zeit. Doch hier war Daniel nun, mitten in ihrem Kopf, und seinetwegen traten unweigerlich auch andere Geister ins Licht, andere Erinnerungen an ihre Jugend, darunter auch ihr Bruder, und als sie vor ihrem inneren Auge dessen Lächeln sah, senkte sie beschämt den Kopf. Viel zu lange hatte sie sich – stur, stoisch, selbstsüchtig – von ihm abgewandt, weil sie das für eine Lösung hielt.

Michael erzählte von seiner Arbeit, von Personalproblemen, einem inkompetenten Assistenzarzt. Halb hörte sie ihm zu, halb lauschte sie den Kakadus, die vor dem Schlafengehen immer zankten, dem Rauschen der Sprinkleranlage auf dem verdorrten Sommerrasen, dem Surren und Zirpen der Grashüpfer in den Büschen. Im Grunde war es der Himmel auf Erden, und doch fragte sie sich, ob sie eigentlich immer woandershin gehört hatte. In ein anderes Leben, in diese andere Welt. In der »Januar« nicht schwüle Hitze bedeutete, sondern Matsch und Regen und Busse, die in Attercliffe unachtsame Passanten im hohen Bogen mit eisig braunem Wasser vollspritzten. In der ihre Mutter nach Weihnachten alles und jeden zu hassen schien und nur noch an ihren nächsten Drink denken konnte. In Sheffield, 1979, war Daniels Zimmer für Ali der Himmel auf Erden gewesen – seine Musik zu hören, seinen Körper zu spüren. Doch ihre wahre Zuflucht, ihr absolut sicherer Ort war die klösterliche Stille von Bill Lawrences Taubenschlag gewesen. Dort hatte er ihr eines Tages einen zitternden Vogel in die Hände gegeben, und der ängstliche, kleine Herzschlag des Vogels hatte Alison – nur für einen kurzen Augenblick – das Gefühl gegeben, unbesiegbar zu sein.

Cass meinte, es sei an der Zeit, dass man sie mal nach Lismore Creek einlud, und da Michael sie niemals fragen würde, fand sie, Ali sollte es tun. Die prustete so vor Lachen, dass sie etwas von ihrem Wein verschüttete.

»Was?«, fragte Cass. »Was ist so komisch?«

»Du.« Halbherzig fegte Ali den Tisch mit einem Bierdeckel ab. »Du, die einen Besuch im Land der Hufe und Hörner vorschlägt. In Lismore kriegst du aber keinen Caffè Latte.«

»Hey, ich war bei den Pfadfindern, ich kann ohne Komfort leben! Aber ich finde es doch skandalös, dass ihr mich noch nie mitgenommen habt«, sagte Cass.

»Na ja, ich bin ja selbst fast nie da. Und außerdem...« Sie zögerte.

»Und außerdem ist es Michaels, nicht deins?«

»Irgendwie so, ja.« Es stimmte und fühlte sich doch irgendwie seltsam an. Lismore Creek war ein wesentlicher Bestandteil der Familienlegende, ein stolzes äußeres Zeichen für ihre Geschichte und ihren Status, und Ali fühlte sich nirgendwo mehr wie eine Connor und weniger wie eine McCormack als dort. Mit Cass von sich aus rauf nach Lismore zu fahren, ohne Michael? Nun, das war doch eher unwahrscheinlich.

Sie saßen in einer Bar in der Pirie Street, wie sie es ab und zu freitagabends taten, wenn dort Live-Musik war und sich auf der Bühne im ersten Stock Genie und Mittelmaß die Hand reichten. Heute Abend sollte Tahnee Jackson auftreten, so gegen halb elf, und Ali war nur ihretwegen gekommen. Tahnee war das Aborigine-Mädchen, das sie damals in einem Pub in Port Adelaide von den Stühlen gerissen hatte, und seitdem versuchte Ali, immer hinzugehen, wenn sie irgendwo in der Stadt auftrat. Tahnee war inzwischen achtundzwanzig, und ihre Stimme war erwachsener geworden, noch satter, voller, wissender. Ihre Auftritte hatten etwas von einer Beichte, als gäbe es nichts, was sie nicht preisgeben wollte, und wenn Ali sie hörte, dachte sie an Joni Mitchell, Nina Simone und Carole King. Dabei war Tahnee aber immer sie selbst: unverwechselbar, ein weiblicher Troubadour aus dem Northern Territory, und sie sang vor einer treuen Anhängerschar von ihrem Leben, ihren Gedanken und der Wüste, in der sie aufgewachsen war. Ali hatte schon mit jemandem vom Institut für Kulturförderung in Südaustralien gesprochen, der für junge indigene Musiker zuständig war, und sie waren für Montag verabredet, bevor die Familie McCormack nach Burra aufbrechen wollte. Cass fragte sie spöttisch, ob sie denn noch befreundet wären, wenn Ali erst eine große Nummer im Musikgeschäft wäre, in einem Büro hinter Rauchglasscheiben, mit Kanye West auf Kurzwahl.

Sie teilten sich eine Flasche Weißwein, vertrieben sich plaudernd die Zeit an der Bar, während sie darauf warteten, dass oben die Musik losging. Ali war guter Dinge, fast fröhlich. Der Vorschlag, rauf nach Lismore Creek zu fahren, war bei den Mädchen bestens angekommen, und es tat so gut, Stella lächeln zu sehen. Und was sie selbst anging, so wollte sie versuchen, da oben ein bisschen zu schreiben – beziehungsweise wollte sie darüber nachdenken, etwas zu schreiben, in der Hoffnung, dadurch ins richtige Schreiben zu kommen. Das Problem war nur, dass sich *Tell the Story, Sing the Song* eigentlich gar nicht für eine Fortsetzung eignete, und sie fühlte sich von denen, die Cass als »ihre Leute« in Sydney bezeichnete – Agent, Lektor, Verleger – dazu gedrängt. Ständig wollten sie über Terminpläne und Titelvorschläge reden.

»Ganz ruhig«, sagte Cass. »Als neuer Goldesel hast du jetzt das Sagen. Oder mach es wie Harper Lee und schreib nie wieder was. Nie mehr.«

»Nein, ich will schon noch ein Buch schreiben.«

»Und worüber?«

»Keine Ahnung. Vielleicht eine Liebesgeschichte.«

Cass zog die Augenbrauen hoch.

Ali grinste. »Wieso nicht? Liebesgeschichten mag doch jeder.« Sie schob ihr Glas zur Flasche hin, um nachgeschenkt zu bekommen. »Das ist ein sehr feiner Riesling«, bemerkte sie.

»Ja«, sagte Cass. »Besonders wenn man den Zustand der Bar bedenkt, in der wir uns befinden.« Sie tolerierte diese schmuddeligen, überfüllten Läden, in die Ali sie schleppte, bevorzugte aber Raum und Licht und Exklusivität – eine Cocktailbar oben auf dem Dach oder irgendein neues Restaurant mit Warteliste.

Ali hob ihr Glas zum Anstoßen. »Hoch die Tassen!«,

sagte sie, dann seufzte sie zufrieden und sah sich die anderen Gäste an, all diese Fremden, die beschlossen hatten, dasselbe zu tun, was Cass und sie taten, nämlich heute Abend herzukommen, um sich Tahnee Jackson anzuhören. Sie merkte, dass sie sich unter ihnen wohlfühlte, wer sie auch sein mochten. Sie gehörte zu ihnen, diesen Jüngern der Live-Musik.

»Weißt du ...«, sagte sie. »Mag ja sein, dass es am Wein liegt, aber ich habe ein wirklich gutes Gefühl, was die Zukunft angeht.«

Cass musterte sie einen Moment. »Das merkt man dir an.«

Ali lachte. »Ach ja?«

»Ja, du siehst irgendwie anders aus. Warum siehst du so anders aus?«

»Wie denn anders?«

»Du wirkst richtig glücklich.«

Ali rückte ab und betrachtete Cass mit etwas Abstand. »Na ja, vermutlich liegt das daran, dass ich es bin, mehr oder weniger.«

»Glücklich*er* meine ich. Strahlender, sonniger. Du hattest vorher ein bisschen was von einem Trauerkloß.«

»Na, das lag an Stella und ...«

»Nein, schon davor, lange davor. Du warst nicht mehr voll da. Aber jetzt hast du deinen alten Schwung wieder.«

Ali nahm die Flasche in die Hand, um etwas zu tun zu haben, und schenkte beiden nach. Cass starrte sie an.

»Was guckst du so?«, fragte Ali.

»Du hast so was an dir ... so ein Leuchten.«

»Es ist sehr warm hier drinnen.«

»So ein verliebtes Leuchten.«

Ali zuckte innerlich zusammen, weil sie fürchtete, sie könnte mit ihrer Körpersprache, ihrem Gesichtsausdruck die Geheimnisse ihres Herzens allzu leicht preisgeben.

»Und du hast gesagt, du schreibst vielleicht eine Liebesgeschichte.«

»Na und?«, erwiderte Ali. »Ich schreibe Bücher. Ich denke mir Sachen aus.«

»Hey«, sagte Cass. »Hast du eine Affäre?«

Ali brachte ein ungläubiges Lachen zustande, konnte aber nicht verhindern, dass sie an Wangen und Hals errötete. »Nein, Cass«, sagte sie. »Hab ich nicht.«

»Wenn du eine Affäre hättest, würdest du es mir doch erzählen, oder?«

»Ich habe keine Affäre.«

»Ach, komm schon, raus damit! Wir erzählen uns doch immer alles, schon vergessen? Du weißt alles über mich, jedes noch so schmutzige Detail.«

Ali schaffte es, dem Blick ihrer Freundin standzuhalten, und spielte kurz mit dem Gedanken, es ihr zu erzählen: ihr zu erzählen, dass sie zwar keine Affäre hatte, aber offensichtlich etwas Einschneidendes, etwas Bedeutendes zwischen ihr und Daniel Lawrence am Entstehen war. Doch sie tat es nicht. Sie hielt ihn geheim, behielt ihre Verbindung zu ihm für sich. Das alles war zu kostbar, um es neugierigen Fragen auszusetzen, selbst Cass gegenüber, ihrer besten Freundin.

»Mir machst du nichts vor«, insistierte Cass. »Ich hab es doch selbst auch schon erlebt. Was ist los? Wer ist er?«

»Absolut nichts«, erwiderte Ali. »Absolut niemand.«

»Aha. Na gut, dann erzählst du es mir eben, wenn du

so weit bist.« Cass hatte so einen durchdringenden Blick, aber Ali sagte nichts, sah nur auf ihre Uhr.

»Fast schon zehn nach«, sagte Ali. »Komm, gehen wir nach oben.«

Als Ali das erste Mal in Lismore Creek war, feierte Rob gerade seinen achtzehnten Geburtstag, im ganz großen Stil, mit Abendgarderobe. Margaret hatte die Feier nach der althergebrachten Tradition der Junggesellen- und Jungfernbälle ihrer eigenen Jugend ausgerichtet. Es war März, zwei Jahre nachdem Michael Ali mit nach Adelaide gebracht hatte. Bis dahin war sie in ihrem Leben nur auf einem einzigen Bauernhof gewesen, und der gehörte dem Onkel einer Freundin aus der Grundschule. Der Hof hatte am äußersten Rand von Rotherham gelegen, umgeben von einem tristen Flickwerk aus Feldern von baufälligen Steinwällen und schmalen Hecken begrenzt. In Lismore Creek dagegen sah sie eine Welt ohne Ende, und all das gehörte den McCormacks.

Michael fuhr mit ihr von Adelaide rauf nach Clare Valley, und als er »Da wären wir« sagte und von der Straße auf einen weißen Kiesweg einbog, ging sie davon aus, dass sie angekommen waren. Aber er fuhr weiter, immer weiter, und noch viel weiter, durch eine hügelige Landschaft in Grün, Gold und Braun: Wiesen, Wäldchen und Weinberge, in endloser Anmut. Schließlich erreichten sie das Haus, das stattlich und in strenger Schönheit dastand, flankiert von mächtigen Eichen. Alma winkte aus dem Schatten der Veranda herüber, wartete schon mit einem Krug kalter Limonade und einem Teller voller Gurken-Sandwiches, und Gil kam von den Ställen herüber, klatschte in die

Hände, als er Michael sah, und nahm Ali gleich unter seine Fittiche, um sie auf dem staubigen Hof herumzuführen. Sie konnte ihr Glück kaum fassen, dass sie Zugang zu diesem scheinbar verzauberten Land hatte, dass die McCormacks zusammenrückten, um sie in ihren Kreis aufzunehmen, ein einsames Mädchen, das weder einen Stammbaum noch so etwas wie eine Vergangenheit hatte. Robs Party war ein großer Spaß gewesen, der Schafscherschuppen im sanften Schein von Lichterketten, mit Wimpeln und Blumen geschmückt. Es gab eine Band, dann einen DJ, und ums leibliche Wohl kümmerte sich der Landfrauenverein unter Margarets Kommando. Ali und Michael tranken und tanzten und tobten herum, dann schließlich zogen sie sich für ein wenig Zweisamkeit an den Bach zurück und liebten sich unter dem lächelnden Kreuz des Südens. Am Morgen spielten sie alle gemeinsam Cricket in ihrer zerknitterten Abendgarderobe und aßen Pancakes mit Speck. Und dann hockte Ali – die noch nie auf einem Pferd gesessen hatte, weil sie ihr Angst machten – auf den hölzernen Stufen eines kleinen Pavillons und sah ihrem Mann dabei zu, wie er Polo spielte: geschickt und furchtlos, golden im Sonnenschein, in dieses Leben hineingeboren, wie ein Prinz, Erbe des väterlichen Königreichs.

Mittlerweile war Michael natürlich selbst der König. Obwohl er mit den Merinoschafen nur wenig zu tun hatte: Rory, der mittlere Bruder, war zuständig, wenn geschoren wurde oder der Verkauf anstand. Und Rob, der Jüngste, kümmerte sich um den Wein, wohnte von Januar an bis nach der Ernte hier oben, spannte die Netze, wässerte die

Reben und sang für die kleinen Trauben von Shiraz und Riesling. Aber nein, das machte alles nichts. Als Michael mit Ali, Thea und Stella auf den Hof kam, weinte Alma vor Glück, und Gils Walnussgesicht spreizte sich zu einem warmen Lächeln, bevor er die Arme ausbreitete für die Mädchen, die wie kleine Welpen zu ihm rannten. Mittlerweile waren sie alt geworden, Alma und Gil, aber noch immer schlank und rüstig, voller Schwung und altmodischem Elan. Sie fanden, sie hatten ein gesegnetes Leben geführt, und da sie keine eigenen Kinder hatten, wussten sie die der McCormacks nur umso mehr zu schätzen. Keiner von beiden kritisierte Michael für seine lange Abwesenheit von Lismore. Schließlich war er Arzt, noch dazu Kinderarzt. Stolz und reine Freude brachten sie ihm entgegen, aber das war schon immer so gewesen, also fiel es ihm gar nicht weiter auf.

Am nächsten Morgen schlief Ali aus. Als sie nach unten kam, war Michael schon weg und drehte zusammen mit Thea im alten Pick-up pflichtbewusst eine Runde über das Anwesen. Alma wischte Schubladen und Schränke aus, stapelte Tischdecken und Geschirr und Besteck auf dem Küchentisch, ihre übliche Hausarbeit, wenn es draußen zu heiß war. Sie plauderten über die Hitze, dass die Wäsche auf der Leine steif wie Pappe war, noch bevor die nächste Ladung aus der Maschine kam. Dann schlenderte Ali mit einem Kaffee raus auf die Veranda und sah Gil und Stella, die gerade zum Schutz die Holzschuppen wässerten. Der Wind aus der Wüste gefiel dem alten Mann gar nicht, und östlich von Burra wütete bereits ein Feuer, das schon fast tausend Hektar verbrannt hatte und immer noch nicht unter Kontrolle war. Die meisten Arbeiter von

Lismore waren heute dort und halfen, die Flammen einzudämmen. Stella – in einem alten T-Shirt, Shorts und Gummistiefeln – winkte Ali und kam herüber, um ihr eine von Gils Geschichten zu erzählen, über einen Eukalyptusbaum, der plötzlich in Flammen stand, drei Monate nachdem ihn der Blitz getroffen hatte, weil seine Wurzeln wie schlummerndes Zündholz wirkten und heimlich, still und leise unterirdisch weiterbrannten, bis ein Südwestwind – genau wie heute, ganz genau so – die vergrabenen Flammen entfachte und zwölftausend Hektar Farmland und jedes Wohnhaus auf seinem Weg zerstörte.

»Feuer«, sagte Stella. Sie war nass und schmutzig, ihr Haar zerzaust. Hübsch sah sie aus. »Das ist schon faszinierend.«

»Wie das Meer«, sagte Ali. »Man fühlt sich ganz klein.«

»Ja«, sagte Stella und wandte sich zu Gil um, der sein Zuhause schützte. »Klein, aber nicht völlig hilflos.«

»Nein, nicht völlig hilflos, solange wir Gil an unserer Seite haben. Meint er wirklich, dass das Feuer bis zu uns kommt?«

»Nein, glaub ich nicht«, sagte Stella. »Er macht sich nur immer zu viel Sorgen.« Sie setzte sich neben Ali. »Ich bin froh, dass wir hergekommen sind.«

»Dann bin ich auch froh.«

Ein, zwei Minuten saßen sie schweigend da, dann sagte Stella: »Mum, es gibt da ein paar Leute in Adelaide, die möchte ich nie wiedersehen.«

»Ach, Süße …« Ali strich über Stellas Haar, wartete auf mehr. Es war völlig sinnlos, dieses Mädchen zu drängen, einem etwas zu erzählen. Sie allein entschied, was sie preiszugeben bereit war.

»Und ich glaube, ich möchte auch nicht zur Schauspielschule.«

»Dann lass es, Schätzchen.«

Stella sah sie an. »So einfach ist das?«

Ali lächelte und gab ihr einen Kuss auf die Wange. »Aber sicher«, sagte sie.

16

SHEFFIELD,
28. JULI 1979

Alison tauchte am Samstagnachmittag nicht auf. Es war der Tag, an dem sie in Manchester auftreten sollten, und Daniel suchte nervös den Busbahnhof ab, lief hin und her, sah auf seine Uhr, dann wieder auf den Fahrplan. Dooley, Pete und Steve warteten im Van, im absoluten Halteverbot, und Steve trommelte mit den Fingern auf dem Lenkrad, ließ den Motor vom Transit laufen. Steve wartete länger, als er hätte warten sollen, länger, als er auf jeden anderen Menschen gewartet hätte, und als er schließlich ohne sie losfuhr, waren sie sehr spät dran, und er war unsagbar wütend und enttäuscht. Daniel, der sich seltsam verantwortlich fühlte, war erst sauer, dann genervt, dann besorgt. Er musste bei der Band bleiben, auch wenn er am liebsten aus dem fahrenden Van gesprungen wäre, um nach Alison zu suchen. Aber er wusste immer noch nicht genau, wo sie wohnte, und dafür schämte er sich jetzt – obwohl sie es gewesen war, die sich immer mit Händen und Füßen dagegen gewehrt hatte, ihn mit zu sich nach Hause zu nehmen, und inzwischen war es Wochen, wenn nicht Monate her, seit er sie zuletzt auf das Thema angesprochen hatte. Er konnte sich so fest darauf verlassen, dass sie zu ihm nach Nether Edge kam, dass er irgendwann aufgehört hatte, über ihr Zuhause nachzudenken und darüber, wo es sich im Labyrinth der kleinen Straßen von Attercliffe befinden mochte. Während der weiße Van also über den Woodhead Pass röhrte, war Daniel ganz still vor Sorge. Die anderen drei dachten an ihren Auftritt. Sie alle hatten das unbestimmte Gefühl, dass gerade etwas Gutes kaputtgegangen war, bevor es überhaupt eine Chance gehabt hatte, so richtig anzufangen.

Peter brauchte Hilfe, das konnte Alison sehen, aber sie wusste nicht, was sie tun sollte. Er hatte aufgehört, so schrecklich zu weinen, doch jetzt war drückendes Schweigen an Stelle des Schluchzens getreten, und er wirkte wie versteinert und in sich gekehrt. Wenn er sie überhaupt ansah, dann nur flüchtig, als hätte er vollkommen vergessen, dass sie da war, und als könne sie ihm eh nicht helfen. »Peter«, sagte sie immer wieder. »Bitte, bitte, Peter.« Sie zupfte an seinem Ärmel, zog an seinem Arm, suchte ihren Bruder hinter dieser Maske, um ihn wieder hervorzuholen. Doch sie hörte selbst, wie bettelnd sie klang, also ließ sie es sein und versuchte stattdessen nachzudenken.

Toddy. Sie musste Toddy finden. Wenn der von Martins abscheulichem Treiben wüsste, wenn er wüsste, dass das Schwein ihnen hinterhergeschlichen war und sie im Dunkeln fotografiert hatte, sollte Toddy herkommen, zu Peter, und ihm zur Seite stehen. Falls er es nicht wusste, dann musste er es erfahren. Liebevoll küsste sie Peter auf den Kopf, sagte ihm, sie wäre bald wieder da, und verließ das Haus. Sie hatte immer noch das an, was sie gestern Abend getragen hatte, doch daran dachte sie jetzt nicht. Sie dachte auch nicht an den Gig im Mayflower Club. Der kam ihr überhaupt nicht in den Sinn.

Dave Todd wohnte nur wenige Straßen von den Connors entfernt, praktisch im Schatten der Stahlfabrik. In dieser Gegend waren viele Häuser abrissreif, und im ausgeweideten Innenleben ehemaliger Wohnungen sah Alison Cowboys und Indianer, Räuber und Gendarm, zusammen mit ihren kleinen Geschwistern, beinahe noch Babys, die unbeaufsichtigt zwischen losen Mauersteinen hockten und im Staub herumstocherten. Alison wusste, in welcher Straße Toddy wohnte, kannte aber die Hausnummer nicht, also klopfte sie, zunehmend hysterisch, an einige Türen. Schließlich erbarmte sich eine Frau und öffnete ihre Haustür misstrauisch einen schmalen Spalt. Als sie Ali sah, öffnete sie die Tür ganz und lauschte freundlich und geduldig ihren atemlosen Erklärungen. Toddy. Dave Todd. David Todd. Wohnten die Todds in dieser Straße?

»Ja, Liebes«, sagte die Frau. »Ja, das tun sie, drüben in der fünfundvierzig. Aber ich hab ihn heute früh weggehen sehen. Versuch's mal in der Fabrik.« Sie lächelte Alison an, die sich allmählich etwas beruhigte, und dann spielte ein Eiswagen in der Parallelstraße eine fröhlich blecherne Version von »Greensleeves«, und auch das wirkte beruhigend. Alison atmete etwas befreiter, merkte, dass es ein schöner Tag war, ein wolkenloser Himmel, die Sonne warm auf ihren Beinen und ihren nackten Armen. Dennoch zitterte sie ein wenig, als sie zu den klobigen Bauten von Brown Bayley's rannte, obwohl sie keine Ahnung hatte, wo sie Toddy in dieser gigantischen Industrieanlage suchen sollte. Aber sie kam ohnehin nur bis zum Haupttor, wo sie von einem großen Mann in einer Donkeyjacke mit Warnweste angehalten wurde.

»Ey!«, sagte er. »Hier darfst du nicht rein, Kleine.«

Er hob seine fleischigen Hände. Behelmte Männer liefen auf dem Hof herum, und manche davon starrten das Mädchen in der kurzen Hose und dem dünnen T-Shirt an.

»Ich muss mit Dave Todd sprechen«, sagte Alison zu dem Mann, der vor ihr stand.

»Ach ja?«, erwiderte er. »Und was soll ich sagen, wer ihn sprechen will?«

»Alison Connor.«

»Ach ja?«, sagte er noch mal. »Bist du Pete Connors Schwester?«

»Ja.« Sie nickte eifrig und dachte, Gott sei Dank, Gott sei Dank, doch dann merkte sie, dass er ihr gar nicht helfen wollte, er ließ sie nur zappeln, zu seinem eigenen Vergnügen, denn mit einem Mal lachte er und rief etwas, um die Männer rundum auf sich aufmerksam zu machen, woraufhin diese neugierig herüberkamen.

»Ey, guckt mal! Die Kleine will was von unserem Toddy«, rief er, und ein anderer rief zurück: »Zeitverschwendung, Süße. Du bist nicht sein Typ!« Es folgten anzügliche Sprüche und einiges Gejohle und spöttisches Gelächter. Schon wieder kamen ihr die Tränen, und am liebsten wäre Alison weggelaufen, doch der Gedanke an Peter hielt sie davon ab. Sein Kopf in den Händen, das Gesicht so ausdruckslos, steinern, verschlossen.

»Ist Toddy hier?«, fragte sie. »Ist er hier?« Ihre Stimme wurde immer lauter. Inzwischen musste sie schreien, um sich Gehör zu verschaffen. Ein paar der Männer, die älteren, sahen ihre Verzweiflung und versuchten, den Pöbel zum Schweigen zu bringen. Doch dann nahm der Albtraum noch beängstigendere Formen an, denn Martin Baxter kam auf Alison zumarschiert, betrat die Bühne, genoss seinen Triumph. Er hatte darauf gewartet, und man sah ihm an, was er dachte, allein an seinem schiefen Grinsen: Du kleine Schlampe hast es nicht besser verdient. Dich hol ich gleich mal von deinem hohen Ross. Alison suchte unter den Männern nach Toddy, doch der war nicht dabei, und dann ragte Martin über ihr auf, hielt ihr etwas hin. Sie konnte sich nicht rühren. Ihre Beine wollten sich nicht bewegen. Ihre Arme wollten sie nicht schützen. Er hielt es ihr hin, dieses Ding in seiner Hand. Direkt vors Gesicht. Es war das Foto von einem Mann, der vor einem anderen kniete. Alison sah das Bild, aber nur kurz, dann bot sie Martin die Stirn und schloss die Augen.

»Ja«, sagte Martin, »mach ruhig die Augen zu, du eingebildete Gans. Das ändert auch nichts mehr. Dein dreckiger, perverser Bruder ist erledigt.«

Da schlug Alison die Augen auf, trat so nah an ihn heran, wie sie es ertragen konnte, und spuckte ihm ins Gesicht. Es wurden immer mehr Leute. Sie johlten über Alisons Volltreffer, und sie sah sich um, sah die jämmerlichen Fratzen, die rotgesichtige Begeisterung, und sie verachtete sie alle. Martin schlug nach ihr, doch sie wich seiner Faust aus, sodass er dastand wie ein Idiot.

»Miststück«, sagte Martin und wischte sich mit dem Ärmel übers Gesicht. »Du kleines Miststück.«

Alison griff nach dem Foto, riss es ihm aus der Hand, doch er lachte nur. »Keine Sorge, das kannst du behalten. Haben sowieso schon alle gesehen, was die beschissenen Schwuchteln am Wochenende so treiben.«

Sie verstand nicht, folgte jedoch seinem Blick über den Hof und sah dort einen flachen Schuppen aus groben Brettern, an denen ein Gewirr von Fotos steckte. Sie wandte sich wieder Martin zu, der die Arme verschränkte und hämisch lächelte. Alison hatte diesen Mann schon immer verachtet, doch nun wurde aus ihrer Verachtung ein heiliger Zorn, der ihr Kraft und Entschlossenheit verlieh. Sie stürmte los, drängte durch die umstehenden Männer und stürzte sich wütend auf Martins Fotos, riss sie von der Wand. Alison hörte die Männer johlen, einige brüllten etwas, und drüben beim Tor kam es wohl zu einem Handgemenge, doch sie sah nicht hin, sie war voll mit ihrer Aufgabe beschäftigt, und selbst Martin, der sie lautstark eine Schlampe, eine Hure schimpfte, trieb sie nur noch mehr an. Dann tauchte an ihrer Seite ein alter Mann auf – er schien zu alt für das Stahlwerk, obwohl er die entsprechende Kluft trug. Er sagte kein Wort, legte ihr nur eine Hand auf die Schulter, wie um ein verängstigtes Tier zu beruhigen. Unter seinem Blick hielt sie inne und sammelte sich. Er lächelte sie an und begann, ihr zu helfen, und gemeinsam sammelten sie die heruntergefallenen Fotos vom Boden auf, nahmen auch die restlichen von der Wand, hielten alle umgedreht, um nicht hinsehen zu müssen. Gemeinsam brauchten sie nicht lange, bis sie den ganzen Stapel in der Hand hielt.

»Danke«, sagte sie zu ihm, und er blieb bei ihr, bis sie etwas ruhiger atmete. Sein Mitgefühl, seine Liebenswürdigkeit in dieser Schlangengrube war nicht weniger als ihre Rettung gewesen, und auch seinetwegen hatte sich die grölende Menge zerstreut. Nur Martin Baxter stand noch da und schäumte. Ohne Publikum wirkte er allerdings nur noch halb so mächtig.

»Na denn«, sagte der alte Mann. »Geh mal lieber nach Hause.«

»Aber ich bin doch hier, um Dave Todd zu sprechen. Wissen Sie, wo er ist?«

Er schüttelte den Kopf. »Nein, Lämmchen, leider nicht.«

»Man hat mir gesagt, er wäre hier.«

»Aye, aber ich glaube nicht, dass du ihn suchen solltest«, sagte er. »Das ist hier nichts für kleine Mädchen. Geh nach Hause.«

Sie sah ihn an und fand Trost in seiner Vernunft. Sie nickte, er lächelte, und sie machte sich auf den Weg, passierte Martin Baxter, ohne ihn eines Blickes zu würdigen. Während der Abstand zwischen ihnen immer größer wurde, bellte und brüllte er, schickte ihr Flüche und Beleidigungen hinterher, aber sie war für ihn nicht mehr zu erreichen. Als ihm das klar wurde, wusste er endgültig nicht mehr, wohin mit seiner Wut.

Ihre Mutter war da, als Alison nach Hause kam. Sie lag auf dem Sofa, mit dem Gesicht zur Wand.

»Catherine«, sagte Alison. Noch immer hielt sie die Fotos in der Hand, weil sie nicht wusste, wie sie die auf die Schnelle vernichten konnte. Sie fand, Peter sollte sie haben. Er sollte sie an sich nehmen und verbrennen. Aber Peter schien nicht da zu sein.

»Catherine.«

»Was denn?«, sagte ihre Mutter, ohne sich zu rühren. Ihre Stimme klang belegt, verschlafen. Im Sonnenlicht des späten Vormittags sah das Zimmer trostlos aus, ungeliebt, eine traurige Ansammlung zusammengewürfelter Möbel, ein Heizstrahler mit gezogenem Stecker, ein Teppich voller Brandlöcher.

»Hast du mit Peter gesprochen?«

Keine Antwort.

»Catherine? Hast du Peter gesehen?«

Sie rollte herum, ganz langsam und vorsichtig. Ihr Gesicht war grün und blau und blutverschmiert. An der rechten Schläfe klaffte eine frische Wunde. Alison fühlte sich, als wäre sie am Ende ihrer Kräfte. Trotzdem legte sie die Fotos auf den Kaminsims, holte eine Schale mit Wasser und ein sauberes Tuch aus der Küche, dazu eine Dose mit Pflastern aus der Kommode, und setzte sich auf den Rand des Sofas. Sie befeuchtete das Tuch und begann, behutsam das Gesicht ihrer Mutter sauberzuwischen. Catherine ließ sich umsorgen wie ein Kind, seufzte und kuschelte sich an. Sie roch grauenvoll, wie so oft in letzter Zeit. Schweiß, Rauch, Urin.

»Ich habe eben Martin Baxter getroffen«, sagte Alison. Sie beugte sich vor, um die Platzwunde zu untersuchen. Die war nicht allzu tief, musste nicht genäht werden, nur desinfiziert, dann ein Stück Gaze und ein Pflaster drauf. Sie befeuchtete das Tuch wieder, wischte Blut und verlaufene Wimperntusche ab, dann die Reste vom himmelblauen Lidschatten, den ihre Mutter immer benutzte. Solange sie denken konnte, hatte sie sich mit Peter die Aufgabe geteilt, ihre Mutter wieder einigermaßen herzustellen und die Folgen einer Nacht von den Fliesen zu entfernen. Catherine hatte die Augen geschlossen. Sie war entspannt und fühlte sich wohl, noch zu benebelt vom Wodka, um Schmerz zu empfinden.

»Catherine?«

Ihre Mutter machte ein Auge auf. »Du bist ein liebes Mädchen«, sagte sie.

»Hast du Peter gesehen?«

Ihre Mutter nickte unsicher. »Oben.«

»Es geht ihm schlecht. Martin hat Fotos von ihm und Toddy gemacht.«

»Hilf mir auf, Kind«, sagte Catherine. »Ich muss mal.«

»Gleich. Sag mir nur eins: Weißt du, was Martin getan hat?«

Catherine verzog ihr Gesicht zu einer Grimasse. »Er sollte nicht so respektlos sein.«

»Martin?«

»Nein, unser Peter. Er ist respektlos, und das macht Martin wütend.«

»Peter macht doch gar nichts. Dieser Martin ist ein Schwein, er ist ein Monster, und du lässt ihn tun, was immer er will.«

Catherine machte große Augen. »Ich?«, fragte sie erstaunt.

Alison betrachtete sie mit unbeschreiblicher Trauer, und ihre Mutter fragte: »Was ist?«

»Denkst du denn, wir brauchen dich nicht? Peter und ich?«

Catherine schnalzte mit der Zunge. »Ach, jetzt geht das schon wieder los.«

»Wir müssen ihm helfen, Catherine.« Alisons Stimme bebte. »Ich glaube nicht, dass ich es allein schaffen kann. Ich weiß nicht mehr, was ich machen soll.«

Catherine prustete vor Lachen und schubste Alison auf kumpelhafte Art. »Du weißt nicht, was du machen sollst? Erzähl mir nichts.« Mit unsicherem Zeigefinger deutete sie zu nah auf Alisons Gesicht. »Du bist meine Schlaue. Du bist mein helles Köpfchen.« Sie gähnte und wischte sich mit der Hand übers Gesicht, und als ihre Finger die Wunde berührten, zuckte sie zusammen. »Autsch«, sagte sie. »Was zum Teufel ist das denn?«

Alison betrachtete das Tuch in ihrer Hand, die Schale auf ihren Knien. Das Wasser war trüb, das Tuch mit Blut und Make-up verschmiert. Ihre Mutter wurde langsam nüchtern, was bedeutete, dass sie bald wieder zur Flasche greifen würde, und Peter war zu still. Alison musste ihn finden, ihm in die Augen sehen, aber ihr graute davor, so ganz allein. Hier stimmte nichts mehr, nichts war mehr gut. Sie wollte zu Daniel. Doch erst musste sie sichergehen, dass Peter okay war. Dann schnell zu Daniel. Sie musste sich nur ein paar Sachen einpacken. Hier konnte sie nicht bleiben.

»Ey«, sagte Catherine, um Mitgefühl bemüht. »Nicht weinen, mein Lämmchen. Was gibt's denn da zu heulen?« Schwerfällig setzte sie sich auf. »Okay, weg da!«, sagte sie. »Ich muss auf Klo. Du bist im Weg.«

Alison rückte ein Stück, um ihre Mutter vom Sofa taumeln zu lassen. »Aber nicht die Tür abschließen, okay?«

»Aber nicht die Tür abschließen, okay?«, äffte ihre Mutter sie nach.

Oben.

Catherine rumpelte im Bad herum, Peter war in seinem Zimmer, und Alison stand vor dem Spiegel ihrer Frisierkommode, betrachtete ihr Äußeres.

Sie war erst zu Peter gegangen, hatte einen vorsichtigen Blick in sein Zimmer geworfen. Er lag friedlich auf dem

Bett, mit geschlossenen Augen. Das war beruhigend, also ging sie in ihr Zimmer, zog sich frische Sachen an, bürstete ihre Haare und band sie zu einem Pferdeschwanz. Es täte gut, sich mal zu waschen. Oder noch besser, sich in die Wanne zu legen. Doch ihre Mutter hatte das Bad mit Beschlag belegt, und außerdem fühlte sie sich mit den sauberen Sachen genügend wiederhergestellt. So stand sie eine Weile vor dem Spiegel und suchte nach Anzeichen von Catherine bei sich selbst. Sie wusste, dass sie aussah wie Catherine früher. Es gab alte Fotos, die das bewiesen. Catherine mit einer Mädchenclique auf Clubtour in Blackpool. Catherine im schulterlosen Kleid, beim Tanz in der City Hall. Catherine in Tüll und Spitze, mit Maiglöckchen in der Hand, wie sie im hübschen Eingangstor der Kirche von Dore stand, leuchtend vor Hoffnung und Glück. Peter war seinem Vater wie aus dem Gesicht geschnitten, das zumindest sagten früher alle. Es gab dafür keinen Beweis, weil Geoff Connor vollständig aus dem Familienarchiv entfernt worden war, herausgeschnitten aus jedem einzelnen Foto, auf dem er je gewesen war. Geoff Connor, berühmt und berüchtigt dafür, dass er Sex mit seiner Schwägerin gehabt hatte, am Morgen seiner eigenen Hochzeit und noch viele Male danach, und auch mit zahllosen anderen Frauen, Heerscharen geradezu, wobei es schwer zu sagen war, wo die Fakten endeten und die Fiktion begann. Er hatte sich aus dem Staub gemacht, kurz nachdem Catherine mit Alison aus dem Krankenhaus gekommen war, aber von Liebe konnte schon längst keine Rede mehr sein, und so war es kein großer Verlust. Geoff hatte sich aus dem Staub gemacht und Catherine zumindest eins hinterlassen: jemanden, dem sie die Schuld an allem Schlechten geben konnte, das seither passiert war.

Das alles war lange her. Alison starrte ihr Spiegelbild an. Die Augen waren gerötet – sie hatte heute viel zu viel geweint –, aber davon abgesehen, sah sie okay aus, alles in allem. Jung, hübsch, ein Mädchen mit Zukunft. Ein Jahr noch, dann wollte sie weg von hier. Zur Uni, vielleicht nach Durham, wohin Daniel wollte, falls er das entsprechende Zeugnis bekam. Oder vielleicht in eine andere Stadt, Exeter zum Beispiel. Weit weg jedenfalls. Ihr Neubeginn, der Anfang eines Neuanfangs. Feierlich hob sie eine Hand und legte sie aufs Glas, auf ihre eigene Hand, dann gab sie sich das kurze, stille Ehrenwort, im kommenden Jahr resoluter zu sein, sich weniger von den Umständen leiten zu lassen. Wenn man sich erst einmal dazu entschlossen hatte, glücklich zu sein, würde sich das Glück auch sicher einstellen. Genau das wollte sie zu Peter sagen, wenn er aufwachte. Denn so schlimm die Situation auch war, konnte sie kaum noch schlimmer werden. Martin hatte das Schlimmste getan, und wenn Peter nicht mehr bei Brown Bayley's arbeiten konnte, na und? Er ging sowieso nicht gern dorthin. Er konnte alles machen, der Peter. Er war gut mit seinen Händen, praktisch, geschickt. Sein Talent war vergeudet auf einem Kran im Stahlwerk. Vergeudet.

Sie hörte ein lautes Rumpeln. Alison seufzte ihr Spiegelbild an und ging zur Badezimmertür.

»Catherine?«, sagte sie und drehte den Türgriff. Ausnahmsweise hatte ihre Mutter auf Alison gehört und sich nicht eingeschlossen. Nackt bis auf die Unterhose kauerte Catherine auf dem Toilettensitz und versuchte, sich die Zehennägel zu schneiden.

»Mach du das!«, sagte sie, ohne aufzublicken. »Das ist ein schrecklicher Fummelkram.«

»Ich hab einen Schlag gehört«, meinte Alison.

»Na, ich war's ausnahmsweise mal nicht.« Mit halbem Lächeln sah Catherine sie an und hielt ihr den Nagelknipser hin.

»Warte kurz«, sagte Alison. »Bin gleich wieder da.«

Sie ging zu Peters Zimmer und öffnete die Tür. Peter hatte eine Schlinge um den Hals und hing am Lampenkabel von der Decke, starrte ihr direkt ins Gesicht, die Augen groß und panisch. Am Boden lag ein umgekippter Stuhl, und es schien, als hätte Peter es sich anders überlegt und kämpfte nun darum, am Leben zu bleiben, denn seine Hände zerrten hilflos an der würgenden Schlinge herum, und die Beine strampelten nach dem Stuhl. Sein Mund ging auf und zu, doch gab er keinen Laut von sich. Alison brauchte einen Moment, um zu reagieren, dann trat sie in das Zimmer, stellte den Stuhl wieder auf und schob ihn unter seine Füße. Als Peter den festen Halt unter sich spürte, ließ er die Schlinge los und streckte ihr flehentlich die Arme entgegen. Sie starrte ihn entsetzt an. Dass Peter so etwas auch nur versuchen konnte … dass er bereit gewesen war, sie alleinzulassen, und dann auch noch auf so hässliche, selbstsüchtige, feige Art und Weise. Sie sah sein tränenüberströmtes Gesicht, seinen tieftraurigen Blick, doch in diesem Augenblick war ihr Herz wie erfroren.

»Schneid das Seil durch«, krächzte er. Der Stuhl stand in einem ungünstigen Winkel, war nur ein wackliger Holzstuhl mit schmaler Rückenlehne und dünnen gedrechselten Beinen. Er war nicht dafür gemacht, den Selbstmord eines erwachsenen Mannes zu verhindern. Tastend versuchte Peter, den Stuhl mit den Füßen zu zentrieren. »Alison«, sagte er, dann noch mal: »Alison.«

Schlagartig wurde ihr klar, dass sie handeln musste, und sie drehte sich um, rannte die Treppe hinunter und holte eine Küchenschere aus der Schublade. Die Schere hatte schwarze Plastikgriffe, die Schneiden waren stumpf und verfärbt. Sie schnitt kaum durch Papier, und ganz sicher war sie noch nie in die Verlegenheit gekommen, ein Menschenleben retten zu müssen. Alison blieb ungewöhnlich ruhig und dachte sogar daran, einen zweiten Stuhl mit nach oben zu nehmen. Diesen stellte sie neben ihren Bruder, stieg darauf und versuchte, den Strick mit der stumpfen Schere zu durchtrennen, sägte und riss daran herum, während Peter wankte und stöhnte und mit seinen Händen nach ihr griff, sich an ihrem Arm festklammerte. Sie ignorierte ihn. »Das wird nichts«, sagte sie wie zu sich selbst. »Ich muss das Kabel durchschneiden.« Sie befreite sich aus seinem Griff und stieg vom Stuhl, ging wieder die Treppe hinunter zum Sicherungskasten bei der Haustür und legte den Schalter der Hauptsicherung um. Dann noch mal die Treppe rauf und wieder auf den Stuhl.

»Lass mich los!«, sagte sie zu Peter. »Ich komm da nicht ran, wenn du dich so an mich klammerst.« Ihr war klar, dass sie schroff klang, aber schließlich hatte sie zu tun, und so blieb sie unermüdlich bei der Sache, streckte sich zum Lampenkabel, das sich schließlich – obwohl es anfangs nicht wollte – den stumpfen Klingen der Schere fügte. Der mangelnde Halt brachte Peter aus dem Gleichgewicht, sodass er vom Stuhl fiel und unsanft auf dem Boden landete. Alison stieg von ihrem Stuhl. Sie starrten einander an, dann beugte sie sich herab und riss an der

Schlinge herum, bis sie locker genug war, dass sie sich über seinen Kopf ziehen ließ. Peter suchte ihren Blick, aber sie wollte ihn jetzt nicht ansehen.

»So.« Sie legte den Strick und das Lampenkabel samt Glühbirne neben ihn auf den Boden, dann nahm sie sich einen Moment Zeit, um ihren Zorn zu verbergen. Er hatte sterben wollen. Er war bereit gewesen, sie im Stich zu lassen. Sie spürte, dass eine Woge der Einsamkeit sie mitzureißen drohte, die kalte Realität des Verrats.

Sie musste zu Daniel. Sie brauchte ihn.

»Peter«, sagte sie da. »Ich werde eine Weile weg sein, aber das geht nur, wenn du mir versprichst, dass du noch da bist, wenn ich wiederkomme.« Er schloss die Augen und nickte. Tränen liefen über seine Wangen, doch sie hatte einfach keine Kraft mehr für sein Unglück. Sie beugte sich vor, um ihm eine Hand auf den Kopf zu legen, und ließ sie einen Moment lang dort liegen, als Ersatz für all die Worte, die ihr fehlten. Dann richtete sie sich auf und ging hinaus, schloss die Tür hinter sich. Sie lehnte kurz den Kopf daran.

»Alison!«, rief Catherine aus dem Bad, gereizt, fordernd. »Alison, komm her!«

Doch sie stieg die Treppe hinunter, stellte den Strom wieder an, nahm ihre Schultasche vom Boden und ging hinaus. Es war erst Viertel vor drei, aber es kam ihr so vor, als hätte sie sich schon tagelang nur um das Leid ihres Bruders gekümmert. In fünf Minuten fuhr ein Bus in Richtung Shortridge Street. In weniger als einer Stunde konnte sie bei Daniel sein, wo das Leben sicherer war.

17

EDINBURGH,
17. Januar 2013

Katelin hatte gehofft, sie würde das Buch nicht mögen, doch *Tell the Story, Sing the Song* war geradezu genial: intelligent, zugänglich, lyrisch, farbenfroh, alles was in den Kritiken stand, und noch viel mehr, entnervend viel mehr. Sie konnte nicht anders, als sich dafür zu begeistern, und sie konnte auch nicht aufhören, darüber zu reden. Es hatte eine Art intellektuellen Hunger nach Australien in ihr ausgelöst, und so drehten sich all ihre Gedanken um ein Land, für das sie sich bisher kaum jemals interessiert hatte. Jetzt las sie Bruce Chatwin, *Traumpfade*, und erzählte Dan unablässig von diesen Wegen, die kreuz und quer durchs Land verliefen, von den Liedern, den Vorfahren, den heiligen Stätten. Dan hatte keine Ahnung, wovon sie da redete, und es stimmte wohl, dass Katelin die Essenz nicht gänzlich erfasst hatte, aber das ganze Thema war auch schwer zu greifen, schwer in Worte zu fassen. Das hinderte sie jedoch nicht daran, es dennoch zu versuchen, und auch nicht daran, ihn zu verhören. Ihr Interesse an Ali Connor war eine natürliche, aber unerfreuliche Konsequenz von alledem, und Dan hatte endgültig die Schnauze voll davon, ständig so tun zu müssen, als könnte er sich kaum noch an Alison erinnern, ihre Bedeutung dauernd herunterspielen zu müssen. Claires Hinweis darauf, dass sie fast bei ihnen eingezogen wäre, war nicht eben hilfreich gewesen. Dan hatte Katelin erklärt, Alison sei eher so etwas wie ein guter Freund als eine Freundin gewesen. Er hatte nicht die Absicht, die Wahrheit zu sagen. Es würde Katelin kein bisschen nützen. Sie hatte ein eifersüchtiges Herz und eine besitzergreifende Seele, und wenn er ihr jetzt oder an irgendeinem anderen Punkt ihrer Beziehung gesagt hätte, dass es da einmal ein Mädchen namens Alison gegeben hatte, an dem er fast zerbrochen wäre, die sein Vertrauen in die Liebe für Jahre zerstört und um ein Haar auch das Herz von seinem Dad gebrochen hatte, wäre das nie, nie, nie wieder weggegangen. Als er Katelin damals kennengelernt hatte, wollte sie alles über seine Vergangenheit wissen, und er konnte ihr genügend Anekdoten erzählen – genug lustige Geschichten von One-Night-Stands und unbedeutenden Affären –, um sich davor zu schützen, dass er das Trauma noch einmal durchleben musste, während er Katelin gleichzeitig mit den Details versorgte, die sie offenbar so dringend brauchte. Alte Freundinnen waren für sie wie verschorfte Wunden, und sie konnte nicht anders, als daran herumzupulen, bis es wehtat. Daniel war das unbegreiflich, er verstand nicht, wieso seine vorherigen Beziehungen so sehr an ihr nagten. Ihm selbst war es total egal, mit welchen Jungs Katelin hinter dem Fahrradschuppen geknutscht hatte. Das war doch unerheblich. Aber Katelin, o Gott! Sie konnte einfach nicht aufhören.

»Sie muss ein kluges Kind gewesen sein«, hatte sie heute Morgen gesagt, als sie vor dem Schlafzimmerspiegel stand und Concealer auf die dunklen Schatten unter ihren

Augen tupfte. Natürlich wusste er sofort, wen sie mit »sie« meinte, und innerlich stöhnte er auf. Er lag im Bett, wünschte, er würde noch schlafen und müsste nicht ihre Fragen beantworten, ihre Vermutungen entkräften. »Ich meine ... so ein tolles Buch zu schreiben«, sagte sie. Ja, es klang ganz harmlos, aber oh nein. Nein, nein, nein. Oft genug schon hatten sie sich auf dünnem Eis bewegt.

»Sie war gut in Englisch«, sagte Daniel, dann fügte er vorsorglich hinzu: »Glaube ich zumindest.«

»Ja, das hat Claire an Weihnachten schon gesagt. Aber sie muss doch in der Schule ein Überflieger gewesen sein.«

»Nein«, sagte Dan. »Na ja, schon möglich. Wir waren ja nicht auf derselben Schule, also kann ich es nicht so genau sagen.«

Schweigen. Dann: »Und wie habt ihr euch noch mal kennengelernt?«

Er seufzte und richtete sich so weit auf, dass er Katelins Hinterkopf sehen konnte. Er war hundemüde, war erst um zwei ins Bett gekommen, nach einem ausschweifenden Live-Chat mit einem New Yorker Radiosender, bei dem ein alter Freund aus *NME*-Zeiten eine wöchentliche Sendung über britischen Classic Rock hatte. Er warf einen Blick auf sein Handy. Zehn nach sieben. Verdammt! Er hätte sich in Alex' leeres Bett legen sollen – dumm von ihm zu glauben, er würde hier Ruhe finden. Katelin musterte ihn kurz, dann betrachtete sie sich wieder im Spiegel, wartete.

»Wie gesagt, wir saßen hin und wieder im selben Bus«, sagte Daniel. »Da sind wir ins Gespräch gekommen.«

»Worüber?«

»Im Ernst? Du bist dir darüber im Klaren, wie lange das alles her ist, oder?«

»Ich meine, hattet ihr viel gemeinsam? Oder mochtest du sie nur gern leiden?«

»Hör mal«, sagte Dan. »Verbeiß dich nicht in irgendwas.«

Sie lachte und drehte sich zu ihm um. »Ich interessiere mich eben dafür«, sagte sie munter, unheilvoll. »Warum auch nicht?«

»Okay, na gut. Sie mochte dieselbe Musik wie ich.«

Katelin nickte langsam. »Verstehe, okay. Musik«, sagte sie, als hätte er eben »Briefmarkensammeln« gesagt und glaubte ernstlich, das würde sie ihm abnehmen.

»Ja.« Er würde sich nicht aus der Reserve locken lassen. »Wir haben über Musik geredet.«

»Dann hatte der Umstand, dass sie superhübsch war, absolut gar nichts damit zu tun?«

Er schloss die Augen. Er verfluchte das arglose Geschenk seiner Mutter. Er verfluchte Katelins pathologische Unsicherheit. Natürlich hatte sie nicht völlig unrecht, ihre Ängste waren nicht gänzlich aus der Luft gegriffen, aber andererseits ging es hier auch nicht darum, sich zwischen Katelin und Alison zu entscheiden, denn – wie er sich immer wieder selbst vor Augen hielt – eine von beiden war hier bei ihm in Edinburgh, die andere zehntausend Meilen weit weg. Und außerdem, was sollte er denn machen? Katelin alles erzählen? Ja, klar.

»Ich wette, du hast sie gegoogelt«, sagte sie.

Er schwieg, aber sie wusste es, und natürlich hatte er. So gut wie jeden Tag, seit fast drei Monaten.

»Ich habe es jedenfalls getan«, meinte Katelin. »Es gibt kein einziges Foto im Netz, auf dem sie nicht toll aussieht.«

Wohl wahr, dachte Dan. Er hatte sich auch das Radiointerview bei *Women's Hour* angehört, war im Internet fündig geworden, nachdem Katelin davon erzählt hatte. Alis Stimme klang verändert, australisch, was nach all den Jahren auch nicht verwundern konnte. Aber in ihren Vokalen hörte er noch Spuren von Alison Connor, und er dachte, wenn diese Frau zurück nach Sheffield käme, wäre alles schnell wieder beim Alten. Ihr zuzuhören, sie sprechen zu hören, hatte ihm Schmerzen bereitet, aber auch Freude. Bis zum heutigen Tag wusste er nicht, warum sie weggegangen war. Er wusste, dass es etwas mit ihrer kaputten Familie zu tun hatte, mit ihrer Mutter, ihrem Bruder. Aber damals belastete ihn das Gefühl, dass er, Daniel, sie irgendwie in einem entscheidenden Moment im Stich gelassen hatte, und Alison ihn dafür bestrafte, indem sie ihn sitzen ließ. Es schnürte ihm förmlich die Kehle zu. Lange litt er Höllenqualen, und ganz sicher hatte es ihm das Studium versaut. Er war dort nicht gut zurechtgekommen, mit all den privilegierten Jungen und Mädchen aus seinem Jahrgang, die im Wohnheim die Champagnerkorken knallen ließen und Cocktails mixten, die zu Queen und Abba feierten und sich mit unbändigem Selbstbewusstsein durchs Leben schlängelten, allein weil alle ihre Freunde, die sie auf der Privatschule gehabt hatten, jetzt hier bei ihnen waren, hier in Durham. Dan hatte drei Semester durchgehalten, bis er aufgab. Noch heute fand er sich, wenn er »Bohemian Rhapsody« hörte, im College wieder, allein in seinem Zimmer, der finstere, brütende Nordmann, leicht reizbar, immer mit verächtlicher Miene. Dabei hatte er alles dafür getan, Alison zu vergessen, die Erinnerung an sie zu verdrängen, indem er völlig andere Musik hörte als mit ihr und reichlich Sex mit schrägen Mädchen vom Politechnikum hatte, die eher sein Typ waren als die von der Uni, und später mit noch schrägeren Mädchen in Camden und Kentish Town. Er hatte sich große Mühe gegeben, ihnen zu gefallen, wollte beim Sex besser sein, als er es bei Alison Connor je gewesen war. Er nahm die Aufgabe ernst, er konzentrierte sich, und auf diese Weise hob er den Sex vom gewöhnlichen, hirnlosen Vögeln auf eine höhere Ebene. Es dauerte ein Jahr, bis der Schmerz nicht mehr so tief saß, und noch ein Jahr, bis er sie nicht mehr wollte, und noch eins, bis sie ihm nur noch gelegentlich schmerzhaft in den Sinn kam. Aber er war jung, und Wunden verheilen, und tatsächlich löschte er die Erinnerung an sie irgendwann aus oder vergrub sie so tief, dass er sie fast vergessen hatte. Doch da war Alison nun wieder in dieser verlockenden, fernen Form, offenbar immer noch an ihn gebunden, wenn auch nur durch einen feinen Faden, doch den wollte er nicht reißen lassen, wollte sie auf keinen Fall wieder vergessen. Er kannte sie. Sie hatte geholfen, ihn zu dem zu machen, was er war. Sie war Teil seiner DNA. Im Radio, im Gespräch mit Jenni Murray, war sie anfangs etwas bissig gewesen, leicht schnippisch, und da war ihm klar geworden, dass sie sich letztlich gar nicht so sehr verändert hatte. Sie behauptete, sie sei in Adelaide froh und glücklich, aber er wusste, wusste es einfach, dass sie es zu sehr betonte und keineswegs so glücklich war, wie sie behauptete. Na ja, das war wohl niemand.

»Warum wusste ich nichts von ihr, Dan?«, fragte Katelin.

Mit schwerem Seufzer lehnte er sich zurück und starrte an die Decke. »Katelin, bitte, bitte hör auf damit, bevor wir noch Streit kriegen. Das Ganze hat etwas furchtbar Würdeloses an sich.«

Sie musterte ihn im Spiegel. »Das weiß ich«, sagte sie. »Ich weiß, dass du mich kindisch findest. Aber ich habe das hübsche Gesicht dieser Frau auf dem Umschlag des besten Buches gesehen, das ich in den letzten zwanzig Jahren gelesen habe. Zeig mir die Frau, die nicht ein bisschen eifersüchtig wäre, wenn eine alte Flamme von solchem Kaliber auftaucht.«

Er verstand sie, begriff genau, was sie meinte, und sie tat ihm leid, wirklich. Sie suchte nach der Wahrheit, und ihr begegnete nur geduldige Unaufrichtigkeit. Und doch wusste Daniel, dass es ihm nichts bringen würde, ihr alles anzuvertrauen, außer einer Lawine weiterer Fragen, auf die er keine Antwort hatte.

»Es ist ein seltsamer Zufall, Katelin«, sagte er. »Mehr nicht.«

»Nein, tut mir leid, das glaube ich nicht. Es fühlt sich irgendwie anders an.«

»Okay. Gut.«

»Ich glaube, sie hat dir was bedeutet.«

»Wir waren befreundet. Ich hatte noch andere Freunde, von denen ich dir auch nichts erzählt habe. Möchtest du eine vollständige Liste vom Jahrgang '79?«

»Ja, klar, ihr wart nur befreundet. Und obwohl sie so klug und hübsch war, ist es dir nie in deinen achtzehnjährigen Sinn gekommen, es mal mit ihr zu probieren?«

»Sie war zu gut für mich«, änderte Dan seine Taktik. »Nicht meine Liga.«

»Na super!« Katelin wurde vor Empörung immer lauter. »Fabelhaft. Dann hast du also angefangen, dich in der zweiten Liga umzusehen? Da hab ich ja Glück gehabt.«

An diesem Punkt gab er den Versuch, wieder einzuschlafen, endgültig auf. Er warf die Decke zurück und schwang sich aus dem Bett.

»Was machst du?«, fragte Katelin.

Er ging zu ihr hinüber, fuhr mit einer Hand an ihrem Oberschenkel hinauf, umfasste ihren Hintern, während er die andere Hand in ihren Nacken legte, und dann zog er sie an sich. »Das soll ja wohl ein Witz sein!«, sagte Katelin. »Einer von uns beiden muss schließlich arbeiten.«

Halb sieben am selben Tag, und Daniel hatte den Nachmittag mit Bier und Musik verbracht, was für einen Donnerstag im Januar ein angenehmer Zeitvertreib war. Er hatte Nick Drake gehört und dabei nach einer Antwort gesucht, die er Ali schicken konnte, aber solche Entscheidungen durfte man nicht zu leichtfertig treffen, besonders nach dem vierten Bier. Ein Song führte zum nächsten, dann zum übernächsten, und dann wollten alle noch mal gehört werden. Er stellte eine Liste von zehn Stücken zusammen, die er auf fünf zusammenstrich, doch dann, als nur noch drei im Rennen waren, merkte er, dass er sich nicht auf nur einen Song beschränken konnte. Also schickte er alle drei: »Northern Sky«, einer der hübschesten Songs, die je geschrieben wurden, voller Gefühl; »From the Morning«, weil er dachte, der könnte ihr gefallen; und »Road«, weil das Stück ihn jedes Mal umhaute, wenn er es hörte. Drei Nick-Drake-Songs, bamm, bamm, bamm. Danach hörte er Rory Gallagher – genial, genial – und dachte an sein Zimmer in Nether Edge und wie kultiviert er sich vorgekommen war, mit Alison Gitarrenblues zu hören. Mann, für ein paar Kids hatten sie einen wirklich guten Musikgeschmack gehabt, echt gut! Daniel und Alison, wie füreinander geschaffen. Alle sagten das. Na ja, zumindest, nachdem sie im Juli einfach spurlos verschwunden war, als hätte sie sich in Luft aufgelöst. Sie hatte den Gig im Mayflower verpasst, der sie alle berühmt machen sollte. Steve Levitt schäumte auf dem ganzen Weg nach Manchester, und hinterher gab er ihr die Schuld, weil sie alle beim Auftritt neben der Spur gewesen waren. Und da war auch was Wahres dran. Dan jedenfalls wusste ganz genau, dass er an diesem Abend Mist gebaut hatte, weil sie nicht aufgetaucht war. Dass er während des gesamten Auftritts ständig den Eingang im Auge behalten hatte, als würde sie im letzten Augenblick doch noch hereinspazieren. Dass er zu viel getrunken hatte, weil sie es nicht tat.

Er holte sich noch ein Bier aus der Küche, dann beschloss er, ihr zu den anderen Songs noch einen von Rory zu schicken. Im Grunde wunderte er sich, dass er es nicht längst getan hatte. Es musste »I Fall Apart« sein: perfekt, einfach perfekt, voll auf den Punkt. Also vier Songs. War das zu viel? Dann schickte er ihr als Nachsatz »I'm Not Surprised«, was so etwas wie ein verspäteter Tritt in den Hintern war, dafür, dass sie ihn verlassen hatte. Fünf Songs. Maßlos übertrieben, aber jetzt waren sie weg, wie von Zauberhand auf ihren Bildschirm übertragen. Ein musikalisches Bombardement. Er trank sein Bier und hörte sich die Stücke noch einmal an, in Reihenfolge, und er spielte gerade mit dem Gedanken, ihr noch einen dritten Rory-Gallagher-Song zu schicken, als ein kalter Luftzug und ein lauter Knall das Öffnen und Schließen der

Haustür verrieten, und auf einmal war Katelin wieder im Haus, und dann auch schon im Wohnzimmer. Sie knipste das Licht an. McCulloch, der sich auf Dans Schoß zu einem warmen Knäuel eingerollt hatte, hob seinen Kopf und warf ihr einen empörten Blick zu.

»Du meine Güte, was sitzt ihr zwei denn hier im Dunkeln?«, rief sie laut gegen die Musik an, forsch und geschäftsmäßig in Trenchcoat und Wildlederstiefeln. »Dan? Himmelarsch, du bist ja schlimmer als Alex! Ich hör meine eigenen Gedanken nicht mehr!« Sie streifte ihren Mantel ab, setzte sich auf den Lehnstuhl und befreite sich von ihren Stiefeln. Dan stellte die Bose-Anlage ab und machte sein Handy aus. Er saß auf dem Boden, ans Sofa gelehnt.

»Was machst du da eigentlich?«, fragte Katelin, während ihr Blick zwischen ihm und den Flaschen hin- und herging, die sich wie Kegel auf dem Kamin aneinanderreihten. »Bist du etwa betrunken? Du trinkst doch sonst nie allein wie ein einsamer alter Mann.«

Er klopfte auf den Boden neben sich. »Setz dich zu mir«, sagte er. »Wie in alten Zeiten.«

»Wie in alten Zeiten? Reiß dich zusammen, alter Schwerenöter.«

Er starrte von oben in seine Bierflasche.

»Verstehe, du bist blau. Bist du blau?«

Er dachte darüber nach. Es war möglich. Auf jeden Fall war er angenehm betäubt.

»Hast du was zu essen gemacht?«

Das hatte er natürlich nicht. Stattdessen hatte er sich an den Gitarrenkünsten von Nick Drake und Rory Gallagher gelabt. Oh, Mist, das hatte er jetzt laut gesagt.

Katelin stand auf und warf ihm einen mitleidigen Blick

zu. Sie sagte, er solle sich zusammenreißen und in zwanzig Minuten zu ihr in die Küche kommen, aber er war klug genug, sie nicht beim Wort zu nehmen. Er schob McCulloch von seinem Schoß und folgte ihr.

»Also«, sagte er, während er sie dabei beobachtete, wie sie herumwuselte. Ihm wurde ganz schwindlig davon. »Was passiert da draußen in der Welt?«

Sie nahm einen Topf aus der Schublade, ließ Wasser hineinlaufen und musterte ihn mitleidig. »Hast du dich den ganzen Tag hier verkrochen?«, fragte sie. Er nickte. Sie stellte eine Pfanne auf den Herd, drehte den Regler voll auf, dann machte sie sich an einer Zwiebel zu schaffen. Dan lehnte sich an die Arbeitsplatte und betrachtete ihr Profil. Aus genau demselben Winkel hatte er sie damals zum ersten Mal gesehen, in der Bar in Bogotá. Sie hatte ihm sofort gefallen, auch wenn sie keine typische Schönheit war. »Apart«, hatte seine Mutter gesagt, als er sie ihr vorstellte, ein paar Monate später. »Sie ist ein *apartes* Mädchen«, hatte Marion gesagt und es fertiggebracht, das »aber« herunterzuschlucken, das darauf zu folgen schien. Bei Katelin war es das Gesamtpaket, das ganze Drum und Dran, das sie so anziehend machte. Sie war eine Erscheinung, damals schon. Mitte der Achtziger gab es nicht viele Frauen, die allein durch Kolumbien reisten. Das hatte ihn am meisten beeindruckt, ihre Unabhängigkeit, ihr Selbstvertrauen. Sie schien sich ihres Platzes auf dem Planeten sicher. Das war es, was sie sexy machte. Sie war mitten in einem Wetttrinken gewesen, als er sie entdeckte, saß vor sechs Gläsern Aguardiente, ordentlich aufgereiht, eine Art Wettstreit mit einem Gaucho-Typen, und alle in der Bar feuerten sie an. Daniel hatte dabei zugesehen, wie sie den

Schnaps herunterkippte, und ihre Haare flogen in einer wilden rostroten Welle, und ihre Ohrringe – Federn, wenn er sich recht erinnerte: Federn, Schleifen und kleine Glöckchen – blitzten und baumelten und bimmelten.

Die Zwiebel, geschält und kleingehackt, landete in der Pfanne mit heißem Olivenöl, dann zerdrückte sie mit dem Messer eine Knoblauchzehe und schälte und hackte auch diese. Und rein damit.

»Könntest du dich vielleicht etwas nützlich machen und Parmesan reiben?«, fragte sie, während sie die Zwiebel und den Knoblauch in der Pfanne herumschob.

»Was ist aus den Ohrringen geworden, die du in Bogotá getragen hast?«, fragte Dan.

»Was?« Sie sah ihn an, wie eine Lehrerin einen besonders minderbemittelten Schüler ansehen mochte.

»Die Federn und Glöckchen.«

»Was ist das denn für eine Frage?«

Er zuckte mit den Schultern. »Na egal.«

»Es liegt am Bier. Zu viel davon macht dich schwermütig.«

»Ich bin doch nicht schwermütig!«

»Gut«, sagte sie. »Dazu besteht auch kein Grund. Nicht viele von uns können den ganzen Tag Bier trinken und Musik hören und das dann noch als Arbeit bezeichnen.«

Er ging nicht darauf ein, holte den Käse aus dem Kühlschrank und die Reibe aus der Schublade, dann fing er an, Parmesan auf ein Brett zu reiben. »Ich musste nur gerade an diese Bar in Bogotá denken, und ich mochte die Ohrringe.«

»Ich glaube, die habe ich schon vor mindestens zwanzig Jahren weggeworfen. Sie haben sich langsam aufgelöst.«

»Erinnerst du dich noch an die Band?«

»War da eine Band?«

»Na klar war da eine Band! Zwei Männer und ein Mädchen, das spanische Gitarre gespielt hat, und einer von den Typen spielte Trompete. Die waren fantastisch, erinnerst du dich?«

»Nein, Dan, daran erinnere ich mich nicht.«

»Die wohnten da um die Ecke, keine Profis, aber die waren unglaublich.«

Sie machte ein gleichgültiges Gesicht. »Gib mir die Spaghetti«, sagte sie und streckte ihre Hand aus.

»Ach, komm schon!«, sagte Dan, als er ihr das Päckchen reichte. »Wir haben dazu getanzt.«

»Dan, ich erinnere mich nicht.«

»An das Tanzen?«

»Oh, ich erinnere mich ans Rumalbern, dass wir so getan haben, als würden wir Tango tanzen oder irgendwas, aber ich könnte dir ehrlich nicht sagen, wer da gespielt hat oder was sie gespielt haben oder wie sie gespielt haben. Wenn überhaupt, hätte ich gedacht, da lief ein Radio.«

Sie drückte die Nudeln ins kochende Wasser, sah zu, wie sie sich fügten und untertauchten. Dann hackte sie eine Chilischote und gab sie zu den Zwiebeln, dann noch ein paar übrig gebliebene Würstchen, schüttete eine Packung Schinkenwürfel hinein und drehte die Flamme hoch. Als Alex klein war, hatte er dieses Essen immer »Allesnudeln« genannt. Das gab es, wenn sie nur noch ein paar Reste hatten. Eine halbe Schale Kirschtomaten kam als Nächstes hinein, und ein kärglicher Rest von Spinatblättern aus der Tüte. Salz. Pfeffer. Dann wandte sie alldem den Rücken zu und ließ es brutzeln.

»Okay«, sagte sie. »Fünf Minuten etwa, dann geht's los. Das ist genug Käse, Dan. Wir wollen nicht die ganze Straße durchfüttern.«

Sie nahm eine angebrochene Flasche Weißwein aus dem Kühlschrank, schenkte sich ein Glas ein und setzte sich ihm gegenüber. »Du bist seltsam drauf«, sagte sie. »Bogotá, Ohrringe.«

Er zuckte mit den Schultern und stand auf, um sich noch ein Bier zu holen. Es waren ja schließlich auch seltsame Zeiten, hätte er sagen können. Seltsame Tage. Er fragte sich, wie spät es wohl in Adelaide sein mochte.

»Gott, freu ich mich drauf, mal rauszukommen!«, sagte Katelin. Sie nahm ihren linken Fuß und massierte ihn durch die Strumpfhose. »Diese Auszeit hab ich mir echt verdient.«

In einer Woche flog sie in die Staaten. Eine Weile hatte die Reise in den Sternen gestanden, als Duncan für seine Rockröhre zu Hause ausgezogen war und Rose-Ann daraufhin völlig zusammengebrochen war, schwankend zwischen Wut und Trauer. Aber Duncan war noch vor Weihnachten wieder zu Hause gewesen, und Rose-Ann triumphierte. Lindsay hatte ihn überhaupt nicht gebraucht, wollte nur hin und wieder was von ihm, und während sie Duncan anfangs das Gefühl gab, wunderbar jung zu sein, gab sie ihm am Ende – und zwar ziemlich schnell – nur das Gefühl, schrecklich alt zu sein. Also hatte Rose-Ann ihn wieder ins Haus gelassen, und jetzt nahm sie ihm die Eier ab, ganz, ganz langsam. Es war deprimierend, die beiden zusammen zu sehen, dachte Dan. Von jetzt an tanzte sein Freund nach ihrer Pfeife.

»Dan?«

Er sah Katelin an. »Ja?«

»Lass nicht alles vor die Hunde gehen, wenn ich weg bin, okay?«

»Ach, jetzt komm schon«, sagte Dan. Er stocherte in den Nudeln herum. »Die hier sind übrigens fertig.«

»Dann gieß sie ab, aber gib vorher einen Schuss von dem Wasser in die Soße. Du wirst ja wohl nicht leugnen, dass ich dich eben angetrunken vorgefunden habe, im Dunkeln auf dem Fußboden, während du dir Gott weiß was angehört hast.«

»Rory Gallagher«, sagte Dan. »Irischer Gitarrist. Den solltest du kennen.« Er kippte die Spaghetti ins Nudelsieb, dann aus dem Nudelsieb in die Soße. Als die Pfanne wieder auf dem Feuer stand, brutzelte und zischte es.

»Wie auch immer«, sagte Katelin. »Du weißt, was ich meine.«

»Wenn du weg bist, werde ich tun, was ich immer tue, nämlich über Musik schreiben, Musik hören, an die Wand starren und hin und wieder ein Bier im Dunkeln trinken. Ach …«, sagte er, als ihm ein Anruf einfiel, den er im Laufe des Tages bekommen hatte. »Heute hat Tess von 6 Music angerufen. Die wollen mich für einen regelmäßigen Sendeplatz haben, für so eine Art Expertenrunde, mich und noch ein paar andere Schreiberlinge.«

Sie sagte: »Toll!«, in diesem Tonfall, den sie manchmal draufhatte und der ihn wahnsinnig machte. Er hatte noch längst nicht entschieden, ob er das Angebot annehmen wollte – die Sendung war am Donnerstagmorgen, und jeden Mittwochabend zur MediaCityUK in Salford zu fahren, war nicht eben das verführerischste Angebot, das er je bekommen hatte. Und dann kam Katelin mit ihrem ermutigenden, herablassenden »Toll!«, als hätte er jahrelang nutzlos herumgehangen und nun endlich seine Chance bekommen.

»Warum ›toll‹?«, fragte er.

Sie zog die Augenbrauen hoch, als läge das nahe. »Regelmäßige Arbeit?«

»Katelin, ich *habe* regelmäßig Arbeit, nur erledige ich sie auf unregelmäßige Weise, und das hat bisher immer bestens geklappt.«

»Ja, ich weiß, aber es bleibt doch immer das ungute Gefühl, dass die Arbeit auch mal ausbleiben könnte.«

Er starrte sie über seine Bierflasche hinweg an. »Nein«, sagte er. »Das Gefühl habe ich nicht.«

»Weißt du, was du tun solltest? Du solltest noch ein Buch schreiben.«

Er lachte. »Ach, sollte ich?«

»Das Letzte ist schon eine Weile her, dieses *Made in Sheffield*-Dings.«

Dieses *Made in Sheffield*-Dings. Ein Buch, das Katelin nie gelesen hatte, über Musik, die sie nie gehört hatte. »Ja, na ja«, meinte er. »Alles zu seiner Zeit. Die meisten Musikbücher verkaufen sich nicht. Es werden keine Vorschüsse mehr gezahlt wie früher.«

»Aber du hast zu viel freie Zeit.«

»Katelin, red keinen Quatsch!«

»Doch, hast du!«, sagte sie und deutete mit der freien Hand auf ihn, wie auf ein Ausstellungsstück, die Verkörperung eines unterbeschäftigten Journalisten.

»Nein, hab ich nicht. Ich stecke bis über beide Ohren in Arbeit.«

»Gut!«, sagte sie noch einmal fröhlich, um ihre Skepsis

deutlich hervorzuheben. »Sehr schön. Dann lass uns essen.«

Später, oben in seiner Bude, arbeitete er bis tief in die Nacht. Er schrieb einen Artikel über Bon Iver für *Uncut*, dann noch einen für *The Quietus* über das neue Bunnymen-Album, das für den Herbst angekündigt war. Er fing mit den Linernotes für ein neu gemastertes Album von The Clash an, überarbeitete ein Interview mit Ian McCulloch für den *Guardian*, las seinen Artikel bei *Pitchfork* über die 50 besten Indie-Alben von 2012, beantwortete neun E-Mails und telefonierte mit einem Journalisten vom *Rolling Stone,* der wissen wollte, was ihm zu Hunter S. Thompson einfiel. Katelin saß unten vor dem Fernseher und ging dann um halb elf ins Bett. Von seinem Treiben bekam sie nichts mit. So war es nämlich. Das war der Kern des Problems. Katelin hatte im Grunde keine Ahnung von dem, was er tat. Es war seine Welt, nicht ihre, und ihre beiden Welten begegneten sich kaum. Schon vor Jahren war ihm klar geworden, dass Katelin immer gedacht hatte, er würde das Schreiben über Musik aufgeben für etwas ... na ja, etwas Respektableres, wobei sie nicht genau wusste, was eigentlich, aber auf jeden Fall etwas weniger Vages als seine momentane Existenz. Dan hatte ihr diesbezüglich nie irgendwelche Hoffnungen gemacht, nur funktionierte die Welt in ihren Augen halt so, für sie war es der natürliche Gang der Dinge. Sie konnte nicht begreifen, wieso all die jahrelange Erfahrung nicht zu einem richtigen Job in einem Büro geführt hatte, sondern nur immer wieder das Gleiche nach sich zog. Aber er wusste, was er tat, und war nicht immer alles gut gegangen? Er hatte die Bücher geschrieben, die er schreiben wollte, er hatte etwas Geld verdient und verdiente noch immer ganz gut, auf die eine oder andere Weise. Zugegeben, es hatte auch seine Nachteile: Mindestens einen Tag in der Woche verbrachte er damit, unbezahlten Rechnungen hinterherzurennen, und der Lohn für diese Online-Artikel war jämmerlich. Aber irgendwann kam immer von irgendwo Geld rein, und er hatte nie – in seinem ganzen Arbeitsleben nicht – einen schlechten Tag im Büro gehabt. Nur hin und wieder einen schlechten Tag zu Hause.

Er nahm sein Telefon zur Hand und sah, dass es mittlerweile halb drei war. Wie immer erwarteten ihn diverse Nachrichten, eine ganze Reihe von Leuten wetteiferte um seine Aufmerksamkeit, doch nur eine interessierte ihn wirklich: Ali Connor hat dir eine Nachricht gesendet. Er musste ganz dringend diese Twitter-Meldungen abstellen, denn auf keinen Fall durfte Katelin diesen Namen auf seinem Handy sehen, nicht an diesem heiklen Punkt in ihrer Beziehung. Aber im Moment schlief sie tief und fest, und so navigierte er sich auf schnellstem Weg zu Alis Nachricht und sah, dass sie auf das Bombardement seiner musikalischen Artillerie nicht mit dem Link zu einem Song geantwortet hatte, sondern ihm stattdessen eine einzige Zeile schickte, vermutlich aus einem Songtext, den er wohl auch kannte, nur nicht so recht einordnen konnte: *And I feel your warmth and it feels like home.*

Er starrte die schlichten Worte an, ließ sie auf sich wirken, wartete auf Erleuchtung. Es dauerte nicht lange. Depeche Mode, »Here Is The House«. Oh, diese Frau hatte einfach Klasse! Er starrte ihre Nachricht an, hoffte auf mehr, irgendwie, versuchte, aus den wenigen Worten eine tiefere Absicht herauszulesen. Aber er musste sich eingestehen, dass es vermutlich nur sein hilfloses Wunschdenken war und eigentlich *er* ganz bestimmte Absichten hegte. Kein Wunder. Sie war absolut unwiderstehlich, sie stellte die Zeit auf den Kopf, gehörte wieder zu ihm. Fast konnte er ihre weiche Haut fühlen, das seidige Haar. Er legte die Stirn auf den kalten Stahl seines Schreibtischs und wartete darauf, dass die quälende Sehnsucht verging. Gott im Himmel, er war besessen von ihr, und es trieb ihn in den Wahnsinn.

Dann setzte er sich auf. Er wusste, was zu tun war – er würde zu ihr fliegen. Genau. Er würde einfach in Adelaide auftauchen, um herauszufinden, ob es real war. Die moralische Seite dieses Plans, der Betrug, das Wagnis – nichts von alledem belastete seine Gedanken in diesem Augenblick. Es war ganz einfach und absolut notwendig. In seinem Handy öffnete er ihren gemeinsamen Thread und antwortete entsprechend mit einer schlicht genialen Textzeile von den Bunnymen, aus »All That Jazz«. Er schickte seine Antwort ab, fragte sich, wann sie das Zitat wohl lesen würde und ob sie es kannte.

See you at the barricades, babe.

Vermutlich würde sie es nicht ahnen, aber die Zeile war ein Versprechen. Er meinte, was er sagte. Er schob den Stuhl zurück und trat an die Wand mit der Weltkarte, folgte einer Linie von Schottland den ganzen, langen Weg einmal rüber und runter, runter, runter bis in den Süden von Australien. Da ist mein Mädchen, dachte er. Da ist mein Mädchen – bei einem anderen Kerl.

Je eher er auf die Barrikaden ging, desto besser.

18

ADELAIDE,
23. JANUAR 2013

Beatriz weinte vor Erleichterung, als die McCormacks heil nach Hause kamen. Sie hatte sich eingeredet, sie wären alle in einem Buschfeuer umgekommen, von denen in den Abendnachrichten berichtet wurde. Vor zwei Tagen waren sieben Männer in der Nähe von Burra gestorben, als das Feuer eine Brandschneise übersprungen und sie in Rauch und Hitze eingekesselt hatte. Ein kleines Mädchen und ihr Daddy hatten nur um Haaresbreite eine Feuerwand in der Nähe von Koonoona überlebt, indem sie eine Wolldecke ins Wasser einer Schaftränke tauchten und sich dann in ihrem Pick-up damit zudeckten. So ließen sie das Feuer über sich hinwegziehen.

»Es war die Hölle«, sagte Michael am Abend ihrer Rückkehr. »Aber wir hatten Glück.« Er nahm einen perfekt gekühlten Clare Valley Riesling aus dem Kühlschrank und begann, fünf Gläser einzuschenken.

»Für mich nur ein kleines«, sagte Beatriz. »Und außerdem hatte das nichts mit Glück zu tun. Ich habe Gott jeden Morgen und jeden Abend gebeten, euch zu verschonen, und das hat er getan.« Sie klang ernst. Fünfzig Jahre in Diensten dieser Familie, und noch immer verweigerte man Gott die Anerkennung für seine Güte.

»Gott, Gil und die australische Feuerwehr«, erwiderte Michael. »Die Heilige Dreifaltigkeit.« Er schob Weingläser über den Tisch zu Ali, Stella und Thea, dann reichte er Beatriz ein halb volles Glas und stieß mit ihr an. »Cheers, liebe Beatriz«, sagte er. »Deine Gebete sind uns allen ein Trost.«

»Es kam so nah, Beatriz«, sagte Stella. »Unheimlich, wie schnell es ist. Eben scheint das Feuer noch kilometerweit entfernt zu sein, da ist es schon kurz vor deiner Scheune.«

Entsetzt schüttelte die alte Dame den Kopf. Sie fühlte sich gesegnet, dass die McCormacks überlebt hatten, und sie hatte eine *caldeirada* gekocht, um zu zeigen, wie glücklich sie war, alle wieder heil daheim zu haben. Portugiesischer Fischeintopf, das Feiertagsmahl, die Opfergabe. Sie hob den Topf vom Herd und nahm den Deckel ab, um nachzuwürzen. Es duftete vielversprechend aus ihrem treuen alten Kochtopf.

»Alma kocht nie Fisch«, sagte Thea. »Sie meint, davon riecht die Küche immer so.«

Beatriz rümpfte die Nase. »Eine Köchin, die keinen Fisch kochen will, ist keine Köchin.« Sie hatte kaum jemals etwas Gutes über Alma zu sagen, auch wenn sie ihr erst zweimal begegnet war. Doch deren Herrschaft über Lismore Creek bedeutete für sie eine imaginäre Bedrohung ihrer eigenen Vorrangstellung hier in Adelaide.

»Aber es stinkt wirklich ziemlich«, sagte Thea. »Am Morgen, meine ich, wenn du auch die Gräten und Köpfe mitkochst, Beatriz. Das ist ein bisschen eklig.« Sie kräuselte ihre hübsche Nase.

»Undankbares Kind«, sagte Michael. »Der Wein ist

perfekt, Ali. Ali? Probier mal deinen Wein.« Doch seine Frau war weit weg mit ihren Gedanken. Als sie ihren Namen hörte, zuckte sie leicht zusammen.

»Bitte?« Sie dachte an Daniel Lawrence und Nick Drake und Rory Gallagher.

»Probier den Wein. Der ist gut.« Er wartete, bis sie einen Schluck genommen und anerkennend genickt hatte. Michael ließ sich gern für seine Weinauswahl loben. Eigentlich hätte er lieber mehr als nur ein Kopfnicken bekommen, vielleicht eine kleine analytische Würdigung. Aber Ali war keine Weinkennerin. Alle seine Versuche, sie zu einer zu machen, waren gescheitert. War der Wein kalt, weiß und trocken, genügte ihr das.

»Zu Hause in Porto«, sagte Beatriz, »als ich klein war, da roch es freitags immer nach Fisch. In der ganzen Straße!«

»Könnte sein, dass ich auf meiner Reise auch durch Portugal komme«, sagte Stella beiläufig. »Italien, Frankreich, Spanien, Portugal.« Sie blickte in ihr Glas und schwenkte den Wein, sah sich an, wie er am Rand entlangschwappte.

Ali nickte, doch dann fiel ihr ein, dass Michael noch gar nichts davon wusste, dass Stella es sich mit der Schauspielschule in Sydney anders überlegt hatte. Sie wollte etwas dazu sagen, doch Thea war schneller. »Nach der Schauspielschule, meinst du?«, fragte sie. Doch Stella sagte: »Nein stattdessen«, und Ali dachte: Ach, du je. Jetzt geht's los.

»Wie bitte?« Michael stutzte, das Weinglas auf halbem Weg zum Mund, und sah seine jüngere Tochter scharf an. Stella blickte hilfesuchend zu Ali. Michael stellte sein Glas ab und nahm jetzt Ali ins Visier.

»Stella hat beschlossen, den Platz an der Schauspielschule nicht zu nutzen«, sagte Ali. Sie wusste selbst nicht, wieso sie es ihm noch nicht erzählt hatte. Offensichtlich hatte sie es verdrängt.

»Ach«, sagte Michael. »Schön, dass ich das auch mal erfahre. Wann wurde das beschlossen?«

»In Lismore«, sagte Stella. »Aber das hat da keinen besonderen Moment gegeben oder so. Du warst mit dem Pick-up unterwegs, um nach den Zäunen zu sehen oder irgendwas. Wir wollten es nicht vor dir verheimlichen.«

»Keinen besonderen Moment?«

»Stella, du nervst echt«, stöhnte Thea. »Wahrscheinlich müssen wir jetzt wieder den ganzen Abend über dich reden.«

»Wer fährt nach Portugal?«, fragte Beatriz strahlend, als sie mit dem Eintopf an den Tisch kam, ohne dass sie etwas von der Spannung mitbekommen hätte, die den Raum bis in die hinterste Ecke ausfüllte. Sie stellte den Topf mitten auf den Tisch. »Jetzt können wir essen!«

»Du hast bei der Audition im November alle Herzen im Sturm erobert«, sagte Michael zu Stella. »Sie haben dich geliebt! Du warst kaum zur Tür raus, da haben sie dir schon einen Platz angeboten.«

»Na ja, trotzdem«, sagte sie. »Ich geh da nicht hin.«

»Und ob du gehst.«

»Mum!«, wandte sich Stella flehentlich an Ali.

Michael nahm die Kelle und fing an, Fischeintopf in die oberste der fünf Schalen zu füllen, die vor ihm standen. Immer war es Michael, der, wenn sie so zusammen aßen, das Essen austeilte, das Beatriz gekocht hatte. Warum eigentlich?, dachte Ali. Weil schon sein Vater es getan hatte. Weil Beatriz ihn als Haushaltsvorstand betrachtete. Weil Michael einfach immer das Kommando übernahm, ganz selbstverständlich, ohne Diskussion.

»Michael«, sagte Ali. »Lass uns später darüber reden.«

»Schlimm genug, dass sie überhaupt zur Schauspielschule will«, meinte Michael, während er Meeresfrüchte in die wartenden Schalen gab. »Aber wenigstens hatte sie sich mit dem NIDA in Sydney um einen hohen Standard bemüht. Jetzt ist sie offenbar nicht mal mehr *dazu* bereit.«

»Dad!«, sagte Stella. Ihr kamen vor Wut die Tränen.

Michael warf ihr einen finsteren Blick zu. »Dein Abschluss war phänomenal«, sagte er. »Phä-no-me-nal. Du könntest alles machen, alles! Himmelherrgott noch mal, dein Zeugnis war besser als das von Thea, und die studiert Medizin!«

»Michael! Du sollst nicht den Namen des Herrn missbrauchen!«, sagte Beatriz, und Thea brummte: »Na toll, Dad. Vielen Dank.« Sie nahm die Schale, die er gefüllt hatte, und gab sie an Beatriz weiter, die nächste an Ali, dann Stella, dann nahm sie eine für sich. Michael füllte die letzte Schale. Dann schob er den Topf in die Tischmitte. Gelb vor Safran, rot vor Tomaten, grün vor Kräutern – das Essen sah einfach köstlich aus, doch selbst Beatriz hatte inzwischen bemerkt, dass ihr Eintopf nicht mehr im Mittelpunkt stand.

»Wenn du denkst, dass du dich allein in Europa herumtreiben kannst, dann hast du falsch gedacht«, sagte Michael. Er war zutiefst enttäuscht, aber eher von Ali als von Stella. Er war ganz blass vor unterdrückter Wut.

»Du reist allein?«, fragte Beatriz.

»Ich werde nicht allein sein, jedenfalls nicht zu Anfang«, sagte Stella.

Ihre Tochter gab sich alle Mühe, ruhig zu sprechen, damit man ihr nicht anmerkte, wie aufgebracht sie war. Sie hatte von klein an etwas Rebellisches an sich, folgte immer ihrem eigenen Plan – aber trotzdem ging ihr die Missbilligung ihres Vaters jedes Mal nah. Er konnte ihr das Gefühl geben, sehr jung zu sein, sehr unerfahren. Stella hatte um ihr Recht gekämpft, sich bei der Schauspielschule bewerben zu dürfen, während er – und alle ihre Lehrer – der Meinung waren, sie sei wie geschaffen für ein Sprachstudium an der ANU in Canberra. Jetzt würde sie ebenso darum kämpfen, nicht zur Schauspielschule zu müssen. Stella würde gewinnen. Da war Ali ganz sicher.

»Ich werde drei Monate ehrenamtlich für eine NGO arbeiten, in Italien«, sagte das Mädchen jetzt.

Ali und Thea waren beide beeindruckt von dieser Erklärung. »Ach ja?«, sagten sie im selben Moment.

»Nein«, erwiderte Michael. »Nein, Stella. Ganz sicher nicht.«

»Ich glaube kaum, dass du sie aufhalten kannst, Dad«, meinte Thea, die immer noch gekränkt war, weil er auf ihr Abschlusszeugnis hingewiesen hatte, das tatsächlich drei Punkte schlechter war als das Zeugnis ihrer Schwester.

»Es wäre mir wirklich lieber, wenn wir später darüber sprechen könnten«, sagte Ali. »Beatriz hat uns diesen fantastischen Eintopf gekocht. Wir sollten ihn jetzt erst mal genießen und dieses Gespräch auf nachher verschieben.«

Beatriz neigte ihren Kopf, um Ali zuzustimmen. Sofort sagte Stella: »Ja, entschuldige, Beatriz, er ist wirklich lecker. *Obrigada*.« Beatriz lächelte Stella an, dann herrschte einen Moment lang Schweigen. Das Besteck klapperte ungewöhnlich laut in den Schalen. Ali trank ihren Wein zu schnell. Thea nahm eine halb geöffnete Miesmuschel und spähte argwöhnisch hinein, stocherte mit der Gabel darin herum, dann hielt sie die Muschel Beatriz hin, die nickte, ja, die ist gut, iss nur.

»Stella«, sagte Michael, und alle sahen ihn an. Er war nicht der Mann, der ein Thema fallen ließ, solange er nicht seinen Willen bekommen hatte. »In den letzten drei Monaten hast du bewiesen, dass du nicht in der Lage bist, für dich selbst zu sorgen. Mach erst den Abschluss, um den du dich so sehr bemüht hast. Danach kannst du reisen, so viel du willst. Werde erst mal erwachsen.«

Behutsam legte Stella Gabel und Löffel auf den Tisch. »Als ich Mum erzählt habe, dass ich nicht zur Uni möchte, hat sie nur gesagt: ›Dann lass es.‹«

»Ja, nun – das liegt nur daran, dass Mum nicht weiß, was du verpasst.«

»Wie bitte?« Das war Ali. Sie griff nach der Weinflasche und füllte ihr Glas auf.

»Ich wollte damit nur sagen, dass du selbst auf keiner Universität warst«, meinte Michael. »Du hast nicht mal die Schule beendet. Insofern kannst du es nicht besonders gut beurteilen.«

Ali lachte freudlos. »Nein, Michael«, sagte sie. »Es liegt nicht daran, dass ich schlecht informiert bin. Ich möchte nur, dass Stella ihre eigenen Entscheidungen trifft. Sie kann auch nächstes Jahr noch zur Schauspielschule gehen, oder im Jahr danach. Die würden sie nehmen. Die haben gesagt, bei ihnen hätte noch nie ein derart talentiertes Mädchen vorgesprochen.«

»Meiner Meinung nach«, sagte Michael, »ist sie zu jung, um auf Reisen zu gehen.«

»Ich war erst achtzehn, als du mir in Spanien über den Weg gelaufen bist.«

Michael betrachtete seine Frau mit ungläubiger Miene, weil sie ihr eigenes Beispiel brachte, um ihr Argument zu stützen. »Ich bin dir nicht über den Weg gelaufen – ich habe dich in Spanien *aufgelesen*«, sagte er. »Ich habe dich in Spanien *gefunden*. Und Gott allein weiß, was sonst aus dir geworden wäre.«

Alison Connor hatte im Schneidersitz auf dem Boden gekauert, allein, im Schatten eines steinernen Bogengangs innerhalb der mittelalterlichen Mauern von Santo Domingo de la Calzada. Sie trug abgeschnittene Jeans, ein schlichtes Khaki-T-Shirt, auf dem »Wild Willy Barrett« stand, dazu ein Paar flache, ausgelatschte Ledersandalen. Neben ihr auf dem Boden lag ihre Baseballkappe, und sie trug einen Leinenbeutel um die Schulter. Gesicht und Arme und Beine waren braun gebrannt, nur ihre Füße waren vom selben blassen Grau wie der Staub der Straße. Die dunkelbraunen Haare waren kurz über den Schultern abgeschnitten, krumm und schief, als hätte sie es vielleicht selbst gemacht, mit stumpfer Schere und ohne Spiegel. Die Augen waren geschlossen. Sie schien sich auszuruhen, und da war sie nicht die Einzige. Es gab hier viele fußlahme Pilger, die ihre Reise in diesem hübschen spanischen Ort unterbrachen, und so floss die Welt um sie herum, so leicht und selbstverständlich wie ein Bach.

Michael McCormack starrte sie an, bis sie wach wurde und aufblickte.

»Hi«, sagte er. »Wie geht's?«

Sie wirkte weder überrascht noch besorgt, dass ein Fremder sie beobachtete, sondern sah ihn nur ruhig an. Zuerst hatte er gedacht, sie würde vielleicht betteln, aber da stand kein Becher für Kleingeld, kein selbst gemaltes Pappschild. Sie war nur ein schlafendes Mädchen, das eben aufgewacht war. Er ging in die Hocke, damit er nicht länger auf sie herabblicken musste. Sie hatte grünbraune Augen und lange Wimpern, goldene Haut, perfekt symmetrische Züge. Er hielt ihr eine Hand hin, sagte: »Michael. Michael McCormack«, und nach kurzem Zögern griff sie zu.

»Alison Connor«, sagte sie.

»Gehst du den Camino?«

»Bitte?« Sie gähnte und fuhr sich mit beiden Händen übers Gesicht, dann durch die Haare. Er sah ihr dabei zu.

»Den Weg, du weißt schon, nach Santiago?«

»Oh«, sagte sie. »Mehr oder weniger. Und du?«

Er lachte. Er hatte einen vollbeladenen Rucksack, feste Stiefel, Regenausrüstung, ein Zelt, eine Schlafmatte.

»Hast du Lust auf einen Drink?«, fragte er. Er gab sich Mühe, beiläufig zu klingen, als wäre es nicht so wichtig, ob sie Ja sagte.

»Du bist Australier«, sagte sie.

»Und du bist aus England.«

Sie lächelte. »Ich kenn da eine Frau in Australien.«

Er stand auf. »Was du nicht sagst. Wie heißt sie? Die kenn ich bestimmt auch.«

Das fand Alison lustig, also nahm sie seine Hand und erlaubte ihm, sie hochzuziehen. Er war ein hübscher Junge, sah aus wie das blühende Leben, mit sandblondem

Haar, breiten Schultern und schmalen Hüften, gebaut wie ein Schwimmer. Er sah extrem fit und gesund aus und wunderbar gut organisiert, dachte Alison. Sie hatte alle möglichen Typen kennengelernt, seit sie eher zufällig zur Pilgerin geworden war, und Michael McCormack gehörte in die Kategorie »Bergsteiger«. Er würde auch ins Basislager am Mount Everest passen. Er hatte alles dabei, um den Gipfelsturm zu wagen.

Sie fanden eine kleine Bar, und er bestellte zwei Bier. Während sie warteten, erzählte sie, dass sie von Logroño hierhergewandert war, mit drei deutschen Nonnen, die freundlicherweise Brot und Käse mit ihr geteilt hatten. Davor war sie von Puente la Reina nach Estella, von dort nach Los Arcos und dann nach Logroño gelaufen. Manchmal war sie allein, sagte sie, aber meistens wanderte sie mit anderen, die ihr unterwegs begegneten.

»Du wirst ja wissen, was ich meine. Leute schließen sich einem an, oder man schließt sich ihnen an und kommt ins Gespräch?«

Er überlegte einen Moment und sah vor seinem inneren Auge schmale, staubige Pfade, die sich am Horizont verloren. »Ich glaube, dafür laufe ich zu schnell«, sagte er.

Oh, dachte Alison, ein Wettkämpfer, kein Bergsteiger. Vor ein paar Tagen war sie einer ehrgeizigen Schottin begegnet, die auf Wanderer und Schlenderer zuhielt und dabei rief: »Links gehen, immer links gehen«, um freie Bahn zu haben.

»Tja«, sagte sie. »Wenn man so schlendert wie ich, lernt man viele Leute kennen.«

»Aber die sprechen nicht alle Englisch.«

Oje, dachte sie.

Ein Kellner schob sich zu ihnen durch, balancierte das Bier auf einem Tablett. Er stellte die Flaschen auf den Tisch, dazu einen Teller mit einer spanischen Tortilla, in schmale Streifen geschnitten. Alison sagte: »Ah, *gracias*«, und der Kellner grinste und zwinkerte ihr zu. Das fiel Michael auf. Außerdem fiel ihm auf, dass sie ihm den Teller zuerst anbot, bevor sie sich selbst ein Stück nahm.

»Und?«, fragte er. »Wo ist deine Ausrüstung?«

»Ausrüstung?«

»Für unterwegs.«

»Hier«, sagte sie. »Was du siehst, ist alles, was ich besitze.«

»Ach du Schande«, sagte er. »Was hast du dir dabei gedacht?«

Sie zuckte mit den Schultern. »Man sagt doch, der Camino wird es richten, und mir scheint, das stimmt. Ich hatte nicht vor, auf Wanderschaft zu gehen. Ich bin einfach eines Tages mitgelaufen. Kam in Pamplona mit einem Mann und seiner Tochter ins Gespräch, die sagten, sie wollten nach Santiago de Compostela. Sie meinten: ›Komm doch mit!‹, und das hab ich dann getan.«

Michael dachte über ihre Worte nach, die schlichte Schönheit, die daraus sprach. Er hatte sein Abenteuer achtzehn Monate lang zu Hause in Adelaide geplant. Er hatte Wanderführer studiert, die relativen Vorteile verschiedener Routen verglichen – Entfernung und Geländebeschaffenheit, Vielfalt und landschaftliche Schönheit, das Vorhandensein historischer Wahrzeichen, den besten Weg zu mittelalterlicher Authentizität. Bevor er Australien hinter sich ließ, hatte er Zimmer in Herbergen und *refugios* gebucht, von Le Puy bis Santiago. Er hatte einen dicken Packen Reiseschecks in seinem Geldgürtel und für den Notfall eine private Telefonnummer der australischen Botschaft in Madrid, in der ein alter Freund seines Vaters Geschäftsträger war. All diese Vorbereitungen waren ihm nicht nur vernünftig, sondern auch notwendig erschienen, und erst jetzt, als er mit diesem anspruchslosen, schönen, unbekümmerten Wesen zusammensaß, kam er sich lächerlich und übermäßig vorbereitet vor.

»Und wo sind sie jetzt, deine Freunde aus Pamplona?«

Alison zuckte mit den Schultern. »Keine Ahnung. Sie wollten zwei Nächte in Laredo bleiben, aber ich bin einfach weitergewandert. Gehst du allein?«

Michael wollte nicht über sich sprechen oder an sich denken und auch nicht an die Hunderte von Kilometern, die er noch vor sich hatte, bevor seine lange, einsame Reise zu Ende gehen würde. Es war bisher nicht das gewesen, was er gehofft oder erwartet hatte. Er hatte Erleuchtung gesucht, dass er etwas über Geschichte lernen würde oder über das Leben oder über sich selbst. Das hatten die Reiseführer versprochen. Doch stattdessen steckte er ständig hinter Leuten fest, die gerade vor ihm liefen. Da wurde ihm schlagartig klar, dass er den Jakobsweg ganz falsch angegangen war. Also ignorierte er ihre Frage und stellte ihr die nächste.

»Hast du denn überhaupt eine Karte dabei?«

Sie schüttelte den Kopf und lachte. »Es dürfte einem schwerfallen, sich hier zu verlaufen, aber ehrlich gesagt ist es mir auch gar nicht wichtig, ob ich dort ankomme«, sagte sie. »Ich habe es nicht auf spirituelle Erkenntnisse abgesehen. Ich laufe nur einfach gern mit. Und die Leute sind nett. Unglaublich nett. Wenn jemand sagt: ›*Hola, buen camino!*‹, ist mir einfach, ich weiß nicht, so fröhlich zumute, und ich fühle mich als Teil dieser verrückten Gemeinschaft. Du nicht? Ich hoffe es für dich, wo du dir so viel Mühe gegeben hast, und bei all dem Zeug, das du mitschleppst.«

Er starrte sie an.

»Was?«, fragte sie.

»Wo schläfst du?«

»Wo es geht.«

»Draußen?«

»Ein- oder zweimal, aber es ist ja auch warm, oder?«

»Und hast du Geld?«

»Im Moment nicht, aber ich kann immer in einer Bar oder einem Café arbeiten, wenn es sein muss. In Pamplona hab ich ein paar Wochen lang in einem kleinen Kino an der Kasse gesessen.«

Gott im Himmel, dachte er, das war nun wirklich cool. Er kam sich vor wie ein Idiot. Ein verwöhnter Idiot.

»Dann sprichst du also auch die Sprache?«

Sie nickte. »Französisch, ja. Spanisch konnte ich anfangs nicht, kann ich aber jetzt, so einigermaßen jedenfalls.«

Eine Weile starrte er sie an, beobachtete, wie sie trank, beobachtete ihren Hals, als sie schluckte, und dann wanderte sein Blick abwärts. »Wer ist Wild Willy Barrett?«, fragte er, als er las, was auf ihrem T-Shirt stand. »Ist das ein Cowboy?«

Sie lachte aus voller Kehle, und er lächelte, als er sah, wie sie ihren Kopf in den Nacken warf und ihre Haare flogen und sich die Form ihrer Augen veränderte.

»Dann ist er vermutlich wohl kein Cowboy«, meinte er.

»Kein Cowboy«, sagte Alison. »Ein Musiker. John Otway and Wild Willy Barrett? Nein? Jedenfalls hab ich dieses T-Shirt auf einem Flohmarkt in Paris entdeckt und dachte mir, die Franzosen können sowieso nichts damit anfangen, also hab ich es mitgenommen.«

Paris, dachte Michael: ein Flohmarkt in Paris, ein Kino in Pamplona.

»Okay«, sagte er. »Jetzt weiß ich, wer Wild Willy Barrett ist. Aber wer bist du?«

»Bitte?«

»Wer bist du?«

Sie sah ihm offen in die Augen. »Das hab ich dir doch schon gesagt. Alison Connor.«

»Nein, ich meine, wer *bist* du? Bist du real?«

Blöde Frage, dachte sie. Wofür hielt er sie denn? Eine Fata Morgana? Sie trank ihr Bier aus und stellte das leere Glas auf den Tisch. »Jep«, sagte sie. »Ich bin real.« Dann stand sie auf, und er wurde leicht panisch. »Bitte, geh noch nicht.« Er wollte sagen: Lass mich nie mehr allein!, aber was für ein schräger Vogel sagte so etwas schon bei der ersten Begegnung? Und so kam es, dass sie ihn leicht verunsichert betrachtete, als täte er ihr ein bisschen leid und sie wüsste nicht recht, was sie tun sollte. Auch er stand auf, wühlte in seinen Taschen nach Kleingeld und legte eine Handvoll Peseten auf den Tisch.

»Das dürfte wohl ungefähr das Dreifache gewesen sein«, sagte Alison. »Den hast du gerade glücklich gemacht.«

Er konnte ihren englischen Akzent nicht so ganz einordnen. Sie klang überhaupt nicht wie die Briten, die er in Adelaide kannte, und als sie die Bar verließen, fragte er sie, woher sie kam, doch sie lächelte nur und schüttelte den Kopf. »Das ist eine sehr unjakobswegige Frage«, sagte sie. »Weißt du nicht, dass sich alles darum dreht, wohin man geht, nicht darum, woher man kommt?«

»Stimmt«, sagte er. Er war sich darüber im Klaren, dass er ihr jetzt folgte, unaufgefordert, aber sie schien nichts dagegen zu haben. Er richtete seinen riesigen Rucksack, verfluchte im Stillen dessen Gewicht und den Umstand, dass sich ihm der Campingkocher ins Kreuz bohrte.

Sie sah ihn an. »Was genau hast du da drin, Pilger?«, fragte sie. Schon wieder lachte sie ihn aus, und er konnte es ihr nicht verdenken. Da stand sie – frei wie ein Vogel. Und hier stand er – mit einer ganzen Welt von materiellem Schnickschnack auf dem Rücken.

»Wo willst du jetzt hin, Alison?«, fragte er. »Und wo das auch sein mag – darf ich mitkommen?«

Sie blieb stehen und musterte ihn lange und nachdenklich. Sie mochte sein Lächeln, seine geraden weißen Zähne, und sie mochte seine hellblauen Augen und die Art, wie er sie betrachtete. Sie mochte seinen Eifer, seine wilde Entschlossenheit, seine gutmütige Billigung, dass sie ihn etwas lächerlich fand. Sie hatte nichts dagegen, dass er Wild Willy Barrett nicht kannte. Dagegen gab es rein gar nichts einzuwenden.

Sie war jetzt seit einem Jahr unterwegs, hatte sich irgendwie durchgeschlagen. Sie hatte hier und da gejobbt, sich von Fremden helfen lassen, war durch Frankreich und bis nach Spanien getrampt, war nie wirklich irgendwo geblieben, hatte nirgends auch nur zarteste Wurzeln geschlagen, und es war genau das gewesen, was sie brauchte, dieses alles bestimmende Nomadenleben. Und doch war es ermüdend. So ermüdend. Und hier war nun dieser junge Australier, ein Mann von der anderen Seite des Planeten, der nichts über sie wusste, rein gar nichts, aber er wollte sie, das sah sie ihm an, er hätte es ebenso gut auf ein Banner schreiben können, und seine Miene war so liebenswert hoffnungsvoll.

»Hast du Hahn und Henne in der Kathedrale gesehen?«, fragte sie.

»Kikeriki in der Kirche?«

Sie lachte. »Ja. Offenbar gab es hier mal ein Wunder, das mit Geflügel zu tun hatte.«

Er lächelte und sagte: »Weise mir den Weg!«, und ihr wurde so behaglich zumute, als käme sie endlich zur Ruhe, während die Vergangenheit immer weiter hinter ihr zurückblieb.

Nachdem sich die Mädchen und auch Beatriz auf ihre Zimmer zurückgezogen hatten, versuchte Ali, ihrem Mann die ausgesprochen vernünftigen Gründe zu erklären, warum Stella dieses Jahr nicht in Adelaide bleiben konnte, warum sie nichts mehr mit diesen Leuten zu tun haben wollte, zu denen auch der geheimnisvolle Junge zählte, mit dem sie ungeschützten Sex gehabt hatte, in einem Strandhaus in Victor Harbour, einmal nur, und den sie auf gar keinen Fall jemals wiedersehen wollte. Michael hörte zu, gab aber nicht nach. Stella sollte zur Schauspielschule, lautete sein Urteil. Dann wäre sie in Sydney, weit weg von all jenen, denen sie nicht mehr begegnen wollte. Und dann entschuldigte er sich bei Ali, wie er es für richtig hielt, weil er einmal mehr die alte Familienlegende verbreitet hatte, sie, Ali, bräuchte ihn, sei ohne ihn nichts.

Doch Ali wusste, dass es nur eine halbherzige Entschuldigung war und dass das auch immer so bleiben würde. Denn tief in seinem Herzen war Michael tatsächlich der Meinung, er habe sie gerettet: gerettet vor der unbekannten, bevorstehenden Katastrophe, die ihr fraglos gedroht hatte, als sie ohne den Schutz ihrer Familie, ohne Kontakte und ohne Geld durch Europa reiste. Ali hingegen sah die Vergangenheit aus vollkommen anderen Augen. Sie hatte Michael als den Hilflosen in Erinnerung, mit seinen Checklisten und Sicherheitsnetzen und Notfallplänen. Und sie war noch immer stolz darauf, wie sie damals alleine zurechtgekommen war, auf ihrer monatelangen Reise, zum ersten Mal weit weg von zu Hause. Wobei sie natürlich daheim in Sheffield auch mehr als genug gelernt hatte, sich um sich selbst zu kümmern.

Doch Michael hatte sie für sich eingenommen mit seinem australischen Übermut und den Geschichten aus dem Busch. Seine Kindheitserinnerungen an die Schafstation der Familie erinnerten sie an die Abenteuer der Kinder in *Skippy, das Buschkänguru*. Wie hatte sie früher diese Serie geliebt! Denn irgendwo in derselben knochentrockenen Landschaft lebte Sheila, die Frau, die all diese Briefe an Catherine geschrieben hatte. Als sie Michael in Spanien davon erzählte, sagte er, wenn Sheila noch immer in Elizabeth wohnte, könne er Alison von Adelaide aus in null Komma nichts zu ihr fahren; es würde nur eine halbe Stunde dauern, höchstens vierzig Minuten, und das wollte er liebend gern tun, liebend gern, und sie dann wieder zurück in die Stadt bringen, in sein wunderschönes Zuhause in North Adelaide, und dort würden sie auf der Veranda Daiquiris trinken und den Kakadus dabei zusehen, wie sie Pflaumen aus den Bäumen pickten. Sie fand den Vorschlag ungeheuer verführerisch, ein fantastisches Traumgespinst, doch Michael sagte immer wieder: »Das muss kein Traum bleiben, Alison. Das kann Wirklichkeit werden. So ist das Leben in Adelaide.«

Natürlich waren sie in Spanien zusammengeblieben. Sie hatten die verbliebenen knapp fünfhundertvierzig Kilometer des Jakobswegs gemeinsam absolviert. Alison hatte mit ihm in seinen reservierten Pensionsbetten geschlafen und ihn – gelegentlich – dazu überreden können, unter freiem Himmel zu nächtigen, wo sie einmal im Morgengrauen von Glöckchen geweckt wurden, weil nicht weit von ihnen eine Ziegenherde auf dem Weg zum Melken einen steinigen Hang hinunterrutschte. In Santiago hatte Michael sich in die lange Schlange der Pilger eingereiht, die sich beurkunden lassen wollten, dass sie den Jakobsweg bis zum Ende gelaufen waren, während Alison fand, das stünde ihr nicht zu, und sie sah auch keinen Sinn darin, sich auf einem Blatt Papier etwas bestätigen zu lassen, von dem man doch selbst wusste, dass man es getan hatte. Deshalb wartete sie lieber am Rand eines Brunnens auf der Plaza de Platerías. Sie brauchte auf dieser Welt nichts anderes als kühles Wasser an ihren heißen Füßen, aber trotzdem hatte eine alte spanische Dame sie mit einem wortreichen galizischen Gebet und einem trockenen Kuss auf die Stirn gesegnet.

Auch danach waren Alison und Michael zusammen weitergereist, über Südfrankreich rüber nach Italien. Drei Wochen lang ernteten sie Trauben auf einem Weingut in Umbrien, dann reisten sie den ganzen Stiefel hinunter bis nach Apulien. Sie bekam ihren eigenen Rucksack und neue Klamotten: ein hauchdünnes pinkfarbenes Baumwollkleid, eine grüne Seidenbluse, einen weißen Leinenrock, blaue Espadrilles. Michael kaufte ihr das alles, flehte sie, als sie sich sträubte, förmlich an, sie verwöhnen zu dürfen, und sie musste zugeben, dass es ganz angenehm war, nachdem sie sich so viele Monate mit so wenigem durchgeschlagen hatte. Michael war vernarrt. Verzaubert. Er, der alles hatte, wollte nur noch Alison Connor. In Gargano hielt er um ihre Hand an, doch erst eine ganze Woche später gab sie ihm in der weißen Barockstadt Lecce ihr Ja-Wort. In Ostuni wurden sie – nachdem Michaels Geld ihnen den Weg durch die städtische Bürokratie erleichtert hatte – vom Standesbeamten getraut, vor Zeugen, die sie noch nie gesehen hatten, und noch am selben Tag segelten sie von Brindisi nach Kefalonia. Von dort aus betrieben sie einen Monat lang Inselhopping, bevor sie sich auf den langen, langen Weg nach Adelaide machten, Mr und Mrs McCormack, Michael und Alison, Michael und Ali.

Sie hatte damals nichts zu verlieren gehabt, nichts als ihre absolute Freiheit, und auf die hatte sie keinen sonderlich großen Wert gelegt. Alisons Freiheit war aus der Notwendigkeit geboren, und sie wusste, dass sie lernen konnte, diesen Mann zu lieben, weil er sie so sehr liebte, und solche Hingabe, fand sie, musste belohnt werden. Sie hatte ihn geliebt. Sie *liebte* ihn. Ja, im Laufe der Jahre hatte sie etwas von sich selbst verloren, aber er vielleicht auch. Vielleicht gehörte es zu einer langen Ehe dazu, dass man einen Teil seiner selbst opfern musste, im Tausch gegen materiellen Komfort, Kinder, Gemeinschaft. Irgendwann kurz nach ihrer Ankunft in Adelaide war sie für sich zu dem Schluss gekommen, dass man es so machen musste, wie die McCormacks es machten. Als vereinte Front waren sie unaufhaltsam und unangreifbar. Alison Connor wurde von ihnen umschlungen, in den Clan aufgenommen, und in vielerlei Hinsicht war es bequem, sich zu fügen.

Nun sah sie zu Michael am anderen Ende der Küche hinüber. Es war ihm verdächtig leichtgefallen, sich dafür zu entschuldigen, dass er so selbstherrlich und herablassend gewesen war, und jetzt blätterte er in *The Advertiser* herum, vollauf zufrieden mit sich und seinem Verhalten. Er wusste nicht, dass seine Welt auf wackligen Beinen stand, dass sein Wort nicht immer Gesetz war, dass Stella sich oben gerade Flüge nach Rom heraussuchte. Er wusste nicht, dass Ali erst vor wenigen Minuten einen Song an Dan Lawrence geschickt hatte – The Arctic Monkeys »Do I Wanna Know« –, einen Song, den Michael sicher nicht kannte, eine Sheffield-Nummer von Sheffield-Jungs.

Er wusste nicht, welches Gefühl der Song Ali vermittelte, wusste nicht, konnte nicht wissen, wie die Worte zu ihr sprachen. Als Ali ihren Wein austrank, aufstand und gute Nacht sagte, wusste er nicht, dass er, hätte er von seiner Zeitschrift aufgeblickt und sie angelächelt oder seine Zeitschrift weggelegt und ihr einen Kuss gegeben, möglicherweise etwas Entscheidendes damit gerettet hätte. Doch er tat nichts dergleichen. Also wandte sie sich von ihm ab und ging nach oben ins Bett.

19

SHEFFIELD,
28. JULI 1979

Als sie bei Daniel an die Haustür klopfte und seine Mutter aufmachte, folgte ein kurzer, erschrockener Moment, in dem beiden bewusst wurde, dass Alison gar nicht dort sein sollte, und als Marion Lawrence sagte: »Ach! Ich dachte, du bist in Manchester, mit Daniel«, erwiderte Alison: »O Gott! Stimmt ja!«, und fing schrecklich an zu weinen.

Genau das ist das Problem, dachte Marion, während sie das Mädchen hereinließ: Alison Connor war schreckhaft wie ein Reh. Kaum sah man sie mal scharf an, fing sie gleich an zu weinen oder rannte weg. Oh, zugegebenermaßen war sie hübsch anzusehen, und sie tat Daniel gut, zumindest bis zu einem gewissen Punkt, denn er hatte seine Launen besser im Griff, seit die beiden sich kannten. Und doch war sie ein Sorgenkind, oh ja, das war sie. Ein junges Ding mit zu vielen Geheimnissen.

»Hast du es denn einfach vergessen?«, fragte sie, aber Alison konnte nicht antworten, weil sie zu heftig weinte, weit mehr als angemessen war, wie Mrs Lawrence fand. Sie nahm das Mädchen in den Arm, gab die zu erwartenden Laute von sich, während sie Gott für Claire und deren unkompliziertes, sonniges Wesen dankte. »Nicht doch«, sagte sie. »Nicht doch. Musst nicht weinen. Es war ja nur ein dummes Konzert.«

Alison schüttelte den Kopf und löste sich aus Mrs Lawrences Umarmung. Es mangelte ihr sowohl an den Worten als auch am Willen, ihr zu erklären, woher dieser tränenreiche Ausbruch kam, der allein mit Peter zu tun hatte und rein gar nichts mit dem verpassten Auftritt.

»Ich setz erst mal Teewasser auf«, sagte Mrs Lawrence. Sie ging in die Küche, dankbar dafür, sich beschäftigen zu können, und Alison stand eine Weile verlassen da, im glänzenden Wohnzimmer mit seinen drapierten Kissen und dem Duft von Möbelpolitur. Am liebsten hätte sie sich unbemerkt rauf in Daniels Zimmer geschlichen und eins von seinen T-Shirts angezogen, hätte sich auf seinem Bett zusammengerollt, sich aus seiner Decke ein Nest gebaut. Das würde sie etwas trösten. Dort könnte sie auf ihn warten, bis es dunkel wurde und Daniel nach Hause kam, und dann würde er zu ihr ins Bett steigen und sie ihm alles erklären. Aber konnte sie das wirklich? Schließlich hatte sie ihm bisher die beschämende Realität ihres Lebens komplett verschwiegen. Sie hatte alles getan, um ihre unterschiedlichen Welten voneinander fernzuhalten. Wie konnte sie ihm das jetzt alles aufbürden, all die unseligen, unschönen intimen Details ihres Lebens, den ganzen Wahnsinn um Catherine, Martin und Peter – o Gott, Peter? Sie schloss die Augen, doch da sah sie ihn wieder, wie er sie entsetzt anstarrte, dem Tod so nah, also schlug sie die Augen auf, und da war Mr Lawrence. Er lugte hinter der Tür hervor, das sanftmütige Gesicht zerfurcht vor Sorge.

Marion hatte ihn geholt, war kurz raus zum Taubenschlag gegangen, um ihm zu sagen, dass Alison da war und dass sie ganz aufgelöst war und er mit reinkommen sollte, weil er einen besseren Draht zu ihr hatte und auch mehr Geduld. Mr Lawrence war gern bereit zu helfen, und als er ins Wohnzimmer kam, fing Alison wieder an zu weinen, schien die Tränen einfach nicht aufhalten zu können, doch er schwieg, hielt sie nur, bis sie sich beruhigte, und dann sagte er: »Ich habe ein paar neue Vögel, die sich gerade erst eingewöhnen. Komm doch mit und sieh sie dir an.« Er sprach ganz normal, als gäbe es nicht den leisesten Hauch einer Krise, und er nahm ihre Hand und führte sie durchs Haus, zur Hintertür hinaus und in den Garten. Er setzte sie auf die Bank im Schuppen und bedrängte sie nicht mit irgendwelchen Fragen, sondern plauderte einfach munter drauflos. Die neuen Tiere waren Imperialtauben, sagte er, ein Brutpaar, starke Vögel, beide mit einem edlen Stammbaum.

»Sie habe ich Violet getauft und ihn Vincent«, sagte er. Die beiden Vögel gluckten auf einem breiten Bord zusammen und beobachteten Mr Lawrence, als könnten sie seinen Worten folgen. Sie waren hübsch, wie alle seine Tauben. Weiß und grau gescheckt. »Ich habe keine Ahnung, wieso ich diese Namen gewählt habe, sie sind mir einfach so eingefallen, und ich will dir was sagen: Sie passen zu den beiden, denn sie sind ein würdiges Paar. Ich habe sie erst vor zwei Tagen hergeholt, aber sie haben sich gut eingelebt, ganz ohne Streit. Das werden famose Flieger, wenn sie fertig sind. Die kommen bestimmt zurück wie Bumerangs.«

Vorsichtig nahm er Violet von ihrem Platz neben Vincent und reichte sie Alison, die das Tier mit beiden Händen umfasste. Inzwischen hatte sie sich daran gewöhnt, mit seinen Vögeln umzugehen, fürchtete sich nicht mehr vor deren Schnäbeln oder den zappeligen roten Füßen in ihren Händen. Sie hielt Violet und blickte ihr tief in die Augen, spürte, wie sich ihr weicher, warmer Körper entspannte. Ach, könnte ich doch ein Vogel sein, dachte sie. Könnte ich doch eine liebevoll umsorgte Taube unter der Obhut eines Mannes wie Mr Lawrence sein. Sie spürte Violets ruhigen Herzschlag in dem zerbrechlichen Körper und fühlte sich ungeheuer privilegiert und gerührt vom stillen Vertrauen, das der Vogel in sie setzte.

»Siehst du das Leuchten in ihren Augen?«, fragte Mr Lawrence. »Und ihre aufrechte Haltung, diese hübsche, schwungvolle Rückenlinie vom Kopf bis zum Schwanz? Das ist die Haltung eines Siegers. Siehst du, wie sie dich beobachtet? Als ich sie ausgesucht habe, war es eher so, als hätte sie *mich* ausgesucht, so eindringlich hat sie mich in Augenschein genommen, und das bedeutet, dass sie wach ist, mutig. Sie ist wirklich großartig.«

Er nahm Ali die Taube aus den Händen und setzte sie wieder neben Vincent. »Aber du weißt ja, dass man das, was sie zum Champion macht, nicht sehen kann, stimmt's?«

»Ihr Hirn, ihr Herz und ihre Lunge«, sagte Alison.

»Aye, ganz genau. Darauf muss sie bauen, wenn sie fünfhundert Meilen hierher zurückfliegt.« Er lächelte sie an. »Die Leute sagen: ›Ach, was kümmert es dich? Das sind doch nur Vögel‹, und ich weiß, ich habe es dir schon mal gesagt, Alison, aber nichts auf der Welt geht über das Gefühl, wenn ein Vogel zu mir zurückkommt, nichts auf der Welt. Sie setzen alles ein, was sie an Kraft und Intelligenz besitzen, um dorthin zurückzukehren, wo sie hingehören. Diese Vögel waren meine Rettung, als ich meine Arbeit verloren habe. Sie sind es heute noch.«

Er sah Alison mit so tiefer Zuneigung an, dass sie spürte, wie viel sie ihm bedeutete, wie wichtig sie ihm war. »Ich weiß nicht, was dich bedrückt, Liebes, aber du würdest es mir bestimmt erzählen, wenn du könntest. Ich möchte dir gern helfen, und darum sollst du wissen: Du darfst herkommen, wann immer du möchtest. Du darfst einfach herkommen, dich zu diesen Vögeln setzen und ein wenig Frieden finden.«

»Mr Lawrence«, sagte Alison, »Sie sind so gut zu mir.«

»Nun ja, du bist ein fabelhaftes Mädchen, und du trägst eine große Last auf deinen Schultern. Das ist nicht zu übersehen.«

Es klopfte an der Tür, dann stieß Mrs Lawrence sie mit dem Fuß auf. In beiden Händen hielt sie einen Becher Tee. »Hier habe ich was für euch«, sagte sie und schob sich herein, was ein kurzes Flattern in den Ställen auslöste, eine Art kollektive Empörung, einen sanften Tumult, der aber nicht lange anhielt.

»Na, gut«, sagte sie und blickte vielsagend zwischen ihrem Mann und Alison hin und her. »Also, was hatte das alles zu bedeuten?« Bill schüttelte den Kopf, eine subtile Warnung, das Mädchen nicht zu drängen, und sie verstand sehr wohl, was er meinte, und doch sagte sie: »Nein, Bill, genug um den heißen Brei herumgeredet. Ich muss wissen, was los ist, denn wenn sie so aufgelöst ist, könnte sich das negativ auf unseren Daniel auswirken.«

»Oh«, sagte Alison alarmiert. Abrupt stand sie auf.

»Nein, Liebes, setz dich«, sagte Mr Lawrence, doch das tat sie nicht.

»Alison, sag mir, was los ist!«

Mrs Lawrence hatte genug. Alison merkte es an ihrer Stimme, ihrer Miene, und sie gab sich wirklich alle Mühe, ebenso zu reagieren, ebenso offen und geradeheraus zu sein wie Mrs Lawrence, aber alles, was Alison hervorbrachte, war: »Es... ich... mein Bruder, der...«, und dann stockte sie.

»Gut. Also, dein Bruder...«, sagte Mrs Lawrence. »Was ist mit ihm, Alison?«

Sie war nicht unfreundlich, ganz und gar nicht. Sie bemühte sich um eine sanfte, mitfühlende Stimme. Allerdings verfügte Marion Lawrence nur über begrenzte Kapazitäten, wenn es ums Abwarten anging, und was auch die Probleme dieser jungen Frau sein mochten, Daniel durfte nicht darunter leiden, und das würde er auch nicht, zumindest solange sie etwas daran ändern konnte. Irgendjemand musste der Sache auf den Zahn fühlen, und wenn Bill es nicht tat, dann würde sie es tun.

Alison stellte ihren Becher auf die Bank, auf der sie bis eben noch gesessen hatte. Sie fühlte sich bedrängt. Zu dritt in diesem kleinen Schuppen voller Tauben war einer zu viel, und Mrs Lawrence stand mit verschränkten Armen und erhobenem Kinn da und wartete auf eine Antwort.

»Es tut mir leid«, sagte Alison. »Es tut mir so leid.« Sie fühlte sich dieser Situation nicht gewachsen und wollte nur noch weg. Sie hatte kein Recht, ohne Daniel hier zu sein, keinen Anspruch auf die Zeit und die Güte dieser netten Menschen. Sie sollte gehen, sie musste gehen.

Mr Lawrence sagte: »Ach, Alison, es muss dir doch nicht leidtun«, aber seine Frau hakte nach: »Was tut dir leid?«

»Marion«, sagte Bill. »Behutsam.«

»Alison, was genau willst du uns sagen?«

Die forschende Stimme von Mrs Lawrence. Die traurige Miene von Mr Lawrence. Die aufmerksamen schwarzen Augen all dieser Vögel.

»Ich muss los«, sagte Alison und stürzte aus dem Schuppen. Mrs Lawrence warf ihrem Mann einen genervten Blick zu, für seine Nutzlosigkeit, seine Weichherzigkeit, dann folgte sie dem Mädchen durch den Garten ins Haus.

»Alison!«, rief sie. »Was soll ich Daniel sagen?«

Alison blieb in der Haustür stehen. »Sagen Sie ihm, das mit dem Auftritt tut mir leid«, antwortete sie. »Sagen Sie ihm, es tut mir sehr, sehr leid. Aber ich muss zurück. Es war ein Fehler. Ich sollte nicht hier sein. Es tut mir leid, Mrs Lawrence.« Sie trat auf die Straße hinaus und machte sich auf den Weg. Sie war weit weg von zu Hause. Was, wenn Peter sich irgendwie eine Verletzung zugezogen hatte, die ihr nicht aufgefallen war, eine verspätete Reaktion, die sie nicht bedacht hatte? Was war nur in ihr vorgegangen? Vermutlich hatte sie geglaubt, sie könnte bei Daniel alles vergessen, aber vergessen hatte sie nur, dass er nicht da sein würde, und jetzt war sie am völlig falschen Ort. Ohne Daniel gehörte sie einfach nicht nach Nether Edge.

»Und was soll ich ihm sagen, was passiert ist?«

Mrs Lawrence musste Alison hinterherrufen, vom Gartentor aus, an diesem stillen Samstagnachmittag. Das gehörte nicht gerade zum guten Ton in ihrer baumgesäumten Straße, aber in diesem Moment war es ihr egal, ob man sie hörte, sie wollte eine Antwort. Doch Alison sagte nichts, lief nur immer weiter.

»Alison! Gibt es etwas, das Daniel wissen muss?«
Wieder nichts.
»Alison!«, sagte Mrs Lawrence wieder, lauter jetzt. Da blieb Alison stehen und drehte sich um. Sie sah elend aus, dachte Marion: sterbenselend und irgendwie gebrochen – und möglicherweise deshalb gefährlich. Dieses Mädchen war nicht gut für ihren Jungen.

»Ich liebe ihn, Mrs Lawrence«, sagte Alison. »Ich liebe ihn. Das muss Daniel wissen. Bitte machen Sie sich keine Sorgen. Es ist alles in Ordnung.«

Sie hob eine Hand zum Gruß, wandte sich ab und ging ihrer Wege.

Alison brauchte über eine Stunde, um zurück nach Attercliffe zu kommen, und als sie schließlich da war, schlich sie sich ins Haus wie eine Maus, durch einen denkbar schmalen Türspalt, ohne einen Laut. Angst ließ ihr Herz in der Brust hämmern, weil sie nicht wusste, was sie erwarten würde. Doch da war nichts, zumindest nicht in der Küche. Sie stand da, wie sie es schon als Kind getan hatte, und lauschte auf irgendwelche Hinweise, aber alles war still. Sie war entsetzt von ihrem Verhalten, entsetzt, dass sie das Haus einfach verlassen hatte, so unmittelbar nachdem sie Peter von dieser Schlinge abgeschnitten hatte. Es tat ihr leid, und sie wusste keine Erklärung dafür, nur vielleicht, dass ihr Bruder sie in ihrem Leben bisher immer nur aufgefangen und nie enttäuscht hatte. Vielleicht war es eine Art emotionale Starre gewesen angesichts des ungewohnten Rollentauschs. Aber sie war sicher gewesen, dass er es nicht noch mal versuchen würde, dass sie ihn nicht oben in seinem Zimmer tot auffinden würde, denn als sie ihm da in die Augen sah, hatte sie gewusst, dass er nicht wirklich sterben wollte. Das war ihm selbst erst klargeworden, als ihm der Tod schon die Kehle zuschnürte.

Sie schlich die Treppe nach oben und klopfte an seine Zimmertür.

»Ja«, sagte er.

Er saß auf dem Boden, mit dem Rücken ans Bett gelehnt. Traurig sahen sie einander an. Alison bemerkte die Striemen, rot und wund auf der weichen Haut an seinem Hals, wo der Strick sich zusammengezogen und ihn gewürgt hatte. Ansonsten sah er aus wie immer: Jeans, Sweatshirt, Turnschuhe. Er sah so aus, wie er mit fünfzehn, sechzehn ausgesehen hatte, wenn er sich mit seinen Freunden auf dem Bolzplatz treffen wollte. Sie setzte sich neben ihn, und er legte ihr einen Arm um die Schultern.

»Alison...« Seine Stimme kratzte, ein Laut wie Sandpapier.

Sie schüttelte den Kopf. »Schscht. Lass uns nicht darüber reden.«

Sie wollte nicht daran denken, was er getan hatte, was er hatte tun wollen. Es war ein langer, schrecklicher Tag gewesen. Peter wusste nicht mal die Hälfte von dem, was alles passiert war: die Stahlarbeiter auf dem Werkshof, Martin Baxter, die widerliche Fotogalerie. Sie dachte an diese Bilder und hoffte, sie waren noch unten, wo sie sie hingelegt hatte.

»Ich wollte nur sagen, dass es mir leidtut«, sagte er.

Sie nickte. Ihr Blick schweifte durch sein Zimmer, in dem es nichts Persönliches zu sehen gab. Peter war zu verschlossen, zu zurückgezogen. Da gab es keine Poster, keine Fotos, keine Bücher oder Platten oder Musikkassetten, nichts, was verraten hätte, wo seine Interessen lagen, wofür er schwärmte. Sein Zimmer war rein funktional: ein Raum zum Schlafen, zum Anziehen, zum Abtauchen. Eine Art Zelle.

»Es tut mir wirklich leid, dass ich dir das angetan habe, Alison.«

»Ich weiß.«

»Wo warst du?«

»Bei Daniel, aber er war nicht da.« Sie wollte nicht erzählen, dass sie jetzt eigentlich bei ihm in Manchester sein sollte. »Was treibt Catherine?«

Er zuckte mit den Schultern. »Sie hat sich was angezogen und ist weggegangen. Vor einer Stunde ungefähr. Um sich mit ihren Saufkumpanen im Carlton zu treffen, schätze ich.«

»Hast du sie gesehen? Sie hatte ein blaues Auge und eine Platzwunde an der Schläfe.«

Peter schüttelte den Kopf. »Sie hat gar nicht bei mir reingeguckt«, sagte er. »Für sie war nur interessant, wann die Pubs aufmachen und dass sie irgendwen findet, der ihr einen Drink spendiert.«

»Manchmal denke ich, wir sollten das Türschloss auswechseln, wenn sie weg ist, und sie einfach nicht wieder ins Haus lassen. Aber sie würde nur eine Szene machen und mit Gebrüll gegen die Tür treten.«

Er wandte sich ihr zu. »Ich möchte, dass du gehst, Alison.«

»Was meinst du? Jetzt gleich, in diesem Moment?«

Sie meinte es nicht ernst, doch er nickte. »Sobald du deinen Kram gepackt hast. Ich möchte, dass du gehst.« Er flüsterte, um seinen Hals zu schonen, doch das machte alles nur noch seltsamer, und obwohl es ihm ernst war, nahm Alison es ihm nicht ab. Seufzend lehnte sie ihren Kopf an seine Schulter und schloss die Augen. Wie oft schon hatte sie sich ein anderes Leben erträumt: Es wäre das Leben einer emanzipierten Frau. Sie hätte eine eigene Bude und ein Fahrrad, und mit dem würde sie durch malerische Straßen zu einem von Efeu umrankten College fahren, wo sie mit einem Professor über Jane Austen oder Shakespeare oder Milton redete. Mit Kommilitonen würde sie Tee trinken und Brot im Kamin rösten.

»Okay«, sagte Peter. »Ich habe einen Fluchtplan für dich. Über den denke ich schon eine ganze Weile nach.«

Sie lächelte. »Ach, ja? Eine Strickleiter von meinem Schlafzimmerfenster?«

»Es ist mein Ernst, Alison. Ich sitze hier fest. Das ist mein Schicksal, aber nicht deins. Aus dir soll was werden, das hat die Natur so vorgesehen.«

»Ich könnte dich nie alleinlassen«, sagte sie. »Wir sind doch ein Team.«

»Ich bin kaputt, Alison«, erwiderte er vehement. »Mein Leben ist kaputt. Deins noch nicht. Aber wenn du hierbleibst, wird es auf dich abfärben und dich runterziehen. Das will ich nicht mitansehen. Also verschwinde, hau ab! Lass Sheffield weit hinter dir. Blick nicht zurück.«

Sie rückte etwas ab, um ihn besser ansehen zu können, damit sie beurteilen konnte, ob er meinte, was er sagte. Es war ein so merkwürdiger, unvorstellbarer Vorschlag, aber Peter sagte: »Tu es«, und er sah dabei so ernst aus, geradezu grimmig. Geoff Connor wie aus dem Gesicht geschnitten, sagten die Leute. Der sich aus dem Staub gemacht hatte. Der Verursacher ihres Unglücks. Offenbar hatte

Peter dasselbe Haar – dunkelblond gewellt – und dieselbe patrizische Adlernase. Hätte er zur Arbeit einen Anzug und schwarze Halbschuhe getragen und sich öfter mal rasiert und sich die Haare schneiden lassen, wäre er als junger Parlamentsabgeordneter oder Anwalt durchgegangen. Aber er hatte nie Gelegenheit bekommen zu glänzen. Mit sechzehn war er von der Schule abgegangen, hatte die Familie ernährt, von seinem Lohn im Stahlwerk, das er immer gehasst hatte – zumindest bis er Toddy traf und das Leben für ihn lebenswerter wurde. Alison wusste genau, was sie ihm zu verdanken hatte. Und sie wusste auch, dass sich das Verschwinden ihres Vaters auf Peter viel schlimmer ausgewirkt hatte als auf sie. Er war sechs gewesen, als der Vater ging, alt genug, um zumindest schemenhafte Erinnerungen zu haben und sich sein Leben lang verlassen zu fühlen. Geoff war nie zurückgekommen. Hatte sich nie um seine Kinder gekümmert, hatte sie nie besucht, ihnen nie geschrieben, nie ein Weihnachtsgeschenk geschickt, eine Karte zum Geburtstag, ein Schokoladenei zu Ostern. Vielleicht lebte er auch gar nicht mehr, aber eigentlich war Alison das egal. Peter hingegen, der hatte einen Daddy gehabt und einen Daddy verloren. Und dann hatte er, weil er ein aufrechter, anständiger Mensch war, die Lücke ausgefüllt, die Geoff Connor hinterlassen hatte. Auch wenn er erst sechs, sieben, acht Jahre alt war – Catherine konnte sich darauf verlassen, dass Peter für Alisons Wohlergehen sorgte. Und genau das tat er auch jetzt wieder, versuchte es zumindest. Aber davon wollte sie nichts hören.

»Ich hab Hunger«, sagte sie zu ihm. Sie hatte den ganzen Tag noch nichts gegessen. »Komm mit. Leiste mir Gesellschaft.«

Sie stand auf und reichte ihm die Hand, doch er wollte keine Hilfe. Die Spuren an seinem Hals waren blutrot, und Alison sah auch eine Prellung, eine rötlich blaue Färbung weit oben an seinem Hals, wo sich der Strick am tiefsten in die Haut gedrückt hatte. Heute war der Tag, an dem Peter sich umbringen wollte und es sich dann anders überlegt hatte. Es war der Tag, an dem er hätte sterben können. Aber es würde ein Morgen geben und noch eins und noch eins, und gemeinsam würden sie es schon schaffen.

Sie wärmte einen Rest Tomatensuppe auf und belegte ein paar Scheiben Toast mit Sardinen. Peter sah ihr dabei zu, aß aber nichts. Er war ganz ruhig und besonnen und meinte, er hätte ihre Flucht schon eine ganze Weile geplant. Er hätte jede Woche etwas Geld beiseitegelegt, und vor drei Jahren hatte er für sie einen Reisepass beantragt, ob sie sich daran erinnerte? Es war ihr damals komisch vorgekommen, und sie hatte ihn gefragt, was sie damit sollte. Am Ende hatte sie das Formular dann doch unterschrieben, das er für sie ausgefüllt hatte, und war losgegangen, um sich im Fotoautomaten bei Woolworth ablichten zu lassen. »Ja, stimmt!«, sagte Alison. »Das hatte ich schon ganz vergessen. Hast du den Antrag denn abgeschickt?«

Er nickte. »Hab ich. Und kurz darauf kam der Reisepass hier an. Jetzt liegt er in einer alten Blechdose, zusammen mit dem Geld, das ich für dich gespart habe. Fast hundertvierzig Pfund.«

Ungläubig starrte sie ihn an. Hundertvierzig Pfund! Ihre eigenen Ersparnisse vom Supermarktjob waren gleich null. Gelegentlich bezahlte sie von ihrem Lohn die Gas- oder Stromrechnung, aber ansonsten ging alles für Musik drauf oder – seltener – für Klamotten.

»Es ist dafür da, dass du jederzeit abhauen kannst«, fügte er hinzu. »Und ich möchte, dass du genau das tust, und zwar jetzt!«

»Aber, Peter, in einem Jahr bin ich mit der Schule fertig«, erwiderte Alison, »Was wird aus meinem Abschluss?«

»Mach ihn irgendwann anders. Oder gar nicht.«

Missbilligend sah sie ihn an. Was er da sagte, entbehrte jeglicher Logik. Es war nur eine Panikreaktion auf die Ereignisse der letzten achtundvierzig Stunden. Englisch, Französisch, Geschichte: Das waren ihre Hauptfächer, und sie hatte vor, mit ihren guten Noten eine Studienzulassung zu ergattern.

»Ist in meiner obersten Schublade«, sagte er.

»Was?«

»Deine Blechdose. In meinem Zimmer, oberste Schublade, ganz unten. Ich hätte es dir vorher sagen sollen.«

Sie starrte in ihre Suppe. Bevor er sich aufhängen wollte, meinte er. Als wäre sie in der Lage gewesen, tatsächlich irgendwohin zu gehen, wenn er nicht mehr lebte. Als wäre sie in der Lage gewesen, überhaupt noch irgendwie zu funktionieren. Sie aß mechanisch weiter, fütterte ihren leeren Magen, als schaufelte sie Kohlen in eine Lokomotive, und sie hörte ihm zu, seiner erstickten Stimme, mit diesem leisen Krächzen. Wünschte, er würde endlich damit aufhören.

Noch einmal erklärte er ihr, dass sie wegmusste, dass er fürchtete, Schlimmeres stünde bevor, da Catherine nicht zu helfen und Baxter ein beschissener Psychopath war, der bei ihnen ein und aus gehen konnte, wie er wollte. Er erklärte ihr, sie müsse sich von Martin fernhalten, der sei gestört, und wenn ihr der Abschluss denn so wichtig sei, solle sie bei Daniel Lawrence einziehen und sich dort in Sicherheit bringen.

Sie hörte ihm zu, antwortete aber nicht. Er hatte den Verstand verloren. Früher einmal hatte Alison auf jeden noch so kleinen Ratschlag ihres Bruders gehört, denn für gewöhnlich lag er richtig. Aber jetzt war er unvernünftig, das würde er in ein, zwei Tagen selbst einsehen, und was er auch sagen mochte, in den nächsten zwölf Monaten würde sie nirgendwohin gehen. Wenn er darauf bestand, konnte er ihr das Geld ja nächstes Jahr um diese Zeit geben oder sich selbst was kaufen. So oder so wäre sie nächstes Jahr im September weg.

Peter ging aus, nur für eine Stunde oder so, sagte er, verriet aber nicht, wohin, und Alison fragte auch nicht nach. Wahrscheinlich zu Todd, zumindest hoffte sie das. Sie hoffte, dass Peter sich auf ihn verlassen konnte und er ihm in den kommenden Wochen und Monaten beistehen würde. Sie wusch ab, dann nahm sie den Stapel der Fotos vom Kaminsims und verbrannte eines nach dem anderen, warf sie in einen Blecheimer, in dem sie sich bogen und wanden und zu einem harmlosen schwarzen Haufen schrumpften. Natürlich besaß Martin die Negative, aber wenn er nicht gerade versuchte, sie dem *Sheffield Telegraph* zu verkaufen, konnte er damit keinen noch größeren Schaden mehr anrichten.

Die Küche stank nach beißendem Rauch, also ging sie nach oben in ihr Zimmer und legte sich aufs Bett. Sie fühlte sich besser, nachdem sie etwas gegessen hatte, aber sie war erschöpft, todmüde. Sie dachte an Daniel im Mayflower Club. Er spielte mit seinen Jungs dort als Vorband, um die Menge anzuheizen, teilte sich den Abend mit Joy Division und The Fall, und sie wünschte, sie wäre dort, das Mädchen in der Band, sänge mit dem Bad Boy Steve Levitt. Nun ja, dachte sie, es würde schon noch ein nächstes Mal geben. Sie müsste die anderen halt dazu bringen, ihr zu verzeihen.

Sie griff nach dem Radio und stellte es an. Hätte sie das nicht getan, hätte sie vielleicht die Tür gehört, als Martin Baxter das Haus betrat. Donna Summer lief, »Bad Girls«, toot toot, beep beep – nicht ganz das, was Alison jetzt hören mochte, aber damit musste man bei Radio 1 an einem Samstagabend rechnen. Sie lag auf ihrem Bett, hatte die Augen geschlossen, sank wie ein Stein in den Schlaf. Als er in ihr Zimmer kam, hörte sie ihn nicht gleich, weil er nüchtern war und vorsorglich seine Stiefel unten an der Treppe ausgezogen hatte. Plötzlich spürte sie eine Bedrohung, und sie schlug die Augen auf, und alles, was dann folgte, war die Hölle auf Erden, der schlimmste Albtraum, wie in einem Horrorfilm. Er stürzte sich auf sie, monströs und voller Hass, zerrte sie an den Haaren vom Bett, riss an ihrem Kleid, an ihrem Slip, ihrem BH, machte sich mit stiller Entschlossenheit über sie her. Er sagte kein Wort, doch sie schrie die ganze Straße zusammen, bis er sie mit einem Tuch, das er extra für diesen Zweck dabeihatte, knebelte und so zum Schweigen brachte. Sie kämpfte wie ein Luchs, kratzte und trat um sich, aber sie war zierlich und er ein brutaler Klotz. Er drückte sie mit seinem ganzen Gewicht zu Boden, eine Hand an ihrer Kehle, die andere hielt sie bei den Haaren, und so war er in der Lage, in sie einzudringen, stieß auf sie ein, Schlampe, Fotze, Schlampe, Fotze, im steten Rhythmus seiner Gewalt. Er ließ sich Zeit, damit sie die Tiefe seiner Verachtung begriff, das Ausmaß ihrer Hilflosigkeit. Als es vorbei war, lachte er. Dann stand er auf, machte sich die Hose zu und trat ihr prüfend in die Seite, dann noch mal in den Unterleib, als wäre sie eben an den Strand gespült worden und er wüsste nicht genau, was sie war. Einen Moment lang starrte er ihren nackten Leib an, die Spuren, die er auf ihrer Haut hinterlassen hatte. Dann zog er Rotz hoch und spuckte ihr ins Gesicht, um ihr auch das heimzuzahlen. Schließlich ging er. Das alles hatte keine zehn Minuten gedauert. Peter kam nach Hause, genau wie er gesagt hatte, eine Stunde nachdem er gegangen war, dreißig Minuten, nachdem Martin Baxter das Haus wieder verlassen hatte.

Doch da war Alison schon nicht mehr da. Sie hatte sich keine Zeit genommen zu weinen, sich zu winden, zu ekeln. Es war nicht mehr zu ändern. Sie hatte sich gewaschen und angezogen und ihr zerrissenes Kleid in der Küche ganz unten in den Mülleimer gestopft. Dann hatte sie Peter eine Nachricht hinterlassen, nur ein paar Worte. Sie schrieb nichts von Martin und dem, was er getan hatte, weil das eine ganz neue Kette von Ereignissen nach sich gezogen und der schändlichen Tat mehr Gewicht und Einfluss gegeben hätte, sie noch schwerer zu vergessen gemacht hätte. Sie wollte niemanden, absolut niemanden mit hinab in ihre Verzweiflung reißen, besonders nicht ihren Bruder, also schrieb sie nur: Liebster Peter, du hattest recht. Ich kann hier nicht bleiben. In Liebe Alison, und dann packte sie ein paar Habseligkeiten in ihre Tasche: den Reisepass und das Geld, ein paar Klamotten und das Mixtape, das einzige, das sie besaß, Die Besten Letzten Beiden, von Daniel.

Ihm hinterließ sie gar nichts, dafür fehlte die Zeit, und es gab zu viel zu sagen. Sie würde ihm schreiben, sobald sie konnte. Sie würde ihm schreiben, und er würde zu ihr kommen, und dann würden sie sich nie mehr trennen müssen.

20

EDINBURGH,
24. JANUAR 2013

Im Bahnhof Waverley drückte Katelin Dan zum Abschied ungewöhnlich fest an sich und meinte, ihr sei plötzlich gar nicht wohl bei dem Gedanken, so lange von zu Hause weg zu sein. Er entgegnete, ein großer Gin Tonic im Zugrestaurant werde ihre Nerven schon beruhigen, doch sie lächelte nicht mal.

»Im Ernst«, sagte sie. »Ich glaube, ich werde Heimweh bekommen.«

Er hielt sie auf Armeslänge und sah sie an. »Das wirst du nicht, Katelin. Garantiert nicht«, beruhigte er sie. »Du wirst mit Rose-Ann zusammen sein, und ihr werdet garantiert viel zu viel sehen und erleben, als dass du Sehnsucht nach dem verregneten, alten Stockbridge bekommen könntest.«

»Wirst du mich vermissen?«, fragte sie, und er wünschte, sie hätte es nicht getan, weil er ja schlecht Nein sagen konnte und sich nur ungern manipulieren ließ. »Na, klar«, sagte er, weil es einfacher war – und netter. »Allerdings«, fügte er rasch hinzu, »wirst *du* mich nicht vermissen. Sondern einen Heidenspaß haben.«

Da lächelte sie dann doch und machte sich los. Etwas weiter hinten auf dem Bahnsteig waren Duncan und

Rose-Ann ins Gespräch vertieft. Katelin betrachtete die beiden einen Moment lang, dann sagte sie: »Sei so gut und pass ein bisschen auf ihn auf, okay?« Augenblicklich verging Dan das Lächeln. »Verlang das nicht von mir, Katelin.«

»Aber er blickt zu dir auf«, drängte sie.

»Ich bin doch nicht sein Aufseher.«

»Nein, schon klar, aber er hört auf dich, das weißt du.«

»Rose-Ann hat keinen Grund zur Sorge«, sagte Dan. »Duncan hat Lindsay vor Weihnachten zuletzt gesehen. Sie will ihn nicht, und er braucht sie nicht.«

»Ja, okay.«

»Steig in diesen Zug und freu dich auf das, was kommt«, sagte er. »Genieß die nächsten Wochen und mach das Allerbeste draus!« Es stimmte, er wünschte Katelin wirklich, dass diese Reise ein Höhepunkt ihres Lebens wurde. Doch bei dem Gedanken daran, dass ausgerechnet er dafür sorgen sollte, dass Duncan nicht vom rechten Weg abkam, war ihm ziemlich unwohl.

Dafür war er nun wirklich nicht der Richtige. In den Wochen vor Katelins Aufbruch hatte er sich zunehmend orientierungslos gefühlt, da die Erinnerungen an seine Vergangenheit immer mehr an Raum gewannen, während Katelin nichts ahnend ihre gemeinsame Gegenwart lebte. Inzwischen konnte er es kaum erwarten, dass sie abreiste. Gestern hatte im ganzen Haus Chaos geherrscht und leise Panik, die letzten Vorbereitungen, die verschiedenen Stadien ihres Kofferpackens, die Dokumente und Reiseunterlagen, die Entscheidungen für Koffer oder Handgepäck, die verschiedenen Kleiderstapel für sonnige Tage, kühlere Abende oder Regen. Er hatte sein Bestes gegeben, hatte zu helfen versucht, wo er nur konnte. Dann hatte Alison ihm eine Nummer von den Arctic Monkeys geschickt, »Do I Wanna Know«, und schon segelte er wieder zurück in der Zeit, nach Nether Edge 1979 – obwohl er im ersten Moment kurz enttäuscht gewesen war, denn eigentlich hatte er ihr diesen Song selbst schicken wollen. Doch so kamen seine eigenen Gedanken durch Alex Turner wieder zu ihm zurück, und dann auch noch mit Sheffield-Akzent. Danach hatte er sich regelrecht zwingen müssen, wieder nach Stockbridge und zu dem zurückzukehren, was anstand, und Katelin hatte ihm diesen wissenden Blick zugeworfen, weil sie merkte, dass er mit seinen Gedanken woanders war. Also hatte er die Vergangenheit abgeschüttelt und ihr seine volle Aufmerksamkeit gewidmet, an diesem großen Tag, dem Tag vor ihrer Reise.

Er kam sich wie ein Verräter vor, aber er wusste, dass er eine Entscheidung treffen musste. Er konnte an kaum etwas anderes denken. Um nicht den Verstand zu verlieren, angesichts all der quälenden Fragen, würde er Katelins Abwesenheit nutzen, um Alison Connor zu suchen. Er wollte ihr gegenüberstehen, um zu sehen, was dann passierte. Also gab er seiner Frau einen Abschiedskuss – Katelin, seine treue Partnerin, der er alles Glück der Welt wünschte. Doch kaum hatte der Zug den Bahnhof verlassen, kehrten seine Gedanken bereits wieder zu Alison zurück. Wie sie sich immer an ihn geschmiegt hatte, wenn sie einander umarmten, wie sie ihn förmlich eingeatmet hatte, als bräuchte sie ihn, um am Leben zu bleiben. Und die Erinnerung an Alisons physische Präsenz war irgendwie stärker als die an Katelin, die gerade eben noch bei ihm gewesen war. Alison Connor war nicht greifbar und doch konkret, irreal und doch hyperreal in ein und demselben Moment. Ein Orkan in seinem Kopf, ein absoluter Orkan. So was hatte er noch nie erlebt.

Als von dem Zug nichts mehr zu sehen war, stiegen die zurückgebliebenen Freunde die Treppe zur Waverley Bridge hinauf, und Dan spielte mit dem Gedanken, Duncan von seiner verloren geglaubten und in Adelaide wiedergefundenen Liebe zu erzählen. Doch letztlich stand ihm nicht der Sinn danach, und außerdem erzählte Duncan ausschweifend von den Musikern, die ihm für die marktdominierende PR-Firma vorschwebten, die Dan und er seiner Meinung nach gründen sollten. Dan hatte für die Idee nichts übrig – er war zu beschäftigt, Duncan zu idealistisch und der Markt jetzt schon zu umkämpft –, doch er hatte Duncan davon noch nichts gesagt, weil der so begeistert war, dass Dan es einfach nicht übers Herz brachte. Duncan hatte drei Kandidaten: Willie Dundas, den Fischer aus Anstruther; eine Band aus Leith namens Truth Bites Back, vier Jungs, die in allem – Look, Texte, Riffs, Rhythmen – Aztec Camera nacheiferten; und dann noch zwei interessante Zwillingsschwestern aus Largs – Katriona und Jeanie McBride –, die schrecklich schön über Drogen, Sex und den Verfall der Städte sangen, mit einer unverhohlenen Verachtung, die sie seltsam unwiderstehlich machte. Sie waren das bei Weitem vielversprechendste Projekt. Das hatte er schon an dem Abend gedacht, als er sie zum ersten Mal sah, nachdem Duncan ihn in diesen kleinen, halb leeren Club mitgeschleppt hatte. Mager und mitgenommen sahen sie aus, große Augen in blassen Gesichtern, zottelige Zöpfe, Piercings in Nasen, Augenbrauen, Lippen – überall, nur nicht in den Ohrläppchen. Beide hängten ihre Gitarren so tief um ihre dürren Schultern, dass sie sich zum Spielen vorbeugen mussten. Einmal gähnte Katriona ins Mikro, doch das Gähnen verschmolz mit den Worten ihres Songs, also war das vielleicht auch Absicht gewesen. Sie waren lässig, lakonisch und clever, und mit der richtigen Unterstützung konnten es die McBrides weit bringen. Sie nannten sich Jeanie & The Kat, auch das genial.

Nichtsdestotrotz gab es da draußen schon ein paar ausgesprochen effektive Verleger und Promoter, die alles parat hatten, um zwei begabten, schrägen Musikerinnen zu Weltruhm zu verhelfen. Von daher fiel es schwer, sich vorzustellen, dass ausgerechnet Duncan diesen Profis über Nacht als ernsthafter Konkurrent gegenübertreten würde, selbst wenn er für sich in Anspruch nehmen konnte, die beiden Schwestern entdeckt zu haben. Schließlich ging es hier um den liebenswerten, leicht unbedarften Duncan Lomax, der seine Tage damit verbrachte, in einem Schallplattenladen Musik zu hören, Staub von der Nadel zu pusten und Kaffee mit Kunden zu trinken, die vielleicht oder vielleicht auch eher nicht eine Platte kauften. In all den Jahren, die er diesen Laden nun führte, war ihm nie in den Sinn gekommen, eine Website zu basteln, hatte er sich nie die Mühe gemacht, sein Lager online zu stellen, damit jemand, der beispielsweise nach den frühen Status Quo oder einer Special Edition von *Sound and Vision* in weißem Vinyl suchte, nicht extra nach Edinburgh fahren musste, um mit Duncan zu reden und darauf zu warten, dass dieser die in Frage kommenden Kisten durchsuchte. Und so war es Dan sonnenklar, dass sie nicht nur zu spät dran, sondern auch zu schlecht ausgerüstet waren, um es mit den großen Agenturen aufzunehmen. Der beste Rat, den sie den McBride-Schwestern geben konnten, war es, bei einer bereits existierenden Firma zu unterschreiben, von sich Reden zu machen, eine digitale Präsenz aufzubauen und zu hoffen, dass all das eine große Karriere nach sich zog.

Duncans Laden lag am oberen Ende der Jeffrey Street, und obwohl er dorthin hätte gehen sollen, und obwohl es noch viel zu früh für einen Drink war, wusste Duncan ein paar starke Argumente für ein Bier in einer neuen Craft-Beer-Bar vorzubringen, die den Charme einer alten Fabrik hatte, mit nacktem Mauerwerk und Stahlgerüsten und Bänken aus gestapelten Eisenbahnschwellen. Sie erwarben bei einem ernst dreinblickenden, bärtigen Jüngling mit langer Brauereischürze zwei deutsche Weizenbiere, und mit einem Mal dachte Dan, dass jetzt der richtige Moment gekommen war. »Hör mal, ich muss dir was sagen, Mann. Das kann nichts werden.«

Augenblicklich schlug Duncans gute Laune um. »Wa'?« Er hielt das Bier auf halbem Weg zu seinem Mund.

»Wir haben einfach nicht die nötige Erfahrung«, meinte Dan. »Und auch nicht die Zeit. Also, ich zumindest nicht.«

Verletzt starrte Duncan ihn an, als wäre das die schlimmste Enttäuschung seines Lebens.

»Hast du dich mal im Internet umgeguckt?«, fuhr Dan fort. »Weißt du, was es für junge Künstler da draußen schon alles gibt? Die müssen gar nicht mehr von einem Label gefördert werden. Es gibt schon Hunderte Firmen, zu denen sie gehen können, um einen Verlagsdeal zu kriegen, Tantiemen einzutreiben, Geld für Youtube-Klicks zu bekommen oder um ihnen Auftritte zu besorgen, ohne irgendwelche Verpflichtungen, und *zack*, schon ist der Erfolg da!«

»Ja und?«, erwiderte Duncan. »Das könnten *wir* doch machen, du und ich.«

»Nein, könnten wir nicht.«

»Ach, komm schon, Alter, wir sind doch mittendrin, wir leben und atmen diese Welt.«

»Es reicht nicht, Musik zu lieben, Dunc, man muss sich auch um den Schreibkram kümmern und sich schlaumachen, was die Technik angeht.«

»Aber die Leute, die ich an der Hand habe, stehen bei niemandem unter Vertrag.«

»Ja, ich weiß.«

»Also gründen wir ein Label und legen einfach los.«

Dan seufzte. Katelin hatte recht damit, dass Duncan zu ihm aufblickte, und tatsächlich kam es ihm manchmal vor, als redete er mit einem Kind. Er hätte ihn gar nicht erst ermutigen sollen. Allerdings war er nicht mal sicher, ob er ihn wirklich ermutigt hatte, denn im Grunde war es doch eher so, dass er ihn nicht *ent*mutigt hatte. Was bei Duncan auf dasselbe hinauslief.

»Ich bin im Moment einfach nicht in der Lage, mich darauf einzulassen«, sagte Dan. »So ein Projekt bräuchte hundertprozentige Aufmerksamkeit.«

»Was hast du denn im Moment so Wichtiges zu tun?«

»Ach, das Übliche. Und ein möglicher Buchdeal – ich treff mich nächste Woche mit einem Verlag. Außerdem habe ich dieses Angebot von 6 Music angenommen, diese neue Expertenrunde – hab ich dir davon erzählt? Mann, Duncan, verlang nicht von mir, dass ich mich vor dir rechtfertige!«

»Hör zu«, sagte Duncan. »Geben wir uns ein Jahr und sehen mal, wie es läuft. Diese Mädels sind der Knaller!«

Dan nickte. »Das sind sie. Sind sie wirklich. Die bräuchten unbedingt jemanden, der sie weiterbringt.«

»Also?«

Dan schüttelte den Kopf. »Mach du das«, sagte er. »Ich seh's mir an.«

»Könnte sein, dass du am Ende als der Mann in die Geschichte eingehst, der Jeanie & The Kat nicht haben wollte.«

»Ein Risiko, mit dem ich leben muss«, sagte Dan. Aber er wusste, was Duncan dachte: Wenn er – Dan – nicht mitmachen wollte, dann war die Idee vielleicht wirklich nicht so gut. Duncan war felsenfest davon überzeugt, dass Dan immer genau wusste, was er tat, dass er keine Fehler machte, nur kluge Entscheidungen traf, mit denen er sich nicht in die Nesseln setzte.

Dan dachte, dass er ihm unbedingt von Ali Connor erzählen sollte. Fast tat er es, holte schon Luft, bereit, etwas zu sagen. Aber dann tat er es doch nicht.

Zu Hause kam ihm McCulloch mit solch überschäumender Freude entgegen, als habe er befürchtet, für immer allein bleiben zu müssen. Der kleine Hund jaulte und wetzte um Dans Füße herum, bis Dan sich kurz zu ihm herabbeugte, um ihm die Ohren zu kraulen. Dann richtete er sich wieder auf und sagte: »Mehr gibt's nicht«, und McCulloch, der sich der Regeln sehr wohl bewusst war, gab sich damit zufrieden, Dan von nun an auf Schritt und Tritt zu folgen.

»Jetzt sind wir beide ganz allein«, sagte Dan zu seinem

Hund. In der Küche setzte er Kaffeewasser auf und stellte das Radio an, wechselte zu 6 Music, weg von Katelins bevorzugtem Radio 4 mit diesen endlosen Wortbeiträgen. Augenblicklich gesellte sich Huey Morgan zu ihm in die Küche, und dessen Lower-East-Side-Tonfall führte Dan direkt zurück in einen Kellerclub am St Mark's Place, Mitte der Neunziger. Winzige Bühne, fette Musik, klebriger Boden, trübe rote Lichter, ein langer, ausgelassener Abend mit den Fun Lovin' Criminals. Mann, hatte er sich an dem Abend besoffen. Immer wenn er Huey im Radio hörte, konnte er frische Donuts riechen, auch wenn er nicht wusste, ob er damals überhaupt welche gegessen hatte.

Er schenkte sich einen Kaffee ein und stieg die Treppe zu seinem Büro hinauf, während McCulloch ihm wacker hinterherhechelte, durch ein Haus, das von einer unbekannten, willkommenen Stille erfüllt war. Oben legte sich der Hund auf seine Decke. Dan stellte den Mac an und holte sich Twitter auf den Bildschirm, um zu @AliConnorWriter zu gehen und nachzusehen, ob sie ihm geschrieben hatte, was – wie sich herausstellte – nicht der Fall war, wie so oft. Anscheinend hatte ein PR-Berater oder ihr Verlag darauf bestanden, dass sie sich in den sozialen Medien betätigte, denn ganz offensichtlich war sie nicht mit dem Herzen bei der Sache. Ihr letzter Tweet war zwei Wochen alt, in dem sie von einer jungen Sängerin in Adelaide schwärmte. Dan hatte sie gegoogelt – Tahnee Jackson, er mochte den Namen, der Name allein konnte ihr einen Plattendeal einbringen, aber sie sang auch richtig gut und war hübsch, exotisch, anders.

Er tippte auf den Nachrichtenbutton und ging die

Songs durch, die sie einander geschickt hatten, gar nicht so viele, wenn man es recht bedachte, aber immerhin hatten sie ihn so weit gebracht: zurück zu ihr, sodass sie inzwischen seine Gedanken beherrschte. Wo sie war, wer sie war, wie es ihr ging – er war besessen von ihr. Er hatte ein Stück von Richard Hawley ausgesucht, einem Typen aus Sheffield, getrieben von einer nostalgischen Sehnsucht, die gut zu passen schien. Er schickte ihr »Open Up Your Door« und hoffte, sie würde den Zusammenhang verstehen. Jedes Album, das dieser Mann machte, ehrte ihre gemeinsame Heimatstadt, und im Klang seiner Stimme konnte man sich verlieren. Dann dachte er: Okay, Flüge nach Adelaide. Aber er wollte nichts überstürzen, denn, na ja, es war schon ein mächtiger Sprung von der genialen Idee zur harten Realität, und obwohl er sicher wusste, dass er fliegen würde – und zwar ohne sich anzukündigen, damit sie nicht kneifen konnte –, musste er doch alles gut durchdenken: die Entfernung, den Verrat, seine Erfolgschancen, die drohenden Konsequenzen.

Da meldete sich sein Telefon, und auf dem kleinen Bildschirm erschien ein Name: Terri Nichols, eine Pressefrau aus der Musikbranche und zufälligerweise ebenjene Frau, von der Dan damals ins East Village geschickt worden war, damit er sich mit Huey besaufen konnte.

»Beeindruckend«, sagte Dan, als er ranging.

»Oh, danke, Schätzchen«, erwiderte Terri mit einem Lachen in der Stimme.

»Eben hab ich Hueys Sendung im Radio gehört und musste an den New-York-Trip denken.«

»Hey, wie man so sagt: Wer sich dran erinnert, war vermutlich nicht dabei.«

»Erinnerst du dich denn daran?«

»Ich erinnere mich an wahllose Fetzen surrealer Vorfälle. Aber ich rufe nicht an, um in Erinnerungen zu schwelgen. Wie sieht's in deinem Kalender aus?«

»Kommt drauf an«, sagte Dan.

»Hmm, ausweichende Antwort.«

»Ich bin ziemlich eingespannt, aber worum geht's denn?«

»Na ja, wahrscheinlich wird es sowieso nichts, und es ist auch sehr kurzfristig, und vermutlich wirst du sagen, dass es nicht so dein Ding ist ...«

»Wenn du schon sagst, dass es nicht mein Ding ist, Terri, dann ist es das auch nicht.«

»Dan! Hör dir meinen Vorschlag wenigstens an!«

»Also, gut. Raus damit.«

»Wir haben da ein paar DJs unter Vertrag, und die nehmen an einem *All Night Linked Set* teil in ...«

»Ich werde für euch bestimmt nicht über einen Rave schreiben. Dieses verpennte Trance-Zeug ...«

»Nein, Dan, es geht nicht um einen Neunziger-Rave. Es geht um ein Electronic Dance Music Festival, und die DJs sind echte Künstler, die auch massig Alben verkaufen.«

Dan seufzte und öffnete nebenbei seine E-Mails im Notebook. »Nein, Terri«, sagte er. »Komm schon, frag einfach einen, der Anfang zwanzig ist.«

Aber sie war gut, diese Terri Nichols. »Das ist ja genau das, was ich nicht will«, erwiderte sie. »Ich will keinen Jugendlichen, der mit den Spice Girls aufgewachsen ist. Ich will *dich* – mit allem, was du über Musik weißt, was du von Musik verstehst. Ich möchte, dass du dir unsere DJs anhörst und der Welt erklärst, wie genial kreativ sie sind.«

Dan stöhnte. »Ach, hör schon auf.«

»Ehrlich, da ist eine tolle Geschichte drin, Dan. Diese Leute arbeiten genauso hart wie altmodische Rockbands. Sie gehen auf Tournee, reißen sich den Arsch auf. Außerdem ist die Location ein Hammer – mitten in Kowloon.«

»Wie? Wo ist das denn? Ich dachte, du meintest hier, in England.«

Sie lachte. »Nein, nein, das Festival findet in Hongkong statt.«

»Hongkong?«

»Jep, Hongkong. Kowloon.«

Einen Moment schwieg er.

»Dan, bist du noch da?«

Er sagte: »Ja, ja, red weiter, ich höre«, und während sie sprach, ließ er seine Gedanken völlig andere Wege gehen. Von Hongkong nach Adelaide, dachte er. Wie weit wäre das? Acht Stunden, höchstens neun. Global gesehen ein Katzensprung. Terri Nicholas bot ihm einen kostenlosen Langstreckenflug in die richtige Richtung, also einen absolut legitimen Anlass und gleichzeitig ein fast perfektes Alibi für sein Gewissen. Es war Schicksal, dachte er. Ein verfrühtes Geburtstagsgeschenk von seiner ganz persönlichen Gottheit. Un-*fucking*-fassbar.

»Ja«, fiel er Terri ins Wort. »Ja, ich bin dabei.«

Sie lachte überrascht. »Na, super«, sagte sie. »Aber du weißt noch gar nicht, wann es stattfindet.«

»Wann findet es statt?«

»Nächstes Wochenende. Fliegen würdest du Mittwoch, den Dreißigsten.«

Seine Gedanken flogen hektisch zum Meeting beim Verlag, zum Lunch mit seinem Agenten, zum Interview bei 6 Music mit Lauren Laverne, zu den Artikeln, die er zugesagt hatte. Doch angesichts dieser unglaublichen Wendung der Ereignisse konnte nichts von alledem seinen Entschluss in Frage stellen. Dass so was passierte, dass Terri mit diesem Angebot anrief, an genau diesem Tag, war schon verrückt. Es war perfekt. Es sollte sein.

»Gut«, sagte er. »Kein Problem. Danke, Terri, schick mir eine Mail mit den Daten.« Er legte auf und lachte so laut, dass der Hund aufwachte und Dan vorwurfsvoll ansah.

»Tut mir leid, Kleiner«, sagte er zu McCulloch. »Das wird dir nicht gefallen.«

Der Hund war natürlich ein Problem. Dan würde zehn Tage weg sein, und die alte Bridie von nebenan, die McCulloch oft die Hintertür aufmachte, wenn er den ganzen Tag drinnen festsaß, konnte er nicht fragen, ob sie den Hund so lange fütterte, mit ihm Gassi ging und ihm Gesellschaft leistete. Oder besser gesagt: Er konnte sie zwar fragen, aber sie würde nie einwilligen, nicht mit ihren vier Katzen und einem ganzen Haus voller pflegeintensiver Orchideen. Früher hätten seine Eltern ihn genommen, doch jetzt nicht mehr, so wie es Bill in letzter Zeit gesundheitlich ging. Duncan konnte er nicht fragen, weil McCulloch bei ihm ziemlich sicher an Vernachlässigung sterben würde. Fast hätte er schon Terri Nichols gefragt, weil sie so dankbar war, dass er den Auftrag annahm. Dabei hatte sie ihm seinen größten Wunsch erfüllt. Es war so ungeheuerlich, so dreist und dennoch vollkommen gerechtfertigt. Sie hatte keinerlei Bedenken, seinen Aufenthalt zu verlängern – es wäre doch eine Schande, so weit zu fliegen und sich dann nicht noch etwas umzusehen, meinte sie –, und das gab Dan die Freiheit, von Hongkong nach Adelaide zu fliegen, bevor er seinen Rückflug antrat. Sollte Alison nicht da sein, nun ja … Nein, dachte er. Sie musste da sein. Sie *würde* da sein.

Jedenfalls brauchte er Terri am Ende doch nicht zu fragen, ob sie den Hund nahm, weil ihm der gute alte Jim auf der *Veronica Ann* einfiel: der gute alte, einsame Jim. Er kannte McCulloch schon, seit Dan und Alex vor zehn Jahren ein Wochenende in London verbracht hatten, um sich ein Spiel Wednesday gegen Crystal Palace anzusehen, und Katelin darauf bestanden hatte, dass sie den Hund mitnahmen. Sie hatten ihn tagsüber bei Jim gelassen, und als sie von Selhurst Park zurückkamen, saß McCulloch am Bug des Bootes, mit einem marineblauen Tuch um den Hals. »Schiffsmaskottchen«, hatte Jim gesagt. »Fabelhafter kleiner Kerl. Den kannst du mir jederzeit wiederbringen, Dan, jederzeit.«

Und so nahm Dan ihn Jahre später beim Wort und rettete Jim damit offenbar die Woche. »Prima«, sagte er immer wieder. »Prima. Ein bisschen Gesellschaft für mich. Wir werden uns blendend verstehen.« Am nächsten Tag stand Jim mit dem Hund an der Leine da und winkte Dan, während McCulloch ihm aufmerksam hinterherstarrte. Dan konnte die Blicke seines Hundes im Rücken spüren, den ganzen Leinpfad zur Warwick Avenue entlang.

In Heathrow hinterließ er Alex eine Nachricht auf der Mailbox, um ihm mitzuteilen, dass er eine Weile weg sein würde. Auch wenn die Chance gegen null ging, dass es Alex interessierte, angesichts seines übervollen Lebens in Cambridge: die Arbeit, die Mädchen, die Konzerte. Aber es war nett, seine Stimme zu hören. Sie weckte die Erinnerung an ihn, und plötzlich sah Dan die wachen braunen Augen seines Sohnes vor sich, sein einnehmendes Lächeln, seine dunklen ungekämmten Haare. Sie waren sich so ähnlich: derselbe Typ, die gleiche Größe, ihr Sinn für Humor, die hoffnungslose Leidenschaft für Wednesday – in allem war Alex wie sein Vater. Hätten Katelin und er noch ein Kind bekommen, hätte es wie Katelin ausgesehen, da war Dan ganz sicher, eine kleine Keltin, helle Haut und rote Haare. Aber sie hatte kein weiteres Kind gewollt, und am Ende war es natürlich ihre Entscheidung gewesen, auch wenn Dan im Laufe der Jahre manchmal gemerkt hatte, dass ihm das weitere Kind fehlte, oder vielleicht die beiden weiteren. Er hätte gern gewusst, wie sie wohl geworden wären.

Er musste keinen Koffer einchecken. Er reiste mit leichtem Gepäck, immer mit derselben Tasche. Sie war schon überall dabei gewesen, hatte alles gesehen. Sein Ticket für die Business-Class sicherte ihm den Zugang zu einer schicken, geräumigen Lounge, zu kostenlosen Zeitungen, Snacks, Wein und Bier. Aber er war in nachdenklicher Stimmung, und so saß er in einem Ledersessel und blickte nur auf den Asphalt hinaus, wo das Bodenpersonal Koffer in den Bauch einer Maschine lud. Er sinnierte über den Vertrauensbruch nach, den er bald begehen würde, und fragte sich, woher er eigentlich seine Gewissheit nahm. Er musste Alison Connor wiedersehen, und er zweifelte kein bisschen an den Gefühlen, die sie in ihm geweckt hatte. Aber ansonsten konnte er gar nicht genau sagen, was er wollte oder wohin das alles führen sollte. Er wusste, dass er selbstsüchtig handelte, wenn er sie nach all den Jahren ausfindig machte, um herauszufinden, ob es einen solchen Menschen tatsächlich gab: einen Menschen, der körperlich und geistig perfekt zu ihm passte. Dennoch musste er es durchziehen. Ja, es war ein Verrat. Aber unter all den großen und kleinen Entscheidungen, die sein Leben bisher geformt hatten, schien es ihm keine bedeutendere zu geben als diese Entscheidung, von Hongkong aus nach Adelaide zu fliegen, um Alison zu suchen.

Er checkte die Nachrichten auf seinem Handy. Details von Terri zu den DJs, mit denen er sprechen sollte. Ein verschobener Termin mit dem Verleger. Bestätigung von 6 Music, dass die Sendung erst anfangen würde, wenn er wieder da war. Und ein Song von Ali Connor. Er öffnete den Link und starrte dieses Geschenk an, diese unverblümte, offenherzige Geste, und er spürte eine Woge reiner Liebe für sie, weil sie ihm die Pretenders geschickt hatte, und dann noch genau diesen Song. »I Go To Sleep.« Liebe und Lust und traurige Reue.

Er wusste, dass sie da sein würde, wenn er nach Adelaide kam, wusste es mit einer solchen Gewissheit, wie er nichts zuvor gewusst hatte. Er wusste es einfach. Wusste, dass sie auch jetzt dort war, dass sie an ihn dachte, während er an sie dachte.

21

ADELAIDE,
3. FEBRUAR 2013

Michael hatte ein befreundetes Pärchen zum Essen eingeladen, zwei Leute, die Ali kaum kannte. Moira Thiemann, eine frisch ernannte Assistenzärztin, und ihr Mann Greg Golding, der irgendein hohes Tier in der staatlichen Umweltschutzbehörde war. Und damit sie nicht nur zu viert waren, lud Ali dazu noch Cass ein, und da Cass momentan keinen festen Freund hatte, bat sie noch Tahnee Jackson hinzu, damit es keine ungerade Runde wurde.

»Tahnee Jackson?«, sagte Michael. »Na, wenn das nicht passiv-aggressiv ist.«

Ali fragte: »Wieso? Weil deine Mutter sich im Grab umdrehen würde?«

»Nein, weil du sauer bist, dass mir dein Wohltätigkeitstrip nicht gefällt, auch wenn du dich trotzdem nicht davon abbringen lassen wirst.«

»Michael, ich habe sie nicht eingeladen, um dir eins auszuwischen«, sagte Ali und gab sich Mühe, ruhig zu bleiben. »Wir sind inzwischen befreundet.«

Doch Michael lachte nur. »Klar, richtig.«

Daraufhin sagte Ali, er solle bitte nicht in diesem unfreundlichen Ton mit ihr reden, und er sagte, na, er könne ja ohnehin nichts richtig machen, also scheiß drauf.

So ging es ihr in letzter Zeit oft mit Michael. Ali unterstützte eine australische Stiftung, die indigene Musiker förderte, und außerdem hatte sie angefangen, Tahnees Karriere zu finanzieren. Während Stella ihren Anspruch auf einen Platz an der Schauspielschule inzwischen offiziell aufgegeben hatte und plante, ein Jahr lang quer durch Europa zu reisen. Und gegen jede einzelne dieser Entwicklungen hatte Michael etwas einzuwenden. Leidenschaftlich, wortreich hatte er sich dagegen aufgebäumt – nur um die für ihn neue Erfahrung zu machen, dass er sich mit seiner Meinung nicht durchsetzen konnte. Das traf ihn hart, weil er Widerspruch nicht gewohnt war. Zwar hatte Stella ihm in letzter Zeit öfter mal das Leben schwergemacht, nachdem sie sich mit fünfzehn in eine rebellische Version Alis verwandelt hatte. Aber von Ali selbst hatte er meist nur Zustimmung erfahren. In all den Jahren ihres gemeinsamen Lebens hatte sie sich sanft seinem Willen gebeugt, sich seinen Ansichten gefügt. Jetzt allerdings blieb sie standhaft, verteidigte ihre eigenen Pläne und gab Stella alle Unterstützung, die sie brauchte – was allerdings nicht viel war, denn ihre Tochter wusste sich durchzusetzen.

»Ach, Dad, komm runter, dann bewerbe ich mich eben noch mal neu«, sagte sie unbekümmert. »Wenn die mich wirklich so toll finden, nehmen sie mich auch ein andermal. Mit etwas Lebenserfahrung finden sie mich bestimmt noch besser.«

Sie wollte sich schon bald auf den Weg nach Italien machen, jetzt wo ihr Entschluss, der Schauspielschule abzusagen, feststand, und in Adelaide gab es sowieso niemanden mehr, mit dem sie noch zu tun haben wollte, niemanden, dem sie zufällig im Einkaufszentrum oder am Strand über den Weg laufen wollte. Ende Februar stand schon das erste Klassentreffen an, eine offizielle Veranstaltung in einem Haus in den Bergen, und es war ihr ausdrücklicher Wunsch, längst weg zu sein, bevor die Fotos bei Facebook auftauchten. Michael konnte das nicht nachvollziehen. Ständig wiederholte er, dass die Schauspielschule in Sydney sie doch ganz bestimmt weit genug wegführen würde von ihren Dämonen in Adelaide, oder? Nein, sagte Stella. Nein. Sie wollte Kontinente zwischen sich und ihren Fehltritt bringen. Am liebsten die ganze Welt. Der Junge, dessen Namen sie noch immer nicht nennen wollte, hatte mit ihr geprahlt – jedenfalls hatte Stella das Ali so erzählt. Hatte mit seiner Eroberung geprahlt und so eine Lawine der Empörung losgetreten. Alle Welt lästerte jetzt über Stella, insbesondere eine Bande siebzehnjähriger Mädchen, die ihre ehemalige Freundin mit heuchlerischer Sittsamkeit verurteilten. »Wie ich die hasse!«, sagte Stella. »Sie sind so mies! Ich möchte woanders noch mal ganz von vorne anfangen, als wäre nichts passiert. Und sie alle aus meinem Gedächtnis streichen.«

»Aber das kannst du doch auch in Sydney, Süße!«, sagte Michael.

»Nein, Dad!«, rief sie. »Wie oft denn noch? Das kann ich eben nicht in Sydney. Ich muss *weit* weg. Irgendwo ganz woandershin. Mum versteht mich. Stimmt's, Mum?«

Ali nickte. »Absolut.«

»Oh Wunder!«, sagte Michael.

Ali und Stella starrten ihn an, und Ali wollte gerade darauf reagieren, als es an der Tür klingelte. Dort standen Moira und Greg, zum ersten Mal bei den McCormacks eingeladen, mit Blumen und Wein und breitem Lächeln, sodass die Diskussion ein abruptes Ende fand.

Und dann ging alles schief, von Anfang an. Zuerst einmal gab es da das ewige Problem, wie man Beatriz erklären sollte, denn es fiel immer so schwer, den richtigen Ton zu finden, wenn man sie neuen Leuten vorstellte. Michael sagte dann oft: »Und das ist Beatriz, sie ist hier der eigentliche Boss«, was irgendwie immer das Gegenteil anzudeuten schien: Wenn hier einer der Boss war, dann vermutlich er, jedenfalls ganz bestimmt nicht Beatriz. Ali war am liebsten: »Das ist Beatriz. Sie wohnt hier bei uns«, doch das ließ immer noch offen, warum Beatriz bei ihnen wohnte. War sie eine Mieterin? Hatte man sie auf der Straße aufgelesen? Heute Abend hingen die Fragen nur kurz in der Luft, weil Beatriz selbst mit einer langen und komplizierten Begrüßung erklärte, dass sie für diesen Haushalt unverzichtbar war. Als Moira und Greg kamen, war sie gerade auf dem Weg zu einem geselligen Beisammensein in der Kirche, gehüllt in roten Chiffon. Doch dann blieb sie in der Tür stehen, um lang und breit zu beschreiben, wie man ein Piri-Piri-Hühnchen korrekt zubereitete. Sie wies Michael unnötigerweise an, dass er besagtes Huhn langsam grillen sollte und wie das Fleisch mit der Soße zu bestreichen war – mit einem Büschel Petersilie, auf keinen Fall mit einem Pinsel. Schließlich bestand sie darauf, dass man ihr den Abwasch ruhig stehen lassen sollte, wobei diese letzte Anweisung die einzige war, die rundweg ignoriert werden würde. Eine kurze Pause entstand, als sie weg war, wie nach einem kleinen Erdbeben, dann sagte Ali: »Herzlichen Glückwunsch, ihr wurdet soeben gründlich beatrisiert!«, und Moira und Greg lachten ein wenig unsicher. Dann tauchte Cass auf, schon leicht angeheitert, schwenkte eine klirrende Tüte aus dem Schnapsladen, und kurz danach kam Tahnee, direkt vom Flughafen. Und so fragte Stella, der nicht klar gewesen war, dass Tahnee auch dabei sein würde, ob sie mitessen dürfe, was natürlich kein Problem war. Allerdings leitete Greg die Strahlenschutzabteilung der Umweltschutzbehörde und Stella hatte in der zwölften Klasse ein Referat zur anhaltenden Kontaminierung der nuklearen Testgelände im Gebiet der Maralinga gehalten, und Tahnees Großvater hatte – wie sich im Laufe des Gesprächs herausstellte – zu den vielen, vielen Aborigines gehört, die in den 1950ern und 1960ern von ihrem angestammten Land vertrieben wurden, damit die britische Regierung das ganze Gebiet mit ihren Atomversuchen verseuchen konnte.

Michael stand am Grill und lauschte, wie der Abend, den er im Sinn gehabt hatte, sich langsam in seine Bestandteile auflöste. Er wartete darauf, dass Tahnee zum Ende kam, dann räusperte er sich. »Das Huhn ist fertig«, sagte er. »Fehlt nur noch die Soße. Ich hoffe, ihr habt alle Hunger.«

Sie saßen draußen unter der Hibiskus-Pergola. Auf dem Tisch standen kleine Blechlaternen, in denen die Flammen der Teelichter wie Glühwürmchen tanzten. Tahnee, eine nachdenkliche junge Frau mit stillem Selbstvertrauen, bemerkte: »Das sind schwierige Themen an einem so schönen Abend«, und schon wirkte Greg nicht mehr ganz so betreten. Michael begann, das Huhn mit Piri-Piri-Soße zu bestreichen, vorsichtig, akribisch, mit der vollen Konzentration eines Chirurgen und dem Büschel Petersilie, das Beatriz zu diesem Zweck bereitgelegt hatte.

»Es war eine andere Zeit«, meinte Moira. Sie neigte schon den ganzen Abend zu Plattitüden, doch Greg sah sie an und nickte bedächtig, als spräche aus ihrer Bemerkung große Weisheit.

»Wohl wahr«, sagte er.

»Ja«, sagte Stella. »Eine Zeit, in der es für die Briten okay war, Australien in eine radioaktiv verseuchte Einöde zu verwandeln.«

»Stimmt«, erwiderte Greg, ohne auf ihren kämpferischen Ton zu achten. »Im Kalten Krieg herrschten andere Prioritäten.«

»Ich glaube, Australien wollte sich bei den Briten einschleimen«, sagte Stella. »Und kein Mensch wurde dafür je zur Rechenschaft gezogen.«

»Es wurde doch alles wieder gereinigt, Stella«, entgegnete Moira.

»Das stimmt«, sagte Greg. »Mehr als einmal, und es besteht zwar noch ein geringes Risiko, aber heutzutage liegen die Messungen klar innerhalb der internationalen Grenzwerte.«

»Soweit ich weiß, bleibt Plutonium eine Viertelmillion Jahre lang gefährlich«, beharrte Stella. »Hashtag: Ich mein ja nur.«

»Stella, würdest du bitte den Salat holen?«, sagte Michael.

Sie warf ihm einen bösen Blick zu, stand jedoch auf und ging in die Küche.

»Mein Großvater schien das zu wissen«, sagte Tahnee, »auch ohne etwas von Atomwissenschaft zu verstehen.«

»Wie meinst du das?«, fragte Cass. Sie amüsierte sich weit besser als erwartet. Sie mochte die angespannte Atmosphäre am Tisch. Was für eine hübsche kleine Abwechslung! Diese McCormack-Abende profitierten erheblich davon, wenn ihnen jemand eine kleine Atomrakete in den metaphorischen Arsch schob. Cass hatte eigentlich nichts gegen Michael McCormack. Er war ein bisschen steif, ein bisschen aufgeblasen und hielt sich für was Besseres, aber der Wein, den er servierte, war immer erstklassig und er selbst nicht halb so schlimm wie der alte Halunke McCormack senior. Trotzdem hatte sie Ali lieber für sich allein. Immer. Jederzeit. Cass winkte ihrer Freundin mit dem Pinot noir, doch die lächelte nur bedauernd und schüttelte den Kopf, weil sie Tahnee versprochen hatte, sie später noch zurück nach Port Adelaide zu fahren. Dafür hielt Greg ihr sein Glas hin, um nachgeschenkt zu bekommen, und Moira runzelte die Stirn und murmelte: »Aha. Dann fahre ich also.«

»Ich meine, dass mein Großvater genau wusste, wie vergiftet das Land war«, sagte Tahnee. »Alle wussten es, seine ganze Familie, selbst Jahre später, als die Jagd schon wieder freigegeben war. Er hat mir immer erzählt, die Kängurus hätten gelbe Eingeweide.«

Ali fragte: »Wo hat dein Großvater nach der Evakuierung gelebt?«

Tahnee zuckte mit den Schultern. »Sie wurden alle in eine Mission umgesiedelt. Und da gingen die Probleme erst richtig los.«

»Steht alles in meinem Referat, Mum«, sagte Stella. Sie war wieder da, mit dem Salat.

»Ogottogott«, sagte Cass. »Gelbe Kängurus.«

»Hören Sie«, sagte Greg, »ich möchte mit keinem Wort rechtfertigen, was da draußen passiert ist.« Und Michael, der mit einem Teller glänzender Hühnchenfilets an den Tisch trat, sagte: »Natürlich nicht, Greg. Außerdem war das 1956, lange vor deiner Zeit.« Woraufhin Tahnee sich räusperte und sagte: »Unsere Lebensweise wurde lange vor 1956 zerstört, Michael«, und er erwiderte: »Ja, ja, schon klar. Also, haut rein, bedient euch!«

»Michael, das sieht einfach köstlich aus«, schwärmte Moira. Sie war spindeldürr, ihre Brust beinah konkav unter dem dünnen Kleidchen, und sie begutachtete das Huhn nur, ohne sich etwas davon zu nehmen. Greg dagegen nahm sich gleich zwei Stücke und schickte den Teller dann auf seinen Weg rund um den Tisch.

Der Duft von Knoblauch und Chili lag in der Luft, und Cass sagte: »Riecht fast so gut wie im Nando's«, doch nur Ali und Stella lachten.

»Beatriz meint immer, wir sollten das Huhn mit den Fingern essen«, sagte Stella. »Aber das geht Dad dann doch zu weit, stimmt's, Dad?«

»Hey, mach, was du willst, Stella! Das machst du doch sowieso, oder?« Michael lächelte, als er das sagte, doch alle hörten den scharfen Unterton in seiner Stimme.

Ali betrachtete ihren Mann und sah, dass sein Mund nur noch ein harter, schmaler Strich war, was auf Unzufriedenheit hindeutete. Ein bisschen plagte sie das schlechte Gewissen, weil sie Tahnee und Cass zu diesem Dinner eingeladen hatte, das von Michael eigentlich zum Kennenlernen von Moira und Greg gedacht gewesen war. Doch dann, fast im selben Moment, wichen ihre Schuldgefühle dem Trotz. Sie hatte alles Recht dazu gehabt, und wenn Greg sich rechtfertigen musste – nun, er war ein erwachsener Mann und sehr wohl in der Lage, sich zu wehren. Außerdem sah er vollends zufrieden aus, wie er sich so etwas voreilig über das Hühnchen hermachte, bevor alle anderen versorgt waren. Moira nahm nur Salat auf ihren Teller, aber auch sie wirkte zufrieden. Nein, an diesem Abend hatte eigentlich nur Michael zu leiden, und Tahnee war nicht der Grund dafür, und auch nicht Cass. Es war Stella.

»Es liegt daran, dass ich beschlossen habe, nicht auf die Schauspielschule in Sydney zu gehen«, sagte das Mädchen jetzt in die Runde. »Darauf bezieht sich Dad, wenn er ›Mach, was du willst‹ in diesem Ton sagt.«

»Ach, wirklich?«, sagte Moira und blickte höflich zwischen Stella und Michael hin und her, erhielt jedoch von keinem der beiden eine weitere Klärung.

»Eine Reise durch Europa«, sagte Ali in die Stille hinein. »Nur eine kleine Planänderung.«

»Großer Blödsinn. Das ist es«, erwiderte Michael.

»Italien, Frankreich, Spanien, Portugal«, sagte Stella, während sie die Länder an ihren Fingern abzählte, die von der Piri-Piri-Soße ganz klebrig waren. »Vielleicht die griechischen Inseln. Und vielleicht auch Marokko.«

»Marokko?«, fragte Michael. »Seit wann?«

»Seit gerade eben.«

»Zauberhaft«, sagte Moira. »Ein faszinierendes Land, nicht wahr, Greg?«

Er nickte, da es ihm – zutreffenderweise – so schien, als wäre es diplomatischer, in diesem Augenblick keine eigene Meinung über Marokko zu äußern.

»Es ist gut, dass du deine Flügel ausbreitest, Stella«,

sagte Tahnee. »Dass du dir die Welt ansiehst, fremde Kulturen erlebst. Ich bin noch nie aus Australien rausgekommen.«

»Nun, das wird sich bald ändern«, sagte Ali. Sie legte einen Arm um Tahnees Schultern. »Darf ich präsentieren: Tahnee Jackson, eine ganz außergewöhnliche Sängerin! Seht sie euch gut an!«

Moira erwiderte bissig: »Oh ja, Greg sieht schon genau hin«, was wohl stimmte. Verlegen grinsend wandte er den Blick ab. Aber er war nicht der Einzige, der Tahnee anstarrte. Sie alle spürten, dass sie etwas Besonderes an sich hatte, etwas, das alle Aufmerksamkeit auf sich zog.

»Tahnee, werden Sie für uns singen?«, fragte Moira.

»Sie ist als Gast hier, Moira, nicht als Abendunterhaltung«, sagte Stella, woraufhin Michael und Ali – vereint durch die Unhöflichkeit ihrer Tochter – gleichzeitig »Stella!« ausriefen. Kapitulierend hob sie beide Hände: »Okay, okay, kein Grund, gleich auszuflippen. Es tut mir leid! Entschuldigung, Moira!«

»Ich würde gern für euch singen«, sagte Tahnee, »aber ich bin noch ganz leergesungen vom Auftritt gestern Abend.« Sie lächelte Moira an, die sich unter ihrem sanften Blick etwas zu entspannen schien. »Es war ziemlich anstrengend. Ein andermal bestimmt.«

»Wo sind Sie denn aufgetreten?«, fragte Michael und hatte plötzlich das Gefühl, dass er es wissen sollte, dass Ali es ihm bestimmt schon erzählt hatte und er – aus einem Mangel an echtem Interesse – nicht zugehört hatte. Mal wieder. Doch Ali ging nicht darauf ein, und Tahnee sagte nur: »Ach, ich war auf einem kleinen Festival drüben hinter Melbourne. Davon stehen dieses Jahr noch einige an.«

»Ich wünschte, ich wäre dabei gewesen«, sagte Ali. »Nächstes Jahr vielleicht.«

»Nächstes Jahr wird sie nicht mehr auf kleinen Festivals singen«, meinte Cass. »Da geht's in die Staaten oder auf UK-Tour.«

Tahnee lächelte. »Wer hoch klettert, kann tief fallen.«

»Sehr weise, mein Kind«, sagte Ali.

Tahnee warf ihr eine Kusshand zu, und Michael, der das beobachtete, wunderte sich über diese unverhohlene Zuneigung zwischen den beiden, diese schwesterliche Verbindung, praktisch aus dem Nichts heraus. Tahnee fühlte sich an seinem Tisch ausgesprochen wohl, und Ali behandelte sie wie eine uralte Freundin.

Moira und Greg gingen früh, um kurz vor halb neun, mit einem signierten Exemplar von *Tell the Story, Sing the Song* und dem Versprechen, die Augen nach Tahnees Debütalbum offen zu halten, wenn es so weit war.

»Na, die sind doch ganz nett«, sagte Ali zu Michael, ohne es zu meinen, denn sie fand sie eigentlich langweilig, vor allem Moira, die nur am Salat knabberte und ihr Glas mit flacher Hand schützte, sobald der Wein auch nur in ihre Nähe kam.

Michael schenkte sich noch ein Glas von dem Roten ein. »Nur schade, dass sie derart unter Beschuss standen.«

»Ach, komm schon, Mike, sei nicht so bescheuert!«, rief Cass, die viel zu viel getrunken hatte.

Das war natürlich keine große Hilfe. Michael nahm seinen Wein und entschuldigte sich, um in der Küche schon mal mit dem Abwasch anzufangen. Cass schnüffelte provokativ und fragte mit lautem Flüstern, ob eigentlich noch jemand außer ihr diesen angekokelten Märtyrer roch. »Ach, halt den Mund«, riet Ali ihr und bat Stella, ihrem Dad zu helfen und ihn dabei ein wenig aufzuheitern – als Wiedergutmachung, meinte Ali, weil Stella sich bei Tisch so danebenbenommen hatte.

»Das war doch nicht daneben«, sagte Stella leichthin. »Ich war nur nicht seiner Meinung.« Dennoch folgte sie Michael in die Küche, weil alle McCormacks, selbst die Jüngsten, immer darauf aus waren, Beatriz mit dem schmutzigen Geschirr zuvorzukommen. Und die alte Dame würde schon bald zurück sein.

»Greg«, sagte Cass. »Was für ein Schwachkopf.«

»Na, er war lustiger als Moira«, meinte Ali. »Wenigstens wusste er gutes Essen zu schätzen. Tut mir leid, Tahnee, das war nicht meine allerbeste Idee, dich heute Abend herzulotsen.«

»Hey, alles gut«, sagte Tahnee. »Es war ... interessant.«

»Habt ihr ihren Teller gesehen?«, fragte Cass. »Zwei Salatblätter, ein halbes Scheibchen Gurke, eine Scheibe Tomate, kein Dressing. War das heute Abend Magersucht par excellence, oder was?«

Ali schüttelte den Kopf. »Keine Ahnung. Sah ganz danach aus.« Sie holte ihr Handy aus der Tasche. »Oder extreme Selbstbeherrschung.« Keine Antwort von Dan. An die vier Tage waren vergangen, seit sie zuletzt von ihm gehört hatte. Es fiel schwer, den Überblick zu behalten, angesichts des irrsinnigen Zeitunterschieds, der aus seinem Heute ihr Gestern machte, aber auf jeden Fall schien es ihr, als wäre zu viel Zeit ohne einen Song vergangen, ohne eine Antwort auf die Pretenders, und das beunruhigte sie mehr, als sie sich eingestehen mochte.

Cass und Tahnee plauderten über den gestrigen Auftritt und die bevorstehenden Festivals, bei denen Tahnee im Laufe des Jahres auftreten würde, in Sydney und Perth. Sie hatte ein neues Management-Team hinter sich, eine professionelle Maschinerie, um ihre Karriere wohlüberlegt voranzutreiben. Sie sagte, wie seltsam es doch sei, nachdem sie sich jahrelang allein durchgeschlagen hatte, jetzt Agenten zu haben, und dazu noch fröhliche Roadies, die ihre Anlage schleppten.

»Mir scheint, du bist schwer angesagt«, sagte Cass und wandte sich dann Ali zu. »Alles okay?«, fragte sie, als sie die Sorge im Gesicht ihrer Freundin sah.

Ali blickte von ihrem Handy auf, dann steckte sie es weg. »Ja, klar, tut mir leid«, sagte sie und dachte: Dan Lawrence, sprich mit mir!

Tahnee gähnte und streckte sich wie eine Katze. »Ich kann nicht mehr.«

»Dann mal los, Süße!«, sagte Ali und stand auf. »Du hattest einen langen Tag. Wird Zeit, dass du nach Hause kommst.«

Da Cass noch mehr Belustigung und Gesellschaft brauchte, ließ sie sich an der Hindley Street absetzen. Von dort fuhren Ali und Tahnee in angenehmer Stille weiter westwärts die Port Road entlang in eine völlig andere Welt – eine, die Ali von Anfang an gemocht hatte, als sie nach Australien gekommen war, eine Welt der Schiffsausrüster, der Hafenspeicher, der Geister maritimer Vergangenheit. Ali hatte sich in Port Adelaide immer zu Hause gefühlt, mehr noch als in der vornehmen Selbstgefälligkeit von North Adelaide. Irgendwas an diesem Ort – die Emsigkeit, der Unternehmergeist – sprach ihre Städterseele an. Doch Michael hatte nur gelacht, als sie vor vielen Jahren vorgeschlagen hatte, sie sollten sich dort was kaufen, irgendwas Heruntergekommenes mit hohen Decken und großen Fenstern mit Blick aufs Wasser, etwas, das sie restaurieren und sich zu eigen machen konnten. Damals lebten seine Eltern noch, und Ali fand, es sei wider die Natur, bei Vater und Mutter zu wohnen, eine seltsame, co-abhängige, leicht infantilisierende Daseinsform. Irgendwann hatte er gemerkt, dass sie es ernst meinte. Weil er sich aber nicht auf Port Adelaide einlassen wollte, hatten sie sich auf Norwood geeinigt, was etwas völlig anderes war, aber auf seine Weise auch gut, vermutlich besser als die Hafengegend. Ein Viertel voll junger Familien, mit schicken Cafés und breiten Straßen, auf denen Thea und Stella Fahrradfahren lernten und mit den Nachbarskindern Seilspringen übten. Das Haus war weder prunkvoll noch majestätisch, aber es hatte genau die richtige Größe, und Ali hatte gern dort gelebt, wenn auch nur für kurze Zeit. Denn drei Jahre später starb James, und Margaret baute rapide ab. Michael vermisste das prächtige Herrenhaus, er vermisste die großzügigen Proportionen, die geschwungene Treppe, die Gärten, den Pool. Irgendwer musste dort wohnen, sagte er, und er wollte nicht, dass seine Brüder es bekamen oder – Gott bewahre – ein Fremder. Es sei näher an der Schule der Mädchen, sagte er, und ob Thea und Stella nicht auch lieber in North Adelaide wohnen wollten, mit eigenem Swimmingpool und großer Parkanlage? Wenn er es so ausdrückte, mussten die kleinen Mädchen ihm wohl recht geben, und Ali hatte sich – ausmanövriert – dem Unvermeidlichen gefügt. Sie hatten den Bungalow in Norwood verkauft und waren wieder dorthin gezogen, wo Michael hingehörte. Wenigstens war Beatriz auch dort und erwartete sie mit der unerschütterlichen Geduld einer Frau, die gewusst hatte, dass die Kinder irgendwann wieder nach Hause kommen würden. Und außerdem war es ja wohl alles andere als ein Opfer, wieder zurück auf den Familiensitz der McCormacks zu ziehen. Ali wusste, dass sie sich nicht beklagen konnte. Sie wäre nie so unhöflich gewesen, so undankbar. Nur vermittelten ihr Michaels felsenfeste Überzeugungen manchmal das Gefühl, ein fremdes Leben zu führen, nicht ihr eigenes.

Ali setzte Tahnee zu Hause ab und wartete, bis sie die Tür hinter sich geschlossen hatte, dann wendete sie den Wagen auf der Straße, um sich auf den Rückweg zu machen. Als ihr Handy summte, war sie sicher, dass es Cass war, die noch angerufen werden wollte, also beeilte sie sich nicht, einen Blick auf den kleinen Bildschirm zu werfen, sondern wartete bis zur nächsten roten Ampel. Dan Lawrence hat dir eine Nachricht gesendet, las sie. Sie spürte eine gewaltige Woge der Erleichterung, erschreckend in ihrer Reinheit, und sofort war ihr klar, dass sie nicht an ihm hätte zweifeln dürfen. Wie Beatriz hätte sie an eine höhere Macht glauben und sich in der heilsamen Kunst der Geduld üben sollen. Sie parkte am Straßenrand, um sich seine Nachricht anzusehen, fühlte sich gut, fühlte sich hell und leicht. Sie wollte sich den Song auf dem Heimweg anhören, freute sich bereits darauf. Doch da war kein Link zu einem Song, nur eine Nachricht: Hey, Alison, ich sitze in der Bar vom Hotel Exeter in der Rundle Street und halte dir einen Platz frei xxx.

Die Welt da draußen – Autos, Läden, Tankstellen, Kneipen, Leute – zog sich zurück ins Nichts, strömte von ihr weg wie fallendes Wasser, verschwand einfach, bis sie ganz allein war auf der Port Road, mit zitternden Händen, klopfendem Herzen. Ungläubig starrte sie seine Worte an, doch die änderten sich nicht. Weder mutierten sie, noch schmolzen sie dahin, um zu beweisen, dass sie nur ein Produkt ihrer Fantasie waren. Sie blieben genau so, unverändert, und die Uhrzeit darunter zeigte 22:17, und jetzt war es genau zwanzig nach zehn, nur drei Minuten, nachdem er ihr geschrieben hatte, von einem Barhocker in einem Pub an der Rundle Street. Er war hier, in Adelaide, und er war ihretwegen hier.

Jetzt flipp nicht aus, sagte sie sich. Und vermassele es nicht. Versteck dich nicht, lauf nicht weg, enttäusch ihn nicht und ... vergiss nicht zu atmen.

Da gab es nichts zu überlegen, und doch antwortete sie Dan nicht. Sie schickte Michael eine Nachricht, dass sie noch bei Tahnee war, dass sie spät nach Hause kommen würde, sie hätten noch einiges zu besprechen, und diese absolut plausible Lüge fiel ihr so leicht, dass sie sich dafür hätte schämen sollen. Aber sie fühlte sich nur seltsam beschwingt. Sie hielt das Lenkrad des stehenden Wagens umklammert und zwang sich, tief durchzuatmen. So lange, bis das unfreiwillige Zittern verschwand. Dann warf sie einen prüfenden Blick in den Rückspiegel und folgte von da an nur noch dem Diktat ihres – und seines – Herzens, voller Entschlossenheit, ganz klar in ihrer Absicht. Es war, als kehrte sie heim. Sich zu fragen, wie es sein konnte, dass Dan hier war, kam ihr überhaupt nicht in den Sinn, das Risiko, das er eingegangen war, der Aberwitz, unangekündigt aufzutauchen. Nein, das Wie und Was, das Warum und Weshalb einer unaufhaltsamen Macht war nicht zu hinterfragen. Außerdem konnte man die Welt in einem Tag und einer Nacht umrunden, und schließlich mussten sie sich sehen, natürlich mussten sie das. Sie mussten in derselben Stadt sein, im selben Raum, sie mussten reden und sich berühren, sie konnten nicht einfach die Jahre, die ihnen noch blieben, damit verbringen, Songs im Cyberspace auszutauschen. Diese Gewissheit hielt sich die zwanzig Minuten, die sie brauchte, um zum East End zu gelangen, zu parken und auszusteigen. Doch dann, als sie sich dem schäbigen Prunk des hübschen, alten Exeter Hotels näherte, dachte sie: Moment mal, Daniel Lawrence ist da drinnen! Und für einen Augenblick erstarrte sie, obwohl sie die Hand bereits nach der Tür ausgestreckt hatte. Sie stand dort auf der Stufe, als wäre die Zeit stehen geblieben, und ein junger Mann hinter ihr fragte nicht unfreundlich: »Kommen Sie, oder gehen Sie?« Dann schob er sich um sie herum und öffnete die Tür, und Ali konnte Dan dort stehen sehen, erkannte ihn gleich auf den ersten Blick, auch wenn sie ihn nur von der Seite sah, weil eine Band spielte und er der Bühne zugewandt war, nicht der Tür, und sich die Band anhörte, mit einem Bier in der Hand, während er auf Alison wartete, als hätte er das schon immer getan.

Kein Zweifel mehr. Sie trat durch die offene Tür und ging direkt auf ihn zu, und er drehte den Kopf, noch bevor sie etwas sagen konnte, als hätte er gespürt, dass sie da war, und lächelte sie an. Nur das, ein Lächeln, aber es war ihr so vollkommen vertraut, dass sie lachen musste. Sie war so voller Liebe und Staunen. Daniel stellte sein Glas auf den Tresen. Sie sahen sich tief in die Augen.

»Du bist da«, sagte er und nahm ihr Gesicht in die Hände, neigte es ein wenig, damit er sie küssen konnte, ganz sanft, auf den Mund. »Endlich«, sagte er und wich zurück, um sie zu betrachten, doch sie rückte näher an ihn heran, so nah, dass sich ihre Körper berührten, und sie legte ihre Hand in seinen Nacken und zog ihn zu sich herab, um ihn zu küssen. Danach lehnte sie ihren Kopf an seine Schulter, atmete den Duft seiner warmen Haut, und er schlang seine Arme um sie. So standen sie eine Weile, wie Überlebende, die sich einfach nur freuten, dass sie noch da waren.

22

ADELAIDE,
3. FEBRUAR 2013

In der Ecke war ein Tisch frei, abseits des Gedränges. Man kannte Ali in diesem Pub, sie war schon oft hier gewesen, und doch hatte sie gerade eben am Tresen gestanden und Daniel Lawrence geküsst, als wären sie allein. Sie sah sich unter den Gästen um, während der Barkeeper ihr eine Flasche Shiraz und zwei Gläser holte, aber es waren keine bekannten Gesichter darunter, keine schockierten oder vorwurfsvollen Blicke, nur das dreiste Zwinkern des jungen Barkeepers, doch das ignorierte sie. Als sie zu Daniel zurückkam, starrte der sie nur an und sagte: »Wie unfassbar schön du bist, das ist doch schon nicht mehr erlaubt.«

Ali sagte nichts, setzte sich nur neben ihn und betrachtete ihn eine Weile, freute sich über ihn.

»Du siehst noch genauso aus wie früher«, sagte sie. »Älter natürlich, bin ich ja auch, aber es steht dir gut. Ich hätte dich überall wiedererkannt.«

»Aber du bist ein Aussie«, sagte er. »Dein Akzent … Du klingst wie Kylie Minogue.«

Sie lachte, schenkte Wein ein, hob ihr Glas. »Cheers, Daniel.«

»Cheers, Alison.«

Sie tranken, ohne einander aus den Augen zu lassen.

»Du bist nach Adelaide gekommen«, sagte sie. »Das ist wahrscheinlich das Netteste, was jemals jemand für mich getan hat.«

Er grinste. »Na ja, weißt du, ich war beruflich in Hongkong, also …«

Ali lachte. »Was hättest du gemacht, wenn ich nicht da gewesen wäre?«

Er streckte eine Hand aus, um ihr sanft eine Haarsträhne hinters Ohr zu streichen, eine Geste von alltäglicher Intimität, die sie augenblicklich um all die vielen anderen Momente trauern ließ, die es nie gegeben hatte. »Ich wusste, dass du da sein würdest«, sagte er. »Ich habe es gespürt.«

»Es tut so gut, dich zu sehen.«

»Dich auch.«

»Aber es ist der helle Wahnsinn, oder?«

»Ja«, sagte er. »Und nein.«

Sie saß im Exeter, mit Daniel Lawrence, ihrer ersten großen Liebe, dem Jungen, der sie schon gekannt hatte, als sie noch Alison Connor gewesen war, ihr Uptown Boy aus Nether Edge mit dem Saisonticket für Sheffield Wednesday, der netten Familie und seiner Vorliebe für Mixtapes. Diese schlichte Erkenntnis traf sie mit einem Mal wie eine Brandungswelle, sodass ihr die Luft wegblieb und sie für einen Moment nicht wusste, wo oben und unten war.

»Alison?«, fragte er. »Alles okay?«

»Ja«, sagte sie. »Und nein.«

Er musterte sie mit liebevoll prüfendem Blick.

»Ich dachte, ich hätte gelernt, dich zu vergessen«, sagte Ali.

»Ja, davon war ich auch überzeugt.« Er lächelte, stellte

sein Glas weg und verschränkte die Arme. »Du hast uns damals ganz schön hängen lassen. Wir hatten einen Gig zu spielen. Wir hätten berühmt werden können – du hättest unsere Fahrkarte zum Erfolg werden können, unsere Chrissie Hynde, unsere Debbie Harry.« Seine kleine Stichelei war nicht böse gemeint, aber er hatte ihre Stimmung falsch gedeutet. Ihr war nicht spielerisch zumute, denn mit einem Mal wurde ihr alles zu viel, sie war überwältigt von der Vertrautheit – seine Stimme, sein Akzent, die Art, wie er den Kopf senkte, um sie anzusehen, sein leises Lächeln, sein Kinn, seine Wangen, die Form seiner Augen. Hier war er, ihr Gegenstück, das immer gefehlt hatte. Ihre Erleichterung war dermaßen groß, dass es wehtat – allerdings auch ihre Trauer, und obwohl sie nicht weinen wollte, kamen die Tränen doch so schnell und unerwartet, dass sie es nicht verhindern konnte.

»Alison«, sagte er und nahm sie in die Arme. »Tut mir leid. Ich bin ein Trottel. Ich spüre ja selbst, wie überwältigend das alles ist, und da plappere ich drauflos wie ein Idiot.« Er küsste ihre Schläfe. »Du riechst noch genau wie früher.«

»Du auch«, sagte sie. »Und ich freue mich so, deine Stimme zu hören, deine Arme um mich zu spüren. Es tut einfach nur gut.«

»Alison«, sagte er wieder.

Sie rückte ab und sah ihn an, und er wischte die Tränen unter ihren Augen weg.

»Was möchtest du machen?«, fragte er.

»Machen?«

»Ja. Ich meine jetzt, morgen, übermorgen. Was möchtest du machen?«

»Im Moment möchte ich mit dir einfach nur diesen Rotwein trinken«, sagte sie.

»Bin dabei.«

»Dann lasse ich den Wagen stehen und nehme ein Taxi nach Hause.«

»Okay.« Das klang nicht allzu gut.

»Dann treffen wir uns wieder, hier in der Rundle Street, morgen früh.«

»Okay.« Besser, viel besser, auch wenn er sie am liebsten gleich mit in sein Hotelzimmer genommen und die ganze Nacht mit ihr verbracht hätte.

»Wir müssen reden«, sagte sie.

»Na klar. Und wie stehen die Chancen, dass ich dich hinterher in die Finger kriege?«

Sie warf den Kopf in den Nacken und lachte, und er betrachtete ihren hübschen Hals, erinnerte sich, wie gern er sie schon immer zum Lachen gebracht hatte, aber auch wie selten sie mit sechzehn gelacht hatte. »Dauernd denke ich, dass du verschwindest, Alison. Jetzt und hier, meine ich. Ich habe Angst, dass du dich auflöst wie eine Fata Morgana.«

»Werde ich nicht«, sagte sie und wurde sofort wieder ernst. Sie nahm seine Hand.

»Ich habe dich gesucht, damals«, sagte Dan. »Als du abgehauen bist. Ich habe dich gesucht. Ich wusste nicht, wo du wohnst – und es hat mich irre gemacht, das nicht zu wissen –, aber ich wusste ja, dass es Attercliffe war, und euer Haus war nicht so schwer zu finden, nachdem ich angefangen hatte, die Leute nach Alison Connor zu fragen.«

Sie wurde kreidebleich, musterte ihn nur stumm. Er

wollte ihr nicht wehtun, indem er die schmerzhafte Vergangenheit zur Sprache brachte, aber als sie ihn damals sitzen ließ, hatte er gelitten wie nie zuvor oder seither, und bis zum heutigen Tag hatte er keine Ahnung, wovor sie eigentlich weggelaufen war. »Ich habe deine Mutter gefunden«, sagte er.

Ali zog ihre Hand zurück, spürte, wie sie zu schwitzen begann, wie sich ihr die Kehle zuschnürte und der Magen zusammenkrampfte, dass sie kaum noch Luft bekam. Sie sah Catherine vor sich, die fleckigen, nackten Beine, den kurzen Rock, das Dekolleté, das ihr ein paar freie Drinks garantierte. Sie roch Zigaretten, Alkohol und Urin. Und sie sah Daniel, diesen hübschen Jungen, wie er versuchte zu verstehen, was sie redete, wie er versuchte, sich eine Geschichte zusammenzureimen, die er nie ganz begreifen würde.

»Sie war keine große Hilfe«, sagte Dan. »Sie konnte nicht.«

Ali schüttelte den Kopf, nur eine ganz kleine Geste, kaum merklich, und doch verriet sie großes Leid. »Könnten wir das bitte verschieben?«, fragte sie. »Auf später?«

Er zuckte mit den Schultern und starrte in sein Glas. Eigentlich fand er, dass es an der Zeit war. Eine Erklärung war weiß Gott lange überfällig. Aber er sah auch ihre Not – fast brutal, fast greifbar –, und nach allem, was er von Catherine Connor in Erinnerung hatte, konnte er verstehen, dass man so eine Mutter lieber vergaß. Peter hatte zugänglicher gewirkt, verständnisvoller. Doch auch er war verschlossen gewesen und extrem angespannt. Er hatte aus den Augenwinkeln immer wieder zur Tür geblickt, zum Fenster, zu Catherine, als gäbe es weit und breit nichts und niemanden, dem er vertrauen konnte. Immerhin hatte er Daniel ein Glas Wasser und einen Stuhl angeboten, bevor er ihm erklärte, dass Alison für immer weg war.

»Ich habe dir geschrieben«, sagte Ali.

»Hast du?«, sagte Dan überrascht. »Wann?«

»Nach drei Monaten etwa. Da war ich schon in Paris. Ich habe dir geschrieben, dreimal, sobald ich eine feste Adresse hatte. Ich dachte, du würdest vielleicht kommen oder mir wenigstens zurückschreiben, aber irgendwann habe ich mir gedacht, dass du mich wahrscheinlich hasst.«

»Alison. O mein Gott, Alison, wenn ich einen Brief von dir bekommen hätte, wäre ich sofort zu dir gefahren!«

»Dann hast du meine Post nicht bekommen?«

»Weiß der Himmel. Da war ich inzwischen wohl in Durham und habe versucht zu studieren.« Er dachte an dieses nutzlose Semester, den schrecklichen Schmerz, den er von Sheffield mitgebracht hatte.

»Aber meine Briefe ... Hat dir deine Mum denn nicht deine Post geschickt, als du an der Uni warst?«

»Doch«, sagte er. »Hin und wieder. Offizielle Schreiben zum Unterzeichnen und die eine oder andere Postkarte von Kev Carter.«

»Aber nichts von mir?«

Sie starrten einander an.

»Ich könnte mir vorstellen, dass sie mir vielleicht nicht vertraut hat«, sagte Ali.

»Oh, nein.«

»Ich glaube, sie hatte Angst, dass ich dich in Schwierigkeiten bringe.« Sie erinnerte sich an diesen Juliabend, als Marion Lawrence auf der Straße gestanden und ihr hinterhergerufen hatte: Gibt es etwas, das Daniel wissen muss?

»Sie hat mir deine Briefe nicht geschickt.« Dans Gedanken rasten, während er versuchte, Details seiner Vergangenheit neu zu ordnen. Was es alles verändert hätte, für ihn, für Alison, für ihren gemeinsamen Platz im Leben. Sie war sein Traum in Technicolor gewesen, seine Yellow Submarine, sein Ein und Alles. Und dann waren – für ein paar Jahre zumindest – sämtliche Farben verblasst, und von da an war die ganze Welt wieder schwarz-weiß. »Ich erinnere mich, dass sie mir geraten hat, dich am besten zu vergessen«, sagte er. »Nachdem du weg warst und ich dich nicht finden konnte, meinte sie, du schienst große Probleme zu haben, und ich sollte am besten so tun, als hätte ich dich nie gekannt. Ich habe ihr gesagt, sie kann mich mal, und da ist sie total ausgerastet, hat geweint und getobt, was ihr gar nicht ähnlich sah. Ich hatte sie noch nie beschimpft und musste mich hinterher tausendmal entschuldigen. Mein Dad hat sich zwei Tage in seinem Taubenschlag verkrochen.«

Ali lächelte fast. »Bill«, sagte sie. »Bill habe ich so gemocht.«

»Er dich auch. Tut er wahrscheinlich immer noch, auch wenn er heutzutage kaum noch spricht.«

»Oh, Daniel, es tut mir leid. Ich wollte dir bestimmt nicht wehtun, aber ich musste weg, nicht von dir, natürlich nicht von dir, aber von allem anderen.«

»Am Abend vorher bei der Probe im High Green schienst du ganz glücklich zu sein.«

Sie schwieg. Keine Menschenseele wusste, was sie an jenem grauenhaften Samstag erdulden musste, als Martin

Baxter aufgetaucht war und ihre Welt zerstört hatte, sodass der Abend vorher in eine ganz andere Zeit gehörte, in ein anderes Land, und sie hatte sich so schmutzig gefühlt, so erniedrigt – danach konnte sie für lange Zeit nur Scham empfinden.

»Entschuldige«, sagte Dan. »Ich wollte dir keinen Vorwurf machen.«

»Nein, ist schon okay. Es gäbe da wohl was zu erzählen, aber mir fehlen die Worte.«

Und dabei bist du Schriftstellerin, dachte er. Er fragte sich, wie finster ihre Geschichte sein mochte, doch er lächelte nur und sagte: »Dann ein andermal.«

»Hat deine Mum dir erzählt, dass ich da war, dass ich zu dir wollte?«, fragte Ali plötzlich. »An dem Samstag, an dem du in Manchester warst?«

»Nein, aber mein Dad. Er meinte, du hättest völlig aufgelöst vor der Tür gestanden und wärst dann weggerannt. Er war außer sich, richtig außer sich.«

»Ich weiß«, sagte Ali. »Es tut mir leid. Aber ich musste dich einfach ganz dringend sehen.«

»Aber du wusstest doch, dass ich nicht da sein würde, oder?«

Sie schüttelte den Kopf, versuchte, die Erinnerung abzuschütteln. »Ich hatte es vergessen. Da ist so vieles, was du nicht weißt. Ich mache deiner Mum keinen Vorwurf. Sie dachte, ich wäre nicht ganz zurechnungsfähig.«

»Meine Mum ... das war wirklich beknackt von ihr!«

Sie lachte. »Beknackt. Tolles Wort. Das hab ich seit Jahrzehnten nicht mehr gehört.«

»Danach war nichts mehr wie vorher«, sagte Dan.

Ali nickte und beugte sich vor, um ihn zu küssen. Auch

wenn sie erfüllt war von Reue und Mitgefühl und schlechtem Gewissen, genoss sie staunend dieses Gefühl der Zusammengehörigkeit. Sie wusste genau, was sie an Dan Lawrence hatte. Und wie viel es bedeutete.

Sie nahm ihr Glas und trank, beobachtete, wie er sie beobachtete. »Weißt du«, sagte sie, »mir Musik zu schicken, und ganz besonders diesen einen Song, vor vielen Wochen, das war absolut genial von dir.«

Er nickte bedächtig.

»Deshalb sind wir heute Abend hier«, sagte sie.

Wieder nickte er.

»Ich habe dir hinterherspioniert, nachdem du ihn mir geschickt hattest.«

»Logisch«, erwiderte er. »Wer würde das nicht tun?«

»Ich weiß, was du machst, was aus dir geworden ist, was du geschrieben hast, wo du wohnst, mit wem du zusammen bist.«

»Danke gleichfalls.«

»Katelin, Alex und McCulloch«, sagte Ali.

»Michael, Thea und Stella.«

»Unsere Liebsten.«

»Unsere *anderen* Liebsten«, korrigierte Dan.

Sie streckte eine Hand aus und fuhr mit den Fingern langsam durch seine Haare. Sie wusste kaum noch wohin mit ihren zärtlichen Gefühlen für ihn.

»Nur ein einziges Mal habe ich dir gesagt, dass ich dich liebe«, sagte sie. »Da hast du fest geschlafen. Hast mich nicht gehört.«

»Tut mir leid«, sagte er. »Habe ich dir denn je gesagt, dass ich dich liebe?«

Sie schüttelte den Kopf.

»Okay. Ich liebe dich«, sagte er. »Ich liebe dich. Habe ich immer, werde ich immer.«

Sie redeten, bis das Licht anging, ein Licht, das selbst die Toten geweckt hätte – damit sie merkten, dass sie die letzten Gäste waren, allein mit dem Barkeeper mit seinem wissenden Blick und dem schelmischen Grinsen. Als sie gingen, sagte er, »Schlaft gut!«, in einem Tonfall, der andeutete, dass er wusste, dieses Pärchen würde ganz bestimmt keinen Schlaf finden. Doch da täuschte er sich, denn Ali würde nach Hause fahren. Sie liefen den kurzen Weg zum Taxistand an der Pulteney Street, dann warteten sie darauf, dass ein Taxi kam, berührten einander nicht, standen mit etwas Abstand, fühlten sich zum ersten Mal ein wenig unbeholfen miteinander, als hätte der Ortswechsel – von der Intimität des vollen Pubs zur mitternachtsleeren Straße – irgendwie die Regeln geändert. Ein alter Aborigine mit staubiger Haut und blassen, wässrigen Augen beobachtete sie freundlich von seinem Deckenhaufen in einem Ladeneingang aus, und eine Polizeisirene zerriss die Stille der warmen Nacht. Als ein Taxi hielt, nannte sie dem Fahrer die Adresse durchs offene Fenster, dann wandte sie sich wieder zu Dan um.

»Sei mittags beim Exeter Hotel, okay?«, sagte sie. »Pack deine Sachen und bring sie mit. Du wirst sie brauchen.« Dann stieg sie ins Taxi. Dan schloss die Tür, warf ihr eine Kusshand zu und sah ihr hinterher. Offenbar hatte er etwas Verlassenes an sich, denn der alte Mann im Ladeneingang hob schwankend seine Flasche und bot Dan zum Trost einen Schluck an.

»Danke, Mann«, sagte Dan. »Lieber nicht.« Aber er

blieb einen Moment bei ihm stehen, denn er wusste brüderliche Solidarität zu schätzen, und er wollte nicht undankbar wirken. Forschend blickte der alte Mann in seine Augen, als läse er das Kleingedruckte auf Dans Seele. Aber er schien dort nichts Erhellendes zu finden, weder positiv noch negativ, und er zog auch keine Schlussfolgerungen. Er musterte Dan nur eine Weile, dann verlor er mit einem Mal das Interesse, wandte sich ab, nahm einen großen Schluck Rum und stimmte stockend ein seltsames Lied an, in einer Sprache, die für Daniels Ohren ungewohnt klang. Es war schräg, dachte Dan, es war alles so verdammt schräg: die Hitze wie eine Wand, selbst nachts um halb eins. Der alte Mann auf seinem Bett aus Decken, diese milchigen Augen, seine seltsam mystische Ausstrahlung. Unwirklich. Wenn auch im Vergleich nicht unwirklicher, als Alison Connor zu küssen, zum ersten Mal seit drei Jahrzehnten.

Er brauchte zehn Minuten, um sich zu orientieren und sein Hotel zu finden. Dort angekommen zog er seine Sachen aus, legte sich aufs Bett und rechnete mit einer schlaflosen Nacht. Er war körperlich erschöpft und doch hellwach, dank des Jetlags, der ihn bereits in Hongkong heimgesucht hatte. Er stellte sein Notebook nicht an, checkte nicht seine Mails – weil dort die Realität lauerte. Lieber dachte er an Alison, stellte sie sich vor, ihre feinen Züge, ihr welliges Haar, die Jeans, die ihr so gut stand, und die weiße Leinenbluse, ihre schmalen Hüften, die schlanke Taille, die kleine Senke in ihrem Kreuz. Er dachte an ihre ausgesprochen positive Reaktion auf seine Nachricht. Sie war auf direktem Weg zu ihm gekommen, dabei hätte sie auch in Panik ausbrechen oder nach Ausflüchten suchen oder einfach wegrennen können. Sie war in seine Arme gesunken, als kehrte sie heim, ganz natürlich, ohne Hemmungen. Sie war das Größte, sein Sheffield Girl, das Gott weiß wie auf der anderen Seite vom Globus gelandet war, mit australischem Akzent und australischem Ehemann. Wusste der denn nicht, wo sie hingehörte? Von Sehnsucht gebeutelt rollte Dan auf den Bauch und stöhnte ins Kissen. Er wollte sie jetzt, brauchte sie, sehnte sich nach ihr. Aber er würde bis morgen warten müssen. Und es würde schon gehen. Schließlich war es sowieso unglaublich, dass sie überhaupt ein gemeinsames Morgen haben würden.

Er beschloss, ihr einen Song zu schicken, und nahm sein Telefon zur Hand. Er wollte ihr was von John Martyn schicken. Und zwar »Go Down Easy«. Unter diesen Umständen war es das Einzige, was er tun konnte. Es wurde Zeit.

Montagmorgen. Ali war eifrig damit beschäftigt, ein Netz aus Lügen zu weben. Michael lauschte ihr schweigend, während sie ihm ihren Plan für die kommende Woche unterbreitete: wieder nach Quorn fahren, wo die Schreibblockade, die nun schon wochenlang anhielt, sich vielleicht lösen würde. Sie musste mit ihrem neuen Roman vorankommen, und hier ging es nicht, partout nicht. In Quorn würde es ihr vielleicht gelingen, die Worte wieder zum Fließen zu bringen, den Stein vom Höhleneingang zu rollen, um Licht hereinzulassen.

»Es liegt am Druck, den Erfolg wiederholen zu müssen«, sagte sie. Er stand mit dem Rücken zu ihr, beobachtete die badenden Vögel in der Tränke. »Ich denke, es ist die Erwartung. Das hatte ich noch nie. Bisher hat es niemanden interessiert, was ich schreibe oder wann ich damit fertig bin. Jetzt schreien alle: ›Wo bleibt das Buch? Die Leute wollen mehr!‹«

Sie hörte sich reden, ein Paradebeispiel für Hinterlist. Sie sagte die Wahrheit – seit Wochen hatte sie kein Wort geschrieben. Die Lüge lag im Unausgesprochenen. Sie beobachtete ihren Mann, der sich nicht umdrehen wollte, sondern starrsinnig fasziniert blieb von den Rosakakadus, die um einen Platz im steinernen Trog stritten. Sie fragte sich, ob er womöglich schon wusste, dass sie gestern nicht bis weit nach Mitternacht bei Tahnee gewesen war, und bei diesem Gedanken wurde ihr ganz flau im Magen. Doch dann wandte er sich um und fragte mit ganz normaler Stimme: »Sind Sheila und Dora denn im Moment in Quorn?«

Sie schämte sich ein bisschen, weil sie darüber so erleichtert war; das schien auf eine gewisse Charakterlosigkeit hinzudeuten, auf mangelnde Entschlossenheit. »Ich habe sie noch nicht angerufen«, sagte sie. »Mach ich noch, aber Sheila meinte, sie legt mir den Haustürschlüssel unter den Buddha, falls ich mal spontan vorbeischauen möchte und sie nicht da sind.«

»Vorbeischauen? Höchst unwahrscheinlich, es sei denn, man wäre gerade auf dem Weg in die Wüste.« Er schenkte sich einen Kaffee ein, seine zweite Tasse, was bedeutete, dass er bald losmusste.

»Tut mir leid, dass es gestern Abend ein bisschen schwierig wurde«, sagte sie. »Cass hatte schon einen im Tee, als sie kam. Ich konnte es ihr ansehen. Ihre Augen waren ganz groß und wild.«

»Bei Cass muss man ja immer mit allem rechnen«, meinte Michael. »Aber was schlechtes Benehmen angeht, hat ja wohl Stella gestern Abend den Vogel abgeschossen.«

»Sie fährt morgen zu Thea nach Melbourne. Da hast du eine Weile Ruhe von ihr.« Oh, wie sehr bemühte sie sich doch, ihm alles recht zu machen! Sie hatte das Gefühl, man müsste ihr die Hinterlist ansehen, wie das Brandmal einer Sünderin, für immer unwürdig.

»Das weiß ich, aber sie wird mir nur aus den Augen sein, nicht aus dem Sinn. Sie macht mich wahnsinnig.« Er trank seinen Kaffee aus und stellte die Tasse in die Spüle, wo er sie einen Moment lang anstarrte, nur anstarrte, als könnte er dem Bodensatz etwas entnehmen.

»Also«, sagte Ali beklommen, weil sie es kaum erwarten konnte, allein zu sein.

Er wandte sich von der Spüle ab. »Also?«

Sie standen sich an der hellen Eichenplatte der Kücheninsel gegenüber, und sie ging darum herum, auf seine Seite, damit er sie berühren konnte, wenn er wollte, was nicht der Fall war, und auch sie berührte ihn nicht. »Dann hast du nichts dagegen? Wenn ich wegfahre?«

»Es ist deine Sache, was du tust.« Er verschränkte die Arme und lehnte sich zurück, gegen die Spüle. Wenn er auf dem Weg zur Arbeit war, sah er immer so gepflegt aus und wirkte so kontrolliert, dass seine Stimmung nur schwer einzuschätzen war. »Ich werde dir keine Erlaubnis erteilen.«

»Ich bitte nicht um Erlaubnis«, sagte Ali. »Ich frage dich, ob du was dagegen hast.«

»Okay.« Er seufzte, als würde seine Geduld auf die Probe gestellt. »Karten auf den Tisch! Es wäre mir lieber, wenn du nicht fahren würdest, aber ich schätze, ich habe nichts dagegen, wenn du meinst, dass es sein muss.« Herausfordernd sah er sie an. Das war deutlich, und als es ihr bewusst wurde, merkte sie, dass er sie schon die ganze Zeit so angesehen hatte.

»Was ist los, Ali?«, fragte er, und *bamm!*, da war sie wieder, die kalte Angst in ihrem Bauch, ihr Mund ganz trocken, was mal wieder zeigte, wie leicht sie aus der Bahn zu werfen war, jetzt schon, obwohl noch kaum etwas Verwerfliches geschehen war. Kampf oder Flucht, dachte sie. Wie schlicht wir doch sind, wie berechenbar. Sie schluckte und beschloss zu kämpfen.

»Was ist das für eine Frage?«, sagte sie.

Und schon griff er an, bombardierte sie mit Beweisen. »Du bist abwesend und abgelenkt. Du bist zu sonderbaren Zeiten am Handy, so wie gestern Abend bei Tisch – kaum ging ich in die Küche, da hattest du es schon in der Hand. Du schließt dich im Bad ein. Du verbringst Stunden hinter verschlossenen Türen in deinem Arbeitszimmer. Du gehst lieber joggen, als Zeit mit mir zu verbringen. Du siehst mich nicht mehr so oft an wie früher. Du scheinst mich nicht zu hören, und wenn du mich hörst, scheint es dich nicht zu interessieren. Außerdem lächelst du kaum noch, nur wenn die Mädchen dabei sind. Ich spüre diese Distanz zwischen uns. Ich spüre sie körperlich, als stünden wir auf gegenüberliegenden Seiten einer Schlucht, die sich urplötzlich aufgetan zu haben scheint, aber die Kluft wird breiter und breiter, und ich kann es nicht verhindern, weil ich es nicht verstehe.«

Dann schwieg er. Ali erkannte sich in seiner Beschreibung sofort wieder, doch erkannte sie Michael nicht wieder, diesen Michael, der sie so genau beobachtet hatte, dem all diese Unterschiede aufgefallen waren, die sie nicht bestreiten konnte. Er war ihr noch nie sonderlich aufmerksam vorgekommen, hatte sich noch nie zu ihren Gewohnheiten oder Ritualen geäußert. Doch jetzt wurde ihr klar, dass sie ihm bisher nur noch keinen Grund dazu gegeben hatte. Sie hatte nicht gewusst, dass sie in den letzten paar Monaten ihm gegenüber so unachtsam, so unbedacht gewesen war. Sie hatte vergessen, wie gut er sie kannte, hatte vergessen, dass er sie, während sie von ihm abrückte, hin zu Dan, vielleicht beobachtete, sich wunderte und Sorgen machte. Sie legte eine Hand auf seinen Arm und streichelte ihn, denn der Impuls, ihn zu trösten und zu beruhigen war stark, selbst wenn sie gerade dabei war, ihn zu betrügen.

»Es tut mir leid«, sagte sie. »Es tut mir echt leid, Michael. Du musst dir keine Sorgen machen. Das ist der Schreiberblues. Ich weiß, ich ziehe mich zurück, aber das geht vorbei.«

»Ja«, sagte er. »Ich hab mir schon gedacht, dass du das sagen würdest. Aber ich glaube, es ist was anderes.« Seine Stimme klang neutral, aber sie sah ihm die Anstrengung an, die es ihn kostete, im Angesicht dieser namenlosen, nicht greifbaren Bedrohung die Ruhe zu bewahren. »In all den Jahren, die wir verheiratet sind, hatte ich nie Anlass, unsere Zukunft in Frage zu stellen, aber in den letzten Wochen...« Er ließ den Satz verklingen, schüttelte ratlos den Kopf, ohne sie aus den Augen zu lassen, mit diesem bohrenden Blick, der plötzlich nach mehr zu suchen schien, als sichtbar war. »Irgendwas hat sich verändert, Ali, und ich bin es nicht.«

Sie sammelte ihre Kräfte, vertrieb ihre Zweifel, hielt an ihrem Recht fest – und es war ihr gutes Recht, davon war sie absolut überzeugt –, endlich auch mal eigene Wege zu gehen, die Möglichkeiten zu erkunden, die das Leben bot, und nur an sich zu denken. Aber sie konnte ihm die Wahrheit nicht sagen. Sie konnte nicht ihr ganzes Universum in die Luft sprengen. Wenn das Feigheit war, so zeigte sie keinerlei Reue, denn auch Dan Lawrence hatte Aufmerksamkeit und eine Erklärung verdient. Und durch ihn, so dachte sie, würde sie vielleicht den Schlüssel zu sich selbst finden.

»Okay«, sagte sie mit einer Stimme, die andeutete, dass dieses Gespräch für sie beendet war, »wenn ich distanziert und unnahbar gewirkt habe, tut es mir leid. Aber ich kümmere mich bereits darum.«

»Indem du wegrennst.«

»Nach Quorn, nicht auf den Mond! Und auch nur für ein paar Tage.«

»Ali, du bist mein ganzes Glück.«

»Michael ...«

»Du bist für mich das Allerwichtigste. Mein Leben.«

Na, dachte sie, dann wäre das ja schon mal geklärt. Aber was ist mit mir und meinem Leben? Das sagte sie natürlich nicht. Sie stellte sich nur auf die Zehenspitzen und gab ihm einen Kuss, einen Judaskuss, und sagte: »Mach dir keine Sorgen, Liebling. Freitag bin ich wieder da.«

Sobald sie vom Taxi in ihr eigenes Auto umgestiegen war, rief sie Cass an und erzählte ihr alles. Sie musste irgendjemandem die ganze Wahrheit beichten, auch wenn ihre Freundin weniger Skrupel hatte als sonst wer, den sie kannte. Trotzdem war es eine Erleichterung, jemandem die ganze Geschichte anzuvertrauen, und Cass hörte aufmerksam zu, bis Ali sagte: »Das ist alles, und jetzt wartet er in der Rundle Street auf mich, und ich habe gelogen, dass sich die Balken biegen, um ein paar Tage freizubekommen.«

»Willkommen im Club, Schätzchen. Oder besser: Lass dich auf die Warteliste setzen, der Club ist voll. Aber verdammt, ich hab's gewusst! Hab ich's nicht gewusst?«

»Ja, du hast es gewusst. Aber noch ist nichts passiert. Ich könnte alles wieder zurückdrehen, in diesem Moment, ohne dass was passiert wäre.«

»Dan erwartet dich beim Exeter?«

»Tut er, ja.«

»Und wie fühlst du dich dabei?«

»Unfassbar glücklich.«

»Dann musst du es zu Ende bringen. Ich wünsche Michael nichts Schlechtes, aber hier geht es um dich.«

»Es geht auch um Verrat.«

»Ja, wenn du unbedingt heilig werden willst.«

»Nicht nur an Michael, auch an den Mädchen.«

»Ach, Quatsch, Ali. Die Mädchen sind schon fast erwachsen und leben ihr eigenes Leben.«

»Ja«, sagte Ali. »Aber sie würden es mir nie verzeihen.«

»Doch, das würden sie. Natürlich würden sie das. Du bist ein Vogel im goldenen Käfig, Ali. Das bist du, seit ich dich kenne, und dieser Typ ist den ganzen Weg von Edinburgh bis hierher gekommen und hat deine Käfigtür geöffnet.«

»Aber nur an mich zu denken ... Ich weiß nicht, so bin ich nicht. Es ist nicht meine Art, andere zu verletzen.«

Cass seufzte. »Weißt du, Ali, seinen guten Ruf einzubüßen, kann sehr befreiend sein. Dafür müsstest du allerdings aufhören, die zu sein, von der du glaubst, dass alle anderen sie so haben wollen. Glaub mir, ich weiß, wovon ich rede. Zieh es durch und schau dir an, wohin es dich führt.«

»Hör mal, ich muss auflegen«, sagte Ali und tat es, denn mit einem Mal sah sie Dan weiter hinten an der Straße warten, am Kantstein vor dem Exeter, in ausgewaschenen blauen Shorts und einem Khaki-T-Shirt, mit einer grauen Reisetasche um die Schulter. All diese Zweifel, all diese Bedenken – und doch hüpfte ihr Herz, als sie ihn sah. Er erinnerte sie an sein jüngeres Ich, wie er damals an der Bushaltestelle auf sie gewartet hatte, ohne nach ihr Ausschau zu halten. Er hatte nur dagestanden, wo sie verabredet waren, und den *NME* gelesen, bis sie auftauchte. Jetzt hörte er Musik und wirkte völlig entspannt, interessierte sich gar nicht für die vorbeifahrenden Autos, und als sie vor ihm hielt, erschrak er leicht, als hätte er schon vergessen, wieso er da stand. Er nahm die Stöpsel aus den Ohren, öffnete die Beifahrertür, grinste sie an und sagte: »Hey«, und dann warf er seine Tasche nach hinten und stieg ein. Unglaublich. Daniel Lawrence saß in ihrem Wagen, und sie waren auf dem Weg in den Norden zu Sheila. Ja, dachte sie, es war Verrat, und alle außer Cass mochten scharf über sie urteilen. Aber es war auch ein Bekenntnis zu dem unausgesprochenen Pakt, den sie einmal mit Daniel geschlossen hatte. Sprach daraus denn nicht auch Integrität? Sprach daraus nicht auch Wahrheit?

Er beugte sich vor und küsste sie, einmal auf die Lippen, dann noch mal auf die Wange, dann lehnte er sich zurück, schnallte sich an und lächelte. »Alles gut?«, fragte er.

»Alles super.«

Er fragte nicht, wie sie diesen Trip arrangiert hatte, welche Hürden sie nehmen musste, welche Lügen sie aufgetischt hatte, so wie er auch ihr nicht erzählte, welchen Bären er Katelin vor einer Stunde aufgebunden hatte, als sie wissen wollte, wie ihm Hong Kong Island gefiel, nachdem er ihr vorgegaukelt hatte, dass er dort war. Vielleicht lag es daran, dass sie mit ihrem eigenen Abenteuer voll beschäftigt war, ihrer Fahrt quer durch Amerika, aber sie war hilfreich desinteressiert an den Details seiner Reise, sprudelte nur so vor eigenen Geschichten über Land und Leute. Dan freute sich für sie. Er würde sich noch überlegen müssen, wie er ihr verzeihen konnte, dass sie auf dem Weg durch Tennessee keinen Zwischenstopp in Nashville eingeplant hatte, aber zumindest Austin hatten sie auf dem Schirm, das war schon mal was. Und – wie sie immer wieder sagte – es war ihr Roadtrip, nicht seiner. Wie wahr, mein Schatz, dachte Dan. Und das hier ist mein Roadtrip, nicht deiner.

»Und wohin bringst du mich jetzt?«, fragte er Ali.

»Wart's ab.« Sie fädelte sich in den Verkehr ein und glitt die Straße entlang. »Du kümmerst dich um die Musik, und ich pass auf die Straße auf.«

»Wie hat dir eigentlich John Martyn gestern Abend gefallen?«

»Sehr gut. Mehr davon!«

»Du passt auf die Straße auf«, sagte er, »und ich kümmere mich um die Musik.«

Sie lachte, und er musterte sie einen Moment, dann sagte er: »Alison Connor, wie gut es tut, dich wiederzusehen.«

Ihr Blick ging stur geradeaus, und sie sah ihn nicht an. »*I've been working my way back to you, babe*«, erwiderte sie, als wäre das ganze Leben ein Song.

23

QUORN,
4. FEBRUAR 2013

In Sheilas und Doras kleinem Häuschen war niemand. Ganz Quorn lag wie verlassen da. Breite, leere Straßen, knallblauer Himmel, Häuser wie im Wilden Westen – alles sah für Dan fremd und faszinierend aus, und eindeutig anders als zu Hause. Sein Telefon hatte er schon vor Stunden abgestellt, um ein mögliches Eindringen der Außenwelt zu verhindern. Dann war er durch einen schmalen Spalt in der Raumzeit geschlüpft, um mit Alison Connor hier irgendwo durchs Niemandsland zu fahren. Auf dem ganzen Weg von Adelaide hatte er sie immer wieder angesehen, hatte ihr Profil betrachtet und Gründe gefunden, sie zu berühren. Hätte ihm jemand gesagt, dass sie gar nicht wirklich da war, hätte ihn das nicht überrascht. Zutiefst enttäuscht, aber nicht überrascht.

Sheilas steinerner Buddha schien sich zu freuen, als sie vor ihm standen, doch Ali ignorierte sein Lächeln, kippte ihn nur leicht, und da lag wie versprochen der Schlüssel. Anderenfalls hätten sie sich wohl gewaltsam Einlass verschafft. Sie hätten eine Scheibe eingeschlagen oder die Tür eingetreten, denn nach vier Stunden in der Enge des Autos waren sie mittlerweile wie im Fieberwahn, und beide wussten, dass sie erst wieder miteinander sprechen konnten, wenn sie genug voneinander hatten. Sie schloss auf, und schon waren sie drinnen. Alison warf die Tür hinter sich zu, ließ ihre Tasche fallen, sank rücklings gegen die Wand und sah ihm in die Augen. Wortlos stürzte er sich auf sie, küsste ihren Mund, ihr Gesicht, ihren Hals, und sie klammerte sich an ihn, begegnete ihm mit derselben wilden Leidenschaft. Sie schob sich zur Treppe, zog ihn hinterher, und sie stolperten hinauf in das Zimmer mit den Gebetsfahnen, in dem ein Fenster offen stand, auch wenn das keine Abkühlung brachte, weil sich kein Lüftchen rührte, und die Fahnen über ihren Köpfen hätten auch an die Zimmerdecke gemalt sein können, so still hingen sie da. Dan und Ali fielen auf die Schlafmatte, halb lachend, halb rasend, und rissen sich ohne jedes Zeremoniell die störenden Kleider vom Leib. Sie fielen übereinander her, sodass es ihnen gar nicht in den Sinn kam, der alten Zeiten zu gedenken – das erste Mal, das letzte Mal. Im Wagen hatte Ali noch befürchtet, dass sie möglicherweise verlegen oder unsicher werden würden, sobald sie sich ihrer Körper bewusst wurden, die in der Jugend noch so natürlich schön gewesen waren. Doch am Ende zählte nur das Hier und Jetzt: dieses Delirium, heiß und feucht, diese Flut der Gefühle. Sie nahmen voneinander Besitz, mit verzweifelter, selbstsüchtiger Dringlichkeit, und als sie schließlich voneinander abließen, lagen sie eine Weile still da, leicht benommen, einander zugewandt, und atmeten den Atem des anderen, während ihre Herzen sich langsam beruhigten.

»Alison«, sagte er. »Alison, Alison, Alison.« Er strich über ihr Haar, ihren Rücken.

Sie lag in seinen Armen und fühlte sich, als hätte sie

einen verlorenen Schatz wiedergefunden. Es war so unfassbar lange her, dass Sex sich nicht wie eine Gefälligkeit einem lieben Menschen gegenüber angefühlt hatte, ein Akt der Großzügigkeit, um des lieben Friedens willen, damit die Beziehung nicht in Schieflage geriet. Eine solche Leidenschaft hatte sie seit einer halben Ewigkeit nicht mehr empfunden, aber sie erinnerte sich daran, sehr gut sogar, sie erinnerte sich an die großen Gefühle, die Spannung, die Leidenschaft, die süße Sehnsucht. Es war bereichernd, erhebend, belebend. Sie küsste ihn und küsste ihn, und er lachte und küsste sie zurück.

Nach einer Weile löste sie sich aus seiner Umarmung, stand auf, gänzlich unbefangen, und ging zur Tür, an der ein seidener Kimono hing, rot wie die aufgehende Sonne. Sie nahm ihn vom Haken und drehte sich um. Er beobachtete jede ihrer Bewegungen, wie sie den Kimono überstreifte, den breiten Seidengürtel band.

Der Stoff war angenehm kühl auf ihrer Haut und leicht wie Luft.

Sie starrten einander an, überwältigt vom Wunder, zusammen in diesem Raum zu sein, dann sagte er: »Du siehst aus wie eine zerzauste Geisha. Sehr sexy. Wohin gehst du?«

»Nach unten. Ich brauche einen Schluck Wasser. Du auch?«

»Und wie.«

Er stand auf, zog Shorts und T-Shirt an und folgte ihr die Treppe hinunter. »Wo genau sind wir hier eigentlich?«, fragte er mit einem Blick auf die sonderbaren Möbel, die sich im Wohnzimmer drängten.

»Das Haus gehört Sheila. Sie lebt hier zusammen mit

Dora, die früher die Pichi Richi gefahren ist, aber inzwischen ist sie eine Nomadin wie Sheila.«

»Die *was*?«

»Die Dampflokomotive, benannt nach dem Pichi Richi Pass. Eine lange Geschichte.«

Dan nahm im Schneidersitz auf dem breiten grünen Sofa Platz und klopfte auf den Sitz neben sich, also reichte sie ihm ein Glas Wasser und setzte sich dazu. In seiner Nähe war sie vollkommen ungezwungen, in jeder Hinsicht entspannt, und dann schien er ihre Gedanken zu lesen, denn er sagte: »Kennst du diesen Bill-Withers-Song ›Can We Pretend?‹ So fühle ich mich. Als gäbe es kein Gestern, als hätte es all die Jahre ohne dich nie gegeben.«

Sie lehnte ihren Kopf an seine Schulter und antwortete nicht, denn sie wollte nicht aussprechen, was sie dachte, wollte nicht über das Leben spekulieren, das sie mit Daniel hätte haben können, das Leben, das sie gezwungenermaßen zurückgelassen hatte. Es war ja nicht so, als bereute sie die Jahre, die sie mit Michael verheiratet war – wie auch, nachdem sie ein so gutes Leben gehabt hatten und dabei Thea und Stella, diese tollen Mädchen, herausgekommen waren? Nur empfand sie, wenn sie an ein gemeinsames Leben mit Daniel dachte, dieses Unbehagen. Weil sie wusste, dass sie mit ihm immer noch glücklicher sein würde, glücklicher als sie mit Michael je gewesen war, ihrem liebenden Ehemann, dem liebevollen Vater ihrer Töchter. Erst als sie Daniel wiedergesehen hatte, war ihr bewusst geworden, dass eine völlig andere Art der Liebe auf sie wartete, und dass sie erst durch diese zu einem vollständigen Menschen werden würde. Das wusste sie. Wusste sie wirklich. Daniel war in Adelaide aufgetaucht und hatte sie in ein romantisches Klischee verwandelt, sodass ihr Herz raste und sie innerlich Purzelbäume schlug, und wenn sie in seine Augen blickte, erkannte sie in ihm eine verwandte Seele, ihren Jungen aus Sheffield, und das nicht allein aus Nostalgie. Es war die absolute Gewissheit, dass alles genau so sein sollte, dass die Sterne über ihnen lächelten, wenn sie zusammen waren. Darüber dachte sie nach, und es stimmte sie melancholisch, zeigte es ihr doch dieses Leben auf, das sie nicht gelebt hatte, das sich ihr nun jedoch als konkrete Möglichkeit präsentierte, trotz all der Komplikationen und Verpflichtungen der realen Welt, trotz ihres gewählten Lebensweges, trotz ihrer geliebten Familie. Schmerz und Freude, Freude und Schmerz – das versprachen ihr beide Entscheidungen in gleichem Maße, egal, welches Leben sie auch wählen mochte.

Sie tranken Wasser und saßen aneinandergelehnt da. Eine Weile schwiegen sie, jeder allein mit seinen Gedanken. Dann sagte Dan: »Und wer ist jetzt diese Sheila?«, und Ali berichtete von Catherines ältester Freundin, die Ende der 1960er Jahre nach Australien ausgewandert war, um sich hier ein neues Leben aufzubauen. »Hat sie dir gefehlt, als sie ausgewandert ist?«, fragte Dan, und Ali sagte nein, überhaupt nicht, sie habe sie ja gar nicht gekannt. Sie erzählte ihm von den Briefen, die Sheila Catherine geschrieben hatte, atemberaubende Briefe voller Sonnenschein und Abenteuer.

»Catherine wollte damals nichts mehr von Sheila wissen, aber die schrieb trotzdem immer weiter, weil sie nicht wusste, wie Catherine über sie dachte, und hoffte, sie würde ihr nach Australien folgen, nach Elizabeth.«

»Elizabeth?«

»Da hat sie gelebt, als sie herzog. Eine Stadt nördlich von Adelaide. Dort gab es Industrie, und viele Leute aus dem Norden sind hingezogen, um in der Autofabrik zu arbeiten.«

Dan lachte. »Man sollte meinen, wenn jemand auf die andere Seite der Erdkugel auswandert, möchte er auf keinen Fall denselben Scheißjob machen wie bisher. Man sollte meinen, er würde was Neues ausprobieren wollen.«

»Ach, na ja, es war ja alles neu – die Hitze, die Papageien, die Kängurus. Davon hat Sheila in ihren Briefen immer erzählt. Aber die Leute wollten ihren Lebensunterhalt mit dem verdienen, was sie schon kannten. Bergarbeiter aus den Zinnminen von Cornwall arbeiteten hier in den Kupferminen, walisische Schafbauern führten die Schafstationen, und die Leute aus den Fabriken im Norden Englands waren Schmutz und Lärm und Schufterei gewöhnt.«

»Hey, du verlierst deinen Aussie-Akzent«, sagte er, und sie lachte und schubste ihn sanft. Dann fragte er: »Und was ist mit dir? Du hattest es weder auf Zinn noch auf Schafe oder Autos abgesehen. Warum bist du hergekommen und für immer geblieben?«

Ganz ruhig sah sie ihn an. »Ehrlich? Weil ich mich in Adelaide total sicher gefühlt habe.«

Einen Moment herrschte Schweigen. »Und wieso hast du dich in Sheffield nicht sicher gefühlt?«, hakte er nach. Er war wie vor den Kopf gestoßen. Hatte er ihr denn kein Gefühl von Sicherheit gegeben? Hatte er ihr nicht genügt? *Sie* hatte ihm sehr wohl genügt. Als sie ihn verlassen hatte, musste er seine ganze Zukunft neu denken, und das war gar nicht so einfach, mit achtzehn, wenn man Liebeskummer hatte.

»Ich war in Sheffield nicht sicher«, erklärte sie. »Ich dachte, ich wäre es, war ich aber nicht. Ich habe dich von allem ferngehalten, für das ich mich geschämt habe, und das war nicht gerade wenig. Aber von alldem hast du nichts gewusst.« Sie warf ihm einen Blick zu, sah sein Gesicht und sagte: »Denk nur nicht, du hättest mich irgendwie im Stich gelassen. Das darfst du keine Sekunde glauben. Du warst meine Zuflucht, du mit deiner Familie, aber am Ende musste ich weg. Zumindest hatte ich das Gefühl, ich müsste weg. Ich weiß nicht, ob es das Richtige war oder ob es tapferer gewesen wäre zu bleiben. Aber ich bin weggerannt, und hier hast du mich gefunden, immer noch in Adelaide.«

Sie ließ den Kopf hängen, sodass er ihren Gesichtsausdruck nicht erkennen konnte. Er sah nur, dass sie tief und langsam atmete, wie um sich zu beruhigen. Er nahm ihr das halb leere Glas aus der Hand und stellte es auf den Boden, dann strich er ihre Haare beiseite. »Hey, guck mich mal an!«

Sie schüttelte den Kopf. »Ich werde dir alles erzählen«, sagte sie, »aber ich kann dich dabei nicht ansehen.«

Also lehnte Dan sich zurück und wartete. Er fragte sich, wie – und ob – er ihr helfen könnte, und kam zu dem Schluss, dass er einfach geduldig sein sollte. Er ließ seine Gedanken treiben, während sein Blick durch den kleinen Raum zur fremden Welt dort draußen hinter dem Fenster schweifte. In den Zweigen eines kleinen Obstbaumes saß ein Trupp kunterbunter Papageien, und sie kreischten wie verrückt, eine grausame Kakofonie, die ihn an Brian

Johnson, den Sänger von AC/DC, erinnerte. Eigentlich ist Alison mit Spatzen aufgewachsen, dachte er, nur hin und wieder mal mit einem Rotkehlchen als Farbklecks. Er stellte sich vor, wie es sein müsste, jeden Morgen von sengender Hitze und Heavy-Metal-Geschrei geweckt zu werden. Er schloss die Augen und versuchte, sich an den Text von »Back in Black« zu erinnern, irgendwas von »*hitting the sack and glad to be back*«, aber es wollte ihm nicht einfallen, er war nie ein großer Headbanger gewesen. Doch dann fing sie an zu sprechen, und er lauschte einer Geschichte, die ihm unvorstellbar war, über eine Welt, von der er nicht gewusst hatte, dass es sie gab. Catherine, Martin Baxter, Peter, und dazwischen Alison, die versuchte zurechtzukommen, stark zu sein im trostlosen und immer verkommeneren Chaos ihrer Familie. Dan hörte zu, erschüttert vom Bericht über ihr düsteres, unerträgliches Leben in Attercliffe, und er haderte bitterlich mit seinem jüngeren Ich, weil er sie nie gedrängt hatte, ihm Genaueres zu verraten, weil er nie versucht hatte, ihre Verschlossenheit zu überwinden, weil es ihm immer genügt hatte, an der Bushaltestelle von Nether Edge auf sie zu warten, weil er sie nie zu Hause abgeholt, sie nie bis zu ihrer Haustür begleitet, nie wirklich ihre Vehemenz hinterfragt hatte, mit der sie verhinderte, dass er irgendetwas Derartiges tat.

Und immer mehr gab sie preis: die ständige Sauferei, das Chaos, die Rolle, die Peter als ihr Verbündeter, ihr Beschützer gespielt hatte, bis ihn seine Scham zu einem Selbstmordversuch trieb. Sie erzählte ihm von dem Vorfall bei Brown Bayley's, den Fotos, die Martin Baxter dort aufgehängt hatte, wie sie diese abgerissen hatte, wie sie dann nach Hause gelaufen war und Peter von der Decke schneiden musste, wie sie gleich danach zu Daniel geflohen war, weil sie ganz vergessen hatte, dass er längst unterwegs nach Manchester war. Dan stöhnte, weil er ihr erst gestern vorgeworfen hatte, dass sie bei dem Gig nicht dabei gewesen war. Doch sie war noch längst nicht fertig. Sie fuhr fort, mit derselben leisen, ausdruckslosen Stimme, als würde sie einen schriftlichen Bericht über die Vergangenheit von jemand anderem vorlesen. Wie Peter ihr die Fluchtkasse gezeigt und sie gedrängt hatte, so schnell wie möglich aus Sheffield zu verschwinden. Ihre Weigerung. Ihre Überzeugung, allem gewachsen zu sein. Und dann Martin Baxter, der die Gewalt wahrmachte, mit der er immer gedroht hatte, indem er sie überwältigte, sie vergewaltigte, sie mit abgrundtiefer Verachtung behandelte, ihr zeigte, wie schwach und wehrlos sie in Wahrheit war. Dan stöhnte auf vor Schmerz und Schuldgefühlen, weil sie diese verabscheuungswürdige Tat und deren Konsequenzen ganz allein hatte ertragen müssen. Die süße, schlaue, begabte, die unvergleichliche Alison Connor, seine Lichtgestalt.

»Es gab zwei Versionen von mir«, sagte sie. »Zwei Alisons, zwei unterschiedliche Leben. Peter und ich haben versucht, uns eine ganz eigene Normalität zu erschaffen, aber die war auf Sand gebaut. Immer habe ich mich dafür geschämt, woher ich komme, von wem ich abstamme. Catherine war eine Bürde. Sie war keine Mutter, weder für mich noch für Peter. Wir mussten uns um sie kümmern, und unser Vater wollte nichts mehr von uns wissen. Wahrscheinlich hat er irgendwo eine neue Frau gefunden und nie wieder einen Gedanken an Peter oder mich verschwendet...« Abrupt hörte sie auf zu sprechen, obwohl es schien, als wollte sie fortfahren. »Das war's«, sagte sie. »Mehr gibt's nicht zu erzählen.«

Sie ließ sich seitwärts umfallen, fort von ihm, bis sie lag, eingerollt wie ein schlafendes Kind, obwohl ihre Augen offen waren, weit aufgerissen und voller Angst, als hätte sie vergessen, wie man sie schloss. Er beugte sich über sie und streichelte ihre Wange. Sie hatte keine einzige Träne vergossen. Ihr Gesicht war wie Stein.

»Ich bin da«, sagte er. »Ich bin bei dir.« Er strich mit den Fingern über ihre Augen und küsste ganz sanft ihre Lider, die sie jetzt geschlossen hielt, dann zog sie ihn an sich, damit sie schlafen konnte, und er blieb dort bei ihr und betrachtete sie im Schlaf, bis sie sich irgendwann wieder rührte und streckte und die Augen aufschlug. Dann liebten sie sich noch einmal, aber diesmal ganz still und sanft und langsam.

Zwei Stunden später waren beide frisch geduscht und angezogen und tranken Gin Tonic, eine abgespeckte Version ohne Eis und Zitrone – gab es nicht in diesem Haus –, aber es war immer noch besser als nichts. Keusch und züchtig saßen sie im Wohnzimmer, erzählten Geschichten aus ihrem Leben und von Leuten, die sie beide kannten, und es gab so viel zu sagen. Dan beschrieb ihr die heutige Situation seiner Familie in Sheffield so farbenfroh, dass Ali das Gefühl bekam, sie würde sie noch immer kennen. Aber er sagte auch, er sähe seine Eltern nur selten, und das belaste sein Gewissen schwer, auch wenn er nichts dagegen unternahm. »Das Problem ist, dass ich nicht gerne hinfahre. Es ist wie eine Zeitreise. In Nether Edge bleibe ich für immer und ewig ein mürrischer Teenager. Nichts hat sich in diesem Haus verändert, außer dass Mum immer mehr redet und Dad immer weniger.«

»Hat er seine Tauben noch?«

Dan schüttelte den Kopf. »Vor zehn Jahren lag er eine Weile im Krankenhaus, und Mum kam mit den Tieren nicht zurecht. Sie hat alle verkauft, ohne ihm was davon zu sagen.«

Ali war sprachlos vor Entsetzen. »Diese hübschen Vögel«, sagte sie. »War Marion denn nicht klar, wie sehr er seine Tauben geliebt hat?«

»Sie wollte sie schon lange loswerden. Sie konnte den Gestank nicht ertragen. Außerdem hatte sie kurz zuvor ihre Liebe für den Garten entdeckt. Sie brauchte den Schuppen für all diese Geräte, die man normalerweise darin aufbewahrt – du weißt schon, Spaten und Heckenscheren und so. Fast ein Jahr lag er im Krankenhaus. Danach war er nie mehr derselbe. Er hat sich zurückgezogen, und sie dachte wohl, das mit den Tauben wäre ihm gar nicht weiter aufgefallen. Aber ich glaube, im Grunde hat sie unwissentlich seine einzige Chance auf Genesung zerstört. Er ist jetzt schon sehr lange sehr traurig, mein Dad.«

»Armer, alter Bill«, sagte Ali. Sie dachte an den Taubenschlag. Sie hatte sich dort immer ein bisschen wie in einer Kirche gefühlt, einer Kirche für Tauben. Dieser Ort hatte etwas Heiliges an sich, zumindest, soweit sie sich daran erinnerte. Möglicherweise hatte die Zeit den Eindruck in ihrer Erinnerung ein wenig überhöht.

»Wann warst du das letzte Mal in Sheffield?«, fragte Dan und wünschte sofort, er hätte es nicht getan, denn sie starrte ihn mit einem Ausdruck an, der deutlich in Frage stellte, ob er eigentlich irgendwas von dem mitbekommen hatte, was sie ihm erzählt hatte.

»Okay, du warst also tatsächlich nie wieder da?«, fragte er und gab sich Mühe, mit ruhiger Stimme zu sprechen, damit sie seine Fassungslosigkeit nicht heraushörte. Mensch Mädchen, dachte er, da hast du aber echt einen harten Schnitt gemacht. Ali antwortete immer noch nicht, sah ihn nur an.

»Das war mir nicht klar«, sagte er. »Ich dachte, vielleicht wärst du noch mal da gewesen, um Peter zu besuchen ... um deinen Töchtern Sheffield zu zeigen ...« Er kam ins Stocken. »Ich halt mal lieber meine Klappe«, meinte er.

»Nein, ich war nie wieder da. Ich hab noch nicht mal darüber gesprochen, bis heute. Verstehst du das denn nicht?«

»Du hast Michael nichts davon erzählt? Gar nichts?«

»Nein, Dan. Wie gesagt, ich habe bis heute mit niemandem darüber gesprochen, und ganz bestimmt war ich nicht wieder da. Keine Magical Mystery Tour.«

Dan atmete langsam aus. »Du trägst eine Riesenlast mit dir herum.«

»Mit Worten heilt man keine Wunden. So heißt es doch in Yorkshire?«

Er schüttelte den Kopf. »Aber du bist nicht geheilt.«

Das kränkte sie, und sie lachte kurz und bitter. »Was weißt du denn schon? Du weißt rein gar nichts über mein Leben hier.«

»Ich will dich doch überhaupt nicht angreifen, Alison. Außerdem weiß ich so einiges über dein Leben – es macht einen erfolgreichen Eindruck, nach allem, was ich im

Internet gesehen habe. Ich meine nur, irgendwann muss man doch ...«

»O Gott, bitte sag jetzt nicht ›einen Schlussstrich ziehen‹«, fiel sie ihm ins Wort. »Ich kann diese Formulierung nicht ausstehen.« Sie zog die Knie bis ans Kinn und umarmte sie, machte sich ganz klein und fest und unantastbar.

»Das hatte ich gar nicht vor.« Er rückte etwas näher an sie heran, obwohl ihre Körpersprache physischen Kontakt plötzlich unpassend erscheinen ließ, und er wusste, er würde ihrer Abwehr mit Worten begegnen müssen. »Ich wollte über Gerechtigkeit sprechen, Gerechtigkeit für dich, für das Mädchen, das du warst, und ich wollte sagen, es könnte dir vielleicht helfen, noch mal nach Sheffield zu fahren, falls du dich dafür entscheiden solltest.«

»Ich brauche keine Gerechtigkeit.« Sie war mit einem Mal sehr blass und wollte ihn nicht ansehen.

»Ich meine nicht Gerechtigkeit in der Form, dass du das beschissene Schwein anzeigst, auch wenn es dafür noch nicht zu spät wäre. Ich meine Gerechtigkeit in einem weiteren Sinne. Indem du dir zurückholst, was dir gehört, indem du die Teile deiner Vergangenheit wieder für dich beanspruchst, die du noch brauchst.«

»Zum Beispiel?«

»Na ja – Peter. Ich schätze, ich meine Peter.«

Mittlerweile ruhte ihr Kopf auf den Knien. Dan wollte sie nicht traurig machen. Er wollte sie nur glücklich machen, und doch fragte er sich, wie es Peter wohl ergangen war. Alison sollte es wissen, und falls dem nicht so war, sollte sie es herausfinden. Zärtlich legte er ihr eine Hand auf den Rücken, und sie ließ es geschehen. Aber sie brachte kein Wort heraus, denn den Namen ihres Bruders zu hören, war ihr eine Qual. Die Erinnerung an ihn lastete auf ihrem Gewissen, und dass sie ihn verlassen hatte, war ein schreckliches Kreuz, das sie tragen musste. Sie hatte nicht alle Verbindungen zu dem Menschen kappen wollen, der einmal ihr vertrautester Freund und Beschützer gewesen war. Sie hatte nicht die Absicht gehabt, ihn für immer zu verlassen. Aber andererseits hatte sie überhaupt nicht gewusst, was denn eigentlich ihre Absicht war – sie hatte ja gar keinen Plan gehabt. In Paris, wo sie zum ersten Mal für eine Weile ihre Flucht unterbrochen und sich einen Job als Kellnerin gesucht hatte, war ihr zumute gewesen, als hätte sie sich neu erfunden, als wäre es letztendlich doch möglich, ein vergangenes Leben wegzuwischen und ganz neu anzufangen. Für ihre Pariser Kollegen war sie nur *Aliii-son* gewesen, ein fleißiges englisches Mädchen mit brauchbaren Französischkenntnissen, welch ein Glück, welch eine Bereicherung, wenn sich das Bistro mit *les Américains* füllte, denen nicht klar zu sein schien, dass es noch andere Sprachen als ihre eigene gab. Sie hatte ein *chambre de bonne* gemietet, eine Dachkammer im sechsten Stock eines Wohnhauses an der Rue de Courcelles, und dort hatte sie ihre drei Briefe an Daniel geschrieben, und einen auch an Peter, um ihm zu sagen, dass sie lebte, um ihrer Liebe und Dankbarkeit Ausdruck zu verleihen und Abschied zu nehmen. An diesen Brief dachte sie nun. Nach all den Jahren war er noch immer wie eingebrannt in ihre Erinnerung. Sie hatte ihrem Bruder nichts von der Vergewaltigung geschrieben – wollte diesen Albtraum mit niemandem teilen, am allerwenigsten mit Peter. Also schrieb sie:

Ich habe dir nur einmal das Leben gerettet. Du dagegen hast meins jeden Tag aufs Neue gerettet, und wo ich nun weg bin, möchte ich, dass du nie vergisst, wie sehr ich dich liebe. Aber du wolltest, dass ich weggehe, also werde ich es tun, und ich werde versuchen, das Leben zu leben, das du dir für mich wünschst. Ich weiß nicht, wann wir uns wiedersehen, aber du bist in meinem Herzen, und ich weiß, dass ich auch in deinem bin.
Für immer und ewig
Deine Alison

Sie hatte keine Absenderadresse beigefügt, weil ... nun, warum eigentlich? Mittlerweile glaubte sie, dass sie sich von ihm hatte abwenden müssen, um zu überleben. Und je mehr Zeit verging, desto weniger sah sie einen Weg zu ihm zurück. Peter hatte ihre Flucht erst möglich gemacht, aber er war auch Teil des Problems. Während Daniel ... nun, er lebte in anderen Sphären als die Connors, er lebte dort, wo die Luft klar und rein war. Sie blieb länger in Paris als beabsichtigt, für den Fall, dass er eines Tages an ihre Tür klopfen würde.

»Ich habe mit Peter gesprochen«, sagte Dan. »Als ich auf der Suche nach dir war.«

Hätte sie nicht gesessen, hätten vielleicht ihre Beine unter ihr nachgegeben. Langsam wandte sie den Kopf, um Dan anzusehen.

»Er meinte, du kämst nicht zurück, aber er sagte es freundlich.«

»Du hast mit Peter gesprochen.«

»Einen Tag nachdem du verschwunden bist, ja. Er hat mir nicht gesagt, warum du weg warst, aber er schien sich keine Sorgen zu machen. Also dachte ich mir, er wüsste mehr als ich.«

Sie hob den Kopf. »Peter war meine Rettung, während meiner ganzen Kindheit und Jugend.«

»Fragst du dich manchmal, wo er jetzt wohl sein mag?«

Die Frage war nur beiläufig gestellt und nicht mal unangebracht. Ali wusste, dass es eine Schande war, die Antwort darauf nicht zu wissen, ein Mangel an Liebe und Pflichtgefühl. Unglücklich zuckte sie mit den Schultern. »Ich kann nur sagen, dass mir das alles gar nicht so schrecklich kaputt vorkam, bis ich es dir gegenüber laut ausgesprochen habe. Für Michael war es kein Problem, dass er nichts über meine Vergangenheit wusste. Ihm reichte es völlig, dass ich in Spanien in sein Leben getreten bin, und als wir dann zusammen nach Australien gingen, kam es mir vor, als hätte sich der Vorhang meines alten Lebens endgültig hinter mir geschlossen. Ich wurde von den McCormacks förmlich aufgesogen, und ich habe nicht protestiert, mich nicht gewehrt. Warum hätte ich das tun sollen? Es war eine Befreiung. In vielerlei Hinsicht.«

Dan seufzte schwer, lehnte sich zurück und starrte an die Decke.

»Was?« Ali nahm seine Hand. »Was ist los?«

Er sah sie an und bedachte ihre Frage. Was los war? Michael McCormack war los, Spanien, Australien, ihr Verschwinden: eine Reihe von Ereignissen, die unaufhaltsam vorangerollt waren und sie voneinander getrennt hatten, als sie noch so jung und voller Liebe füreinander gewesen waren, dass sie alles hätten überwinden können.

»Was?«, fragte Ali noch mal.
»Nichts«, sagte er. »Ich brauch noch einen Drink.«

Sie schliefen im Zimmer mit den Gebetsfahnen – tief und fest, acht Stunden lang, wie betäubt –, und als Ali am Morgen aufwachte, war ihr seltsam leicht zumute, nachdem der Tag zuvor derart intensiv gewesen war. Katharsis, sagte Dan, die Ruhe nach dem Sturm. Sie meinte, ja, vielleicht, und dann sagte sie, sie hätte einen Bärenhunger, also fuhr er nach Quorn rein und kaufte Vorräte: Eier, Brot, frischen Kaffee und Milch. Doch als er zurückkam, waren sie nicht mehr allein. Zuerst fiel ihm ein kleiner roter Renault auf, der neben Alis Holden parkte, und als er die Haustür aufmachte, hörte er Stimmen, Frauenstimmen. Kurz überlegte er, ob er sich lieber verziehen sollte, bis die Luft rein war, aber wenn das Sheila und Dora waren – und wer sonst sollte es sein, realistisch betrachtet? –, dann wären sie später auch noch da. Er ging den kleinen Flur entlang in die Küche, und da stand Ali mit zwei erheblich älteren Frauen, die ihn beide von oben bis unten musterten, wie auf einem Viehmarkt.

»Oh, hallo!«, sagte eine der beiden, die Kleinere – wobei die Größere kaum größer als eins sechzig sein konnte –, und kam mit offenen Armen auf ihn zu. »Willkommen, Daniel, willkommen. Ich bin Sheila.« Sie schloss ihn fest in die Arme. Dan sah Ali an, über Sheilas wilde graue Haare hinweg. Sie grinste und zuckte mit den Schultern.

»Und ich bin Dora«, sagte Dora, als Sheila ihn losließ. Sie reichten sich die Hand, und Dora kam etwas näher heran, blickte zu ihm auf, sah ihm tief in die Augen.

»Weißt du, dass wir uns – glaube ich – schon mal begegnet sind?«

»Tatsächlich?«, sagte Dan. »Eher unwahrscheinlich, aber vielleicht ja doch.«

»In einem früheren Leben, meine ich«, sagte Dora. »Du hast eine sehr starke Aura, und die ist mir vertraut.«

»Oh, das ist spannend«, sagte Sheila an Ali gewandt. »Dora hat einen sechsten Sinn dafür. Es kommt nicht oft vor, aber wenn doch, dann mach dich auf was gefasst.«

Ali lachte. »Dora, hör auf, Daniel so anzustarren, du machst ihm Angst.«

»Ojemine. Ich?« Dora ließ seine Hand los, die sie während der Begutachtung seiner Seele festgehalten hatte.

»Ach, keine Sorge, ich komm schon zurecht«, sagte Dan. »Und wenn du rausgefunden hast, wer ich war, als ich dir das letzte Mal begegnet bin, dann lass es mich wissen.«

»Wahrscheinlich hofft er, dass er Rory Gallagher war«, sagte Ali.

»Ich könnte Rory Gallagher nicht von einem Stück Seife unterscheiden«, sagte Dora. »Außerdem funktioniert das so nicht. Es ist erheblich abstrakter.«

»Nun, was du auch denken magst, wer er mal gewesen ist«, sagte Sheila, »heutzutage ist er auf jeden Fall ein schmucker Bursche.«

»Ja, klar«, erwiderte Dan lachend. Er hielt noch immer die Tüte mit den Einkäufen in der Hand. Ali nahm sie ihm ab und fing an auszupacken.

»Wie ich gerade erklärte, als er hereinkam ...«, sagte sie. »Das ist Daniel Lawrence aus Edinburgh, einstmals Sheffield. Da gibt es eine Menge zu erzählen, aber ganz sicher nicht auf leeren Magen.«

»Ganz recht«, sagte Dora, nahm einen Schneebesen aus dem Krug mit den Küchenutensilien und winkte Dan damit zu. »Du kannst dich freuen, mein Hübscher. Gleich gibt's Eier à la Quorn. Meine Spezialität!«

24

QUORN,
5. FEBRUAR 2013

Später am Tag sagte Sheila: »Komm, wir plaudern mal ein bisschen«, hakte sich bei Dan unter und führte ihn hinaus in den Garten, der klein und dicht bepflanzt war und glücklicherweise zum Teil unter dem schattigen Blätterdach eines Chinesischen Talgbaumes lag.

Dan mochte Sheila sehr: leicht durchgeknallt, aber wohlmeinend, großherzig. Sie war freigiebig mit ihrem Lachen, und sie redete gern, konnte aber auch zuhören. Sie war so farbenfroh, ihre Kleidung eine vielschichtige Sammlung folkloristischer Stoffe; Kleider, die sie auf ihren Reisen gesammelt hatte. So wie die Flora und Fauna um sie herum wirkte Sheila zu tropisch, um aus dem Norden Englands stammen zu können. Es fiel ihm schwer, sich vorzustellen, dass sie je einen schiefergrauen Winter ertragen hatte, selbst in jungen Jahren. Bestimmt hatte erst die rote Erde Australiens sie aufblühen lassen, hatte sie in die Lüfte erhoben wie einen Feuervogel aus einem sonnenversengten Busch. Sie setzte sich auf eine Gartenschaukel für zwei, aber er war nicht scharf darauf, sich auf den schmalen Platz neben ihr zu zwängen, also hockte er sich ihr gegenüber auf eine niedrige Mauer, die Einfassung eines Wüstensteingartens, in dem Mini-Kakteen und andere Sukkulenten ihr ödes Fleckchen Erde mit Amuletten aus Übersee teilten, einer blauen Augenperle, einem silbernen Kleeblatt, einem Alligatorzahn. Wie Ohrringe hingen sie von den Spitzen der Pflanzen. Auf einen flachen Tisch mit glitzerndem Mosaik hatte Sheila zwei bunte Schalen gestellt, eine mit Hummus, die andere mit Baba Ganoush. Sie schaufelte die Dips mit Fladenbrot regelrecht in sich hinein, während sie sich von Dan Fragen beantworten ließ. Sie wollte alles über das Leben auf dem Kanal und die *Crazy Diamond* wissen, und dann alles über seinen Job, und war er schon mal in Australien gewesen? Ja, sagte er. Sydney, April 1997, als INXS *Elegantly Wasted* veröffentlichte und Michael Hutchence ihm ein Interview gegeben hatte – allerdings erst, nachdem er auf dessen Motorrad fast ums Leben gekommen wäre. Der schönste Mann, den sie je gesehen habe, sagte Sheila wehmütig, und das brachte sie dann irgendwie durch den offensichtlichen Gegensatz auf ihren deutschen Ex-Mann Kalvin – den unschönsten Mann, den sie je gesehen hatte – und ihre desaströse Ehe und die Metamorphose, die über sie gekommen war, nachdem sie ihn verlassen hatte. Und dann kam sie auf den Punkt.

»Nun sag mir eins: Bist du frei, um Alison so zu lieben, wie sie es verdient, geliebt zu werden?«

Das hatte Dan nicht kommen sehen, ganz und gar nicht.

»Nein«, antwortete er nach sehr kurzer Pause, weil er im selben Moment beschlossen hatte, so ehrlich zu sein, wie die Frage es verlangte. »Nicht in dem Sinne, wie du es meinst.«

»Und was denkst du, was ich meine?«

»Du meinst, ob ich Single bin, ungebunden? Bin ich nicht. Ich lebe in einer Beziehung, und wir haben einen Sohn, ein bisschen älter als Alisons Thea.«

Sheila schüttelte den Kopf. »Nein, ich meine, bist du emotional ungebunden?«

Er zögerte.

»Das ist sehr wichtig, Daniel«, sagte Sheila. »Ich habe nie verstanden, wie Michael dieses Mädchen für sich gewinnen konnte – vermutlich hatte sie gerade einen schlechten Moment –, aber ich glaube, dass zwischen den beiden keine echte Bindung besteht, höchstens auf materieller Ebene.«

Dan betrachtete sie interessiert, wurde langsam warm mit dem Thema. »Glaubst du, sie würde ihn verlassen?«, fragte er.

»Würdest du sie darum bitten?«

Er schwieg einen Moment, weil er nicht wusste, wie er darauf am besten antworten sollte, dann sagte er: »Ja, das würde ich, wenn ich sicher wäre, dass es das ist, was sie wirklich will.«

»Weißt du denn nicht längst, dass sie es wirklich will?«

Er lachte kurz auf. »Na ja, die ersten Anzeichen stehen gut, Sheila, aber noch hatten wir keine Gelegenheit, darüber zu sprechen.«

»Ach, komm schon, was sagt dir dein Herz?«, fragte sie ungeduldig.

»Okay, mein Herz sagt mir, dass wir zusammengehören«, antwortete Dan. »Aber mein Kopf sagt mir, dass es nicht so einfach ist.«

»Unsinn! Komm mir nicht so. Du enttäuschst mich.«

Da wurde er doch etwas ärgerlich: Dora mit ihrem

sechsten Sinn und Sheila, die ihn ins New-Age-Kreuzverhör nahm. »Du kennst mich kaum«, sagte er. »Ich wüsste also nicht, wie ich dich enttäuscht haben könnte.«

»Manchmal verstehe ich sehr schnell, wie Menschen ticken«, sagte sie. »Und als du heute vor mir standst, konnte ich direkt in dein Herz blicken.«

»Okay. Dora sieht in mir also eine alte Seele, und du siehst ... was?«

»Na, ja, als du zur Tür hereinkamst, war mir sofort klar, dass du sie liebst.«

»Aha. Und wie das?« Dan hatte eigentlich nichts gegen dieses Gespräch – immerhin kam er dabei gut weg –, aber trotzdem gab er sich keine Mühe, seine Skepsis zu verbergen.

»Hör zu«, sagte Sheila. »Ich weiß, es klingt nach Hokuspokus, aber als ich euch beide zusammen gesehen habe, war es, als käme ich an einem kalten Wintertag in ein wohlig warmes Haus. Alison kommt nicht mehr so oft zu uns wie früher, aber im letzten Vierteljahr habe ich sie gleich zweimal gesehen, und ich sage dir: In deiner Nähe ist sie ein anderer Mensch. Du und Alison ... Ihr gehört einfach zusammen.«

Das ging ihm runter wie Öl, doch Daniel sagte nichts dazu. Er wandte sich von Sheilas Lächeln ab und dachte daran, dass Alison und er dringend darüber sprechen mussten, wohin das alles führen sollte. Während seiner einsamen, schlaflosen Nacht in Adelaide hatte er sich eine Zukunft ohne Katelin vorgestellt, was schwer war, aber nicht unmöglich. Katelin zu lieben war ihm zur Gewohnheit geworden, aber Gewohnheiten konnte man auch ablegen – vielleicht. Sie war stark und klug, und sie war Alex eine wirklich gute Mutter gewesen, aber in den letzten Wochen hatte Dan zunehmend akzeptieren müssen, was er möglicherweise schon immer geahnt hatte: dass sie nicht die große Liebe seines Lebens war. Als Alison in die Bar vom Exeter Hotel kam, hatte er freundliche Gelassenheit über ihr Wiedersehen vorgetäuscht, aber in Wahrheit hatte sie ihn genauso umgehauen wie beim allerersten Mal. Er war kein Idiot. Er wusste alles über das grünere Gras, den Lockruf verlorener Jugend, aber er wusste auch, welche Freude er empfunden hatte, als er sie wiedersah, und dass er die Welt nur deshalb so wundervoll fand, weil Alison Connor darin war.

Da fing Sheila wieder an, etwas ungeduldig und bestimmend, als hätte sie nun lange genug darauf gewartet, dass er reagierte. »Zwei Dinge im Leben darfst du nie vergessen«, sagte sie. »Erstens: Folge deinem Herzen. Zweitens: Solltest du ihr jemals wehtun, kriegst du es mit mir zu tun.«

»Ich würde ihr niemals wehtun«, sagte Dan.

»Und wirst du deinem Herzen folgen?«

Er zuckte mit den Schultern, lächelte kleinlaut. »Ich will es probieren.«

»Und Katelin, ist sie eher der verständnisvolle Typ?«

»Oh«, sagte Dan. »Nein, Katelin wird mir den Kopf abreißen.« Daraufhin musste Sheila laut lachen, was wiederum Dora und Ali aus dem Haus lockte. Dora quetschte sich mit auf die Schaukel neben Sheila, Ali setzte sich zu Dan auf die Mauer. Er legte ihr einen Arm um die Schulter.

»Sheila macht sich gerade ein Bild von mir«, flüsterte er ihr ins Ohr.

»Dora auch«, sagte Ali. »Und ich habe bereits ein ausgesprochen gutes Bild von dir – also spricht doch vieles für dich.«

Sie lächelten einander an, aber dann wurde er ernst. »Wir müssen reden.« Sie verstand seinen Ton sofort, kam auf die Beine und reichte ihm die Hand. Fragend blickten Sheila und Dora zu ihnen auf, aber sie gingen ohne jede weitere Erklärung ins Haus, nach oben.

Große Themen: Liebe, Vertrauen, Treue. Große Themen, heikle Themen. Es hatte eine Zeit gegeben, in der Ali diese Themen für unverhandelbar hielt. *Abgemacht ist abgemacht.* Diese Worte hätte sie sich sogar in ihren Ehering gravieren oder über der Eingangstür des McCormackschen Herrenhauses anbringen lassen können, übersetzt ins Lateinische. Margaret McCormack hatte ihre Jungen dahingehend erzogen, dass sie Treue über alle anderen Tugenden stellten, trotz – oder vielleicht auch wegen – der Liebeleien ihres Mannes, und auch Ali hatte Michael im Sommer 1980 in Italien mit feierlichen Schwüren und dem Versprechen geheiratet, ihr Schicksal an diesen liebenswerten, großzügigen Jungen aus Adelaide zu binden. Es war kein Feuerwerk für sie, kaum ein kleiner Funke, aber sie sah in ihm die Art von Verlässlichkeit, die sie zu brauchen glaubte. Dazu noch seine unermüdliche Hingabe und eine Fahrkarte nach Australien – dahin ging man schließlich, um neu anzufangen. Heute jedoch, als sie mit Daniel dasaß und über die Zukunft sprach, fragte sie sich, wo ihre Werte geblieben waren. Sie lagen in Trümmern am Boden, denn alles, was sie wollte, befand sich in diesem Zimmer. Sie wollte ihn und nur ihn. Ganz einfach.

Sie saßen einander gegenüber auf der Schlafmatte unter

den tibetanischen Gebetsfahnen und hielten sich bei den Händen. Ich kann nicht mehr ohne dich sein, sagte er. Und ich nicht ohne dich, sagte sie. Das versprachen sie einander. Sie überlegten nicht, wie sie ihr Ziel erreichen konnten, woher sie das gegenseitige Vertrauen nehmen sollten, das sie während des bevorstehenden Sturmes würden haben müssen. Sie beteuerten nur ihre gute Absicht, wohlwissend, dass der Weg, der vor ihnen lag, lang und beschwerlich werden würde, dass sowohl Trauer als auch Freude sie erwarteten, egal, wie sie es anstellten.

»Hey, es geht aber nicht nur um Musik, oder?«, fragte Ali etwas später, und Dan erwiderte: »Nein. Könnte aber sein, dass es nur um Sex geht.« Sie lachten, und Ali dachte: Ich liebe diesen Mann wirklich. Ich liebe ihn mit Haut und Haaren.

»Was ist mit der Band passiert?«, fragte sie. »Was ist aus *The Union* geworden?«

»Nichts ist draus geworden«, sagte Dan. »Nick Lowe zeigte Interesse, wollte dann aber doch nicht.«

»Wart ihr sehr enttäuscht?«

»Da war ich längst nicht mehr dabei«, sagte er. Tatsächlich hatte er nie wieder mitgespielt, nachdem sie weg war, aber das behielt er für sich. Sanft drückte er sie nach hinten, auf die Matte, dann beugte er sich über sie und betrachtete ihr Gesicht.

»Alison Connor.«

»Daniel Lawrence.«

»Mannomann.«

»Was?«, fragte sie lächelnd, weil sie wusste, worauf das hinauslief.

»Wie hübsch du bist«, sagte er, genau wie damals, 1978, auf Kev Carters Party, in einem Nest aus Mänteln, auf einem schmalen Bett, in einem Abstellraum, im gelben Licht einer Straßenlaterne. Nun lagen sie Seite an Seite und suchten Bilder an der Decke. Hier in Quorn waren es australische Motive, Echsen und Schlangen. Und dann erzählte Ali von ihrem Roman. Sie erklärte Dan, was sie über Traumpfade und die Traumzeit wusste, als die alten Götter auf der kargen Erde wandelten und deren Form veränderten, indem sie die heutige Landschaft mit ihren Bergen und Flüssen, Bäumen und Hügeln erschufen, dann die Menschen und die Tiere und die Elemente, dann die Sonne, den Mond und die Sterne, bevor sie wieder Teil der Erde wurden. Felsen, Bäume und Berge wurden zu heiligen Orten. Wo der weiße Mann also nur an Geologie dachte, sah der Aborigine den mächtigen, aufgerollten Leib einer ewig schlafenden Schlange.

Dan lauschte ihr und beobachtete, wie sich beim Sprechen ihre Lippen bewegten. »An Kev Carters Zimmerdecke haben wir nur eine große Toblerone gesehen«, sagte er schließlich. »Meinst du, es mangelte uns einfach an Fantasie?«

»Ich meine mich zu erinnern, dass ich gesagt habe, es war ein Blitz«, erwiderte Ali.

Dan schmunzelte. »Da sprach schon die aufstrebende Autorin aus dir.«

»Hast du *Tell the Story* gelesen?«

»Leider nicht. Ich bin eher so der Sport- und Biografie-Typ. Hab seit Jahren keinen Roman mehr gelesen.«

Er sah sie an, um sicherzugehen, dass sie nicht gekränkt war, doch sie lächelte nur. »Und Katelin?«, fragte sie.

Da musterte er sie misstrauisch, doch sie fügte arglos hinzu: »Ein Buch, von einer Frau geschrieben, wird eher von Frauen als von Männern gelesen. Tatsache.«

»Ob du es glaubst oder nicht: Meine Mutter hat ihr dein Buch versehentlich zu Weihnachten geschenkt.«

Darüber musste Ali lachen.

»Mum wusste nicht, dass es von dir ist«, sagte Dan. »Aber Dad wusste es sofort. Er hat dein Foto hinten auf dem Umschlag gesehen und meinte: ›Das ist doch Alison.‹ Damit hat er einen Riesenwirbel ausgelöst.«

»Was für einen Riesenwirbel?«

»›Alison? Alison? Von einer Alison hast du nie was erzählt‹ – so was halt.«

»Mochte Katelin das Buch?«

»Sehr. Ich glaube, sie hatte gehofft, sie würde es nicht mögen, aber sie war begeistert.«

Dans Katelin, dachte Ali, mochte ihr Buch über Australien. Dann sagte sie: »Deinen Dad würde ich gern wiedersehen.«

»Ich bring dich hin«, sagte Dan.

»Ich weiß nicht.«

»Was weißt du nicht?«

»Ob ich noch mal nach Sheffield kann.«

»Wenn ich dabei bin, könntest du es bestimmt.«

Darüber dachte sie nach, sagte aber nichts.

»Dann vergiss Sheffield fürs Erste«, sagte er. »Meinst du denn, du könntest überhaupt auf die Insel kommen?«

»Könnte ich«, sagte sie, doch dann spürte sie das ganze Ausmaß dieser kleinen Zusage und korrigierte sich. »Glaube ich zumindest.«

Dan schloss die Augen und stellte sich Alison vor: zerbrechlich, traumatisiert, fortgerissen von ihrem Zuhause in Adelaide und wieder nach England verpflanzt, wo sie nur ihn hatte, wenn sie Trost oder Gesellschaft brauchte. Er dachte auch an Katelin und Alex, besonders an Alex, dem er noch nie wehgetan hatte, weder mit Worten noch mit Taten. Er stellte sich vor, wie sie ihn ansehen würden, wenn er vorsätzlich ihre Familie auseinanderriss. War er dazu in der Lage? Vertrauen zu zerstören und Herzen zu brechen? Hier und jetzt wusste er: Ja, er wäre dazu in der Lage, wenn es bedeutete, dass er dafür jeden Tag neben Alison aufwachen durfte, dass er ihr Mann sein und sie in all ihren Facetten kennenlernen konnte. Und wenn ihn das zu einem Monster machte, dann war die ganze Welt voller Monster, besonders die Musikindustrie, eine Fundgrube gescheiterter Beziehungen. Aber man starb ja nicht gleich daran, wenn man verlassen wurde. Letztendlich lebten alle irgendwie weiter, arrangierten ihr Leben neu, oft zum Besseren. Er konnte es hinkriegen. Ganz bestimmt.

»Lass uns *Crocodiles* hören.«

»Was?«

»Es ist mir wichtig, dass du Echo & The Bunnymen magst. Ich hab sie ohne dich entdeckt. Das hat mir fast das Herz gebrochen.«

»Okay«, sagte sie. Er stand auf, holte ihr Handy. Während er nach der Musik suchte, lehnte sie sich an die Wand, umarmte ihre Beine und beobachtete ihn. »Die sind an mir vorbeigegangen. Ich weiß nicht, wieso. Schlechtes Timing wahrscheinlich.«

»Ich hab sie in Liverpool gesehen«, sagte er. »September '79. Die haben mich damals total umgehauen. Sie waren einfach so unglaublich cool, standen alle vier nebeneinander – kein Podest fürs Schlagzeug. Pete de Freitas stand mit seinen Drums vorn bei den anderen. De Freitas, Pattinson, Mac und Sergeant alle Seite an Seite. Sie sahen toll aus, ich war wie gebannt, und als sie dann anfingen zu spielen, blieb mir glatt die Luft weg.« Er wühlte in seinem Rucksack und holte seine Ohrhörer heraus, dann setzte er sich neben sie. »Wir teilen sie uns«, sagte er, reichte ihr einen Stöpsel und behielt den anderen für sich. »Und noch ein Wunsch erfüllt sich gerade: *Crocodiles* mit Alison Connor hören. Wenn dir das nicht gefällt, ist dir nicht zu helfen.«

Sie grinste ihn an. »Jetzt mach schon.«

Sie waren beim siebten Stück und fingen gerade mit »Villiers Terrace« an, als Sheilas Kopf in der Tür auftauchte. Mit düsterer Miene.

»Kinder«, sagte sie. »Michael ist unten.«

Wie kurz und enttäuschend war dieser Wandel von der Leichtigkeit des Herzens zu nackter Panik, und wie würdelos. Ali bekam mit, was Sheila gesagt hatte, Dan nicht, also erschrak er, als sie aufsprang und ihm dabei den Stöpsel aus dem Ohr riss, und er fragte: »Hey, was ist los?«, doch sie antwortete ihm nicht, hörte ihn nicht mal. Michael war unten. Dieser Umstand zog augenblicklich körperliche Reaktionen nach sich, brachte ihr Herz zum Rasen, verwandelte ihr Blut in Gift, das sich in ihrem Körper ausbreitete und Angst und Selbstverachtung auslöste. Es weichte ihre Entschlossenheit auf, erschütterte ihre eben erst gemachten Versprechen.

»Alison, was ist los?«, fragte Dan. Er war jetzt auf den

Beinen, versuchte, sie zu erreichen, doch sie war weg, nicht körperlich, nein, sie befand sich noch im Raum, aber sie sah ihn nicht, hörte ihn nicht, versuchte einfach nur zu begreifen, dass ihr Mann unten war und darauf wartete, sie sprechen zu können. Dan packte ihren Arm, damit sie sich umdrehte. »Was ist los?«, fragte er noch mal, mit mehr Nachdruck.

»Michael ist hier«, sagte Ali, riss sich los und rannte zur Tür hinaus. Später würde sie bereuen, dass sie sich nicht die Zeit genommen hatte, um mit Dan zu besprechen, wie sie dieses erste große Hindernis auf ihrem langen Weg zum Glück angehen wollten. Sie würde ihre Feigheit bereuen, ihre kindische Furcht, ihre Unfähigkeit, ruhig und würdevoll der ersten schwierigen Situation zu begegnen. Doch das sollte erst später kommen. In diesem Augenblick wollte sie einfach nur alle Schuld von sich weisen, Michaels Misstrauen aus der Welt schaffen, den Status quo erhalten. Zumindest bemerkte sie ihren eigenen Schreck, die Enttäuschung darüber, wie schwach sie sich zeigte, wenn eigentlich Courage gefordert war. Doch das äußerte sie nicht laut, und Dan bekam nur mit, dass sie wegrannte.

Aber er wollte sich nicht oben verstecken. Er wollte nicht Alis kleines Geheimnis sein. Irgendetwas – sein Instinkt oder ein Hinweis – hatte diesen Mann, diesen Michael, hier rauf nach Quorn geführt, um seine Frau zur Rede zu stellen. Also, dachte Dan, sollte er auch gleich den Liebhaber seiner Frau zur Rede stellen. Sollten die Emotionen ruhig mal ein bisschen hochkochen. Er polterte die Holztreppe hinunter, Alison hinterher, sodass er nur Sekunden nach ihr ins Wohnzimmer kam, wo sie bereits bei Michael stand. Gemeinsam starrten sie Dan an, zwei gegen einen.

»Sie kommt wieder mit mir zurück«, sagte Michael. »Ich weiß nicht, für wen du dich hältst, aber von jetzt an bist du ein Niemand.« Er war sich seiner Rechte so sicher, so überzeugt von seiner Überlegenheit gegenüber diesem Eindringling. Die McCormacks von Adelaide: mächtig und unbesiegbar. Fordernd. Er kannte noch keine Details, hatte nur auf einen besorgten Hinweis von Beatriz und eine eigene Ahnung hin gehandelt und musste sich erst noch überlegen, wie er es fand, dass Ali ihn betrogen hatte. Aber er wusste jetzt schon, dass er sie weder verlassen noch wegschicken würde. Allerdings wollte er auch nicht die Augen davor verschließen, wie seine Mutter es immer getan hatte. Er würde seine Frau wieder nach Hause holen, diesem Fiasko auf den Grund gehen und in Zukunft besser auf sie aufpassen.

Dan sah Ali an, die ihn mit flehendem Blick betrachtete, obwohl er nicht verstand, was sie ihm sagen wollte. *Hilf mir? Hau ihm eine rein? Mach mein Leben nicht noch schwieriger, als es ohnehin schon ist?* Ja, dachte er, wahrscheinlich Letzteres. Das wird es sein.

»Okay«, sagte Dan zu Michael. »Da Alison offenbar nicht danach zumute ist, mich vorzustellen: Ich bin Daniel Lawrence, ein alter Freund aus ihrer Zeit in Sheffield.« Dann wandte er sich Ali zu. »Das war's?«, fragte er. »So endet es?«

»Allerdings, Sportsfreund«, sagte Michael. »Genau so.«

Dan ließ sein Mädchen nicht aus den Augen. »Alison?«

Tränen liefen über ihre Wangen, und sie trat einen Schritt auf ihn zu. Dan ließ sich nicht beirren. Er würde ihr nicht helfen. Es war ihre Entscheidung: Sie schwankte zwischen Vergangenheit und Zukunft, und sie allein hatte die Wahl.

»Sie heißt Ali«, sagte Michael. »Und das war das letzte Mal, dass du ein Wort mit ihr gesprochen hast. Du wirst mir meine Frau nicht ausspannen. Ali, hol deine Sachen und steig in den Wagen!«

Da kam Sheila herein, die in der Küche gestanden und gelauscht hatte, und rief voller Verzweiflung: »Michael, lass den beiden wenigstens etwas Zeit zum Reden!« Doch er fixierte sie nur mit wutverzerrter Miene, als könnte er seinen Zorn gerade noch im Zaum halten, und knurrte: »Halt's Maul, du böse, alte Lesbe! Du hast jetzt schon genug Schaden angerichtet.«

»Michael, sei still!«, flehte Ali unter Tränen. »Sheila hat doch überhaupt nichts damit zu tun. Sheila, es tut mir so leid!« Schluchzend schlug sie die Hände vors Gesicht. Dan betrachtete sie mit einer Distanz, die aus abgrundtiefer Trauer herrührte. Ihm war nicht klar gewesen, wie schnell sie sich umstimmen ließ.

»Hol deine Sachen und steig in den Wagen«, wiederholte Michael an Ali gewandt.

So sollte er nicht mit ihr reden, dachte Dan. Ich würde nie so mit ihr reden. Sie wie ein eigensinniges Kind behandeln, über ihr Schicksal bestimmen, als hätte sie keinen eigenen Kopf oder als könne man nicht darauf vertrauen, dass sie ihn auch einsetzte. Aber im Moment hatte sie tatsächlich keinen eigenen Kopf. Sheila stellte sich neben ihn, sah ihm den Schmerz an, den Verlust, auch die Wut und bodenlose Enttäuschung. Sie hakte sich bei ihm ein, zeigte Flagge.

Traurig ließ Ali den Kopf hängen und dachte an Thea und Stella, und an Beatriz, und schließlich auch an Michael. Sie konnte sie nicht alle verlassen. Das wurde ihr jetzt erst so richtig klar. Diese vier Herzen waren wichtiger als ihr eigenes, und sie würde den Schmerz nicht ertragen, wenn sie sie alle hinter sich zurückließ. Sie blickte auf und sah, wie Dan sie anstarrte, scheinbar ungerührt. »Es tut mir leid, Daniel«, schluchzte sie. »Wir müssen zu unseren Entscheidungen stehen.«

»Entschuldige dich nicht auch noch bei ihm«, sagte Michael. »Diese erbärmliche Seifenoper hat hier und jetzt ein Ende.« Er warf einen Blick auf seine Uhr, und diese kurze Bewegung verstärkte ihre Verzweiflung noch, weil sie genau wusste, dass er an den Verkehr dachte, dass er ihre Ankunft in Adelaide berechnete, in der Hoffnung, dem Feierabendstau zu entgehen. Selbst in dieser höchst dramatischen Situation konnte er eine derart stumpfsinnige Überlegung anstellen. Und mit einem Mal wusste Ali, dass sie ihren Platz an Daniels Seite einnehmen sollte, den sie liebte wie keinen anderen und der sie gesucht und gefunden hatte, aufgrund von sechzehn Songs.

»Es wird Zeit«, sagte Michael – nicht liebevoll, sondern entschieden.

Um Dan den Schmerz zu ersparen, dass er Ali dabei zusehen musste, wie sie ihre Sachen packte und ihrem Mann ins Auto folgte, sagte Sheila: »Komm, Daniel, lass sie machen.« Sie führte ihn in den Garten und blieb mit ihm dort, bis sie hörten, wie Michael den Porsche zornig aufbrüllen ließ und davonraste.

Stundenlang saß er mit Sheila und Dora im Garten. Sie

tranken Gin, redeten, hörten Musik. Die beiden waren weise Frauen, und ihre Liebe für Alison hielt sie davon ab, über sie zu urteilen oder sie zu kritisieren. Aber sie waren auf Daniels Seite, und er fühlte sich von ihnen aufgefangen, getröstet. Sheila wollte ihn davon überzeugen, dass es nur ein Teil des Prozesses war, nicht der Abschluss. Dan war sich dessen nicht so sicher, konnte es nicht glauben. Er betäubte seinen Schmerz mit Gin und ihren warmen Worten, damit er die bevorstehende Nacht überlebte.

Alison war noch immer auf seinen Lippen, an seinen Händen, und ihm schien, als duftete der abendliche Garten nach ihren Haaren. Sie war überall, und doch war sie weg. Er redete und nickte und lächelte, aber in Wahrheit war er am Boden zerstört.

25

EDINBURGH,
10. FEBRUAR 2013

Sie versuchte, ihn zu erreichen, wie sie ihn bisher erreicht hatte, aber ihre Songs genügten nicht mehr. Der erste kam, noch bevor Daniel Adelaide verlassen hatte. »You're The Best Thing« von Paul Weller, dem Modfather in seiner Post-Jam-Gestalt als Style Council. Am Gate, kurz bevor er in die Maschine stieg, sah Dan den Link auf seinem Handy, aber er klickte ihn nicht an, musste er nicht, er kannte den Song gut, ein wunderschönes Liebeslied. Doch er fragte sich, ob Alison richtig zugehört hatte. Der Text ergab keinen Sinn, wenn er von einer Frau kam, die schon beim geringsten Gegenwind umfiel. Er hätte ihr den Song vorsingen können, Wort für Wort. Er konnte ihn singen und dazu Gitarre spielen, draußen vor ihrem Haus in der Millionärsallee oder wo sie auch wohnen mochte, um gleich noch einmal emotionale Prügel einzustecken, wenn sie bedauernd das Fenster schloss und traurig den Vorhang zuzog. Oder er konnte sein Herz verschließen und sie ignorieren. Was genau das war, was er tat.

Als er dann in Hongkong sein Handy anstellte, traf Van the Man ein, mit »Someone Like You«, wohl das beste Liebeslied, das jemals aufgenommen wurde. Verdammt, sie setzte diese Songs wie Sprengsätze ein. Und um ihn herum herrschte der reinste Irrsinn, ein menschlicher Bienenstock, überall Schlangen und Chaos vor der Security, und noch dazu nur ein zweistündiger Zwischenstopp, was ihm keine Zeit ließ, die Bar zu suchen. Er sah wohl den Link zu dem Song, doch ersparte er sich die Qual und zog sogar so etwas wie Kraft daraus, ihn nicht anzuhören. Was hatte es schon für einen Sinn, wenn es doch nirgendwohin führte? Ein Liebeslied, das ohne tiefere Absicht geschickt wurde, war eine hohle Geste. Schlimmer als hohl. Es war eine Verhöhnung all dessen, was sie dort in dieser Hippie-Zeitblase in Sheilas Haus besprochen hatten: ihren gigantischen, lebensverändernden Coup. Doch dann war McCormack in seinem flachen Sportwagen aufgetaucht und einfach mit seinem kostbarsten Besitz wieder abgerauscht.

Die Landung in Heathrow war, als wachte er nach einem turbulenten Traum in seinem vertrauten Bett auf. Hier war seine Welt, unter Leuten, die ganz ähnlich klangen wie er, in einem Klima, das so feucht und kalt war, wie es Anfang Februar sein sollte. Gott, war er froh, dass er hier lebte. Wie konnte man Australien bloß ertragen, wie konnte man es dort aushalten? Zu groß, zu weit weg und viel zu heiß. Er hatte genug von Australien. Damit war er durch.

Er lief an den Passagieren vorbei, die sich um die Gepäckausgabe scharten, schlurfte durch den Zoll, dann durch die Ankunftshalle und saß schon eine halbe Stunde nach der Landung im Heathrow Express, auf dem Weg in die Stadt. Die Bakerloo Line bis zur Warwick Avenue, dann runter zum Leinpfad und den Kanal entlang zur *Veronica Ann*, auf der McCulloch an genau derselben Stelle zu stehen schien, an der er ihn zurückgelassen hatte. Mittlerweile waren Dans Augen rot und glasig vor lauter Anstrengung, wach und wütend zu bleiben, und als Jim an Land kam, um ihn zu begrüßen, verzog sich dessen leutseliges Gesicht vor Sorge. »Dan, was auch passiert sein mag ... ist mit dir alles okay?«

Nein, dachte Dan, nein, nein, nein, und er hätte ohne Weiteres losheulen können wie ein Idiot, doch McCulloch brauchte dringend seine Aufmerksamkeit und sprang ihm direkt in die Arme, zappelte vor überschäumender Freude darüber, dass der langersehnte Tag der Wiederkehr nun endlich gekommen war, und so konnte Dan sich ins Lachen flüchten. Mit achtzehn hatte er das letzte Mal geweint, so richtig geweint, denn da hatte ihn der Kummer zuletzt umgerissen, und auch das war Alisons Schuld gewesen.

Er blieb über Nacht auf der *Crazy Diamond*, aber er hätte genauso gut gleich weiterfahren können, weil er ohnehin keine Ruhe fand. Seine innere Uhr war verwirrt, und wie sich herausstellte, reichte reine Erschöpfung nicht aus, um schlafen zu können. Um drei Uhr morgens rief er Duncan an – Gott segne Duncan –, der beim zweiten Klingeln antwortete.

»Dan Lawrence, ich freue mich ja, von dir zu hören, aber kostet mich dieser Anruf irgendwas?«

Dan lachte. Er fühlte sich gleich etwas besser, als er die Stimme seines Freundes hörte. »Ich bin in London, du alte Krämerseele«, erwiderte er. »Bin auf dem Boot und teile mir die Koje mit einem schnarchenden Hund.«

»Du bist wieder da?«, wunderte Duncan sich. »Das ging aber schnell.«

»Für mich nicht, Dunc. War ein bisschen schwierig.«

»Was denn? Was war los?«

»Ich ...« Er stutzte, denn er wusste nicht, wie er anfangen sollte. »Hör mal, ich komme morgen nach Hause. Wir treffen uns auf ein Bier im Gordon's.«

»Alles okay, Dan? Wenn du willst, komm ich runter und fahr mit dir zurück.«

Was für ein netter Kerl! Und ein echt guter Freund. Einmal mehr schickte Dan ein Stoßgebet gen Himmel und dankte Cathay Pacific, dass sie ihn heil wieder dorthin gebracht hatten, wo der gesunde Menschenverstand regierte. »Nein, nein, ich nehme einen Frühzug. Und ich kann mich ja mit McCulloch unterhalten.«

»Na, dann mach, wie du meinst, und gute Reise«, sagte Duncan wenig überzeugt. Anrufe in den frühen Morgenstunden waren nicht Dans Stil, und trotz der Scherze klang er traurig, unverkennbar traurig, und auch das war nicht Dans Stil. »Schreib mir, wenn du da bist. Ich komm rüber.«

»Danke, Mann«, sagte Dan und legte auf. Er schloss die Augen, denn wenn er an die Decke starrte, musste er an Alison denken. Andererseits spukte sie sowieso in seinem Kopf herum, fand einen Weg hinein, wie Licht, das unter einer Tür hereinschien. Er wusste, dass er nicht viel länger an seinem Zorn festhalten konnte, und er fürchtete sich davor, ihn zu verlieren. Zorn war sein einziger Schutz.

In Stockbridge angekommen schien es ihm, als gäbe es keinen besseren Ort auf Erden. Gordon Fuller stand wie üblich mit undurchschaubarem Gesicht hinter dem Tresen und zapfte zwei große Biere für Dan und Duncan. Kein Lächeln, nur ein flüchtiges Nicken, als er sie auf den Tresen stellte. Aber Dan fand Trost in jedem tristen Detail seiner Stadt, und Gordons ungerührte Miene war genau das, was er erwartet, sich sogar erhofft hatte. John Coltrane spielte seinen traurigen Jazz, und der Pub war nur spärlich besucht, also hatten sie freie Platzwahl, und doch steuerten sie auf direktem Weg in ihre Quizabend-Ecke, und saßen zusammen auf der Holzbank, die normalerweise Katelin und Rose-Ann für sich beanspruchten. Diese Ecke schuf eine gewisse vertrauliche Atmosphäre. Bei ihren Frauen funktionierte es immer, und nun war Dan froh, Duncan seine Geschichte erzählen zu können, in allen Details, vom Anfang in Sheffield bis zum niederschmetternden letzten Tag. Es war eine lange Geschichte, und als Dan fertig war, zögerte Duncan, bevor er den Mund aufmachte. »Ich muss sagen, ich wünschte, du hättest mich um Rat gefragt. Ich finde, mit drei Nick-Drake-Songs hast du es echt übertrieben, und außerdem: Was ist mit ›Sunshine Superman‹? Hast du daran denn gar nicht gedacht? Damit hättest du punkten können. Alle Mädels lieben Donovan.«

Sprachlos sah Dan ihn an. »Ist das alles, was du dazu zu sagen hast? Meine Songauswahl war ungenügend?«

»Nein, nein, nein!«, erwiderte Duncan, als er merkte, was ihm da rausgerutscht war. »Das ist nicht alles, ganz und gar nicht, aber die Songs waren das Beste an der Geschichte. Ich meine, Gott im Himmel, genau dafür wurden sie geschrieben!«

»Dunc, es ist aber nicht nur eine Geschichte. Es ist

wirklich passiert. Es ist *mir* passiert. Und zwar gerade erst, okay?«

»Ich weiß ja«, sagte Duncan. »Ich weiß.« Er nahm einen Schluck Bier, dann stieß er einen leisen Pfiff aus. »Du hast 'ne ganze Menge für dich behalten, in den letzten Monaten.«

»Stimmt. Tut mir leid.«

»Ich hab dir mein Herz ausgeschüttet, was Lindsay anging, während du dich still und heimlich nach deiner allerersten Freundin gesehnt und ihr Liebeslieder nach Adelaide geschickt hast?«

»Hey, Moment mal, ich hab dir nie einen Vorwurf gemacht, was Lindsay anging.«

»Nein, aber ich kam mir trotzdem wie das letzte Arschloch vor. Wenn du mir erzählt hättest, dass du dich auch nach anderen Frauen umgesehen hast ... na, dann hätte ich mich nicht so mies gefühlt.«

»Ich habe mich nicht umgesehen«, verteidigte sich Dan. »Es ist einfach passiert.«

»Ja, genau wie bei mir.«

»Na gut, okay, aber es fühlte sich anders an. Vielleicht wollte ich es auch einfach wochenlang nicht wahrhaben. Aber ich hätte nicht gedacht, dass man mit jemandem eine Affäre haben kann, der zehntausend Meilen weit weg ist und mit dem man sich im Grunde nur Songs hin- und herschickt.«

»Tja, falsch gedacht, von Anfang an. Wo doch die Musik der Liebe Nahrung ist und so.«

Dan lachte grimmig. »Du hast recht. Ich hätte nie da rüberfliegen sollen. Ich hätte sie mir als Fantasie bewahren sollen, als die eine große, unerfüllte Liebe. Wir sind in null Komma nichts vom Himmel in die Hölle abgestürzt.«

»Klingt harsch.«

»Ich kann nicht begreifen, wie sie so eine Kehrtwende hinlegen konnte. Sie hat von jetzt auf gleich einfach alles verloren, was ... ach, alle Kraft und allen Glauben. Eben sind wir noch zusammen in Sheilas Gästezimmer, und im nächsten Moment stehen wir uns in diesem Wohnzimmer wie Boxer gegenüber, jeder in seiner Ecke.«

»Ihr wart im Bett, als er aufgetaucht ist?«

Dan schüttelte den Kopf. »Nein, wir haben nur dagesessen und Musik gehört.«

»Was für Musik?«

»Bunnymen.«

»*Crocodiles?*«

Dan nickte.

»Geil.«

»Siehst du?«, sagte Dan und deutete auf ihn. »Du lässt dich schon wieder von der Scheißmusik ablenken.«

»Entschuldige.« Duncan nahm einen großen Schluck, leerte sein Glas und stellte es ab. »Nein, im Grunde lass ich mich gar nicht ablenken, denn die Musik ist doch von zentraler Bedeutung, oder? Immerhin war es die Musik, die euch entführt und eure Herzen erweicht hat und so. Und ich wette, dass sie die Songs gerade hört, die du ihr geschickt hast, dass sie an dich denkt, weil du mit der ganzen Sache angefangen hast. Schließlich hast du mit ›Pump It Up‹ den Nagel voll auf den Kopf getroffen, und dabei ist das nicht mal ein Liebeslied. Ich bin direkt neidisch. Ich wünschte, ich hätte das getan.«

Er stand auf, um neues Bier zu holen, und Dan stellte

sich vor, wie Alison seine Songs hörte. Ob sie es wirklich tat? Eigentlich war er davon ausgegangen, dass sie die Musik vielleicht löschen würde, um alle Spuren auf ihrem Handy zu verwischen. Aber andererseits schickte sie ihm nach wie vor Songs – na gut, zwei hatte sie geschickt, seit gestern war nichts mehr gekommen. Allerdings hatte sie zweimal eine geniale Wahl getroffen, hatte Songs ausgesucht, deren Texte er auf keinen Fall als Nachricht von Alison verstehen durfte. Weil er sonst einmal mehr würde zugeben müssen, dass sie die Richtige für ihn war und dass es eine seltene, eine außergewöhnliche Liebe war ... Nur ließ sich leider nicht bestreiten, dass sie sich ohne zu zögern zurückgezogen hatte, oder etwa nicht?

»Aber sie hat mich abserviert«, sagte Dan, nachdem Duncan an den Tisch zurückgekehrt war. »Sobald ihr Mann auf der Bildfläche erschien, hat sie mich abserviert.«

Duncan schüttelte skeptisch den Kopf. »Jetzt bleib mal fair«, sagte er. »Was hättest du getan, wenn Katelin reingekommen wäre?«

»Ich hätte mich nicht umstimmen lassen«, erwiderte Dan prompt. »Ganz sicher hätte ich nicht getan, was Alison getan hat.«

»Klar hättest du«, sagte Duncan. »Du hättest genau dasselbe getan. Du wärst aus dem Haus gerannt, als würde deine Hose brennen. So ist der Mensch.«

Wortlos starrte Dan seinen Freund an. Duncan irrte sich. Dan wusste mit absoluter Gewissheit, dass er niemals, unter keinen Umständen, Alison angetan hätte, was sie ihm angetan hatte. Wäre Katelin zur Tür hereingekommen statt Michael, wäre er nicht von Alis Seite gewichen und hätte sich der Situation gestellt, absolut und ohne jeden Zweifel. Schön blöd: Jetzt hatte sie ihn nun schon zweimal dazu gebracht, sich in sie zu verlieben, nur um ihn dann zu verlassen. Aber er liebte sie noch immer und würde es vermutlich ewig tun, und es schien, als wollte sie ihm durch die Musik sagen, dass sie ihn auch liebte. Aber er hatte kein Vertrauen mehr in ihre Liebe, und auch nicht in ihre Songs.

»Sag das nicht«, wandte er sich wieder an Duncan. »Sag nicht, ich würde tun, was sie getan hat. Denk das nicht mal.« Sein Freund nickte betreten. »Ich wäre garantiert nicht weggerannt«, sagte Dan mit finsterer Miene. »Dafür liebe ich sie viel zu sehr.«

»Okay«, sagte Duncan. »Na gut.« Jetzt hörte er Dans Schmerz so deutlich heraus, dass er seinen Ton von vorhin bereute. Er war zu kumpelig gewesen, zu flapsig.

»Ich liebe sie, aber sie liebt mich nicht. Es ist aus und vorbei.«

Duncan dachte einen Moment lang darüber nach und überlegte, ob es nicht das Beste wäre, wenn Dan an diesem Gedanken festhalten würde: das Beste für Katelin, und auch das Beste für ihn selbst, wenn Dan hier in Stockbridge blieb. Doch dann sagte er: »Das weißt du nicht.«

»Doch, weiß ich. Ich denke, das ist wohl offensichtlich.«

»Na, nicht unbedingt«, sagte Duncan. »Überleg mal, was du mir erzählt hast. Du meintest, Alison hätte diese kaputte Vergangenheit, und McCormack hätte sie daraus errettet wie Sir Galahad. Also, wer weiß, womöglich glaubt sie, dass sie ihm lebenslang zu Dank verpflichtet ist.«

Darüber dachte Dan nach. Möglicherweise war da was Wahres dran.

»Vielleicht hatte sie das Gefühl, sie hätte keine Wahl«, fuhr Duncan fort. »Vielleicht ist sie nicht so stark wie du. Aber das muss nicht unbedingt bedeuten, dass sie dich weniger liebt.«

Er lehnte sich zurück und betrachtete Dan voller Mitgefühl. Er hatte noch nie für eine Frau so gelitten, wie Dan jetzt zu leiden schien, und er war froh, als sein Freund sagte: »Ja, vielleicht. Danke, Mann.«

Es war nur ein kleiner Trost, dachte Dan, aber unter Umständen hatte Duncan recht. Vielleicht hatte Ali in der aufgeheizten Stimmung dieser Konfrontation tatsächlich aus Pflichtgefühl – nicht aus Liebe – an ihrem Ehemann festgehalten. Vielleicht litt sie ebenfalls. Vielleicht bereute sie. Vielleicht lauschte sie gerade Rory Gallagher oder John Martyn und dachte daran, wie sie sich geküsst hatten.

Da leuchtete sein Telefon auf dem Tisch, und Duncan neigte den Kopf, um nachzusehen. »Sie gesellt sich zu uns.«

Dan sah auf den kleinen Bildschirm. Ali Connor hat dir eine Nachricht gesendet.

»Komm schon.« Duncan schob das Handy zu Dan hinüber. »Lass mal sehen, was es ist.«

Dan nahm es in die Hand und öffnete den Link, sah ihn sich erst mal allein an, um zu entscheiden, ob er Duncan davon erzählen wollte. »Joni Mitchell«, sagte er. »›A Case of You‹.«

»Was für ein Song!«, rief Duncan aus, doch Dan stellte sein Telefon ab und legte es weg. Sie hatten *Blue* auf der langen Fahrt gen Norden gehört. Ali hatte gesagt, sie wollte ihm die Typen mit den elektrischen Gitarren abgewöhnen. »*You are in my blood, like holy wine.*« Wie konnte er diesen Song jemals wieder hören, ohne zusammenzubrechen, weil er sie verloren hatte? Er sah seinen Freund an, und Duncan wartete.

»Ich versuche mich dem zu verschließen«, erklärte Dan. »Ich dachte, es geht mir gut, aber ich habe mir was vorgemacht. Es ist, als wollte ich meinen eigenen Schatten abschütteln.«

Einen Moment lang schwiegen sie, dann sagte Duncan: »Dann wolltest du Katelin also verlassen?«

So eine simple Frage. Haarsträubend in ihrer Schlichtheit. Katelin verlassen. Seine treue Gefährtin, als wäre nichts dabei, als wollte er nur in einen anderen Bus umsteigen. Nun, in Australien war es ihm so einfach vorgekommen. Mehr noch: Es war ihm so vorgekommen, als bliebe ihm gar nichts anderes übrig, als würde sein Leben, sein Schicksal von einer höheren Instanz gelenkt. Und dann war da Sheila, die ihn zum Flughafen in Adelaide gefahren und ihm den ganzen Weg über erklärt hatte, dass er allein seinem Herzen verpflichtet war. Und dann war da Alison, wunderschön, verletzlich, tiefsinnig, unvergleichlich. Sie hatte ihm im Wagen etwas vorgesungen – »Chelsea Morning«, auch ein Song von Joni Mitchell, den er nicht gekannt hatte, und es war einer der entscheidenden Momente seines Lebens gewesen. Australien draußen vor dem Fenster, Alison Connor neben ihm, Joni Mitchells Lyrik, Alisons Stimme. Alison.

Duncan, der noch immer auf Antwort wartete, holte ihn wieder in die Gegenwart zurück, indem er fragte: »Und?«

»Ja«, sagte Dan. »Ich wollte Katelin verlassen.«

Anfang März flogen die beiden Frauen von London nach Edinburgh, sodass es kein Wiedersehen auf dem Bahnsteig gab. Am Flughafen teilten sie sich ein Taxi, das Rose-Ann in New Town absetzte und dann mit Katelin weiter nach Stockbridge fuhr. Dan hatte nicht gewusst, wie ihm zumute sein würde, wenn er sie sah, oder ob sie merken würde, dass er sich verändert hatte. Doch wie es sich herausstellte, war sie viel zu sehr von ihrer Reise angefüllt, um zu merken, dass Dan vielleicht bedrückter sein mochte, als sie erwartete. Sie hatte Sommersprossen bekommen, war sehr redselig, etwas molliger als vorher, und sie trug eine Baseballkappe von den LA Lakers, aus der ihr roter Pferdeschwanz hervorwippte, wie bei einem Cheerleader vor dem großen Spiel. Sie war quirlig, braun gebrannt. Das Abenteuer hatte ihr gutgetan, meinte sie. Zwar könne sie jetzt mal eine Pause von Rose-Ann vertragen, aber sie hätten sich prima verstanden. »Sie macht sich ständig zu allem Gedanken«, sagte Katelin, als sie im Haus waren. »Mehr kann man dazu gar nicht sagen. Sie braucht viel zu lange für jede Entscheidung, wägt das Für und Wider ab, bis man kaum noch weiß, worum es eigentlich ging. Und sie hatte eine Menge zu sagen über Duncans Seitensprung. Den haben wir auf dem ganzen Weg vom JFK bis nach Cincinnati durchgekaut.«

»Wow! Das sind mindestens siebenhundert Meilen«, sagte Dan. Er machte ihr einen Tee – den ersten vernünftigen, seit sie losgefahren war, in den Staaten gab es nur Kaffee, ekligen Kaffee, der den ganzen Tag auf der Wärmeplatte stand, kein Wunder, dass sie einem kostenlos nachschenkten, oder es gab Lipton's-Yellow-Label-Tee, den sie in einen Becher mit lauwarmem Wasser tunkten. Plapper, plapper, plapper. Sie war ganz schön aufgedreht, dachte Dan, aber vermutlich lag das am Jetlag, an den körpereigenen Drogen, die einen ganz zappelig machten. Oder aber vorhandenes Unglück vergrößerten und einen immer weiter runterzogen. Vielleicht, dachte er, verstärkte der Jetlag einfach den jeweiligen Gemütszustand.

»Ach, keine Ahnung, wie viele Meilen es waren«, plapperte Katelin weiter. »Aber die Fahrt dauerte *zwölf* Stunden, und es kam mir vor, als würde das Gespräch länger dauern als die ganze Affäre, also hab ich zu ihr gesagt, Rose-Ann, hab ich gesagt, könnten wir bitte aufhören, über Duncan zu reden, sobald wir nach Cincinnati kommen, und sie meinte: ›Ach, du lieber Gott, Katelin, es tut mir ja *so* leid, ich quassel und quassel hier vor mich hin, und du warst *so* geduldig.‹« Sie imitierte Rose-Anns breiten Westküstenakzent so perfekt, dass Dan lachen musste.

Sie setzten sich aufs Küchensofa, McCulloch rollte sich zwischen ihnen ein, und Katelin plapperte immer weiter, von dem bewaffneten Hillbilly, der in New Mexico auf ihr Auto geschossen hatte, und von dem Tramper, der angeboten hatte, ihnen aus der Hand zu lesen, wenn sie ihn mit nach Austin nahmen. Bei Rose-Ann sah er viele Geldlinien, klar und deutlich.

»Kommt hin«, sagte Dan. »Und bei dir?«

»Energetisch, unbeherrscht, offenbar leicht ehrgeizig. Ich habe Feuerhände, was mehr oder weniger bedeutet, dass meine Finger etwas stummelig sind.«

»Ist mir noch nie aufgefallen«, sagte Dan und nahm eine ihrer Hände. »Aber jetzt, wo du es sagst ...«

Sie lachte und gab ihm einen Klaps hinter die Ohren. »Gut genug, um dir damit eine zu verpassen«, warnte sie. »Rose-Ann hat Wasserhände. Die sind hübsch, ihre Hände, lange Finger und ovale Nägel, Klavierhände.«

»Aber sie spielt gar kein Klavier.«

»Ich weiß, könnte sie aber.«

»Ich wollte nie wissen, wie meine Zukunft aussieht«, meinte Dan.

»Eigentlich geht es gar nicht um die Zukunft, sagt Devin.«

»Devon?«

»Dev-IN«, korrigierte Katelin. »Der Typ, den wir mitgenommen haben. Und die Lebenslinie sagt einem nicht, wie lange man leben wird. Das ist ein großer Irrtum, dem wir alle unterliegen. Devin meinte, sie deutet nur an, was für ein Leben man vielleicht leben könnte, deine Energie und Vitalität, weißt du? Gib mal her.« Sie nahm seine rechte Hand, breitete sie flach vor sich aus und zeichnete den Bogen der Linie nach, die vom Rand seiner Handfläche oberhalb des Daumens bis zum Handgelenk führte. »Deine Lebenslinie«, sagte sie leicht triumphierend, als hätte sie möglicherweise nicht erwartet, dass er so etwas hatte, und beugte sich vor, um sie besser zu erkennen. »Ach, guck mal, du hast eine Doppellinie, das ist ganz selten. Devin hat auch eine. Hat er uns gezeigt.«

»Das kann ich mir vorstellen«, sagte Dan. »Finde ich gar nicht so toll, dass ihr unterwegs fremde Männer aufgabelt. Hast du denn nie *Hitcher, der Highwaykiller* gesehen?«

»Es bedeutet, dass du entweder deinen Seelenverwandten gefunden hast oder ein Doppelleben führst. Was von beidem?«

»Wie?«

»Ich denke, es ist das mit dem Seelenverwandten«, sagte Katelin. »Ich hätte es längst gemerkt, wenn du ein Bigamist wärst. Schließlich hätte ich viel weniger zu waschen.«

»Weißt du was?«, sagte Dan und zog seine Hand weg. »Genug von deinem Hokuspokus.«

Katelin gähnte unvermittelt. »Ich glaube, ich könnte eine ganze Woche durchschlafen. Ich würde jetzt gern ein Bad nehmen und dann vorm Fernseher bei einem Film eindösen.« Sie sprach das Wort »Film« aus, als versuchte sie, ihm eine Extrasilbe abzuringen. In ihren irischen Akzent hatte er sich damals richtiggehend verliebt. Katelin Kelly, niemals Kate – wehe dem, dem dieser Fehler unterlief. Sie hatte etwas Unbändiges an sich, willensstark und unwirsch. Seine Mutter fand sie schwierig, so störrisch wie sie war. Katelin hatte keine Kinder gewollt, dann änderte sie ihre Meinung, wollte aber nur eins, und von Anfang an hatte sie sich über die Vorstellung lustig gemacht zu heiraten und wollte für immer und ewig nur freiwillig mit ihm zusammen sein. Damit hatte sie einen Riesenaufschrei provoziert, in beiden Familien, aber Dan hatte sie sehr dafür bewundert. Er fand sie unerschrocken und verwegen und authentisch. Doch jetzt, als er ihr einen Kuss auf die Wange gab und aufstand, um ihr ein Bad einzulassen, fragte er sich, ob sie diese Freiwilligkeit immer noch so toll finden würde, wenn er ihr beichtete, dass er sie zwar nach wie vor liebte, aber eine andere Frau noch mehr und anders? Keine Chance.

»Oh!«, rief sie ihm hinterher, als er fast schon draußen war. »Ich hab dich noch gar nicht gefragt, wie es in Hongkong gelaufen ist.«

»Ach, das war ja nur Arbeit«, sagte er. »Das kann warten.« Mit schweren Schritten schleppte er sich die Treppe hinauf. Er fühlte sich seltsam ernüchtert, als hätte Katelin ihn enttäuscht, indem sie einfach nur so war, wie sie war.

Zwei Tage später erzählte er ihr alles. Es gab keinen Anlass, sie ahnte nichts, und höchstwahrscheinlich war es von seiner Seite nur ein selbstsüchtiger Impuls. Er wollte, dass sich seine Beziehung zu Alison real anfühlte, indem er sie der Welt als Tatsache präsentierte. Damit er sicher sein konnte, dass sie nicht nur in seiner Fantasie bestand. Sich selbst hatte er vorgemacht, es sei ein Ausdruck seines Respekts für Katelin, ihr die Wahrheit zu sagen, offen und ehrlich zu sein. Doch das war es nicht, schließlich hatte er im Laufe der letzten dreißig Jahre schon so manches Geheimnis vor ihr gehabt: Flirts, Fast-Affären, vor Jahren eine kurze Phase mit Kokain, und momentan kiffte er regelmäßiger, als sie ahnte. Er hoffte, sie hätte auch vor ihm ein paar Geheimnisse, hoffte es wirklich, denn jeder hatte doch das Recht auf einen kleinen Fehltritt, und wenn sie mit einer Geschichte gekontert hätte, wie sie am Strand von Santa Monica Sex gehabt hatte, dann wäre er vor allem erleichtert gewesen. Hatte sie aber nicht. Sie saß nur ganz still auf der Bettkante, und er konnte dabei zusehen, wie all die schöne Sonnenbräune aus ihrem Gesicht schwand, als er ihr – so sanft er konnte – erklärte, dass er sich in Alison Connor verliebt hatte, es aber inzwischen aus war.

»Die Frau, die dieses Buch geschrieben hat?«, fragte Katelin verwundert, obwohl sie gleichzeitig das Gefühl hatte, es die ganze Zeit schon gewusst zu haben.

Dan nickte.

»Und deswegen warst du in Hongkong? Damit du von dort aus hinfliegen konntest, um sie zu besuchen?«

»Ja«, sagte er. »Ich meine, da war ein Festival, ich habe gearbeitet, aber ja, deshalb bin ich hingeflogen.«

Er hatte einen Sturm erwartet, doch der kam erst später. Stattdessen blieb es ganz, ganz still im Schlafzimmer, auch wenn sie anfing zu weinen, und sie weinte lang und anhaltend, wobei sie kaum einen Laut von sich gab. Er konnte sie nicht trösten oder beruhigen, denn sie wollte nicht, dass er sie auch nur anrührte, wollte nicht ihm sprechen, wollte ihn nicht ansehen. Sie schloss ihn völlig aus ihrer Trauer aus, und er hatte keine Ahnung, was er tun sollte. Er hatte die Form und Farbe ihres gemeinsamen Daseins komplett verändert, und er wünschte sich sehnlichst, er hätte sie im Dunkeln gelassen. Die Wahrheit wurde überschätzt: Sie hatten beide nichts davon.

26

ADELAIDE,
7. JULI 2013

In den Wintermonaten konnte diese sonst so hübsche Stadt verdammt trostlos sein, dachte Ali: kalt, nass, windig und regelrecht ungastlich. Im Sommer und Frühherbst gab es Festivals – Bücher, Musik, Theater – und hin und wieder ein Picknick am Strand, ein Barbecue im Garten. Aber absolut niemand – zumindest im Umfeld der McCormacks – schien während der endlosen Winterwochen irgendwen zu besuchen. Jeder verkroch sich mit verkniffener Miene in seinem Haus und wartete ab. Alles in Ali lehnte sich dagegen auf. Michael hielt das für eine ganz neue Entwicklung. Letztes Jahr um diese Zeit – vor Dan, meinte er – habe sie sich problemlos damit abgefunden, den Winter auszusitzen wie alle anderen auch, indem sie die Vorhänge zuzog, ein bisschen vor dem Fernseher saß, die langen Stunden zum Schreiben nutzte, Beatriz' Hasenragout aß und darauf wartete, dass die Sonne wieder rauskam.

»Ich begreife nur nicht, wieso alle unbedingt Winterschlaf halten müssen«, sagte Ali, die die ganze Welt hasste und alles dafür tat, dass sie noch hassenswerter wurde. Sie kniete draußen hinterm Haus am Boden, mit einem Arm im Abfluss, um vermodertes Laub aus einem Gully zu holen. Jede neue Handvoll klatschte sie mit wütendem Schwung auf die Steinplatten. Der Gestank, der Schleim: Beides spiegelte ihre Stimmung wider. Im Kampf um das eheliche Gleichgewicht wechselten sich Ali und Michael im Zornigsein ab, und momentan hatte Ali den Fehdehandschuh aufgenommen. »Bloß nicht! Wir könnten uns ja ausnahmsweise mal ein bisschen amüsieren! Ich habe dir vorgeschlagen, ein paar Freunde einzuladen, damit wir nicht immer allein am Esstisch sitzen, und du reagierst, als hätte ich dir eine Swingerparty vorgeschlagen. Es ist alles so verdammt *öde*, Michael!«

Er stand nur da und sah sie an.

»Bist du dir eigentlich darüber im Klaren, dass wir genau das gleiche Leben leben, das auch deine Eltern gelebt haben, und deren Eltern davor?«

»Na, dagegen ist per se ja auch nichts einzuwenden«, meinte Michael, um zu beweisen, dass er der Erinnerung an seine Familie ebenso treu war wie seiner Frau. Wie er so dastand, fühlte er sich nutzlos und provoziert, angegriffen. Als er nach Hause gekommen war, hatte er sie im Garten vorgefunden, in der zunehmenden Dämmerung, wo sie stinkende Klumpen von verfaulter Vegetation aus den hintersten Ecken der Abflussrohre holte, und wenn das nicht passiv-aggressiv war, dann wusste er auch nicht. »Lass das doch Eddie machen«, sagte er. »Der kommt morgen sowieso. Der ist hier für so was zuständig. Ich bezahle ihn dafür.«

»*Wir* bezahlen ihn«, sagte Ali. »*Wir* bezahlen ihn, Michael.«

»Ja, okay, wir bezahlen ihn. Meine Güte.«

Sie richtete sich auf. »So, das Rohr ist frei.« Sie spähte

in das Loch, dann blickte sie zum Dach auf. »Das Laub kommt mit dem Regenwasser durch dieses Fallrohr da. Die Esche und der Talgbaum sind schuld. Beknackte Bäume.«

Er schwieg einen Moment, dann sagte er: »Ich werde Eddie bitten, die Abflüsse öfter zu reinigen. Okay? Wollen wir jetzt reingehen?«

Sie erwiderte: »Geh schon vor. Ich komm gleich nach«, und er zögerte einen Moment, als wollte er noch etwas sagen, doch dann wandte er sich ab und ging zurück ins Haus. Ali setzte Laubnetz und Gitter wieder ein, dann schnüffelte sie an ihrer Hand, die eklig roch vom fauligen Schleim, doch das machte ihr nichts aus, und wäre es nicht stockfinster und so windig gewesen, dann hätte sie sich jetzt auch noch die Regenrinnen vorgenommen. Alles lieber, als noch einen Abend schweigend mit Michael auf dem Sofa zu verbringen. Sie schloss die Augen und nahm sich fünf Minuten Zeit, um an Dan zu denken, fünf Minuten, in denen sie sich vorstellte, sie könnte ihn erreichen – selbst jetzt noch, wo er auch sein mochte –, um ihm mit einem Song zu sagen, dass er in ihrem Herzen war.

Sie hielt ihre Hände unter den Wasserhahn im Garten, um den schlimmsten Dreck abzuspülen, bevor sie ins Haus ging. Beatriz duldete keine fremden Gerüche in ihrer Spüle. Oder besser gesagt, Beatriz hatte früher einmal keine fremden Gerüche in der Spüle geduldet, bevor Stella weggegangen war. Seitdem schien ihr alles egal zu sein. Im März, kurz bevor Stella abgereist war, hatte die alte Dame plötzlich begriffen, dass das Mädchen tatsächlich allein auf Reisen gehen würde, und dieser Umstand hatte ihr schlicht den Boden unter den Füßen weggerissen. Augenblicklich sah sie sämtliche Gefahren vor sich aufgereiht, die diese Welt zu bieten hatte. Während Ali nun den stinkenden Glibber von ihren Fingern spülte, dachte sie an Beatriz, oben in ihrem Zimmer, wo sie sich in letzter Zeit meist aufhielt. Nichts war hier mehr wie früher. Stella hatte Italien bereits hinter sich gelassen und war mittlerweile in Spanien, Thea war noch in Melbourne, Michael war verletzt, Beatriz todtraurig. Und sie selbst? Wie war es um sie bestellt? Gute Frage, dachte sie. Könnte eine Weile dauern, bis ich darauf eine Antwort habe.

Unter dem kalten Wasser liefen ihre Hände blau an, sodass sie sie an ihrer Jeans abtrocknete und durch die Hintertür ins Haus ging. Michael hatte im Tiefkühler einen Hähnchenauflauf gefunden, der inzwischen im Ofen stand, und in der Küche duftete es heimelig, ein wenig so wie früher. Ali suchte ihr Handy auf der Arbeitsplatte und merkte sofort, dass es nicht mehr da lag, wo sie es hingelegt hatte. Jetzt lag es beim Wasserkocher und nicht mehr bei ihrem Rucksack. Augenblicklich wich alles Heimelige einem dumpfen Hämmern in ihrer Brust, ob aus Angst oder Wut, wusste sie nicht. Aber sie schnappte sich das Telefon und stampfte aus der Küche ins Wohnzimmer, wo Michael sich im Fernsehen das Spiel von Port Adelaide gegen Essendon ansah.

»Du warst an meinem Handy«, sagte sie.

Es war Wut, merkte sie, nicht Angst. Diesmal hatte sie das Recht auf ihrer Seite.

Er stutzte, dann hob er die Hände, auf frischer Tat ertappt. »Nur damit ich nicht verrückt werde.«

»Das kannst du nicht machen.« Alis Stimme bebte ein wenig. »Ich habe ein Recht auf meine Privatsphäre. Du kannst mich nicht ewig wie ein pflichtvergessenes Kind behandeln.«

Der Kommentator im Fernsehen wurde immer lauter vor fiebriger Begeisterung. Michael stellte ihn stumm. »Dein Recht auf Privatsphäre ist fraglich«, sagte er. »Ich vertraue dir immer noch nicht. Ich habe dir mal vertraut, aber ich vertraue dir nicht mehr, aus naheliegenden Gründen.«

Wie sehr sie sein moralinsaures Gehabe hasste, seine demonstrative Enttäuschung! Als Kinderarzt hatte er Erfahrung im feinfühligen Umgang mit schwierigen Situationen, und unter Stress sprach er besonders ruhig und überlegt. Am liebsten hätte sie ihm dafür eine reingehauen.

»Ich glaube, du hast Kontakt zu ihm gehabt«, sagte er.

Sie fühlte sich krank, leicht schwindlig und unendlich müde.

»Ich hatte keinen Kontakt zu Dan Lawrence«, erwiderte sie, was der Wahrheit entsprach, wenn auch nicht der ganzen Wahrheit. Drei Songs hatte sie ihm geschickt, in den ersten Tagen nach seiner Abreise. Doch seitdem nichts mehr, fünf Monate lang nicht.

Er lehnte sich auf dem Sofa vor, stützte die Ellenbogen auf seine Knie und sah sie eine Weile forschend an. »Du bist schnell gereizt, wenn es um mich geht. Du bist nie liebevoll mir gegenüber, initiierst nie, niemals Sex, und bist du gestern nicht etwa zurückgezuckt, als ich dir einen Kuss gegeben habe? Ich könnte es schwören. Du bist unglücklich mit unserem Leben. Die gesamte Adelaider Gesellschaft ist dir nicht gut genug, weil wir alle borniert, beschränkt, engstirnig und geizig sind. Du gibst dir allergrößte Mühe, dich in diesem Haus so unwohl wie möglich zu fühlen, und deshalb fand ich dich heute auf den Knien im Dunkeln vor, wo du mit *bloßen* Händen Dreck aus den beschissenen Abflussrohren geschaufelt hast!«

Michael fluchte oder schrie so gut wie nie, und als er nun beides tat, wusste sie, wie wütend er war. Aber das war sie auch. Das war sie auch.

»Womit ich mir hier ›allergrößte Mühe‹ gebe, Michael, ist so zu sein, wie du mich haben möchtest«, sagte sie leise. »Aber diese Beziehung wird nicht funktionieren, wenn du mich wie eine Untergebene behandelst.«

»Siehst du? Wie kannst du mit solcher Gelassenheit davon sprechen, dass diese Beziehung nicht funktionieren wird?«, sagte er. »Es ist, als wäre es dir völlig egal, ob wir sie retten können oder nicht.«

»Ich werde nicht mit deinem ständigen Misstrauen leben«, sagte sie. »Ich werde nicht auf ewig diese ... diese *unwerte* Person sein, die Böse, die Schwache.«

»Ali, ich gebe zu, ich habe mir eben dein Handy angesehen. Es war ein Reflex, ein Bauchgefühl. Aber es war das erste Mal seit Wochen, und ich habe es nicht gern getan. Ich musste mich nur irgendwie beruhigen.«

»Und hast du gefunden, wonach du gesucht hast?«

»Nein«, erwiderte er. »Ich wusste gar nicht, wonach ich suche. Außerdem war ich nicht so richtig bei der Sache.«

Mit einem Mal sah er richtiggehend niedergeschlagen aus, und sie empfand fast so etwas wie Mitgefühl für ihn, weil sie ihm all das angetan hatte – ihm noch immer antat. Keiner von beiden konnte diese Auseinandersetzung brauchen. Sie hatte ihr Handy herumliegen lassen. Er hatte es gesehen, einen kurzen Blick darauf geworfen und schon wieder was anderes gemacht. Kein Drama.

»Wie läuft das Spiel?«, fragte sie und nickte in Richtung der stummen Fußballer.

Er schien sich ein wenig zu beruhigen. Vielleicht suchte Michael gar keine Konfrontation, dachte sie. Vielleicht wollte er nur sein altes Leben zurück. Denn schließlich war das alte Leben doch gut gewesen, für sie beide. Oder nicht? Alles in allem? Sie setzte sich neben ihn.

»Nicht gut«, sagte er. »Im Grunde richtig schlecht, aber sie machen Port das Leben schwer.«

»Na ja, Port schlägt sich immer noch besser als die beknackten Crows.«

Abrupt drehte er sich um und starrte sie an.

»Was?«, fragte sie.

»Früher hast du nie ›beknackt‹ gesagt«, meinte er. »Jetzt sagst du es ziemlich oft.«

Sie zuckte mit den Schultern, wurde jedoch rot an Hals und Wangen, und auch das fiel ihm auf.

»Typisch Sheffield, oder?«, sagte er bissig. »Stammt noch aus der guten alten Zeit?«

Nach diesen Worten gerann die Atmosphäre in dem kleinen Zimmer. Ali wusste, dass sie es ihm weder erklären noch einen weiteren Streit ertragen konnte, also stand sie auf und ließ ihn allein mit dem, was er wusste oder nicht wusste. Sollte er das Spiel doch ohne sie zu Ende gucken.

Die gemeinsam erstellte Songliste bei Twitter hatte sie schon vor Monaten gelöscht, aber sie kannte sie längst auswendig, weil sie alle Songs auf ihrem iPod hatte, in einer Playlist mit dem Titel *Mixtape*. Das Schönste war für sie, die Kopfhörer aufzusetzen und die Lieder durchzuhören, vom ersten Ton von »Pump It Up« bis zum Fadeout von »Go Down Easy«. Sie hatte die letzten drei gelöscht, auf die keine Antwort gekommen war, weil sie wusste, dass sie ihn da bereits verloren hatte. Aber trotzdem liebte sie diese Liste und alles, was sie über sie und Dan und den Weg aussagte, den sie genommen hatten, um zueinanderzufinden. Heute Abend jedoch stürzte sie sie in tiefe Verzweiflung – was auch hin und wieder vorkam. Manchmal gelang es ihr nicht, sich an die Freude zu erinnern, und sie spürte nur die Distanz und den schmerzlichen Verlust. Bei »Let's Dance« kam ihr M. Ward mit seiner intimen Melancholie zu nah, sodass sie die Musik ausstellte und sich auf den Boden ihres Arbeitszimmers legte und den Tränen freien Lauf ließ. Sie war ein Häufchen Elend, und sie hasste sich dafür, dass sie selbst ihre größte Feindin war, dass sie haben wollte, was sie nicht haben konnte, dass sie – als sich ihr die Chance bot – weder die Stärke noch die Vorstellungskraft gehabt hatte, das eine Leben für das andere aufzugeben. Anfangs war Cass ihr richtig böse gewesen: mitfühlend und böse zugleich. Sie meinte, wer A sagt, müsse auch B sagen. Doch dann murmelte sie: »Ach, meine Kleine«, und drückte Ali fest an sich, als diese in Tränen ausbrach. Das war Monate her, damals im Februar, als sie gerade erst wieder aus Quorn zurück war. Seitdem hatte es schon so viele Tränen gegeben, und einmal mehr schlug sie die Hände vors Gesicht und gab sich ihrem Kummer hin. Diesen Schmerz heilte die Zeit nicht. Sie konnte nicht mehr klar denken. Konnte nicht schreiben. Sie konnte Michael nicht glücklich machen, obwohl er das bestritt, denn er vertraute auf die Vergangenheit und glaubte, ihr gemeinsames Glück läge darin, wie es früher gewesen war und wieder sein konnte. Anfangs war das auch ein Trost gewesen, doch in Momenten wie diesem begriff Ali, dass sein Glaube an die perfekte Ordnung ihres früheren Lebens nur von einer Blindheit zeugte, die sie beide hemmte. Konnten sie sich nicht beide von den Fesseln befreien? Konnten sie nicht davon profitieren, wenn sie alle Gewohnheiten und Erwartungen abschüttelten? Aber wie sollte man einen Menschen befreien, der sich selbst nicht in Ketten sah? Und außerdem würde Michael das, was Ali Freiheit nannte, als Ehebruch bezeichnen. Er war brutal moralisch und rechtschaffen.

Mittlerweile jedoch wussten sie längst nicht mehr, wie sich Harmonie anfühlte, hier in ihrem hübschen Heim. Täglich änderte sich die Stimmungslage, sodass Ali immer auf der Hut sein musste, um die kleinen Veränderungen in seiner Miene, seinem Tonfall, seiner Körpersprache zu lesen. Sie hatte genug davon und auch davon, eine Sünderin zu sein, was sie ihm immer und immer wieder sagte. Aber ihm war nicht klar, wie sich eine lebenslange Strafe anfühlte, nur weil man – einmal, ein einziges Mal nur in einem ansonsten unbescholtenen Leben – eine solche Enttäuschung gewesen war.

Sie hatte versucht, Michael mehr zu lieben, als ihr möglich war. Sie hatte versucht, das Gefühl zu verdrängen, das Dan in ihr ausgelöst hatte. Aber es waren zu viele Erinnerungen, als dass man sie alle löschen konnte. Zum einen war da die Musik, die ihr zeigte, wie perfekt sie zusammenpassten, und dass die Musik vielleicht eine Wiedergutmachung möglich machen könnte, an die sie schon nicht mehr geglaubt hatte. Vielleicht fand sie auf diesem

Weg sogar zu ihrem verlorenen Bruder zurück. Und zum anderen war da dieses unglaubliche sexuelle Verlangen. Sie würde niemals mit Michael darüber sprechen können, in welchen Sphären man schwebte, wenn sich die richtigen Menschen einander hingaben, und er selbst schien das Thema ohnehin zu meiden. Er hatte seine eigenen Theorien, die allesamt auf Folgendes hinausliefen: Sie war – vorübergehend – der Verlockung ihrer Jugend erlegen, doch das konnte nur ein Irrlicht sein, eine Illusion. Michael war der Ansicht, eine echte Beziehung habe die Dauerhaftigkeit auf ihrer Seite, ein festes Fundament, zahllose Erinnerungen. Ali behielt ihre Meinung für sich, nickte mit vager Zustimmung und wusste dennoch, dass er irrte: Es war nicht die Verlockung ihrer Jugend gewesen, sondern die ihrer großen Liebe.

Als Ali etwas später wieder aus dem Tal der Tränen auferstanden war, ging sie in Beatriz' Zimmer. Die alte Dame saß auf ihrem Schaukelstuhl und starrte ins Leere.

»Hallo, Beatriz.« Ali kniete sich neben sie und nahm ihre Hand. Die Haut war dünn wie Pergament, und auch ebenso trocken. »Kann ich dir was Gutes tun? Möchtest du vielleicht einen Kaffee? Eine Scheibe Rosinenbrot?« Doch Beatriz schüttelte nur traurig den Kopf, als wüsste sie mit so schlichten Freuden wie essen und trinken nichts mehr anzufangen. Beatriz, das gütige, gutmütige, geschäftige Herz der Familie, hatte beschlossen, dass es reichte. Es gab so vieles, worum man sich Sorgen machen musste, dass sie einen Schlussstrich gezogen hatte und sich von nun an um gar nichts mehr sorgen würde. Sie schaukelte sich einfach in eine andere Dimension und lebte in ihren Erinnerungen an eine ferne Vergangenheit. Ali trauerte um sie und wusste, dass sie für Beatriz' Zustand mitverantwortlich war. Sie hatte sich nur mit sich selbst beschäftigt, versunken in ihren eigenen Problemen, und in diesen letzten Monaten war Beatriz ihr gegenüber misstrauisch geworden. Ali hatte Michael das Leben schwer gemacht und Stella mit einer Seelenruhe nach Europa ziehen lassen, die Beatriz unerklärlich war. Seit Stellas Abreise hatten Beatriz' Tage keine Struktur mehr, so ohne ein Kind, das zu versorgen war. Ohne ein süßes heranwachsendes Mädchen, das man mit Gebäck und Umarmungen verwöhnen konnte. Stattdessen war da – donnernd wie ferne Kriegstrommeln – das anhaltende Drama der angeschlagenen Ehe von Michael und Ali. Meist hatten sie versucht, Beatriz möglichst aus ihrem gestörten Gefühlsleben herauszuhalten, aber die alte Dame war ja nicht taub und auch nicht blind. Sie wusste genau, was vor sich ging.

»Beatriz, heute habe ich mit Stella gesprochen.«

»Hast du erzählt«, sagte Beatriz ausdruckslos.

»Ich weiß, aber du warst so verschlafen, und ich habe dir noch nicht erzählt, wohin sie als Nächstes fährt. Rate mal!«

Beatriz seufzte und rutschte auf ihrem Schaukelstuhl herum. Sie betrachtete ihre Hand in Alis Händen, dann ging ihr Blick hinauf zum Kruzifix an der Wand gegenüber. »Und?«, fragte sie gleichgültig.

»Portugal!«, sagte Ali. »Sie fährt mit dem Zug einmal quer durch Spanien. Aus Porto will sie dir eine Postkarte schicken. Ein Bild vom glitzernden Duero bei Nacht.«

»Und ist sie noch allein?«

Ja, dachte Ali, allein und bester Dinge. »Nein, nein, sie sind zu mehreren«, sagte sie zu Beatriz. »Freunde, die sie unterwegs kennengelernt hat.«

Beatriz wandte ihren Kopf, um Ali anzusehen. »Ist sie noch allein?«, fragte sie noch mal.

»Okay, ja«, sagte Ali, denn sie hatte in diesem Haus schon so viel gelogen, dass es für ein Menschenleben reichte. »Aber, Beatriz, sie ist froh und glücklich und lässt dir liebe Grüße bestellen.«

In diesem Moment rief Michael von unten – heiter und fröhlich, um zu zeigen, dass er kein Trübsal mehr blies: »Hat jemand Hunger? Essen ist fertig!«

»Beatriz?«, fragte Ali sanft. »Kommst du bitte und isst was mit uns?«

Die alte Dame schüttelte den Kopf. »Ich habe keinen Hunger.«

»Aber du *musst* doch Hunger haben«, sagte Ali. »Ich weiß gar nicht, wann du zuletzt was Richtiges gegessen hast. Vielleicht bist du hungrig, ohne es zu merken. Wenn du erst mal mit runterkommst und …«

»Ali, ich kann jetzt nicht essen. Mir steht nicht der Sinn danach, und du hast mit Michael einiges zu besprechen, was mich nichts angeht.«

»Ach, Beatriz.« Sie sehnte sich danach, dass sie *Ali, mein Mädchen* hinzufügte.

»Geh«, sagte Beatriz. »Mach deinen Mann glücklich und lass mich einfach hier sitzen. Ich bleibe lieber allein.« Sie wandte sich so energisch ab, dass Ali ihre Hand losließ, ihr einen Kuss auf die Wange gab, ihr sagte, dass sie sie lieb hatte, und hinausging. Sie hatte immer geglaubt, dass Beatriz sie von Herzen liebte, und so war es tatsächlich auch gewesen – bis sie Michael unglücklich gemacht hatte. Da war Ali schmerzhaft klar geworden, dass Beatriz' Liebe für sie an Bedingungen geknüpft war, abhängig von den Regeln, die in dieser Familie galten. Hier nun sah man den McCormack-Kult in Aktion: Sie wurde ausgeschlossen.

Vier Wochen später war Beatriz tot, und es war, als hätte sie es darauf angelegt, als wäre sie zielstrebig zu Gott gegangen und dem Versprechen auf ein ewiges Leben gefolgt. Selbst Michael, der als Arzt am besten wusste, dass es für den Tod eines jeden Menschen einen biologischen Grund gab, bestritt nicht, dass es schien, als hätte sie ihren Abschied forciert, weil sie keine Kraft mehr für diese Welt hatte. Am frühen Abend hatte er Beatriz gefunden, und als Ali ihn weinen hörte, war sie gleich zu ihm gelaufen, und ihr Herz fing an zu rasen, weil sie fürchtete, sie sei der Grund dafür. Doch dann sah sie ihn dort auf den Knien neben Beatriz' Bett, und er weinte bitterlicher als beim Tod seiner Eltern. Niemand hatte Michael mehr geliebt als Beatriz. Er hörte sofort auf, als Ali ins Zimmer kam, riss sich zusammen, als wäre seine Trauer unmännlich, aber sie hatte ihn in die Arme geschlossen, und gemeinsam beweinten sie den Verlust. Hätte Beatriz ihre Umarmung gesehen, hätte sie sich bestimmt gefreut.

Später jedoch, als sie unten darauf warteten, dass der Beerdigungsunternehmer kam und Beatriz' Leichnam abholte, sagte Ali: »Michael, ich habe das schreckliche Gefühl, dass ich schuld daran bin.« Sie beichtete ihm ihre finstersten Ängste, baute darauf, dass er diese als Unsinn abtat. »An ihrem Tod, meine ich. Ich glaube, ich habe ihn irgendwie zu verantworten.«

Sie brauchte seinen Widerspruch, doch er schwieg eine Weile, dann sagte er nur: »Sie wusste, dass sie geliebt wurde. Das allein ist entscheidend.« Das war ganz und gar kein Widerspruch, ging nicht einmal auf ihre Befürchtung ein, sondern war nur eine Versicherung von etwas, das sie bereits wusste. Ali holte tief Luft und wich vor ihm zurück. Angespannte Stille machte sich breit, umkreiste sie und schob sich zwischen sie, eine dritte, bedrohliche Präsenz im Raum.

»Ich rufe Thea an«, sagte sie plötzlich und ging zum Telefon an der hinteren Küchenwand. »Und wir müssen Stella Bescheid geben. Und du musst Rory und Rob anrufen.«

»Danke, ich weiß, was ich zu tun habe.«

»Entschuldige, Michael. Wahrscheinlich versuche ich nur, diese schreckliche Stille auszufüllen.«

»Ich wäre dir mehr als dankbar, wenn du davon ablassen würdest«, sagte Michael.

Sie starrte ihn an. Er klang wie seine Mutter, eiskalt und übertrieben höflich. »Michael, gibst du mir denn auch die Schuld?«, fragte sie.

Er sah sie an. »Nicht wirklich«, sagte er. »Nicht voll und ganz. Aber du bist daran beteiligt, oder?«

»Und bist du auch daran beteiligt?«

»Ich? Ich bin unschuldig, Ali. Ich habe ein reines Gewissen. Das wusste Beatriz, und vermutlich weiß sie es selbst jetzt noch, wo sie auch sein mag.«

»Sie ist *tot*«, erwiderte Ali und fragte sich, ob ihr Mann, der angesehene Arzt, womöglich vor Trauer den Verstand verlor. »Die Zeiten, in denen sie eine Meinung hatte, sind vorbei.«

»Gib einfach Thea Bescheid«, sagte er und stand auf. »Ich werde meine Brüder vom Büro aus anrufen.« Dann ließ er sie einfach dort stehen, auf eine Stuhllehne gestützt. Für einen Moment war sie am Ende ihrer Kräfte. Doch schließlich rief sie Thea an, die die Nachricht ernst, aber ungerührt aufnahm, wie die Medizinstudentin, die sie war. Danach meldete sie sich bei Stella, die in ihrem Jugendherbergszimmer in Sevilla gar nicht aufhören konnte zu weinen, und sie blieben zusammen am Telefon, bis Stella aufgehört hatte, bis sie Ali versprochen hatte, dass sie wieder okay war, und um ihre Mutter gänzlich zu beruhigen, reichte sie ihr Handy weiter an eine gewisse Karin aus Düsseldorf, die meinte, ja, sie würde Stella kennen und sie sei mit ihr befreundet, wenn auch noch nicht lange, aber sie würde ganz bestimmt den Rest des Tages bei ihr bleiben und Ali sofort anrufen, wenn es nötig wurde. Ali schnappte sich die Autoschlüssel, nahm ihre Tasche und fuhr zu ihrer Freundin Cass, wo sie um Beatriz weinte, die schlecht von ihr gedacht hatte, als sie starb. Cass hörte sich ihren Kummer lange an, dann sagte sie: »Genug geweint, ich habe ein Heilmittel für deinen Schmerz«, und zusammen aßen sie salzige Cracker mit Brie und guckten *Zeit der Zärtlichkeit* und *Magnolien aus Stahl*. Irgendwas, worüber sie sowohl lachen als auch weinen konnten, sagte Cass, und außerdem glaubte sie, es gäbe keinen Kummer auf dieser Welt, der sich nicht zumindest teilweise von Shirley MacLaine lindern ließe.

Nachdem Cass eingeschlafen war, lag Ali noch lange wach. Sie war viel zu traurig, um Ruhe zu finden, aber ihre Gedanken waren nicht bei Beatriz, sondern bei ihrem anderen Verlust, der noch größer und niederschmetternder war und ganz und gar selbst verschuldet. Nachdem sie sich an jenem schrecklichen Tag für Michael entschieden hatte, redete sie sich ein, sie hätte eine mutige Entscheidung getroffen, selbstlos und großherzig, vor allem um das Leben ihrer Töchter nicht aus dem Gleichgewicht zu bringen und alle vor einer Krise zu bewahren. Aber es war ein Irrtum gewesen, das begriff sie mit einem Mal. Ein furchtbarer, epochaler Irrtum. Sie hatte die Gelegenheit gehabt, ihrem Leben eine neue Wendung zu geben, und diese Gelegenheit verspielt. Sie lag auf dem großen Doppelbett neben der leise schnarchenden Cass, badete in Selbstmitleid und beweinte den Verlust der Zukunft, die sie mit Daniel hätte haben können. Daniel, der ihrem Herzen in dieser melodramatischen Trauer eine Heimat gab, der ihr ein Kompass war, der Liebling ihrer Seele. Erst später, als sie aus kurzem, unruhigem Schlaf erwachte, dachte sie: Okay, Ali, hör auf zu jammern und tu was.

27

EDINBURGH,
19. JULI 2013

Nachdem Dan ihr alles gebeichtet hatte, wütete Katelins Schmerz monatelang wie ein Feuer oder ein Orkan durch ihr gemeinsames Leben. Die Trauer infizierte das Haus, verklumpte die Luft, die sie atmeten, sodass er manchmal vor die Tür musste, raus in die Nacht, um seine Lunge mit unverdorbenem Sauerstoff zu füllen. Dans Untreue hatte sowohl ihre Vergangenheit und ihre Zukunft als auch ihre Gegenwart vergiftet, und in jenen schrecklichen ersten Tagen war Katelin kaum noch wiederzuerkennen gewesen: wild, rachsüchtig, besessen. Sie wollte alle Einzelheiten seiner Affäre erfahren, jedes noch so kleine Detail, denn solange sie nicht genau – ganz genau – wusste, was Ali Connor wusste, fand sie keine Ruhe. Sie rief ihn im Zug an, um zu fragen, was Ali getragen hatte, als sie sich in Adelaide wiederbegegnet waren, und dann noch mal, kurz darauf, was sie im Bett getragen hatte. Was, wollte sie wissen, hatte Ali Connor an sich, das so unwiderstehlich war, dass er alles aufs Spiel gesetzt hatte, nur um sie zu vögeln? Er konnte nicht wahrheitsgemäß antworten, also versuchte er, sie damit zu beschwichtigen, dass er sagte: »Nichts. Sie hat nicht Unwiderstehliches an sich. Ich war ein Idiot.« Doch diese Worte waren für beide ohne Bedeutung. Sie weckte ihn mitten in der Nacht mit Fragen über Sex – wie oft, wann, wie –, und als Dan sich weigerte, darauf zu antworten, schwenkte sie auf einen anderen Kurs ein, und neue Fragen prasselten wie aus einem Maschinengewehr auf ihn ein. Dann wieder kam es vor, dass Dan von drückender Stille aus dem Schlaf gerissen wurde, und er feststellte, dass sie wach neben ihm lag und mit großen, tränenlosen Augen an die Decke starrte. In solchen Momenten wirkte sie stärker. Dann wies sie seine Zuneigung selbstbewusst zurück, verließ sich lieber auf ihre inneren Kräfte. Doch die hielten dem Ansturm der Gefühle nicht lange stand: Der Schmerz lauerte direkt unter der Oberfläche und blieb dort viele Wochen lang. Unberechenbar, ungemindert, unaufhaltsam.

Dan tat sein Bestes, um sie ausreden zu lassen und alle ihre Fragen zu beantworten, gleichzeitig aber so wenig wie möglich preiszugeben. Es kam ihm wie eine andere Form des Verrats vor, seine Gefühle für Alison offenzulegen, sie Katelins Zorn auszusetzen, ohne dass Ali sich verteidigen konnte. Deshalb erzählte er Katelin auch nichts von den Songs, wollte sie nicht ihrer Verachtung aussetzen. Er hütete, was sie ihm bedeuteten, auch wenn er sie sich selbst nicht mehr anhören konnte.

Eines Abends, nach rund zwei Monaten, rief Katelin bei Alex an und erzählte ihm alles. Das war kaum zu entschuldigen. Sie hatte zu viel getrunken, war allein zu Hause und die Wunde noch zu frisch. Nach ein paar Stunden allein mit ihrem Zorn und ihrem Schmerz kam sie zu dem Schluss, dass ihr Sohn die Wahrheit über seinen Vater erfahren sollte. Als Dan dann nach Hause kam, bereute sie es bereits bitterlich. Alex war so schrecklich und untypisch still gewesen, hatte keine Fragen gestellt, keine einzige, hatte sich nur ein paar Minuten lang ihre gelallte Darstellung des australischen Seitensprungs angehört und dann gesagt: »Scheiße, Mum, tut mir leid. Ich kann das nicht«, um dann einfach aufzulegen.

»Ich wollte es ihm nicht sagen!«, weinte sie später und trommelte mit den Fäusten auf Dans Brust ein. »Du hast mich dazu gebracht. Jetzt hasst er mich, und dabei wollte ich, dass er *dich* hasst.«

»Er hasst dich nicht«, sagte Dan. »Er bewundert dich. Er kann das alles nur gerade nicht gebrauchen. Ich werde mit ihm reden. Alles wird gut.«

»Wieso bleibst du nur so beschissen ruhig?«, schrie sie.

»Einer von uns muss doch die Ruhe bewahren«, erwiderte er und hielt sie so lange, bis sie sich wieder daran erinnerte, dass die Welt nicht untergegangen war, dass sie sich nur für immer verändert hatte.

Mittlerweile war er überzeugt davon, dass er es ihr nicht hätte beichten sollen. Er konnte sich kaum noch erinnern, warum er es überhaupt getan hatte, nur dass er vielleicht in seinem Elend irgendetwas hatte zerstören müssen, und sein Leben mit Katelin war das Erste gewesen, das sich ihm bot. Doch dann verkündete sie sein Schicksal, nämlich dass sie zusammenbleiben sollten, um aus der Asche etwas Neues aufzubauen. Und obwohl sein Herz verletzt war und seine Seele am Boden lag, und obwohl er oft genug seine alte Tasche packen und weggehen wollte, wusste er doch: Das Mindeste, was er für Katelin tun konnte, war, sie die Bedingungen stellen zu lassen. So akzeptierte er seine Strafe. Er hörte sie immer wieder (und wieder und wieder) an, und wenn sie fragte, ob es aus war, ob sie Kontakt hatten, ob er noch Gefühle für Ali Connor hatte, sagte Dan ja, nein und nein, und nur seine letzte Antwort entsprach nicht der Wahrheit. Doch er hoffte, je länger das Schweigen zwischen Alison und ihm anhielt, desto eher verging die Gewissheit, dass er sie ewig lieben würde. Die wütende Enttäuschung, die er anfangs empfunden hatte, war schon vor langer Zeit verflogen und etwas weit Schrecklicherem gewichen: der trostlosen Akzeptanz, dass wahres Glück für ihn nicht mehr erreichbar war.

»Du bist ein wandelndes Klischee«, hatte Katelin im Juni gesagt, in einem Bistro in New Town, am Jahrestag ihrer ersten Begegnung in Bogotá – ihre Idee, nicht seine. »Und ich bin die Besondere in unserer Beziehung, weil ich mich weigere, wie die meisten zu reagieren und dich rauszuwerfen. Ich werde dich immer für einen selbstsüchtigen Scheißkerl halten, weil du getan hast, was du getan hast. Aber ich halte an dir fest, in guten wie in schlechten Zeiten.«

Ein sonderbarer Trinkspruch zur Bekräftigung ihrer Schönen Neuen Beziehung, aber Dan ließ sich nichts anmerken. Er überlegte, ob es Michael McCormack wohl genauso schwerfiel wie Katelin, die Situation hinzunehmen, und er eine ebenso grausame und ungewöhnliche Form der Bestrafung anwandte. Vermutlich ja, wenn man seine einsame E-Mail vor vier Monaten bedachte, seine absurd viktorianische Darstellung des Anschlags auf seinen Besitz.

> Dein verachtungswürdiger und hinterhältiger Versuch, mein Leben zu plündern, ist in einem kläglichen Fehlschlag geendet. Mag meine Ehe auch beschädigt sein, ich werde dir niemals die Genugtuung geben, sie scheitern zu lassen. Such dir eine andere Spielgefährtin – meine Frau hat sich deinem schlechten Einfluss dauerhaft entzogen.

Dan hatte geschrieben: Fick dich, McCormack, ohne die Mail jedoch abzuschicken. Er hatte sie unter Entwürfe gespeichert, wo sie Cyberstaub ansetzte, während er sich noch zu entscheiden versuchte, ob keine Antwort vielleicht wirksamer war als eine aggressive.

»Genau aus diesem Grund wollte ich dich nie heiraten«, fuhr Katelin fort. »Ich wollte nie, dass wir nur zusammenbleiben, weil es auf dem Papier steht und wir den Aufwand und die Kosten einer Scheidung scheuen.«

»Ja, ich weiß«, sagte Dan. »Ich weiß, dass du es nie wolltest. Ich war schließlich dabei, schon vergessen?« Dabei dachte er insgeheim an all die E-Mails und Deadlines, all die zahllosen beruflichen Verpflichtungen, die nach wie vor die zweite Geige spielen mussten. Vorrang hatte weiterhin Katelins Bedürfnis, alles wieder und wieder zu hinterfragen, neu zu analysieren.

»Ich hasse, was du getan hast«, fuhr sie fort. »Und ich hasse *sie* und freue mich, sagen zu können, dass meine etwas verunstaltete Ausgabe ihres Buches noch immer unangetastet im Regal vom Secondhandladen steht, weil es in Stockbridge niemanden interessiert. Aber immerhin muss ich dir zugutehalten, dass du mir alles erzählt hast, bevor ich es selbst herausgefunden habe, denn das hätte ich, oh ja, das hätte ich. Im Grunde glaube ich sogar, dass ich es schon wusste. Aber du hast es mir gebeichtet, und das zählt was.«

Dan bereute zutiefst, dass er dem Impuls nachgegeben hatte, ihr alles zu beichten, bereute auch den fast körperlichen Schmerz, den er Katelin zugefügt hatte und den sie nun in einen brutalen, postfeministischen Machttrip verwandelte. Nichtsdestotrotz empfand er keine Reue für das, was er getan hatte, kein bisschen. Denn seine gemeinsame Zeit mit Alison Connor war etwas, von dem er sein Leben lang zehren würde.

»Du liebst mich, ich weiß es genau«, sagte Katelin. Hier machte sie eine Pause, wartete auf seine Reaktion. Sechs Monate war es her, seit er ihr alles gebeichtet hatte, und sie hatte so viel darüber gesprochen, was er getan hatte und wieso, dass er sich langsam wie der einzige Zuschauer eines monotonen Theaterstücks vorkam, das dermaßen überprobt war, dass man alles Leben aus den Zeilen gesogen hatte. Die Worte purzelten über Katelins Lippen wie Scrabble-Steine, die sich zu flachen, öden Mustern zusammenfügten. Aber er kannte sein Stichwort, verpasste es nie, und jetzt sah er Katelin mit so etwas wie ironischer Resignation an. Jaaaa, bestätigte er. Natürlich liebte er sie.

Das war nicht gelogen. Er liebte sie wirklich.

Und trotzdem.

»Wir werden weiter offen miteinander sein«, sagte Katelin. »Aufrichtig bleiben, denn das haben wir einander geschworen.«

Ach, Aufrichtigkeit, dachte Dan. Von allen menschlichen Tugenden der Joker im Spiel.

Katelin meinte, sie sollten es am besten für sich behalten, und lange Zeit war Dan derselben Ansicht. Doch dann, an einem entspannten Abend in London im Juli, schüttete er Lisa und Frank sein Herz aus und vertraute ihnen die ganze Geschichte an, im Zwiebel- und Kurkuma-Dunst auf der *Ophelia*. Er war sicher, dass er die Reaktion auf seine Beichte nicht fürchten musste. Sie würden ihn wohl kaum verurteilen, die beiden alternden Hippies, Relikte aus der Zeit der freien Liebe in den Sixties. Doch Lisa schüttelte traurig den Kopf, während er sprach, und Frank, der zu ihr rübersah, sagte: »Ja, nicht so geil, oder?«

»Wie?« Dan kam ins Stocken. »Ihr wollt mir doch nicht erzählen, dass ihr mein Verhalten missbilligt, oder?«

Lisa blies Rauch aus ihrem sinnlichen Mund. Sie rauchte Gitanes mit einer silbernen Zigarettenspitze, saß ihm gegenüber auf dem Boden, entspannt im halben Lotossitz. Blechlaternen hingen von der Decke und warfen ihr Schattengitter auf die Wände. »Du hättest es ihr sagen sollen, Dan«, meinte sie.

»Aber ich habe es ihr doch gesagt! Darauf wollte ich ja hinaus!«

Wieder schüttelte sie den Kopf. »Nein, *bevor* du hingeflogen bist«, sagte sie. »Du hättest ihr von deinen Plänen erzählen sollen.«

»Ihr macht Witze, oder?«

»Nicht so geil, Mann«, sagte Frank. Er wurde mit jedem Tag älter und war dabei durchgehend stoned. Lisa hatte dem Gras für eine Weile abgeschworen. Frank, so sagte sie, habe auch ihre Ration gebraucht. Er lag ausgestreckt in einer schmalen Koje, in Unterhemd und altmodischer Unterhose, die Beine – nussbraun und fast fleischlos – auf der Matratze ausgestreckt, und er blickte zur Decke, während er sprach. »Uncool.«

Dan war bestürzt, weil ihn ausgerechnet die beiden tadelten, deren ganzes Leben am äußersten Rand der Gesellschaft so frei und unkonventionell gewesen war.

»Moment mal«, sagte er. »Wann hat jemals irgendwer um Erlaubnis gefragt, wenn er fremdgehen wollte?«

Lisa und Frank sahen einander an. »1972, dann 1980«, sagte Frank, für einen Moment außergewöhnlich wach, und Lisa nickte und fügte hinzu: »1985, '87 und '89.« Dann richteten beide ihre gütigen braunen Augen auf Dan.

»Wow«, sagte er. Er konnte sich nicht erinnern, die beiden jemals so präzise erlebt zu haben. »Ihr redet von euch selbst, stimmt's? Na gut, ihr zwei seid auch echt besonders. Ich bin mir absolut sicher, dass so was mit Katelin nicht gehen würde. Die teilt nicht gern.«

»Aber dafür hättest du ein reines Gewissen. Weil du es ihr gesagt hättest«, meinte Lisa. »Darum geht es.«

»Fang an, deine Entscheidungen zu teilen, Mann!«, sagte Frank. »Das bringt's echt.«

Dan schloss die Augen. »Ich kann es mir nur vorstellen«, sagte er und beschloss in diesem Moment, dass er von den beiden in Zukunft nur noch ihre Erinnerungen an früher wollte und ihr Marihuana. Aber Lisa war noch nicht fertig. Sie beugte sich in der engen Kajüte vor und legte Dan eine Hand aufs Knie.

»Wir lieben dich, Dan«, sagte sie. »Sei glücklich.«

Er schlug die Augen auf, und da war sie, strahlte ihn mit ihrem Lächeln an. Sie war von einem warmen, großherzigen Wesen und noch immer eine schöne Frau. Wenn

Lisa einem in die Augen blickte, konzentrierte sie sich einzig und allein auf ihr Gegenüber, und das war ein ganz besonderes Gefühl, als würde einem sanft der Kopf massiert. Wahrscheinlich hätte Dan sich auch in die zwanzigjährige Lisa verliebt, wenn er ihr damals begegnet wäre. Frank hatte großes Glück gehabt, damals in diesem Ashram. Er mochte auf Abwege geraten sein, aber vermutlich nicht besonders weit und nicht für lange.

»Erzähl mir von Alison«, sagte sie. »Erzähl mir alles, was du mir über sie erzählen kannst.«

Das kam unerwartet, und für einen Moment fürchtete Dan, vor lauter Dankbarkeit für ihr Interesse loszuweinen, was ihm doch sehr peinlich gewesen wäre. Aber von Alison zu erzählen, wer sie war, wie sie aussah, wie er sich bei ihr fühlte, was sie ihm bedeutete, was sie verband: Genau das brauchte er. Denn je länger er gezwungen war, es für sich zu behalten, desto schwerer fiel es ihm, seinem eigenen Urteil zu trauen. Er redete wie ein Wasserfall. Frank tat gar nicht erst, als interessierte es ihn, und schlief einfach ein, doch Lisa lauschte aufmerksam. Als Dan fertig war, sagte sie: »Sie fehlt dir sehr«, und obwohl es eine Feststellung war, keine Frage, stöhnte Dan leise und sagte: »Sie fehlt mir wie die Luft zum Atmen.«

»Zeig mir doch bitte mal, wie man einen Song nach Australien schickt«, sagte sie. Er lachte und griff nach seinem Handy, öffnete Twitter, um ihr zu zeigen, wie es ging, während sie ihm mit leicht sorgenvoller Miene dabei zusah, als würde sie später abgefragt. Da er wusste, dass Lisa Donovan kannte, suchte er »Sunshine Superman« heraus, kopierte den Link und fügte ihn in den Thread ein, den Ali und er eingerichtet hatten und der immer noch da war. Katelin hatte ihn nicht aufgefordert, ihn zu löschen, und darauf hätte er sich auch nicht eingelassen. Aber nachdem er Katelin alles gebeichtet hatte, bevor sie es selbst herausfinden konnte, stand ihm seiner Ansicht nach auch weiterhin ein gewisses Maß an Privatsphäre zu. Seine Versicherung, dass er zu Ali Connor keinen Kontakt mehr hatte, musste Katelin genügen. Außerdem wusste sie ja gar nichts von den Songs. Lisa starrte den Bildschirm an. Die Links sahen für sie aus wie Rechenaufgaben, die rein gar nichts mit dem zu tun hatten, was sie sich unter einem Song vorstellte.

»Und hat sie ihn jetzt gekriegt?«, fragte sie.

»O Gott, nein! Ich hab ihn nicht abgeschickt. Guck mal, hier steht ›Senden‹, aber wir schicken einander ja nichts mehr. Es ist aus, sie hat sich für den anderen entschieden, Gott weiß wieso. Der Typ ist ein aufgeblasener Wichser. Aber ich kann dir den Song trotzdem vorspielen, auch ohne ihn abzuschicken.« Er öffnete einen neuen Link, und als die wirre Buchstabenfolge zu Musik erblühte, sah sich Lisa verwundert in der Kajüte um, als wunderte sie sich, woher die Klänge kamen.

»Oh Mann, ich liebe dieses Lied.« Sie beugte sich vor und stieß Franks knochigen Fuß an, um ihren Liebsten aufzuwecken, und sang mit Donovan »When you've made up your mind«, in seinem schwelgenden Sechzigerjahre-Sound. Frank rührte sich und rollte den Kopf herum, kam langsam wieder zu ihnen zurück.

»Weißt du noch, Baby?«, fragte Lisa ihn. Sie sang weiter, entfaltete sich vom Boden wie eine Kobra, die aus ihrem Korb gelockt wurde, wiegte ihre Hüften und machte schlangengleiche Bewegungen mit den Armen.

»Lisa, du bist einfach unglaublich«, sagte Dan. Sie sang wie Janis Joplin: seelenvoll, verrucht, eine leicht kaputte Raucherstimme, was allerdings nicht schadete. Frank betrachtete sie auf dem Rücken liegend und tappte mit seinen knorrigen Zehen im Takt gegen die hölzerne Wand.

»Hey, ich weiß was: Spiel die *ganze* Liste!«, sagte Lisa, als das Lied zu Ende war. »Spiel *alle* deine Songs, und so lassen wir die Liebe hochleben!« Doch Dan schüttelte den Kopf.

»Das kann ich nicht«, sagte er. »Die Hälfte der Songs gehören ihr.«

»Nein, Mann«, sagte Frank. »Songs gehören dem Universum.« Er kam hoch und machte sich an seiner Grasdose zu schaffen, zerrieb das Kraut zu kleinen Krümeln, um den nächsten Spliff zu drehen. Seine Finger waren zu steif, um einen Kreuzknoten oder einen Palstek hinzukriegen, aber mit einem Häufchen Gras und Zigarettenpapier war er immer noch ein Künstler. Er schien eher zu kiffen, als dass er mal etwas aß. Eines Tages, so sagte er immer, wollte er aufwachen und feststellen, dass er tot war.

»Das ist zu privat«, sagte Dan. »Als würde ich ihr Tagebuch laut vorlesen.«

»Nein, Mann«, wiederholte Frank, stoned wie er war. »Die fliegen da draußen rum, diese Songs, wie Glühwürmchen. Du kannst sie fangen, aber sie gehören dir nur, bis du sie wieder freilässt.«

»Das stimmt. Das stimmt echt«, sagte Lisa, begeistert von dieser Vorstellung. »Gerade eben hast du für mich ›Sunshine Superman‹ in einem Weckglas eingefangen.«

Frank hielt ihm den frisch gerollten, eben erst angezündeten Spliff hin. »Für dich, mein Freund. Komm mit mir auf die Reise.« Dieses Angebot kam Dan sehr gelegen, denn nichts beruhigte ein sorgenvolles Herz schneller als Franks selbst angebautes Gras. Dan nahm den Spliff entgegen. Lisa lächelte. Die ganze Welt reduzierte sich auf diesen magischen, geschützten Raum. Er nahm einen langen Zug, um die bewusstseinserweiternde Medikation in seine Lunge zu ziehen, um sie von dort über seine Adern bis rauf zu den heißgelaufenen Neuronen und Synapsen seines Gehirns wandern zu lassen. Er merkte, wie er weicher wurde, leichter, lockerer.

»Spiel uns den letzten Song, den sie dir geschickt hat«, sagte Lisa. »Nur den.«

Joni, dachte Dan liebevoll, als wäre die Sängerin ein Mädchen, in das er mal verliebt gewesen war. Na gut, okay, dachte er, vielleicht doch ein bisschen Laurel Canyon Blues? Mit seiner freien Hand scrollte er zu Alis letztem Link. Lisa sagte: »Guck mal, Frank, das Lied ist in all diesen blauen Buchstaben gefangen«, doch Frank lächelte nur und sagte: »Lass hören«, also klickte Dan den Song an, und Joni Mitchell spielte ihre Gitarre für sie und sang ihnen ihr einsames Liebeslied. Dan fühlte sich unbeschreiblich gut, quoll fast über vor lauter Glück. Als das Stück mit einem letzten traurigen Akkord ausklang, war Lisa eine Weile ganz in Gedanken, lauschte der Stille, die Joni zurückgelassen hatte, dann sagte sie: »*Nie* im Leben hat Ali sich für diesen anderen Typen entschieden, *niemals*.«

Dan starrte sie an. Er war so stoned wie lange nicht, und deshalb dauerte es ziemlich lange, bis ihre Worte zu ihm durchgedrungen waren.

»Sie hat sich für dich entschieden, Dan«, erklärte sie. »Für dich.«

Dan schüttelte den Kopf. »Ich hab gesehen, wie sie mit dem anderen abgehauen ist«, sagte er. »Ich hab's mit eigenen Augen gesehen.«

»Schick ihr ›Sunshine Superman‹«, sagte Lisa, nahm ihm das Handy aus der Hand und tippte wahllos darauf herum. »Sie wird begeistert sein. Du wirst Liebe und Glück schenken. Komm schon, lass Donovan frei, lass ihn um die Welt fliegen!«

»Nein. Nix da. Von wegen.« Dan merkte, dass er den Spliff ein wenig bereute, wenn auch nur auf bekiffte, halbherzige Weise, und auch nur ganz kurz. »Der Zug ist abgefahren«, sagte er. »Der Drops ist gelutscht. Die Pfeife ist durch.«

Das fanden Dan und Frank dermaßen zum Schreien komisch, dass sie einen tränenreichen Lachanfall bekamen, und Lisa musste eine ganze Weile warten, bis sie sagen konnte: »Also, ich bin mir ja nicht sicher, aber ich glaube, es könnte sein, dass ich den Song eben abgeschickt habe.« Sie hielt Dan das Handy vor die Nase, um ihm zu zeigen, was sie gemacht hatte.

»Oh«, sagte er und kniff die Augen leicht zusammen, um was erkennen zu können. »Jep. Ist abgeschickt. Definitiv.«

Frank hob langsam einen Arm, wie zu Ehren der ewigen Kräfte des Universums. »*Don't worry, be happy*«, sagte er. »*All you need is love.*«

Irgendwo in Dans aufgeweichtem Bewusstsein leuchtete ein kleines Fünkchen Angst auf, wie eine dumpfe Ahnung, dass es Ärger geben könnte. Doch wie die Sichel des Mondes hinter einer Wolke verschwindet, so war auch die Angst schnell wieder vergessen. »Könnte sein, dass sie sich das Lied gerade anhört«, meinte Lisa, und weil die Welt gerade von einem zauberhaften honiggelben Glanz erfüllt war, lächelte Dan nur und erwiderte: »Ich werde sie bei der Hand nehmen und ganz langsam ... zu mir führen.«

28

ÜBERALL,
21. JULI 2013

Die Männer tranken ein Pale Ale, die Frauen waren beim Prosecco. *Sketches of Spain* war zu Ende, und jetzt kamen die *Greatest Hits* von Simon & Garfunkel, Katelins Lieblingsplatte und keine so schlechte Wahl als musikalische Wandtapete, obwohl Dan noch nie ein großer Fan von Art Garfunkel gewesen war und er »Bridge Over Troubled Water«, das gerade lief, nicht ausstehen konnte, so aufgeblasen und überproduziert wie es war. Unauffällig stellte er leiser und sah zu Duncan, der wissend grinste.

Sie saßen im Wohnzimmer, das für den Anlass tipptopp aufgeräumt war. Alle Spuren ihres alltäglichen Lebens – Zeitschriften, Bücher, Promo-CDs, Fernbedienungen – waren in dem Schrank verstaut, auf dem der Fernseher stand. Die Türen drohten, jeden Moment zu bersten, und wer sie öffnete, würde eine Lawine auslösen. An diesem Sonntagmittag waren nur Duncan und Rose-Ann zum Essen eingeladen, aber da Katelin erst kürzlich beschlossen hatte, ihr Heim in einen ruhigeren, neutraleren Ort zu verwandeln – Rose-Anns Worte, die aus Katelins Mund kamen –, räumte sie nicht nur auf, sondern gestaltete darüber hinaus alles um. Die Wände waren nun in sogenanntem Altweiß gehalten, das gar nicht weiß war, sondern grau oder grünlich, je nachdem, wo man stand und wie das Licht darauf fiel. Dan fand, die neuen Vorhänge sahen aus, als hätte man alte Getreidesäcke zusammengenäht, aber Katelin meinte, sie seien aus ökologisch angebautem Hanf. Rose-Ann lobte die Veränderungen in höchsten Tönen, weil sie »den Raum öffneten« (wie das?) und »den Fokus vom Allgemeinen auf das Spezifische richteten« (wieso?). Dan behielt seine Meinung für sich, sah aber schon das Gesicht seiner Mutter bei ihrem nächsten Besuch. Es ist ein bisschen trist, würde sie sagen, und dann: Ich finde ja immer, Gelb ist eine hübsche, freundliche Farbe für ein Wohnzimmer. Wenigstens waren seine Schallplatten noch da, wo sie hingehörten.

In der Mitte des Raumes, auf dem neuen gläsernen Kaffeetisch, standen zwei Schalen: die eine mit silbrigen marinierten Anchovis, die andere mit gebrannten Mandeln in Zitronensaft. Diese erlesene Auswahl von Delikatessen aus dem örtlichen Feinkostladen stellten die Vorspeise dar, und Katelin hatte dafür extra neue Keramikschalen gekauft, im selben Laden. Sehr hübsch, türkis und orange, die Farben des Mittelmeers. Duncan ließ eine Sardelle am Schwanz baumeln und schnappte danach wie ein Seehund.

»Wisst ihr noch?«, sagte er. »Früher waren wir schon mit einer Tüte Cheese & Onion-Chips zufrieden. Mehr hatten wir nicht.«

»Mehr brauchten wir nicht«, bestätigte Dan.

»Soll ich noch mal zum Laden an der Ecke laufen?«, fragte Katelin. »Um euch was Banaleres zu holen?«

Sie war heute leicht gereizt. Sie hatte sich so über die Schalen gefreut, und Rose-Ann, die großen Einfluss auf Katelins Kaufentscheidungen nahm, hatte diese gleich bemerkt und gesagt: »Zauberhafte Schalen, Katelin, traumhafte Kombination, die setzen sich so hübsch ab gegen die neutralen Farben.« Dan hatte die Schalen verwundert betrachtet, denn er hätte schwören können, dass er sie kannte, und er hatte gesagt: »Haben wir die nicht schon ewig?« Erst dann fielen ihm Sheilas Schalen mit Baba Ghanoush und Hummus auf dem Mosaiktisch in ihrem Garten hinterm Haus ein. Vermutlich waren es nicht die gleichen, aber doch sehr ähnlich, und er hatte gedacht, wie tückisch so ein Parallelleben manchmal sein konnte. Katelin hatte gesagt, dass sie sich bei so viel Ignoranz die ganze Mühe auch hätte sparen können, was allerdings weniger mit den neuen Schalen zu tun hatte als mit dem Umstand, dass Dan an diesem Morgen für ihren Geschmack viel zu gedankenverloren gewesen war, und als sie ihn endlich gefragt hatte, an was – oder besser: an wen – er dachte, hatte er »Donovan« gesagt. Sie hatte ihn angesehen, als wollte sie dazu noch irgendetwas hinzufügen, dann aber nur spöttisch mit der Zunge geschnalzt und sich abgewandt.

Dabei hatte sie recht gehabt. Er war tatsächlich mit seinen Gedanken woanders gewesen. Wenn er an Donovan dachte, dann nur im Zusammenhang mit Alison, die auf den Song nicht reagiert hatte. Zugegeben, er hatte ihn streng genommen gar nicht verschickt. Das war Lisa gewesen, und auch nur aus Versehen. Aber das wusste Alison ja nicht. Sie musste davon ausgehen, dass er versuchte, sie wieder auf sich aufmerksam zu machen. Es ärgerte und deprimierte ihn, dass ihre fehlende Reaktion auf einen Song, den er gar nicht hatte abschicken wollen, sich dermaßen auf seine Laune auswirken konnte und er sogar seine Vorsichtsmaßnahmen vernachlässigte. Auf jeden Fall aber unterstrich es nur, was er ohnehin glaubte: Ali Connor würde Michael McCormack niemals verlassen. Vielleicht hatte er sie ja ganz und gar falsch verstanden, vielleicht hatte sie von vornherein lediglich den leichten Nervenkitzel (bei relativer Sicherheit) einer handybasierten Fernbeziehung gewollt. Vielleicht war die perfekte Verbindung von Alison und Daniel nicht mehr als ein Märchen gewesen.

Noch mehr störte ihn – und das hatte ihn schon die ganze Zeit genervt –, dass er, wenn er ihr denn einen letzten Song hätte schicken wollen, ganz bestimmt nicht »Sunshine Superman« ausgesucht hätte, mit seinem fröhlichen, optimistischen Refrain. Es wäre etwas Düsteres gewesen, etwas Verletztes, etwas, das sich vor Schmerzen wand. Also hatte er in der sonntagmorgendlichen Stille des neuerdings neutral gehaltenen Wohnzimmers gesessen, eine Weile über die Situation nachgedacht und Ali dann einen weiteren Song geschickt, ein definitiv letztes Stück, das seinen Gemütszustand am besten widerspiegelte: »I Want You«, Elvis Costellos bitterer Lobgesang auf den schmalen Grat zwischen Liebe und Hass, eine düstere Hymne für alle Liebeskranken, eine Studie in obsessiver Sehnsucht. Eine Art dornige Wahrheit lag darin, und wenn diese Songs, die sie miteinander geteilt hatten, irgendetwas bedeuten sollten, dann mussten sie aufrichtig sein.

Er hatte sich besser gefühlt, nachdem der Song weg war. Er hoffte, Costellos Worte würden ihr einen Stich versetzen, damit sie bereute. Außerdem hoffte er, sie würde erkennen, dass sich mit Costello der Kreis schloss. Nachdem dieser nostalgisch begonnen hatte, endete er nun mit einer bösen Ballade darüber, was mit dem Kopf und dem Herzen passiert, wenn sich die Liebste für einen anderen entscheidet. So viel dazu, hatte er gedacht. Dann war er durch den Flur in die Küche gegangen, um Teig für die Yorkshire Puddings zu rühren.

Rose-Ann brachte ihr Glas mit einem Messer zum Klingen und sagte: »Trinken wir auf …!«, und Dan dachte: auch das noch! Sie erhob ihren Rioja. »Auf die Überlebenden unruhiger Zeiten!« Es war typisch Rose-Ann, etwas auszusprechen, von dem sie glaubte, dass alle es dachten, es nur nicht auszusprechen wagten.

»Ach, Rose-Ann, lass mal gut sein jetzt«, sagte Duncan, den vermutlich das Bier mutig gemacht hatte. »Auf glückliche Zeiten!«, rief er aus, und augenblicklich war seine Frau überstimmt. »Auf glückliche Zeiten!«, sagten alle und stießen an. Dann nahm das Gespräch am Tisch seinen gewohnten Lauf, ging hin und her zwischen den vertrauten Themen, die alte Freunde gern behandeln – nicht, weil es nichts Neues hinzuzufügen gäbe, sondern um zu bekräftigen und noch mal zu bekräftigen, was sie bereits wussten. Musikthemen waren verboten, wenn sie zu viert waren – die waren langweilig (Katelin) und ausgrenzend (Rose-Ann) –, aber da konnte man ebenso gut dem Dorfpfarrer verbieten, Gott zu erwähnen. Musik war Dans und Duncans Welt und der Grund, weshalb sie Freunde geworden waren, es war das, was sie am Morgen aus dem Bett holte. Außerdem hatte Duncan Neuigkeiten zu erzählen. Jeanie & The Kat hatten vier ihrer eigenen Songs auf Spotify, und jetzt kamen sie in Norwegen und Schweden richtig in Fahrt, so richtig groß, und erst gestern hatte er ihre Musik in einem Café in der Cockburn Street gehört.

»Ist doch verrückt«, sagte er. »Ich wollte mir einen Kaffee holen und fragte den Typen: ›Moment mal, was läuft da gerade?‹, und er meinte nur: ›Das ist eine Spotify-Liste, wieso?‹ Ich hab gesagt: ›Nein, dieser Song, das ist Jeanie & The Kat, oder?‹ Aber der Typ hat nur mit den Schultern gezuckt und mir sein iPhone gegeben, und da sehe ich sie auf dieser von Spotify vorgeschlagenen Playlist, *Schottischer Indie-Rock* oder so, und ich sagte: ›Ich hab die Mädchen entdeckt! Ich hab sie groß rausgebracht!‹«

»Wunderwelt der Technik«, sagte Dan.

»Ich hab Katriona gleich angerufen. Sie war gerade auf der Fähre nach Stockholm!«

»Wer ist Katriona?«, fragte Rose-Ann mit strengem Blick.

»Kat von *Jeanie & The Kat*«, sagte Dan. »Duncans Schützlinge.«

»Sie spielen ein paar Gigs – Stockholm, Göteborg, Oslo und noch ein paar Städte im eisigen Norden –, und das regelt alles so ein Typ namens Gavin von seinem Notebook aus, irgendein Fuzzi, der sich bei der Agentur um Honorare und so was kümmert.«

»Ich hab's dir doch gesagt, Dunc«, meinte Dan. »Das ist heutzutage alles ganz einfach. Kinderleicht.«

»Schweden und Norwegen«, sagte Katelin. »Wieso ist das gut?«

»Im Grunde ist es egal, wo man den Durchbruch schafft«, erklärte Duncan. »Diesen Streamingdiensten sind Landesgrenzen egal, es gibt da so einen Ripple-out-

Effekt. Das kann dann alles ganz schnell gehen, und ehe man sich's versieht, ist man eine weltweite Sensation.«

Dan lächelte. »Hört, hört.«

»Hey, verdienen wir mit diesen Mädchen womöglich ein bisschen Geld?«, fragte Rose-Ann und spitzte die Ohren, doch Duncan erwiderte nein, nein, aber die beiden Mädchen würden was verdienen. »Die kassieren jetzt schon Tantiemen. Diese Firma treibt sie ein, behält zwanzig Prozent für sich und schiebt den Rest auf Kats Bankkonto. Die sind ganz aus dem Häuschen.«

»Wenn du also sagst, du hast sie groß rausgebracht«, hakte Rose-Ann nach, »dann sagst du eigentlich, dass du sie *nicht* groß rausgebracht hast?«

Es folgte ein kurzes, unsicheres Schweigen. »Möchte noch jemand Rindfleisch?«, fragte Katelin schließlich. Dieses Gespräch langweilte sie, und in Wahrheit langweilte es auch Rose-Ann, nachdem sie nun wusste, dass sie von der Karriere dieser Katzenmädchen, oder was immer sie sein mochten, nicht profitieren würden. Rose-Ann sah Duncan mit ausdrucksloser Miene an, aber er reagierte nicht.

»Tut mir leid, Mann«, sagte Dan. »Ich wünschte, es wäre anders gelaufen. Was ist denn mit deinem singenden Seemann? Und Aztec Camera II.?«

»Noch jemand Rindfleisch?« Katelin war entschlossen, das Thema zu wechseln. Diese beiden ermüdenden Männer wussten doch nie, wann es reichte. »Noch Möhrchen? Kartoffeln?«

»Für mich nicht«, sagte Dan. »Aber vielleicht noch etwas Wein.« Er schenkte den anderen nach, wogegen niemand etwas einzuwenden hatte, dann füllte er auch sein Glas, lehnte sich auf seinem Stuhl zurück und blickte in die Runde, in der niemand besonders glücklich aussah. Plötzlich war ihm alles fremd, und eine seltsame Haltlosigkeit kam über ihn wie ein kurzer Schwindel, sodass er die Hände flach auf den Tisch legte, um sich etwas abzustützen. Später sollte er sich an diesen Augenblick stets als eine Art Vorahnung erinnern. Sein Unterbewusstsein war den harten Fakten offensichtlich einen Schritt voraus, denn es folgte das helle »Ping« einer neuen Nachricht, und Rose-Ann tauchte ihre Hand in die Untiefen ihrer Tasche. »Nein, ich nicht«, sagte sie und ließ ihr Handy wieder ins Dunkel gleiten. Katelin, die noch stand, um ihren unwilligen Gästen kaltes Fleisch und Gemüse anzudienen, sah Dans Telefon zwischen all dem verstreuten Zeug auf der Arbeitsplatte liegen, neigte den Kopf, um einen Blick auf den Bildschirm zu werfen, runzelte die Stirn, sah genauer hin. Dann hob sie in einer fließenden, rasenden, ungewöhnlichen Bewegung die große ovale Platte mit dem Fleisch an und schleuderte sie mit ganzer Wucht auf den Boden, sodass sie zersprang und sich auf die Küchenfliesen ergoss – ein erschütterndes Geräusch, ein erschütternder Anblick, als hätte in der Küche eine Granate eingeschlagen. Rose-Ann schrie auf und legte sich eine Hand auf die Brust, und Duncan fuhr herum, weil er dachte, Katelin sei gestürzt oder in Ohnmacht gefallen. Doch sie stand einfach nur da, zum Zerreißen gespannt, und richtete ihren düsteren Blick auf Dan, der aufsprang, sich sein Handy schnappte und aus der Küche stürmte, um zu lesen, was Katelin bereits gelesen hatte.

Ali war bereit. Sie hatte Michael mit so viel Aufrichtigkeit und Mitgefühl wie möglich verlassen, doch das war angesichts seiner bitteren Fassungslosigkeit total egal. Sie sagte ihm, es sei aus, doch er sagte ihr, das sei es nicht. Sie sagte, sie würde ihn verlassen, doch er sagte, das würde sie nicht. Sie sagte, dass sie ihn noch immer liebte, doch dass ihre Liebe zu Dan anders sei und größer, und er sagte ihr, dass sie nicht mehr bei Verstand sei. Selbst als er ihr dabei zusah, wie sie ihren Rucksack packte, ihren Reisepass einsteckte und sich ein Taxi rief, das sie zum Flughafen bringen sollte, glaubte er noch ernsthaft, sie wäre weder mutig noch grausam genug, zur Tür hinauszuspazieren und ihr gemeinsames Leben hinter sich zu lassen. Als er schließlich akzeptieren musste, dass sie dazu sehr wohl in der Lage war, hatte er getobt und sie verflucht, ohne dabei auch nur eine einzige Träne zu vergießen.

»Du rennst einem verdammten Teenagertraum hinterher!«, hatte er gebrüllt, wütend und konsterniert von ihrem stoischen Widerstand.

»Michael«, sagte Ali. »Es tut mir leid.«

»Ist das Cass' Idee? Hat sie dir das eingeredet?«

Ali schüttelte den Kopf und starrte ihn staunend an. »Meinst du wirklich, ich hätte keinen eigenen Kopf? Glaubst du, ich tue nur das, was man mir sagt?«

»Ja«, sagte er. »Ja, in vielerlei Hinsicht denke ich das tatsächlich über dich. Du bist normalerweise eine eher umgängliche Person, aber eben auch schrecklich leicht beeinflussbar. Und so wie du dich jetzt benimmst, das sieht dir gar nicht ähnlich. Also ist es entweder Cass' Idee, oder du hast den Verstand verloren.«

Jedes seiner Worte arbeitet gegen ihn, dachte sie. Jede Meinung, die er äußert, verringert seine Chancen. Sie war ganz ruhig. Von ihm würde sie sich nicht mehr beeinflussen lassen. »So bin ich«, sagte sie. »Genau so. Aber ich bin auch bei Verstand und ganz ruhig und fest entschlossen.«

»Ali, das ist doch Wahnsinn. Ich kann es nicht begreifen.« Er fuhr sich vor Stress und Frust mit den Händen durch die Haare und übers Gesicht, und sie spürte, wie seine tiefe Bestürzung ihr Mitgefühl weckte, denn nichts auf seinem bislang leichten Weg durchs Leben hatte ihn auf einen Fehlschlag solchen Ausmaßes vorbereitet.

»Hör zu«, sagte sie so sanft wie möglich. »Darum geht es doch nicht allein. Ich habe versucht, dir zu erklären, dass ich mich meiner Vergangenheit näher gefühlt habe, als ich mit Dan zusammen war.«

»Ja, und das hältst du mir jetzt vor, stimmt's? Mein angebliches Desinteresse an deiner schlimmen Vergangenheit. Kann ich etwa Gedanken lesen? Wie soll ich deine dunklen Geheimnisse kennen, wenn du sie mir nicht anvertraust?«

»Nein. Ich weiß, ich habe dir viel verheimlicht, weil ich selbst nicht damit zurechtgekommen bin. Aber dass ich Dan wiedergefunden habe, hat mir ...«

Mit bellendem Lachen fiel er ihr ins Wort. »Ach so, ›wiedergefunden‹ – so nennen wir es jetzt? Versuch nicht, deinen Seitensprung zu beschönigen, Ali. Das war nichts weiter als ein heimlicher Fick.«

Sie fing an zu zittern, und für einen Augenblick betrachtete sie ihre Hände, verfluchte sie im Stillen, dass sie sie verrieten, obwohl sie sich solche Mühe gab, ruhig und fürsorglich und gütig zu bleiben. Aber sie war gerade dabei, ihn zu verlassen, und sie wusste, dass es in Wahrheit keine gütige Art und Weise gab, jemanden zu verlassen, nur die übliche, die grausame. »Ich will los«, sagte sie. »Tut mir leid, dass ich dir so wehtun muss.«

»Dann *tu* mir nicht weh!«, rief er. »Geh nicht! Hör auf, nur an dich zu denken, denk an die Mädchen, denk an mich – wie soll ich all den Druck bei der Arbeit aushalten, wenn ich auch das noch aushalten muss?«

Da musterte Ali ihn mit einer Mischung aus Mitleid und Enttäuschung. »Du schaffst das schon«, sagte sie. Auf dem Weg zur Tür hinaus erklärte sie ihm noch, dass sie erst mal zu Thea nach Melbourne wollte, um ihr alles zu erklären, und von dort aus direkt nach Portugal, um Stella zu besuchen, die ihrer Meinung nach eine andere Geschichte hören sollte, eine überarbeitete Version – Stella sei zu weit weg von zu Hause, um die ganze Wahrheit zu erfahren.

»Mein Gott, was bist du nur für ein selbstsüchtiges, berechnendes Biest!«

»Nein«, sagte sie. »Nein, das bin ich nicht, ganz sicher nicht.« Sie zitterte noch immer, doch ihre Entschlossenheit war unerschütterlich. »Ich muss es tun, Michael. Und ich werde es tun.«

Michael schüttelte verächtlich den Kopf. »Dieser Typ ist ein Niemand. Ein Nichts.«

»Nein«, sagte Ali. »Das stimmt nicht. Ich glaube sogar, er könnte alles sein.«

Als sie nun in Melbourne vor der Aufgabe stand, ihrer geliebten ältesten Tochter wehzutun, scheute sie erst die Wahrheit und sagte nur, sie wolle für eine Weile weg, nach Großbritannien. Doch als Thea sofort fragte: »Und Dad?«, stellte Ali sich der Situation und sagte, ja, na ja, sie bräuchten etwas Zeit, jeder für sich. Thea warf sich aufs Bett und schrie auf: »Ihr trennt euch!« Sie weinte schrecklich, und es dauerte eine volle Stunde, bis sie vernünftig mit sich reden ließ, und selbst dann schniefte sie noch und musterte Ali finster über ihr zusammengeknülltes Taschentuch hinweg. Sie stellte sich zu hundert Prozent auf die Seite von ihrem Dad, ihrem armen Dad, der nicht allein in Adelaide bleiben sollte, wo Beatriz jetzt tot war. So wurde Thea wieder zur Dreizehnjährigen, die forderte, das Leben solle ausschließlich nach ihren Regeln laufen. Doch Ali behandelte sie einfach weiter wie eine Erwachsene und erzählte ihr ein paar wenige Details über Dan und ihre schwere Kindheit in Sheffield. Über ihre alkoholkranke Mutter, lange tot, ihren Bruder, von dem niemand etwas wusste, und dass sie so viele Probleme aus ihrer Vergangenheit ungelöst gelassen hatte, dass es ihr manchmal vorkam, als wären Alison Connor und Ali McCormack zwei verschiedene Leute, die einander fremd waren. Thea hörte zu, ohne sie zu unterbrechen. Dann, als Ali fertig war, fragte sie: »Verlässt du Dad für diesen anderen Mann?«

»Im Augenblick weiß ich nur, dass ich Dan wiedersehen muss, auch um mich diesem Teil meines Lebens zu stellen, dem ich mich immer verweigert habe. Aber dich verlasse ich nicht, Thea. Ich komme wieder. Das verspreche ich dir.«

Thea kaute auf ihrer Unterlippe herum. Sie sah so jung aus. »Als wir klein waren, hast du immer gesagt, du hättest außer uns keine Familie.«

»Ich weiß. Ich schätze, ich wollte es mir nur leicht machen. Tut mir leid.«

»Erzählst du das alles auch Stella?«

»Nein«, sagte Ali. »Einiges, aber nicht alles. Und ich

möchte dich bitten, nicht mit ihr darüber zu sprechen, solange sie unterwegs ist, okay?«

»Aber du sagst ihr, dass du weggehst?«

»Ja, ich sehe sie übermorgen in Porto.«

»Von da nach England?«

»London, ja. Danach weiß ich noch nicht. Sheffield vielleicht.«

»Was ist, wenn dein Bruder tot ist, so wie deine Mutter?«

»Na, dann weiß ich es wenigstens.«

»Und was ist mit Dad? Kommt er zurecht?«

»Na ja, er muss das Ganze erst mal für sich sortieren«, sagte Ali und dachte dabei: die Untertreibung des Jahres. Sie sah ihn noch deutlich vor sich, als sie schließlich das Haus verlassen hatte. Mit steinerner Abscheu sah er sie an, während er die heilende Kraft seines Zornes bündelte, um die Verzweiflung, den Schmerz, die Angst zu verdrängen. »Weißt du, was mir klar geworden ist?«, hatte er gesagt. »Du hast nicht die leiseste Ahnung, was es bedeutet, jemanden zu lieben.« Dann hatte er die Tür zugeworfen, obwohl Ali noch direkt vor ihm stand, als könnte er es nicht erwarten, dass sie ihm aus den Augen ging.

Sie landete in Heathrow, erschöpft und verunsichert. Thea zu sehen, Stella zu sehen, die unterschiedlichen Zeitzonen, die unvermutete Angst beim Alleinreisen, der Stress, die Anschlussflüge zu erreichen, und der alltägliche Wahnsinn internationaler Flughäfen: All das machte ihr zu schaffen, und in der Gepäckhalle war sie absurderweise den Tränen nah, als hätte sie diese Odyssee um die halbe Welt nicht gewollt, ganz und gar nicht. Und dann, als sie darauf wartete, dass ihr Rucksack auf dem Gepäckband auftauchte, wühlte sie in ihrer Handtasche nach ihrem Handy, aber es war nicht da. Auch nicht in ihren Jackentaschen oder in ihrer Jeans. Entgeistert suchte sie alles noch mal ab, kippte den Inhalt ihrer Handtasche aus, dann ließ sie sich zwischen all dem Zeug auf den Boden sinken.

Hoffnungslosigkeit machte sich breit. Da dachte sie an diesen Song, den sie in Lissabon völlig überraschend von Dan bekommen hatte, vor sechsunddreißig Stunden erst. »Sunshine Superman«. Sie hatte sich so sehr danach gesehnt, dass er sich bei ihr meldete. Das Lied hatte ihrem wunden Herz gutgetan, aber sie war gerade bei Stella gewesen und konnte ihm deshalb nicht antworten, und als sie dann in Lissabon auf ihren Flug wartete, hatte sie gesehen, dass der Akkustand ihres Handys gefährlich niedrig war, also hatte sie ihm auch von dort nicht antworten können. Stattdessen hatte sie das Telefon ganz abgestellt, um sich dessen letzten Lebenshauch für London aufzusparen. Und jetzt war ihr Handy weg. Ihr wurde ganz schlecht vor Erschöpfung. Da fiel ihr eine scheinbar unbedeutende Begegnung vor dem Lissaboner Flughafen ein: eine junge Frau mit leerem Blick und einem kleinen Kind im Arm. Sie hatte Ali um Geld gebeten, ein paar Euros, Kleingeld, irgendwas, und Ali hatte ihre Taschen ausgeleert und eine Handvoll Münzen in die ausgestreckte Hand der jungen Frau gegeben, und als Ali weiterging, war sie ganz leicht mit jemandem zusammengestoßen, gefolgt von einer hastigen Entschuldigung, zu flüchtig, um von Bedeutung zu sein. Natürlich gab es dafür keinen Beweis, aber sie war ziemlich sicher, dass man ihr in diesem unaufmerksamen Augenblick das Handy gestohlen hatte. Wie soll ich denn jetzt Daniel Lawrence finden?, dachte sie verzweifelt.

»Verzeihung, kann ich Ihnen vielleicht behilflich sein?«

Es war ein älterer Engländer, ein Mitreisender, der auf sein Gepäck wartete. Er betrachtete Ali mit einem verschmitzten Lächeln.

»Leider nicht«, sagte sie und rappelte sich auf. Als sie sich dann bückte, um ihre Sachen wieder einzusammeln, half er ihr dabei, reichte ihr ein benutztes Taschentuch, einen Lippenpflegestift, eine Metrocard für Adelaide, einen Taschenspiegel. »So, wie es aussieht, habe ich mein Handy verloren.« Es war ihr etwas unangenehm, den Inhalt ihrer Handtasche gemeinsam mit diesem hilfsbereiten Fremden aufzusammeln.

»Oje. Ein beunruhigendes Gefühl, nicht wahr?«, meinte er. »Wie sehr wir doch alle von unseren Handys abhängig sind, selbst ich, obwohl ich geschworen hatte, so etwas niemals zu benutzen. Möchten Sie meins leihen, um jemandem Bescheid zu geben, dass Sie hier sind?«

Sie lächelte matt. »Ich müsste mich bei Twitter einloggen«, sagte sie. »Aber man wird mir einen Sicherheitscode auf mein Handy schicken, und das habe ich ja nicht mehr.«

»Bitte? Bei wem einloggen?«

»Nicht so wichtig«, sagte Ali. »Ist kompliziert.«

»Oh«, sagte der Mann und stand da wie ein begossener Pudel.

»Keine Sorge, mir fällt schon was ein. Da vorn kommt mein Gepäck! Ich glaube, darum sollte ich mich erst mal kümmern.«

»Nun, am besten hinterlassen Sie eine Nummer beim Fundbüro«, sagte er, weil er ihr so gern behilflich sein wollte. »Von jemandem, den Sie kennen, damit man Sie anrufen kann, falls es gefunden wird!«

»Mach ich«, sagte Ali, obwohl sie keine Telefonnummer hätte angeben können, weil sie hier niemanden kannte und auf der ganzen Insel auch von niemandem erwartet wurde. »Danke, dass Sie so nett waren.« Sie hievte ihren Rucksack vom Förderband und winkte ihm zum Abschied, bevor sie durch den Zoll ging, dann den Schildern zu den Taxis folgte. Gott sei Dank hatte sie noch ihr Bargeld und ihre Kreditkarten. Sie wusste nicht, wie weit es von Heathrow nach London war, dorthin, wo Dans Boot lag. Von dort aus wollte sie dann weitersehen. Sie hatte vom legendären Ruf der Londoner Taxifahrer gehört, also stieg sie beim ersten in der Reihe ein, und als der Fahrer fragte: »Wohin soll's denn gehen, schöne Frau?«, sagte sie: »Ich hatte irgendwie gehofft, das könnten Sie mir sagen.«

»Bitte wie?« Er sah sie im Rückspiegel an.

»Entschuldigung?«

»Wo Sie hinwollen, Verehrteste.«

»Ich muss zum Kanal, zu einem Hausboot auf dem Kanal.«

Sie wusste nur, dass Dans Boot *Crazy Diamond* hieß und dass Lisa, Frank und Jim links und rechts von ihm wohnten, auf dem Kanal. In Adelaide wären das möglicherweise ausreichend Informationen gewesen, aber jetzt kam sie sich doch blöd vor, so schlecht vorbereitet in diese Millionenstadt zu kommen.

»Okay«, sagte der Taxifahrer. »Da brauche ich dann

doch noch ein paar Informationen mehr. Wo liegt es denn, dieses Hausboot?«

»Auf dem Kanal?« Im Gegensatz zur Themse, meinte sie, aber o Gott, war das peinlich.

Der Fahrer setzte sich ein Stück vom Posten ab, um den Wagen hinter sich nicht zu behindern, dann hielt er in einer nahen Parkbucht. Er sah Ali im Rückspiegel an, und seine Augen blitzten vor munterem Sarkasmus, als er sagte: »Wissen Sie, schöne Frau, in London gibt es so einige Kanäle. Man findet überall Stellen, wo man sein Boot festmachen kann. Limehouse Basin? Battlebridge Basin hinter King's Cross? Klingelt's da bei Ihnen?«

»Nein, tut mir leid.« Sie sah ihn mit großen Augen an und klimperte mit den Wimpern, in der Hoffnung, dass er es weiter versuchte und sie nicht vor die Tür setzte.

»Lisson Grove? Little Venice? Cumberland Basin?«

»Oh!«, rief sie strahlend aus. »Ich glaube, das mit dem Little Venice könnte es sein.«

»›Das mit dem Little Venice‹. Sehr schön, dann wollen wir mal hoffen, dass das Boot an der Blomfield Road liegt«, sagte er und fädelte sich gekonnt in den Verkehr ein.

»Es heißt *Crazy Diamond*, falls das hilft«, sagte Ali. »Das Boot, meine ich.«

Er lachte. »Okidoki. Cooler Name. Ist aber nicht Dave Gilmores Boot, oder?«

»Nein, hätte es aber sein können«, sagte sie und erwiderte sein Lächeln. Offenbar war sie auf Londons freundlichsten Taxifahrer gestoßen, oder waren die hier alle so? Und er wusste genau, wo es langging! Im guten alten Adelaide kannte kaum mal einer den Weg, ohne auf

Google Maps zurückzugreifen, aber dieser Mann schlängelte sich so geschickt und zielstrebig durch den dichten Verkehr, als wäre ihm jemand auf den Fersen.

»Wo kommen Sie her, meine Gute?«, fragte er.

»Adelaide«, antwortete Ali.

»Wo ist das denn?«

»Im Süden von Australien.«

»Mannomann! Da sind Sie aber weit weg von zu Hause.«

»Ja, ungefähr zehntausend Meilen. Aber wie man so sagt: Zu Hause ist man da, wo es dem Herzen gefällt, also ...«

»Oh, stimmt!«, sagte er. »Stimmt! Zu wem wollen Sie denn? Wer ist der Glückliche?«

»Er heißt Dan«, sagte sie. »Aber er weiß gar nicht, dass ich komme.«

Der Taxifahrer zwinkerte ihr anerkennend im Spiegel zu. »Na, da kann er sich ja auf eine hübsche Überraschung freuen.«

»Ich will es hoffen«, sagte sie. »Schwer zu sagen.«

Sie sah eine Trauerweide, die ihrem eigenen Spiegelbild im dunklen Wasser zunickte, ein Pärchen hochherrschaftlicher Schwäne, das sich einen Weg durch dichte Entengrütze bahnte, und die *Crazy Diamond*, ein hübsches dunkelblaues Boot mit Bullaugen aus Messing und dem Namen in schwungvollem Kanariengelb am Bug. Und sie sah auch, dass niemand auf dem Boot war – Vorhängeschlösser an den Türen und eine Plane über dem Achterdeck. Dennoch winkte Ali ihrem neuen Freund, dem Taxifahrer, zum Abschied, denn sie hatte ihr Ziel erreicht. Der

Umstand, dass Dan nicht da war, schien ihr unbedeutend. Irgendwie hatte sie geahnt, dass er nicht da sein würde. Es war Sonntag, bestimmt war er in Edinburgh, verbrachte das Wochenende mit Katelin. Aber sie wusste gerade nicht, wohin sie sonst sollte, und für den Moment fiel ihr nichts Besseres ein, als auf der Blomfield Road zu stehen und sich einfach zu wünschen, dass er auftauchte, die baumgesäumte Straße entlangschlenderte, ganz wie im Kino.

Sie stellte ihren Rucksack auf dem Weg ab, damit sie sich gegen das schwarze Geländer lehnen und diesen idyllischen Ort betrachten konnte. Sie bewunderte die *Crazy Diamond* und war doch ein wenig traurig, dass das Boot so leer dalag und zu schlafen schien. Aber was hatte sie denn erwartet? Selbstverständlich war Dan nicht da, und außerdem hasste er sie sowieso, weil sie ihn gedemütigt hatte, und sie konnte es ihm nicht verdenken, und vielleicht würde sie ihn niemals wiedersehen, obwohl sie den weiten Weg auf sich genommen hatte. Dieser düstere Gedanke trieb sie um, als sie plötzlich eine geisterhafte Stimme hörte. »Hey, du! Du bist Alison, oder?« Ali fuhr zu der Stimme herum, obwohl sie nicht genau sagen konnte, wo sie suchen sollte. Außer ihr war niemand auf dem Leinpfad.

»Hier oben, Süße!«

Und da saß sie, auf dem flachen Dach des Nachbarbootes, zum Teil verborgen hinter den hängenden Ästen der Weide, eine schlanke alte Dame mit gefärbten Haarspitzen und Latzhose: Kajal-Augen, Hennahände, nackte Füße, die Beine übergeschlagen, Dutzende Silberreifen an beiden Handgelenken und ein Band mit himmelblauen Perlen um den Hals. Lisa, dachte Ali. Dans wunderbare Lisa. Sie lächelte, und auch Lisa lächelte.

»Da bist du ja«, sagte sie weise nickend, als hätte sie es längst gewusst.

»Da bin ich.«

Lisa stand auf und hob die Arme wie eine Priesterin, sodass die zahllosen Ringe zusammenrutschten und klingelten wie kleine Glöckchen. »Willkommen!«, rief sie und sprang leichtfüßig zu ihr auf den Leinpfad. »Du bleibst am besten bei uns, bis Dan kommt!«

»Er weiß nicht, dass ich hier bin«, sagte Ali. Sie war vollkommen fasziniert von Lisa, deren Umarmung nach Patschuli roch und deren nackte Füße silberne Zehenringe zierten.

»Dann solltest du ihm Bescheid geben«, meinte Lisa. Sie nahm Ali bei der Hand und führte sie aufs Vordeck der *Ophelia*. »Komm, sag Frank hallo!«

Dan starrte die Nachricht an, die auf dem Bildschirm seines Telefons leuchtete, sodass Katelin sie hatte lesen können. Sie kam von Jim, dem Jim von der *Veronica Ann*, was ihm einfach unerklärlich war, so wie auch die Nachricht selbst, die lautete: Hey, Daniel, hier ist Alison. Ich bin in der Bar vom Warwick Castle, acht Uhr heute Abend. Ich halte dir einen Platz frei xxx

Er stand im Flur, vor der geschlossenen Küchentür, hinter der Katelin tobte, regelrecht tobte, untermalt von Rose-Anns Stimme, die durchgehend beschwichtigende Plattitüden von sich gab. Duncan gesellte sich zu ihm und flüsterte: »Was soll das, was ist hier los, was passiert hier eigentlich?« Dan sah ihn an, ohne ihn wirklich zu sehen.

»Sie ist in London«, sagte er. Ihm war ganz schwindlig vor lauter Optionen und Problemen, dem Schaden, den er angerichtet hatte, und dem Schaden, den er noch anrichten würde.

»Dann fahr hin, Mann!«, sagte Duncan, denn er sah seinem Freund an, wie sehr es ihn quälte, wie zerrissen er war, und fühlte sich bemüßigt, ihm die Entscheidung abzunehmen. »Fahr hin. Wir kümmern uns um Katelin.«

Ein paar Sekunden lang starrten die Freunde einander nur an, und Dan spielte für einen wundervoll verantwortungslosen Moment mit der Vorstellung, einfach abzuhauen. Doch dann sagte er: »Nein, ich kann mich da nicht mal eben so rausziehen«, und er ging wieder in die Küche, wo Katelin sich sofort auf ihn stürzte und mit beiden Fäusten auf ihn einschlug, hemmungslos heulend und fluchend.

»O mein Gott, Katelin, bitte!«, rief er. »Katelin, bitte.« Er bekam ihre Hände zu fassen und hielt sie fest. »Bitte, hör mich an! Würdest du mir bitte mal zuhören?« Sie standen inmitten der Scherben vom zerbrochenen Porzellan, zwischen verstreuten Bratkartoffeln und schaurigen Pfützen von blutigem Bratensaft, während McCulloch sich das Fleisch geschnappt hatte und nun damit in seinem Körbchen saß, wobei er nicht sicher war, ob er das eigentlich durfte. Katelin beruhigte sich ein wenig, aber die Krise war noch längst nicht überstanden, die gewaltsamen Feindseligkeiten konnten jeden Moment weitergehen. Die Atmosphäre im Raum war erfüllt von Misstrauen und Wut und dem schrecklichen Gefühl, dass etwas zu Ende ging. Rose-Anns Hand lag wirkungslos auf Katelins Rücken, und Duncan versuchte, möglichst lautlos Gläser und Teller vom Tisch in die Spüle zu räumen, für den Fall, dass Katelin zum nächsten Wurfgeschoss griff. Dan ließ ihre Fäuste los und nahm ihr Gesicht in beide Hände. Traurig und erschüttert starrten sie einander an. Katelin kannte ihn so gut, kannte die Bedeutung jedes einzelnen Ausdrucks auf seinem geliebten, verhassten Gesicht, und sie wusste genau, was er gleich sagen würde.

»Sag nichts«, flüsterte sie. »Ich will keine Entschuldigung. Geh einfach.«

Rose-Ann und Duncan wichen ein Stück zurück, unfreiwillige Zeugen eines fatalen Festmahls.

»Katelin.«

»Geh! Ich hab sowieso genug davon, dir ständig zu misstrauen.«

»Ich muss es tun. Keine Ahnung, wohin es führt, aber ich möchte so gern versuchen, es dir zu erklären!«

»Ich brauch keine Erklärungen. Geh einfach, hau ab, verschwinde! Geh!«

Tränen liefen übers Gesicht dieser Frau, die er geliebt hatte, dieser Frau, die ihn geliebt hatte, und er wollte ihr sagen, dass er nichts an ihr ändern würde, dass sie wunderbar und liebenswert war und er sich beschenkt fühlte, sein Leben mit ihr verbracht zu haben, dass er aber trotzdem gehen musste. Er musste, *musste* einfach. Es war, als hätte man ihm einen Chip eingepflanzt und ihn so programmiert, damals 1979, da drüben in Sheffield, dass er um jeden Preis mit Alison Connor zusammen sein musste, falls sich ihre Wege wieder kreuzten, falls er sie finden sollte. Es war nicht Schicksal oder Bestimmung, sondern ein animalischer Instinkt, ein Urtrieb, so machtvoll und mysteriös wie die Gewissheit, die einer Schwalbe die Kraft verleiht, wochenlang ohne Pause in der Luft zu bleiben, um wieder nach Hause zu fliegen. Doch er sagte nichts. Einen Moment ließ er den Kopf hängen, sammelte sich, dann nahm er seine Jacke, seine Schlüssel, seine Brieftasche und ging aus dem Haus. Er war schon auf der Straße, als er Duncan hörte, der ihm hinterherrief, er solle warten, also wartete er, und sein Freund kam mit McCulloch an der Leine angelaufen.

»Sie sagt, du sollst den Hund nehmen«, keuchte Duncan.

»Verdammt, Duncan, ich kann mich jetzt nicht um ihn kümmern.«

»Trotzdem. Sie meint, du sollst den Hund nehmen. ›Sag ihm, er soll den Scheißköter nehmen. Ich will ihn nicht!‹ Das waren ihre Worte. Also.« Er hielt ihm die Leine hin, und Dan nahm sie.

»Okay«, sagte er. McCulloch schnüffelte die Nachmittagsluft und wartete auf Anweisungen.

»Alles okay, Mann?«, fragte Duncan.

»Nicht mal ansatzweise.«

»Ruf mich an, okay? Egal, wann.«

»Danke, Mann. Und pass auf Katelin auf, ja?«

»Na klar.«

»Danke, Duncan. Echt jetzt, vielen Dank!«

»Kein Problem. Ach.« Er schob eine Hand in seine Tasche. »Die hier hab ich dir auch noch mitgebracht. Lagen auf dem kleinen Tisch im Flur.«

Seine Ohrhörer! O Gott, fast wäre er ohne sie weggefahren.

»Du bist meine Rettung, Alter, ehrlich«, sagte Dan. »Hör zu, ich muss los ...« Mit seiner freien Hand deutete er vage in die Richtung vom Bahnhof Waverley. Er musste sich beeilen und brauchte dringend ein Taxi, wenn er den King's-Cross-Zug um zwanzig nach drei kriegen wollte.

»Ja, klar, mach schon! Los!«, sagte Duncan, rührte sich aber selbst nicht von der Stelle, denn er war nicht scharf darauf, wieder ins Haus zu gehen. Er wusste, dass er dort bestenfalls überflüssig wäre, schlimmstenfalls aber der arme Sündenbock für Katelins Rache.

Dan sah sich ohne große Hoffnung um, doch da tauchte oben an der Straße wie von Zauberhand das gelbe Licht eines freien Minicabs auf, also winkte er es heran und nahm den Hund auf den Arm.

»Zumindest er macht einen ganz glücklichen Eindruck«, sagte Duncan und deutete auf McCulloch. »Wenigstens was.«

Dan lachte kurz und stieg in den Wagen, zog die Tür hinter sich zu und winkte Duncan zum Abschied, als sie anfuhren. Später, im Zug, dachte er: Ja, stimmt schon. McCulloch war zwar nur ein alter, arthritischer Jack Russell, aber seine hingebungsvolle Treue, die seelenruhige Bereitschaft, sich jeder Veränderung der Umstände zu unterwerfen, war Dan eine echte Hilfe. Dieser kleine Hund braucht nicht viel und ist so leicht zufriedenzustellen, dachte Dan. Könnten wir doch alle so sein.

29

LONDON,
SPÄTER AM SELBEN TAG

Dan und McCulloch spazierten um zehn nach acht ins Warwick Castle, und da saß Alison Connor am Tresen, wie eine Fata Morgana.

»Hey«, sagte sie, als wäre es erst gestern gewesen, als hätten sie nicht beide über glühende Kohlen kriechen müssen, um zueinanderzufinden.

»Hey.« Einen Moment lang stand er da und ließ sie auf sich wirken, so dermaßen zu Hause auf diesem Barhocker und zugleich absolut im falschen Film. Dieser Widerspruch verlangsamte seine Reaktion, wie in einem Traum, wenn man nach etwas greift, was man dringend braucht, aber die Arme schwer sind und den Signalen des Gehirns nicht folgen wollen. Er starrte sie an, rührte sich nicht, sagte nichts, und sie beobachtete ihn leicht verunsichert, dann hüpfte sie von ihrem Hocker und beugte sich herab, um den kleinen Hund am Kopf zu kraulen. »Du bist also McCulloch«, sagte sie. Er schlurfte näher heran, schloss die Augen und schüttelte sich kurz vor Wonne.

Dan lachte leise, und die drückende Last des Tages wurde ein bisschen leichter. Ali richtete sich auf und stellte sich dicht vor Dan, legte ihm sanft eine Hand in den Nacken und küsste ihn.

»Alison«, sagte er, und mit einem Mal war er den Tränen nah, zutiefst gerührt von ihrer Zärtlichkeit. Er hatte gedacht, er würde sie nie wiedersehen, hatte sich schon daran gemacht, sein Herz vor ihr zu verschließen, hatte versucht, sie für treulos, schwach und unaufrichtig zu halten. Doch sie nun vor sich zu sehen, machte all das schlagartig zunichte, und da bekam er es mit der Angst zu tun. Auch wenn er ihre Entschlossenheit unterschätzt haben mochte – wie sollte er ihr jemals wieder trauen? Er trat zurück, und sie ließ die Arme sinken.

»Daniel«, sagte sie. »Bitte verzeih mir.«

Dieser Frau würde ich alles verzeihen, dachte er. Das war das Problem.

»Es war ein Fehler, mit Michael wegzufahren. Ich hätte nicht zulassen dürfen, dass er so mit dir redet, und ich hätte nicht mit ihm weggehen dürfen. Ich hätte auf mein Herz hören und zu dir stehen sollen. Es tut mir leid, Daniel. Aber jetzt bin ich hier, falls du mich noch willst.«

Es entstand eine Pause, und für einen Moment hörte sie in der vollen Bar nichts als ihren eigenen Herzschlag.

»Du hast Jims Handy benutzt«, sagte er schließlich.

»Meins ist weg«, sagte sie. »Ich glaube, gestohlen.«

»Oh«, sagte er. »Ich hatte dir einen Song geschickt. Eigentlich zwei Songs, aber der erste war nur ein Versehen, viel zu fröhlich, also habe ich dir noch einen anderen geschickt, heute Morgen erst, wie zum Beweis, dass ich endgültig dem Wahnsinn verfallen bin.«

»Oh! Daniel, es tut mir leid, so, so leid!«, sagte sie. »Donovan hab ich bekommen, aber ich war bei Stella in Lissabon, und ich wollte dir antworten, bestimmt, ich wusste schon, was ich dir schicken wollte, aber dann ...«

Er legte ihr eine Hand auf die Schulter. »Schscht«, machte er. »Schscht. Ist doch egal.«

»Oh, aber es tut mir leid, Daniel! Mir tut so vieles leid, aber eben auch, dass ich nicht gleich auf ›Sunshine Superman‹ reagiert habe.«

Er blieb skeptisch, unsicher, aber ihr sanftes Lächeln rührte sein Herz. Sie so vor sich zu sehen, ihre hoffnungsfrohen Augen so voller Liebe – es war Balsam für seine Seele. Er liebte sie so sehr. Niemals würde sie das ganze Ausmaß seiner Liebe erfassen können.

»Was wolltest du mir denn schicken?«, fragte er.

»The Cure«, sagte sie sofort. »›Lovesong.‹«

Er nickte. »›*Whenever I'm alone with you ...*«

»*... you make me feel like I'm home again.*‹«

Jetzt lächelten sie beide. Dann legte sie ihren Kopf ein wenig auf die Seite: »›Endgültig dem Wahnsinn verfallen?‹«

»Reif für die Klapse«, sagte er. »Ich hab nicht mehr daran geglaubt, dass wir uns jemals wiedersehen, also hab ich dir – oder eben *nicht* – ›I Want You‹ geschickt. Eindeutig umnachtet.«

»Ach Gott, ja«, sagte sie. »*Der* Song.«

»Du hast mich durch die Hölle geschickt«, sagte er. »Das weißt du, oder?«

»Das weiß ich, wirklich, aber es wird nie wieder so sein. Ich liebe dich, hier und jetzt, und ich habe dich damals geliebt, und wenn du mich noch willst, werde ich dich ewig lieben.« Sie klang ganz nüchtern, trug einfach nur ihr Anliegen vor. Dan konnte nicht sprechen, er wusste nicht wieso – und wusste *doch* wieso.

»Ich will dich«, sagte sie. »Mein süßer Sheffield Boy.«

Sie hatte diese Situation so viel besser im Griff als er. Sie sah ihn an, wie er stumm und hilflos vor ihr stand. »Gehen wir zu deinem Boot.«

Das Besondere an der *Crazy Diamond* war, dass man die reale Welt komplett hinter sich zurückließ, sobald man an Bord ging. Vielleicht lag es daran, dass man auf dem Wasser war, oder in einem Kokon, oder es lag an dem warmen, weichen Licht in der Kajüte. Und so fiel Ali der Abschied schwer, wenn sie auch wusste, dass sie wiederkommen würde. Aber mittlerweile war Montagmorgen, Dan wurde Donnerstag in Salford erwartet, und vorher mussten sie in Sheffield gewesen sein.

Sheffield. Wie eine Kröte hockte es in ihrer Erinnerung, wie eine dieser Kröten aus Grimms Märchen, so ein fieses, warzenbesetztes Vieh, das immer für das Böse steht. Dan meinte, sobald sie aus dem Zug stiege, würde sie schon merken, dass die Stadt selbst keine Schuld traf, besonders da sie gar nicht mehr wiederzuerkennen war – selbst er fand sich in diesen Straßen kaum noch zurecht, seit man angefangen hatte, alles zu verschönern. Er gab sich Mühe, unbeschwert zu klingen, doch hieß das keineswegs, dass er nicht verstand, welche Qualen es ihr bereitete, sich den Geistern ihrer Vergangenheit zu stellen. Aber schließlich waren sie zusammen, sie war aus freien Stücken zu ihm gekommen, und er konnte gar nicht anders als glücklich sein – auch wenn die Reise in den Norden für sie ein bisschen so war, als sollte sie den Styx auf ihrem Weg in die Unterwelt überqueren. Er selbst fühlte sich erneuert, gereinigt von allen Zweifeln, von Reue und Verbitterung, und – offen gesagt – auch leergevögelt: eine unschlagbare Kombination aus ihrem Jetlag und seinem unsterblichen Verlangen nach ihr hatte die beiden fast die ganze Nacht wachgehalten, bis sie so gegen fünf in selige Bewusstlosigkeit gesunken waren, als schon das Tageslicht durch die Vorhänge drang. McCulloch weckte sie drei Stunden später und wollte rausgelassen werden, und so hatten sie sich aus dem Treibsand des Schlafes befreit, um den Hund zu versorgen und den Tag zu planen. Wie ein guter Engel kam Lisa mit einem spanischen Omelette, das die beiden direkt aus der kleinen schwarzen Bratpfanne aßen, während Lisa mit ihnen am Tisch draußen beim Leinpfad saß und ihre starke französische Zigarette rauchte. Auch Jim gesellte sich zu ihnen, stolz auf die Rolle, die er in ihrer Romanze gespielt hatte, und begierig darauf, die Geschichte bei jeder Gelegenheit noch mal zu erzählen. Doch Ali war besonders beeindruckt von den Hippies, berührt von Lisas etwas durchgeknallter Liebe und amüsiert von Franks liebenswerter Bosheit. Lisa mangelte es gänzlich an jeglicher Neugier, was die Details im Leben anderer Menschen betraf, sie interessierte sich nur für das große Ganze, die Regenbogenfarben ihrer Seelen, die Großzügigkeit ihrer Herzen. Frank, der auf seinem Weg zur Endstation immer langsamer wurde, blieb meistens im Schatten der Kajüte auf der *Ophelia*, obwohl er gestern, als Alison auf Daniel gewartet hatte, kurz aufgelebt war und ihr eine lange Geschichte über die Beatles und den Ashram in Rishikesh erzählt hatte, und wie da eines unglaublichen Tages John, Paul, Ringo und George und Lisa und Frank zusammen gewesen waren, allesamt im Lotossitz auf demselben heißen Bungalowdach, wo sie sich in Meditation übten, während kleine graue Äffchen sie skeptisch beobachteten. Der beste Tag seines langen Lebens, sagte Frank. Dann war er wieder eingedöst, erschöpft von seinen Erinnerungen, und Lisa und Alison hatten gesprochen über, ach, alles Mögliche – marokkanische Gewürze, Sternenbilder auf der südlichen Halbkugel, wie die Kraft der Musik den Kurs eines Lebens verändern kann. Lisas Gedanken flitzten von einem großen Thema zum nächsten, wie ein Kolibri in einem Fuchsienbusch, tauchten mal hier ein, dann mal da, standen kaum mal still. Alison war bewusst, dass man das für gewöhnlich als Konzentrationsmangel bezeichnete, zweifellos die Folge eines bekifften Lebens, aber es war sehr befreiend, ihrem New-Age-Blick auf das Leben zu folgen, und auch tröstend. Nicht zuletzt, weil sie Alison eine verrauchte Decke umgelegt und ihr einen Chai-Tee und eine Schale Chana Dal gegeben hatte, weil sie doch so durchgefroren war, eine Wüstenblume aus Adelaide, der in diesem sogenannten Sommer in London nicht wärmer war als bei Sonnenaufgang im australischen Frühling. Als Dan in Little Venice auftauchte, waren Alison und Lisa schon auf ewig verbunden, und als sie sich nach dem Frühstück am Montag auf den Weg zum Zug nach Sheffield machten, gab Lisa ihr einen Kuss auf die Stirn und schob einen verzierten Silberreif von ihrem Handgelenk auf Alis Arm, damit er sie schützen sollte, bis sie wiederkam. Das gefiel Ali, ein Talisman war im Moment genau das Richtige, wie auch der warme Körper von McCulloch, der auf ihren Füßen schlief, und der ruhige Blick und die gelassene Zuversicht von Dan, wie er ihr da im Zug gen Norden gegenübersaß.

Dans Handy lag zwischen ihnen auf dem Tisch. Es klingelte immer wieder, und jedes Mal, wenn er ranging, setzte sie ihre Kopfhörer auf und hörte Musik, um ihm etwas Privatsphäre zu geben. Allerdings sah sie die Namen der Anrufer auf dem kleinen Bildschirm leuchten, bevor er das Telefon vom Tisch nahm. Katelin. Katelin. Alex. Katelin. Katelin. Duncan. Katelin. Katelin. Katelin. Kein einziges Mal stellte er es aus, und kein einziges Mal forderte sie ihn dazu auf. »Dein Leben ist im freien Fall«, sagte sie irgendwann voller Sorge. »Es tut mir so leid.«

Er beugte sich vor und nahm ihre Hand. »Ich liebe dich«, sagte er, und sie sagte: »Ich liebe dich auch«, und Dan nickte. »Dann gibt es nichts, dem ich nicht gewachsen wäre.«

Schließlich musste sie sich der Tatsache stellen, dass sie wieder in Sheffield war, und Dan hatte in gewisser Hinsicht recht: Von den Bauten her war ihr die Stadt überhaupt nicht mehr vertraut, aber die Stimmen, dieser Tonfall, von dem sie nun überall umgeben war, die harsche, lakonische Sprache der Arbeiterklasse im Norden – *ihre* Leute: harte Arbeit, harte Zeiten, harte Gesichter. Die Menschen hatten etwas an sich, was ihr gefehlt hatte, das merkte sie jetzt, und sie weckten ihre Erinnerungen weit wirkungsvoller, als es die Architektur je vermocht hätte. Dan blieb in ihrer Nähe, lenkte sie schützend durch die Bahnhofshalle, aber eigentlich kam sie auch so zurecht, es ging ihr gut, mit Dan auf der einen Seite und McCulloch auf der anderen. Der stämmige kleine Terrier war ihr überraschenderweise zum Verbündeten geworden. Wenn er zu ihr aufblickte, schien aus seinen dunklen Augen intelligentes Mitgefühl zu sprechen, und das ging ihr ans

Herz. Obwohl sie einräumen musste, dass sie vermutlich zu viel hineinlas. Wahrscheinlich hatte er nur Hunger.

»Ich wollte schon immer einen Hund«, sagte sie. Sie hielt ihn an der Leine, und er lief voraus, als bahnte er ihr einen Weg durch die Menschen. »Als Kind, meine ich. Ich wollte immer einen Collie wie Lassie.«

»Und ich wollte ein Känguru wie Skippy«, sagte Dan. »Aber meine Mum hatte was dagegen.«

Er hatte ein Auto gemietet, weil er fürchtete, Taxis und Busse könnten möglicherweise nicht schnell genug verfügbar sein, falls sie Hals über Kopf wegmussten. Außerdem hatte er Marion angerufen und ihr gesagt, sie solle sich hinsetzen und ihm zuhören. »Ich bin in Sheffield, Mum, mit Alison Connor – ja, Alison Connor. Können wir vorbeikommen und hallo sagen? Nein, Katelin ist in Edinburgh. Nein, es ist kompliziert. Ich erklär's dir später. Nein, Mum, das habe ich doch schon gesagt, Katelin ist *nicht* hier, dafür aber Alison. Wir kommen euch also besuchen, ja? Und mach dir keine Sorgen, okay?«

Während sie seiner Seite des Gesprächs lauschte, verlor Ali ein wenig den Mut und dachte: Oje, das wird nichts. Das Ganze ist allen anderen gegenüber so was von unfair. Und als er auflegte, brachen ihre Bedenken aus ihr hervor. »Daniel, wie können wir jemals glücklich sein, wenn wir so viele Menschen unglücklich machen?«

»Mum ist nicht unglücklich, nur ein bisschen baff.«

»Noch weiß sie ja nicht, worüber sie unglücklich sein wird. Ich wette, Katelin ist unglücklich, oder?«

»Katelin ist stinksauer. Sie hat schon die Hälfte meiner Sachen in Mülltüten gestopft und bei der Kleiderspende abgegeben. Duncan versucht, meine Platten zu retten, aber er wird schnell sein müssen, wenn er ihnen das Flohmarkt-Schicksal ersparen will.«

Ali konnte sich das Lachen nicht verkneifen. Lächelnd sagte Dan: »Wahrscheinlich wird es erst schlimmer, bevor es besser wird, aber wir stehen das durch, du und ich. Hat dieser Wagen eigentlich Bluetooth?« Er drückte an den Knöpfen der Anlage herum. »Halleluja! Gleich wird sich mein Teenagertraum erfüllen. Ich werde mit Alison Connor durch unsere Stadt fahren und dabei *Reproduction* hören.«

»Ah, Human League«, meinte Ali, und dann sagten beide genau im selben Moment: »Bevor die Mädchen dazukamen«, und lachten.

»Bin stolz darauf, sie 1978 gesehen zu haben«, sagte sie. »Privatkonzert für Eingeweihte.«

»Kev Carter behauptet immer noch, die Band entdeckt zu haben, weil er zufällig bei ihrem allererstem Gig war.«

»Kev Carter, o mein Gott. Das ist so verrückt.«

»Im positiven oder negativen Sinn?«

»Sowohl als auch. Seht ihr euch manchmal?«

»Nein, seit Jahren nicht. Aber wir könnten ihn besuchen. Er würde dich bestimmt gern anbaggern.« Er warf ihr einen kurzen Seitenblick zu. »Ich weiß nur nicht, ob ich davon so begeistert wäre.«

Sie schüttelte den Kopf, verdrehte die Augen, dann betrachtete sie das Sheffield des 21. Jahrhunderts draußen vor dem Fenster, und versuchte, sich zu orientieren. Da setzte die Musik ein, und es war wieder Februar 1979, als das Synthi-Tick-Tock von »Almost Medieval« losging. Alison hob die Arme zu einem leicht ironischen Gruß. »Marsh, Ware, Oakey, wir grüßen euch.«

»Genau deshalb«, sagte Dan und riss die Anlage auf, »habe ich schon immer gewusst, dass du die Richtige bist.«

Die Straße, in der Ali gewohnt hatte, gab es längst nicht mehr. Auch Brown Bayley's war schon vor Jahren abgerissen worden. Nichts sah mehr aus wie früher. Aber das störte sie nicht, denn sie wollte keinen Ort betrauern, an dem sie so unglücklich gewesen war. Nichtsdestotrotz fand sie, dass das Viertel etwas von seiner nordischen Seele verloren hatte. Zugegeben, wenn man mit Außentoilette und Zinkwanne aufgewachsen war, verschwendete man sicher keinen Gedanken an die historische Unversehrtheit von Reihenhäusern aus dem 19. Jahrhundert, und außerdem war in den 1970er Jahren von Industrie-Chic noch keine Rede. Aber alles hatte sich so sehr verändert, dass das Viertel ohne die rostigen Regenrinnen der alten Reihenhäuser und die verrußten Mauern des mächtigen Stahlwerks um einiges ärmer wirkte. An der Attercliffe Road, wo sie hielten, um zu besprechen, wie sie vorgehen wollten, schienen Massagesalons das boomende Geschäft zu sein: knallig, schmuddelig, unmissverständlich.

»Tja«, sagte Ali bei einem Blick aus dem Fenster.

»Allerdings«, erwiderte Dan. »Ich glaube, Sex könnte der neue Stahl sein.«

»Hätte es diese Läden hier schon zu Catherines besten Zeiten gegeben ...«

Er kannte ihre Mutter nicht näher, also sagte er nichts dazu, wusste auch nicht, was er hätte sagen sollen.

»Für ein Glas Portwein ist sie mit dem erstbesten Kerl ins Bett gegangen. Hat sich billig verkauft.«

»Hast du sie immer Catherine genannt?«

Sie zuckte mit den Schultern. »Ich glaube schon. Als Kind habe ich wahrscheinlich ›Mama‹ gesagt, aber sie hat sich als Mutter nicht eben hervorgetan, also ist es nicht dabei geblieben. Ich glaube, sie Catherine zu nennen, hat Peter und mir irgendwie geholfen. So konnten wir eine Distanz zu ihr halten – um nicht so enttäuscht zu sein, weißt du? Ich schätze, wir haben ihren Zustand einfach verdrängt. Es war nicht ihre Schuld, sie war süchtig, und sie war verlassen worden, hat von niemandem Hilfe bekommen.« Sie stockte. »Du findest das alles bestimmt total gestört, oder?«

»Nein, nur sehr traurig.«

Sie seufzte und starrte aus dem Fenster, verlor sich in ihren Gedanken. Dann sagte sie: »Es war falsch. Und viel zu lange.«

»Was meinst du?«

»Mein Schweigen. Wegzubleiben. Vor allem aber, dass ich keinen Kontakt zu Peter gehalten habe. Anfangs war es sinnvoll, da verstehe ich meine Motive ja. Aber nachdem Thea und Stella geboren waren, hätte ich zurückkommen sollen, um mich zu kümmern.«

»Alison, du warst das Opfer, nicht die Täterin.«

»Ich hatte meinem Bruder so viel zu verdanken, Daniel. Aber ich habe ihn einfach zurückgelassen.«

»Du hast getan, was er von dir wollte. Er hat dich doch überhaupt erst losgeschickt.«

Sie schüttelte ganz leicht den Kopf, wollte die Schuld nicht von sich weisen. »Es wäre an mir gewesen zurückzukommen. Wo hätte er auch nach mir suchen sollen? Aber je länger ich weg war, desto schwerer wurde es zurückzugehen.« Erneut seufzte sie. »Wie sollen wir ihn nur finden?«

Dan hatte mit der Suche schon angefangen, ohne dass sie etwas davon wusste. Als sie im Zug für eine halbe Stunde eingenickt war, hatte er sich kurz auf den gängigen Seiten der sozialen Medien umgesehen. Er wusste, diese naheliegende Strategie war Alison vermutlich gar nicht in den Sinn gekommen. Aber ihre Bemühungen wären sowieso vergebens gewesen, denn entweder hatte Peter seinen Namen geändert, oder er war nicht im Netz unterwegs.

»Na ja, wir könnten uns umhören«, sagte er jetzt. »Am besten versuchen wir es in den Pubs. Irgendein alter Stammgast weiß vielleicht, wo er ist. Ich wette, die kennen sich hier immer noch untereinander, und das Viertel ist nicht besonders groß.«

»Es ist doch eher unwahrscheinlich, dass er noch in Attercliffe lebt.«

»Warum denn? Meine Eltern sind noch genau da, wo ich sie zurückgelassen habe. Die Leute bleiben in der Regel hier in der Gegend, selbst dann, wenn ihre Häuser abgerissen werden.«

Da war was Wahres dran. »Okay, dann lass uns rumlaufen«, sagte sie und stieg aus dem Wagen. McCulloch sprang ihr von seinem Lieblingsplatz im Fußraum aus hinterher, und sie machte seine Leine fest und kraulte ihm den Kopf.

»Er steht dir gut, dieser Hund«, sagte Dan, als er sich zu ihnen gesellte. »Okay, wo wollen wir anfangen? Pubs?«

»Na ja, er war nie ein großer Trinker«, sagte sie.

»Was ist mit diesem Toddy?«

»Seine Straße gibt's auch nicht mehr, genau wie unsere.«

»Na schön. Dann fragen wir einfach mal rum. Da drüben auf der anderen Straßenseite ist ein Pub. Mit dem könnte man anfangen. Warte hier.«

Er trabte über die Straße, und sie sah ihn in einer Kneipe verschwinden, von der man hätte schwören können, dass sie geschlossen war, wäre da nicht dieses GEÖFFNET-Schild hinter einer der dreckigen Scheiben gewesen. Wer mochte zur Mittagszeit da drinnen sitzen, an einem warmen, sonnigen Montag? In ihrer Vorstellung kam Dan wieder heraus, gefolgt von Peter, der in ihrer Fantasie unverändert war, ungealtert, und der übers ganze Gesicht strahlte, als er sah, dass sie dort auf ihn wartete. Doch als Dan wiederauftauchte, verzog er nur das Gesicht, und sie lächelte betreten und wartete, bis er näher kam. »Dann wolltest du also nicht noch auf ein Bierchen bleiben?«, fragte sie scherzhaft.

»Die Wirtin sieht aus wie ein Catcher. Aber sie konnte mich genauso wenig leiden, das war nicht zu übersehen.«

»Kein Vergnügen also.«

»Nichts dergleichen. Zwei alte Männer am Tresen, kein Lebenszeichen zu erkennen, und ausgerechnet Captain & Tennille wabern durch den Raum. Schlimm.«

Sie lachte. Er neigte den Kopf und stahl ihr einen Kuss, und als er so ein goldenes Leuchten in ihren Augen sah, dachte er: Ich glaube, sie liebt mich wirklich.

Er nahm sie bei den Schultern. »*Ever since the day I met you, baby, I'll believe I had a hold on you.*«

»Soll das ein Test sein?«

Er lächelte. »Gut möglich.«

»Dr Feelgood, ›Because You're Mine‹. Mit Texten legst du mich nicht rein, Daniel Lawrence. Da bin ich eigen.«

»So wie ich *eigen* am liebsten habe«, sagte Dan. Er hob ihr Kinn an und küsste sie noch mal. »Also los, suchen wir Peter Connor!«

Sie fragten im nächsten Pub, dann in einer Apotheke, einem Tattoo Studio, einem Friseursalon, einer Zoohandlung mit exotischen Tieren – vielleicht hatte er ja Schlangen zu Hause, meinte Dan –, dann im Postamt, in ein paar indischen Restaurants, einem Schnapsladen und an einem Zeitungskiosk. Die Leute waren freundlich, kannten aber alle keinen Peter Connor. Im alten John-Banners-Gebäude erkundigten sie sich in einem kleinen Café, und ihre Frage wurde von einem zum anderen weitergereicht, bis jemand von einer dampfenden Fleischpastete aufblickte und sagte: »Geht zu Mr Rashid. Da gehen hier alle hin.« Und so folgten sie der Wegbeschreibung zu einer wahren Fundgrube voller Haushaltswaren, deren Besitzer, ein altehrwürdiger Pakistani mit stolzen, feinen Zügen, den Namen zwar nicht einordnen konnte, sich jedoch mit überraschender Einsatzfreude auf die Aufgabe stürzte, indem er den Staub von einem Telefonbuch blies und sie aufforderte, von seinem Festanschluss aus bei sämtlichen P. Connors anzurufen.

»Facebook? Twitter? Instagram?«, fragte er, als die altmodische Methode sie nicht weiterbrachte. »Da findet man in der heutigen Zeit vermisste Menschen.« Er hatte ein strahlend weißes Hundert-Watt-Lächeln, und seine Hilfsbereitschaft war heroisch.

»Haben wir alles schon versucht«, sagte Dan.

Ali sah ihn verwundert an. »Haben wir? Ich nicht.«

»Nichts zu finden?«, fragte Mr Rashid. »Dann wollen wir mal scharf nachdenken.« Er fing an, ihnen von seiner

Enkelin und seinem Enkel zu erzählen, Zwillingen, die beide an der Uni in Manchester Medizin studierten, kluge, kluge Kinder, sie arbeiteten hart, um ihrer Familie Ehre zu machen. Inzwischen hatte sich seine Frau zu ihnen gesellt, hielt sich jedoch im Hintergrund, sagte nichts, sah nur zu.

»Meine Frau hat Angst vor Ihrem Hund«, erklärte Mr Rashid, und alle sahen McCulloch an, der gähnte. »Vierzig Jahre in Sheffield, und Raiqa hat immer noch Heimweh nach Islamabad«, fügte er hinzu. Ali lächelte Raiqa an, doch die Frau nickte nur bescheiden mit dem Kopf.

»So schüchtern«, sagte Mr Rashid. »Und sie spricht kein Englisch, hat sie nie gelernt.« Er schüttelte den Kopf, als wäre er davon tief enttäuscht, obwohl er ganz offensichtlich gern für beide sprach, und das nicht zu knapp. Sie wohnten über dem Laden, erzählte er, und schickten immer noch die Hälfte ihres Einkommens nach Pakistan, wo besorgniserregend viele Verwandte davon abhängig waren, und wenn er selbst dorthin zurückkönnte, würde er es tun, allerdings nur, um Urlaub zu machen, denn sein Zuhause war hier. Attercliffe war seine Heimat geworden.

Dan, der merkte, dass ihnen die Zeit weglief, sagte: »Okay, vielen Dank für alles, Mr Rashid.« Sie verabschiedeten sich und gingen gerade zur Tür, als ein alter Mann den Laden betrat und ihnen den Weg versperrte. Er keuchte und klopfte sich an die Brust, brachte aber ein »Hey« heraus, an Mr Rashid gewandt, woraufhin dieser sagte: »Oh, da kommt Mr Higgins! Der kennt hier jeden, stimmt's nicht, Mr Higgins?«

»Postbote«, erklärte Mr Higgins außer Atem. »Im Ruhestand.«

»Und Mitglied im Bezirksrat«, sagte Mr Rashid, als wäre das ein Grund, stolz zu sein. »Hochangesehen.«

»Ach, na ja.« Mit grimmigem Lächeln nahm Mr Higgins das Kompliment entgegen. »Bezirk Darnall, um meine Sünden abzubüßen.«

»Wir sind auf der Suche nach meinem Bruder«, sagte Ali zu ihm, eher höflich als hoffnungsvoll. »Peter Connor. Er hat früher bei Brown Bayley's gearbeitet, aber das hilft Ihnen vermutlich nicht weiter, oder?«

»Ist schon lange weg«, sagte Mr Higgins. »Hier gibt es kein Stahlwerk mehr.«

»Nein, das wissen wir. Aber trotzdem vielen Dank«, sagte Dan, und er hielt die Tür auf, um Ali und dem Hund den Vortritt zu lassen, doch Mr Higgins war noch nicht fertig.

»Da gibt es einen Peter Connor, der nicht weit von hier einen Imbiss betreibt, drüben Richtung Tinsley.« Er schnappte nach Luft. »Dicker, fetter Kerl, der so stark schielt, dass man nie weiß, ob er einen bedient oder schon den Nächsten.«

»Peter war nicht fett«, erwiderte Ali. »Obwohl er es natürlich inzwischen sein könnte. Aber er hat nicht geschielt.« Sie wollte Dan nicht ansehen, um nicht laut loszulachen. Sie schob sich zur Tür hin. Mr Higgins holte Luft, machte sich bereit, noch etwas zu sagen.

»Und dann gibt es noch einen Peter Connor, nicht Pete, immer nur Peter, oben im Northern General«, sagte er. »Dem Krankenhaus. Kann das sein?«

»Nein«, sagte Ali. »Ich glaube nicht. Er war kein Mediziner.«

»Pfleger. Pflegehelfer.« Wieder schlug er sich wütend

an die Brust, frustriert von der Unbrauchbarkeit seiner Lunge.

Mr Rashid beugte sich über den Tresen, um am Gespräch teilzunehmen, ohne seinen Platz zu verlassen. »Asthmaklinik, müssen Sie wissen«, sagte er. »Atemwegsprobleme. Mr Higgings ist da Stammkunde.« Und Mr Higgins, der jetzt wieder sprechen konnte, fügte hinzu: »Peter Connor hat mich mehr als einmal auf der Liege rumgeschoben, wenn ich nicht mehr genug Luft bekam, um allein gehen zu können. Netter Kerl. Hat aber keine Schwester.«

»Oh«, sagte Ali, als ihr erster Hoffnungsfunken gleich wieder erlosch. Ein Pflegehelfer – das konnte sie sich vorstellen. Es passte. Peters liebevolle, fürsorgliche Art. Sein fehlender Schulabschluss. Seine Bescheidenheit.

»Aber«, sagte Dan, »woher wissen Sie denn, dass er keine Schwester hat?«

»Er hat niemanden«, antwortete Mr Higgins. »Er hat mir erzählt, er ist allein.«

Ali und Dan tauschten Blicke. Alis Herz schlug ein wenig schneller, und sie gab sich Mühe, ruhig zu bleiben, realistisch. »Wo wohnt er?«, fragte sie.

»Das kann ich Ihnen nicht sagen.«

»Oh, bitte, warum denn nicht?«, fragte Ali verzweifelt.

»Weil ich es nicht weiß, junge Frau. Ich hab ihn nie gefragt.«

Unter Schmerzen hob und senkte sich seine Brust mit jedem angestrengten Atemzug. Mr Rashids schweigsame Frau brachte einen Stuhl und bot ihn dem alten Herrn an, wobei sie einen großen Bogen um McCulloch machte. Schwerfällig setzte sich Mr Higgins hin. »Danke, Liebes«, sagte er. »Mir geht gerade die Puste aus.« Als sie gingen, sah Ali sich noch mal nach ihm um. Irgendwie fühlte sie sich mitverantwortlich für seine Beschwerden.

»Und wenn er nun wirklich hier ist?«, meinte Ali.

Sie befanden sich im grell ausgeleuchteten Aufnahmebereich des Krankenhauses und warteten darauf, dass jemand vom Personal Zeit für ihre banale Anfrage hatte. Desinfektionsmittel übertünchten alles, was an Tod und Verderben erinnern mochte. Auf der ganzen Welt rochen Krankenhäuser gleich, und unwillkürlich musste Ali an Michael denken. Sie schüttelte sich kaum merklich und suchte Dans Hand.

»Wenn Peter hier ist«, sagte er, »werden wir auf ewig dafür dankbar sein, dass der arme alte Mr Higgins so schwer Asthma hat, dass er im Krankenhaus behandelt werden muss.«

Er fing den Blick der Frau auf, mit der Ali gesprochen hatte, als sie reingekommen waren. Inzwischen hatte sie telefoniert, Formulare unterschrieben und Patienten sowie Besuchern den Weg durch dieses labyrinthische Gebäude erklärt, was nur ein weiteres Martyrium war, zusätzlich zu dem, was die armen Leute überhaupt erst hergeführt hatte. Jetzt sah die Frau Dan an, und ihr fiel ein, dass sie die beiden völlig vergessen hatte. »Wen suchten Sie noch gleich?«

»Peter Connor«, sagte Ali. »Er ist hier Pfleger, und ich hatte überlegt, ob...«

»Augenblick mal, ich frag nach.«

Sie nahm das Telefon und wählte eine interne Nummer. Ali merkte, dass ihr Herz wieder schneller schlug – erstaunlich, wie es raste, nur weil diese freundliche Fremde bei Kollegen nachfragte, ob Peter Connor heute auf dem Dienstplan stand. Eigentlich wusste Ali in diesem Moment gar nicht, was sie sich wünschen sollte.

»Da hast du recht, Angie. Vielen Dank, meine Liebe.« Sie sah Ali an. »Nachtschicht«, sagte sie. »Acht bis acht.«

»Okay.« Ali überlegte, dann sah sie Dan an. »Ich weiß ja nicht mal, ob er es wirklich ist.« Sie wandte sich wieder an die Rezeptionistin: »Haben Sie nicht zufällig ein Foto von ihm, das ich mir ansehen könnte? Oder können Sie mir vielleicht sagen, wann er geboren ist?«

»Nein, hab ich nicht und kann ich nicht«, sagte sie. Eines der Telefone klingelte, und es war klar, dass sie rangehen musste. »Wollen Sie ihm vielleicht eine Nachricht hinterlassen, damit er weiß, dass Sie hier waren?«

Das klang wie eine vernünftige Idee. Ein Zettel, auf dem stand: Bist du *mein* Peter Connor? Denn in dem Fall bin ich deine Alison. Falls er es nicht sein sollte – nicht so schlimm. Falls er es sein sollte, wäre er vorgewarnt, bekäme Zeit, sich darauf vorzubereiten – oder wegzulaufen, was schließlich auch passieren konnte. Aber ja, es wäre vernünftig, ihm etwas Raum zu lassen, damit ihn nicht der Schlag traf, wenn sie plötzlich hier an seinem Arbeitsplatz vor ihm stand. Sie holte Stift und Notizblock aus ihrer Tasche und schrieb:

Lieber Peter,
entschuldigen Sie, wenn ich mich einfach so an Sie wende. Ich heiße Alison Connor und bin 1979 aus Attercliffe weggezogen. Jetzt bin ich wieder da und suche meinen Bruder, von dem ich hoffe, dass Sie es

*sind. Ich komme wieder hierher, um acht Uhr morgen früh, wenn Ihre Nachtschicht vorbei ist.
Alison*

»Wir könnten doch auch heute Abend um acht wiederkommen«, meinte Dan, doch sie schüttelte den Kopf.

»Ich bin total erschlagen, und da geht seine Schicht gerade los. Besser, wir fangen ihn zum Feierabend ab.«

Falls er es denn war.

Und er konnte es durchaus sein.

Hoffentlich war er es.

Sie faltete den Zettel ordentlich zusammen und schrieb auf die Rückseite: *Für Peter Connor.* »Danke«, sagte sie zu der Frau, die den Zettel mit einem Finger zu sich hin zog, ohne Ali dabei richtig anzusehen – sie blickte nur kurz auf und nickte vage. Sie war gerade am Telefon, und Ali sah, wie ihre Nachricht auf einem mächtigen Stapel von Formularen landete, zu denen sich bestimmt noch einige andere gesellen würden. Die Chance, dass dieser Zettel es heute Abend bis zu Peter Connor schaffte, schien ihr noch geringer als die Chance, dass er *der* Peter Connor war, ihr Bruder, der Peter, von dem sie sich so sehr wünschte, dass er es war.

30

SHEFFIELD,
22. JULI 2013

Ali bestand darauf, dass Dan sie mit McCulloch in einem Café in Nether Edge absetzte, nicht weit vom Haus seiner Eltern. Sie wollte ihm eine halbe Stunde Zeit lassen, damit er Marion und Bill in Ruhe die Situation erklären konnte, dann würde sie mit dem Hund nachkommen. Dan hatte sich nicht darauf einlassen wollen, er wollte sie an seiner Seite wissen, wenn er reinging, aber Ali meinte: »Nein, du schuldest ihnen eine Erklärung, ohne dass ich danebenstehe, die böse Ehebrecherin.« Doch davon wollte er nichts hören. Er würde die volle Verantwortung für sein Tun übernehmen. Aber könne er denn überhaupt sicher sein, dass sie tatsächlich hinterherkam und nicht einfach abhaute?

»Wohin sollte ich denn abhauen?«, fragte Ali. »Ich bin doch schon *hierher* abgehauen. Es gibt nichts mehr, wohin ich abhauen könnte. Geh nur.«

Also tat er es. Und ihr Instinkt war richtig gewesen, denn kaum hatte er sich Einlass in die Nummer 42 verschafft, mit dem Schlüssel, den er immer noch besaß, da fiel bereits Marion über ihn her, in höchster Not: »Daniel, wie konntest du das tun? Wie konntest du nur?« Denn natürlich hatten sie bei Katelin angerufen, und die hatte ihnen seinen Verrat unter die Nase gerieben. Zumindest unter Marions Nase, denn Bill bekam mittlerweile nur noch selten etwas mit.

Dan behielt die emotionale Seite der Geschichte für sich, gab nur die harten Fakten preis, und er sah im Gesicht seiner Mutter, in ihrem suchenden Blick, dass sie beruhigt werden wollte. Sie wollte wissen, dass er wusste, was er tat. Sie hatte sich im Zweifelsfall immer auf die Seite ihrer Kinder gestellt und wollte es auch jetzt. Sie gehörte zu den Müttern, die mit in die Schule marschierten und vom Direktor wissen wollten, wofür Joe den Stock verdient hatte oder warum Claire aus dem Hockeyteam ausgeschlossen worden war oder warum Dan – der Jüngste, das Nesthäkchen – im Krippenspiel keine Sprechrolle bekommen hatte. Peinlich, aber dafür hatten sie während ihrer Kindheit immer gewusst, dass sie nie allein kämpfen mussten, da war immer Marion, die fest daran glaubte, dass sie Sieger waren, und die auf sie aufpasste. Aber das jetzt: Das war doch schwer zu schlucken, und eine gewisse Schande war damit verbunden. Schon jetzt stellte sie sich vor, wie sie ihren Freundinnen gegenüber die schrecklichen Worte aussprechen musste, ach du jemine, ja, Daniel und Katelin haben sich getrennt. Noch während sie ihrem Sohn zuhörte, erinnerte sie sich voller Scham an die Selbstgefälligkeit, die sie empfunden hatte, wenn sie von anderen aus ihrem Kreis ähnliche Geschichten hörte, an ihre unterschwellige, etwas arrogante Genugtuung, dass ihr eigener Spross sehr wohl um den Wert von Treue und Anstand wusste, ganz gleich wie schwer das Zusammenleben auch sein mochte. Nun, Joe hatte nie geheiratet. Aber Claire und Daniel hatten ihre Wahl getroffen.

Und hatte sie, Marion, es ihnen nicht vorgemacht, indem sie immer zu Bill gehalten hatte, trotz allem? Man schreibt den anderen nicht einfach so ab, oder? Aber jetzt hatte Dan Katelin abgeschrieben, und Marion wusste nicht mehr, was sie denken sollte. Zugegeben, Katelin war ein schwieriges Mädchen, so leicht zu kränken, so schwer zufriedenzustellen, und warum sie Daniel nicht hatte heiraten wollen, war Marion immer ein Rätsel geblieben. Aber am Ende war daraus *doch* eine Ehe geworden, oder? Jedenfalls so gut wie, nur nicht dem Namen nach. Es würde sehr schwierig für Marion werden, sich zu fügen und ihren lieben Jungen bei diesem Schritt zu unterstützen. Jetzt, wo er Katelin hatte sitzen lassen, für Alison Connor, ausgerechnet. Sie überlegte, ob sie selbst womöglich dafür verantwortlich war, weil sie Katelin dieses Buch zu Weihnachten geschenkt hatte. Der bloße Gedanke ließ sie erschauern. Ganz gewiss hatte sie nichts Böses gewollt, und hätte sie gewusst, wer die Autorin war, hätte sie es gleich wieder weggelegt. Ein echtes Problemkind, dieses Mädchen, all das Leid, das sie zu verantworten hatte! Daniel war monatelang todtraurig gewesen, hatte sein Studium hingeworfen und mit jedem x-beliebigen Mädchen etwas angefangen, das ihm schöne Augen machte. Er war seinen heißgeliebten Popgruppen hinterhergereist wie eine verlorene Seele. Diese Wunden, für die Alison verantwortlich war, hatten tiefe Narben hinterlassen. Keine Kränkung ihrer Kinder hatte Marion je vergessen, nicht einmal Sandkistenstreitereien, also würde sie Alison Connor niemals verzeihen. Ganz bestimmt nicht.

Und dann klopfte sie an die Tür, kam mit Daniels Hund an der Leine ins Haus, und aus diesem scheinbar unbedeutenden Detail – dem Umstand, dass Alison sich so selbstverständlich um den kleinen Terrier kümmerte – sprach etwas, das Marions Herz anrührte, sodass alle ihre Bedenken mit einem Mal wie weggeblasen waren. Damit hatte sie nicht gerechnet. Sie hatte hochrote Köpfe, peinliches Schweigen und abgewendete Blicke erwartet. Allerdings war Alison Connor erst siebzehn gewesen, als sie sich zuletzt begegnet waren ... erst siebzehn und in großen Schwierigkeiten. Sie erinnerte sich, wie das Mädchen auf der Straße weggelaufen war. Sie wusste noch, dass sie gedacht hatte, vielleicht wäre es zum Besten, wenn Alison nie wiederkäme, und dann war sie auch tatsächlich nicht wiedergekommen, aber es war nicht zum Besten gewesen, nicht wirklich, nicht für Daniel.

»Hallo!«, sagte Ali und schenkte ihr ein so süßes, ansteckendes Lächeln, dass Marion spürte, wie ihr die Vorurteile entglitten. Ali trat vor und drückte Marion an sich, was sie erwiderte, wenn auch etwas zögerlich. »Ich bin fest entschlossen, Marion zu sagen«, meinte Ali, »auch wenn ich eigentlich das Gefühl habe, dass Sie für immer und ewig Mrs Lawrence bleiben werden.«

Australischer Akzent. Gertenschlank. Dunkelbraune Haare, braune Augen, blasser Teint, hübsch – sehr hübsch. Schon immer gewesen.

»Nun, Alison, du hast dich nicht viel verändert«, sagte Marion und trat einen Schritt zurück, um sie sich richtig anzusehen. »Ich kann nicht gerade behaupten, es wäre kein Schock, dich hier zu sehen, aber ich freue mich, Liebes. Es ist wie eine Reise in die Vergangenheit, wenn ich dich so betrachte.«

»Ich freue mich auch sehr, Sie zu sehen.« Ali würde sich

nicht entschuldigen, weder für die Vergangenheit noch für die Gegenwart. Sie war hier, und so war das jetzt. »Ist Mr Lawrence auch da?«, fragte sie und lachte dann. »Ich kann ihn nicht Bill nennen. Das bringe ich einfach nicht fertig.«

»Dad ist oben«, meinte Dan. Er versuchte, ihr allein mit Blicken zu vermitteln, wie *unglaublich stolz* er auf sie war, auf alles an ihr, wie sie war, wie sie dieses Wiedersehen hinbekommen hatte, wie sie aussah. Sogar der Hund war ganz vernarrt in sie. McCulloch hatte noch nie viel für Frauen übriggehabt, aber Alison hatte er sofort ins Herz geschlossen.

»Darf ich zu ihm raufgehen?«

Marion und Dan tauschten Blicke. Er war selbst schockiert gewesen, wie sehr sein Dad abgebaut hatte seit ihrer letzten Begegnung, die – wie er zu seiner Schande gestehen musste – letztes Jahr zu Weihnachten gewesen war.

»Klar«, sagte er nun. »Aber er ist... na ja, er hat sich irgendwie in sich selbst zurückgezogen. Schwer zu sagen, was in ihm vorgeht.«

»Ja, ich weiß, aber ich würde mich wirklich gern einen Moment zu ihm setzen, wenn ich darf.«

»Aber natürlich«, sagte Marion. »Er ist in unserem Schlafzimmer. Da sitzt er gern und guckt aus dem Fenster. Ich bringe euch dann einen Tee nach oben.« Außerdem, dachte sie, hätte sie gern noch ein paar Minuten mit Daniel allein. Sie war so voller Fragen, die sie ihm nicht stellen wollte, wenn Alison dabei war.

Manchmal, wenn er lange genug hinter der Scheibe gewartet hatte, landeten Tauben draußen auf dem Fenstersims und sahen ihn mit ihren schwarzen Diamantaugen an. Nie war eine von seinen darunter. Hin und wieder kamen auch Mehlschwalben. Sie hatten sich unter dem Dachvorsprung ihr Nest gebaut, würden aber bald wieder weg sein, auf ihren langen Reisen, und außerdem hielten sie nie still, waren nicht mutig genug, ihn so eingehend zu betrachten wie die Tauben. Außer den Vögeln sah er auch noch anderes, doch schienen seine Augen seltsamerweise nur erkennen zu können, was ganz nah und was ganz weit weg war. Im mittleren Bereich blieb alles grau, als läge dichter Nebel über der Straße. Marion sagte, er könne nicht gleichzeitig weit- *und* kurzsichtig sein, aber er wusste, was er sah: Vögel am Fenster und ansonsten nur, was ganz weit weg war. So sah er zum Beispiel dem Himmel an, dass sich das Wetter ändern würde, von Nordwesten her. Er wusste, was kam, und wann es kommen würde, und wenn Marion sagte: »Ach, verflixt! Jetzt regnet es auf meine frische Wäsche!«, dachte er immer: Das hätte ich dir vorher sagen können. Aber er sprach es nie laut aus. Er hatte festgestellt, dass man sich das Sprechen abgewöhnen konnte, und es war gar nicht so leicht, wieder damit anzufangen. Marion zwitscherte wie ein rastloser Wellensittich, fasste alles, wirklich *alles* in Worte. So gern hätte er sie gebeten, einfach mal still zu sein.

Daniel war da. Das war schön. Endlich hatte Marion mal jemand anderen, mit dem sie reden konnte, nicht immer nur Claire. Joe kam nie zu Besuch. Er hatte Joe nicht mehr gesehen seit, ach, seit den langen Monaten im Krankenhaus, als keiner wusste, was mit ihm los war. Da hatte Joe ihn einmal besucht, hatte an seinem Bett gesessen und ihm beim Atmen zugesehen. Danach war er weggeblieben.

Vielleicht erkannte er zu viel von sich selbst in dem schweigenden alten Mann im Krankenhausbett. Joe blieb gern für sich. Er war kein Familienmensch. Lebte in den Bergen, in Frankreich, fern der Heimat.

Es klopfte leise an der Schlafzimmertür. Bill achtete nicht darauf. Dann sagte eine ihm unbekannte Frauenstimme: »Mr Lawrence. Ich bin's, Alison.«

Er sagte nichts, denn das war immer das Einfachste, aber die Frau kam trotzdem herein. Er hörte sie näher kommen. Vielleicht eine Krankenschwester? Oder noch eine von diesen fröhlichen Frauen aus dem Seniorenzentrum mit der Einladung, dort zwischen alten Leuten zu sitzen und nichts zu sagen, statt hier allein zu sitzen und nichts zu sagen?

Eine Hand auf seiner Schulter, ein sanfter Kuss auf die Wange, die leichte Berührung ihrer Haare in seinem Gesicht, als strichen ihm die Federn einer seiner Brieftauben über die Haut. Er blickte auf und erkannte sofort, dass es Alison Connor war. Er sah, wie sie sich Marions Stuhl von der Frisierkommode nahm und sich so nah wie möglich zu ihm setzte.

»Ich wusste, dass du wiederkommst«, sagte er. Wie kleine Kiesel kullerten die Worte von seiner Zunge, schwerfällig und etwas unförmig. Sie nahm seine Hand und hielt sie, streichelte sie sanft mit ihrem Daumen, ganz zart und liebevoll.

»Tut mir leid, dass es so lange gedauert hat.«

»Ich wusste, dass du wiederkommst«, sagte er noch mal, als übte er die Worte, die ersten, die er seit sechs Monaten von sich gegeben hatte. Der Doktor nannte es selektiven Mutismus, aber Bill – hätte er denn gesprochen – hätte widersprochen. Es war viel simpler. Er hatte einfach nie etwas gehört, das die Mühe einer Antwort wert gewesen wäre. Sein Leben lang hatte er die Stille genossen, und je weniger man sprach, desto weniger musste man zuhören. Mittlerweile fühlte sich das Sprechen gar nicht mehr natürlich an, aber es fühlte sich umso natürlicher an, neben Alison zu sitzen. Vieles aus seinem Leben hatte er vergessen, aber er erinnerte sich deutlich daran, wie sie zum ersten Mal mit in seinem Schuppen gewesen war, wie sie in aller Seelenruhe zum ersten Mal einen seiner Vögel gehalten hatte, ihre respektvolle Art, ihm zuzuhören, wenn er über Tauben sprach, ohne Spott im Blick, nur aufmerksam. Ein freundliches, stilles, aufrichtiges Mädchen. So lange hatte er darauf gewartet, dass sie wiederkam.

»Wie eine Ihrer Brieftauben«, sagte sie. »Wie Clover.«

Tränen standen in seinen trüben Augen, und sie sagte: »Oh, Mr Lawrence, verzeihen Sie mir! Ich wollte Sie nicht aufregen«, doch er schüttelte den Kopf, und obwohl er kein Wort herausbrachte, entnahm sie seinem Blick, dass er nicht traurig war, nur überwältigt. Also sprach Alison mit ihm, mit ihrer neuen Stimme. Sie redete über den Taubenschlag, über alles, woran sie sich erinnerte, was sie an diesen mutigen, schlauen, würdevollen Vögeln liebte und über das, was er ihr beigebracht hatte. Sie nannte sie beim Namen, zählte sie an den Fingern ab, und sie sprach über Clover, die sechshundert Meilen von Lerwick bis nach Hause geflogen war, über Violet und Vincent, sein Brutpaar von Imperialtauben, und was diese zu Champions machte, dass er am Leuchten in ihren Augen und der Form ihrer Schultern erkennen konnte, dass sie Sieger waren.

Mr Lawrence legte den Kopf in den Nacken, schloss die Augen und lauschte ihr selig, so wie manche Menschen sich in Musik verloren oder das Gesicht einem warmen Sommerregen entgegenhielten.

Als Marion mit Tee in ihren besten Porzellanbechern hereinkam, verschlug es ihr beim Anblick ihres glücklichen Mannes die Sprache. Sie stellte den Tee ab und ging lautlos wieder hinaus. Auf dem Treppenabsatz nahm sie sich einen Moment Zeit, sich auszuweinen, wie sie es nannte, wenn auch nur ganz kurz und leise, um diesen innigen Moment nicht zu stören, dann streifte sie die Schuhe ab und schlich die Treppe hinunter, hielt zwischen den einzelnen Schritten kurz inne, wie sie es getan hatte, als ihre Kinder noch ganz klein gewesen waren und nicht aus ihrem Mittagsschlaf geweckt werden durften.

»Und wie hast du es Alex beigebracht?«, fragte Marion.

»Mit einer bearbeiteten Version der Wahrheit«, sagte Dan. »Katelin hatte ihm schon vor Monaten alles erzählt, nachdem ich ihr das mit Alison gebeichtet hatte.«

Marion schüttelte enttäuscht den Kopf, was ihn ärgerte.

»Kannst du dich erinnern, Alisons Briefe weggeworfen zu haben? Die sie mir aus Paris geschickt hat?«

»Wann? Ich habe nichts weggeworfen, was dir gehört!« Doch ihr stieg die Schamesröte ins Gesicht, womit sie sich selbst verriet.

»Vor dreißig Jahren. Ich glaube, das hast du sehr wohl getan.«

»Ach, vor dreißig Jahren«, sagte Marion wegwerfend.

»Wie? Nach dreißig Jahren zählt das nicht mehr?«

»Ihr wart doch noch Kinder. Ich habe getan, was ich für

das Beste hielt.« Und dennoch hatte sie die Erinnerung daran nie abschütteln können. Es war etwas schrecklich Endgültiges daran gewesen, diese drei ungeöffneten Luftpostbriefe wegzuwerfen, die in Alisons sauberer Handschrift an Daniel adressiert waren. »Du warst sehr aufgebracht, Daniel, und ich konnte mir beim besten Willen nicht vorstellen, dass dir diese Briefe in irgendeiner Weise gutgetan hätten.«

»Es war falsch von dir«, sagte Dan.

»So scheint es heute, aber damals nicht«, entgegnete Marion

»Ach, ist ja jetzt auch egal«, lenkte Dan ein. »Ich bin nicht hier, um dir Vorwürfe zu machen, Mum.«

»Aber ich mache mir Sorgen um dich«, sagte sie. »Es ist doch alles sehr aufwühlend.«

»Denk nicht so viel darüber nach. Vertrau mir einfach, dass ich mein Leben selbst meistern kann.« Er war gerade dabei, eine Lasagne zuzubereiten, wozu Marion nie Lust hatte, obwohl sie gern Lasagne aß. Sie sah ihm dabei zu, wie er Bolognese, Pastablätter und Béchamelsoße schichtete, und staunte wie immer über einen Mann, der kochen konnte – nicht, dass sie Bill jemals Gelegenheit dazu gegeben hätte. Aber er hatte auch nie darum gebeten.

»Wie könnte ich nicht darüber nachdenken? Mein Enkelsohn ist schließlich auch davon betroffen.«

»Alex ist mittlerweile erwachsen, Mum. Er lebt sein eigenes Leben, und ich werde mit ihm sprechen, wann immer er es möchte. Er wird damit schon zurechtkommen.«

»*Wird* damit zurechtkommen?«, fragte Marion. »Das heißt, es geht ihm jetzt schlecht?«

»Kinder wollen immer, dass alles so bleibt, wie es war«,

erwiderte er. »Kein Kind möchte jemals über das Leben seiner Eltern nachdenken müssen, schon gar nicht über deren Sexualleben.«

»Daniel!«

»Entschuldige, aber es stimmt doch, oder?«

»Nun, davon verstehe ich nichts«, sagte sie. »Aber ich selbst habe euch dreien nie einen Anlass zur Sorge gegeben, soviel weiß ich.«

»Das stimmt.« Er lächelte sie an, aber sie war noch nicht bereit, sein Lächeln zu erwidern.

»Es war nicht leicht, mit deinem Dad verheiratet zu sein.«

»Bestimmt nicht.«

»Aber ich bin geblieben, oder? Ich hätte nicht bleiben müssen, aber ich bin geblieben.«

Er schob die Lasagne in den Ofen und schloss die Klappe schnell wieder, um nicht so viel Hitze entkommen zu lassen. »Ich hoffe, du bist auch für dich selbst bei Dad geblieben, nicht nur für Claire und Joe und mich«, sagte er. »Denn keiner von uns hätte gewollt, dass du unseretwegen unglücklich bist.«

Sie wackelte mit dem Kopf, wollte sich nicht festlegen. »Ich war ja nicht direkt unglücklich. Ich meine nur: Glaub nicht, es hätte keine anderen schmeichelhaften Angebote gegeben.«

»O Gott, Mum, das würde ich niemals glauben«, sagte er grinsend. »Aber wenn du von diesem geilen alten Bock Wilf Barnes sprichst, würde ich sagen, du kannst froh sein, dass der Kelch an dir vorübergegangen ist. Der würde dich noch mit fünfundneunzig durchs Schlafzimmer jagen.«

Darüber musste sie unwillkürlich lachen. »Nein, du Frechdachs!«, sagte sie und winkte ab. »Ich meine nicht Wilf Barnes.« Eigentlich wusste sie gar nicht, wen sie meinte. Es hatte nie eine glaubhafte Alternative zu dem gegeben, was sie hatte, niemanden, der sie in Versuchung geführt hätte, vom rechten Weg abzukommen. Dan sollte nur wissen, dass sie ihr Bestes gegeben hatte, für sie alle.

»Hör mal.« Er betrachtete seine Mutter mit tiefer Zuneigung, und sie wartete, was er zu sagen hatte, voller Vertrauen, denn er war Daniel, ihr geliebtes jüngstes Kind, das Geschenk, mit dem sie nicht gerechnet hatte, ein später Segen. »Ich bin dir sehr dankbar, dass du bei Dad geblieben bist, denn ich weiß gar nicht, was aus ihm geworden wäre, wenn du es nicht getan hättest. Ich weiß, was du mir sagen willst, Mum. Ich verstehe dich, und ich mache es mir auch bestimmt nicht leicht. Ich bin mir meiner Verantwortung für Alex und Katelin sehr wohl bewusst. Aber du siehst doch selbst, dass Alison die Richtige ist, oder? Merkst du das denn nicht auch? Wie gut sie zu mir passt?«

Darüber dachte Marion eine Weile nach, bevor sie antwortete. »Das merke ich wohl, ja«, sagte sie. »Sie ist wirklich eine reizende Person, und sie hat eine Art, mit deinem Dad umzugehen, wie niemand sonst. Aber ich gehe mal davon aus, dass sie für dich jemanden in Australien verlassen hat, oder?«

»Ihren Mann Michael.«

»Kinder?«

»Zwei Töchter, beide erwachsen.«

»Na, dann.«

»Na, dann was?«

»Na, dann sage ich: Ja, ich merke, wie reizend sie ist, aber, Daniel, das bedeutet noch lange nicht, dass ich es gutheiße.«

»Okay«, sagte Dan. »Verstehe.«

Claire kam rüber wie der Blitz, als Marion ihr erzählte, wer zu Besuch gekommen war, und ihr heiteres, unvoreingenommenes, etwas kindliches Interesse an Alison war während des Abendessens eine echte Erleichterung. Denn wenn Bill auch um einiges glücklicher wirkte, aß er seine Lasagne doch, als müsste er noch einen Zug erwischen, und war so schweigsam wie eh und je, während Marion noch zu sehr mit ihren Sorgen beschäftigt war, um ganz entspannt zu sein. Claire dagegen: Sie sprang im Haus herum wie Tigger, mit überbordender, ansteckender Begeisterung und angenehm freundlicher Unbedarftheit. Im Laufe der Jahre hatte Claire ziemlich zugelegt, doch sie war so hübsch herausgeputzt wie immer, wohlfrisiert und duftend, und wahrscheinlich hatte sie sich besondere Mühe gegeben, bevor sie heute Abend hergekommen war, um Alison wiederzusehen. Haare, Make-up, Fingernägel: alles glänzend und makellos. Sie trug einen sonnengelben Blazer, der nicht unkommentiert bleiben durfte, und als Ali ihn bewunderte, zog Claire ihn sofort aus und sagte: »Probier doch mal an! Ist von Max Mara, gab's für den halben Preis bei House of Fraser.« Es beunruhigte sie kein bisschen, dass ihr Bruder ohne Katelin hier war. Für sie zählte einzig und allein das Hier und Jetzt. Alison Connor? Super!

»Meine Güte, Claire«, mischte Dan sich ein. »Da passt sie doch zweimal rein.« Aber Ali warf ihm einen strengen

Blick zu und sagte zu Claire: »Dann gib mal her.« Ali zog den Blazer an, und – ja – er war ihr viel zu groß, doch das war Claire völlig egal, sie raffte den überschüssigen Stoff am Rücken zusammen und sagte: »Steht dir! Aber wie schlank du bist! Die haben noch kleine Größen, wenn du auch einen möchtest. Das sind immer die, die übrig bleiben, S und XS, genau wie bei den Schuhen, da sind immer die Größen 36 und 43 übrig, aber bei Schuhen hab ich 41 und bei Kleidern M bis L, und hier in der Gegend sind die großen Größen immer zuerst weg, da muss ich auf Zack sein.«

Ihrem Geplapper war nur schwer zu folgen, und einmal mehr wechselte Claire das Thema. Diesmal ging es um den neuen Buchclub ihres Nachbarn, und ob Ali lange genug in Sheffield sein würde, um nächsten Monat an ihrem ersten Treffen teilzunehmen und über *Tell the Story, Sing the Song* zu sprechen.

»Claire«, sagte Dan, bevor Ali antworten konnte. »Halt mal kurz die Luft an.«

»Ups, 'tschuldigung«, sagte sie mit breitem Lächeln. »Ich grober Klotz, da rede und rede ich, aber es ist einfach so schön, dich wiederzusehen, Alison! Wahrscheinlich bin ich bloß aufgeregt, es ist ja auch ein echtes Ereignis, dass du hier bist, als berühmte Schriftstellerin und so.« Daniel sah sie scharf an. »'tschuldigung«, sagte sie noch mal, machte sich an ihre Lasagne und gab sich alle Mühe, zerknirscht zu wirken.

»Nein, ist doch alles gut, Claire, ehrlich«, sagte Ali. »Und ich freue mich auch wirklich sehr, dich wiederzusehen. Ich weiß nicht, wie lange ich hier sein werde, aber wenn ich kann, komme ich.«

»Dein australischer Akzent ist echt ungewohnt«, meinte Claire und wurde gleich darauf rot, weil sich das vielleicht dumm anhörte.

Ali lachte nur. Sie wusste noch genau, wie sehr Claire sich bei ihrer ersten Begegnung um sie bemüht hatte, wie sie Alisons Nägel in demselben Pink lackiert hatte, das sie selbst auch trug, wie offen sie gewesen war und herzlich. Claire war ein zutiefst argloses Wesen, immer noch genauso liebenswert wie damals. Daniel fand, dass seine Schwester sich unsagbar dümmlich aufführte, doch Ali, die nun auf wundersame Weise wieder zwischen den Lawrences gelandet war, wusste, dass er keine Ahnung hatte, wie glücklich er sich schätzen konnte, eine Familie wie diese zu haben: eine Familie, die einem auf die Nerven gehen konnte, von der man abhängig war, die einen liebte und die man selbst auch liebte. Er nahm sie für selbstverständlich – *meine Eltern sind noch genau da, wo ich sie zurückgelassen habe* –, doch diese entspannte Selbstzufriedenheit beruhte darauf, dass er sein Leben lang geliebt worden war und sicher sein konnte, dass ihm die bedingungslose Liebe und Unterstützung seiner Familie ewig erhalten bleiben würde.

Alison beobachtete die Familie am Tisch, wie vertraut sie miteinander waren, und sie wusste, dass nichts auf der Welt diese Leute je davon abbringen könnte, einander zu lieben, auch nicht das momentane Drama, das nun wirklich nicht Marions Fall war. An ihren unsteten Blicken und dem unsicheren Lächeln erkannte Ali, wie misstrauisch sie war – was man ihr wohl auch nicht übel nehmen konnte, denn sie sorgte sich um Daniels Glück, und bisher fiel Alisons Bilanz in dieser Hinsicht doch eher kläglich aus. Wie gut, dass es wachsame, unbeirrbare Mütter wie Marion gab! Ali betrachtete sie. Man sah ihr das Unbehagen an und Daniel den entsprechenden Ärger. Zu gern hätte Ali ihm gesagt: Sei gut zu ihr. Sie macht das nur, weil sie dich liebt. Im selben Moment fragte sie sich, ob sie wohl jemals Marion Lawrences Vertrauen gewinnen könnte. Wahrscheinlich reichten die verbleibenden Jahre dafür nicht aus, doch wollte sie sich ehrlich darum bemühen.

Im Northern General Hospital war um 7:45 Uhr nicht so viel los wie am Abend zuvor. Darüber war Ali froh, denn sie wollte auf keinen Fall jemanden verpassen, und behielt deshalb alle Türen und Korridore im Blick, hinter dem Eingangsbereich, in dem sie stand, leicht zitternd in der frischen Morgenluft. Sie versuchte, nicht auf das flaue Gefühl in ihrem Magen und ihr klopfendes Herz zu achten. Diese ewige Unsicherheit ging ihr fast schon auf die Nerven. Marion, die wusste, was Ali am Morgen bevorstand, hatte ihr als Erstes eine Valium angeboten – eine Valium und einen Becher Tee –, und jetzt wünschte sie, sie hätte das Angebot angenommen, denn die wohlige Wärme der Gelassenheit wäre jetzt nicht das Schlechteste. Aber sie musste wach sein, konnte sich keine Unbedachtheit leisten. Somit war sie mehr als wach, hyperwach. Ihre Sinne, geschärft und glasklar, reckten sich ihrem Ziel entgegen, obwohl sie in Wahrheit gar nicht sagen konnte, ob sie ihren Bruder überhaupt wiedererkennen würde. Sie hatte kein Foto von ihm, nur Erinnerungen, drei Jahrzehnte alt. Doch sie hoffte, dass der Mann, auf den sie hier wartete, wenn er denn *ihr* Peter war, seine einzige

Schwester erkennen würde. Er hatte schließlich Fotos. Zumindest hatte er welche gehabt. Es war natürlich durchaus möglich, dass er sie jetzt nicht mehr hatte. Aber angenommen er war es, und angenommen er erkannte Ali wieder, sobald er sie sah, dann würde sein Gesichtsausdruck ihn verraten, und dann bräuchte sie ihm nie zu beichten, dass sie sein liebes Gesicht vergessen hatte, nachdem sie viel zu lange weg gewesen war. Allerdings nur, wenn er nicht längst durch den hinteren Personaleingang das Weite gesucht hatte, um ihr nicht zu begegnen.

Es fühlte sich einsam an, hier so zu stehen und zu warten. Ihr fehlten Daniels Zuversicht und seine Leichtigkeit, aber er hatte sie am Krankenhaus abgesetzt, damit sie mit Peter erst mal eine Weile allein sein konnte. Um neun Uhr wollte er wiederkommen.

Die große Uhr an der Wand starrte sie an und ließ sich Zeit. Wurde langsamer. Lief rückwärts.

Sie musterte jeden Einzelnen, Männer und Frauen gleichermaßen. Manche erwiderten den Blick herausfordernd, und dann sah sie rasch zur Seite.

Lautes Gelächter überraschte sie, störte sie beinah. Es schien ihr nicht der rechte Ort für Heiterkeit zu sein.

Viertel nach.

Ein Mann hastete vorbei, mit einem Kind im Arm. Das Kind schrie und blutete an der Stirn, und ihr Eintreffen löste einen kleinen Wirbelsturm routinemäßiger Vorgänge aus.

Fünf vor halb neun, und er war immer noch nicht da, und Ali merkte, dass sie keine Ahnung hatte, wie lange zu lange war, wenn man irgendwo stand und auf jemanden wartete.

Plötzlich traute sie ihrem eigenen Plan nicht mehr. Zu viele Variablen.

Sie dachte an Peter, wie er mit sechzehn gewesen war, an seinem ersten Arbeitstag, wie der Vorarbeiter ihn in die Werkstatt schickte, um einen Lufthaken zu holen, aber es war nur ein Streich gewesen, ein Scherz auf Kosten des Lehrlings. Eine Stunde lang ließen sie ihn dort suchen und schickten ihn dann nach Hause, und als er Alison später davon erzählte, hatte sie geweint über diese Ungerechtigkeit, aber er hatte nur gelacht und sie am Ohr gezogen und gesagt, sie müsse sich ein dickeres Fell zulegen.

Da war ein Mann, groß, mit runden Schultern, grauen Haaren. Er stand still, suchte jemanden, und ohne allzu große Hoffnung trat Ali vor, hob ihren Arm, doch sein Blick ging über sie hinweg und blieb an einer anderen Frau hängen, die auf einem Plastikstuhl wartete und in einer Zeitschrift blätterte. »Maureen!«, rief er laut, und die Frau blickte auf, erhob sich und keifte: »Los jetzt, ich hab nur noch fünf Minuten auf diesem Parkschein!« Ali sah ihnen hinterher, dann ließ sie ihren Blick wieder schweifen. Viertel vor neun. Sie war jetzt eine Stunde hier. Peter würde nicht mehr kommen, oder? Allein die Enttäuschung hielt sie noch hier: die bleierne Last der Enttäuschung, zu schwer, um sie irgendwohin tragen zu können. Fünf Minuten wollte sie noch warten, daraus wurden zehn, fünfzehn, zwanzig, und um fünf nach neun beschloss sie, um Viertel nach zu gehen, denn bis dahin wäre Dan wieder da, würde irgendwo draußen auf der Herries Road parken und auf sie warten.

Sie behielt die Zeiger der Uhr im Auge, und um Viertel nach wandte sie ihrer enttäuschten Hoffnung den Rücken zu und ging vor die Tür, die Stufen hinab, und das war der Moment, in dem sie Peters Stimme hörte, die ihren Namen rief, auch wenn es mehr war als ein Rufen, eher ein Bellen, ein wildes, animalisches Brüllen, als sollte ganz Sheffield erfahren, dass er sie suchte. Sie drehte sich um, bevor er sie sah. Er stand kurz hinter der offenen Tür, suchte sie zwischen den Leuten, hastig und hektisch, und da wurde ihr klar, dass sie ihn überall wiedererkannt hätte, auch unter Tausenden. Ihre Gefühle spielten verrückt, ungläubiges Staunen mischte sich mit Erleichterung und einer gewissen Furcht, die ihr die Kehle zuschnürte, denn als sie ihn rufen wollte, passierte nichts. Sie brachte kein einziges Wort heraus. Er schien völlig verzweifelt. Sie sah ihn den Mut verlieren und konnte es kaum ertragen, und da sah er sie – alle sahen sie. Alle wandten sich der Frau zu, die eilig die Stufen hinauflief, und sie sahen, wie der große Mann sie in die Arme schloss und von den Beinen hob. Dann weinten und lachten die beiden und klammerten sich aneinander, sodass die Leute, die sie bis eben noch beobachtet hatten, sich abwendeten, um ihnen auf dieser allzu öffentlichen Bühne ein wenig Privatsphäre zu lassen.

»Oh Peter, es tut mir so leid, so leid«, war das Erste, was Alison sagte, als sie ihre Stimme wiederfand. Er hielt ihr Gesicht und betrachtete sie staunend.

»Dir muss überhaupt nichts leidtun«, sagte er, und seine Stimme brach vor lauter Freude. »Überhaupt nicht. *Mir* tut es leid. Ich kam nicht weg. Ich dachte schon, du wärst nicht mehr da.«

»Ich habe dich gefunden«, sagte sie ungläubig.

»Du hast mich gefunden. Wolltest du gehen, gerade eben?«

»Nur für kurz. Ich wollte wiederkommen. Ich wäre jeden Tag wiedergekommen, um herauszufinden, ob du der richtige Peter Connor bist.«

»Woher wusstest du ...?«

»Mr Higgins, einer eurer Asthma-Patienten.«

Da nickte er, gänzlich unbeeindruckt von den Zufällen des Lebens, und sie starrten einander an, grinsend von Ohr zu Ohr, und all die Fragen, die ihnen unter den Nägeln brannten, mussten warten. Später, später.

Ali dachte: Mein Bruder, wie sehr ich ihn liebe. Doch sie sprach es nicht aus, denn, na ja, es war Peter, und so etwas hatten sie einander noch nie gesagt.

»Ich weiß gar nicht, wieso ich nicht früher gekommen bin«, sagte sie. »Ich kann es nicht erklären, aber es fiel mir einfach immer schwerer und schwerer.«

»Hey, genug davon«, sagte er. »Du bist hier, nur das ist wichtig.«

»Ich bin so froh, dass du noch in Sheffield lebst.«

»Ich? Wo sollte ich denn hin?«

Sie lachte. »Sonst wohin.«

»Ich doch nicht. Aber du warst weit weg, so wie du klingst. Was ist das für ein Akzent?«

»Australisch«, sagte sie. »Adelaide. Da finden alle, dass ich einen englischen Akzent habe. Hey, erinnerst du dich an Sheila, an die Briefe, die sie uns geschrieben hat?«

Er nickte. »Papageien und Schlangen, Kängurus. Dann hast du sie gesucht? Hast du sie gefunden?« Kein Vorwurf, dachte sie. Nicht der leiseste Anflug eines Vorwurfs.

Sie nickte. »Wir können sie besuchen, wenn du willst.«

Er schüttelte den Kopf. »Bestimmt nicht«, sagte er. »Nur wenn da ein Bus hinfährt.«

Sie lachten, und dann musste sie ihn wieder umarmen, um zu spüren, dass er wirklich da war, und er hielt sie fest und freute sich über all die neuen Gefühle, von denen sein Herz erfüllt war. Eine Krankenschwester kam forsch auf sie zu, und als sie sein tränenfeuchtes Gesicht sah, blieb sie stehen. »Alles okay, Peter? Wer ist denn das?«

»Meine Schwester«, sagte er. »Meine Alison.«

»Wie schön. Ich wusste gar nicht, dass du eine Schwester hast.« Sie lächelte Ali an. »Ich bin Dawn. Nett, Sie kennenzulernen. Waren Sie weg?«

»Das kann man wohl sagen«, erwiderte Ali.

»Aye«, sagte Peter, leuchtend vor Freude. »Aber jetzt ist sie wieder da.«

»Okay«, sagte Dawn. »Prima. Dann lass ich euch zwei mal.« Sie marschierte ins Krankenhaus, und irgendwie schien das ein Zeichen zu sein, dass sie sich auch in Bewegung setzen sollten. Als sie sich vom Krankenhaus abwandten, sah Alison, dass Daniel sie beobachtete. Er hielt etwas Abstand und lächelte sie auf eine Art und Weise an, die ihr das Gefühl gab, ganz und gar geliebt zu werden. Sie gingen auf ihn zu, und Peter, der sofort wusste, wer da stand, brauchte keine Erklärung. Er hatte heute Morgen schon ein Wunder erlebt. Dass nun Daniel Lawrence hier auf dem Parkplatz auf sie wartete, schien ihm im Vergleich geradezu alltäglich.

Als Dan für seine Radiosendung am Donnerstagmorgen nach Salford fuhr, blieben Alison und McCulloch in Sheffield und verbrachten den Tag mit Peter. Ihr Bruder hatte eine kleine, etwas heruntergekommene Mietwohnung in der Nähe vom Krankenhaus, der es an jeglichem Charme mangelte, was auch dadurch nicht gerade besser wurde, dass sich in der Küche die Pizzakartons zu faulenden Türmen stapelten – wie eine Kunstinstallation. Er führe ein zurückgezogenes Leben, sagte er, abgesehen von der Arbeit und seinen Fahrten zur Bramhall Lane, um sich möglichst jedes Heimspiel der Blades anzusehen. So gefiel es ihm. Ihm gefiel auch seine Wohnung so, wie sie war. Er wollte nicht, dass Ali sie putzte. Das würde er schon selbst tun, wenn es noch ein bisschen schlimmer wurde, meinte er. McCulloch fraß unterm Tisch Pizzakruste, doch dann jaulte er und scharrte auf dem Boden, weil er rauswollte, also legten sie ihm die Leine an und nahmen den Bus zum Botanischen Garten, wo sie den gewundenen Pfaden folgten und dann auf einer schmiedeeisernen Bank Platz nahmen. Zögernd begannen sie, über das zu reden, was ihnen auf der Seele lag. Zuallererst fragte er, ob sie Alkohol trank. Ja, sagte sie, aber sie hatte Regeln: niemals allein, niemals, wenn sie traurig war, und niemals Wodka. Er trank überhaupt nicht, sagte er. Total abstinent. Als er nach seiner Zeit bei Brown Bayley's arbeitslos geworden war, hatte er sich ein paarmal sinnlos betrunken, und da war ihm klar geworden, dass sein selbstzerstörisches Verhalten ihn das Leben kosten würde. Also hatte er dreißig Jahre lang keinen Tropfen angerührt.

Alison sagte, seinen Hang zur Selbstzerstörung hatte er nicht nur Catherine zu verdanken, sondern auch Martin Baxter. Dann berichtete sie ihm – ohne unnötig ins Detail zu gehen –, was Baxter ihr angetan hatte, bevor sie weggelaufen war, und während sie sprach, verfinsterte sich Peters Blick vor tiefer Verachtung. Er berichtete ihr, dass Martin Baxter überfahren worden war, etwa ein Jahr nachdem sie Sheffield verlassen hatte. »Niemand wurde dafür je zur Rechenschaft gezogen, und das, obwohl er frontal von einem Auto erfasst wurde, einem aufgemotzten Ford Escort. Der Fahrer hat zurückgesetzt und ihn noch ein zweites Mal überfahren.«

Stirnrunzelnd hörte sie ihm zu. »Woher weißt du das alles so genau?«

Er zuckte mit den Schultern.

»Warst du das?«, fragte Ali.

»Toddy.« Er konnte sie nicht ansehen, als er den Namen seines ehemaligen Liebhabers aussprach, saß nur stocksteif da und starrte ins Leere.

»Ich wünschte, *ich* hätte es getan«, sagte sie. »Ich wünschte, ich hätte ihn überfahren.« Dann fragte sie nach Catherine, erzählte ihm davon, wie sie vor Jahren durch Sheila erfahren hatte, dass ihre Mutter nicht mehr lebte, und davon, dass sie überhaupt nicht geweint hatte, sondern nur froh gewesen war, dass Peter sich nun nicht länger für sie verantwortlich fühlen musste. »Warst du bei ihr, als sie gestorben ist?«, fragte sie.

Er nickte. »Aber sie hat davon nichts mitbekommen. Da lag sie schon im Koma. Wochenlang wurde sie im Krankenhaus behandelt – so lange war sie seit Jahren nicht mehr ohne Alkohol ausgekommen.« Dadurch war er zum Pflegehelfer geworden, erzählte er. Er hatte so viel Zeit im Northern General Hospital verbracht, dass er dachte, dann könnte er sich ebenso gut dafür bezahlen lassen.

»Peter, es tut mir wirklich leid, dass ich dich so lange alleingelassen habe.«

»Nein«, sagte er. »Es war richtig.«

Mit diesen drei Worten sprach Peter sie von aller Schuld frei.

Sie drückte seine Hand, und er drückte ihre.

»Hast du noch Kontakt zu Toddy?«

»Nein, nein, der ist lange weg. Hat auf einer Bohrinsel gearbeitet und geheiratet, eine Schottin. Keine Kinder. Sie züchten Hunde, diese Rhodesian Ridgebacks.«

»Hat er dir das alles erzählt?«

»Seine Mum. Ich denke, sie wollte mir wohl mitteilen, dass er nicht mehr schwul ist.«

»Gut möglich«, sagte sie. »Die alte Geschichte.«

Er lachte kurz auf. »Aye.«

»Hast du jemanden, Peter?«

Er schüttelte den Kopf, kniff den Mund zusammen. Sie dachte über sein schweres Leben nach, die Opfer, die er gebracht hatte, das flüchtige Glück, das er bei Dave Todd hinter dem Gaumont-Kino gefunden hatte. Dummheit, Ignoranz und Scham hatten sein Leben verbrannt. Sie würde auf ewig in Peters Schuld stehen, doch jedes Mal, wenn sie ihm das sagen wollte, wenn sie ihm danken wollte, brachte er sie zum Schweigen. Er meinte, er hatte immer nur ein ganz normales Leben leben und seine Ruhe haben wollen.

»Nun sei mal nicht so bescheiden.«

»Ach, na ja«, sagte er und starrte auf seine Füße.

»Erwarte nicht von mir, dass ich dich in Ruhe lasse«, sagte sie. »Nie wieder, niemals, bestimmt nicht.« Sie drückte ihm einen Kuss auf die Wange, was ihn zum Lächeln brachte. Als kleines Mädchen hatte sie ihn immer als hübschen Prinzen gesehen, dem alles gelang, groß und stattlich, lustig und tapfer. Inzwischen war er eher ein

Schatten seiner selbst: ein Einsiedler voller Scham. Aber es schien, als hätte er irgendwie seinen Frieden damit gemacht. Im Stillen schwor sie sich, dass sie ihm helfen wollte, sein Glück zu finden. »Mich wirst du nicht wieder los.«

Sie waren sehr glücklich in diesem Moment, Seite an Seite auf dieser Bank im Park, und sie blieben lange dort sitzen. Er hörte ihr gern zu, wenn sie von Adelaide erzählte, wenn sie ihr Haus beschrieb, ihre Straße, das Meer, die Parks. Er hatte nichts von ihrem Bestseller gewusst, rein gar nichts. Er sagte, er würde das Buch bestimmt lesen, wenn sie es ihm gab, aber seit der Schulzeit hatte er keinen Roman mehr in die Hand genommen. Das fand Ali zum Schreien komisch, und ihre Freude war so ansteckend, dass sie sich beide bald vor Lachen schüttelten.

»Ich könnte mir vorstellen, wieder in Sheffield zu leben«, sagte Alison zu Dan. »Zumindest einen Teil des Jahres.« Es war Montagabend, eine Woche nachdem sie hergekommen waren. Sie saßen in einem schummrigen Pub mit irischem Wirt, auf ein Guinness und eine Tüte Cheese & Onion-Chips. McCulloch lag ihr zu Füßen, und sie beugte sich herab, um ihm den Kopf zu kraulen. »Vielleicht könnten wir ein Haus in der Nähe vom Botanischen Garten kaufen«, sagte sie.

Dan verzog das Gesicht. »Ogottogott, Sonntagsbraten bei Mum und Dad und verbrannte Grillwürstchen bei Claire und Marcus.«

»Aber ich könnte mir gut vorstellen, hier zu schreiben. Vielleicht eine Geschichte, die in Sheffield spielt, über die Menschen hier.«

»Nur weil für dich im Moment noch alles so neu ist.« Wenn er in Sheffield wohnen wollte, wäre er längst hergezogen. Er hatte seine Eltern lieb, aber am liebsten hatte er sie, wenn er sie auf Abstand halten konnte.

»Du könntest dir die Spiele der Owls ansehen.« Sie sagte gern »Owls«. Es amüsierte sie. »Crows« in Adelaide, »Owls« in Sheffield.

»Das reizt mich heute nicht mehr so wie früher.«

»Ich könnte mitkommen, die Lieder singen, endlich mal die Abseitsregel lernen.«

»Oh ja, das ist wahr«, sagte er. »Das wär doch mal was.« Er lächelte sie über den Tisch hinweg an, freute sich über ihr Lächeln. Mit dieser Frau würde er sonst wohin ziehen, so viel war klar. »Aber trotzdem, wenn du tatsächlich nach Sheffield ziehen willst, werde ich mich dem nicht kampflos fügen.«

Sie verschränkte die Arme, überlegte eine Weile, dann sagte sie: »Ich muss bald wieder zurück nach Adelaide. Mich der Situation stellen, irgendeine Regelung mit Michael finden.«

»Ich komme mit.« Nie im Leben würde er zulassen, dass dieser McCormack wieder ins Spiel kam. Wenn es sein musste, würde er ihn bis zum bitteren Ende bekämpfen.

»Ich müsste auch Tahnee und ihre Crew mal treffen, irgendwo zwischen ihren Gigs.«

Er nickte. Er wusste inzwischen alles über dieses erstaunliche Talent Tahnee Jackson. »Da komme ich auch mit«, sagte er. »Wohin du auch gehen magst, ich bin dabei.«

»Find ich gut«, sagte sie.

»Wir sollten Peter mitnehmen«, sagte Dan. »Allerdings bräuchte er dafür erst mal einen Reisepass. Und wir müssten ihn unter Drogen setzen und ihm die Augen verbinden.«

Ali lachte. »Ach, was wäre es schön, wenn wir ihn tatsächlich in ein Flugzeug locken könnten! Ich würde ihm so gern Adelaide zeigen.« Es würde sein Leben verändern, dachte sie: die Jacaranda-Blüte, die Abende am Strand, die Sonne, die ihn mal so richtig durchwärmen würde.

Sie trank ihr Guinness aus und dachte, wie doch manchmal – und auch in diesem Moment – einfach *alles* möglich schien. Sie war wie elektrisiert vor Glück. Doch dann wieder schien es Momente zu geben, in denen alles zu zerbrechen drohte. Sie hatte sich ein neues Handy besorgt, was sich nicht länger aufschieben ließ, aber jetzt waren E-Mails, Anrufen und Textnachrichten wieder Tür und Tor geöffnet, und an manchen Tagen hätte Ali es am liebsten in den River Don geworfen. Gleichzeitig ging Dans Telefon neun- bis zehnmal am Tag, und meist war es Katelin, und er blieb immer ruhig und gelassen, wenn er mit ihr sprach, egal, was sie ihm vorwarf, sosehr sie auch toben mochte. Er wusste, dass ihn allein die Schuld traf. Er wusste, dass er sich nicht damit rechtfertigen konnte, er wäre mit Katelin nur noch unglücklich gewesen – so wie Alison mit Michael. Er gehörte nur einfach zu Alison, schon immer.

Dan ging zum Tresen, um noch zwei Guinness zu holen, und während er weg war, meldete Alis Handy eine neue Mail, die sie öffnete, um dann gleich zu wünschen, sie hätte es nicht getan. Es war Michael, der ihr aus der Zukunft schrieb. In Adelaide war schon morgen früh, noch vor Sonnenaufgang, erst 3:12 Uhr – eine Tatsache, die ihr nicht entging.

> Monatelang habe ich neben dir im Bett gelegen, ohne zu ahnen, wie weit du dich schon von mir entfernt hattest. Und als deine Entscheidung dann feststand, warst du für mich nicht mehr zu erreichen. Ich weiß, du denkst, ich hätte keine Fantasie, und vielleicht stimmt das auch. Fantasie ist in meiner Welt nur selten gefragt. Aber meine Gefühle für dich sind tief und aufrichtig. Und ich hoffe, du blickst in dein Herz und siehst – wenn nötig – noch mal genauer hin. Und am Ende weißt du, dass das, was du willst und was du brauchst, das ist, was du schon hattest.

Dan war keine fünf Minuten weg gewesen, doch als er mit dem Bier zurückkam, war sie aschfahl im Gesicht. »Was ist?«, fragte er. Sie schob ihr Handy zu ihm rüber, und er las Michaels Nachricht. Dann sah er sie an. Sie wartete darauf, dass er etwas sagte. Sie hoffte auf seine Zuversicht.

»Ja«, sagte Dan nachdenklich. »Ich weiß, das ist schwer auszuhalten, und er leidet wirklich. Aber die Verletzungen sind alle noch ganz frisch. Irgendwann wird sich der Sturm legen, und es tritt eine gewisse Normalität ein.«

Sie nickte. An diese Worte konnte sie sich klammern. Sein Optimismus konnte sie über Wasser halten. Aber ihr hatte der Atem gestockt, als sie Michaels Nachricht gelesen hatte, und ein kalter Schauer war ihr über den Rücken gelaufen, als sie sich vorstellte, wie er in den frühen Morgenstunden auf dem Bett lag, unfähig, seine zerstörte Welt wiederherzustellen. Er hatte ihr schon viele Mails geschrieben, seit sie weg war, doch nie zuvor hatte er seine Gefühle derart wirksam zum Ausdruck gebracht. Auch wenn ihre Gespräche in den Tagen vor Alis Abreise so offen und ehrlich gewesen waren wie nie zuvor. Er hatte wissen wollen, wieso sie – wenn sie denn dermaßen unglücklich war – so lange gewartet hatte, um wegzugehen. Weil es, hatte sie geantwortet, möglich war, süchtig nach einer gewissen Traurigkeit zu sein. Daraufhin hatte er gesagt, indem sie ihn für Dan Lawrence verließ, tausche sie nur einen gegen den anderen. Dagegen hatte sie nichts einzuwenden gewusst, nur dass Dan ihr eine Seite von sich zurückgegeben hatte, die lange vergessen war. Und außerdem, hatte sie gesagt, war es denn nicht so, dass sich auch seine Gefühle für sie im Laufe der Zeit verändert hatten und inzwischen eher Gewohnheit waren? Da war er richtig böse geworden und hatte gemeint, sie könne wohl für sich entscheiden, dass sie ihn nicht mehr liebte, aber es sei ganz sicher nicht ihre Entscheidung, wie es um seine Gefühle für sie bestellt war. Gleich darauf hatte er ihr noch erklärt, sie habe keine Ahnung, was Liebe bedeute, und dann hatte er ihr die Tür vor der Nase zugeknallt. Diese Erinnerung, das wusste sie, würde ihr erhalten bleiben wie eine hässliche Narbe.

Sie wusste sehr wohl, was Liebe bedeutete, dachte sie nun. Sie wusste es genau.

Oder war ihr Herz dazu vielleicht gar nicht in der Lage, weil es so einen schweren Start gehabt hatte? Catherine war bestimmt nicht klar gewesen, was Liebe bedeutete, und nimmt sich nicht ein jedes Kind ganz unbewusst die Mutter zum Vorbild?

Na also.

Dan beobachtete sie, sah die Schatten all dieser Gedanken über ihr Gesicht ziehen, und er wusste, dass er Kraft genug für sie beide hatte, und dass er diese auch brauchen würde.

Sie sah ihn an. »Immer wenn ich wunschlos glücklich bin, fällt mir ein, dass bald ein Anruf kommen wird, eine Nachricht, was auch immer, irgendetwas, das mich daran erinnert, welchen Preis wir beide zahlen.«

»Alison«, sagte er. »Es werden noch mehr E-Mails von Michael kommen und noch mehr Anrufe von Katelin, mehr Forderungen, mehr Erklärungen, mehr Entschuldigungen, mehr Tränen. Aber es gibt nichts, dem wir nicht gewachsen wären, und gemeinsam werden wir einen Weg finden und einander lieben und es unseren Familien zeigen.«

Da flog die Tür des Pubs auf, und ein kalter Luftzug ließ beide herumfahren. Ein älterer Mann trat ein, klein, kahl und stämmig, mit groben Gesichtszügen und rotem Kopf, und kaum murmelte Dan: »Ach, du Schande«, da rief der Mann schon: »Ey, Dan Lawrence, ich dachte schon, du lebst nicht mehr!«

»Wer ist das?«, flüsterte Ali.

Aber in dem Moment stand Dan schon auf. »Ach, nur so ein Typ, der jemanden kannte, der Joe Cocker kannte. Hat mir mal ein Interview besorgt und meint jetzt, wir wären Kollegen. Ich sollte kurz mit ihm reden, aber das will ich dir ersparen. Bin gleich wieder da, okay?« Sie nickte. Er stutzte, sah sie an und sagte: »Nicht den Mut verlieren, ja?«, als könnte sie ihre Meinung ändern, sobald er ihr den Rücken zuwandte. Dann ging er rüber zum

Tresen, wo der Glatzkopf stand, und sie konnte sehen, dass Dan ihm einen Drink spendierte und mit ihm plaudert. Von Zeit zu Zeit warf er einen Blick zu Ali hinüber, um ihren Gemütszustand einzuschätzen, ihre Miene zu lesen.

Sie ließ ihn nicht aus den Augen und sorgte dafür, dass sich ihre Blicke immer trafen. Auf gar keinen Fall wollte sie ihm Grund zur Sorge geben! Er sollte ihre Entschlossenheit nicht in Frage stellen müssen, nicht mal für einen kurzen Moment. Dieser Vorsatz bestimmte ihr ganzes Denken. Dan sollte sich ihrer vollkommen sicher sein, sollte wissen, dass er sich nie mehr umdrehen und feststellen würde, dass sie weg war. Sie nahm ihr Handy vom Tisch und suchte rasch einen Song für ihn raus. Sie wollte ihrer Liebe Ausdruck verleihen, mit etwas Schönem, Makellosem, Seelenvollem, Ernsthaftem. Mit etwas, das ihre überschäumenden Gefühle, ihr Vertrauen in ihn und ihre eigene Zuversicht wiedergaben.

Sie beobachtete, dass er spürte, wie sein Handy in der Hosentasche summte, wie er es hervornahm und einen Blick darauf warf, und dann – als stünde er allein am Tresen, nicht mit einem Freund von einem Freund von Joe Cocker – klickte er auf den Link, um sich Dusty Springfield anzuhören: »I Close My Eyes«. Sanft, intim, die perfekte Wahl. Er wandte sich ihr zu, und für einen Moment sahen sie einander nur tief in die Augen. Dann entschuldigte er sich kurz bei dem Glatzkopf und kam zu ihr herüber, während Dusty noch sang, und als er bei Alison ankam, beugte er sich herab und küsste sie. »Danke«, sagte er.

Sie blickte zu ihm auf. »Weißt du ... du bist alles für mich, Daniel«, sagte sie. »Alles.«

»Gut«, sagte er und grinste angesichts ihrer ernsten Miene. »Gut, denn du bist auch alles für mich.«

Solches Glück muss man mit beiden Händen festhalten, dachte sie. »Unsere Zeit ist gekommen, Alison«, sagte Dan. »Jetzt sind *wir* dran.«

»Okay«, sagte sie. »Aber du wirst mir wahrscheinlich noch öfter versichern müssen, dass alles gut wird. Es könnte sein, dass ich dich in nächster Zeit noch ein paarmal darum bitten werde.«

Im Pub war einiges los. Alle Tische um sie herum waren besetzt, und obwohl die Leute sie beobachteten, als er sie hochzog und in die Arme schloss, merkten Daniel und Alison doch nichts davon – sie hatten nur Augen füreinander. »Hey«, sagte er mit ernster Miene. »Hör zu, Alison Connor. *Every little thing ... gonna be alright.*«

Sie lachte. »Ich weiß, woher das kommt.«

»Ich weiß, dass du es weißt. Mit einem Songtext kann ich dich nicht reinlegen, da bist du eigen.«

Dann setzte sie sich wieder hin, und er setzte sich neben sie, ganz nah, sodass sie seine Wärme spüren konnte. Sie trank ihr Glas aus und ließ den Blick eine Weile schweifen, prägte sich den Anblick dieser gewöhnlichen, viel zu hell erleuchteten Spelunke ein, all die Männer und Frauen darin, die kunterbunte Mischung von bierseligen, redseligen und nachdenklichen Figuren. Einige erwiderten ihren offenen, freundlichen Blick, und der eine oder andere lächelte sogar. Aber sie alle, dachte Ali, ob sie es nun wussten oder nicht, wurden zu Zeugen ihres Glücks. Als sie sich schließlich wieder Dan zuwandte, merkte sie, dass er sie ansah.

»Geht's dir gut?«, fragte er.

Sie lächelte. »Ging mir noch nie besser.«
»Sehr schön«, sagte er. »Das ist Musik in meinen Ohren.«

Danksagungen

Dieses Buch hätte ich nie schreiben können, ohne die Erinnerungen und Erfahrungen verschiedener Leute anzuzapfen. Mein Dank gilt Terry Staunton, Derek Owen, Martin Davies, Francesca Best, Darcy Nicholson, Michael Weston King, Andrew Gordon und Chris Couch hier in Großbritannien und Maggy Dawkins, Louise Rogers, Craig Cook, Sean Williams und Jared Thomas in Adelaide.

Die hochangesehenen Musik-Websites Pitchfork, Uncut und Rock's Backpages waren unbezahlbare Quellen, so wie auch Pat Longs *The History of the NME* und dieser grandiose Radiosender BBC Radio 6 Music – lang möge er leben.

Außerdem danke ich Elly, Joe und Jake Viner dafür, dass sie meinem Musikgeschmack immer wieder auf die Sprünge helfen, und speziell Brian Viner, für so vieles, aber ganz besonders dafür, dass er mit einem unschlagbaren Dusty-Springfield-Song um die Ecke gekommen ist.

Um die ganze Welt des
GOLDMANN Verlages
kennenzulernen, besuchen Sie uns doch
im Internet unter:

www.goldmann-verlag.de

Dort können Sie
nach weiteren interessanten Büchern **stöbern**,
Näheres über unsere **Autoren** erfahren,
in **Leseproben** blättern, alle **Termine** zu Lesungen und
Events finden und den **Newsletter** mit interessanten
Neuigkeiten, Gewinnspielen etc. abonnieren.

Ein **Gesamtverzeichnis** aller Goldmann Bücher finden
Sie dort ebenfalls.

Sehen Sie sich auch unsere **Videos** auf YouTube an und
werden Sie ein **Facebook**-Fan des Goldmann Verlags!

www.goldmann-verlag.de
www.facebook.com/goldmannverlag